JN080117

Harry Potter

ハリー・ポッターと不死鳥の騎士団

下

J.K.ローリング

松岡佑子＝訳

Harry Potter and the Order of the Phoenix

静山社

ハリー・ポッターと不死鳥の騎士団　下

J・K・ローリング
松岡佑子＝訳

Harry Potter and
the Order of the Phoenix

静山社

ハリー・ポッターと不死鳥の騎士団 下 ✴ 目次

主な登場人物

✶ハリー・ポッター
主人公。ホグワーツ魔法魔術学校の五年生。緑の目に黒い髪、額には稲妻形の傷

✶ロン・ウィーズリー
ハリーの親友。大家族の末息子で、一緒にホグワーツに通う兄妹は、双子でいたずら好きのフレッドとジョージ、妹のジニーがいる

✶ハーマイオニー・グレンジャー
ハリーの親友。マグル（人間）の子なのに、魔法学校の優等生

✶ドラコ・マルフォイ
スリザリン寮の生徒。ハリーのライバル

✶ルビウス・ハグリッド
ホグワーツの森の番人。やさしく不器用な大男

✶マダム・マクシーム（オリンペ）
ボーバトン魔法アカデミーの校長先生。
ハグリッドに負けず巨大な美女

✶シリウス・ブラック（スナッフルズ、またの名をパッドフット）
ハリーの父親の親友で、ハリーの名付け親

✶コーネリウス・ファッジ　魔法大臣。ヴォルデモートの復活を認めようとしない

✶ドローレス・アンブリッジ　魔法省からやってきた新任教師

✶ルーナ・ラブグッド　幻の魔法生物の存在を信じる、風変わりな少女。父親は雑誌『ザ・クィブラー』の編集長

✶ネビル・ロングボトム　ハリーのクラスメート

✶チョウ・チャン　レイブンクローのシーカー。セドリックの恋人だった

✶フィニアス・ナイジェラス・ブラック　シリウスの祖父の祖父。元ホグワーツの校長。故人で、別の場所にある自身の肖像画の額の間を移動できる

✶クリーチャー　ブラック家のみにくい屋敷しもべ妖精

✶ワームテール（ピーター・ペティグリュー）　闇の帝王のしもべ

✶ヴォルデモート（例のあの人）　最強の闇の魔法使い。多くの魔法使いや魔女を殺した

To Neil, Jessica and David,
who make my world magical

私の世界に魔法をかけてくれた、
夫のニール、子供たちのジェシカとデイビッドに

Original Title: HARRY POTTER AND THE ORDER OF THE PHOENIX

First published in Great Britain in 2003
by Bloomsbury Publishing Plc, 50 Bedford Square, London WC1B 3DP

Japanese edition first published in 2004

This book is published in Japan by arrangement with
the author through The Blair Partnership

第二十章　ハグリッドの物語

ハリーは男子寮の階段を全速力で駆け上がり、トランクから「透明マント」と「忍びの地図」を取ってきた。超スピードだったので、ハーマイオニーがスカーフと手袋を着け、お手製のデコボコしたしもべ妖精帽子をかぶって、急いで女子寮から飛び出してくる五分前には、ハリーもロンもとっくに出かける準備ができていた。

「だって、外は寒いわよ！」

ロンが遅いぞとばかりに舌打ちしたので、ハーマイオニーが言い訳した。

三人は肖像画の穴を這い出し、急いで透明マントにくるまった。――ロンはかがまないと両足が見えるほど、背がぐんと伸びていた――それから、ときどき立ち止まっては、フィルチやミセス・ノリスがいないかどうか地図で確かめ、ゆっくり、慎重にいくつもの階段を下りた。運のいいことに、「ほとんど首無しニック」以外は誰も見かけなかった。ニックはするする動きながら、なんとはなしに鼻歌を歌っていたが、なんだか「ウィーズリーこそわが王者」に恐ろしくよく似た節だった。三人は玄関ホールを忍び足で横切り、静まり返った雪の校庭に出た。行く手に四角い金色の小さな灯りと、小屋の煙突からくるくる立ち昇る煙が見え、ハリーが足を速めると、あとの二人は押し合いへし合いぶつかり合いながらあとに続いた。だんだん深くなる雪を、夢中でザクザク踏みしめながら、三人はやっと小屋の戸口に立った。ハリーが拳で木の戸を三度たたくと、中で犬が狂ったように吠えはじめた。

「ハグリッド。僕たちだよ！」ハリーが鍵穴から呼んだ。

「よう、来たか！」どら声がした。

三人はマントの下で、互いにニッコリした。ハグリッドの声の調子で、喜んでいるのがわかった。

「帰ってからまだ三秒とたってねえのに……ファング、どけ、どけ……**どけっちゅうに**、このバカタレ……」

かんぬきがはずされ、扉がギーッと開き、ハグリッドの頭がすきまから現れた。

ハーマイオニーが悲鳴を上げた。

「おい、おい、静かにせんかい！」ハグリッドが三人の頭越しにあたりをぎょろぎょろ見回しながら、あわてて言った。「例のマントの下か？　よっしゃ、入れ、入れ！」

狭い戸口を三人でぎゅうぎゅう通り抜け、ハグリッドの小屋に入ると、三人は透明マントを脱ぎ捨て、ハグリッドに姿を見せた。

「ごめんなさい！」ハーマイオニーがあえぐように言った。「私、ただ——まあ、**ハグリッド！**」

「なんでもねえ。なんでもねえったら！」

ハグリッドはあわててそう言うと、戸を閉め、急いでカーテンを全部閉めた。しかし、ハーマイオニーは驚愕してハグリッドを見つめ続けた。

ハグリッドの髪はべっとりと血で固まり、顔は紫色やどす黒い傷だらけで、腫れ上がった左目が細い筋のように見える。顔も手も切り傷だらけで、まだ血が出ている所もある。そろりそろりと歩く様子から、ハリーは肋骨が折れているのではないかと思った。確かに、いま、旅から帰ったばかりらしい。分厚い黒の旅行用マントが椅子の背にかけてあり、小さな子供なら数人運べそうな背負袋が戸のそばに立てかけてあった。ハグリッド自身は、普通の人の二倍はある体で、足を引きずりながら暖炉に近づき、銅のやかんを火にかけていた。

「いったい何があったの？」ハリーが問い詰めた。ファングは三人の周りを跳ね回り、顔をなめようとしていた。

「言ったろうが、**なんでもねえ**」ハグリッドが断固として言い張った。「茶、飲むか？」

「なんでもないはずないよ」ロンが言った。「ひどい状態だぜ！」

「言っとるだろうが、ああ、大丈夫だ」ハグリッドは上体を起こし、三人のほうを見て笑いかけたが、顔をしかめた。「いやはや、おまえさんたちにまた会えてうれしいぞ――夏休みは、楽しかったか？　え？」

「ハグリッド、襲われたんだろう！」ロンが言った。

「何度も言わせるな。なんでもねえったら！」ハグリッドが頑として言った。

「僕たち三人のうち誰かが、ひき肉状態の顔で現れたら、それでもなんでもないって言うかい？」ロンが突っ込んだ。

「マダム・ポンフリーの所に行くべきだわ、ハグリッド」ハーマイオニーが心配そうに言った。

「ひどい切り傷もあるみたいよ」

「自分で処置しとる。ええか？」ハグリッドが抑えつけるように言った。

ハグリッドは小屋の真ん中にある巨大な木のテーブルまで歩いていき、置いてあった布巾をぐいと引いた。その下から、車のタイヤより少し大きめの、血の滴る緑がかった生肉が現れた。

「まさか、ハグリッド、それ、食べるつもりじゃないよね？」ロンはよく見ようと体を乗り出した。「毒があるみたいに見える」

「それでええんだ。ドラゴンの肉だからな」ハグリッドが言った。「それに、食うために手に入れたわけじゃねえ」

ハグリッドは生肉をつまみ上げ、顔の左半分にビタッと貼りつけた。緑色がかった血があごひげに滴り落ち、ハグリッドは気持ちよさそうにウーッとうめいた。

「楽になったわい。こいつぁ、ずきずきに効く」

「それじゃ、何があったのか、話してくれる？」ハリーが聞いた。

「できねえ、ハリー、極秘だ。もらしたらクビになっちまう」

「ハグリッド、巨人に襲われたの？」ハーマイオニーが静かに聞いた。

ドラゴンの生肉がハグリッドの指からずれ落ち、ぐちゃぐちゃとハグリッドの胸をすべり落ちた。

「巨人？」

ハグリッドは生肉がベルトの所まで落ちる前につかまえ、また顔にビタッと貼りつけた。

「誰が巨人なんぞと言った？　おまえさん、誰と話をしたんだ？　誰が言った？　俺が何したと――誰が俺のその――なんだ？」

「私たち、そう思っただけよ」ハーマイオニーが謝るように言った。

「ほう、そう思っただけだと？」

ハグリッドは、生肉で隠されていないほうの目で、ハーマイオニーを厳しく見すえた。

「なんていうか……見え見えだし」ロンが言うと、ハリーもうなずいた。

ハグリッドは三人をじろりとにらむと、フンと鼻を鳴らし、生肉をテーブルの上に放り投げ、ピーピー鳴っているやかんのほうにのっしのっしと歩いていった。

「おまえさんらみてえな小童は初めてだ。必要以上に知りすぎとる」

ハグリッドは、バケツ形マグカップ三個に煮立った湯をバシャバシャ注ぎながら、ブツクサ言った。

「ほめとるわけじゃあねえぞ。知りたがり屋、とも言うな。おせっかいとも」

しかし、ハグリッドのひげがヒクヒク笑っていた。

「それじゃ、巨人を探していたんだね？」ハリーはテーブルに着きながらニヤッと笑った。

ハグリッドは紅茶をそれぞれの前に置き、腰を下ろして、また生肉を取り上げるとピタッと顔に戻した。

「しょうがねえ」ハグリッドがぶすっと言った。「そうだ」

「見つけたの？」ハーマイオニーが声をひそめた。

「まあ、正直言って、連中を見つけるのはそう難しくはねえ」ハグリッドが言った。「でっけえからな」

「どこにいるの？」ロンが聞いた。

「山だ」ハグリッドは答えにならない答えをした。

「だったら、どうしてマグルに出――？」

「出くわしとる」ハグリッドが暗い声を出した。「ただ、そいつらが死ぬと、山での遭難事故っちゅうことになるわけだ」

ハグリッドは生肉をずらして、傷の一番ひどい所に当てた。

「ねえ、ハグリッド。何をしていたのか、話してくれよ！」ロンが言った。「巨人に襲われた話を聞かせてよ。そしたらハリーが、吸魂鬼に襲われた話をしてくれるよ――」

ハグリッドは飲みかけの紅茶にむせ、生肉を取り落とした。ハグリッドがしゃべろうとして咳き込むやら、生肉が**ペチャッ**と軽い音を立てて床に落ちるやらで、大量のつばと紅茶とドラゴンの血がテーブルに飛び散った。

「なんだって？　吸魂鬼に襲われた？」ハグリッドが唸った。

「知らなかったの？」ハーマイオニーが目を丸くした。

「ここを出てから起こったことは、なんも知らん。秘密の使命だったんだぞ。ふくろうがどこまでもついて来るようじゃ困るだろうが――吸魂鬼のやつが！　冗談だろうが？」

「ほんとうなんだ。リトル・ウィンジングに現れて、僕といとこを襲ったんだ。それから魔法省が僕を退学にして――」

「**なにぃ？**」

「――それから尋問に呼び出されてとか、いろいろ。だけど、最初に巨人の話をしてよ」

「**退学に**なった？」

「ハグリッドがこの夏のことを話してくれたら、僕のことも話すよ」

ハグリッドは開いているほうの目でハリーをぎろりと見た。ハリーは、一途に思いつめた顔でまっすぐその目を見返した。

「しかたがねえ」観念したような声でハグリッドが言った。

ハグリッドはかがんで、ドラゴンの生肉をファングの口からぐいともぎ取った。

「まあ、ハグリッド。だめよ。不潔じゃな――」ハーマイオニーが言いかけたときには、ハグリッドはもう腫れた目に生肉をべたりと貼りつけていた。

元気づけに紅茶をもうひと口ガブリと飲み、ハグリッドが話しだした。

「さて、俺たちは、学期が終わるとすぐ出発した――」

「それじゃ、マダム・マクシームが一緒だったのね？」ハーマイオニーが口をはさんだ。

「ああ、そうだ」ハグリッドの顔に――ひげと緑の生肉に覆われていない部分はわずかだったが――やわらいだ表情が浮かんだ。「そうだ。二人だけだ。言っとくが、ええか、あの女は、どんな厳しい条件も物ともせんかった。オリンペはな。ほれ、あの女は身なりのええ、きれいな女だし、俺たちがどんな所に行くのかを考えると、『野に伏し、岩を枕にする』のはどんなもんかと、俺はいぶかっとった。ところが、あの女は、ただの一度も弱音を吐かんかった」

「行き先はわかっていたの？」ハリーが聞いた。「巨人がどこにいるか知っていたの？」

「いや、ダンブルドアが知っていなさった。で、俺たちに教えてくれた」ハグリッドが言った。

「巨人って、隠れてるの？」ロンが聞いた。「秘密なの？　居場所は？」

「そうでもねえ」ハグリッドがもじゃもじゃ頭を振った。「たいていの魔法使いは、連中が遠くに離れてさえいりゃあ、どこにいるかなんて気にしねえだけだ。ただ、連中のいる場所は簡単には行けねえとこだ。少なくともヒトにとってはな。そこで、ダンブルドアに教えてもらう必要があった。一か月かかったぞ。そこに着くまでに――」

「**一か月？**」ロンはそんなにばかげた時間がかかる旅なんて、聞いたことがないという声を出した。「だって――移動キーとか何か使えばよかったんじゃないの？」

ハグリッドは隠れていないほうの目を細め、妙な表情を浮かべてロンを見た。ほとんど哀れんでいるような目だった。

「俺たちは見張られているんだ、ロン」ハグリッドがぶっきらぼうに言った。

「どういう意味？」

「おまえさんにはわかってねえ」ハグリッドが言った。「魔法省はダンブルドアを見張っとる。それに、魔法省が、あの方と組んでるとみなした者全部をだ。そんで――」

「そのことは知ってるよ」話の先が聞きたくてうずうずし、ハリーが急いで言った。「魔法省がダンブルドアを見張ってることは、僕たち知ってるよ――」

「それで、そこに行くのに魔法が使えなかったんだね？」ロンが雷に打たれたような顔をした。

「マグルみたいに行動しなきゃならなかったの？　**ずーっと？**」

「いいや、ずーっとっちゅうわけではねえ」ハグリッドは言いたくなさそうだった。「ただ、気をつけにゃあならんかった。なんせ、オリンペと俺はちいっと目立つし――」

ロンは鼻から息を吸うのか吐くのか決めかねたような押し殺した音を出した。そしてあわてて紅茶をゴクリと飲んだ。

「――そんで、俺たちは追跡されやすい。俺たちは一緒に休暇を過ごすふりをした。で、フランスに行った。魔法省の誰かにつけられとるのはわかっとったんで、オリンペの学校のあたりを目指しているように見せかけた。ゆっくり行かにゃならんかった。なんせ俺は魔法を使っちゃいけねえことになっとるし、魔法省は俺たちを捕まえる口実を探していたからな。だが、つけてるやつを、ディー・ジョンのあたりでなんとかまいた――」

「わぁぁぁー、ディジョン？」ハーマイオニーが興奮した。「バケーションで行ったことがあるわ。それじゃ、あれ見た――？」

ロンの顔を見て、ハーマイオニーがだまった。

「そのあとは、俺たちも少しは魔法を使った。そんで、なかなかいい旅だった。ポーランドの国境で、狂ったトロール二匹に出っくわしたな。それからミンスクのパブで、俺は吸血鬼とちょいと言い争いをしたが、それ以外は、まったくすいすいだった」

「で、その場所に到着して、そんで、連中の姿を探して山ん中を歩き回った……」

「連中の近くに着いてからは、魔法は一時お預けにした。一つには、連中は魔法使いが嫌いなんで、あんまり早くから下手に刺激するのはよくねえからな。もう一つには、ダンブルドアが、『例のあの人』もきっと巨人を探していると、俺たちに警告しなすったからだ。もうすでに巨人に使者を送っている可能性が高いと言いなすった。巨人の近くに行ったら、死喰い人がどこかにいるかもしれんから、俺たちのほうに注意を引かねえよう、くれぐれも気をつけろとおっしゃった」

ハグリッドは話を止め、ぐいっとひと息紅茶を飲んだ。

「先を話して！」ハリーがせき立てた。

「見つけた」ハグリッドがズバッと言った。「ある夜、尾根を越えたら、そこにいた。俺たちの真下に広がって。下のほうにちっこいたき火がいくつもあって、そんで、おっきな影だ……『山が動く』のを見ているみてえだった」

「どのくらい大きいの？」ロンが声をひそめて聞いた。

「六メートルぐれえ」ハグリッドがこともなげに言った。「おっきいやつは七、八メートルあったかもしれん」

「何人ぐらいいたの？」ハリーが聞いた。

「ざっと七十から八十ってとこだな」ハグリッドが答えた。

「それだけ？」ハーマイオニーが聞いた。

「ん」ハグリッドが悲しそうに言った。「八十人が生き残っとった。一時期はたくさんいた。世界中から何百ちゅう種族が集まったにちげえねえ。だが、何年もの間に死に絶えていった。もちろん、魔法使いが殺したのも少しはある。けんど、たいがいはお互いに殺し合ったのよ。いまではもっと急速に絶滅しかかっとる。あいつらは、あんなふうに固まって暮らすようにはできてねえ。ダンブルドアは、俺たちに責任があるって言いなさる。俺たち魔法使いのせいで、あいつらは俺たちからずっと離れたとこにいって暮らさにゃならんようになった。そうなりゃ、自衛手段で、お互いに固まって暮らすしかねえ」

「それで」ハリーが言った。「巨人を見つけて、それから？」

「ああ、俺たちは朝まで待った。暗い所で連中に忍び寄るなんてまねは、俺たちの身の安全のためにもしたくなかったからな」ハグリッドが言った。「朝の三時ごろ、あいつらは座ったまんまの場所で眠り込んだ。俺たちは眠るどころじゃねえ。なんせ誰かが目を覚まして俺たちの居場所を見つけたりしねえように気をつけにゃならんかったし、それにすげえいびきでなあ。そのせいで朝方になだれが起こったわ」

「とにかく、明るくなるとすぐ、俺たちは連中に会いに下りていった」

「素手で？」ロンが恐れと尊敬の混じった声を上げた。「巨人の居住地のど真ん中に、歩いていったの？」

「ダンブルドアがやり方を教えてくださった」ハグリッドが言った。「ガーグに貢ぎ物を持っていけ、尊敬の気持ちを表せ、そういうこった」

「貢ぎ物を、**誰に**持っていくだって？」ハリーが聞いた。

「ああ、ガーグだ——頭って意味だ」

「誰が頭なのか、どうやってわかるの？」ロンが聞いた。

　ハグリッドがおもしろそうに鼻を鳴らした。

「わけはねえ。一番でっけえ、一番醜い、一番なまけ者だったな。みんなが食いもんを持ってくるのを、ただ座って待っとった。死んだ山羊とか、そんなもんを。カーカスって名だ。身の丈七、八メートルってとこだった。そんで、雄の象二頭分の体重だな。サイの皮みてえな皮膚で」

「なのに、その頭の所まで、のこのこ参上したの？」ハーマイオニーが息をはずませた。

「うー……参上ちゅうか、**下って**いったんだがな。頭は谷底に寝転んでいたんだ。やつらは、四つの高え山の間の深くへこんだとこの、湖のそばにいた。そんで、カーカスは湖のすぐそばに寝そべって、自分と女房に食いもんを持ってこいと吠えていた。俺はオリンペと山を下っていった——」

「だけど、ハグリッドたちを見つけたとき、やつらは殺そうとしなかったの？」ロンが信じられないという声で聞いた。

「何人かはそう考えたにちげぇねえ」ハグリッドが肩をすくめた。「しかし、俺たちは、ダンブルドアに言われたとおりにやった。つまりだな、貢ぎ物を高々と持ち上げて、ガーグだけをしっかり見て、ほかの連中は無視すること。俺たちはそのとおりにやった。そしたら、ほかの連中はおとなしくなって、俺たちが通るのを見とった。そんで、俺たちはまっすぐカーカスの足元まで行っておじぎして、その前に貢ぎ物を置いた」

「巨人には何をやるものなの？」ロンが熱っぽく聞いた。「食べ物？」

「うんにゃ。やつは食いもんは充分手に入る」ハグリッドが言った。「頭に魔法を持っていったんだ。巨人は魔法が好きだ。ただ、俺たちが連中に不利な魔法を使うのが気に食わねえだけよ。とにかく、最初の日は、頭に『グブレイシアンの火の枝』を贈った」

ハーマイオニーは「うわーっ！」と小さく声を上げたが、ハリーとロンはちんぷんかんぷんだと顔をしかめた。

「なんの枝――？」

「永遠の火よ」ハーマイオニーがいらいらと言った。「二人とももう知ってるはずなのに。フリットウィック先生が授業で少なくとも二回はおっしゃったわ！」

「あー、とにかくだ」

ロンが何か言い返そうとするのをさえぎり、ハグリッドが急いで言った。

「ダンブルドアが小枝に魔法をかけて、永遠に燃え続けるようにしたんだが、こいつぁ、並の魔法使いができるこっちゃねえ。そんで、俺は、カーカスの足元の雪ン中にそいつを置いて、こう言った。『巨人の頭に、アルバス・ダンブルドアからの贈り物でございます。ダンブルドアがくれぐれもよろしくとのことです』」

「それで、カーカスはなんて言ったの？」ハリーが熱っぽく聞いた。

「なんも」ハグリッドが答えた。「英語がしゃべれねえ」

「そんな！」

「それはどうでもよかった」ハグリッドは動じなかった。「ダンブルドアはそういうことがあるかもしれんと警告していなさった。カーカスは、俺たちの言葉がしゃべれる巨人を二、三人、大声で呼ぶぐれえのことはできたんで、そいつらが通訳した」

「それで、カーカスは貢ぎ物が気に入ったの？」ロンが聞いた。

「おう、そりゃもう。そいつがなんだかわかったときにゃ、大騒ぎだったわ」ハグリッドはドラゴンの生肉を裏返し、腫れ上がった目に冷たい面を押し当てた。「喜んだのなんの。そこで俺は言った。『アルバス・ダンブルドアがガーグにお願い申します。明日また贈り物を持って参上したとき、使いの者と話をしてやってくだされ』」

「どうしてその日に話せなかったの？」ハーマイオニーが聞いた。

「ダンブルドアは、俺たちがとにかくゆっくり事を運ぶのをお望みだった」ハグリッドが答えた。

「連中に、俺たちが約束を守るっちゅうことを見せるわけだ。**俺たちは明日また贈り物を持って戻ってきます**ってな。で、俺たちはまた贈り物を持って戻る――いい印象を与えるわけだ、な？　そんで、連中が最初のもんを試してみる時間を与える。で、そいつがちゃんとしたもんだってわかる。で、もっと欲しいと夢中にさせる。とにかく、カーカスみてえな巨人はな――あんまり一度にいっぱい情報をやってみろ、面倒だっちゅうんで、こっちが整理されっちまう。そんで、俺たちはおじぎして引き下がり、その夜を過ごす手ごろな洞窟を見っけて、そんで次の朝戻っていったところ、カーカスがもう座って、うずうずして待っとったわ」

「それで、カーカスと話したの？」

「おう、そうだ。まず、立派な戦闘用の兜を贈った――小鬼の作ったやつで、ほれ、絶対壊れねえ――で、俺たちも座って、そんで、話した」

「カーカスはなんと言ったの？」

「あんまりなんも」ハグリッドが言った。「だいたいが聞いてたな。だが、いい感じだった。カーカスはダンブルドアのことを聞いたことがあってな。ダンブルドアがイギリスで最後の生き残りの巨人を殺すことに反対したっちゅうことを聞いてたんで、ダンブルドアが何を言いたいのか、かなり興味を持ったみてえだった。それに、ほかにも数人、特に少し英語がわかる連中もな。そいつらも周りに集まって耳を傾けた。その日、帰るころには、俺たちは希望を持った。明日また贈り物を持ってくるからと約束した」

「ところが、その晩、なんもかもだめになった」

「どういうこと？」ロンが急き込んだ。

「まあ、さっき言ったように、連中は一緒に暮らすようにはできてねえ。巨人てやつは」ハグリッドは悲しそうに言った。「あんなに大きな集団ではな。どうしてもがまんできねえんだな。数週間ごとにお互いに半殺しの目にあわせる。男は男で、女は女で戦うし、昔の種族の残党がお互いに戦うし、そこまでいかねえでも、それ食いもんだ、やれ一番いい火だ、寝る場所だって、小競り合いだ。自分たちが絶滅しかかっているっちゅうのに。お互いに殺し合うのはやめるかと思えば……」

　ハグリッドは深いため息をついた。

「その晩、戦いが起きた。俺たちは洞穴の入口から谷間を見下ろして、そいつを見た。何時間も続いた。その騒ぎときたら、ひでえもんだった。そんで、太陽が昇ったときにゃ、雪が真っ赤で、やつの頭が湖の底に沈んでいたわ」

「誰の頭が？」ハーマイオニーが息をのんだ。

「カーカスの」ハグリッドが重苦しく言った。「新しいガーグがいた。ゴルゴマスだ」

　ハグリッドがフーッとため息をついた。

「いや、最初のガーグと友好的に接触して二日後に、頭が新しくなるたぁ思わなんだ。そんで、どうもゴルゴマスは俺たちの言うことに興味がねえような予感がした。そんでも、やってみなけりゃなんねえ」

「そいつの所に話しにいったの？」ロンがまさかという顔をした。「仲間の巨人の首を引っこ抜いたのを見たあとなのに？」

「むろん、俺たちは行った」ハグリッドが言った。「はるばる来たのに、たった二日であきらめられるもんか！　カーカスにやるはずだった次の贈り物を持って、俺たちは下りていった」

「口を開く前に、俺はこりゃあだめだと思った。あいつはカーカスの兜をかぶって座っててな、俺たちが近づくのをニヤニヤして見とった。でっかかったぞ。そこにいた連中の中でも一番でっけえうちに入るな。髪とおそろいの黒い歯だ。そんで骨のネックレスで、ヒトの骨のようなのも何本かあったな。まあ、とにかく俺はやってみた――ドラゴンの革の大きな巻物を差し出したのよ――そんで、こう言った。『巨人のお頭への贈り物――』次の瞬間、気がつくと、足をつかまれて逆さ吊りだった。やつの仲間が二人、俺をむんずとつかんでいた」

ハーマイオニーが両手でパチンと口を覆った。

「**そんなのから**どうやって逃れたの？」ハリーが聞いた。

「オリンペがいなけりゃ、だめだったな」ハグリッドが言った。「オリンペが杖を取り出して、俺が見た中でも一番の早業で呪文を唱えた。実にさえとったわ。俺をつかんでた二人の両目を、『結膜炎の呪い』で直撃だ。で、二人はすぐ俺を落っことした。――だが、さあ、やっかいなことになった。やつらに不利な魔法を使ったわけだ。巨人が魔法使いを憎んどるのはまさにそれなんだ。逃げるしかねえ。そんで、どうやったってもう、連中の居住地に堂々と戻ることはできねえ」

「うわあ、ハグリッド」ロンがボソリと言った。

「じゃ、三日間しかそこにいなかったのに、どうしてここに帰るのにこんなに時間がかかったの？」ハーマイオニーが聞いた。

「三日でそっから離れたわけじゃねえ！」ハグリッドが憤慨したように言った。「ダンブルドアが俺たちにお任せなすったんだ！」

「だって、いま、どうやったってそこには戻れなかったって言ったわ！」

「昼日中はだめだった。そうとも。ちいっと策を練りなおすはめになった。目立たねえように、二、三日洞穴に閉じこもって様子を見てたんだ。しかし、どうも形勢はよくねえ」

「ゴルゴマスはまた首をはねたの？」ハーマイオニーは気味悪そうに言った。

「いいや」ハグリッドが言った。「そんならよかったんだが」

「どういうこと？」

「まもなく、やつが全部の魔法使いに逆らっていたっちゅうわけではねえことがわかった――俺たちにだけだった」

「死喰い人？」ハリーの反応は早かった。

「そうだ」ハグリッドが暗い声で言った。「ガーグに贈り物を持って、毎日二人が来とったが、やつは連中を逆さ吊りにはしてねえ」

「どうして死喰い人だってわかったの？」ロンが聞いた。

「連中の一人に見覚えがあったからだ」ハグリッドが唸った。「マクネア、覚えとるか？　バックビークを殺すのに送られてきたやつだ。殺人鬼よ、やつは。ゴルゴマスとおんなじぐれえ殺すのが好きなやつだし、気が合うわけだ」

「それで、マクネアが『例のあの人』の味方につくようにって、巨人を説き伏せたの？」ハーマイオニーが絶望的な声で言った。

「ドウ、ドウ、ドウ。急くな、ヒッポグリフよ。話は終わっちゃいねえ！」

ハグリッドが憤然として言った。最初は、三人に何も話したくないはずだったのに、いまやハグリッドは、かなり楽しんでいる様子だった。

「オリンペと俺とでじっくり話し合って、意見が一致した。ガーグが『例のあの人』に肩入れしそうな様子だからっちゅうて、みんながみんなそうだとはかぎらねえ。そうじゃねえ連中を説き伏せなきゃなんねえ。ゴルゴマスをガーグにしたくなかった連中をな」

「どうやって見分けたんだい？」ロンが聞いた。

「そりゃ、しょっちゅうこてんぱんに打ちのめされてた連中だろうが？」ハグリッドは辛抱強く説明した。「ちーっと物のわかる連中は、俺たちみてえに谷の周りの洞穴に隠れて、ゴルゴマスに出会わねえようにしてた。そんで、俺たちは、夜のうちに洞穴をのぞいて歩いて、その連中を説得してみようと決めたんだ」

「巨人を探して、暗い洞穴をのぞいて回ったの？」ロンは恐れと尊敬の入りまじった声で聞いた。

「いや、俺たちが心配したのは、巨人のほうじゃねえ」ハグリッドが言った。「むしろ、死喰い人のほうが気になった。ダンブルドアが、できれば死喰い人にはかかわるなと、前々から俺たちにそう言いなすった。ところが、連中は俺たちがそのあたりにいることを知っていたからやっかいだった――大方、ゴルゴマスが連中に俺たちのことを話したんだろう。夜、巨人が眠っている間に俺たちが洞穴に忍び込もうとしとったとき、マクネアのやつらは俺たちを探して山ん中をこっそり動き回っちょったわ。オリンペがやつらに飛びかかろうとするのを止めるのに苦労したわい」

　ハグリッドのぼうぼうとしたひげの口元がキュッと持ち上がった。

「オリンペはさかんに連中を攻撃したがってな……怒るとすごいぞ、あの女は……そうとも、火のようだ……うん、あれがオリンペのフランス人の血なんだな……」

　ハグリッドは夢見るような目つきで暖炉の火を見つめた。ハリーは、三十秒間だけハグリッドが思い出に浸るのを待ってから、大きな咳払いをした。

「それから、どうなったの？　反対派の巨人たちには近づけたの？」

「何？　ああ……あ、うん。そうだとも。カーカスが殺されてから三日目の夜、俺たちは隠れていた洞穴からこっそり抜け出して、谷のほうを目指した。死喰い人の姿に目を凝らしながらな。洞穴に二、三か所入ってみたが、だめだ――そんで、六つ目ぐれえで、巨人が三人隠れてるのを見つけた」

「洞穴がぎゅうぎゅうだったろうな」ロンが言った。

「ニ、ニーズルの額ぐれえ狭かったな」ハグリッドが言った。

「こっちの姿を見て、襲ってこなかった？」ハーマイオニーが聞いた。

「まともな体だったら襲ってきただろうな」ハグリッドが言った。「だが、連中はひどくけがしとった。三人ともだ。ゴルゴマス一味に気を失うまでたたきのめされて、正気づいたとき洞穴を探して、一番近くにあった穴に這い込んだ。とにかく、そのうちの一人がちっとは英語ができて、ほかの二人に通訳して、そんで、俺たちの言いたいことは、まあまあ伝わったみてえだった。そんで、俺たちは、傷ついた連中を何回も訪ねた……確か、一度は六人か七人ぐれえが納得してくれたと思う」

「六人か七人？」ロンが熱っぽく言った。「そりゃ、悪くないよ――その巨人たち、ここに来るの？　僕たちと一緒に『例のあの人』と戦うの？」

しかし、ハーマイオニーは聞き返した。「ハグリッド、『一度は』って、どういうこと？」

ハグリッドは悲しそうにハーマイオニーを見た。

「ゴルゴマスの一味がその洞穴を襲撃した。生き残ったやつらも、それからあとは俺たちに関わろうとせんかった」

「じゃ……じゃ、巨人は一人も来ないの？」ロンががっかりしたように言った。

「来ねえ」ハグリッドは深いため息をつき、生肉を裏返して冷たいほうを顔に当てた。

「だが、俺たちはやるべきことをやった。ダンブルドアの言葉も伝えたし、それに耳を傾けた巨人も何人かはいた。そんで、何人かはそれを覚えとるだろうと思う。たぶんとしか言えねえが、ゴルゴマスの所にいたくねえ連中が、山から下りたら、そんで、その連中が、ダンブルドアが友好的だっちゅうことを思い出すかもしれん……その連中が来るかもしれん」

雪がすっかり窓を覆っていた。ハリーは、ローブのひざの所がぐっしょりぬれているのに気づいた。ファングがひざに頭をのせて、よだれを垂らしていた。

「ハグリッド？」しばらくしてハーマイオニーが静かに言った。

「んー？」

「あなたの……何か手がかりは……そこにいる間に……耳にしたのかしら……あなたの……お母さんのこと？」

ハグリッドは開いているほうの目で、じっとハーマイオニーを見た。ハーマイオニーは気がくじけたかのようだった。

「ごめんなさい……私……忘れてちょうだい――」

「死んだ」ハグリッドがボソッと言った。「何年も前に死んだ。連中が教えてくれた」

「まあ……私……ほんとにごめんなさい」ハーマイオニーが消え入るような声で言った。ハグリッドはがっしりした肩をすくめた。

「気にすんな」ハグリッドは言葉少なに言った。「あんまりよく覚えてもいねえ。いい母親じゃあなかった」

みんながまただまり込んだ。ハーマイオニーが、何かしゃべってと言いたげに、落ち着かない様子でハリーとロンをちらちら見た。

「だけど、ハグリッド、どうしてそんなふうになったのか、まだ説明してくれていないよ」ロンが、ハグリッドの血だらけの顔を指しながら言った。

「それに、どうしてこんなに帰りが遅くなったのかも」ハリーが言った。「シリウスが、マダム・マクシームはとっくに帰ってきたって言ってた――」

「誰に襲われたんだい？」ロンが聞いた。

「襲われたりしてねえ！」ハグリッドが語気を強めた。「俺は――」

そのあとの言葉は、突然誰かが戸をドンドンたたく音にのみ込まれてしまった。ハーマイオニーが息をのんだ。手にしたマグが指の間をすべり、床に落ちて砕け、ファングがキャンキャン鳴いた。四人全員が戸口の脇の窓を見つめた。ずんぐりした背の低い人影が、薄いカーテンを通してゆらめいていた。

「**あの女だ！**」ロンがささやいた。

「この中に入って！」ハリーは早口にそう言いながら、透明マントをつかんでハーマイオニーにサッとかぶせ、ロンもテーブルを急いで回り込んで、マントの中に飛び込んだ。三人は、固まって部屋の隅に引っ込んだ。ファングは狂ったように戸口に向かって吠えていた。ハグリッドはさっぱりわけがわからないという顔をしていた。

「ハグリッド、僕たちのマグを隠して！」

ハグリッドはハリーとロンのマグをつかみ、ファングの寝るバスケットのクッションの下に押し込んだ。ファングはいまや、戸に飛びかかっていた。ハグリッドは足でファングを脇に押しやり、戸を引いて開けた。

アンブリッジ先生が戸口に立っていた。緑のツイードのマントに、おそろいの耳あてつき帽子をかぶっている。アンブリッジは口をギュッと結び、のけぞってハグリッドを見上げた。背丈がハグリッドのへそにも届いていなかった。

「**それでは**」アンブリッジがゆっくり、大きな声で言った。まるで耳の遠い人に話しかけるかのようだった。「あなたがハグリッドなの？」

答えも待たずに、アンブリッジはずかずかと部屋に入り、飛び出した目をぎょろつかせてそこいら中を見回した。

「おどき」ファングが跳びついて顔をなめようとするのを、ハンドバッグで払いのけながら、アンブリッジがピシャリと言った。

「あー――失礼だとは思うが」ハグリッドが言った。「いったいおまえさんは誰ですかい？」

「わたくしはドローレス・アンブリッジです」

アンブリッジの目が小屋の中をなめるように見た。ハリーがロンとハーマイオニーにはさまれて立っている隅を、その目が二度も直視した。

「ドローレス・アンブリッジ？」ハグリッドは当惑しきった声で言った。「確か魔法省の人だと思ったが――ファッジの所で仕事をしてなさらんか？」

「大臣の上級次官でした。そうですよ」

アンブリッジは、今度は小屋の中を歩き回り、壁に立てかけられた背負袋から、脱ぎ捨てられた旅行用マントまで、何もかも観察していた。

「いまは『闇の魔術に対する防衛術』の教師ですが――」

「そいつぁ豪気なもんだ」ハグリッドが言った。「いまじゃ、あの職に就くやつぁあんまりいねえ」

「――それに、ホグワーツ高等尋問官です」アンブリッジはハグリッドの言葉など、まったく耳に入らなかったかのように言い放った。

「そりゃなんですかい？」ハグリッドが顔をしかめた。

「わたくしもまさに、そう聞こうとしていたところですよ」アンブリッジは、床に散らばった陶器のかけらを指差していた。ハーマイオニーのマグカップだった。

「ああ」ハグリッドは、よりによって、ハリー、ロン、ハーマイオニーがひそんでいる隅のほうをちらりと見た。「あ、そいつぁ……ファングだ。ファングがマグを割っちまって。そんで、俺は別のやつを使わなきゃなんなくて」

ハグリッドは自分が飲んでいたマグを指差した。片方の手でドラゴンの生肉を目に押し当てたまだった。アンブリッジは、今度はハグリッドの真正面に立ち、小屋よりもハグリッドの様子をじっくり観察していた。

「声が聞こえたわ」アンブリッジが静かに言った。

「俺がファングと話してた」ハグリッドが頑として言った。

「それで、ファングが受け答えしてたの？」

「そりゃ……言ってみりゃ」ハグリッドはうろたえていた。「ときどき俺は、ファングのやつがほとんどヒト並みだと言っとるぐれえで――」

「城の玄関からあなたの小屋まで、雪の上に足跡が三人分ありました」アンブリッジはさらりと言った。

ハーマイオニーがあっと息をのんだ。その口を、ハリーがパッと手で覆った。運よく、ファングがアンブリッジ先生のローブのすそを、鼻息荒くかぎ回っていたおかげで、気づかれずにすんだようだった。

「さーて、俺はたったいま帰ったばっかしで」ハグリッドはどでかい手を振って、背負袋を指した。「それより前に誰か来たかもしれんが、会えなかったな」

「あなたの小屋から城までの足跡はまったくありませんよ」

「はて、俺は……俺にはどうしてそうなんか、わからんが……」

ハグリッドは神経質にあごひげを引っ張り、助けを求めるかのように、またしてもちらりと、ハリー、ロン、ハーマイオニーが立っている部屋の隅を見た。「うむ……」

アンブリッジはサッと向きを変え、注意深くあたりを見回しながら、小屋の端から端までずかずか歩いた。体をかがめてベッドの下をのぞき込んだり、戸棚を開けたりした。三人が壁に張りついて立っている場所からほんの数センチの所をアンブリッジが通り過ぎたとき、ハリーはほんとうに腹を引っ込めた。ハグリッドが料理に使う大鍋の中を綿密に調べたあと、アンブリッジはまた向きなおってこう言った。

「あなた、どうしたの？　どうしてそんな大けがをしたのですか？」

ハグリッドはあわててドラゴンの生肉を顔から離した。離さなきゃいいのに、とハリーは思った。おかげで目の周りのどす黒い傷がむき出しになったし、当然、顔にべっとりついた血のりも、生傷から流れる血もはっきり見えた。

「なに、その……ちょいと事故で」ハグリッドは歯切れが悪かった。

「どんな事故なの？」

「あ――つまずいて転んだ」

「つまずいて転んだ」アンブリッジが冷静にくり返した。

「ああ、そうだ。けっつまずいて……友達の箒に。俺は飛べねえから。なんせ、ほれ、この体だ。俺を乗っけられるような箒はねえだろう。友達がアブラクサン馬を飼育しててな。おまえさん、見たことがあるかどうか知らねえが、ほれ、羽のあるおっきなやつだ。俺はちょっくらそいつに乗ってみた。そんで――」

「あなた、どこに行っていたの？」アンブリッジは、ハグリッドのしどろもどろにぐさりと切り込んだ。

「どこに――？」

「行っていたか。そう」アンブリッジが言った。「学校は二か月前に始まっています。あなたのクラスはほかの先生がかわりに教えるしかありませんでしたよ。あなたがどこにいるのか、お仲間の先生は誰もご存じないようでしてね。あなたは連絡先も置いていかなかったし。どこに行っていたの？」

一瞬、ハグリッドは、むき出しになったばかりの目でアンブリッジをじっと見つめ、だまり込んだ。ハリーは、ハグリッドの脳みそが必死に働いている音が聞こえるような気がした。

「お──俺は、健康上の理由で休んでた」

「健康上の」アンブリッジの目がハグリッドのどす黒く腫れ上がった顔を探るように眺め回した。ドラゴンの血が、ポタリポタリと静かにハグリッドのベストに滴っていた。「そうですか」

「そうとも」ハグリッドが言った。「ちょいと──新鮮な空気を、ほれ──」

「そうね。家畜番は、新鮮な空気がなかなか吸えないでしょうしね」アンブリッジが猫なで声で言った。ハグリッドの顔にわずかに残っていた、どす黒くない部分が赤くなった。

「その、なんだ──場所が変われば、ほれ──」

「山の景色とか？」アンブリッジがすばやく言った。

知ってるんだ。ハリーは絶望的にそう思った。

「山？」ハグリッドはすぐに悟ったらしく、オウム返しに言った。「うんにゃ、俺の場合は南フランスだ。ちょいと太陽と……海だな」

「そう？」アンブリッジが言った。「あんまり日焼けしていないようね」

「ああ……まあ……皮膚が弱いんで」

ハグリッドはなんとか愛想笑いをして見せた。ハリーは、ハグリッドの歯が二本折れているのに気づいた。アンブリッジは冷たくハグリッドを見た。ハグリッドの笑いがしぼんだ。アンブリッジは、腕にかけたハンドバッグを少しずり上げながら言った。

「もちろん、大臣には、あなたが遅れて戻ったことをご報告します」

「ああ」ハグリッドがうなずいた。

「それに、高等尋問官として、残念ながら、わたくしは同僚の先生方を査察するという義務があることを認識していただきましょう。ですから、まもなくまたあなたにお目にかかることになると申し上げておきます」

アンブリッジはくるりと向きを変え、戸口に向かって闊歩した。

「おまえさんが俺たちを査察？」ハグリッドはぼうぜんとその後ろ姿を見ながら言った。

「ええ、そうですよ」

アンブリッジは戸の取っ手に手をかけながら、振り返って静かに言った。

「魔法省はね、ハグリッド、教師として不適切な者を取り除く覚悟です。では、おやすみ」

アンブリッジは戸をバタンと閉めて立ち去った。ハリーは透明マントを脱ぎかけたが、ハーマイオニーがその手首を押さえた。

「まだよ」ハーマイオニーがハリーの耳元でささやいた。「まだ完全に行ってないかもしれない」

ハグリッドも同じ考えだったようだ。ドスンドスンと小屋を横切り、カーテンをわずかに開けた。

「城に帰っていきおる」ハグリッドが小声で言った。

「なんと……査察だと？　あいつが？」

「そうなんだ」ハリーが透明マントをはぎ取りながら言った。「もうトレローニーが観察処分になった……」

「あの……ハグリッド、授業でどんなものを教えるつもり？」ハーマイオニーが聞いた。

「おう、心配するな。授業の計画はどっさりあるぞ」

ハグリッドは、ドラゴンの生肉をテーブルからすくい上げ、またしても目の上にビタッと押し当てながら、熱を込めて言った。

「O・W・L学年用にいくつか取っておいた動物がいる。まあ、見てろ。特別の特別だぞ」

「えーと……どんなふうに特別なの？」ハーマイオニーが恐る恐る聞いた。

「教えねえ」ハグリッドがうれしそうに言った。「びっくりさせてやりてえもんな」

「ねえ、ハグリッド」ハーマイオニーは遠回しに言うのをやめて、せっぱ詰まったように言った。

「アンブリッジ先生は、あなたがあんまり危険なものを授業に連れてきたら、絶対気に入らないと思うわ」

「危険？」ハグリッドは上機嫌で、けげんな顔をした。「ばか言え。おまえたちに危険なもんなぞ連れてこねえぞ！　そりゃ、なんだ、連中は自己防衛ぐれえはするが――」

「ハグリッド、アンブリッジの査察に合格しなきゃならないのよ。そのためには、ポーロックの世話の仕方とか、ナールとハリネズミの見分け方とか、そういうのを教えているところを見せたほうが絶対いいの！」ハーマイオニーが真剣に言った。

「だけんど、ハーマイオニー、それじゃあおもしろくもなんともねえ」ハグリッドが言った。「俺の持ってるのは、もっとすごいぞ。何年もかけて育ててきたんだ。俺のは、イギリスでただ一つっちゅう飼育種だな」

「ハグリッド……お願い……」ハーマイオニーの声には、必死の思いがこもっていた。「アンブリッジは、ダンブルドアに近い先生方を追い出すための口実を探しているのよ。お願い、ハグリッド、Ｏ・Ｗ・Ｌに必ず出てくるような、つまらないものを教えてちょうだい」

しかし、ハグリッドは大あくびをして、小屋の隅の巨大なベッドに片目を向け、眠たそうな目つきをした。

「さあ、今日は長い一日だった。それに、もう遅い」

ハグリッドがやさしくハーマイオニーの肩をたたいた。ハーマイオニーはひざがガクンと折れ、床にドサッとひざをついた。

「おっ――すまん――」ハグリッドはローブの襟をつかんで、ハーマイオニーを立たせた。

「ええか、俺のことは心配すんな。俺が帰ってきたからには、おまえさんたちの授業用に計画しとった、ほんにすんばらしいやつを持ってきてやる。任しとけ……さあ、もう城に帰ったほうがええ。足跡を残さねえように、消すのを忘れるなよ！」

「ハグリッドに通じたかどうか怪しいな」

しばらくして、ロンが言った。安全を確認し、ますます降り積もる雪の中を、ハーマイオニーの「消却呪文」のおかげで足跡も残さずに城に向かって歩いていく途中だった。

「だったら、私、あしたも来るわ」

ハーマイオニーが決然と言った。

「いざとなれば、私がハグリッドの授業計画を作ってあげる。トレローニーがアンブリッジに放り出されたってかまわないけど、ハグリッドは追放させやしない！」

第二十一章 蛇の目

日曜の朝、ハーマイオニーは六十センチもの雪をかき分け、再びハグリッドの小屋を訪れた。ハリーとロンも一緒に行きたかったが、またしても宿題の山が、いまにも崩れそうな高さに達していたので、しぶしぶ談話室に残り、校庭から聞こえてくる楽しげな声を耐え忍んでいた。生徒たちは、凍った湖の上をスケートしたり、リュージュに乗ったりして楽しんでいたが、雪合戦の球に魔法をかけてグリフィンドール塔の上まで飛ばし、談話室の窓にガンガンぶつけるのは最悪だった。

「おい！」ついにがまんできなくなったロンが、窓から首を突き出してどなった。

「僕は監督生だぞ。今度雪球が窓に当たったら――**痛え！**」

ロンは急いで首を引っ込めた。顔が雪だらけだった。

「フレッドとジョージだ」ロンが窓をピシャリと閉めながら悔しそうに言った。「あいつら……」

ハーマイオニーは昼食間際に帰ってきた。ローブのすそがひざまでぐっしょりで、少し震えていた。

「**どうだった？**」ハーマイオニーが入ってくるのを見つけたロンが聞いた。「授業の計画をすっかり立ててやったのか？」

「やってはみたんだけど」

ハーマイオニーはつかれたように言うと、ハリーのそばの椅子にどっと座り込んだ。それから杖を取り出し、小さく複雑な振り方をすると、杖先から熱風が噴き出した。それをローブのあちこちに当てると、湯気を上げて乾きはじめた。

「私が行ったとき、小屋にもいなかったのよ。私、少なくとも三十分ぐらい戸をたたいたわ。そしたら、森からのっしのっしと出てきたの――」

ハリーがうめいた。禁じられた森は、ハグリッドをクビにしてくれそうな生き物でいっぱいだ。

「あそこで何を飼っているんだろう？　ハグリッドは何か言った？」ハリーが聞いた。

「ううん」ハーマイオニーはがっくりしていた。「驚かせてやりたいって言うのよ。アンブリッジのことを説明しようとしたんだけど、どうしても納得できないみたい。キメラよりナールのほうを勉強したいなんて、まともなやつが考えるわけがないって言うばっかり――あら、まさかほんとにキメラを**飼ってる**とは思わないけど」

ハリーとロンがぞっとする顔を見て、ハーマイオニーがつけ加えた。

「でも、飼う努力をしなかったわけじゃないわね。卵を入手するのがとても難しいって言ってたもの。グラブリー－プランクの計画に従ったほうがいいって、口をすっぱくして言ったんだけど、正直言って、ハグリッドは私の言うことを半分も聞いていなかったと思う。ほら、ハグリッドはなんだかおかしなムードなのよ。どうしてあんなに傷だらけなのか、いまだに言おうとしないし」

次の日、朝食のときに教職員テーブルに現れたハグリッドを、生徒全員が大歓迎したというわけではなかった。フレッド、ジョージ、リーなどの何人かは歓声を上げて、グリフィンドールとハッフルパフのテーブルの間を飛ぶように走ってハグリッドに駆け寄り、巨大な手を握りしめた。

パーバティやラベンダーなどは、暗い顔で目配せし、首を振った。グラブリー－プランク先生の授業のほうがいいと思う生徒が多いだろうと、ハリーにはわかっていた。それに、ほんのちょっぴり残っているハリーの公平な判断力が、それも一理あると認めているのが最悪だった。何しろグラブリー－プランクの考えるおもしろい授業なら、誰かの頭が食いちぎられる危険性のあるようなものではない。

火曜日、ハリー、ロン、ハーマイオニーは、防寒用の重装備をし、かなり不安な気持ちでハグリッドの授業に向かった。ハリーはハグリッドがどんな教材に決めたのかも気になったが、クラスのほかの生徒、特にマルフォイ一味が、アンブリッジの目の前でどんな態度を取るかが心配だった。

しかし、雪と格闘しながら、森の端で待っているハグリッドに近づいてみると、高等尋問官の姿はどこにも見当たらなかった。とはいえ、ハグリッドの様子は、不安をやわらげてくれるどころではない。土曜の夜にどす黒かった傷にいまは緑と黄色が混じり、切り傷の何か所かはまだ血が出ていた。ハリーはこれがどうにも理解できなかった。ハグリッドを襲った怪物の毒が、傷の治るのをさまたげているのだろうか？　不吉な光景に追い討ちをかけるかのように、ハグリッドは死んだ牛の半身らしいものを肩に担いでいた。

「今日はあそこで授業だ！」

近づいてくる生徒たちに、ハグリッドは背後の暗い木立を振り返りながら嬉々として呼びかけた。

「少しは寒さしのぎになるぞ！　どっちみち、あいつら、暗いとこが好きなんだ」

「何が暗い所が好きだって？」

マルフォイが険しい声でクラッブとゴイルに聞くのが、ハリーの耳に入った。ちらりと恐怖をのぞかせた声だった。

「あいつ、何が暗い所が好きだって言った？――聞こえたか？」

マルフォイがこれまでに一度だけ禁じられた森に入ったときのことを、ハリーは思い出した。あの時もマルフォイは勇敢だったとは言えない。ハリーはひとりでニンマリした。あのクィディッチ試合以来、マルフォイが不快に思うことなら、ハリーはなんだってかまわなかった。

「ええか？」ハグリッドはクラスを見渡してうきうきと言った。「よし、さーて、森の探索は五年生まで楽しみに取っておいた。連中を自然な生息地で見せてやろうと思ってな。さあ、今日勉強するやつは、めずらしいぞ。こいつらを飼いならすのに成功したのは、イギリスではたぶん俺だけだ」

「それで、ほんとうに飼いならされてるって、自信があるのかい？」マルフォイが、ますます恐怖をあらわにした声で聞いた。「何しろ、野蛮な動物をクラスに持ち込んだのはこれが最初じゃないだろう？」

スリザリン生がザワザワとマルフォイに同意した。グリフィンドール生の何人かも、マルフォイの言うことは的を射ているという顔をした。

「もちろん飼いならされちょる」ハグリッドは顔をしかめ、肩にした牛の死骸を少し揺すり上げた。

「それじゃ、その顔はどうしたんだい？」マルフォイが問い詰めた。

「おまえさんにゃ関係ねえ！」ハグリッドが怒ったように言った。

「さあ、ばかな質問が終わったら、俺についてこい！」

ハグリッドはみんなに背を向け、どんどん森へ入っていった。誰もあとについていきたくないようだった。ハリーはロンとハーマイオニーをちらりと見た。二人ともため息をついたが、うなずいた。三人はほかのみんなの先頭に立って、ハグリッドのあとを追った。

ものの十分も歩くと、木が密生して夕暮れ時のような暗い場所に出た。地面には雪も積もっていない。ハグリッドはフーッと言いながら牛の半身を下ろし、後ろに下がって生徒と向き合った。ほとんどの生徒が、木から木へと身を隠しながらハグリッドに近づいてきて、いまにも襲われるかのように神経をとがらせて、周りを見回していた。

「集まれ、集まれ」ハグリッドが励ますように言った。「さあ、あいつらは肉のにおいに引かれてやってくるぞ。だが、俺のほうでも呼んでみる。あいつら、俺だってことを知りたいだろうからな」

ハグリッドは後ろを向き、もじゃもじゃ頭を振って、髪の毛を顔から払いのけ、かん高い奇妙な叫び声を上げた。その叫びは、怪鳥が呼び交わす声のように、暗い木々の間にこだました。誰も笑わなかった。ほとんどの生徒は、恐ろしくて声も出ないようだった。

ハグリッドがもう一度かん高く叫んだ。一分たった。その間、生徒全員が神経をとがらせ、肩越しに背後をうかがったり、木々の間を透かし見たりして、近づいてくるはずの何かの姿をとらえようとしていた。そして、ハグリッドが三度髪を振り払い、巨大な胸をさらにふくらませたとき、ハリーはロンをつっつき、曲がりくねった二本のイチイの木の間の暗がりを指差した。

暗がりの中で、白く光る目が一対、だんだん大きくなってきた。まもなく、ドラゴンのような顔、首、そして、翼のある大きな黒い馬の骨ばった胴体が、暗がりから姿を現した。その生き物は、黒く長い尾を振りながら、数秒間生徒たちを眺め、それから頭を下げて、とがった牙で死んだ牛の肉を食いちぎりはじめた。

ハリーの胸にどっと安堵感が押し寄せた。とうとう証明された。この生き物は、ハリーの幻想ではなく実在していた。ハグリッドもこの生き物を知っていた。ハリーは待ちきれない気持ちでロンを見た。しかし、ロンはまだきょろきょろ木々の間を見つめていた。しばらくしてロンがささやいた。

「ハグリッドはどうしてもう一度呼ばないのかな？」

生徒のほとんどが、ロンと同じように、怖いもの見たさの当惑した表情で目をこらし、馬が目と鼻の先にいるのに、とんでもない方向ばかり見ていた。この生き物が見える様子なのは、ハリーのほかに二人しかいなかった。ゴイルのすぐ後ろで、スリザリンの筋ばった男の子が、馬が食らいつく姿を苦々しげに見ていた。それに、ネビルだ。その目が、長い黒い尾の動きを追っていた。

「ほれ、もう一頭来たぞ！」ハグリッドが自慢げに言った。暗い木の間から現れた二頭目の黒い馬が、なめし革のような翼をたたみ込んで胴体にくっつけ、頭を突っ込んで肉にかぶりついた。

「さーて……手を挙げてみろや。こいつらが見える者は？」

この馬の謎がついにわかるのだと思うとうれしくて、ハリーは手を挙げた。ハグリッドがハリーを見てうなずいた。

「うん……うん。おまえさんにゃ見えると思ったぞ、ハリー」ハグリッドはまじめな声を出した。

「そんで、おまえさんもだな？　ネビル、ん？　そんで――」

「おうかがいしますが」マルフォイがあざけるように言った。「いったい何が見えるはずなんでしょうね？」

答えるかわりに、ハグリッドは地面の牛の死骸を指差した。クラス中が一瞬そこに注目した。そして何人かが息をのみ、パーバティは悲鳴を上げた。ハリーはそれがなぜなのかわかった。肉がひとりでに骨からはがれ空中に消えていくさまは、いかにも気味が悪いにちがいない。

「何がいるの？」パーバティがあとずさりして近くの木の陰に隠れ、震える声で聞いた。「何が食べているの？」

「セストラルだ」ハグリッドが誇らしげに言った。

ハリーのすぐ隣で、ハーマイオニーが、納得したように「**あっ！**」と小さな声を上げた。

「ホグワーツのセストラルの群れは、全部この森にいる。そんじゃ、誰か知っとる者は――？」

「だけど、それって、とーっても縁起が悪いのよ！」パーバティがとんでもないという顔で口をはさんだ。「見た人にありとあらゆる恐ろしい災難が降りかかるって言われてるわ。トレローニー先生が一度教えてくださった話では――」

「いや、いや、いや」ハグリッドがクックッと笑った。「そりゃ、単なる迷信だ。こいつらは縁起が悪いんじゃねえ。どえらく賢いし、役に立つ！　もっとも、こいつら、そんなに働いてるわけではねえがな。重要なんは、学校の馬車ひきだけだ。あとは、ダンブルドアが遠出するのに、『姿あらわし』をなさらねえときだけだな――ほれ、また二頭来たぞ――」

木の間から別の二頭が音もなく現れた。一頭がパーバティのすぐそばを通ると、パーバティは身震いして、木にしがみついた。

「私、何か感じたわ。きっとそばにいるのよ！」

「心配ねえ。おまえさんにけがさせるようなことはしねえから」ハグリッドは辛抱強く言い聞かせた。「よし、そんじゃ、知っとる者はいるか？　どうして見える者と見えない者がおるのか？」

ハーマイオニーが手を挙げた。

「言ってみろ」ハグリッドがニッコリ笑いかけた。

「セストラルを見ることができるのは」ハーマイオニーが答えた。「死を見たことがある者だけです」

「そのとおりだ」ハグリッドが厳かに言った。「グリフィンドールに一〇点。さーて、セストラルは――」

「**エヘン、エヘン**」

アンブリッジ先生のお出ましだ。ハリーからほんの数十センチの所に、また緑の帽子とマントを着て、クリップボードをかまえて立っていた。アンブリッジの空咳を初めて聞いたハグリッドは、一番近くのセストラルを心配そうにじっと見た。変な音を出したのはそれだと思ったらしい。

「**エヘン、エヘン**」

「おう、やあ！」音の出所がわかったハグリッドがニッコリした。

「今朝、あなたの小屋に送ったメモは、受け取りましたか？」

アンブリッジは前と同じように、大きな声でゆっくり話しかけた。まるで外国人に、しかもとろい人間に話しかけているようだ。

「あなたの授業を査察しますと書きましたが？」

「ああ、うん」ハグリッドが明るく言った。「この場所がわかってよかった！　ほーれ、見てのとおり――はて、どうかな――見えるか？　今日はセストラルをやっちょる――」

「え？　何？」アンブリッジ先生が耳に手を当て、顔をしかめて大声で聞きなおした。「なんて言いましたか？」

ハグリッドはちょっと戸惑った顔をした。

「あー――**セストラル！**」ハグリッドも大声で言った。「大っきな――あー――翼のある馬だ。ほれ！」

ハグリッドは、これならわかるだろうとばかり、巨大な両腕をパタパタ上下させた。

アンブリッジ先生は眉を吊り上げ、ブツブツ言いながらクリップボードに書きつけた。

「**原始的な……身振りによる……言葉に……頼らなければ……ならない**」

「さて……とにかく……」ハグリッドは生徒のほうに向きなおったが、ちょっとまごついていた。

「む……俺は何を言いかけてた？」

「**記憶力が……弱く……直前の……ことも……覚えて……いないらしい**」

アンブリッジのブツブツは、誰にも聞こえるような大きな声だった。ドラコ・マルフォイはクリスマスが一か月早く来たような喜びようだ。逆にハーマイオニーは、怒りを抑えるのに真っ赤になっていた。

「あっ、そうだ」

ハグリッドはアンブリッジのクリップボードをそわそわと見たが、勇敢にも言葉を続けた。

「そうだ、俺が言おうとしてたのは、どうして群れを飼うようになったかだ。うん。つまり、最初は雄一頭と雌五頭で始めた。こいつは」ハグリッドは最初に姿を現した一頭をやさしくたたいた。

「テネブルスって名で、俺が特別かわいがってるやつだ。この森で生まれた最初の一頭だ――」

「ご存じかしら？」アンブリッジが大声で口をはさんだ。

「魔法省はセストラルを『危険生物』に分類しているのですが？」

ハリーの心臓が石のように重くなった。しかし、ハグリッドはクックッと笑っただけだった。

「セストラルが危険なものか！　そりゃ、さんざんいやがらせをすりゃあ、かみつくかもしらんが――」

「**暴力の……行使を……楽しむ……傾向が……見られる**」

アンブリッジがまたしてもブツブツ言いながらクリップボードに走り書きした。

「そりゃちがうぞ――ばかな！」ハグリッドは少し心配そうな顔になった。「つまり、けしかけりゃ犬もかみつくだろうが――だけんど、セストラルは、死とかなんとかで、悪い評判が立っとるだけだ――こいつらが不吉だと思い込んどるだけだろうが？　わかっちゃいなかったんだ、そうだろうが？」

アンブリッジは何も答えず、最後のメモを書き終えるとハグリッドを見上げ、またしても大きな声でゆっくり話しかけた。

「授業を普段どおり続けてください。わたくしは歩いて見回ります」アンブリッジは歩くしぐさをして見せた（マルフォイとパンジー・パーキンソンは、声を殺して笑いこけていた）。

「生徒さんの間をね」アンブリッジはクラスの生徒の一人一人を指差した。

「そして、みんなに質問をします」アンブリッジは自分の口を指差し、口をパクパクさせた。

ハグリッドはアンブリッジをまじまじと見ていた。まるでハグリッドには普通の言葉が通じないかのように身振り手振りをしてみせるのはなぜなのか、さっぱりわからないという顔だ。ハーマイオニーはいまや悔し涙を浮かべていた。

「鬼ばばぁ、腹黒鬼ばばぁ！」アンブリッジがパンジー・パーキンソンのほうに歩いていったとき、ハーマイオニーが小声で毒づいた。「あんたが何をたくらんでいるか、知ってるわよ。鬼、根性曲がりの性悪の――」

「むむむ……とにかくだ」ハグリッドはなんとかして授業の流れを取り戻そうと奮闘していた。

「そんで――セストラルだ。うん。まあ、こいつらにはいろいろええとこがある……」

「どうかしら？」アンブリッジ先生が声を響かせてパンジー・パーキンソンに質問した。「あなた、ハグリッド先生が話していること、理解できるかしら？」

ハーマイオニーと同じく、パンジーも目に涙を浮かべていたが、こっちは笑いすぎの涙だった。クスクス笑いをこらえながら答えるので、何を言っているのかわからないほどだった。

「いいえ……だって……あの……話し方が……いつも唸ってるみたいで……」

アンブリッジがクリップボードに走り書きした。ハグリッドの顔の、けがしていないわずかな部分が赤くなった。それでも、ハグリッドは、パンジーの答えを聞かなかったかのように振る舞おうとした。

「あー……うん……セストラルのええとこだが。えーと、ここの群れみてえに、いったん飼いならされると、みんな、もう絶対道に迷うことはねえぞ。方向感覚抜群だ。どこへ行きてえって、こいつらに言うだけでええ――」

「もちろん、あんたの言うことがわかれば、ということだろうね」マルフォイが大きな声で言った。パンジー・パーキンソンがまた発作的にクスクス笑いだした。アンブリッジはその二人には寛大にほほえみ、それからネビルに聞いた。

「セストラルが見えるのね、ロングボトム？」

ネビルがうなずいた。

「誰が死ぬところを見たの？」無神経な調子だった。

「僕の……じいちゃん」ネビルが言った。

「それで、あの生物をどう思うの？」ずんぐりした手を馬のほうに向けてひらひらさせながら、アンブリッジが聞いた。セストラルはもうあらかた肉を食いちぎり、ほとんど骨だけが残っていた。

「んー」ネビルは、おずおずとした目でハグリッドをちらりと見た。「あの……この生物は……ん……問題ありません……」

「**生徒たちは……脅されていて……怖いと……正直に……そう言えない**」アンブリッジはブツブツ言いながらクリップボードにまた書きつけた。

「ちがうよ！」ネビルはうろたえた。「ちがう、僕、あいつらが怖くなんかない！」

「いいんですよ」アンブリッジはネビルの肩をやさしくたたいた。そしてわかっていますよという笑顔を見せたつもりらしいが、ハリーにはむしろ嘲笑に見えた。

「さて、ハグリッド」アンブリッジは再びハグリッドを見上げ、またしても大きな声でゆっくり話しかけた。「これでわたくしのほうはなんとかなります。査察の結果を（クリップボードを指差した）あなたが受け取るのは（自分の体の前で、何かを受け取るしぐさをした）、十日後です」

アンブリッジは短いずんぐり指を十本立てて見せた。それからニターッと笑ったが、緑の帽子の下で、その笑いはことさらガマに似ていた。

そしてアンブリッジは、意気揚々と引き揚げた。あとに残ったマルフォイとパンジー・パーキンソンは発作的に笑い転げ、ハーマイオニーは怒りに震え、ネビルは困惑した顔でおろおろしていた。

「あのくされ、うそつき、根性曲がり、怪獣ばばぁ！」

三十分後、来るときに掘った雪道をたどって城に帰る道々、ハーマイオニーが気炎を吐いた。

「あの人が何を目論んでるか、わかる？　混血を毛嫌いしてるんだわ――ハグリッドをウスノロのトロールか何かみたいに見せようとしてるのよ。お母さんが巨人だというだけで――それに、ああ、不当だわ。授業は悪くなかったのに――そりゃ、また『尻尾爆発スクリュート』なんかだったら……でもセストラルは大丈夫――ほんと、ハグリッドにしては、とってもいい授業だったわ！」

「アンブリッジはあいつらが危険生物だって言ったけど」ロンが言った。

「そりゃ、ハグリッドが言ってたように、あの生物は確かに自己防衛するわ」ハーマイオニーがもどかしげに言った。「それに、グラブリー－プランクのような先生だったら、普通はN・E・W・T試験レベルまではあの生物を見せたりしないでしょうね。でも、ねえ、あの馬、**ほんとうに**おもしろいと思わない？　見える人と見えない人がいるなんて！　私にも見えたらいいのに」

「そう思う？」ハリーが静かに聞いた。

ハーマイオニーが突然ハッとしたような顔をした。

「ああ、ハリー――ごめんなさい――ううん、もちろんそうは思わない――なんてバカなことを言ったんでしょう」

「いいんだ」ハリーが急いで言った。「気にするなよ」

「ちゃんと見える人が多かったのには驚いたな」ロンが言った。「クラスに三人も――」

「そうだよ、ウィーズリー。いまちょうど話してたんだけど」意地の悪い声がした。雪で足音が聞こえなかったらしい。マルフォイ、クラッブ、ゴイルが三人のすぐ後ろを歩いていた。

「君が誰か死ぬところを見たら、少しはクアッフルが見えるようになるかな？」

マルフォイ、クラッブ、ゴイルは、三人を押しのけて城に向かいながらゲラゲラ笑い、突然「ウィーズリーこそわが王者」を合唱しはじめた。ロンの耳が真っ赤になった。

「無視。とにかく無視」ハーマイオニーが呪文を唱えるようにくり返しながら、杖を取り出してまた「熱風の魔法」をかけ、温室までの新雪を溶かして歩きやすい道を作った。


十二月がますます深い雪を連れてやってきた。五年生の宿題もなだれのように押し寄せた。ロンとハーマイオニーの監督生としての役目も、クリスマスが近づくにつれてどんどん荷が重くなっていた。城の飾りつけの監督をしたり（「金モールの飾りつけするときなんか、ピーブズが片方の端を持ってこっちの首をしめようとするんだぜ」とロン）、厳寒で休み時間中にも城内にいる一、二年生を監視したり（「何せ、あの鼻ったれども、生意気でむかつくぜ。僕たちが一年のときは、絶対あそこまで礼儀知らずじゃなかったな」とロン）、アーガス・フィルチと一緒に、交代で廊下の見回りもした。フィルチはクリスマス・ムードのせいで決闘が多発するのではないかと疑っていた（「あいつ、脳みそのかわりにクソが詰まってる。あのやろう」ロンが怒り狂った）。二人とも忙しすぎて、ハーマイオニーは、ついにしもべ妖精の帽子を編むことさえやめてしまった。あと三つしか残っていないと、ハーマイオニーは焦っていた。

「まだ解放してあげられないかわいそうな妖精たち。ここでクリスマスを過ごさなきゃならないんだわ。帽子が足りないばっかりに！」

ハーマイオニーが作ったものは全部ドビーが取ってしまったなど、とても言いだせずにいたハリーは、下を向いたまま「魔法史」のレポートに深々と覆いかぶさった。いずれにせよ、ハリーはクリスマスのことを考えたくなかった。これまでの学校生活で初めて、ハリーはクリスマスにホグワーツを離れたいという思いを強くしていた。クィディッチは禁止されるし、ハグリッドが停職になるのではないかと心配だし、そんなこんなで、ハリーはいま、この学校という場所がつくづくいやになっていた。

たった一つの楽しみはＤＡ会合だった。しかし、ＤＡメンバーのほとんどが休暇を家族と過ごすので、ＤＡもその間は中断しなければならないだろう。ハーマイオニーは両親とスキーに行く予定だったが、これがロンには大受けだった。マグルが細い板切れを足にくくりつけて山の斜面をすべり降りるなど、ロンには初耳だったのだ。一方ロンは「隠れ穴」に帰る予定だった。ハリーは数日間ねたましさにたえていたが、クリスマスにどうやって家に帰るのかとロンに聞いたとき、そんな思いを吹き飛ばす答えが返ってきた。

「だけど、君も来るんじゃないか！　僕、言わなかった？　ママがもう何週間も前に手紙でそう言ってきたよ。君を招待するようにって！」

ハーマイオニーは「まったくもう」という顔をしたが、ハリーの気持ちは躍った。「隠れ穴」でクリスマスを過ごすと考えただけでわくわくした。ただ、シリウスと一緒に休暇を過ごせなくなるのが後ろめたくて、手放しでは喜べなかった。名付け親をクリスマスのお祝いに招待してほしいと、ウィーズリーおばさんに頼み込んでみようかとも思った。

しかし、いずれにせよ、シリウスがグリモールド・プレイスを離れるのを、ダンブルドアは許可しないだろう。それに、ウィーズリーおばさんがシリウスの来訪を望まないだろうと思わないわけにはいかなかった。二人がよく衝突していたからだ。シリウスからは、暖炉の火の中に現れたのを最後に、なんの連絡もなかった。アンブリッジが四六時中見張っている以上、連絡しようとするのは賢明ではないとわかってはいたが、母親の古い館で、ひとりぼっちのシリウスが、クリーチャーとさびしくクリスマスのクラッカーのひもを引っ張る姿を想像するのはつらかった。

休暇前の最後のDA会合で、ハリーは早めに「必要の部屋」に行った。それが正解だった。松明がパッと灯ったとたん、ドビーが気を利かせてクリスマスの飾りつけをしていたことがわかったのだ。ドビーの仕業なのは明らかだ。こんな飾り方をするのはドビー以外にありえない。百あまりの金の飾り玉が天井からぶら下がり、その全部に、ハリーの似顔絵とメッセージがついていた。「**楽しいハリークリスマスを！**」

ハリーが最後の玉をなんとかはずし終えたとき、ドアがキーッと開き、ルーナ・ラブグッドがいつもどおりの夢見顔で入ってきた。

「こんばんは」まだ残っている飾りつけを見ながら、ルーナがぼうっと挨拶した。「きれいだね。あんたが飾ったの？」

「ちがう。屋敷しもべ妖精のドビーさ」

「宿木だ」ルーナが白い実のついた大きな塊を指差して夢見るように言った。ほとんどハリーの真上にあった。ハリーは飛びのいた。

「そのほうがいいわ」ルーナがまじめくさって言った。「それ、ナーグルだらけのことが多いから」

その時、アンジェリーナ、ケイティ、アリシアが到着して、ナーグルがなんなのか聞く面倒が省けた。三人とも息を切らし、いかにも寒そうだった。

「あのね」アンジェリーナが、マントを脱ぎ、隅のほうに放り投げながら、活気のない言い方をした。「やっと君のかわりを見つけた」

「僕のかわり？」ハリーはキョトンとした。

「君とフレッドとジョージよ」アンジェリーナがもどかしげに言った。「別のシーカーを見つけた！」

「誰？」ハリーはすぐ聞き返した。

「ジニー・ウィーズリー」ケイティが言った。

ハリーはあっけに取られてケイティを見た。

「うん、そうなのよ」アンジェリーナが杖を取り出し、腕を曲げ伸ばししながら言った。「だけど、実際、かなりうまいんだ。もちろん、君とは段ちがいだけど」アンジェリーナは非難たらたらの目でハリーを見た。「だけど君を使えない以上……」

ハリーは言い返したくてのどまで出かかった言葉を、ぐっとのみ込んだ――チームから除籍されたことを、君の百倍も悔やんでいるのはこの僕だろ？　僕の気持ちも少しは察してくれよ。

「それで、ビーターは？」ハリーは平静な調子を保とうと努力しながら聞いた。

「アンドリュー・カーク」アリシアが気のない返事をした。「それと、ジャック・スローパー。どっちもさえないけど、ほかに志願してきたウスノロどもに比べれば……」

ロン、ハーマイオニー、ネビルが到着して気のめいる会話もここで終わり、五分とたたないうちに部屋が満員になったので、ハリーはアンジェリーナの強烈な非難のまなざしを見ずにすんだ。

「オッケー」ハリーはみんなに注目するよう呼びかけた。「今夜はこれまでやったことを復習するだけにしようと思う。休暇前の最後の会合だから、これから三週間も空いてしまうのに、新しいことを始めても意味がないし――」

「新しいことはなんにもしないのか？」ザカリアス・スミスが不服そうにつぶやいた。部屋中に聞こえるほど大きな声だった。「そのこと知ってたら、来なかったのに……」

「いやぁ、ハリーが君にお知らせ申し上げなかったのは、我々全員にとって、まことに残念だったよ」フレッドが大声で言った。

何人かが意地悪く笑った。チョウが笑っているのを見て、ハリーは、階段を一段踏みはずしたときに胃袋がすっと引っ張られる、あの感覚を味わった。

「――二人ずつ組になって練習だ」ハリーが言った。「最初は『妨害の呪い』を十分間。それからクッションを出して、『失神術』をもう一度やってみよう」

みんな素直に二人組になり、ハリーは相変わらずネビルと組んだ。まもなく部屋中に「インペディメンタ！　妨害せよ！」の叫びが断続的に飛び交った。術をかけられたほうが一分ほど固まっている間、かけた相手は手持ちぶさたにほかの組の様子を眺め、術が解けると、交代してかけられる側に回った。

ネビルは見ちがえるほどに上達していた。しばらくして、三回続けてネビルに術をかけられたあと、ハリーはネビルをまたロンとハーマイオニーの組に入れて、自分は部屋を見回ってほかの組を観察できるようにした。チョウのそばを通ると、チョウがニッコリ笑いかけた。ハリーは、あと数回チョウのそばを通りたいという誘惑に耐えた。

「妨害の呪い」を十分間練習したあと、みんなでクッションを床いっぱいに敷き詰め、「失神術」を復習しはじめた。全員がいっせいに、この呪文を練習するには場所が狭すぎたので、半分がまず練習を眺め、その後交代した。みんなを観察しながら、ハリーは誇らしさに胸がふくらむ思いだった。確かに、ネビルはねらい定めていたディーンではなく、パドマ・パチルを失神させたが、そのミスもいつものはずれっぷりよりは的に近かった。そのほか全員が長足の進歩をとげていた。

一時間後、ハリーは「やめ」と叫んだ。

「みんな、とってもよくなったよ」ハリーは全員に向かってニッコリした。「休暇から戻ったら、何か大技を始められるだろう――守護霊とか」

みんなが興奮でざわめいた。いつものように三々五々部屋を出ていくとき、ほとんどのメンバーがハリーに「メリークリスマス」と挨拶した。楽しい気分で、ハリーはロンとハーマイオニーと一緒にクッションを集め、きちんと積み上げた。ロンとハーマイオニーがひと足先に部屋を出た。ハリーは少しあとに残った。チョウがまだ部屋にいたので、チョウから「メリークリスマス」と言ってもらいたかったからだ。

「ううん、あなた、先に帰って」チョウが友達のマリエッタにそう言うのが聞こえた。ハリーは心臓がのどぼとけのあたりまで飛び上がってきたような気がした。

ハリーは積み上げたクッションをまっすぐにしているふりをした。まちがいなく二人っきりになったと意識しながら、ハリーはチョウが声をかけてくるのを待った。ところが、聞こえたのは大きくしゃくり上げる声だった。

振り向くと、チョウが部屋の真ん中で涙にほおをぬらして立っていた。

「どうし――?」

ハリーはどうしていいのかわからなかった。チョウはただそこに立ち尽くし、さめざめと泣いていた。

「どうしたの?」ハリーはおずおずと聞いた。

チョウは首を振り、そでで目をぬぐった。

「ごめん――なさい」チョウが涙声で言った。「たぶん……ただ……いろいろ習ったものだから……私……もしかしてって思ったの……**彼が**こういうことをみんな知っていたら……死なずにすんだろうにって」

ハリーの心臓はたちまち落下して、元の位置を通り過ぎ、へそのあたりに収まった。そうだったのか。チョウはセドリックの話がしたかったんだ。

「セドリックは、みんな知っていたよ」ハリーは重い声で言った。「とても上手だった。そうじゃなきゃ、あの迷路の中心までたどり着けなかっただろう。だけど、ヴォルデモートが本気で殺すと決めたら誰も逃げられやしない」

チョウはヴォルデモートの名前を聞くとヒクッとのどを鳴らしたが、たじろぎもせずにハリーを見つめていた。

「**あなたは**、ほんの赤ん坊だったときに生き残ったわ」チョウが静かに言った。

「ああ、そりゃ」ハリーはうんざりしながらドアのほうに向かった。「どうしてなのか、僕にはわからない。誰にもわからないんだ。だから、そんなことは自慢にはならないよ」

「お願い、行かないで！」チョウはまた涙声になった。「こんなふうに取り乱して、ほんとうにごめんなさい……そんなつもりじゃなかったの……」

チョウはまたヒクッとしゃくり上げた。真っ赤に泣き腫らした目をしていても、チョウはほんとうにかわいい。ハリーは心底みじめだった。「メリークリスマス」と言ってもらえたら、それだけで幸せだったのに。

「あなたにとってはどんなにひどいことなのか、わかってるわ」チョウはまたそでで涙をぬぐった。「私がセドリックのことを口にするなんて。あなたは彼の死を見ているというのに……。あなたは忘れてしまいたいのでしょう？」

ハリーは何も答えなかった。確かにそうだった。しかし、そう言ってしまうのは残酷だ。

「あなたは、と、とってもすばらしい先生よ」チョウは弱々しくほほえんだ。「私、これまではなんにも失神させられなかったの」

「ありがとう」ハリーはぎこちなく答えた。

二人はしばらく見つめ合った。ハリーは、走って部屋から逃げ出したいという焼けるような思いと裏腹に、足がまったく動かなかった。

「宿木だわ」チョウがハリーの頭上を指差して、静かに言った。

「うん」ハリーは口がカラカラだった。「でもナーグルだらけかもしれない」

「ナーグルってなあに？」

「さあ」ハリーが答えた。チョウが近づいてきた。ハリーの脳みそは失神術にかかったようだった。「ルーニーに、あ、ルーナに聞かないと」

チョウはすすり泣きとも笑いともつかない不思議な声を上げた。チョウはますますハリーの近くにいた。鼻の頭のそばかすさえ数えられそうだ。

「あなたがとっても好きよ、ハリー」

ハリーは何も考えられなかった。ゾクゾクした感覚が体中に広がり、腕が、足が、頭がしびれていった。

チョウがこんなに近くにいる。まつげに光る涙のひと粒ひと粒が見える……。

三十分後、ハリーが談話室に戻ると、ハーマイオニーとロンは暖炉のそばの特等席に収まっていた。ほかの寮生はほとんど寝室に引っ込んでしまったらしい。ハーマイオニーは長い手紙を書いていた。もう羊皮紙ひと巻の半分が埋まり、テーブルの端から垂れ下がっている。ロンは暖炉マットに寝そべり、「変身術」の宿題に取り組んでいた。

「なんで遅くなったんだい？」ハリーがハーマイオニーの隣のひじかけ椅子に身を沈めると、ロンが聞いた。

ハリーは答えなかった。ショック状態だった。いま起こったことをロンとハーマイオニーに言いたい気持ちと、秘密を墓場まで持って行きたい気持ちが半分半分だった。

「大丈夫？　ハリー？」ハーマイオニーが羽根ペン越しにハリーを見つめた。

ハリーはあいまいに肩をすくめた。正直言って、大丈夫なのかどうか、わからなかった。

「どうした？」ロンがハリーをよく見ようと、片ひじをついて上体を起こした。「何があった？」

ハリーはどう話を切り出していいやらわからず、話したいのかどうかさえはっきりわからなかった。何も言うまいと決めたその時、ハーマイオニーがハリーの手から主導権を奪った。

「チョウなの?」ハーマイオニーが真顔できびきびと聞いた。「会合のあとで、迫られたの?」

驚いてぼうっとなり、ハリーはこっくりした。ロンが冷やかし笑いをしたが、ハーマイオニーにひとにらみされて真顔になった。

「それで——えー——彼女、何を迫ったんだい?」ロンは気軽な声を装ったつもりらしい。

「チョウは——」ハリーはかすれ声だった。咳払いをして、もう一度言いなおした。「チョウは——あー——」

「あなた、キスしたの?」ハーマイオニーがてきぱきと聞いた。

ロンがガバッと起き上がり、インクつぼがはじかれてマット中にこぼれた。そんなことはまったくおかまいなしに、ロンはハリーを穴が開くほど見つめた。

「んー?」ロンがうながした。

ハリーは、好奇心と浮かれだしたい気持ちが入りまじったロンの顔から、ちょっとしかめっ面のハーマイオニーへと視線を移し、こっくりした。

「**ひゃっほう!**」

ロンは拳を突き上げて勝利のしぐさをし、それから思いっきりやかましいバカ笑いをした。窓際にいた気の弱そうな二年生が数人飛び上がった。ロンが暖炉マットを転げ回って笑うのを見ていたハリーの顔に、ゆっくりと照れ笑いが広がった。ハーマイオニーは、最低だわ、という目つきでロンを見ると、また手紙を書きだした。

「それで？」ようやく収(おさ)まったロンが、ハリーを見上げた。「どうだった？」

　ハリーは一瞬(いっしゅん)考えた。

「ぬれてた」ほんとうのことだった。

　ロンは歓喜(かんき)とも嫌悪(けんお)とも取れる、なんとも判断(はんだん)しがたい声をもらした。

「だって、泣いてたんだ」ハリーは重い声でつけ加えた。

「へえ」ロンの笑いが少しかげった。「君、そんなにキスが下手くそなのか？」

「さあ」ハリーは、そんなふうには考えてもみなかったが、すぐに心配になった。「たぶんそうなんだ」

「そんなことないわよ、もちろん」ハーマイオニーは、相変わらず手紙を書き続けながら、上の空で言った。

「どうしてわかるんだ？」ロンが切(き)り込(こ)んだ。

「だって、チョウったら、このごろ半分は泣いてばっかり」ハーマイオニーがあいまいに答えた。「食事のときとか、トイレとか、あっちこっちでよ」

「ちょっとキスしてやったら、元気になるんじゃないのかい？」ロンがニヤニヤした。

「ロン」ハーマイオニーはインクつぼに羽根ペンを浸しながら、厳しく言った。「あなたって、私がお目にかかる光栄に浴した鈍感な方たちの中でも、とびきり最高だわ」

「それはどういう意味でございましょう？」ロンが憤慨した。「キスされながら泣くなんて、どういうやつなんだ？」

「まったくだ」ハリーは弱りはて、すがる思いで聞いた。「泣く人なんているかい？」

ハーマイオニーはほとんど哀れむように二人を見た。

「チョウがいまどんな気持ちなのか、あなたたちにはわからないの？」

「わかんない」ハリーとロンが同時に答えた。

ハーマイオニーはため息をつくと、羽根ペンを置いた。

「あのね、チョウは当然、とっても悲しんでる。セドリックが死んだんだもの。でも、混乱してると思うわね。だって、チョウはセドリックが好きだったけど、いまはハリーが好きなのよ。それで、どっちがほんとうに好きなのかわからないんだわ。それに、そもそもハリーにキスするなんて、セドリックの思い出に対する冒瀆だと思って、自分を責めてるわね。それと、もしハリーとつき合いはじめたら、みんながどう思うだろうって心配して。その上、そもそもハリーに対する気持ちがなんなのか、たぶんわからないのよ。だって、ハリーはセドリックが死んだときにそばにいた人間ですもの。だから、何もかもごっちゃになって、つらいのよ。ああ、それに、このごろひどい飛び方だから、レイブンクローのクィディッチ・チームから放り出されるんじゃないかって恐れてるみたい」

演説が終わると、茫然自失の沈黙が跳ね返ってきた。やがてロンが口を開いた。

「そんなにいろいろ一度に感じてたら、その人、爆発しちゃうぜ」

「誰かさんの感情が、茶さじ一杯分しかないからといって、みんながそうとはかぎりませんわ」

ハーマイオニーは皮肉っぽくそう言うと、また羽根ペンを取った。

「彼女のほうが仕掛けてきたんだ」ハリーが言った。「僕ならできなかった――チョウがなんだか僕のほうに近づいてきて――それで、その次は僕にしがみついて泣いてた――僕、どうしていいかわからなかった――」

「そりゃそうだろう、なあ、おい」ロンは、考えただけでもそりゃ大変なことだという顔をした。

「ただやさしくしてあげればよかったのよ」ハーマイオニーが心配そうに言った。「そうしてあげたんでしょ？」

「うーん」バツの悪いことに、顔がほてるのを感じながら、ハリーが言った。「僕、なんていうか――ちょっと背中をポンポンってたたいてあげた」

ハーマイオニーはやれやれという表情をしないよう、必死で抑えているような顔をした。

「まあね、それでもまだましだったかもね」ハーマイオニーが言った。「また彼女に会うの？」

「会わなきゃならないだろ?」ハリーが言った。「だって、DAの会合があるだろ?」

「そうじゃないでしょ」ハーマイオニーがじれったそうに言った。

ハリーは何も言わなかった。ハーマイオニーの言葉で、恐ろしい新展開の可能性が見えてきた。チョウと一緒にどこかに行くことを想像してみた――ホグズミードとか――何時間もチョウと二人っきりだ。さっきあんなことがあったあと、もちろんチョウは僕がデートに誘うことを期待していただろう……そう考えると、ハリーは胃袋がしめつけられるように痛んだ。

「まあ、いいでしょう」ハーマイオニーは他人行儀にそう言うと、また手紙に没頭した。「彼女を誘うチャンスはたくさんあるわよ」

「ハリーが誘いたくなかったらどうする?」いつになく小賢しい表情を浮かべて、ハリーを観察していたロンが言った。

「ばかなこと言わないで」ハーマイオニーが上の空で言った。「ハリーはずっと前からチョウが好きだったのよ。そうでしょ? ハリー?」

ハリーは答えなかった。確かに、チョウのことはずっと前から好きだった。しかし、チョウと二人でいる場面を想像するときは、必ず、チョウは楽しそうだった。自分の肩にさめざめと泣き崩れるチョウとは対照的だった。

「ところで、その小説、誰に書いてるんだ?」いまや床を引きずっている羊皮紙をのぞき込みながら、ロンが聞いた。

ハーマイオニーはあわてて紙をたくし上げた。

「ビクトール」

「**クラム？**」

「ほかに何人ビクトールがいるっていうの？」

ロンは何も言わずふてくされた顔をした。

三人はそれから二十分ほどだまりこくっていた。ロンは何度もいらいらと鼻を鳴らしたり、まちがいを棒線で消したりしながら、「変身術」のレポートを書き終え、ハーマイオニーは羊皮紙の端までせっせと書き込んでから、ていねいに丸めて封をした。ハリーは暖炉の火を見つめ、シリウスの頭が現れて、女の子について何か助言してほしいと、そればかりを願っていた。しかし、火はだんだん勢いを失い、真っ赤なたき火もついに灰になって崩れた。気がつくと、談話室に最後まで残っているのは、またしてもこの三人だった。

「じゃあ、おやすみ」ハーマイオニーは大きなあくびをしながら、女子寮の階段を上っていった。

「いったいクラムのどこがいいんだろう？」ハリーと一緒に男子寮の階段を上りながら、ロンが問い詰めた。

「そうだな」ハリーは考えた。「クラムは年上だし……クィディッチ国際チームの選手だし……」

「うん、だけどそれ以外には」ロンがますますしゃくにさわったように言った。「つまり、あいつは気難しいいやなやつだろ？」

「少し気難しいな、うん」ハリーはまだチョウのことを考えていた。

二人はだまってローブを脱ぎ、パジャマを着た。

ディーン、シェーマス、ネビルはとっくに眠っていた。ハリーはベッド脇の小机にめがねを置き、ベッドに入ったが、周りのカーテンは閉めずに、ネビルのベッド脇の窓から見える星空を見つめた。昨夜のいまごろ、二十四時間後にはチョウ・チャンとキスしてしまっていることが予想できただろうか……。

「おやすみ」どこか右のほうから、ロンがボソボソ言うのが聞こえた。

「おやすみ」ハリーも言った。

この次には……次があればだが……チョウはたぶんもう少し楽しそうにしているかもしれない。デートに誘うべきだった。たぶんそれを期待していたんだ。いまごろ僕に腹を立てているだろうな……それとも、ベッドに横になって、セドリックのことでまだ泣いているのかな？　ハリーは何をどう考えていいのかわからなかった。ハーマイオニーの説明で理解しやすくなるどころか、かえって何もかも複雑に思えてきた。

そういうことこそ、学校で教えるべきだ。寝返りを打ちながらハリーはそう思った。**女の子の頭**

がどういうふうに働くのか……とにかく、「占い学」よりは役に立つ……。

ネビルが眠りながら鼻を鳴らした。ふくろうが夜空のどこかでホーッと鳴いた。

ハリーはＤＡの部屋に戻った夢を見た。うその口実で誘い出したとチョウに責められている。「蛙チョコレート」のカードを百五十枚くれると約束したから来たのにと、チョウがなじっている。ハリーは抗議した……。チョウが叫んだ。「**セドリックはこんなにたくさん蛙チョコカードをくれたわ。見て！**」そしてチョウは両手いっぱいのカードをローブから引っ張り出し、空中にばらまいた。次にチョウがハーマイオニーに変わった。今度はハーマイオニーがしゃべった。「**ハリー、あなた、チョウに約束したんでしょう……。かわりに何かあげたほうがいいわよ……ファイアボルトなんかどう？**」そしてハリーは、チョウにファイアボルトはやれない、と抗議していた。アンブリッジに没収されているし、それに、こんなこと、まるでばかげてる。僕がＤＡの部屋に来たのは、ドビーの頭のような形のクリスマスの飾り玉を取りつけるためなんだから……。

夢が変わった……。

ハリーの体はなめらかで力強く、しなやかだった。光る金属の格子の間を通り、暗く冷たい石の上をすべっていた……床にぴったり張りつき、腹ばいですべっている……暗い。しかし、周りのものは見える。不気味な鮮やかな色でぼんやり光っているのだ……。ハリーは頭を回した……一見したところ、その廊下には誰もいない……いや、ちがう……行く手に男が一人、床に座っている。あごがだらりと垂れて胸についている。その輪郭が、暗闇の中で光っている……。

ハリーは舌を突き出した……空中に漂う男のにおいを味わった……生きている。居眠りしている……廊下の突き当たりの扉の前に座って……。

ハリーはその男をかみたかった……しかし、その衝動を抑えなければならない……もっと大切な仕事があるのだから……。

ところが、男が身動きした……急に立ち上がり、ひざから銀色の「マント」がすべり落ちた。鮮やかな色のぼやけた男の輪郭が、ハリーの上にそびえ立つのが見えた。男がベルトから杖を引き抜くのが見えた……。しかたがない……ハリーは床から高々と伸び上がり、襲った。一回、二回、三回。ハリーの牙が男の肉に深々と食い込んだ。男の肋骨が、ハリーの両あごに砕かれるのを感じた。生暖かい血が噴き出す……。

男は苦痛の叫びを上げた……そして静かになった……壁を背に仰向けにドサリと倒れた……血が床に飛び散った……。

額が激しく痛んだ……割れそうだ……。

「ハリー！　**ハリー！**」

ハリーは目を開けた。体中から氷のような冷や汗が噴き出していた。ベッドカバーが拘束衣のように体に巻きついてしめつけている。灼熱した火かき棒を額に押し当てられたような感じだった。

「**ハリー！**」

ロンがひどく驚いた顔で、ハリーに覆いかぶさるようにして立っていた。ベッドの足のほうには、ほかの人影も見えた。ハリーは両手で頭を抱えた。痛みで目がくらむ……。ハリーは一転してうつ伏せになり、ベッドの端に嘔吐した。

「ほんとに病気だよ」おびえた声がした。「誰か呼ぼうか？」

「ハリー！　**ハリー！**」

ロンに話さなければならない。大事なことだ。ロンに話さないと……大きく息を吸い込み、また嘔吐したりしないようこらえながら、痛みでほとんど目が見えないまま、ハリーはやっと体を起こした。

「君のパパが」ハリーは胸を波打たせ、あえぎながら言った。「君のパパが……襲われた……」

「え？」ロンはさっぱりわけがわからないという声だった。

「君のパパだよ！　かまれたんだ。重態だ。どこもかしこも血だらけだった……」

「誰か助けを呼んでくるよ」さっきのおびえた声が言った。ハリーは誰かが寝室から走って出ていく足音を聞いた。

「おい、ハリー」ロンが半信半疑で言った。「君……君は夢を見てただけなんだ……」

「そうじゃない！」ハリーは激しく否定した。肝心なのはロンにわかってもらうことだ。「夢なんかじゃない……普通の夢じゃない……僕がそこにいたんだ。僕は見たんだ……僕が**やった**んだ……」

シェーマスとディーンが何かブツブツ言うのが聞こえたが、ハリーは気にしなかった。額の痛みは少し引いたが、まだ汗びっしょりで、熱があるかのように悪寒が走った。ハリーはまた吐きそうになった。ロンが飛びのいてよけた。

「ハリー、君は具合が悪いんだ」ロンが動揺しながら言った。「ネビルが人を呼びにいったよ」

「僕は病気じゃない！」ハリーはむせながらパジャマで口をぬぐった。震えが止まらない。「僕はどこも悪くない。心配しなきゃならないのは君のパパのほうなんだ――どこにいるのか探さないと――ひどく出血してる――僕は――やったのは巨大な蛇だった」

ハリーはベッドから降りようとしたが、ロンが押し戻した。ディーンとシェーマスはまだどこか近くでささやき合っている。一分たったのか、十分なのか、ハリーにはわからなかった。ただその場に座り込んで、震えながら、額の傷痕の痛みがだんだん引いていくのを感じていた……やがて、階段を急いで上がってくる足音がして、またネビルの声が聞こえてきた。

「先生、こっちです」

マクゴナガル先生が、タータンチェックのガウンをはおり、あたふたと寝室に入ってきた。骨ばった鼻柱にめがねが斜めにのっている。

「ポッター、どうしましたか？　どこが痛むのですか？」

マクゴナガル先生の姿を見てこんなにうれしかったことはない。いまハリーに必要なのは、「不死鳥の騎士団」のメンバーだ。小うるさく世話を焼いて役にも立たない薬を処方する人ではない。

「ロンのお父さんなんです」ハリーはまたベッドに起き上がった。「蛇に襲われて、重態です。僕はそれを見てたんです」

「見ていたとは、どういうことですか」マクゴナガル先生は黒々とした眉をひそめた。

「わかりません……僕は眠っていた。そしたらそこにいて……」

「夢に見たということですか？」

「ちがう！」ハリーは腹が立った。誰もわかってくれないのだろうか？「僕は最初まったくちがう夢を見ていました。バカバカしい夢を……そしたら、それが夢に割り込んできたんです。現実のことです。想像したんじゃありません。ウィーズリーおじさんが床で寝ていて、そしたら巨大な蛇に襲われたんです。血の海でした。おじさんが倒れて。誰か、おじさんの居所を探さないと……」

マクゴナガル先生は、ずれ曲がっためがねの奥からハリーをじっと見つめていた。まるで、自分の見ているものに恐怖を感じているような目だった。

「僕、うそなんかついていない！　狂ってない！」ハリーは先生に訴えた。叫んでいた。「本当です。僕はそれを見たんです！」

「信じますよ。ポッター」マクゴナガル先生が短く答えた。「ガウンを着なさい――校長先生にお目にかかります」

第二十二章

聖マンゴ魔法疾患傷害病院

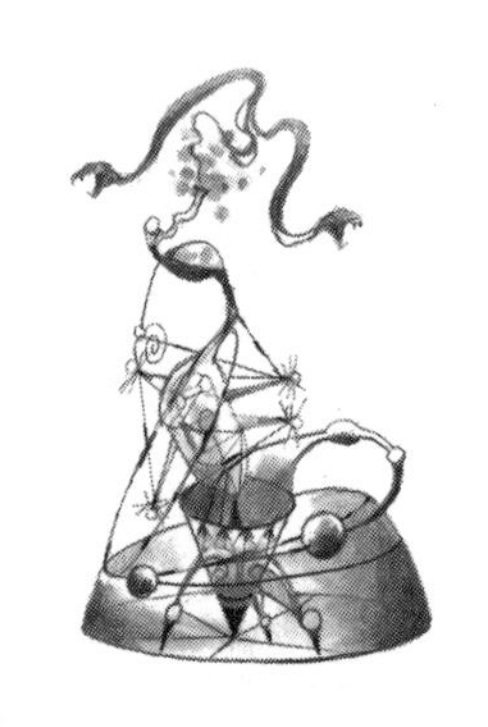

マクゴナガル先生が真に受けてくれたことでホッとしたハリーは、迷うことなくベッドから飛び下り、ガウンを着て、めがねを鼻にぐいと押しつけた。

「ウィーズリー、あなたも一緒に来るべきです」マクゴナガル先生が言った。

二人は先生のあとについて、押しだまっているネビル、ディーン、シェーマスの前を通り、寝室を出て、螺旋階段から談話室へ下りた。そして肖像画の穴をくぐり、月明かりに照らされた「太った婦人」の廊下に出た。

ハリーは体の中の恐怖が、いまにもあふれ出しそうな気がした。駆けだして、大声でダンブルドアを呼びたかった。ウィーズリーおじさんは、こうして僕たちがゆるゆる歩いているときにも、血を流しているのだ。あの牙が――ハリーは必死で「自分の牙」とは考えないようにした――毒を持っていたらどうしよう？

三人はミセス・ノリスの前を通った。猫はランプのような目を三人に向け、かすかにシャーッと鳴いたが、マクゴナガル先生が「シッ！」と追うと、コソコソと物陰に隠れた。

それから数分後、三人は校長室の入口を護衛する石の怪獣像の前に出た。

「フィフィ・フィズビー」マクゴナガル先生が唱えた。

怪獣像に命が吹き込まれ、脇に飛びのいた。その背後の壁が二つに割れ、石の階段が現れた。螺旋状のエスカレーターのように、上へ上へと動いている。三人が動く階段に乗ると、背後で壁が重々しく閉じ、三人は急な螺旋を描いて上へ上へと運ばれ、最後に磨き上げられた樫の扉の前に到着した。扉にはグリフィンの形をした真鍮のドア・ノッカーがついている。

真夜中をとうに過ぎていたが、部屋の中から、ガヤガヤ話す声がはっきりと聞こえた。ダンブルドアが少なくとも十数人の客をもてなしているような声だった。

マクゴナガル先生がグリフィンの形をしたノッカーで扉を三度たたいた。すると、突然、誰かがスイッチを切ったかのように、話し声がやんだ。扉がひとりでに開き、マクゴナガル先生はハリーとロンを従えて中に入った。

部屋は半分暗かった。テーブルに置かれた不思議な銀の道具類は、いつもならくるくる回ったりポッポッと煙を吐いたりしているのに、いまは音もなく動かなかった。壁一面にかけられた歴代校長の肖像画は、全員額の中で寝息を立てている。入口扉の裏側で、白鳥ほどの大きさの、赤と金色の見事な鳥が、翼に首を突っ込み、止まり木でまどろんでいた。

「おう、あなたじゃったか、マクゴナガル先生……それに……**ああ**」

ダンブルドアは机に向かい、背もたれの高い椅子に座っていた。机に広げられた書類を照らすろうそくの明かりが、前かがみになったダンブルドアの姿を浮かび上がらせた。雪のように白い寝巻きの上に、見事な紫と金の刺繍をほどこしたガウンを着ている。しかし、はっきり目覚めているようだ。明るいブルーの目が、マクゴナガル先生をしっかりと見すえていた。

「ダンブルドア先生、ポッターが……そう、悪夢を見ました」マクゴナガル先生が言った。「ポッターが言うには……」

「悪夢じゃありません」ハリーがすばやく口をはさんだ。

マクゴナガル先生がハリーを振り返った。少し顔をしかめている。

「いいでしょう。では、ポッター、あなたからそのことを校長先生に申し上げなさい」

「僕……あの、**確かに**眠っていました……」

ハリーは恐怖にかられ、ダンブルドアにわかってもらおうと必死だった。それなのに、校長がハリーのほうを見もせず、組み合わせた自分の指をしげしげと眺めているので、少しいらだっていた。

「でも、普通の夢じゃなかったんです……現実のことでした……僕はそれを見たんです……」ハリーは深く息を吸った。「ロンのお父さんが――ウィーズリーさんが――巨大な蛇に襲われたんです」

言い終えた言葉が、空中にむなしく反響するような感じがした。ばかばかしく、滑稽にさえ聞こえた。一瞬間が空き、ダンブルドアは背もたれに寄りかかって、何か瞑想するように天井を見つめた。ショックで蒼白な顔のロンが、ハリーからダンブルドアへと視線を移した。

「どんなふうに見たのかね？」ダンブルドアが静かに聞いた。まだハリーを見てくれない。

「あの……わかりません」ハリーは腹立たしげに言った――そんなこと、どうでもいいじゃないか？「僕の頭の中で、だと思います――」

「私の言ったことがわからなかったようだね」ダンブルドアが同じく静かな声で言った。「つまり……覚えておるかね？――あー――襲われたのを見ていたとき、君はどの場所にいたのかね？犠牲者の脇に立っていたとか、それとも、上からその場面を見下ろしていたのかね？」

あまりに奇妙な質問に、ハリーは口をあんぐり開けてダンブルドアを見つめた。まるで何もかも知っているような……。

「僕が蛇でした」ハリーが言った。「全部、蛇の目から見ました」

一瞬、誰も言葉を発しなかった。やがてダンブルドアが、相変わらず血の気の失せた顔のロンに目を移しながら、さっきとはちがう鋭い声で聞いた。

「アーサーはひどいけがなのか？」

「**はい**」ハリーは力んで言った――どうしてみんな理解がのろいんだ？　あんなに長い牙が脇腹を貫いたら、どんなに出血するかわからないのか？　それにしても、ダンブルドアは、せめて僕の顔を見るぐらいは礼儀じゃないか？

　ところが、ダンブルドアはすばやく立ち上がった。あまりの速さに、ハリーが飛び上がるほどだった。それから、天井近くにかかっている肖像画の一枚に向かって話しかけた。

「エバラード！」鋭い声だった。「それに、ディリス、あなたもだ！」

　短く黒い前髪の青白い顔をした魔法使いと、その隣の額の銀色の長い巻き毛の老魔女が、深々と眠っているように見えたが、すぐに目を開けた。

「聞いていたじゃろうな？」

　魔法使いがうなずき、魔女は「当然です」と答えた。

「その男は、赤毛でめがねをかけておる」ダンブルドアが言った。「エバラード、あなたから警報を発する必要があろう。その男がしかるべき者によって発見されるよう――」

　二人ともうなずいて、横に移動し、額の端から姿を消した。しかし、隣の額に姿を現すのではなく（通常、ホグワーツではそうなるのだが）、二人とも消えたままだった。一つの額には真っ黒なカーテンの背景だけが残り、もう一つには立派な革張りのひじかけ椅子が残っていた。壁にかかったほかの歴代校長は、まちがいなく寝息を立て、よだれを垂らして眠り込んでいるように見えるが、気がつくとその多くが、閉じたまぶたの下から、ちらちらとハリーを盗み見ている。扉をノックしたときに中で話をしていたのが誰だったのか、ハリーは突然悟った。

「エバラードとディリスは、ホグワーツの歴代校長の中でも最も有名な二人じゃ」ダンブルドアはハリー、ロン、マクゴナガル先生の脇をすばやく通り過ぎ、今度は扉の脇の止まり木で眠る見事な鳥に近づいていった。「高名な故、二人の肖像画はほかの重要な魔法施設にも飾られておる。自分の肖像画であれば、その間を自由に往き来できるので、あの二人は外で起こっているであろうことを知らせてくれるはずじゃ……」

「だけど、ウィーズリーさんがどこにいるかわからない！」ハリーが言った。

「三人とも、お座り」ダンブルドアはハリーの声が聞こえなかったかのように言った。「エバラードとディリスが戻るまでに数分はかかるじゃろう。マクゴナガル先生、椅子をもう少し出してくださらんか」

マクゴナガル先生が、ガウンのポケットから杖を取り出してひと振りすると、どこからともなく椅子が三脚現れた。背もたれのまっすぐな木の椅子で、ダンブルドアがハリーの尋問のときに取り出したあの座り心地のよさそうなチンツ張りのひじかけ椅子とは大ちがいだった。ハリーは振り返ってダンブルドアを観察しながら腰かけた。ダンブルドアは、指一本で、飾り羽のあるフォークスの金色の頭をなでていた。不死鳥はたちまち目を覚まし、美しい頭を高々ともたげ、真っ黒なキラキラした目でダンブルドアをのぞき込んだ。

「見張りをしてくれるかの」ダンブルドアは不死鳥に向かって小声で言った。

炎がパッと燃え、不死鳥は消えた。

次にダンブルドアは、繊細な銀の道具を一つ、すばやく拾い上げて机に運んできた。ハリーにはその道具が何をするものなのか、まったくわからなかった。ダンブルドアは再び三人と向き合って座り、道具を杖の先でそっとたたいた。

道具はすぐさまひとりでに動きだし、リズムに乗ってチリンチリンと鳴った。てっぺんにあるごく小さな銀の管から、薄緑色の小さな煙がポッポッと上がった。ダンブルドアは眉根を寄せて、煙をじっと観察した。数秒後、ポッポッという煙は連続的な流れになり、濃い煙が渦を巻いて昇った……蛇の頭がその先から現れ、口をカッと開いた。ハリーは、この道具が自分の話を確認してくれるのだろうかと考えながら、そうだという印が欲しくて、ダンブルドアをじっと見つめたが、ダンブルドアは顔を上げなかった。

「なるほど、なるほど」ダンブルドアはひとり言を言っているようだった。驚いた様子をまったく見せず、煙の立ち昇るさまを観察している。「しかし、本質的に分離しておるか？」

ハリーはこれがどういう意味なのか、ちんぷんかんぷんだった。しかし、煙の蛇はたちまち二つに裂け、二匹とも暗い空中にくねくねと立ち昇った。ダンブルドアは厳しい表情に満足の色を浮かべて、道具をもう一度杖でそっとたたいた。チリンチリンという音がゆるやかになり、鳴りやんだ。煙の蛇はぼやけ、形のない霞となって消え去った。

ダンブルドアはその道具を、元の細い小さなテーブルに戻した。ハリーは、歴代校長の肖像画の多くがダンブルドアを目で追っていることに気づいたが、ハリーに見られていることに気がつくと、みんなあわててまた寝たふりをするのだった。ハリーは、あの不思議な銀の道具が何をするものかと聞こうとしたが、その前に、右側の壁のてっぺんから大声がして、エバラードと呼ばれた魔法使いが、少し息を切らしながら自分の肖像画に戻ってきた。

「ダンブルドア！」

「どうじゃった？」ダンブルドアがすかさず聞いた。

「誰かが駆けつけてくるまで叫び続けましたよ」魔法使いは背景のカーテンで額の汗をぬぐいながら言った。「下の階で何か物音がすると言ったのですがね――みんな半信半疑で、確かめに下りていきましたよ――ご存じのように、下の階には肖像画がないので、私はのぞくことはできませんでしたがね。とにかく、まもなくみんながその男を運び出してきました。よくないですね。血だらけだった。もっとよく見ようと思いましてね、出ていく一行を追いかけてエルフリーダ・クラッグの肖像画に駆け込んだのですが――」

「ごくろう」ダンブルドアがそう言う間、ロンはこらえきれないように身動きした。「なれば、ディリスが、その男の到着を見届けたじゃろう――」

まもなく、銀色の巻き毛の魔女も自分の肖像画に戻ってきた。咳き込みながらひじかけ椅子に座り込んで、魔女が言った。「ええ、ダンブルドア、みんながその男を聖マンゴに運び込みました……。私の肖像画の前を運ばれていきましたよ……ひどい状態のようです……」

「ごくろうじゃった」ダンブルドアはマクゴナガル先生のほうを見た。

「ミネルバ、ウィーズリーの子供たちを起こしてきておくれ」

「わかりました……」

マクゴナガル先生は立ち上がって、すばやく扉に向かった。ハリーは横目でちらりとロンを見た。ロンはおびえた顔をしていた。

「それで、ダンブルドア――モリーはどうしますか？」マクゴナガル先生が扉の前で立ち止まって聞いた。

「それは、近づくものを見張る役目を終えた後の、フォークスの仕事じゃ」ダンブルドアが答えた。「しかし、もう知っておるかもしれん……あのすばらしい時計が……」

ダンブルドアは、時間ではなく、ウィーズリー家の一人一人がどこでどうしているかを知らせるあの時計のことを言っているのだと、ハリーにはわかった。ウィーズリーおじさんの針が、いまも「**命が危ない**」を指しているにちがいないと思うと、ハリーは胸が痛んだ。しかし、もう真夜中だ。ウィーズリーおばさんはたぶん眠っていて、時計を見ていないだろう。まね妖怪がウィーズリーおじさんの死体に変身したのを見たときのおばさんのことを思い出すと、ハリーは体が凍るような気持ちだった。めがねがずれ、顔から血を流しているおじさんの姿だった……だけど、ウィーズリーおじさんは死ぬもんか……死ぬはずがない……。

ダンブルドアは、今度はハリーとロンの背後にある戸棚をゴソゴソかき回していた。中から黒ずんだ古いやかんを取り出し、机の上にそっと置くと、ダンブルドアは杖を上げて「ポータス！」と唱えた。やかんが一瞬震え、奇妙な青い光を発した。そして震えが止まると、元どおりの黒さだった。

ダンブルドアはまた別な肖像画に歩み寄った。今度はとがった山羊ひげの、賢しそうな魔法使いだ。スリザリン・カラーの緑と銀のローブを着た姿に描かれた肖像画は、どうやらぐっすり眠っているらしく、ダンブルドアが声をかけても聞こえないようだった。

「フィニアス、**フィニアス**」

部屋に並んだ肖像画の主たちは眠ったふりをやめ、状況をよく見ようと、それぞれの額の中でもぞもぞ動いていた。賢しそうな魔法使いがまだ狸寝入りを続けているので、何人かが一緒に大声で名前を呼んだ。

「フィニアス！　**フィニアス！　フィニアス！**」

もはや眠ったふりはできなかった。芝居がかった身振りでぎくりとし、その魔法使いは目を見開いた。

「誰か呼んだかね？」

「フィニアス。あなたの別の肖像画を、もう一度訪ねてほしいのじゃ」ダンブルドアが言った。

「また伝言があるのでな」

「私の別な肖像画を？」かん高い声でそう言うと、フィニアスはゆっくりとうそあくびをした。

フィニアスの目が部屋をぐるりと見回し、ハリーの所で止まった。

「いや、ご勘弁願いたいね、ダンブルドア、今夜はとてもつかれている」

フィニアスの声には聞き覚えがある。いったいどこで聞いたのだろう？　しかし、ハリーが思い出す前に、壁の肖像画たちがごうごうたる非難の声を上げた。

「貴殿は不服従ですぞ！」赤鼻の、でっぷりした魔法使いが、両手の拳を振り回した。「職務放棄じゃ！」

「我々には、ホグワーツの現職校長に仕えるという盟約がある！」ひ弱そうな年老いた魔法使いが叫んだ。ダンブルドアの前任者のアーマンド・ディペットだと、ハリーは知っていた。

「フィニアス、恥を知れ！」

「私が説得しましょうか？　ダンブルドア？」鋭い目つきの魔女が、生徒の仕置きに使うカバノキの棒ではないかと思われる、異常に太い杖を持ち上げながら言った。

「ああ、**わかりましたよ**」フィニアスと呼ばれた魔法使いが、少し心配そうに杖に目をやった。

「ただ、あいつがもう、私の肖像画を破棄してしまったかもしれませんがね。何しろあいつは、家族のほとんどの――」

「シリウスは、あなたの肖像画を処分すべきでないことを知っておる」

ダンブルドアの言葉で、とたんにハリーは、フィニアスの声をどこで聞いたのかを思い出した。グリモールド・プレイスのハリーの寝室にあった、一見なんの絵も入っていない額縁から聞こえていたあの声だ。

「シリウスに伝言するのじゃ。『アーサー・ウィーズリーが重傷で、妻、子供たち、ハリー・ポッターがまもなくそちらの家に到着する』と。よいかな？」

「アーサー・ウィーズリー負傷、妻子とハリー・ポッターがあちらに滞在」フィニアスが気乗りしない調子で復唱した。「はい、はい……わかりましたよ……」

その魔法使いが額縁にもぐり込み、姿を消したとたん、再び扉が開き、フレッド、ジョージ、ジニーがマクゴナガル先生に導かれて入ってきた。三人とも、ぼさぼさ頭にパジャマ姿で、ショックを受けていた。

「ハリー――いったいどうしたの？」ジニーが恐怖の面持ちで聞いた。「マクゴナガル先生は、あなたが、パパのけがするところを見たっておっしゃるの――」

「お父上は、不死鳥の騎士団の任務中にけがをなさったのじゃ」ハリーが答えるより先に、ダンブルドアが言った。「お父上は、もう聖マンゴ魔法疾患傷害病院に運び込まれておる。君たちをシリウスの家に送ることにした。病院へはそのほうが『隠れ穴』よりずっと便利じゃからの。お母上とは向こうで会える」

「どうやって行くんですか?」フレッドも動揺していた。「煙突飛行粉で?」

「いや」ダンブルドアが言った。「煙突飛行粉は、現在、安全ではない。『煙突飛行ネットワーク』が見張られておる。移動キーに乗るのじゃ」ダンブルドアは、何食わぬ顔で机にのっている古いやかんを指した。「いまはフィニアス・ナイジェラスが戻って報告するのを待っているところじゃ……君たちを送り出す前に、安全の確認をしておきたいのでな――」

一瞬、部屋の真ん中に炎が燃え上がり、その場に一枚の金色の羽根がひらひらと舞い降りた。

「フォークスの警告じゃ」ダンブルドアが空中で羽根をつかまえながら言った。「アンブリッジ先生が、君たちがベッドを抜け出したことに気づいたにちがいない……ミネルバ、行って足止めしてくだされ――適当な作り話でもして――」

マクゴナガル先生が、タータンチェックのガウンをひるがえして出ていった。

「あいつは、喜んでと言っておりますぞ」ダンブルドアの背後で、気乗りしない声がした。フィニアスと呼ばれた魔法使いの姿がスリザリン寮旗の前に戻っていた。「私の曾々孫は、家に迎える客に関して、昔からおかしな趣味を持っていた」

「さあ、ここに来るのじゃ」ダンブルドアがハリーとウィーズリーたちを呼んだ。「急いで。邪魔が入らぬうちに」

ハリーもウィーズリー兄弟妹も、ダンブルドアの机の周りに集まった。

「移動キーは使ったことがあるじゃろな？」ダンブルドアの問いにみんながうなずき、手を出して黒ずんだやかんに触れた。「よかろう。では、三つ数えて……一……二……」

ダンブルドアが三つ目を数え上げるまでのほんの一瞬、ハリーはダンブルドアを見上げた――二人は触れ合うほど近くにいた――ダンブルドアの明るいブルーのまなざしが、移動キーからハリーの顔へと移った。

たちまち、ハリーの傷痕が灼熱した。まるで傷口がまたパックリと開いたかのようだった――望んでもいないのにひとりでに、恐ろしいほど強烈に、内側から憎しみが湧き上がってきた。あまりの激しさに、ハリーはその瞬間、ただ襲撃することしか考えられなかった――かみたい――二本の牙を目の前にいるこの男にグサリと刺してやりたい――。

「……三」

へその裏がぐいっと引っ張られるのを感じた。足元の床が消え、手がやかんに貼りついている。

急速に前進しながら、互いに体がぶつかった。色が渦巻き、風が唸る中を、前へ前へとやかんがみんなを引っ張っていく……。やがて、ひざがガクッと折れるほどの勢いで、ハリーの足が地面を強く打った。やかんが落ちてカタカタと鳴り、どこか近くで声がした。

「戻ってきた。血を裏切るガキどもが。父親が死にかけてるというのはほんとうなのか？」

「**出ていけ！**」別の声が吠えた。

ハリーは急いで立ち上がり、あたりを見回した。到着したのは、グリモールド・プレイス十二番地の薄暗い地下の厨房だった。明かりといえば、暖炉の火と消えかかったろうそく一本だけだ。それが、孤独な夕食の食べ残しを照らしていた。クリーチャーは、ドアから玄関ホールへと出ていくところだったが、腰布をずり上げながら振り返り、毒をふくんだ目つきでみんなを見た。心配そうな顔のシリウスが、急ぎ足でやってきた。ひげもそらず、昼間の服装のままだ。その上、マンダンガスのような、どこか酒臭いすえたにおいを漂わせていた。

「どうしたんだ？」ジニーを助け起こしながら、シリウスが聞いた。「フィニアス・ナイジェラスは、アーサーがひどいけがをしたと言っていたが――」

「ハリーに聞いて」フレッドが言った。

「そうだ。俺もそれが聞きたい」ジョージが言った。

双子とジニーがハリーを見つめていた。厨房の外の階段で、クリーチャーの足音が止まった。

「それは――」ハリーが口を開いた。マクゴナガルやダンブルドアに話すよりずっとやっかいだった。「僕は見たんだ――一種の――幻を……」

そしてハリーは、自分が見たことを全員に話して聞かせた。ただ、話を変えて、蛇が襲ったとき、自分は蛇自身の目からではなく、そばで見ていたような言い方をした。ロンはまだ蒼白だったが、ちらりとハリーを見た。しかし、何も言わなかった。話し終えても、フレッド、ジョージ、ジニーは、まだしばらくハリーを見つめていた。気のせいか、三人がどこか非難するような目つきをしているように思えた。――そうなんだ、僕が攻撃を目撃しただけでみんなが非難するのなら、その時自分は蛇の中にいたなんて言わなくてよかった。

「ママは来てる？」フレッドがシリウスに聞いた。

「たぶんまだ、何が起こったかさえ知らないだろう」シリウスが言った。「アンブリッジの邪魔が入る前に君たちを逃がすことが大事だったんだ。いまごろはダンブルドアが、モリーに知らせる手配をしているだろう」

「聖マンゴに行かなくちゃ」ジニーが急き込んで言った。兄たちを見回したが、もちろんみんなパジャマ姿だ。「シリウス、マントか何か貸してくれない？」

「まあ、待て。聖マンゴにすっ飛んで行くわけにはいかない」シリウスが言った。

「俺たちが行きたいならむろん行けるさ。聖マンゴに」フレッドが強情な顔をした。「俺たちの親父だ！」

「アーサーが襲われたことを、病院から奥さんにも知らせていないのに、君たちが知っているなんて、じゃあ、どう説明するつもりだ？」

「そんなことどうでもいいだろ？」ジョージがむきになった。

「よくはない。何百キロも離れた所の出来事をハリーが見ているという事実に、注意を引きたくない！」シリウスが声を荒らげた。「そういう情報を、魔法省がどう解釈するか、君たちにはわかっているのか？」

フレッドとジョージは、魔法省が何をどうしようが知ったことかという顔をした。ロンは血の気のない顔でだまっていた。

ジニーが言った。「誰かほかの人が教えてくれたかもしれないし……ハリーじゃなくて、どこか別の所から聞いたかもしれないじゃない」

「誰から？」シリウスがもどかしげに言った。「いいか、君たちの父さんは、騎士団の任務中に負傷したんだ。それだけでも充分状況が怪しいのに、その上、子供たちが事件直後にそれを知っていたとなれば、ますます怪しい。君たちが騎士団に重大な損害を与えることにもなりかねない――」

「騎士団なんかくそくらえ！」フレッドが大声を出した。

「俺たちの親父が死にかけてるんだ！」ジョージも叫んだ。

「君たちの父さんは、自分の任務を承知していた。騎士団のためにも、君たちが事をだいなしにしたら、父さんが喜ぶと思うか！」シリウスも同じぐらいに怒っていた。「まさにこれだ――だから君たちは騎士団に入れないんだ――君たちはわかっていない――世の中には死んでもやらなければならないことがあるんだ！」

「口で言うのは簡単さ。ここに閉じこもって！」フレッドがどなった。「そっちの首は懸かってないじゃないか！」

シリウスの顔にわずかに残っていた血の気がサッと消えた。一瞬、フレッドをぶんなぐりたいように見えた。しかし、口を開いたとき、その声は決然として静かだった。

「つらいのはわかる。しかし、我々全員が、まだ何も知らないかのように行動しなければならないんだ。少なくとも、君たちの母さんから連絡があるまでは、ここにじっとしていなければならない。いいか？」

フレッドとジョージは、それでもまだ反抗的な顔だったが、ジニーは、手近の椅子に向かって二、三歩歩き、崩れるように座った。ハリーがロンの顔を見ると、ロンはうなずくとも肩をすくめるともつかないおかしな動きを見せた。ハリーとロンも座り、双子はそれからしばらくシリウスをにらみつけていたが、やがてジニーをはさんで座った。

「それでいい」シリウスが励ますように言った。「さあ、みんなで……みんなで何か飲みながら待とう。アクシオ！　バタービールよ、来い！」

シリウスが杖を上げて呪文を唱えると、バタービールが六本、食料庫から飛んできて、テーブルの上をすべり、シリウスの食べ残しを蹴散らし、六人の前でぴたりと止まった。みんなが飲んだ。しばらくは暖炉の火がパチパチはぜる音と、瓶をテーブルに置くコトリという音だけが聞こえた。

ハリーは、何かしていないとたまらないので飲んでいただけだった。胃袋は、恐ろしい、煮えたぎるような罪悪感でいっぱいだった。みんながここにいるのは僕のせいだ。みんなまだベッドで眠っているはずだったのに。警報を発したからこそウィーズリーおじさんが見つかったのだと自分に言い聞かせても、なんの役にも立たなかった。そもそもウィーズリー氏を襲ったのは自分自身だという、やっかいな事実からは逃れられなかった。

いいかげんにしろ。おまえには牙なんかない。ハリーは自分に言い聞かせ、落ち着こうとした。しかし、バタービールを持つ手が震えていた。――**おまえはベッドに横になっていた。誰も襲っちゃいない……。**

しかし、それならダンブルドアの部屋で起こったことはなんだったのだ？　ハリーは自問自答した。――**僕は、ダンブルドアまでも襲いたくなった……。**

ハリーは瓶をテーブルに置いたが、思わず力が入り、ビールがテーブルにこぼれた。誰も気がつかない。その時、空中に炎が上がり、目の前の汚れた皿を照らし出した。みんなが驚いて声を上げる中、羊皮紙がひと巻、ドサリとテーブルに落ち、黄金の不死鳥の尾羽根も一枚落ちてきた。

「フォークス！」そう言うなり、シリウスが羊皮紙をサッと取り上げた。「ダンブルドアの筆跡ではない――君たちの母さんからの伝言にちがいない――さあ――」

シリウスがジョージの手に押しつけた手紙を、ジョージは引きちぎるように広げ、声に出して読み上げた。


お父さまはまだ生きています。母さんは聖マンゴに行くところです。じっとしているのですよ。できるだけ早く知らせを送ります。

ママより

ジョージがテーブルを見回した。

「まだ生きてる……」ゆっくりと、ジョージが言った。「だけど、それじゃ、まるで……」

最後まで言わなくてもわかった。ハリーもそう思った。まるでウィーズリーおじさんが、生死の境をさまよっているような言い方だ。ロンは相変わらずひどく青い顔で、母親の手紙の裏を見つめていた。まるで、そこに慰めの言葉を求めているかのようだった。フレッドはジョージの手から羊皮紙を引ったくり、自分で読んだ。それからハリーを見た。ハリーは、バタービールを持つ手がまた震えだすのを感じ、震えを止めようと、いっそう固く握りしめた。

　こんなに長い夜をまんじりともせずに過ごしたことがあったろうか……ハリーの記憶にはない。シリウスが、言うだけは言ってみようという調子で、ベッドで寝てはどうかと一度だけ提案したが、ウィーズリー兄弟の嫌悪の目つきだけで、答えは明らかだった。全員がほとんどだまりこくってテーブルを囲み、ときどきバタービールの瓶を口元に運びながら、ろうそくの芯が、溶けたろうだまりにだんだん沈んでいくのを眺めていた。話すことといえば、時間を確かめ合うとか、どうなっているんだろうと口に出すとか、ウィーズリー夫人がとっくに聖マンゴに着いているはずだから、悪いことが起こっていれば、すぐにそういう知らせが来るはずだと、互いに確認し合ったりするばかりだった。

　フレッドがとろっと眠り、頭が傾いで肩についた。ジニーは椅子の上で猫のように丸まっていたが、目はしっかり開いていた。そこに暖炉の火が映っているのを、ハリーは見た。ロンは両手で頭を抱えて座っていた。眠っているのか起きているのかわからない。家族の悲しみを前に、よそ者のハリーとシリウスは二人でいく度となく顔を見合わせた。そして待った……ひたすら待った……。

　ロンの腕時計で明け方の五時十分過ぎ、厨房の戸がパッと開き、ウィーズリーおばさんが入ってきた。ひどく青ざめてはいたが、みんながいっせいに顔を向け、フレッド、ロン、ハリーが椅子から腰を浮かせたとき、おばさんは力なくほほえんだ。

「大丈夫ですよ」おばさんの声は、つかれきって弱々しかった。「お父さまは眠っています。あとでみんなで面会に行きましょう。いまは、ビルが看ています。午前中、仕事を休む予定でね」

フレッドは両手で顔を覆い、ドサリと椅子に戻った。ジョージとジニーは立ち上がり、急いで母親に近寄って抱きついた。ロンはへなへなと笑い、残っていたバタービールを一気に飲み干した。

「朝食だ！」シリウスが勢いよく立ち上がり、うれしそうに大声で言った。「あのいまいましいもべ妖精はどこだ？　クリーチャー！　**クリーチャー！**」

しかしクリーチャーは呼び出しに応じなかった。

「それなら、それでいい」シリウスはそうつぶやくと、人数を数えはじめた。「それじゃ、朝食は――ええと――七人か……ベーコンエッグだな。それと紅茶にトーストと――」

ハリーは手伝おうと、かまどのほうに急いだ。ウィーズリー一家の幸せを邪魔してはいけないと思った。それに、ウィーズリーおばさんから、自分の見たことを話すようにと言われる瞬間が怖かった。ところが、食器棚から皿を取り出すや否や、おばさんがハリーの手からそれを取り上げ、ハリーをひしと抱き寄せた。

「ハリー、あなたがいなかったらどうなっていたかわからないわ」おばさんはくぐもった声で言った。「アーサーを見つけるまでに何時間もたっていたかもしれない。そうしたら手遅れだったわ。

でも、あなたのおかげで命が助かったし、ダンブルドアはアーサーがなぜあそこにいたかを、うまく言いつくろう話を考えることもできたわ。そうじゃなかったら、どんなに大変なことになっていたか。かわいそうなスタージスみたいに……」

ハリーはおばさんの感謝にいたたまれない気持ちだった。幸いなことに、おばさんはすぐハリーを放し、シリウスに向かって、ひと晩中子供たちを見ていてくれたことに礼を述べた。シリウスは役に立ってうれしいし、ウィーズリー氏の入院中は、全員がこの屋敷にとどまってほしいと答えた。

「まあ、シリウス、とてもありがたいわ……アーサーはしばらく入院することになると言われたし、なるべく近くにいられたら助かるわ……その場合は、もちろん、クリスマスをここで過ごすことになるかもしれないけれど」

「大勢のほうが楽しいよ！」シリウスが心からそう思っている声だったので、ウィーズリーおばさんはシリウスに向かってニッコリし、手早くエプロンをかけて朝食の支度を手伝いはじめた。

「シリウスおじさん」ハリーはせっぱ詰まった気持ちでささやいた。「ちょっと話があるんだけど、いい？　あの――**いますぐ、いい？**」

ハリーは暗い食料庫に入っていった。シリウスがついてきた。ハリーはなんの前置きもせずに、名付け親に、自分の見た光景をくわしく話して聞かせた。自分自身がウィーズリー氏を襲った蛇だったことも話した。

ひと息ついたとき、シリウスが聞いた。「そのことをダンブルドアに話したか？」

「うん」ハリーはじれったそうに言った。「だけど、ダンブルドアはそれがどういう意味なのか教えてくれなかった。まあ、ダンブルドアはもう僕になんにも話してくれないんだけど」

「何か心配するべきことだったら、きっと君に話してくれたはずだ」シリウスは落ち着いていた。

「だけど、それだけじゃないんだ」ハリーがほとんどささやきに近い小声で言った。「シリウス、僕……僕、頭がおかしくなってるんじゃないかと思うんだ。ダンブルドアの部屋で、移動キーに乗る前だけど……ほんの一瞬、僕は蛇になったと思った。そう**感じた**んだ――ダンブルドアを見たとき、傷痕がすごく痛くなった――シリウスおじさん、僕、ダンブルドアを襲いたくなったんだ！」

ハリーには、シリウスの顔のほんの一部しか見えなかった。あとは暗闇だった。

「幻を見たことが尾を引いていたんだろう。それだけだよ」シリウスが言った。「夢だったのかどうかわからないが、まだそのことを考えていたんだよ――」

「そんなんじゃない」ハリーは首を横に振った。「何かが僕の中で伸び上がったんだ。まるで体の中に**蛇が**いるみたいに」

「眠らないと」シリウスがきっぱりと言った。「朝食を食べたら、上に行って休みなさい。昼食のあとで、みんなと一緒にアーサーの面会に行けばいい。ハリー、君はショックを受けているんだ。単に目撃しただけのことを、自分のせいにして責めている。それに、君が**目撃したのは**幸運なことだったんだ。そうでなけりゃ、アーサーは死んでいたかもしれない。心配するのはやめなさい」
シリウスはハリーの肩をポンポンとたたき、食料庫から出ていった。ハリーは一人暗がりに取り残された。

ハリー以外のみんなが午前中を寝て過ごした。ハリーは、ロンと一緒に夏休み最後の数週間を過ごした寝室に上がった。ロンのほうはベッドにもぐり込むなりたちまち眠り込んだが、ハリーは服を着たまま、金属製の冷たいベッドの背もたれに寄りかかり、背中を丸め、わざと居心地の悪い姿勢を取って、眠り込むまいとした。眠るとまた蛇になるのではないか、目覚めたときに、ロンを襲ってしまったとか、誰かを襲おうと家の中を這いずり回っていたことに気づくのではないかと思うと、恐ろしかった……。

ロンが目覚めたとき、ハリーは自分もよく寝て気持ちよく目覚めたようなふりをした。昼食の最中に全員のトランクがホグワーツから到着し、マグルの服を着て聖マンゴに出かけられるようになった。ローブを脱いでジーンズとTシャツに着替えながら、ハリー以外のみんなは、うれしくてはしゃぎ、饒舌になっていた。ロンドンの街中を付き添っていくトンクスとマッド-アイが到着したときには、全員が大喜びで迎え、マッド-アイが魔法の目を隠すのに目深にかぶった山高帽を笑った。トンクスは、また鮮やかなピンク色の短い髪をしていたが、地下鉄ではトンクスよりマッドーアイのほうがまちがいなく目立つと、冗談抜きでみんながマッドーアイに請け合った。

トンクスはウィーズリー氏が襲われた光景をハリーが見たことにとても興味を持ったが、ハリーはそれを話題にする気がまったくなかった。

「君の血筋に、『**予見者**』はいないの？」ロンドン市内に向かう電車に並んで腰かけ、トンクスが興味深げにハリーに聞いた。

「いない」ハリーはトレローニー先生のことを考え、侮辱されたような気がした。

「ちがうのか」トンクスは考え込むように言った。「ちがうな。君のやってることは、厳密な予言っていうわけじゃないものね。つまり、君は未来を見ているわけじゃなくて、現在を見てるんだ……変だね？　でも、役に立つけど……」

ハリーは答えなかった。うまい具合に、次の駅でみんな電車を降りた。ロンドンの中心部にある駅だった。電車を降りるどさくさに紛れ、ハリーは、先頭に立ったトンクスと自分の間にフレッドとジョージを割り込ませることができた。みんながトンクスについてエスカレーターを上がった。ムーディはしんがりで、山高帽を斜め目深にかぶり、節くれだった手を片方、ボタンの間からマントの懐に差し込んで杖を握りしめ、コツッコツッと歩いてきた。ハリーは、隠れた目がじっと自分を見ているように感じた。夢のことをこれ以上聞かれないように、ハリーはマッドーアイに、聖マンゴがどこに隠されているかと質問した。

「ここからそう遠くない」ムーディが唸るように言った。

駅を出ると、冬の空気は冷たく、広い通りの両側にはびっしりと店が並んで、クリスマスの買い物客でいっぱいだった。ムーディはハリーを少し前に押し出し、すぐ後ろをコツッコツッと歩いてきた。目深にかぶった帽子の下で、例の目がぐるぐると四方八方を見ていることが、ハリーにはわかった。

「病院に格好の場所を探すのには難儀した。ダイアゴン横丁には、どこにも充分の広さがなかったし、魔法省のように地下にもぐらせることもできん――不健康なんでな。結局、ここにあるビルをなんとか手に入れた。病気の魔法使いが出入りしても、人混みに紛れてしまう所だという理屈でな」

すぐそばに電気製品をぎっしり並べた店があった。そこに入ることだけで頭がいっぱいの買い物客にのまれてはぐれてしまわないようにと、ムーディはハリーの肩をつかんだ。

「ほれ、そこだ」まもなくムーディが言った。

赤れんがの、流行遅れの大きなデパートの前に着いていた。「パージ・アンド・ダウズ商会」と書いてある。みすぼらしい、しょぼくれた雰囲気の場所だ。ショーウィンドウには、あちこち欠けたマネキンが数体、ずれたかつらをつけ、少なくとも十年ぐらい流行遅れの服を着て、てんでんばらばらに立っている。ほこりだらけのドアというドアには大きな看板がかかり、「**改装のため閉店中**」と書いてある。ビニールの買い物袋をたくさん抱えた大柄な女性が、通りすがりに友達に話しかけるのを、ハリーははっきりと聞いた。「一度も開いてたことなんかないわよ、ここ」

「さてと」トンクスが、みんなにショーウィンドウのほうに来るように合図した。ことさら醜いマネキン人形が一体飾られている場所だ。つけまつげが取れかかってぶら下がり、緑色のナイロンのエプロンドレスを着ている。「みんな、準備オッケー?」

みんながトンクスの周りに集まってうなずいた。ムーディがハリーの肩甲骨の間あたりを押し、前に出るようにうながした。トンクスはウィンドウのガラスに近寄り、息でガラスを曇らせながら、ひどく醜いマネキンを見上げて声をかけた。

「こんちわ。アーサー・ウィーズリーに面会に来たんだけど」

ガラス越しにそんなに低い声で話してマネキンに聞こえると思うなんて、トンクスはどうかしている、とハリーは思った。トンクスのすぐ後ろをバスがガタガタ走っているし、買い物客でいっぱいの通りはやかましかった。そのあと、そもそもマネキンに聞こえるはずがないと気がついた。次の瞬間、ハリーはショックで口があんぐり開いた。マネキンが小さくうなずき、節に継ぎ目のある指で手招きしたのだ。トンクスはジニーとウィーズリーおばさんのひじをつかみ、ガラスをまっすぐ突き抜けて姿を消した。

フレッド、ジョージ、ロンがそのあとに続いた。ハリーは周囲にひしめき合う人混みをちらりと見回した。「パージ・アンド・ダウズ商会」のような汚らしいショーウィンドウに、ただの一瞥もくれるようなひま人はいないし、たったいま、六人もの人間が目の前からかき消すようにいなくなったことに、誰一人気づく様子もない。

「さあ」ムーディがまたしてもハリーの背中をつついて唸るように言った。ハリーは一緒に前に進み、冷たい水のような感触の膜の中を突き抜けた。しかし、反対側に出た二人は冷えてもいなかったし、ぬれてもいなかった。

醜いマネキンは跡形もなく消え、マネキンが立っていた場所もない。そこは、混み合った受付のような所で、ぐらぐらした感じの木の椅子が何列も並び、魔法使いや魔女が座っていた。

見たところどこも悪くなさそうな顔で、古い『週刊魔女』をパラパラめくっている人もいれば、胸から象の鼻や余分な手が生えた、ぞっとするような姿形の人もいる。この部屋も外の通りより静かだとは言えない。患者の多くが、奇妙キテレツな音を立てているからだ。一番前の列の真ん中では、汗ばんだ顔の魔女が「日刊予言者」で激しく顔をあおぎながら、ホイッスルのようなかん高い音を出し続け、口から湯気を吐いていた。隅のほうのむさくるしい魔法戦士は、動くたびに鐘の音がした。そのたびに頭がひどく揺れるので、自分で両耳を押さえて頭を安定させていた。

ライムのような緑色のローブを着た魔法使いや魔女が、列の間を往ったり来たりして質問し、アンブリッジのようにクリップボードに書きとめていた。ハリーは、ローブの胸にある縫い取りに気づいた。杖と骨がクロスしている。

「あの人たちは医者なのかい？」ハリーはそっとロンに聞いた。
「医者？」ロンはまさかという目をした。「人間を切り刻んじゃう、マグルの変人のこと？　ちがうさ。癒しの『癒者』だよ」
「こっちよ！」隅の魔法戦士が鳴らす鐘の音に負けない声で、ウィーズリーおばさんが呼んだ。みんながおばさんについて、列に並んだ。列の前には「**案内係**」と書いたデスクがあり、ブロンドのふっくらした魔女が座っていた。その後ろには、壁一面に掲示やらポスターが貼ってある。

鍋が不潔じゃ、薬も毒よ
無許可の解毒剤は無解毒剤

長い銀色の巻き毛の魔女の大きな肖像画もかかっていて、説明がついている。

ディリス・ダーウェント
聖マンゴの癒者　一七二二―一七四一
ホグワーツ魔法魔術学校校長　一七四一―一七六八

ディリスは、ウィーズリー一行を数えているような目で見ていた。ハリーと目が合うと、ちょこりとウィンクして、額の縁のほうに歩いていき、姿を消した。

一方、列の先頭の若い魔法使いは、その場でへんてこなジグ・ダンスを踊りながら、痛そうな悲鳴の合間に、案内魔女に苦難の説明をしていた。

「問題はこの――イテッ――兄貴にもらった靴でして――うっ――食いつくんですよ――**アイタッ**――足に――靴を見てやってください。きっと何かの――**ああううう**――呪いがかかってる。どうやっても――**あああああううう**――脱げないんだ」片足でぴょん、別の足でぴょんと、まるで焼けた石炭の上で踊っているようだった。

「あなた、別に靴のせいで字が読めないわけではありませんね？」ブロンドの魔女は、いらいらとデスクの左側の大きな掲示を指差した。「あなたの場合は『呪文性損傷』。五階。ちゃんと『病院案内』に書いてあるとおり。はい、次！」

その魔法使いが、よろけたり、踊り跳ねたりしながら脇によけ、ウィーズリー一家が数歩前に進んだ。ハリーは「病院案内」を読んだ。

一階……**物品性事故**　大鍋爆発、杖逆噴射、箒衝突など
二階……**生物性傷害**　かみ傷、刺し傷、火傷、抜けないとげなど
三階……**魔クテリア性疾患**　感染症（龍痘など）、消滅症、巻きかびなど

四階……**薬剤・植物性中毒**　湿疹、嘔吐、抑制不能クスクス笑いなど
五階……**呪文性損傷**　解除不能性呪い、呪詛、不適正使用呪文など
六階……**外来者喫茶室・売店**

何階かわからない方、通常の話ができない方、どうしてここにいるのか思い出せない方は、案内魔女がお手伝いいたします。


腰が曲がり、耳に補聴トランペットをつけた年寄り魔法使いが、足を引きずりながら列の先頭に進み出て、ゼイゼイ声で言った。「ブロデリック・ボードに面会に来たんじゃが！」

「四九号室。でも、会ってもむだだと思いますよ」案内魔女がにべもなく言った。「完全に錯乱してますからね――まだ自分は急須だと思い込んでいます。次！」

困りはてた顔の魔法使いが、幼い娘の足首をしっかりつかんで進み出た。娘はロンパースの背中を突き抜けて生え出ている大きな翼をパタパタさせ、父親の頭の周りを飛び回っている。

「五階」案内魔女が、何も聞かずにうんざりした声で言った。父親は、変な形の風船のような娘を手に持って、デスク脇の両開きの扉から出ていった。「次！」

ウィーズリーおばさんがデスクの前に進み出た。

「こんにちは。夫のアーサー・ウィーズリーが、今朝、別の病棟に移ったと思うんですけど、どこでしょうか——？」

「アーサー・ウィーズリーね？」案内魔女が、長いリストに指を走らせながら聞き返した。「ああ、二階よ。右側の二番目のドア。ダイ・ルウェリン病棟」

「ありがとう」おばさんが礼を言った。「さあ、みんないらっしゃい」

おばさんについて、全員が両開きの扉から入った。その向こうは細長い廊下で、有名な癒者の肖像画がずらりと並び、ろうそくの入ったクリスタルの球が、巨大なシャボン玉のようにいくつも天井に浮かんでいた。一行は、ライム色のローブを着た魔法使いや魔女が大勢出入りしている扉の前をいくつか通り過ぎた。ある扉の前を通ったときには、いやなにおいの黄色いガスが廊下に流れ出していたし、ときどき遠くから、悲しげな泣き声が聞こえてきた。一行は二階への階段を上り、「生物性傷害」の階に出た。右側の二番目のドアに何か書いてある。


「危険な野郎」ダイ・ルウェリン記念病棟——重篤なかみ傷

その横に、真鍮の枠に入った手書きの名札があった。

担当癒師　ヒポクラテス・スメスウィック
研修癒　オーガスタス・パイ

「私たちは外で待ってるわ、モリー」トンクスが言った。「大勢でいっぺんにお見舞いしたら、アーサーにもよくないし……最初は家族だけにすべきだわ」

マッド-アイも賛成だと唸り、廊下の壁に寄りかかり、魔法の目を四方八方にぐるぐる回した。ハリーも身を引いた。しかし、ウィーズリーおばさんがハリーに手を伸ばし、ドアから押し込んだ。

「ハリー、遠慮なんかしないで。アーサーがあなたにお礼を言いたいの」

病室は小さく、ドアのむかい側に小さな高窓が一つあるだけなので、かなり陰気くさかった。明かりはむしろ、天井の真ん中に集まっているクリスタル球の輝きから来ていた。壁は樫材の板張りで、かなり悪人面の魔法使いの肖像画がかかっていた。説明書きがある。

ウルクハート・ラックハロウ　一六一二―一六九七　内臓抜き出し呪いの発明者

患者は三人しかいない。ウィーズリー氏のベッドは一番奥の、小さな高窓のそばにあった。ハリーはおじさんの様子を見て、ホッとした。おじさんは枕をいくつか重ねてもたれかかり、ベッドに射し込むただひと筋の太陽光の下で、「日刊予言者新聞」を読んでいた。みんなが近づくと、おじさんは顔を上げ、訪問者が誰だかわかるとニッコリした。

「やあ！」おじさんが新聞を脇に置いて声をかけた。「モリー、ビルはいましがた帰ったよ。仕事に戻らなきゃならなくてね。でも、あとで母さんの所に寄ると言っていた」

「アーサー、具合はどう？」おばさんはかがんでおじさんのほおにキスし、心配そうに顔をのぞき込んだ。「まだ少し顔色が悪いわね」

「気分は上々だよ」おじさんは元気よくそう言うと、けがをしていないほうの腕を伸ばしてジニーを抱き寄せた。「包帯が取れさえすれば、家に帰れるんだが」

「パパ、なんで包帯が取れないんだい？」フレッドが聞いた。

「うん、包帯を取ろうとすると、そのたびにどっと出血しはじめるんでね」

おじさんは機嫌よくそう言うと、ベッド脇の棚に置いてあった杖を取り、ひと振りして、全員が座れるよう、椅子を六脚、ベッド脇に出した。

「あの蛇の牙には、どうやら、傷口がふさがらないようにする、かなり特殊な毒があったらしい。ただ、病院では、必ず解毒剤が見つかるはずだと言っていたよ。私よりもっとひどい症例もあったらしい。それまでは、血液補充薬を一時間おきに飲まなきゃいけないがね。しかし、あそこの人なんか――」おじさんは声を落として、反対側のベッドのほうをあごで指した。そこには、青ざめて気分が悪そうな魔法使いが、天井を見つめて横たわっていた。「**狼人間**にかまれたんだ。かわいそうに。治療のしようがない」

「狼人間？」おばさんが驚いたような顔をした。「一般病棟で大丈夫なのかしら？　個室に入るべきじゃない？」

「満月まで二週間ある」おじさんは静かにおばさんをなだめた。「今朝、病院の人が——癒者だがね——あの人に話していた。ほとんど普通の生活を送れるようになるからと、説得しようとしていた。私も、あの人に教えてやったよ。名前はもちろん伏せたが、個人的に狼人間を一人知っているとね。立派な魔法使いで、自分の状況をらくらく管理していると話してやった」

「そしたらなんて言った？」ジョージが聞いた。

「だまらないとかみついてやるって言ったよ」ウィーズリーおじさんが悲しそうに言った。

「それから、**あそこの**ご婦人だが——」おじさんが、ドアのすぐ脇にある、あと一つだけ埋まっているベッドを指した。「なんにかまれたのか、癒者にも教えない。だから、みんなが、何か違法なものを扱っていてやられたにちがいないと思っているんだがね。そのなんだか知らないやつが、あの人の足をがっぽり食いちぎっている。包帯を取ると、**いやーな**においがするんだ」

「それで、パパ、何があったのか、教えてくれる？」フレッドが椅子を引いてベッドに近寄った。

「いや、もう知ってるんだろう？」ウィーズリーおじさんは、ハリーのほうに意味ありげにほほえみながら言った。「ごく単純だ——長い一日だったし、居眠りをして、忍び寄られて、かまれた」

「パパが襲われたこと、『予言者』にのってるの？」フレッドが、ウィーズリーおじさんが脇に置いた新聞を指した。

「いや、もちろんのっていない」おじさんは少し苦笑いした。「魔法省は、みんなに知られたくないだろうよ。とてつもない大蛇がねらったのは――」

「アーサー！」おばさんが警告するように呼びかけた。

「――ねらったのは――え――私だったと」ウィーズリーおじさんはあわてて取りつくろったが、ハリーは、おじさんが絶対に別のことを言うつもりだったと思った。

「それで、襲われたとき、パパ、どこにいたの？」ジョージが聞いた。

「おまえには関係のないことだ」おじさんはそう言い放ったが、ほほえんでいた。おじさんは「日刊予言者新聞」をまた急に拾い上げ、パッと振って開いた。

「みんなが来たとき、ちょうど『ウィリー・ウィダーシン逮捕』の記事を読んでいたんだ。この夏の例の逆流トイレ事件を覚えているね？　ウィリーがその陰の人物だったんだよ。最後に呪いが逆噴射して、トイレが爆発し、やっこさん、がれきの中に気を失って倒れているところを見つかったんだが、頭のてっぺんからつま先まで、そりゃ、クソまみれ――」

「パパが『任務中』だったっていうときは」フレッドが低い声で口をはさんだ。「何をしていたの？」

「お父さまのおっしゃったことが聞こえたでしょう?」ウィーズリーおばさんがささやいた。「ここはそんなことを話す所じゃありません! あなた、ウィリー・ウィダーシンの話を続けて」

「それでだ、どうやってやったのかはわからんが、やつはトイレ事件で罪に問われなかったんだ」ウィーズリーおじさんが不機嫌に言った。「金貨が動いたんだろうな――」

「パパは護衛してたんでしょう?」ジョージがひっそりと言った。「武器だよね? 『例のあの人』が探してるっていうやつ?」

「ジョージ、おだまり!」おばさんがビシッと言った。

「とにかくだ」おじさんが声を張り上げた。「今度はウィリーのやつ、『かみつきドア取っ手』をマグルに売りつけているところを捕まった。今度こそ逃げられるものか。何しろ、新聞によると、マグルが二人、指を失くして、いま、聖マンゴで、救急骨再生治療と記憶修正を受けているらしい。どうだい、マグルが聖マンゴにいるんだ。どの病棟かな?」

おじさんは、どこかに掲示がないかと、熱心にあたりを見回した。

「『例のあの人』が蛇を持ってるって、ハリー、君、そう言わなかった?」フレッドが、父親の表情をうかがいながら聞いた。「巨大なやつ? 『あの人』が復活した夜に、その蛇を見たんだろ?」

「いいかげんになさい」ウィーズリーおばさんは不機嫌だった。「アーサー、マッドーアイとトンクスが外で待ってるわ。あなたに面会したいの。それから、あなたたちは外に出て待っていなさい」おばさんが子供たちとハリーに向かって言った。「あとでまたご挨拶にいらっしゃい。さあ、行って」

みんな並んで廊下に戻った。マッドーアイとトンクスが中に入り、病室のドアを閉めた。フレッドが眉を吊り上げた。

「いいさ」フレッドがポケットをゴソゴソ探りながら、冷静に言った。「そうやってりゃいいさ。俺たちにはなんにも教えるな」

「これを探してるのか？」ジョージが薄オレンジ色のひもがからまったようなものを差し出した。

「わかってるねえ」フレッドがニヤリと笑った。「聖マンゴが病棟のドアに『邪魔よけ呪文』をかけているかどうか、見てみようじゃないか？」

フレッドとジョージがひもを解き、五本の「伸び耳」に分けた。二人がほかの三人に配ったが、ハリーは受け取るのをためらった。

「取れよ、ハリー！　君は親父の命を救った。盗聴する権利があるやつがいるとすれば、まず君だ」

思わずニヤリとして、ハリーはひもの端を受け取り、双子がやっているように耳に差し込んだ。

「オッケー。行け！」フレッドがささやいた。

薄オレンジ色のひもは、やせた長い虫のように、ゴニョゴニョ這っていき、ドアの下からくねくね入り込んだ。最初は何も聞こえなかったが、やがて、ハリーは飛び上がった。トンクスのささやき声が、まるでハリーのすぐそばに立っているかのように、はっきり聞こえてきたのだ。

「……くまなく探したけど、蛇はどこにも見つからなかったらしいよ。アーサー、あなたを襲ったあと、蛇は消えちゃったみたい……だけど、『例のあの人』は蛇が中に入れるとは期待してなかったはずだよね？」

「わしの考えでは、蛇を偵察に送り込んだのだろう」ムーディの唸り声だ。「何しろ、これまでは、まったくの不首尾に終わっているだろうが？　うむ、やつは、立ち向かうべきものを、よりはっきり見ておこうとしたのだろう。アーサーがあそこにいなければ、蛇のやつはもっと時間をかけて見回ったはずだ。それで、ポッターは一部始終を見たと言っておるのだな？」

「ええ」ウィーズリーおばさんは、かなり不安そうな声だった。「ねえ、ダンブルドアは、ハリーがこんなことを見るのを、まるで待ちかまえていたような様子なの」

「うむ、まっこと」ムーディが言った。「あのポッター坊主は、何かおかしい。それは、わしら全員が知っておる」

「今朝、私がダンブルドアとお話ししたとき、ハリーのことを心配なさっているようでしたわ」

ウィーズリーおばさんがささやいた。

「むろん、心配しておるわ」ムーディが唸った。「あの坊主は『例のあの人』の蛇の内側から事を見ておる。それが何を意味するか、ポッターは当然気づいておらぬ。しかし、もし『例のあの人』

がポッターに取り憑いておるなら――」

ハリーは「伸び耳」を耳から引き抜いた。心臓が早鐘を打ち、顔に血が上った。ハリーはみんなを見回した。全員が、ひもを耳から垂らしたまま、突然恐怖にかられたように、じっとハリーを見ていた。

第二十三章 隔離病棟のクリスマス

ダンブルドアがハリーと目を合わせなくなったのは、そのせいだったのか？　ハリーの目の中から、ヴォルデモートの目が見つめると思ったのだろうか？　もしかしたら、鮮やかな緑の目が、突然真っ赤になり、猫の目のように細い瞳孔が現れることを、恐れたのだろうか？　かつて、クィレル教授の後頭部から、ヴォルデモートの蛇のような顔が突き出したことをハリーは思い出し、自分の後頭部をなでた。ヴォルデモートの顔が自分の頭から飛び出したら、どんな感じがするのだろう。

ハリーは、自分が致死的なばい菌の保菌者のような、穢れた、汚らしい存在に感じられた。心も体もヴォルデモートに穢されていない清潔で無垢な人たちと、病院から帰る地下鉄で席を並べるのにふさわしくない自分……。僕は蛇を見ただけじゃなかった。**蛇自身**だったんだ。ハリーはいまそれを知った……。

それから、ほんとうにぞっとするような考えが浮かんだ。心の表面にぽっかり浮かび上がってき

た記憶が、ハリーの内臓を蛇のようにのた打ち回らせた。

――配下以外に、何を？

――極秘にしか手に入らないものだ……武器のようなものというかな。前の時には持っていなかったものだ。

僕が武器なんだ。暗いトンネルを通る地下鉄に揺られながら、そう考えると、血管に毒を注ぎ込まれ、体が凍って冷や汗の噴き出る思いだった。ヴォルデモートが使おうとしているのは、僕だ。だから僕の行く所はどこにでも護衛がついていたんだ。僕を護るためじゃない。みんなを護るためなんだ。だけど、うまくいっていない。ホグワーツでは、四六時中僕に誰かを張りつけておくわけにはいかないし……僕は**確かに**、昨夜ウィーズリー氏を襲った。僕だったんだ。ヴォルデモートが僕にやらせた。それに、いまのいまも、あいつは僕の中にいて、僕の考え事を聞いているかもしれない――。

「ハリー、大丈夫？」暗いトンネルを電車がガタゴトと進む中、ウィーズリーおばさんが、ジニーのむこう側からハリーのほうに身を乗り出し、小声で話しかけた。「顔色があんまりよくないわ。気分が悪いの？」

みんながハリーを見ていた。ハリーは激しく首を横に振り、住宅保険の広告をじっと見つめた。

「ハリー、ねえ、**ほんとうに**大丈夫なの？」グリモールド・プレイスの草ぼうぼうの広場を歩きながら、おばさんが心配そうな声で聞いた。「とっても青い顔をしているわ……今朝、ほんとうに眠ったの？　いますぐ自分の部屋に上がって、お夕食の前に二、三時間お休みなさい。いいわね？」

ハリーはうなずいた。これで、おあつらえ向きに、誰とも話さなくていい口実ができた。それこそハリーの願っていたことだった。そこで、おばさんが玄関の扉を開けるとすぐ、ハリーは一直線にトロールの足の傘立てを過ぎ、階段を上がり、ロンと一緒の寝室へと急いだ。

部屋の中でハリーは、二つのベッドと、フィニアス・ナイジェラス不在の肖像画との間を、往ったり来たりした。頭の中が、疑問やとてつもなく恐ろしい考えであふれ、渦巻いていた。

僕はどうやって蛇になったのだろう？　もしかしたら、僕は「動物もどき」だったんだ……いや、そんなはずはない。そうだったらわかるはずだ。……もしかしたら、**ヴォルデモートが**「動物もどき」だったんだ……そうだ、とハリーは思った。それならつじつまが合う。あいつなら、もちろん蛇に**なるだろう**……そして、あいつが僕に取り憑いているときは、二人とも変身するんだ。……それでは、五分ほどの間に僕がロンドンに行って、またベッドに戻ったことの説明はつかない……しかし、ヴォルデモートは世界一と言えるほど強力な魔法使いだ。ダンブルドアを除けばだけど。あいつにとっては、人間をそんなふうに移動させることぐらい、たぶんなんでもないんだ。

その時、ハリーは恐怖感にぐさりと突き刺される思いがした。**しかし、これは正気の沙汰じゃない――ヴォルデモートが僕に取り憑いているなら、僕は、たったいまも、不死鳥の騎士団本部を洗**

いざらいあいつに教えているんだ！　誰が騎士団員なのか、シリウスがどこにいるのかを、やつは知ってしまう……それに、僕は、聞いちゃいけないことを山ほど聞いてしまった。僕がここに来た最初の夜に、シリウスが話してくれたことを、何もかも……。

やることはただ一つ。すぐにグリモールド・プレイスを離れなければならない。みんなのいないホグワーツで一人、クリスマスを過ごすんだ。そうすれば、少なくとも休暇中、ここにいるみんなは安全だ……しかし、だめだ。それではうまくいかない。休暇中ホグワーツに残っている大勢の人を傷つけてしまう。次はシェーマスか、ディーンか、ネビルだったら？　ハリーは足を止め、フィニアス・ナイジェラス不在の額を見つめた。胃袋の底に、重苦しい思いが座り込んだ。ほかに手はない。プリベット通りに戻るしかない。ほかの魔法使いたちから自分を切り離すんだ。

さあ、そうすべきなら、とハリーは思った。ぐずぐずしている意味はない。予想より六か月も早く、戸口にハリーの姿を見つけたダーズリー一家の反応など考えまいと必死で努力しながら、ハリーはつかつかとトランクに近づいた。ふたをピシャリと閉めて鍵をかけ、ハリーはつい習慣でヘドウィグを探した。そして、ヘドウィグがまだホグワーツにいることを思い出した――まあ、かごがない分荷物が少なくなる――ハリーはトランクの片端をつかみ、ドアのほうへ引っ張った。半分ほど進んだとき、あざけるような声が聞こえた。

「逃げるのかね？」

あたりを見回すと、肖像画のキャンバスにフィニアス・ナイジェラスがいた。額縁に寄りかかり、ゆかいそうにハリーを見つめていた。

「逃げるんじゃない。ちがう」ハリーはトランクをもう数十センチ引っ張りながら、短く答えた。

「私の考えちがいかね」フィニアス・ナイジェラスはとがったあごひげをなでながら言った。「グリフィンドール寮に属するということは、君は**勇敢**なはずだが？　どうやら、私の見るところ、君は私の寮のほうが合っていたようだ。我らスリザリン生は、勇敢だ。然り。だが、愚かではない。たとえば、選択の余地があれば、我らは常に、自分自身を救うほうを選ぶ」

「僕は自分を救うんじゃない」ドアのすぐ手前で、虫食いだらけのカーペットがことさらデコボコしている場所を越えるのに、トランクをぐいと引っ張りながら、ハリーはそっけなく答えた。

「ほう、**そうかね**」フィニアス・ナイジェラスが相変わらずあごひげをなでながら言った。「しっぽを巻いて逃げるわけではない――**気高い**自己犠牲というわけだ」

ハリーは聞き流して、手をドアの取っ手にかけた。するとフィニアス・ナイジェラスが面倒くさそうに言った。

「アルバス・ダンブルドアからの伝言があるんだがね」

ハリーはくるりと振り向いた。

「どんな？」

「動くでない」

「動いちゃいないよ！」ハリーはドアの取っ手に手をかけたまま言った。「それで、どんな伝言ですか？」

「いま、伝えた。愚か者」フィニアス・ナイジェラスがさらりと言った。「ダンブルドアは『**動くでない**』と言っておる」

「どうして？」ハリーは、聞きたさのあまり、トランクを取り落とした。「どうしてダンブルドアは僕にここにいてほしいわけ？　ほかには何か言わなかったの？」

「いっさい何も」

フィニアス・ナイジェラスは、ハリーを無礼なやつだと言いたげに、黒く細い眉を吊り上げた。

ハリーのかんしゃくが、丈の高い草むらから蛇が鎌首をもたげるようにせり上がってきた。ハリーはつかれはて、どうしようもなく混乱していた。この十二時間の間に、恐怖を、安堵を、そしてまた恐怖を経験したのに、それでもまだ、ダンブルドアは僕と話そうとはしない！

「それじゃ、たったそれだけ？」ハリーは大声を出した。「『**動くな**』だって？　僕が吸魂鬼に襲われたあとも、みんなそれしか言わなかった！　ハリーよ、大人たちが片づける間、ただ動かないでいろ！　ただし、君には何も教えてやるつもりはない。君のちっちゃな脳みそじゃ、とても対処できないだろうから！」

「いいか」フィニアス・ナイジェラスが、ハリーよりも大声を出した。「これだから、私は教師をしていることが**身震いするほどいやだった！**　若いやつらは、なんでも自分が絶対に正しいと、鼻持ちならん自信を持つ。思い上がりの哀れなお調子者め。ホグワーツの校長が、自分のくわだてをいちいち詳細に明かさないのは、たぶんれっきとした理由があるのだと、考えてみたかね？　不当な扱いだと感じるひまがあったら、ダンブルドアの命令に従った結果、君に危害がおよんだことなど一度もなかったと考えてみたことはないのか？　いやいや、君もほかの若い連中と同様、自分だけが感じたり考えたりしていると信じ込んでいるのだろう。自分だけが危険を認識できるし、自分だけが賢くて闇の帝王のくわだてを理解できるのだと――」

「それじゃ、あいつが僕のことで何か**くわだててる**んだね？」ハリーがすかさず聞いた。

「そんなことを言ったかな？」

フィニアス・ナイジェラスは絹の手袋をもてあそびながらうそぶいた。

「さてと、失礼しよう。思春期の悩みなど聞くより、大事な用事があるのでね……さらば」

フィニアスは、ゆっくりと額縁のほうに歩いていき、姿を消した。

「ああ、勝手に行ったらいい！」ハリーはからの額に向かってどなった。「ダンブルドアに、なんにも言ってくれなくてありがとうって伝えて！」

からのキャンバスは無言のままだった。ハリーはカンカンになって、トランクをベッドの足元まで引きずって戻り、虫食いだらけのベッドカバーの上に、うつ伏せに倒れ、目を閉じた。体が重く、痛んだ。

　まるで何千キロもの旅をしたような気がした……チョウ・チャンが宿木の下で近づいてきてから、まだ二十四時間とたっていないなんて、信じられない……。つかれていた……眠るのが怖かった……それでも、あとどのくらい眠気に抵抗できるか……ダンブルドアが動くなと言った……つまり、眠ってもいいということなんだ……でも、恐ろしい……また同じことが起こったら？

　ハリーは薄暗がりの中に沈んでいった……。

　まるで、頭の中で、映像フィルムが、映写を待ちかまえていたようだった。ハリーは、真っ黒な扉に向かう人気のない廊下を歩いていた。ゴツゴツした石壁を通り、いくつもの松明を通り過ぎ、左側の、下に続く石段の入口の前を通り……。

　ハリーは黒い扉にたどり着いた。しかし、開けることができない。……ハリーはじっと扉を見つめてたたずんでいた。無性に入りたい……欲しくてたまらない何かが扉の向こうにある……夢のようなごほうびが……傷痕の痛みが止まってくれさえしたら……そうしたら、もっとはっきり考えることができるのに……。

「ハリー」

　どこかずっと遠くから、ロンの声がした。

「ママが、夕食の支度ができたって言ってる。でも、まだベッドにいたかったら、君の分を残しておくってさ」

ハリーは目を開けた。しかし、ロンはもう部屋にはいなかった。

僕と二人きりになりたくないんだ、とハリーは思った。**ムーディが言ったことを聞いたあとだもの。**自分の中に何がいるのかを知ってしまった以上、みんな僕にいてほしくないだろうと、ハリーは思った。

夕食に下りていくつもりはない。無理やり僕と一緒にいてもらうつもりもない。ハリーは寝返りを打ち、まもなくまた眠りに落ちた。

目が覚めたのはかなり時間がたってからで、明け方だった。空腹で胃が痛んだ。ロンは隣のベッドでいびきをかいている。目を凝らして部屋の中を見回すと、フィニアス・ナイジェラスが再び肖像画の額の中に立っている、黒い輪郭が見えた。たぶんダンブルドアは、ハリーが誰かを襲わないように、フィニアス・ナイジェラスを見張りに送ってよこしたのだと思い当たった。

穢れているという思いが激しくなった。ハリーは半ば後悔した。ダンブルドアの言うことに従わないほうがよかった……。グリモールド・プレイスでの暮らしが、これからずっとこんなふうなら、結局プリベット通りのほうがましだったかもしれない。

その日の午前中、ハリー以外のみんなは、クリスマスの飾りつけをした。シリウスがこんなに上機嫌なのを、ハリーは見たことがなかった。クリスマスソングまで歌っている。クリスマスを誰かと一緒に過ごせることが、うれしくてたまらない様子だ。下の階から、ハリーがひとり座っている寒々とした客間まで、床を通してシリウスの歌声が響いてきた。空がだんだん白くなり、雪模様に変わるのを窓から眺めながら、ハリーは自虐的な満足感に浸っていた。どうせみんな、僕のことを話しているにちがいない。僕は、みんなが僕のことを話す機会を作ってやってるんだ。

昼食時、ウィーズリーおばさんが、下の階からやさしくハリーの名前を呼ぶのが聞こえたが、ハリーはもっと上の階に引っ込んで、おばさんを無視した。

夕方六時ごろ、玄関の呼び鈴が鳴り、ブラック夫人がまたしても叫びはじめた。マンダンガスか、誰か騎士団のメンバーが来たのだろうと思い、ハリーは、バックビークの部屋の壁に寄りかかり、より楽な姿勢で落ち着いた。ハリーはそこに隠れ、ヒッポグリフにネズミの死骸をやりながら、自分の空腹を忘れようとしていた。それから数分後、誰かがドアを激しくたたく音がして、ハリーは不意をつかれた。

「そこにいるのはわかってるわ」ハーマイオニーの声だ。「お願い、出てきてくれない？　話があるの」

「なんで、**君が**ここに？」

ハリーはドアをぐいと引いて開けた。バックビークは、食いこぼしたかもしれないネズミのかけらをあさって、また藁敷きの床を引っかきはじめた。

「パパやママと一緒に、スキーに行ってたんじゃないの？」

「あのね、ほんとのことを言うと、スキーって、**どうも**私の趣味じゃないのよ」ハーマイオニーが言った。「それで、ここでクリスマスを過ごすことにしたの」

ハーマイオニーの髪には雪がついていたし、ほおは寒さで赤くなっていた。

「でも、ロンには言わないでね。ロンがさんざん笑うから、スキーはとってもおもしろいものだって、そう言ってやったの。パパもママもちょっとがっかりしてたけど、私、こう言ったの。試験に真剣な生徒は全部ホグワーツに残って勉強するって。二人とも私にいい成績を取ってほしいから、納得してくれるわ。とにかく」ハーマイオニーは元気よく言った。「あなたの部屋に行きましょう。ロンのお母さまが部屋に火をたいてくれたし、サンドイッチも届けてくださったわ」

ハーマイオニーのあとについて、ハリーは三階に下りた。部屋に入ると、ロンとジニーがロンのベッドに腰かけて待っているのが見え、ハリーはかなり驚いた。

「私、『夜の騎士バス』に乗ってきたの」ハリーに口を開く間も与えず、ハーマイオニーは上着を脱ぎながら、気楽に言った。「ダンブルドアが、きのうの朝一番に、何があったかを教えてくださったわ。でも、正式に学期が終わるのを待ってから出発しないといけなかったの。あなたたちにまんまと逃げられて、アンブリッジはもうカンカンよ。ダンブルドアは、ウィーズリーさんが聖マンゴに入院中で、あなたたちにお見舞いにいく許可を与えたって説明したんだけど。ところで……」

　ハーマイオニーはジニーの隣に腰かけ、ロンと三人でハリーを見た。

「気分はどう？」ハーマイオニーが聞いた。

「元気だ」ハリーはそっけなく言った。

「まあ、ハリー、無理するもんじゃないわ」ハーマイオニーがじれったそうに言った。「ロンとジニーから聞いたわよ。聖マンゴから帰ってから、ずっとみんなをさけているって」

「そう言ってるのか？」ハリーはロンとジニーをにらんだ。ロンは足元に目を落としたが、ジニーはまったく気おくれしていないようだった。

「だってほんとうだもの！」ジニーが言った。「それに、あなたは誰とも目を合わせないわ！」

「僕と目を合わせないのは、君たちのほうだ！」ハリーは怒った。

「もしかしたら、かわりばんこに目を見て、すれちがってるんじゃないの？」ハーマイオニーが口元をピクピクさせながら言った。

「そりゃおかしいや」ハリーはバシッとそう言うなり、顔をそむけた。

「ねえ、全然わかってもらえないなんて思うのはおよしなさい」ハーマイオニーが厳しく言った。

「ねえ、みんなが昨夜『伸び耳』で盗み聞きしたことを話してくれたんだけど――」

「へーえ？」いまやしんしんと雪の降りだした外を眺めながら、ハリーは両手を深々とポケットに突っ込んで唸るように言った「みんな、僕のことを話してたんだろう？　まあ、僕はもう慣れっこだけど」

「私たち、**あなたと**話したかったのよ、ハリー」ジニーが言った。「だけど、あなたったら、帰ってきてからずっと隠れていて――」

「僕、誰にも話しかけてほしくなかった」ハリーは、だんだんいらいらがつのるのを感じていた。

「あら、それはちょっとおバカさんね」ジニーが怒ったように言った。「『例のあの人』に取り憑かれたことのある人って、私以外にいないはずよ。それがどういう感じなのか、私なら教えてあげられるわ」

ジニーの言葉の衝撃で、ハリーはじっと動かなかった。やがて、その場に立ったまま、ハリーはジニーのほうに向きなおった。

「僕、忘れてた」ハリーが言った。

「幸せな人ね」ジニーが冷静に言った。

「ごめん」ハリーは心からすまないと思った。「それじゃ……それじゃ、君は僕が取り憑かれていると思う？」

「そうね、あなた、自分のやったことを全部思い出せる？」ジニーが聞いた。「何をしようとしていたのか思い出せない、大きな空白期間がある？」

ハリーは必死で考えた。

「ない」ハリーが答えた。

「それじゃ、『例のあの人』はあなたに取り憑いたことはないわ」ジニーは事もなげに言った。「あの人が私に取り憑いたときは、私、何時間も自分が何をしていたか思い出せなかったの。どうやって行ったのかわからないのに、気がつくとある場所にいるの」

ハリーはジニーの言うことがとうてい信じられないような気持ちだったが、思わず気分が軽くなっていた。

「でも、僕の見た、君のパパと蛇の夢は――」

「ハリー、あなた、前にもそういう夢を見たことがあったわ」ハーマイオニーが言った。「先学期、ヴォルデモートが何を考えているかが、突然ひらめいたことがあったでしょう」

「今度のはちがう」ハリーが首を横に振りながら言った。「僕は蛇の**中に**いた。**僕自身が**蛇みたいだった……。ヴォルデモートが僕をロンドンに運んだんだとしたら――？」

「まあ、そのうち」ハーマイオニーががっくりしたような声を出した。「あなたも読むときが来るかもしれないわね、『**ホグワーツの歴史**』を。そしたらたぶん思い出すと思うけど、ホグワーツの中では『姿あらわし』も『姿くらまし』もできないの。ハリー、ヴォルデモートだって、あなたを寮から連れ出して飛ばせるなんてことはできないのよ」

「君はベッドを離れてないぜ、おい」ロンが言った。「僕、君が眠りながらのた打ち回っているのを見たよ。僕たちがたたき起こすまで少なくとも一分ぐらい」

ハリーは考えながら、また部屋の中を往ったり来たりしはじめた。みんなが言っていることは、単になぐさめになるばかりでなく、理屈が通っている。……ほとんど無意識に、ハリーはベッドの上に置かれた皿からサンドイッチを取り、ガツガツと口に詰め込んだ。

結局、僕は武器じゃないんだ、とハリーは思った。幸福な、ホッとした気持ちが胸をふくらませた。シリウスがバックビークの部屋に行くのに、クリスマスソングの替え歌を大声で歌いながら、ハリーたちのいる部屋の前を足音も高く通り過ぎていった。

「世のヒッポグリフ忘るるな、クリスマスは……」

ハリーは一緒に歌いたい気分だった。

クリスマスにプリベット通りに帰るなんて、どうしてそんなばかげたことを考えたんだろう？　シリウスは、館がまたにぎやかになったことが、特にハリーが戻っていることが、うれしくてたまらない様子だ。その気持ちにみんなも感染していた。シリウスはもう、この夏の不機嫌な家主ではなく、みんながホグワーツでのクリスマスに負けないぐらい楽しく過ごせるようにしようと、決意したかのようだった。クリスマスを目指し、シリウスは、みんなに手伝わせて掃除をしたり、飾りつけをしたりと、つかれも見せずに働いた。おかげで、クリスマスイブにみんながベッドに入るときには、館は見ちがえるようになっていた。くすんだシャンデリアには、クモの巣のかわりに柊の花飾りと金銀のモールがかかり、すり切れたカーペットには輝く魔法の雪が積もっていた。マンダンガスが手に入れてきた大きなクリスマスツリーには、本物の妖精が飾りつけられ、ブラック家の家系図を覆い隠していた。屋敷しもべ妖精の首の剝製さえ、サンタクロースの帽子をかぶり、白ひげをつけていた。

クリスマスの朝、目を覚ましたハリーは、ベッドの足元にプレゼントの山を見つけた。ロンはもう、かなり大きめの山を半分ほど開け終えていた。

「今年は大収穫だぞ」ロンは包み紙の山の向こうからハリーに教えた。「箒用羅針盤をありがとう。すごいよ。ハーマイオニーのなんか目じゃない。――あいつ、**『宿題計画帳』**なんかくれたんだぜ――」

ハリーはプレゼントの山をかき分け、ハーマイオニーの手書きの見える包みを見つけた。ハリーにも同じものをプレゼントしていた。日記帳のような本だが、ページを開けるたびに声がした。たとえば、「**今日やらないと、明日は後悔！**」

シリウスとルーピンからは、『実践的防衛術と闇の魔術に対するその使用法』という、すばらしい全集だった。呪いや呪い崩し呪文の記述の一つ一つに、見事な動くカラーイラストがついていた。ハリーは第一巻を夢中でパラパラとめくった。ＤＡの計画を立てるのに大いに役立つことがわかる。ハグリッドは茶色の毛皮の財布をくれた。牙がついているのは、泥棒よけのつもりなのだろう。残念ながら、ハリーが財布にお金を入れようとすると、指を食いちぎられそうになった。トンクスのプレゼントは、ファイアボルトの動くミニチュア・モデルだった。それが部屋の中をぐるぐる飛ぶのを眺めながら、ハリーは、本物の箒が手元にあったらなぁと思った。ロンは巨大な箱入りの「百味ビーンズ」をくれた。ウィーズリーおじさん、おばさんは、いつもの手編みのセーターとミンスパイだった。ドビーは、なんともひどい絵をくれた。自分で描いたのだろうとハリーは思った。もしかしたらそのほうがまだましかと思い、ハリーは絵を逆さまにしてみた。ちょうどその時、**バシッ**と音がして、フレッドとジョージがハリーのベッドの足元に「姿あらわし」した。

「メリークリスマス」ジョージが言った。「しばらくは下に行くなよ」

「どうして？」ロンが聞いた。

「ママがまた泣いてるんだ」フレッドが重苦しい声で言った。「パーシーがクリスマス・セーターを送り返してきやがった」

「手紙もなしだ」ジョージがつけ加えた。「パパの具合はどうかと聞きもしないし、見舞いにもこない」

「俺たち、なぐさめようと思って」フレッドがハリーの持っている絵をのぞき込もうと、ベッドを回り込みながら言った。「それで、『パーシーなんか、バカでっかいネズミのクソの山』だって言ってやった」

「効き目なしさ」ジョージが蛙チョコレートを勝手につまみながら言った。「そこでルーピンと選手交代だ。ルーピンになぐさめてもらって、それから朝食に下りていくほうがいいだろうな」

「ところで、これはなんのつもりかな？」フレッドが目を細めてドビーの絵を眺めた。「目の周りが黒いテナガザルってとこかな」

「ハリーだよ！」ジョージが絵の裏を指差した。「裏にそう書いてある！」

「似てるぜ」フレッドがニヤリとした。ハリーは真新しい宿題計画帳をフレッドに投げつけたが、計画帳はその後ろの壁に当たって床に落ち、楽しそうな声で言った。「**爪にツメなし、瓜にツメあり。最後の仕上げが終わったら、なんでも好きなことをしていいわ！**」

みんな起き出して着替えをすませた。家の中でいろいろな人が互いに「メリークリスマス」と挨拶しているのが聞こえた。階段を下りる途中でハーマイオニーに出会った。

「ハリー、本をありがとう」ハーマイオニーがうれしそうに言った。「あの『新数霊術理論』の本、ずっと読みたいと思っていたのよ！　それから、ロン、あの香水、ほんとにユニークだわ」

「どういたしまして」ロンが言った。「それ、いったい誰のためだい？」

ロンはハーマイオニーが手にしている、きちんとした包みをあごで指した。

「クリーチャーよ」ハーマイオニーが明るく言った。

「まさか服じゃないだろうな！」ロンがとがめるように言った。「シリウスが言ったこと、わかってるだろう？『クリーチャーは知りすぎている。自由にしてやるわけにはいかない！』」

「服じゃないわ」ハーマイオニーが言った。「もっとも、私なら、あんな汚らしいボロ布よりはましなものを身に着けさせるけど。ううん、これ、パッチワークのキルトよ。クリーチャーの寝室が明るくなると思って」

「寝室って？」ちょうどシリウスの母親の肖像画の前を通るところだったので、ハリーは声を落としてささやいた。

「まあね、シリウスに言わせると、寝室なんてものじゃなくて、いわば――**巣穴**だって」ハーマイオニーが答えた。「クリーチャーは、厨房脇の納戸にあるボイラーの下で寝ているみたいよ」

地下の厨房に着いたときには、ウィーズリーおばさんしかいなかった。かまどの所に立って、みんなに「メリークリスマス」と挨拶したおばさんの声は、まるで鼻風邪を引いているようだった。みんなはおばさんの目を見ないようにした。

「それじゃ、ここがクリーチャーの寝床？」

ロンは食料庫と反対側の角にある薄汚い戸までゆっくり歩いていった。ハリーはその戸が開いているのを見たことがなかった。

「そうよ」ハーマイオニーは少しピリピリしながら言った。「あ……ノックしたほうがいいと思うけど」

ロンは拳でコツコツ戸をたたいたが、返事はなかった。

「上の階をコソコソうろついてるんだろ」ロンはいきなり戸を開けた。「**ウエッ！**」

ハリーは中をのぞいた。納戸の中は、旧式の大型ボイラーでほとんどいっぱいだったが、パイプの下のすきまに、クリーチャーがなんだか巣のようなものをこしらえていた。床にボロ布やぷんぷんにおう古毛布がごたごたに寄せ集められて、積み上げられている。その真ん中に小さなへこみがあり、クリーチャーが毎晩どこで丸まって寝るのかを示していた。ごたごたのあちこちに、くさったパンくずやかびの生えた古いチーズのかけらが見える。一番奥の隅には、コインや小物が光っている。シリウスが館から放り出したものを、クリーチャーが泥棒カササギのように集めていたのだろうと、ハリーは思った。夏休みにシリウスが捨てた、銀の額入りの家族の写真も、クリーチャーはなんとか回収していた。ガラスは壊れていても、白黒写真の人物たちは、高慢ちきな顔でハリーを見上げていた。その中に——ハリーは胃袋がザワッとした——黒髪の、腫れぼったいまぶたの魔女もいる。ハリーが、ダンブルドアの「憂いの篩」で裁判を傍聴したときに見た、ベラトリックス・レストレンジだ。どうやら、この写真はクリーチャーのお気に入りらしく、ほかの写真の一番前に置き、スペロテープで不器用にガラスを貼り合わせていた。

「プレゼントをここに置いておくだけにするわ」ハーマイオニーはボロと毛布のへこみの真ん中にきちんと包みを置き、そっと戸を閉めた。「あとで見つけるでしょう。それでいいわ」

「そういえば」納戸を閉めたとき、ちょうどシリウスが、食料庫から大きな七面鳥を抱えて現れた。「近ごろ誰かクリーチャーを見かけたかい?」

「ここに戻ってきた夜に見たきりだよ」ハリーが言った。「シリウスおじさんが、厨房から出ていけって、命令してたよ」

「ああ……」シリウスが顔をしかめた。「私も、あいつを見たのはあの時が最後だ……。上の階のどこかに隠れているにちがいない」

「出ていっちゃったってことはないよね?」ハリーが言った。「つまり、『**出ていけ**』って言ったとき、この館から出ていけという意味に取ったのかなあ?」

「いや、いや、屋敷しもべ妖精は、衣服をもらわないかぎり出ていくことはできない。主人の家に縛りつけられているんだ」シリウスが言った。

「ほんとうにそうしたければ、家を出ることができるよ」ハリーが反論した。「ドビーがそうだった。三年前、僕に警告するためにマルフォイの家を離れたんだ。あとで自分を罰しなければならなかったけど、とにかくやってのけたよ」

シリウスは一瞬ちょっと不安そうな顔をしたが、やがて口を開いた。

「あとであいつを探すよ。どうせ、どこか上の階で、僕の母親の古いブルマーか何かにしがみついて目を泣き腫らしているんだろう。もちろん、乾燥用戸棚に忍び込んで死んでしまったということもありうるが……まあ、そんなに期待しないほうがいいだろうな」

フレッド、ジョージ、ロンは笑ったが、ハーマイオニーは非難するような目つきをした。

クリスマス・ランチを食べ終わったら、ウィーズリー一家とハリー、ハーマイオニーは、マッドーアイとルーピンの護衛つきで、もう一度ウィーズリー氏の見舞いにいくことにしていた。クリスマス・プディングとトライフルのデザートに間に合う時間にやってきたマンダンガスは、病院行きのために車を一台「借りて」きていた。クリスマスには地下鉄が走っていないからだ。車は、ハリーの見るところ、持ち主の了解のもとに借り出されたとはとうてい思えなかったが、かつてウィーズリーおじさんが中古のフォード・アングリアに魔法をかけたときと同じように、呪文で大きくなっていた。外側は普通の大きさなのに、運転するマンダンガスのほか十人が、楽々乗り込めた。ウィーズリーおばさんは乗り込む前にためらった――マンダンガスを認めたくない気持ちと、魔法なしで移動することがいやだという気持ちが戦っているのが、ハリーにはわかった――しかし、外が寒かったことと子供たちにせがまれたことで、ついに勝敗が決まった。おばさんは後部席のフレッドとビルの間にいさぎよく座り込んだ。

道路がとても空いていたので、聖マンゴまでの旅はあっという間だった。人通りのない街路に、病院を訪れるほんの数人の魔法使いや魔女がコソコソと入っていった。ハリーもみんなもそこで車を降りた。マンダンガスは、みんなの帰りを待つのに、車を道の角に寄せた。一行は、緑のナイロン製エプロンドレスを着たマネキンが立っているショーウィンドウに向かって、ゆっくりとなにげなく歩き、一人ずつウィンドウの中に入った。

受付ロビーは楽しいクリスマス気分に包まれていた。聖マンゴ病院を照らすクリスタルの球は、赤や金色に塗られた輝く巨大な玉飾りになっていた。戸口という戸口には柊が下がり、魔法の雪や氷柱で覆われた白く輝くクリスマスツリーが、あちこちの隅でキラキラしていた。ツリーのてっぺんには金色に輝く星がついている。病院は、この前ハリーたちが来たときほど混んではいなかった。ただし、待合室の真ん中あたりで、ハリーは、左の鼻の穴にみかんが詰まった魔女に押しのけられた。

「家庭内のいざこざなの？　え？」ブロンドの案内魔女が、デスクの向こうでニンマリした。「この手の患者さんは、あなたで今日三人目よ……。呪文性損傷。五階」

ウィーズリー氏はベッドにもたれかかっていた。ひざにのせた盆に、昼食の七面鳥の食べ残しがあり、なんだかバツの悪そうな顔をしていた。

「あなた、おかげんはいかが？」みんなが挨拶し終わり、プレゼントを渡してから、おばさんが聞いた。

「ああ、とてもいい」ウィーズリーおじさんの返事は、少し元気がよすぎた。「母さん――その――スメスウィック癒師には会わなかっただろうね？」

「いいえ」おばさんが疑わしげに答えた。「どうして？」

「いや、別に」おじさんはプレゼントの包みをほどきはじめながら、なんでもなさそうに答えた。

「みんな、いいクリスマスだったかい？　プレゼントは何をもらったのかね？　あぁ、ハリー――こりゃ、**すばらしい！**」おじさんはハリーからのプレゼントを開けたところだった。ヒューズの銅線と、ネジ回しだった。

　ウィーズリーおばさんは、おじさんの答えではまだ完全に納得していなかった。夫がハリーと握手しようとかがんだとき、寝巻きの下の包帯をちらりと見た。

「あなた」おばさんの声が、ネズミ捕りのようにピシャッと響いた。「包帯を換えましたね。アーサー、一日早く換えたのはどうしてなの？　明日までは換える必要がないって聞いていましたよ」

「えっ？」ウィーズリーおじさんは、かなりドキッとした様子で、ベッドカバーを胸まで引っ張り上げた。「いや、その――なんでもない――ただ――私は――」

　ウィーズリーおじさんは、射すくめるようなおばさんの目に会って、しぼんでいくように見えた。

「いや――モリー、心配しないでくれ。オーガスタス・パイがちょっと思いついてね……ほら、研修癒の、気持ちのいい若者だがね。それが大変興味を持っているのが――ンー……補助医療でね――つまり、旧来のマグル療法なんだが……そのなんだ、**縫合**と呼ばれているものでね、モリー。これが非常に効果があるんだよ――マグルの傷には――」

ウィーズリーおばさんが不吉な声を出した。悲鳴とも唸り声ともつかない声だ。ルーピンは見舞い客が誰もいなくて、ウィーズリーおじさんの周りにいる大勢の見舞い客をうらやましそうに眺めていた狼男のほうにゆっくり歩いていった。ビルはお茶を飲みにいってくるとかなんとかつぶやき、フレッドとジョージは、すぐに立ち上がって、ニヤニヤしながらビルについていった。

「あなたのおっしゃりたいのは」ウィーズリーおばさんの声は、一語一語大きくなっていった。みんながあわてふためいて避難していくのには、どうやらまったく気づいていない。「マグル療法でバカなことをやっていたというわけ？」

「モリーや、バカなことじゃないよ」ウィーズリーおじさんがすがるように言った。「なんというか――パイと私とで試してみたらどうかと思っただけで――ただ、まことに残念ながら――まあ、この種の傷には――私たちが思っていたほどには効かなかったわけで――」

「**つまり？**」

「それは……その、おまえが知っているかどうか、あの――縫合というものだが？」

「あなたの皮膚を元どおりに縫い合わせようとしたみたいに聞こえますけど？」ウィーズリーおばさんはちっともおもしろくありませんよという笑い方をした。「だけど、いくらあなたでも、アーサー、**そこまで**バカじゃないでしょう――」

「僕もお茶が飲みたいな」ハリーは急いで立ち上がった。

ハーマイオニー、ロン、ジニーも、ハリーと一緒にほとんど走るようにしてドアまで行った。ドアが背後でパタンと閉まったとき、ウィーズリーおばさんの叫び声が聞こえてきた。

「**だいたいそんなことだって、どういうことですか？**」

「まったくパパらしいわ」四人で廊下を歩きはじめたとき、ジニーが頭を振り振り言った。「縫合だって……まったく……」

「でもね、魔法の傷以外ではうまくいくのよ」ハーマイオニーが公平な意見を言った。「たぶん、あの蛇の毒が縫合糸を溶かしちゃうか何かするんだわ。ところで喫茶室はどこかしら？」

「六階だよ」ハリーが、案内魔女のデスクの上にかかっていた案内板を思い出して言った。

両開きの扉を通り、廊下を歩いていくと、頼りなげな階段があった。階段の両側に粗野な顔をした癒者たちの肖像画がかかっている。一行が階段を上ると、その癒者たちが四人に呼びかけ、奇妙な病状の診断を下したり、恐ろしげな治療法を意見した。中世の魔法使いがロンに向かって、まちがいなく重症の黒斑病だと叫んだときは、ロンは大いに腹を立てた。

「だったらどうなんだよ？」ロンが憤慨して聞いた。

その癒者は、六枚もの肖像画を通り抜け、それぞれの主を押しのけて追いかけてきていた。

「お若い方、これは非常に恐ろしい皮膚病ですぞ。あばた面になりますな。そして、いまよりもっとぞっとするような顔に――」

「誰に向かってぞっとする顔なんて言ってるんだ！」ロンの耳が真っ赤になった。

「――治療法はただ一つ。ヒキガエルの肝を取り、首にきつく巻きつけ、満月の夜、素っ裸で、ウナギの目玉が詰まった樽の中に立ち――」

「僕は黒斑病なんかじゃない！」

「しかし、お若い方、貴殿の顔面にある、その醜い汚点は――」

「ソバカスだよ！」ロンはカンカンになった。「さあ、自分の額に戻れよ。僕のことはほっといてくれ！」

ロンはほかの三人を振り返った。みんな必死で普通の顔をしていた。

「ここ、何階だ？」

「六階だと思うわ」ハーマイオニーが答えた。

「ちがうよ。五階だ」ハリーが言った。「もう一階――」

しかし、踊り場に足をかけたとたん、ハリーは急に立ち止まった。「**呪文性損傷**」という札のかかった廊下の入口に、小さな窓がついた両開きのドアがあり、ハリーはその窓を見つめていた。ガラスに鼻を押しつけて、一人の男がのぞいていた。波打つ金髪、明るいブルーの目、ニッコリと意味のない笑いを浮かべ、輝くような白い歯を見せている。

「なんてこった！」ロンも男を見つめた。

「まあ、驚いた」ハーマイオニーも気がつき、息が止まったような声を出した。「ロックハート先生！」

かつての「闇の魔術に対する防衛術」の先生は、ドアを押し開け、こっちにやってきた。ライラック色の部屋着を着ている。

「おや、こんにちは！」先生が挨拶した。「私のサインが欲しいんでしょう？」

「あんまり変わっていないね？」ハリーがジニーにささやいた。ジニーはニヤッと笑った。

「えーと――先生、お元気ですか？」ロンはちょっと気がとがめるように挨拶した。元はと言えば、ロンの杖が壊れていたせいで、ロックハート先生は記憶を失い、聖マンゴに入院するはめになったのだ。ただ、その時ロックハートは、ハリーとロンの記憶を永久に消し去ろうとしていたわけで、ハリーはそれほど同情していなかった。

「大変元気ですよ。ありがとう！」ロックハートは生き生きと答え、ポケットから少しくたびれた孔雀の羽根ペンを取り出した。「さて、サインはいくつ欲しいですか？　私は、もう続け字が書けるようになりましたからね！」

「あー――いまはサインはけっこうです」ロンはハリーに向かって眉毛をきゅっと吊り上げて見せた。

「先生、廊下をうろうろしていていいんですか？　病室にいないといけないんじゃないですか？」

ハリーが聞いた。

ロックハートのニッコリがゆっくり消えていった。しばらくの間ハリーをじっと見つめ、やがてこう言った。

「どこかでお会いしませんでしたか？」

「あー――ええ、会いました」ハリーが答えた。「あなたは、ホグワーツで、私たちを教えていらっしゃいました。覚えてますか？」

「教えて？」ロックハートはかすかにうろたえた様子でくり返した。「私が？　教えた？」

それから突然笑顔が戻った。びっくりするほど突然だった。

「きっと、君たちの知っていることは全部私が教えたんでしょう？　さあ、サインはいかが？　一ダースもあればいいでしょう。お友達に配るといい。そうすれば、もらえない人は誰もいないでしょう！」

しかし、ちょうどその時、廊下の一番奥のドアから誰かが首を出し、声がした。

「ギルデロイ、悪い子ね。いったいどこをうろついていたの？」

髪にティンセルの花輪を飾った、母親のような顔つきの癒者が、ハリーたちに温かく笑いかけながら、廊下の向こうから急いでやってきた。

「まあ、ギルデロイ、お客さまなのね！　**よかったこと**。かわいそうに。しかもクリスマスの日にですもの！　あのね、この子には**誰も**お見舞いにこないのよ。かわいそうに。どうしてなんでしょうね。こんなにかわいい子ちゃんなのに。ねえ、坊や？」

「サインをしてたんだよ！」ギルデロイは癒者に向かって、またニッコリと輝く歯を見せた。「たくさん欲しがってね。だめだって言えないんだ！　写真が足りるといいんだけど！」

「おもしろいことを言うのね」ロックハートの腕を取り、おませな二歳の子供でも見るような目で、いとおしそうにニッコリとロックハートにほほえみかけながら、癒者が言った。

「二、三年前まで、この人はかなり有名だったのよ。サインをしたがるのは、記憶が戻りかけているしるしではないかと、私たちはそう願っているんですよ。こちらへいらっしゃいな。この子は隔離病棟にいるんですよ。私がクリスマスプレゼントを運び込んでいる間に、抜け出したにちがいないわ。普段はドアに鍵がかかっているの……この子が危険なのじゃありませんよ！　でも」癒者は声を落としてささやいた。「この子にとって危険なの。かわいそうに……自分が誰かもわからないでしょ。ふらふらさまよって、帰り道がわからなくなるの……。ほんとうによく来てくださったわ」

「あの」ロンが上の階を指差して、むだな抵抗を試みた。「僕たち、実は――えーと――」

しかし、癒者がいかにもうれしそうに四人に笑いかけたので、ロンが力なく「お茶を飲みにいくところで」というブツブツ声は、尻すぼみに消えていった。四人はしかたがないと顔を見合わせ、ロックハートと癒者について廊下を歩いた。

「早く切り上げようぜ」ロンがそっと言った。

癒者は「ヤヌス・シッキー病棟」と書かれたドアを杖で指し、「アロホモラ」と唱えた。ドアがパッと開き、癒者が先導して入った。ベッド脇のひじかけ椅子に座らせるまで、ギルデロイの腕をしっかりつかまえたままだった。

「ここは長期療養の病棟なの」

ハリー、ロン、ハーマイオニー、ジニーに、癒者が低い声で教えた。

「呪文性の永久的損傷のためにね。もちろん、集中的な治療薬と呪文と、ちょっとした幸運で、多少は症状を改善できます。ギルデロイは少し自分を取り戻したようですし、ボードさんなんかはほんとうによくなりましたよ。話す能力を取り戻してきたみたいですもの。でもまだ私たちにわかる言語は何も話せませんけどね。さて、クリスマスプレゼントを配ってしまわないと。みんな、お話ししていてね」

ハリーはあたりを見回した。この病棟は、まちがいなく入院患者がずっと住む家だとはっきりわかるような印がいろいろあった。ウィーズリーおじさんの病棟に比べると、ベッドの周りに個人の持ち物がたくさん置いてある。たとえば、ギルデロイのベッドの頭の上の壁は写真だらけで、その全部がニッコリ白い歯を見せて、訪問客に手を振っていた。ギルデロイは、写真の多くに、子供っぽいバラバラな文字で自分宛にサインしていた。癒者がひじかけ椅子に座らせたとたん、ギルデロイは新しい写真の山を引き寄せ、羽根ペンをつかんで夢中でサインを始めた。

「封筒に入れるといい」サインし終わった写真を一枚ずつジニーのひざに投げ入れながら、ギルデロイが言った。「私はまだ忘れられてはいないんですよ。まだまだ。いまでもファンレターがどっさり来る……グラディス・ガージョンなんか**週一回**くれる……**どうしてなのか**知りたいものだけど……」ギルデロイは言葉を切り、かすかに不思議そうな顔をしたが、またニッコリして、再びサインに熱中した。「きっと私がハンサムだからなんだろうね……」

反対側のベッドには、土気色の肌をした悲しげな顔の魔法使いが、天井を見つめて横たわっていた。ひとりで何やらブツブツつぶやき、周りのことはまったく気づかない様子だ。二つ向こうのベッドには、頭全体に動物の毛が生えた魔女がいる。ハリーは二年生のときハーマイオニーに同じようなことが起こったのを思い出した。ハーマイオニーの場合は、幸い、永久的なものではなかった。一番奥の二つのベッドには、周りに花柄のカーテンが引かれ、中の患者にも見舞い客にも、ある程度プライバシーが保てるようになっていた。

「アグネス、あなたの分よ」癒者が明るく言いながら、毛むくじゃらの魔女に、クリスマスプレゼントの小さな山を手渡した。「ほーらね、あなたのこと、忘れてないでしょ？　それに息子さんがふくろう便で、今夜お見舞いにくると言ってよこしましたよ。よかったわね？」

アグネスはふた声、三声、大きく吠えた。

「それから、ほうら、ブロデリック、鉢植え植物が届きましたよ。それにすてきなカレンダー。毎月ちがう種類のめずらしいヒッポグリフの写真がのっているわ。これでパッと明るくなるわね？」

癒者はひとり言の魔法使いの所にいそいそと歩いていき、ベッド脇の収納棚の上に、鉢植えを置いた。長い触手をゆらゆらさせた、なんだか醜い植物だった。それから杖で壁にカレンダーを貼った。

「それから――あら、ミセス・ロングボトム、もうお帰りですか？」

ハリーの頭が思わずくるりと回った。一番奥の二つのベッドを覆ったカーテンが開き、見舞い客が二人、ベッドの間の通路を歩いてきた。あたりを払う風貌の老魔女は、長い緑のドレスに、虫食いだらけの狐の毛皮をまとい、とがった三角帽子には紛れもなく本物のハゲタカの剝製がのっている。後ろに従っているのは、打ちひしがれた顔の――**ネビルだ**。

突然すべてが読めた。ハリーは、奥のベッドに誰がいるのかがわかった。ネビルが誰にも気づかれず、質問も受けずにここから出られるようにと、ほかの三人の注意をそらすものを探して、ハリーはあわてて周りを見回した。しかし、ロンも「ロングボトム」の名前が聞こえて目を上げていた。

ハリーが止める間もなく、ロンが呼びかけた。

「**ネビル！**」

ネビルはまるで弾丸がかすめたかのように、飛び上がって縮こまった。

「ネビル、僕たちだよ！」ロンが立ち上がって明るく言った。「ねえ、見た——？　ロックハートがいるよ！　君は誰のお見舞いなんだい？」

「ネビル、お友達かえ？」

ネビルのおばあさまが、四人に近づきながら、上品な口ぶりで聞いた。

ネビルは身の置き所がない様子だった。ぽっちゃりした顔に、赤紫色がサッと広がり、ネビルは誰とも目を合わせないようにしていた。ネビルのおばあさまは、目を凝らしてハリーを眺め、しわだらけの鉤爪のような手を差し出して握手を求めた。

「おお、おお、あなたがどなたかは、もちろん存じてますよ。ネビルがあなたのことを大変ほめておりましてね」

「あ——どうも」ハリーが握手しながら言った。ネビルはハリーの顔を見ようとせず、自分の足元を見つめていた。顔の赤みがどんどん濃くなっていた。

「それに、あなた方お二人は、ウィーズリー家の方ですね」

ミセス・ロングボトムは、ロンとジニーに次々と、威風堂々手を差し出した。

「ええ、ご両親を存じ上げておりますよ――もちろん親しいわけではありませんが――しかし、ご立派な方々です。ご立派な……そして、あなたがハーマイオニー・グレンジャーですね？」

ハーマイオニーはミセス・ロングボトムが自分の名前を知っていたのでちょっと驚いたような顔をしたが、臆せず握手した。

「ええ、ネビルがあなたのことは全部話してくれました。何度か窮地を救ってくださったのね？　この子はいい子ですよ」

おばあさまは、骨ばった鼻の上から、厳しく評価するような目でネビルを見下ろした。

「でも、この子は、口惜しいことに、父親の才能を受け継ぎませんでした」

そして、奥の二つのベッドのほうにぐいと顔を向けた。帽子の剥製ハゲタカが脅すように揺れた。

「えーっ？」ロンが仰天した（ハリーはロンの足を踏んづけたかったが、ローブではなくジーンズなので、そういう技をこっそりやりおおせるのはかなり難しかった）。

「奥にいるのは、ネビル、君の**父さん**なの？」

「なんたることです？」ミセス・ロングボトムの鋭い声が飛んだ。「ネビル、おまえは、お友達に、両親のことを話していなかったのですか？」

ネビルは深く息を吸い込み、天井を見上げて首を横に振った。ハリーは、これまでこんなに気の毒な思いをしたことがなかった。しかし、どうやったらこの状況からネビルを助け出せるか、何も思いつかなかった。

「いいですか、何も恥じることはありません！」ミセス・ロングボトムは怒りを込めて言った。「おまえは**誇りに**すべきです。ネビル、**誇りに！**　あのように正常な体と心を失ったのは、一人息子が親を恥に思うためではありませんよ。おわかりか！」

「僕、恥に思ってない」

ネビルは消え入るように言ったが、かたくなにハリーたちの目をさけていた。ロンはいまやつま先立ちで、二つのベッドに誰がいるかのぞこうとしていた。

「はて、それにしては、おかしな態度だこと！」ミセス・ロングボトムが言った。「私の息子と嫁は」おばあさまは、誇り高く、ハリー、ロン、ハーマイオニー、ジニーに向きなおった。「『例のあの人』の配下に、正気を失うまで拷問されたのです」

ハーマイオニーとジニーは、あっと両手で口を押さえた。ロンはネビルの両親をのぞこうと首を伸ばすのをやめ、恥じ入った顔をした。

「二人とも『闇祓い』だったのですよ。しかも魔法使いの間では非常な尊敬を集めていました」ミセス・ロングボトムの話は続いた。「夫婦そろって、才能豊かでした。私は――おや、アリス、どうしたのかえ？」

ネビルの母親が、寝巻きのまま、部屋の奥から這うような足取りで近寄ってきた。ムーディに見せてもらった、不死鳥の騎士団設立メンバーの古い写真に写っていた、ふっくらとした幸せそうな面影はどこにもなかった。いまやその顔はやせこけ、やつれはてて、目だけが異常に大きく見えた。髪は白く、まばらで、死人のようだった。何か話したい様子ではなかった。いや、話すことができなかったのだろう。しかし、おずおずとしたしぐさで、ネビルのほうに、何かを持った手を差し伸ばした。

「またかえ?」ミセス・ロングボトムは少しうんざりした声を出した。「よしよし、アリスや――ネビル、なんでもいいいから、受け取っておあげ」

ネビルはもう手を差し出していた。その手の中へ、母親は「どんどんふくらむドルーブル風船ガム」の包み紙をポトリと落とした。

「まあ、いいこと」

ネビルのおばあさまは、楽しそうな声を取りつくろい、母親の肩をやさしくたたいた。

ネビルは小さな声で、「ママ、ありがとう」と言った。

母親は、鼻歌を歌いながらよろよろとベッドに戻っていった。ネビルはみんなの顔を見回した。笑いたきゃ笑えと、挑むような表情だった。しかし、ハリーは、いままでの人生で、こんなにも笑いからほど遠いものを見たことがなかった。

「さて、もう失礼しましょう」

ミセス・ロングボトムは緑の長手袋を取り出し、ため息をついた。

「みなさんにお会いできてよかった。ネビル、その包み紙はくずかごにお捨て。あの子がこれまでにくれた分で、もうおまえの部屋の壁紙が貼れるほどでしょう」

しかし、二人が立ち去るとき、ネビルが包み紙をポケットにすべり込ませたのを、ハリーは確かに見た。

二人が出ていき、ドアが閉まった。

「知らなかったわ」ハーマイオニーが涙を浮かべて言った。

「僕もだ」ロンはかすれ声だった。

「私もよ」ジニーがささやくように言った。

三人がハリーを見た。

「僕、知ってた」ハリーが暗い声で言った。

「ダンブルドアが話してくれた。でも、誰にも言わないって、僕、約束したんだ……ベラトリックス・レストレンジがアズカバンに送られたのは、そのためだったんだ。ネビルの両親が正気を失うまで『磔の呪い』を使ったからだ」

「ベラトリックス・レストレンジがやったの？」ハーマイオニーが恐ろしそうに言った。「クリーチャーが巣穴に持っていた、あの写真の魔女？」

長い沈黙が続いた。ロックハートの怒った声が沈黙を破った。

「ほら、せっかく練習して続け字のサインが書けるようになったのに！」

第二十四章　閉心術

クリーチャーが屋根裏部屋にひそんでいたことは、あとでわかった。シリウスが、そこでほこりまみれになっているクリーチャーを見つけたと言った。ブラック家の形見の品を探して、もっと自分の巣穴に持ち込もうとしていたにちがいないと言うのだ。シリウスはこの筋書きで満足していたが、ハリーは落ち着かなかった。再び姿を現したクリーチャーは、なんだか前より機嫌がよいように見えた。辛辣なブツブツが少し治まり、いつもより従順に命令に従った。しかし、ハリーは、一度か二度、この屋敷しもべ妖精が自分を熱っぽく見つめているのに気づいた。ハリーに気づかれているとわかると、クリーチャーはいつもすばやく目をそらすのだった。

ハリーは、このもやもやした疑惑を、クリスマスが終わって急激に元気をなくしているシリウスには言わなかった。ホグワーツへの出発の日が近づいてくるにつれ、シリウスはますます不機嫌になっていった。ウィーズリーおばさんが「むっつり発作」と呼んでいるものが始まると、シリウス

は無口で気難しくなり、しばしばバックビークの部屋に何時間も引きこもっていた。シリウスの憂鬱が、毒ガスのようにドアの下からにじみ出し、館中に拡散して全員が感染した。

ハリーは、シリウスを、またクリーチャーと二人きりで残していきたくなかった。事実、ハリーは、こんなことは初めてだったが、ホグワーツに帰りたいという気持ちになれなかった。学校に帰るということは、またドローレス・アンブリッジの圧政の下に置かれることになるのだ。みんなのいない間にアンブリッジはまたしても、十以上の省令を強行したにちがいない。ハリーはクィディッチを禁じられているので、その楽しみもない。試験がますます近づいているので、宿題の負担が重くなることは目に見えているし、ダンブルドアは相変わらずよそよそしい。実際、DAのことさえなければ、ホグワーツを退学させて、グリモールド・プレイスに置いてほしいと、シリウスに頼み込もうかとさえ思った。

そして、休暇最後の日に、学校に帰るのがほんとうに恐ろしいと思わせる出来事が起こった。

「ハリー」ウィーズリーおばさんが、ロンとの二人部屋のドアから顔をのぞかせた。ちょうど二人で魔法チェスをしているところで、ハーマイオニー、ジニー、クルックシャンクスは観戦していた。「厨房に下りてきてくれる？　スネイプ先生が、お話があるんですって」

ハリーは、おばさんの言ったことが、すぐにはぴんと来なかった。自分の持ち駒のルークが、ロンのポーンと激しい格闘の最中で、ハリーはルークをたきつけるのに夢中だった。

「やっつけろ――**やっちまえ**。たかがポーンだぞ、ウスノロ。あ、おばさん、ごめんなさい。なんですか?」

「スネイプ先生ですよ。厨房で。ちょっとお話があるんですって」

ハリーは恐怖で口があんぐり開いた。ロン、ハーマイオニー、ジニーを見た。みんなも口を開けてハリーを見つめ返していた。ハーマイオニーが十五分ほど苦労して押さえ込んでいたクルックシャンクスが、大喜びでチェス盤に飛びのり、駒は金切り声を上げて逃げ回った。

「スネイプ?」ハリーはポカンとして言った。

「スネイプ**先生**ですよ」ウィーズリーおばさんがたしなめた。「さあ、早くいらっしゃい。長くはいられないとおっしゃってるわ」

「いったい君になんの用だ?」おばさんの顔が引っ込むと、ロンが落ち着かない様子で言った。

「何かやらかしてないだろうな?」

「やってない!」ハリーは憤然として言ったが、スネイプがわざわざグリモールド・プレイスにハリーをたずねてくるとは、自分はいったい何かやったのだろうかと、考え込んだ。最後の宿題が最悪の「T・トロール並み」でも取ったのだろうか?

それから一、二分後、ハリーは厨房のドアを開けて、中にシリウスとスネイプがいるのを見た。二人とも長テーブルに座っていたが、目を背けて反対方向をにらみつけていた。互いの嫌悪感で、重苦しい沈黙が流れていた。シリウスの前に手紙が広げてある。

「あのー」ハリーは到着したことを告げた。

スネイプの脂っこいすだれのような黒髪に縁取られた顔が、振り向いてハリーを見た。

「座るんだ、ポッター」

「いいか」シリウスが椅子ごとそっくり返り、椅子を後ろの二本脚だけで支えながら、天井に向かって大声で言った。「スネイプ。ここで命令を出すのはご遠慮願いたいですな。何しろ、私の家なのでね」

スネイプの血の気のない顔に、険悪な赤みがサッと広がった。ハリーはシリウスの脇の椅子に腰を下ろし、テーブル越しにスネイプと向き合った。

「ポッター、我輩は君一人だけと会うはずだった」スネイプの口元が、おなじみのあざけりでゆがんだ。「しかし、ブラックが――」

「私はハリーの名付け親だ」シリウスがいっそう大声を出した。

「我輩はダンブルドアの命でここに来た」スネイプの声は、反対に、だんだん低く不ゆかいな声になっていった。「しかし、ブラック、よかったらどうぞいてくれたまえ。気持ちはわかる……関わっていたいわけだ」

「何が言いたいんだ？」シリウスは後ろ二本脚だけでそっくり返っていた椅子を、バーンと大きな音とともに元に戻した。

「別に他意はない。君はきっと――あー――いらいらしているだろうと思ってね。なんにも**役に立つ**ことができなくて」スネイプは言葉を微妙に強調した。「騎士団のためにね」

今度はシリウスが赤くなる番だった。ハリーのほうを向きながら、スネイプの唇が勝ち誇ったようにゆがんだ。

「校長が君に伝えるようにと我輩をよこしたのだ、ポッター。校長は来学期に君が『閉心術』を学ぶことをお望みだ」

「何を？」ハリーはポカンとした。

スネイプはますますあからさまにあざけり笑いを浮かべた。

「『閉心術』だ、ポッター。外部からの侵入に対して心を防衛する魔法だ。世に知られていない分野の魔法だが、非常に役に立つ」

ハリーの心臓が急速に鼓動しはじめた。外部からの侵入に対する防衛？　だけど、僕は取り憑かれてはいない。そのことはみんなが認めた……。

「その『閉――』なんとかを、どうして、僕が学ばないといけないんですか？」ハリーは思わず質問した。

「なぜなら、校長がそうするのがよいとお考えだからだ」スネイプはさらりと答えた。「一週間に一度個人教授を受ける。しかし、何をしているかは誰にも言うな。特に、ドローレス・アンブリッジには。わかったな？」

「はい」ハリーが答えた。「誰が教えてくださるのですか？」

スネイプの眉が吊り上がった。

「我輩だ」

ハリーは内臓が溶けていくような恐ろしい感覚に襲われた。スネイプと課外授業――こんな目にあうなんて、僕が何をしたって言うんだ？　ハリーは助けを求めて、急いでシリウスの顔を見た。

「どうしてダンブルドアが教えないんだ？」シリウスが食ってかかった。「なんで君が？」

「たぶん、あまり喜ばしくない仕事を委譲するのは、校長の特権なのだろう」スネイプはなめらかに言った。

「言っておくが、我輩がこの仕事を懇願したわけではない」スネイプが立ち上がった。「ポッター、月曜の夕方六時に来るのだ。我輩の研究室に。誰かに聞かれたら、『魔法薬』の補習だと言え。我輩の授業での君を見た者なら、補習の必要性を否定するまい」

スネイプは旅行用の黒マントをひるがえし、立ち去りかけた。

「ちょっと待て」シリウスが椅子に座りなおした。

スネイプは顔だけを二人に向けた。せせら笑いを浮かべている。

「我輩はかなり急いでいるんだがね、ブラック。君とちがって、際限なくひまなわけではない」

「では、要点だけ言おう」シリウスが立ち上がった。スネイプよりかなり背が高い。スネイプがマントのポケットの中で、杖の柄と思しい部分を握りしめたのに、ハリーは気づいた。「もし君が、『閉心術』の授業を利用してハリーをつらい目にあわせていると聞いたら、私がだまってはいないぞ」

「泣かせるねえ」スネイプがあざけるように言った。「しかし、ポッターが父親そっくりなのに、当然君も気づいているだろうね？」

「ああ、そのとおりだ」シリウスが誇らしげに言った。

「さて、それなればわかるだろうが、こいつの傲慢さときたら、批判など、端から受けつけぬ」スネイプがすらりと言った。

シリウスは荒々しく椅子を押しのけ、テーブルを回り込み、杖を抜き放ちながら、つかつかとスネイプのほうに進んだ。スネイプも自分の杖をサッと取り出した。二人は真正面から向き合った。シリウスはカンカンに怒り、スネイプはシリウスの杖の先から顔へと目を走らせながら、状況を読んでいた。

「シリウス！」ハリーが大声で呼んだが、シリウスには聞こえないようだった。

「警告したはずだ、**スニベルス**」シリウスが言った。シリウスの顔はスネイプからほんの数十センチの所にあった。「ダンブルドアが、貴様が改心したと思っていても、知ったことじゃない。私のほうがよくわかっている——」

「おや、それなら、どうしてダンブルドアにそう言わんのかね？」スネイプがささやくように言った。「それとも、何かね、母親の家に六か月も隠れている男の言うことは、真剣に取り合ってくれないとでも思っているのか？」

「ところで、このごろルシウス・マルフォイはどうしてるかね？　さぞかし喜んでいるだろうね？自分のペット犬がホグワーツで教えていることで」

「犬といえば」スネイプが低い声で言った。「君がこの前、遠足なぞに出かける危険をおかしたとき、ルシウス・マルフォイが君に気づいたことを知っているかね？　うまい考えだったな、ブラック。安全な駅のホームで姿を見られるようにするとは……これで鉄壁の口実ができたわけだ。隠れ家から今後いっさい出ないという口実がね？」

シリウスが杖を上げた。

「**やめて！**」ハリーは叫びながらテーブルを飛び越え、二人の間に割って入ろうとした。

「シリウス、やめて！」

「私を臆病者呼ばわりするのか？」シリウスは、吠えるように言うと、ハリーを押しのけようとした。しかし、ハリーはてこでも動かなかった。

「まあ、そうだ。そういうことだな」スネイプが言った。

「ハリー――そこを――どけ！」シリウスは歯をむき出して唸ると、空いている手でハリーを押しのけた。

厨房のドアが開き、ウィーズリー一家全員と、ハーマイオニーが入ってきた。みんな幸せいっぱいという顔で、真ん中にウィーズリーおじさんが誇らしげに歩いていた。縞のパジャマの上に、レインコートを着ている。

「治った！」おじさんが厨房全体に元気よく宣言した。「全快だ！」

おじさんも、ほかのウィーズリー一家も、目の前の光景を見て、入口に釘づけになった。見られたほうも、そのままの形で動きを止めた。シリウスとスネイプは互いの顔に杖を突きつけたまま、入口を見ていた。ハリーは二人を引き離そうと、両手を広げ、間に突っ立って固まっていた。

「なんてこった」ウィーズリーおじさんの顔から笑いが消えた。「いったい何事だ？」

シリウスもスネイプも杖を下ろした。ハリーは両方の顔を交互に見た。二人とも極めつきの軽蔑の表情だったが、思いがけなく大勢の目撃者が入ってきたことで、正気を取り戻したらしい。スネイプは杖をポケットにしまうと、サッと厨房を横切り、ウィーズリー一家の脇を物も言わずに通り過ぎた。ドアの所でスネイプが振り返った。

「ポッター、月曜の夕方、六時だ」

そしてスネイプは去った。シリウスは杖を握ったまま、その後ろ姿をにらみつけていた。

「いったい何があったんだ？」ウィーズリーおじさんがもう一度聞いた。

「アーサー、なんでもない」シリウスは長距離を走った直後のように、ハァハァ息をはずませていた。

「昔の学友と、ちょっとした親しいおしゃべりさ」シリウスはほほえんだ。相当努力したような笑いだった。「それで……治ったのかい？　そりゃあ、よかった。ほんとによかった」

「ほんとにそうよね？」ウィーズリーおばさんは夫を椅子の所まで導いた。「最終的にはスメスウィック癒師の魔法が効いたのね。あの蛇の牙にどんな毒があったにせよ、解毒剤を見つけたの。それに、アーサーはマグル医療なんかにちょっかいを出して、いい薬になったわ。**そうでしょう？　あなたっ**」おばさんがかなり脅しをきかせた。

「そのとおりだよ、モリーや」おじさんがおとなしく言った。

その夜の晩餐は、ウィーズリーおじさんを囲んで、楽しいものになるはずだった。シリウスが努めてそうしようとしているのが、ハリーにはわかった。しかし、ハリーの名付け親は、フレッドやジョージの冗談に合わせて、無理に声を上げて笑ったり、みんなに食事を勧めたりしているとき以外は、むっつりと考え込むような表情に戻っていた。ハリーとシリウスの間には、マンダンガスとマッド-アイが座っていた。二人ともウィーズリー氏に快気祝いを述べるために立ち寄ったのだ。ハリーはスネイプの言葉なんか気にするなとシリウスに言いたかった。スネイプはわざと挑発したんだ。シリウスがダンブルドアに言われたとおりに、グリモールド・プレイスにとどまっているからといって、臆病者だなんて思う人はほかに誰もいない。しかし、ハリーには声をかける機会がなかった。それに、シリウスの険悪な顔を見ていると、たとえ機会があっても、あえてそう言うほうがいいのかどうか、たびたび迷った。そのかわりハリーは、ロンとハーマイオニーに、スネイプとの「閉心術」の授業のことを、こっそり話して聞かせた。

「ダンブルドアは、あなたがヴォルデモートの夢を見なくなるようにしたいんだわ」ハーマイオニーが即座に言った。「まあね、そんな夢、見なくても困ることはないでしょ？」

「スネイプと課外授業？」ロンは肝をつぶした。「僕なら、悪夢のほうがましだ！」

次の日は、「夜の騎士バス」に乗ってホグワーツに帰ることになっていた。翌朝ハリー、ロン、ハーマイオニーが厨房に下りていくと、護衛につくトンクスとルーピンが朝食を食べていた。ハリーがドアを開けたとき、大人たちはヒソヒソ話の最中だったらしい。全員がサッと振り向き、急に口をつぐんだ。

あわただしい朝食のあと、灰色の一月の朝の冷え込みに備え、全員上着やスカーフで身づくろいした。ハリーは胸がしめつけられるような不快な気分だった。シリウスに別れを告げたくなかった。この別れが何かいやだったし、次に会うのはいつなのかわからない気がした。そして、シリウスにバカなことはしないようにと言うのは、ハリーの役目のような気がした。――スネイプが臆病者呼ばわりしたことで、シリウスがひどく傷つき、いまやグリモールド・プレイスから抜け出す、何か無鉄砲な旅を計画しているのではないかと心配だった。しかし、なんと言うべきか思いつかないうちに、シリウスがハリーを手招きした。

「これを持っていってほしい」シリウスは新書判の本ぐらいの、不器用に包んだ何かを、ハリーの手に押しつけた。

「これ、何？」ハリーが聞いた。

「スネイプが君を困らせるようなことがあったら、私に知らせる手段だ。いや、ここでは開けないで！」シリウスはウィーズリーおばさんのほうを用心深く見た。おばさんは双子に手編みのミトンをはめるように説得中だった。「モリーは賛成しないだろうと思うんでね――でも、私を必要とするときには、君に使ってほしい。いいね？」

「オーケー」ハリーは上着の内ポケットに包みをしまい込んだ。しかし、それがなんであれ、けっして使わないだろうと思った。スネイプがこれからの「閉心術」の授業で、僕をどんなひどい目にあわせても、シリウスを安全な場所から誘い出すのは、絶対に僕じゃない。

「それじゃ、行こうか」シリウスはハリーの肩をたたき、つらそうにほほえんだ。そして、ハリーが何も言えないでいるうちに、二人は上の階に上がり、重い鎖とかんぬきのかかった玄関扉の前で、ウィーズリー一家に囲まれていた。

「さようなら、ハリー。元気でね」ウィーズリーおばさんがハリーを抱きしめた。

「またな、ハリー。私のために、蛇を見張っていておくれ」ウィーズリーおじさんは、握手しながらほがらかに言った。

「うん――わかった」

ハリーはほかのことを気にしながら答えた。シリウスに注意するなら、これが最後の機会だ。ハリーは振り返り、名付け親の顔を見て口を開きかけた。しかし、何か言う前に、シリウスは片腕でサッとハリーを抱きしめ、ぶっきらぼうに言った。

「元気でな、ハリー」

次の瞬間、ハリーは凍るような冬の冷気の中に押し出されていた。トンクスが（今日は背の高い、濃い灰色の髪をした田舎暮らしの貴族風の変装だった）、ハリーを追い立てるようにして階段を下りた。

十二番地の扉が背後でバタンと閉じた。一行はルーピンについて入口の階段を下りた。歩道に出たとき、ハリーは振り返った。両側の建物が横に張り出し、十二番地はその間に押しつぶされるようにどんどん縮んで見えなくなっていった。瞬きする間に、そこはもう消えていた。

「さあ、バスに早く乗るに越したことはないわ」トンクスが言った。広場のあちこちに目を走らせているトンクスの声が、ピリピリしているとハリーは思った。ルーピンがパッと右腕を上げた。

バーン。

ど派手な紫色の三階建てバスがどこからともなく一行の目の前に現れた。危うく近くの街灯にぶつかりそうになったが、街灯が飛びのいて道をあけた。

紫の制服を着た、やせてにきびだらけの、耳が大きく突き出た若者が、歩道にピョンと飛び降りて言った。「ようこそ、夜——」

「はい、はい、わかってるわよ。ごくろうさん」トンクスがすばやく言った。「乗って、乗って、さあ——」

そして、トンクスはハリーを乗車ステップのほうへ押しやった。ハリーが前を通り過ぎるとき、車掌がじろじろ見た。

「いやー——アリーだ——!」

「その名前を大声で言ったりしたら、呪いをかけてあんたを消滅させてやるから」トンクスは、今度はジニーとハーマイオニーを押しやりながら、低い声で脅すように言った。

「僕さ、一度こいつに乗ってみたかったんだ」ロンがうれしそうに乗り込み、ハリーのそばに来てきょろきょろした。

以前にハリーが「夜の騎士バス」に乗ったときは、夜で、三階とも真鍮の寝台でいっぱいだった。今度は早朝で、てんでんばらばらな椅子が詰め込まれ、窓際にいいかげんに並べて置かれていた。バスがグリモールド・プレイスで急停車したときに、椅子がいくつかひっくり返ったらしい。

何人かの魔法使いや魔女たちが、ブツブツ言いながら立ち上がりかけていた。誰かの買い物袋がバスの端から端まですべったらしく、カエルの卵やら、ゴキブリ、カスタードクリームなど、気持ちの悪いごたごたが、床一面に散らばっていた。

「どうやら分かれて座らないといけないね」空いた席を見回しながら、トンクスがきびきびと言った。「フレッドとジョージとジニー、後ろの席に座って……リーマスが一緒に座れるわ」

トンクス、ハリー、ロン、ハーマイオニーは三階まで進み、一番前に二席と後ろに二席見つけた。車掌のスタン・シャンパイクが、興味津々で、後ろの席までハリーとロンにくっついてきた。ハリーが通り過ぎると、次々と顔が振り向き、ハリーが後部に腰かけると、全部の顔がまたパッと前を向いた。

ハリーとロンが、それぞれ十一シックルずつスタンに渡すと、バスはぐらぐら危なっかしげに揺れながら、再び動きだした。歩道に上がったり下りたり、グリモールド・プレイスを縫うようにゴロゴロと走り、またしても**バーン**という大音響がして、乗客はみんな後ろにガクンとなった。ロンの椅子は完全にひっくり返った。ひざにのっていたピッグウィジョンがかごから飛び出し、ピーピーやかましくさえずりながらバスの前方まで飛んでいき、今度はハーマイオニーの肩に舞い降りた。ハリーは腕木式のろうそく立てにつかまって、やっとのことで倒れずにすんだ。窓の外を見ると、バスはどうやら高速道路のような所を飛ばしていた。

たしていた。

ハリーが聞きもしないのに、スタンがうれしそうに答えた。ロンは床から立ち上がろうとじたばたしていた。

「アリー、元気だったか？　おめぇさんの名前は、この夏さんざん新聞で読んだぜ。だがよ、なぁにひとっついいことは書いてねえ。おれはアーンに言ってやったね。こう言ってやった。『おれたちが見たときゃ、アリーは狂ってるようにゃ見えなかったなぁ？　まったくよう』」

スタンは二人に切符を渡したあとも、わくわくしてハリーを見つめ続けた。どうやらスタンにとっては、新聞にのるほど有名なら、変人だろうが奇人だろうがどうでもいいらしい。「夜の騎士バス」は右側からでなく左側から何台もの車を追い抜き、わなわなと危険な揺れ方をした。ハリーが前のほうを見ると、ハーマイオニーが両手で目を覆っているのが見えた。ピッグウィジョンがその肩でうれしそうにゆらゆらしている。

バーン。

またしても椅子が後ろにすべった。バスはバーミンガムの高速道路から飛び降り、ヘアピンカーブだらけの静かな田舎道に出ていた。両側の生け垣が、バスに乗り上げられそうになると、飛びのいて道をあけた。そこから、にぎやかな町の大通りに出たり、小高い丘に囲まれた陸橋を通ったり、高層アパートの谷間の、吹きさらしの道路に出たりした。そのたびに**バーン**と大きな音がした。

「僕、気が変わったよ」ロンがブツブツ言った。床から立ち上がること六回目だった。「もうこいつには二度と乗りたくない」

「ほいさ、この次の次はオグワーツでぇ」スタンがゆらゆらしながらやってきて、威勢よく告げた。「前に座ってる、おめぇさんと一緒に乗り込んだ、あの態度のでかい姉さんが、チップをくれてよう、おめぇさんたちを先に降ろしてくれってこった。ただ、マダム・マーシを先に降ろさせてもらわねえと――」下のほうからゲェゲェむかつく音が聞こえ、続いてドッと吐くいやな音がした。「――ちょいと気分がよくねえんで」

数分後、「夜の騎士バス」は小さなパブの前で急停車した。衝突をさけるのに、パブは身を縮めた。スタンが不幸なマダム・マーシをバスから降ろし、二階のデッキの乗客がやれやれとささやく声が聞こえてきた。バスは再び動きだし、スピードを上げた。そして――。

バーン。

バスは雪深いホグズミードを走っていた。脇道の奥に、ハリーはちらりと「ホッグズ・ヘッド」を見た。イノシシの生首の看板が冬の風に揺れ、キーキー鳴っていた。雪片がバスの大きなフロントガラスを打った。バスはようやくホグワーツの校門前で停車した。

ルーピンとトンクスがバスからみんなの荷物を降ろすのを手伝い、それから別れを告げるために下車した。ハリーがバスをちらりと見ると、乗客全員が、三階全部の窓に鼻をぺったり押しつけて、こっちをじっと見下ろしていた。

「校庭に入ってしまえば、もう安全よ」人気のない道に油断なく目を走らせながら、トンクスが言った。「いい新学期をね、オッケー?」

「体に気をつけて」ルーピンがみんなとひとわたり握手し、最後にハリーの番が来た。

「いいかい……」ほかのみんながトンクスと最後の別れを交わしている間、ルーピンは声を落として言った。「ハリー、君がスネイプを嫌っているのは知っている。だが、あの人は優秀な『閉心術士』だ。それに、私たち全員が——シリウスもふくめて——君が身を護る術を学んでほしいと思っている。だから、がんばるんだ。いいね?」

「うん、わかりました」年の割に多いしわが刻まれたルーピンの顔を見上げながら、ハリーが重苦しく答えた。「それじゃ、また」

六人はトランクを引きずりながら、つるつるすべる馬車道を城に向かって懸命に歩いた。ハーマイオニーはもう、寝る前にしもべ妖精の帽子をいくつか編む話をしていた。樫の木の玄関扉にたどり着いたとき、ハリーは後ろを振り返った。「夜の騎士バス」はもういなくなっていた。明日の夜のことを考えると、ハリーはずっとバスに乗っていたかったと、半ばそんな気持ちになった。

次の日はほとんど一日中、ハリーはその晩のことを恐れて過ごした。午前中に二時限続きの「魔法薬」の授業があったが、スネイプはいつもどおりにいやらしく、ハリーのおびえた気持ちをやわらげるのにはまったく役に立たなかった。しかも、DAのメンバーが、授業の合間に廊下で入れ替わり立ち替わりハリーの所にやってきて、今夜会合はないのかと期待を込めて聞くので、ハリーはますますめいった。

「次の会合の日程が決まったら、いつもの方法で知らせるよ」ハリーはくり返し同じことを言った。「だけど、今夜はできない。僕──えーと──『魔法薬』の補習を受けなくちゃならないんだ」

「君が、**魔法薬の補習？**」玄関ホールで昼食後にハリーを追い詰めたザカリアス・スミスが、ばかにしたように聞き返した。「驚いたな。君、よっぽどひどいんだ。スネイプは普通、補習なんてしないだろ？」

こっちがいらいらする陽気さで、スミスがすたすた立ち去る後ろ姿を、ロンがにらみつけた。

「呪いをかけてやろうか？　ここからならまだ届くぜ」ロンが杖を上げ、スミスの肩甲骨の間あたりにねらいをつけた。

「ほっとけよ」ハリーはしょげきって言った。

「みんなきっとそう思うだろ？　僕がよっぽどバ──」

「あら、ハリー」背後で声がした。振り返ると、そこにチョウが立っていた。

「ああ」ハリーの胃袋が、気持ちの悪い飛び上がり方をした。「やあ」

「私たち、図書館に行ってるわ」ハーマイオニーがきっぱり言いながら、ロンのひじの上のあたりを引っつかみ、大理石の階段のほうへ引きずっていった。

「クリスマスは楽しかった？」チョウが聞いた。

「うん、まあまあ」ハリーが答えた。

「私のほうは静かだったわ」チョウが言った。なぜか、チョウはかなりもじもじしていた。

「あの……来月またホグズミード行きがあるわ。掲示を見た？」

「え？　あ、いや。帰ってからまだ掲示板を見てない」

「そうなのよ。バレンタインデーね……」

「そう」ハリーは、なぜチョウがそんなことを自分に言うのだろうといぶかった。「それじゃ、たぶん君は――」

「あなたがそうしたければだけど」チョウが熱を込めて言った。

ハリーは目を見開いた。いま言おうとしたのは、「たぶん君は、次のＤＡの会合がいつなのか知りたいんだろう？」だった。しかし、チョウの受け答えはどうもちぐはぐだ。

「僕――えー――」

「あら、そうしたくないなら、別にいいのよ」チョウは傷ついたような顔をした。「気にしないで。私――じゃ、またね」

チョウは行ってしまった。ハリーはその後ろ姿を見つめ、脳みそを必死で回転させながら突っ立っていた。すると、何かがポンと当てはまった。

「チョウ！　おーい――**チョウ！**」

ハリーはチョウを追いかけ、大理石の階段の中ほどで追いついた。

「えーと――バレンタインデーに、僕と一緒にホグズミードに行かないか？」

「えぇえ、いいわ！」チョウは真っ赤になってハリーにニッコリ笑いかけた。

「そう……じゃ……それで決まりだ」

ハリーは今日一日がまったくのむだではなかったという気がした。午後の授業の前に、ロンとハーマイオニーを迎えに図書館に行くとき、ハリーはほとんど体がはずんでいた。

しかし、夕方の六時になると、チョウ・チャンに首尾よくデートを申し込んだ輝かしさも、もはや不吉な気持ちを明るくしてはくれなかった。スネイプの研究室に向かう一歩ごとに、不吉さがつのった。

部屋にたどり着くとドアの前に立ち止まり、ハリーは、この部屋以外ならどこだって行くのにと思った。それから深呼吸して、ドアをノックし、ハリーは部屋に入った。

部屋は薄暗く、壁に並んだ棚には、何百というガラス瓶が置かれ、さまざまな色合いの魔法薬に、動物や植物のぬるっとした断片が浮かんでいた。片隅に、材料がぎっしり入った薬戸棚がある。スネイプはハリーがその戸棚から盗んだという言いがかりで――いわれのないものではなかったのだが――ハリーを責めたことがある。しかし、ハリーの気を引いたのは、むしろ机の上にあるルーン文字や記号が刻まれた石の水盆で、ろうそくの光だまりの中に置かれていた。ハリーにはそれが何かすぐわかった――ダンブルドアの「憂いの篩」だ。いったいなんのためにここにあるのだろうといぶかっていたハリーは、スネイプの冷たい声が薄暗がりの中から聞こえてきて、飛び上がった。

「ドアを閉めるのだ、ポッター」

ハリーは言われたとおりにした。自分自身を牢に閉じ込めたような気がしてぞっとした。部屋の中に戻ると、スネイプは明るい所に移動していた。そして机の前にある椅子をだまって指した。ハリーが座り、スネイプも腰を下ろした。冷たい暗い目が、瞬きもせずハリーをとらえた。顔のしわの一本一本に嫌悪感が刻まれている。

「さて、ポッター。ここにいる理由はわかっているな」スネイプが言った。「『閉心術』を君に教えるよう、校長から頼まれた。我輩としては、君が『魔法薬』より少しはましなところを見せてくれるよう望むばかりだ」

「ええ」ハリーはぶっきらぼうに答えた。

「ポッター、この授業は、普通とはちがうかもしれぬ」スネイプは憎々しげに目を細めた。「しかし、我輩が君の教師であることに変わりない。であるから、我輩に対して、必ず『先生』とつけるのだ」

「はい……**先生**」ハリーが言った。

「さて、『閉心術』だ。君の大事な名付け親の厨房で言ったように、この分野の術は、外部からの魔法による侵入や影響に対して心を封じる」

「それで、ダンブルドア校長は、どうして僕にそれが必要だと思われるのですか？　先生」

ハリーははたしてスネイプが答えるだろうかといぶかりながら、まっすぐにスネイプの目を見た。スネイプは一瞬ハリーを見つめ返したが、やがてばかにしたように言った。

「君のような者でも、もうわかったのではないかな？　ポッター。闇の帝王は『開心術』に長けている――」

「それ、なんですか？　**先生？**」

「他人の心から感情や記憶を引っ張り出す能力だ――」

「人の心が読めるんですか？」ハリーが即座に言った。最も恐れていたことが確認されたのだ。

「繊細さのかけらもないな、ポッター」スネイプの暗い目がギラリと光った。「微妙なちがいが、君には理解できない。その欠点のせいで、君はなんとも情けない魔法薬作りしかできない」

スネイプはここで一瞬間を置き、言葉を続ける前に、ハリーをいたぶる楽しみを味わっているように見えた。

「『読心術』はマグルの言い草だ。心は書物ではない。好きなときに開いたり、ひまなときに調べたりするものではない。思考とは、侵入者が誰かれなく一読できるように、頭がい骨の内側に刻み込まれているようなものではない。心とは、ポッター、複雑で、重層的なものだ――少なくとも、大多数の心とはそういうものだ」スネイプがニヤリと笑った。「しかしながら、『開心術』を会得した者は、一定の条件の下で、獲物の心をうがち、そこに見つけたものを解釈できるというのはほんとうだ。たとえば闇の帝王は、誰かがうそをつくと、ほとんど必ず見破る。『閉心術』に長けた者だけが、うそとは裏腹な感情も記憶も閉じ込めることができ、帝王の前で虚偽を口にしても見破られることがない」

スネイプがなんと言おうが、ハリーには「開心術」は「読心術」のようなものに思えた。そして、どうもいやな感じの言葉だ。

「それじゃ、『あの人』は、たったいま僕たちが考えていることがわかるかもしれないんですか？先生？」

「闇の帝王は相当遠くにいる。しかも、ホグワーツの壁も敷地も、古くからのさまざまな呪文で護られているからして、中に住むものの体ならびに精神的安全が確保されている」スネイプが言った。「ポッター、魔法では時間と空間が物を言う。『開心術』では、往々にして、目を合わせることが重要となる」

「それなら、どうして僕は『閉心術』を学ばなければならないんですか？」

スネイプは、唇を長く細い指の一本でなぞりながら、ハリーを意味ありげに見た。

「ポッター、通常の原則はどうやら君には当てはまらぬ。君を殺しそこねた呪いが、なんらかの絆を、君と闇の帝王との間に創り出したようだ。事実の示唆するところによれば、時折、君の心が非常に弛緩し、無防備な状態になると――たとえば、眠っているときだが――君は闇の帝王と感情、思考を共有する。校長はこの状態が続くのはかんばしくないとお考えだ。我輩に、闇の帝王に対して心を閉じる術を、君に教えてほしいとのことだ」

ハリーの心臓がまたしても早鐘を打ちはじめた。何もかも、理屈に合わない。

「でも、どうしてダンブルドア先生はそれをやめさせたいんですか？」ハリーが唐突に聞いた。「僕だってこんなの好きじゃない。でも、これまで役に立ったじゃありませんか？　つまり……僕は蛇がウィーズリーおじさんを襲うのを見た。もし僕が見なかったら、ダンブルドア先生はおじさんを助けられなかったでしょう？　先生？」

スネイプは、相変わらず指を唇に這わせながら、しばらくハリーを見つめていた。やがて口を開いたスネイプは、一言一言、言葉の重みを量るかのように、考えながら話した。

「どうやら、ごく最近まで、闇の帝王は君との間の絆に気づいていなかったらしい。いままでは、君が帝王の感情を感じ、帝王の思考を共有したが、帝王のほうはそれに気づかなかった。しかし、君がクリスマス直前に見た、あの幻覚は……」

「蛇とウィーズリーおじさんの？」

「口をはさむな、ポッター」スネイプは険悪な声で言った。「いま言ったように、君がクリスマス直前に見たあの幻覚は、闇の帝王の思考にあまりに強く侵入したということであり――」

「僕が見たのは蛇の頭の中だ、あの人のじゃない！」

「ポッター、口をはさむなと、いま言ったはずだが？」

しかし、スネイプが怒ろうが、ハリーはどうでもよかった。ついに問題の核心に迫ろうとしているように思えた。ハリーは座ったままで身を乗り出し、自分でも気づかずに、まるでいまにも飛び立ちそうな緊張した姿勢で、椅子の端に腰かけていた。

「僕が共有しているのがヴォルデモートの考えなら、どうして蛇の目を通して見たんですか？」

「**闇の帝王の名前を言うな！**」スネイプが吐き出すように言った。

いやな沈黙が流れた。二人は「憂いの篩」をはさんでにらみ合った。

「ダンブルドア先生は名前を言います」ハリーが静かに言った。

「ダンブルドアは極めて強力な魔法使いだ」スネイプが低い声で言った。「**あの方**なら名前を言っても安心していられるだろうが……そのほかの者は……」

スネイプは左のひじの下あたりを、どうやら無意識にさすった。そこには、皮膚に焼きつけられた「闇の印」があることを、ハリーは知っていた。

「僕はただ、知りたかっただけです」ハリーはていねいな声に戻すように努力した。「なぜ――」

「君は蛇の心に入り込んだ。なぜなら、闇の帝王があの時そこにいたからだ」スネイプが唸るように言った。「あの時、帝王は蛇に取り憑いていた。それで君も蛇の中にいる夢を見たのだ」

「それで、ヴォルー―あの人は――僕があそこにいたのに気づいた？」

「そうらしい」スネイプが冷たく言った。

「どうしてそうだとわかるんですか？」ハリーが急き込んで聞いた。「ダンブルドア先生がそう思っただけなんですか？　それとも――」

「言ったはずだ」スネイプは姿勢も崩さず、目を糸のように細めて言った。「我輩を『先生』と呼べと」

「はい、先生」

ハリーは待ちきれない思いで聞いた。「でも、どうしてそうだとわかるんですか――？」

「そうだとわかっていれば、それでよいのだ」スネイプが押さえつけるように言った。「重要なのは、闇の帝王が、自分の思考や感情に君が入り込めるということに、いまや気づいているということだ。さらに、帝王は、その逆も可能だと推量した。つまり、逆に帝王が君の思考や感情に入り込める可能性があると気づいてしまった——」

「それで、僕に何かをさせようとするかもしれないんですか？」ハリーが聞いた。

「**先生？**」ハリーはあわててつけ加えた。

「そうするかもしれぬ」スネイプは冷たく、無関心な声で言った。

「そこで『閉心術』に話を戻す」

　スネイプはローブのポケットから杖を取り出し、ハリーは座ったままで身を固くした。しかし、スネイプは単に自分のこめかみまで杖を上げ、脂っこい髪の根元に杖先を押し当てただけだった。杖を引き抜くと、こめかみから杖先まで、何やら銀色のものが伸びていた。太いクモの糸のようなもので、杖を糸から引き離すと、それは「憂いの篩」にふわりと落ち、気体とも液体ともつかない銀白色の渦を巻いた。さらに二度、スネイプはこめかみに杖を当て、銀色の物質を石の水盆に落とした。それから、一言も自分の行動を説明せず、スネイプは「憂いの篩」を慎重に持ち上げて邪魔にならないように棚に片づけ、杖をかまえてハリーと向き合った。

「立て、ポッター。そして、杖を取れ」

　ハリーは、落ち着かない気持ちで立ち上がった。二人は机をはさんで向かい合った。

「杖を使い、我輩を武装解除するもよし、そのほか、思いつくかぎりの方法で防衛するもよし」

スネイプが言った。

「それで、先生は何をするんですか？」ハリーはスネイプの杖を不安げに見つめた。

「君の心に押し入ろうとするところだ」スネイプが静かに言った。「君がどの程度抵抗できるかやってみよう。君が『服従の呪い』に抵抗する能力を見せたことは聞いている。これにも同じような力が必要だということがわかるだろう……。かまえるのだ。いくぞ。開心！　レジリメンス！」

ハリーがまだ抵抗力を奮い起こしもせず、準備もできないうちに、スネイプが攻撃した。目の前の部屋がぐらぐら回り、消えた。切れ切れの映画のように、画面が次々に心をよぎった。そのあまりの鮮明さに目がくらみ、ハリーはあたりが見えなくなった。

五歳だった。ダドリーが新品の赤い自転車に乗るのを見ている。ハリーの心はうらやましさで張り裂けそうだった……。九歳だった。ブルドッグのリッパーに追いかけられ、木に登った。ダーズリー親子が下の芝生で笑っている……。組分け帽子をかぶって座っている。帽子が、スリザリンならうまくやれるとハリーに言っていた……。ハーマイオニーが医務室に横たわっている。顔が黒い毛でとっぷりと覆われていた……。百あまりの吸魂鬼が、暗い湖のそばでハリーに迫ってくる……。チョウ・チャンが、宿木の下でハリーに近づいてきた……。

だめだ。チョウの記憶がだんだん近づいてくると、ハリーの頭の中で声がした。**見せないぞ**。**見せるもんか**。**これは秘密だ**――。

ハリーはひざに鋭い痛みを感じた。スネイプの研究室が再び見えてきた。ハリーは床にひざをついている自分に気づいた。片ひざがスネイプの机の脚にぶつかって、ずきずきしていた。ハリーはスネイプを見上げた。杖を下ろし、手首をもんでいた。そこに、焦げたように赤くただれたミミズ腫れがあった。

「『針刺しの呪い』をかけようとしたのか？」スネイプが冷たく聞いた。

「いいえ」ハリーは立ち上がりながら恨めしげに言った。

「ちがうだろうな」スネイプは見下すように言った。「君は我輩を入り込ませすぎた。制御力を失った」

「先生は僕の見たものを全部見たのですか？」答えを聞きたくないような気持ちでハリーは聞いた。

「断片だが」スネイプはニタリと唇をゆがめた。「あれは誰の犬だ？」

「マージおばさんです」ハリーがボソリと言った。スネイプが憎かった。

「初めてにしては、まあ、それほど悪くなかった」スネイプは再び杖を上げた。「君は大声を上げて時間とエネルギーをむだにしたが、最終的にはなんとか我輩を阻止した。気持ちを集中するのだ。頭で我輩をはねつけろ。そうすれば杖に頼る必要はなくなる」

「僕、やってます」ハリーが怒ったように言った。「でも、どうやったらいいか、教えてくれないじゃないですか！」

「態度が悪いぞ、ポッター」スネイプが脅すように言った。「さあ、目をつむりたまえ」

言われたとおりにする前に、ハリーはスネイプをねめつけた。スネイプが杖を持って自分と向き合っているのに、目を閉じてそこに立っているというのは気に入らなかった。

「心をからにするのだ、ポッター」スネイプの冷たい声がした。「すべての感情を捨てろ……」

しかし、スネイプへの怒りは、毒のようにハリーの血管をドクンドクンと駆けめぐった。怒りを捨てろだって？　両足を取りはずすほうがまだたやすい……。

「できていないぞ、ポッター……。もっと克己心が必要だ……。集中しろ。さあ……」

ハリーは心をからにしようと努力した。考えまい、思い出すまい、何も感じまい……。

「もう一度やるぞ……三つ数えて……一――二――三――レジリメンス！」

巨大な黒いドラゴンが、ハリーの前で後脚立ちしている……。「みぞの鏡」の中から、父親と母親がハリーに手を振っている……。セドリック・ディゴリーが地面に横たわり、うつろに見開いた目でハリーを見つめている……。

「**いやだあああああああ！**」

またしてもハリーは、両手で顔を覆い、両ひざをついていた。誰かが脳みそを頭がい骨から引っ張り出そうとしたかのような頭痛がした。

「立て！」スネイプの鋭い声がした。「立つんだ！　やる気がないな。努力していない。自分の恐怖の記憶に、我輩の侵入を許している。我輩に武器を差し出している！」

ハリーは再び立ち上がった。たったいま、墓場でセドリックの死体を見たかのように、ハリーの心臓は激しく鳴っていた。スネイプはいつもより青ざめ、いっそう怒っているように見えたが、ハリーの怒りにはおよばない。

「僕――努力――している」ハリーは歯を食いしばった。

「感情を無にしろと言ったはずだ！」

「そうですか？　それなら、いま、僕にはそれが難しいみたいです」ハリーは唸るように言った。

「なれば、やすやすと闇の帝王の餌食になることだろう！」スネイプは容赦なく言い放った。「鼻先に誇らしげに心をひけらかすバカ者ども。感情を制御できず、悲しい思い出に浸り、やすやすと挑発される者ども――言うなれば弱虫どもよ――帝王の力の前に、そいつらは何もできぬ！　ポッター、帝王は、やすやすとおまえの心に侵入するぞ！」

「僕は弱虫じゃない」ハリーは低い声で言った。怒りがドクドクと脈打ち、自分はいまにもスネイプを襲いかねないと思った。

「なれば証明してみろ！　己を支配するのだ！」スネイプが吐き出すように言った。「怒りを制するのだ。心を克せよ！　もう一度やるぞ！　かまえろ、いくぞ！　レジリメンス！」

ハリーはバーノンおじさんを見ていた。郵便受けを釘づけにしている……百有余の吸魂鬼が、校庭の湖をするすると渡って、ハリーのほうにやってくる……ハリーはウィーズリーおじさんと窓のない廊下を走っていた……廊下の突き当たりにある真っ黒な扉に、二人はだんだん近づいていく……ハリーはそこを通るのだと思った……しかし、ウィーズリーおじさんはハリーを左のほうへと導き、石段を下りていく……。

「**わかった！　わかったぞ！**」

ハリーはまたしても、スネイプの研究室の床に四つんばいになっていた。傷痕にチクチクといやな痛みを感じていた。しかし、口をついて出た声は、勝ち誇っていた。再び身を起こしてスネイプを見ると、杖を上げたままハリーをじっと見つめていた。今度は、どうやらスネイプのほうが、ハリーがまだ抗いもしないうちに術を解いたらしい。

「ポッター、何があったのだ？」スネイプは意味ありげな目つきでハリーを見た。

「わかった――思い出したんだ」ハリーがあえぎあえぎ言った。「いま気づいた……」

「何を？」スネイプが鋭く詰問した。

ハリーはすぐには答えなかった。額をさすりながら、ついにわかったという目くるめくような瞬間を味わっていた。

この何か月間、ハリーは突き当たりに鍵のかかった扉がある、窓のない廊下の夢を見てきたが、それが現実の場所だとは一度も気づかなかった。記憶をもう一度見せられたいま、ハリーは、夢に見続けたあの廊下が、どこだったのかがわかった。八月十二日、魔法省の裁判所に急ぐのに、ウィーズリーおじさんと一緒に走ったあの廊下だ。「神秘部」に通じる廊下だった。おじさんは、ヴォルデモートの蛇に襲われた夜、あそこにいたのだ。

ハリーはスネイプを見上げた。

「『神秘部』には何があるんですか？」

「なんと言った？」スネイプが低い声で言った。なんとうれしいことに、スネイプがうろたえているのがわかった。

「『神秘部』には何があるんですか、と言いました。**先生？**」

「何故」スネイプがゆっくりと言った。「そんなことを聞くのだ？」

「それは」ハリーはスネイプの反応をじっと見ながら言った。「いま、僕が見たあの廊下は――この何か月も僕の夢に出てきた廊下です――それがたったいま、わかったんです――あれは、『神秘部』に続く廊下です……そして、たぶんヴォルデモートの望みは、そこから何かを――」

「**闇の帝王の名前を言うなと言ったはずだ！**」

二人はにらみ合った。ハリーの傷痕がまた焼けるように痛んだ。しかし気にならなかった。スネイプは動揺しているようだった。しかし、再び口を開いたスネイプは、努めて冷静に、無関心を装っているような声で言った。

「ポッター、『神秘部』にはさまざまなものがある。君に理解できるようなものはほとんどないし、また関係のあるものは皆無だ。これで、わかったか？」

「はい」ハリーは痛みの増してきた傷痕をさすりながら答えた。

「水曜の同時刻に、またここに来るのだ。続きはその時に行う」

「わかりました」ハリーは早くスネイプの部屋を出て、ロンとハーマイオニーを探したくてうずうずしていた。

「毎晩寝る前、心からすべての感情を取り去るのだ。心をからにし、無にし、平静にするのだ。わかったな？」

「はい」ハリーはほとんど聞いていなかった。

「警告しておくが、ポッター……。訓練を怠れば、我輩の知るところとなるぞ……」

「ええ」ハリーはボソボソ言った。鞄を取り、肩に引っかけ、ハリーはドアへと急いだ。ドアを開けるとき、ちらりと後ろを振り返ると、スネイプはハリーに背を向け、杖先で「憂いの篩」から自分の「憂い」をすくい上げ、注意深く自分の頭に戻していた。ハリーは、それ以上何も言わず、ドアをそっと閉めた。傷痕はまだずきずきと痛んでいた。

ハリーは図書館でロンとハーマイオニーを見つけた。アンブリッジが一番最近出した山のような宿題に取り組んでいた。ほかの生徒たちも、ほとんどが五年生だったが、近くの机でランプの明かりを頼りに、本にかじりついて夢中で羽根ペンを走らせていた。格子窓から見える空は、刻刻と暗くなっていた。ほかに聞こえる音といえば、司書のマダム・ピンスが、自分の大切な書籍にさわる者をしつこく監視し、脅すように通路を往き来するかすかな靴音だけだった。

ハリーは寒気を覚えた。傷痕はまだ痛み、熱があるような感じさえした。ロンとハーマイオニーのむかい側に腰かけたとき、窓に映る自分の顔が見えた。蒼白で、傷痕がいつもよりくっきりと見えるように思えた。

「どうだった?」ハーマイオニーがそっと声をかけた。そして心配そうな顔で聞いた。「ハリー、あなた大丈夫?」

「うん……大丈夫……なのかな」またしても傷痕に痛みが走り、顔をしかめながら、ハリーはじりじりしていた。「ねえ……僕、気がついたことがあるんだ……」

そして、ハリーは、いましがた見たこと、推測したことを二人に話した。

「じゃ……それじゃ、君が言いたいのは……」マダム・ピンスがかすかに靴のきしむ音を立てて通り過ぎる間、ロンが小声で言った。「あの武器が——『例のあの人』が探しているやつが——魔法省の中にあるってこと?」

「『神秘部』の中だ。まちがいない」ハリーがささやいた。「君のパパが、僕を尋問の法廷に連れていってくれたとき、その扉を見たんだ。蛇にかまれたときに、おじさんが護っていたのは、絶対に同じ扉だ」

ハーマイオニーはフーッと長いため息をもらした。

「そうなんだわ」ハーマイオニーがため息まじりで言った。

「何が、そうなんだ？」ロンがちょっといらいらしながら聞いた。

「ロン、考えてもみてよ……スタージス・ポドモアは、魔法省のどこかの扉から忍び込もうとした……その扉だったにちがいないわ。偶然にしてはできすぎだもの！」

「スタージスがなんで忍び込むんだよ。僕たちの味方だろ？」ロンが言った。

「さあ、わからないわ」ハーマイオニーも同意した。「ちょっとおかしいわよね……」

「それで、『神秘部』には何があるんだい？」ハリーがロンに尋ねた。「君のパパが、何か言ってなかった？」

「そこで働いている連中を『無言者』って呼ぶことは知ってるけど」ロンが顔をしかめながら言った。「連中が何をやっているのか、誰もほんとうのところは知らないみたいだから――武器を置いとくにしては、へんてこな場所だなあ」

「全然変じゃないわ、完全に筋が通ってる」ハーマイオニーが言った。「魔法省が開発してきた、何か極秘事項なんだわ、きっと……ハリー、あなた、ほんとうに大丈夫？」

ハリーは、額にアイロンをかけるかのように、両手で強くさすっていた。

「うん……大丈夫……」ハリーは手を下ろしたが、両手が震えていた。「ただ、僕、ちょっと……

『閉心術』はあんまり好きじゃない」

「そりゃ、何度もくり返して心を攻撃されたら、誰だってちょっとぐらぐらするわよ」ハーマイオニーが気の毒そうに言った。「ねえ、談話室に戻りましょう。あそこのほうが少しはゆったりできるわ」

しかし、談話室は満員で、笑い声や興奮したかん高い声であふれていた。フレッドとジョージが「いたずら専門店」の最近の商品を試して見せていたのだ。

「首無し帽子！」ジョージが叫んだ。フレッドが、見物人の前で、ピンクのふわふわした羽飾りがついた三角帽子を振って見せた。「一個二ガリオンだよ。さあ、フレッドをごらんあれ！」

フレッドがニッコリ笑って帽子をサッとかぶった。一瞬、ばかばかしい格好に見えたが、次の瞬間、帽子も首も消えた。女子学生が数人、悲鳴を上げたが、ほかのみんなは大笑いしていた。

「はい、帽子を取って！」ジョージが叫んだ。するとフレッドの手が、肩の上あたりのなんにもないように見える所をもぞもぞ探った。そして、首が再び現れ、脱いだピンクの羽飾り帽子を手にしていた。

「あの帽子、どういう仕掛けなのかしら？」

フレッドとジョージを眺めながら、ハーマイオニーは、一瞬宿題から気をそらされていた。

「つまり、あれは一種の『透明呪文』にはちがいないけど、呪文をかけたものの範囲を超えたところまで『透明の場』を延長するっていうのは、かなり賢いわ……呪文の効き目があまり長持ちしないとは思うけど」

ハリーは何も言わなかった。気分が悪かった。

「この宿題、あしたやるよ」ハリーは取り出したばかりの本をまた鞄に押し込みながら、ボソボソ言った。

「ええ、それじゃ、宿題計画帳に書いておいてね！」ハーマイオニーが勧めた。「忘れないために！」

ハリーとロンが顔を見合わせた。ハリーは鞄に手を突っ込み、計画帳を引っ張り出し、開くともなく開いた。

「あとに延ばしちゃダメになる！　それじゃ自分がダメになる！」

ハリーがアンブリッジの宿題をメモすると、計画帳がたしなめた。ハーマイオニーが計画帳に満足げに笑いかけた。

「僕、もう寝るよ」ハリーは計画帳を鞄に押し込みながら、チャンスがあったらこいつを暖炉に放り込もうと心に刻んだ。

ハリーは、「首無し帽子」をかぶせようとするジョージをかわして、談話室を横切り、男子寮に続くひんやりと安らかな石の階段にたどり着いた。また吐き気がした。蛇の姿を見た夜と同じような感じだった。しかし、ちょっと横になれば治るだろう、と思った。

寝室のドアを開き、一歩中に入ったとたん、ハリーは激痛を感じた。誰かが、頭のてっぺんに鋭い切れ込みを入れたかのようだった。自分がどこにいるのかも、立っているのか横になっているのかもわからない。自分の名前さえわからなくなった。

狂ったような笑いが、ハリーの耳の中で鳴り響いた……こんなに幸福な気分になったのは久しぶりだ……歓喜、恍惚、勝利……すばらしい、すばらしいことが起きたのだ……。

「ハリー？　ハリー！」

誰かがハリーの顔をたたいた。狂気の笑いが、激痛の叫びでとぎれた。幸福感が自分から流れ出していく……しかし笑いは続いた……。

ハリーは目を開けた。その時、狂った笑い声がハリー自身の口から出ていることに気づいた。気づいたとたん、声がやんだ。ハリーは天井を見上げ、床に転がって荒い息をしていた。額の傷痕がずきずきとうずいた。ロンがかがみ込み、心配そうにのぞき込んでいた。

「どうしたんだ？」ロンが言った。

「僕……わかんない……」ハリーは体を起こし、あえいだ。「やつがとっても喜んでいる……とっても……」

「『例のあの人』が？」

「何かいいことが起こったんだ」ハリーがつぶやくように言った。ウィーズリーおじさんが蛇に襲われるところを見た直後と同じぐらい激しく震え、ひどい吐き気がした。「何かやつが望んでいたことだ」

言葉が口をついて出てきた。グリフィンドールの更衣室で、前にもそういうことがあったが、ハリーの口を借りて誰か知らない人がしゃべっているようだった。しかも、それが真実だと、ハリーにはわかっていた。ロンに吐きかけたりしないようにと、ハリーは大きく息を吸い込んだ。こんな姿をディーンやシェーマスに見られなくてほんとうによかったと思った。

「ハーマイオニーが、君の様子を見てくるようにって言ったんだ」ハリーを助け起こしながら、ロンが小声で言った。「あいつ、君がスネイプに心を引っかき回されたあとだから、いまは防衛力が落ちてるだろうって言うんだ……。でも、長い目で見れば、これって、役に立つんだろ？」

ハリーを支えてベッドに向かいながら、ロンはそうなのかなぁと疑わしげにハリーを見た。ハリーはなんの確信もないままうなずき、枕に倒れ込んだ。ひと晩に何回も床に倒れたせいで体中が痛む上、傷痕がまだチクチクとうずいていた。「閉心術」への最初の挑戦は、心の抵抗力を強めるどころか、むしろ弱めたと思わないわけにはいかなかった。そして、ヴォルデモート卿をこの十四年間になかったほど大喜びさせた出来事はなんだったのかと考えると、ゾクッと戦慄が走った。

第二十五章
追い詰められたコガネムシ

ハリーの疑問に対する答えは、早速次の日に出た。配達された「日刊予言者新聞」を広げて一面を見ていたハーマイオニーが、急に悲鳴を上げ、周りのみんなが何事かと振り返って見つめた。

「どうした？」ハリーとロンが同時に聞いた。

答えのかわりに、ハーマイオニーは新聞を二人の前のテーブルに広げ、一面べったりにのっている十枚の白黒写真を指差した。魔法使い九人と十人目は魔女だ。何人かはだまってあざけり笑いを浮かべ、ほかは傲慢な表情で、写真の枠を指でトントンたたいている。一枚一枚に名前とアズカバン送りになった罪名が書いてあった。

アントニン・ドロホフ――面長でねじ曲がった顔の、青白い魔法使いの名前だ。ハリーを見上げてあざ笑っている。「**ギデオンならびにファビアン・プルウェットを惨殺した罪**」と書いてある。

オーガスタス・ルックウッド――あばた面の脂っこい髪の魔法使いは、たいくつそうに写真の縁に寄りかかっている。「**魔法省の秘密を『名前を言ってはいけないあの人』に漏洩した罪**」とある。

ハリーの目は、それよりも、ただ一人の魔女に引きつけられていた。一面をのぞいたとたん、その魔女の顔が目に飛び込んできたのだ。写真では、長い黒髪にくしも入れず、バラバラに広がっていたが、ハリーはそれがなめらかで、ふさふさと輝いているのを見たことがあった。写真の魔女は、腫れぼったいまぶたの下からハリーをぎろりとにらんだ。唇の薄い口元に、人を軽蔑したような尊大な笑いを漂わせている。シリウスと同様、この魔女も、すばらしく整っていたであろう昔の顔立ちの名残をとどめていた。しかし、何かが──おそらくアズカバンが──その美しさのほとんどを奪い去っていた。

ベラトリックス・レストレンジ──フランクならびにアリス・ロングボトムを拷問し、廃人にした罪。

ハーマイオニーはハリーをひじでつつき、写真の上の大見出しを指した。ハリーはベラトリックスにばかり気を取られ、まだそれを読んでいなかった。

アズカバンから集団脱獄
魔法省の危惧──かつての死喰い人、ブラックを旗頭に結集か？

「ブラックが？」ハリーが大声を出した。「まさかシリ――？」

「シーッ！」ハーマイオニーがあわててささやいた。「そんなに大きな声出さないで――だまって読んで！」


昨夜遅く魔法省が発表したところによれば、アズカバンから集団脱獄があった。

魔法大臣コーネリウス・ファッジは、大臣室で記者団に対し、特別監視下にある十人の囚人が昨夕脱獄したことを確認し、すでにマグルの首相に対し、これら十人が危険人物であることを通告したと語った。

「まことに残念ながら、我々は、二年半前、殺人犯のシリウス・ブラックが脱獄したときと同じ状況に置かれている」ファッジ氏は昨夜このように語った。「しかも、この二つの脱獄が無関係だとは考えていない。このように大規模な脱獄は、外からの手引きがあったことを示唆しており、歴史上初めてアズカバンを脱獄したブラックこそ、他の囚人がそのあとに続く手助けをするにはもってこいの立場にあることを、我々は思い出さなければならない。我々は、ブラックのいとこであるベラトリックス・レストレンジをふくむこれらの脱獄囚が、ブラックを指導者として集結したのではないかと考えている。しかし、我々は、罪人を一網打尽にすべく全力を尽くしているので、魔法界の諸君が警戒と用心をおさおさ怠りなきよう切にお願いする。どのようなことがあっても、けっしてこれらの罪人たちには近づかぬよう」

「おい、これだよ、ハリー」ロンは恐れ入ったように言った。「きのうの夜、『あの人』が喜んでたのは、これだったんだ」

「こんなの、とんでもないよ」ハリーが唸った。「ファッジのやつ、脱獄は**シリウス**のせいだって？」

「ほかになんと言える？」ハーマイオニーが苦々しげに言った。「とても言えないわよ。『みなさん、すみません。ダンブルドアがこういう事態を私に警告していたのですが、アズカバンの看守がヴォルデモート卿一味に加担し』なんて――ロン、そんな**哀れっぽい声**を上げないでよ――『いまや、ヴォルデモートを支持する最悪の者たちも脱獄してしまいました』なんて言えないでしょ。だって、ファッジは、ゆうに六か月以上、みんなに向かって、あなたやダンブルドアをうそつき呼ばわりしてきたじゃない？」

ハーマイオニーは勢いよく新聞をめくり、中の記事を読みはじめた。一方ハリーは、大広間を見回した。一面記事でこんな恐ろしいニュースがあるのに、ほかの生徒たちはどうして平気な顔でいられるんだろう。せめて話題にすべきじゃないか。ハリーには理解できなかった。もっとも、ハーマイオニーのように毎日新聞を取っている生徒はほとんどいない。宿題とかクィディッチとか、ほかのどうでもいいような話をしているだけだ。この城壁の外では、十人もの死喰い人がヴォルデモートの陣営に加わったというのに。

ハリーは教職員テーブルに目を走らせた。そこは様子がちがっていた。ダンブルドアとマクゴナガル先生が、深刻な表情で話し込んでいる。スプラウト先生はケチャップの瓶に「日刊予言者」を立てかけ、食い入るように読んでいた。手にしたスプーンが止まったままで、そこから半熟卵の黄身がポタポタとひざに落ちるのにも気づいていない。

一方、テーブルの一番端では、アンブリッジ先生がオートミールを旺盛にかっ込んでいた。ガマガエルのようなぼってりした目が、いつもなら行儀の悪い生徒はいないかと大広間をなめ回しているのに、今日だけはちがった。食べ物を飲み込むたびにしかめっ面をして、ときどきテーブルの中央をちらりと見ては、ダンブルドアとマクゴナガルが話し込んでいる様子に毒々しい視線を投げかけていた。

「まあ、なんて――」ハーマイオニーが新聞から目を離さずに、驚いたように言った。

「まだあるのか？」ハリーはすぐ聞き返した。神経がピリピリしていた。

「これって……**ひどいわ**」ハーマイオニーはショックを受けていた。十面を折り返し、ハリーとロンに新聞を渡した。

魔法省の役人、非業の死

魔法省の役人であるブロデリック・ボード（49）が鉢植え植物に首をしめられ、ベッドで死亡しているのが見つかった事件で、聖マンゴ病院は、昨夜、徹底的な調査をすると約束した。現場に駆けつけた癒者たちは、ボード氏を蘇生させることができなかった。ボード氏は死の数週間前、職場の事故で負傷し、入院中だった。

事故当時、ボード氏の病棟担当だった癒者のミリアム・ストラウトは、戒告処分となり、昨日はコメントを得ることができなかった。しかし、病院のスポークス魔ンは次のような声明を出した。

「聖マンゴはボード氏の死を心からお悔やみ申し上げます。この悲惨な事故が起こるまで、氏は順調に健康を回復してきていました。

我々は、病棟の飾りつけに関して、厳しい基準を定めておりますが、ストラウト癒師は、クリスマスの忙しさに、ボード氏のベッド脇のテーブルに置かれた植物の危険性を見落としたものと見られます。ボード氏は、言語並びに運動能力が改善していたため、ストラウト癒師は、植物が無害な『ひらひら花』ではなく、『悪魔の罠』の切り枝だったとは気づかず、ボード氏自身が世話をするよう勧めました。植物は、快方に向かっていたボード氏が触れたとたん、たちまち氏をしめ殺しました。

聖マンゴでは、この植物が病棟に持ち込まれたことについて、いまだに事態が解明できておらず、すべての魔法使い、魔女に対し、情報提供を呼びかけています」

「ボード……」ロンが口を開いた。「**ボードか**。聞いたことがあるな……」

「私たち、この人に会ってるわ」ハーマイオニーがささやいた。「聖マンゴで。覚えてる？　ロックハートの反対側のベッドで、横になったままで天井を見つめていたわ。それに、『悪魔の罠』が着いたとき、私たち目撃してる。あの魔女――あの癒者が――クリスマスプレゼントだって言ってたわ」

ハリーはもう一度記事を見た。恐怖感が、苦い胆汁のようにのどに込み上げてきた。

「僕たち、どうして『悪魔の罠』だって気づかなかったんだろう？　前に一度見てるのに……こんな事件、僕たちが防げたかもしれないのに」

「『悪魔の罠』が鉢植えになりすまして、病院に現れるなんて、誰が予想できる？」ロンがきっぱり言った。「僕たちの責任じゃない。誰だか知らないけど、送ってきたやつが悪いんだ！　自分が何を買ったのかよく確かめもしないなんて、まったく、バカじゃないか？」

「まあ、ロン、しっかりしてよ！」ハーマイオニーが身震いした。「『悪魔の罠』を鉢植えにしておいて、触れるものを誰かれかまわずしめ殺すとは思わなかった、なんて言う人がいると思う？　これは――殺人よ……しかも巧妙な手口の……鉢植えの贈り主が匿名だったら、誰が殺ったかなんて、絶対わかりっこないでしょう？」

ハリーは「悪魔の罠」のことを考えてはいなかった。尋問の日に、エレベーターで地下九階まで下りたときのことを思い出していた。あの時、アトリウムの階から乗り込んできた、土気色の顔の魔法使いがいた。

「僕、ボードに会ってる」ハリーはゆっくりと言った。「君のパパと一緒に、魔法省でボードを見たよ」

ロンがあっと口を開けた。

「僕、パパが家でボードのことを話すのを聞いたことがある。『無言者』だって――『神秘部』に勤めてたんだ！」

三人は一瞬顔を見合わせた。それから、ハーマイオニーが新聞を自分のほうに引き寄せてたたみなおし、一面の脱走した十人の死喰い人たちの写真を一瞬にらみつけたが、やがて勢いよく立ち上がった。

「どこに行く気だ？」ロンがびっくりした。

「手紙を出しに」ハーマイオニーは鞄を肩に放り上げながら言った。「これって……うーん、どうかわからないけど……でも、やってみる価値はあるわね。……それに、私にしかできないことだわ」

「まーたこれだ。**いやな感じ**」ハリーと二人でテーブルから立ち上がり、ハーマイオニーよりはゆっくりと大広間を出ながら、ロンがブツクサ言った。「いったい何をやるつもりなのか、一度ぐらい教えてくれたっていいじゃないか？　たいした手間じゃなし。十秒もかからないのにさ。――やあ、ハグリッド！」

ハグリッドが大広間の出口の扉の脇に立って、レイブンクロー生の群れが通り過ぎるのをやり過ごしていた。いまだに、巨人の所への使いから戻った当日と同じぐらい、ひどいけがをしている。しかも鼻っ柱を一文字に横切る生々しい傷があった。

「二人とも、元気か？」ハグリッドはなんとか笑ってみせようとしたが、せいぜい痛そうに顔をしかめたようにしか見えなかった。

「ハグリッド、大丈夫かい？」レイブンクロー生のあとからドシンドシンと歩いていくハグリッドを追って、ハリーが聞いた。

「大丈夫だ、だいじょぶだ」

ハグリッドはなんでもないふうを装ったが、見え透いていた。片手を気軽に振ったつもりが、通りがかったベクトル先生をかすめ、危うく脳震盪を起こさせるところだった。先生は肝を冷やした顔をした。

「ほれ、ちょいと忙しくてな。いつものやつだ――授業の準備――火トカゲが数匹、うろこがくさってな――それと、観察処分になった」ハグリッドが口ごもった。

「**観察処分だって？**」ロンが大声を出したので、通りがかった生徒が何事かと振り返った。

「ごめん――いや、あの――観察処分だって？」ロンが声を落とした。

「ああ」ハグリッドが答えた。「ほんと言うと、こんなことになるんじゃねえかと思っちょった。おまえさんたちにゃわからんかったかもしれんが、あの査察は、ほれ、あんまりうまくいかんかった……まあ、とにかく」ハグリッドは深いため息をついた。「火トカゲに、もうちいと粉トウガラシをすり込んでやらねえと、こン次はしっぽがちょん切れっちまう。そんじゃな、ハリー……ロン……」

ハグリッドは玄関の扉を出て、石段を下り、じめじめした校庭を重い足取りで去っていった。これ以上、あとどれだけ多くの悪い知らせにたえていけるだろうかといぶかりながら、ハリーはその後ろ姿を見送った。

ハグリッドが観察処分になったことは、それから二、三日もすると、学校中に知れ渡っていた。しかし、ほとんど誰も気にしていないらしいのが、ハリーは腹立たしかった。それどころか、ドラコ・マルフォイを筆頭に、何人かはかえって大喜びしているようだった。聖マンゴで神秘部の影の薄い役人が一人不審な死をとげたことなどは、ハリー、ロン、ハーマイオニーぐらいしか知らないし、気にもしていないようだった。いまや廊下での話題はただ一つ、十人の死喰い人が脱獄したことだった。この話は、新聞を読みつけているごく少数の生徒から、ついに学校中に浸透していた。ホグズミードで脱獄囚数人の姿を目撃したといううわさが飛び、「叫びの屋敷」に潜伏しているらしいとか、シリウス・ブラックがかつてやったように、その連中もホグワーツに侵入してくるといううわさも流れた。

魔法族の家庭出身の生徒は、死喰い人の名前が、ヴォルデモートとほとんど同じくらい恐れられて口にされるのを聞きながら育っていた。ヴォルデモートの恐怖支配の下で、死喰い人が犯した罪は、いまに言い伝えられていた。

ホグワーツの生徒の中で、親せきに犠牲者がいるという生徒は、身内の凄惨な犠牲という名誉を担い、廊下を歩くとありがたくない視線にさらされることになった。スーザン・ボーンズのおじ、おば、いとこは、十人のうちの一人の手にかかり、全員殺されたのだが、「薬草学」の時間に、ハリーの気持ちがいまやっとわかったと、しょげきって言った。

「あなた、よくたえられるわね――ああ、いや！」

スーザンは投げやりにそう言うと、「キーキースナップ」の苗木箱に、ドラゴンの堆肥をいやというほどぶち込んだ。苗木は気持ち悪そうに身をくねらせてキーキーわめいた。

確かにハリーは、このごろまたしても、廊下で指差されたり、コソコソ話をされたりする対象になってはいた。ところが、ヒソヒソ声の調子がいままでと少しちがうのが感じ取れるような気がした。いまは、敵意よりむしろ好奇心の声だったし、アズカバン要塞から、なぜ、どのように十人の死喰い人が脱走しおおせたのか、「日刊予言者」版の話では満足できないという断片的会話を、まちがいなく一、二度耳にした。恐怖と混乱の中で、こうした疑いを持つ生徒たちは、それ以外の唯一の説明に注意を向けはじめたようだった。ハリーとダンブルドアが先学期から述べ続けている説明だ。

変わったのは生徒たちの雰囲気ばかりではない。先生も廊下で二人、三人と集まり、低い声でせっぱ詰まったようにささやき合い、生徒が近づくのに気づくと、ふっつりと話をやめるというのが、いまや見慣れた光景になっていた。

「きっと、もう職員室では自由に話せないんだわ」

ある時、マクゴナガル、フリットウィック、スプラウトの三教授が、「呪文学」の教室の外で額を寄せ合って話しているそばを通りながら、ハーマイオニーが低い声で、ハリーとロンに言った。

「アンブリッジがいたんじゃね」

「先生方は何か新しいことを知ってると思うか?」ロンが三人の先生を振り返ってじっと見ながら言った。

「知ってたところで、僕たちの耳には入らないだろ?」ハリーは怒ったように言った。「だって、あの教育令……もう第何号になったんだっけ?」

その新しい教育令は、アズカバン脱走のニュースが流れた次の日の朝、寮の掲示板に貼り出されていた。

ホグワーツ高等尋問官令
教師は、自分が給与の支払いを受けて教えている科目に厳密に関係すること以外は、生徒に対し、いっさいの情報を与えることを、ここに禁ず。

以上は教育令第二十六号に則ったものである。

高等尋問官　ドローレス・ジェーン・アンブリッジ

この最新の教育令は、生徒の間で、さんざん冗談のネタになった。フレッドとジョージが教室の後ろで「爆発スナップ・ゲーム」をやっていたとき、リー・ジョーダンは、この新しい規則を文言どおり適用すれば、アンブリッジが二人を叱りつけることはできないと、面と向かって指摘した。
「先生、『爆発スナップ』は『闇の魔術に対する防衛術』とはなんの関係もありません！　これは先生の担当科目に関係する情報ではありません！」

ハリーがそのあとでリーに会ったとき、リーの手の甲がかなりひどく出血しているのを見て、マートラップのエキスがいいと教えてやった。

アズカバンからの脱走で、アンブリッジが少しはへこむのではないかと、ハリーは思っていた。愛しのファッジの目と鼻の先でこんな大事件が起こったことで、アンブリッジが恥じ入るのではないかと思っていた。ところが、どうやらこの事件は、ホグワーツの生活を何から何まで自分の統制下に置きたいというアンブリッジの激烈な願いに、かえって拍車をかけただけだったらしい。少なくとも、アンブリッジは、まもなく首切りを実施する意思を固めたようで、あとは、トレローニー先生とハグリッドのどちらが先かだけだった。

「占い学」と「魔法生物飼育学」は、どの授業にも必ずアンブリッジとクリップボードがついて回った。むっとするような香料が漂う北塔の教室で、アンブリッジは暖炉のかたわらにひそんで様子をうかがい、ますますヒステリックになってきたトレローニー先生の話を、鳥占いや七正方形学などの難問を出して中断したばかりか、生徒が答える前に、その答えを言い当ててろと迫ったり、水晶玉占い、茶の葉占い、石のルーン文字盤占いなど、次々にトレローニー先生の術を披露せよと要求したりした。トレローニー先生が、そのうちストレスで気が変になるのではと、ハリーは思った。廊下で先生とすれちがうことが何度かあったが――トレローニー先生はほとんど北塔の教室にこもりきりなので、それ自体がありえないような出来事だったのだが――料理用のシェリー酒の強烈なにおいをプンプンさせ、怖気づいた目でちらちら後ろを振り返り、手をもみしだきながら、わけのわからないことをブツブツつぶやいていた。ハグリッドのことを心配していなかったら、ハリーはトレローニー先生をかわいそうだと思ったかもしれない。――しかし、どちらかが職を追われるのであれば、ハリーにとっては、どちらが残るべきかの答えは一つしかなかった。

残念ながら、ハリーの見るところ、ハグリッドの様子もトレローニーよりましだとは言えなかった。ハーマイオニーの忠告に従っているらしく、クリスマス休暇からあとは、恐ろしい動物といっても、せいぜいクラップ（小型のジャック・ラッセル・テリア犬そっくりだが、しっぽが二股に分かれている）ぐらいしか見せていなかったが、ハグリッドも神経がまいっているようだった。授業中、変にそわそわしたり、びくついたり、自分の話の筋道がわからなくなったり、質問の答えをまちがえたり、おまけに、不安そうにアンブリッジをしょっちゅうちらちら見ていた。それに、ハリー、ロン、ハーマイオニーに対して、これまでになかったほどよそよそしくなり、暗くなってから小屋を訪ねることをはっきり禁止した。

「おまえさんたちがあの女に捕まってみろ。俺たち全員のクビが危ねえ」

ハグリッドが三人にきっぱりと言った。これ以上ハグリッドの職が危なくなるようなことはしたくないと、三人は、暗くなってからハグリッドの小屋に行くのを遠慮した。

ホグワーツでの暮らしを楽しくしているものを、アンブリッジが次々と確実にハリーから奪っていくような気がした。ハグリッドの小屋を訪ねること、シリウスからの手紙、ファイアボルトにクィディッチ。ハリーはたった一つ自分ができるやり方で、復讐していた――ＤＡにますます力を入れることだ。

ハリーにとってうれしいことに、野放し状態の死喰い人がいまや十人増えたというニュースで、ＤＡメンバー全員に活が入り、あのザカリアス・スミスでさえ、これまで以上に熱心に練習するようになった。

しかし、なんといっても、ネビルほど長足の進歩をとげた生徒はいなかった。両親を襲った連中が脱獄したというニュースが、ネビルに不思議な、ちょっと驚くほどの変化をもたらした。ネビルは、聖マンゴの隔離病棟でハリー、ロン、ハーマイオニーに出会ったことを、一度たりとも口にしなかった。三人もネビルの気持ちを察して沈黙を守った。それればかりかネビルは、ベラトリックスと、拷問した仲間の脱獄のことを、一言も言わなかった。実際、ネビルは、ＤＡの練習中ほとんど口をきかなかった。ハリーが教える新しい呪いや逆呪いのすべてを、ただひたすらに練習した。ぽっちゃりした顔をゆがめて集中し、けがも事故もなんのその、ほかの誰よりも一生懸命練習した。上達ぶりがあまりに速くて戸惑うほどだった。ハリーが「盾の呪文」を教えたとき――軽い呪いを跳ね返し、襲った側を逆襲する方法だが――ネビルより早く呪文を習得したのは、ハーマイオニーだけだった。

ハリーは、ネビルがDAで見せるほどの進歩を、自分が「閉心術」でとげられたら、どんなにありがたいかと思った。すべりだしからつまずいていたスネイプとの授業は、さっぱり進歩がなかった。むしろ、毎回だんだん下手になるような気がした。

「閉心術」を学びはじめるまでは、額の傷がチクチク痛むといってもときどきだったし、たいていは夜だった。あるいは、ヴォルデモートの考えていることや気分が時折パッとひらめくという奇妙な経験のあとに痛んだ。ところがこのごろは、ほとんど絶え間なくチクチク痛み、ある時点でハリーの身に起こっていることとは無関係に、ひんぱんに感情が揺れ動き、いらいらしたり楽しくなったりした。そういうときには必ず傷痕に激痛が走った。なんだか徐々に、ヴォルデモートのちょっとした気分の揺れに波長を合わせるアンテナになっていくような気がして、ハリーはぞっとした。こんなに感覚が鋭くなったのは、スネイプとの最初の「閉心術」の授業からだったのはまちがいない。おまけに、毎晩のように、神秘部の入口に続く廊下を歩く夢を見るようになっていた。夢はいつも、真っ黒な扉の前で何かを渇望しながら立ち尽くすところで頂点に達するのだった。

「たぶん病気の場合とおんなじじゃないかしら」

ハリーがハーマイオニーとロンに打ち明けると、ハーマイオニーが心配そうに言った。

「熱が出たりなんかするじゃない。病気はいったん悪くなってから良くなるのよ」

「スネイプとの練習のせいでひどくなってるんだ」ハリーはきっぱりと言った。「傷痕の痛みはもうたくさんだ。毎晩あの廊下を歩くのは、もううんざりしてきた」

ハリーはいまいましげに額をごしごしこすった。

「あの扉が開いてくれたらなあ。扉を見つめて立っているのはもういやだ――」

「冗談じゃないわ」ハーマイオニーが鋭く言った。「ダンブルドアは、あなたに廊下の夢なんか見ないでほしいのよ。そうじゃなきゃ、スネイプに『閉心術』を教えるように頼んだりしないわ。あなた、もう少し一生懸命練習しなきゃ」

「ちゃんとやってるよ！」ハリーはいら立った。「君も一度やってみろよ――スネイプが頭の中に入り込もうとするんだ――楽しくてしょうがないってわけにはいかないだろ！」

「もしかしたら……」ロンがゆっくりと言った。

「もしかしたらなんなの？」ハーマイオニーがちょっとかみつくように言った。

「ハリーが心を閉じられないのは、ハリーのせいじゃないかもしれない」ロンが暗い声で言った。

「どういう意味？」ハーマイオニーが聞いた。

「うーん。スネイプが、もしかしたら、本気でハリーを助けようとしてないんじゃないかって……」

ハリーとハーマイオニーはロンを見つめた。ロンは意味ありげな沈んだ目で、二人の顔を交互に見た。

「もしかしたら」ロンがまた低い声で言った。「ほんとは、あいつ、ハリーの心をもう少し開こうとしてるんじゃないかな……そのほうが好都合だもの、『例のあの――』」

「やめてよ、ロン」ハーマイオニーが怒った。「何度スネイプを疑えば気がすむの？　それが**一度**でも正しかったことがある？　ダンブルドアはスネイプを信じていらっしゃるし、スネイプは騎士団のために働いている。それで充分なはずよ」

「あいつ、死喰い人だったんだぜ」ロンが言い張った。「それに、**ほんとうに**こっちの味方になったっていう証拠を見たことがないじゃないか」

「ダンブルドアが信用しています」ハーマイオニーがくり返した。

「それに、ダンブルドアを信じられないなら、私たち、誰も信じられないわ」


心配事も、やることも山ほどあって――宿題の量が半端ではなく、五年生はしばしば真夜中過ぎまで勉強しなければならなかったし、ＤＡの秘密練習やら、スネイプとの定期的な特別授業やらで――一月はあっという間に過ぎていった。気がついたらもう二月で、天気は少し暖かく湿り気を帯び、二度目のホグズミード行きの日が近づいていた。ホグズミードに二人で行く約束をして以来、ハリーはほとんどチョウと話す時間がなかったが、突然、バレンタインの日をチョウと二人きりで過ごすはめになっていることに気づいた。

十四日の朝、ハリーは特に念入りに支度した。ロンと二人で朝食に行くと、ふくろう便の到着にちょうど間に合った。ヘドウィグはその中にいなかった。——期待していたわけではなかったが——しかし、二人が座ったとき、ハーマイオニーは見慣れないモリフクロウがくちばしにくわえた手紙を引っ張っていた。

「やっと来たわ！　もし今日来なかったら……」ハーマイオニーは待ちきれないように封筒を破り、小さな羊皮紙を引っ張り出した。ハーマイオニーの目がすばやく手紙の行を追った。そして、何か真剣で満足げな表情が広がった。

「ねえ、ハリー」ハーマイオニーがハリーを見上げた。「とっても大事なことなの。お昼ごろ、『三本の箒』で会えないかしら？」

「うーん……どうかな」ハリーはあいまいな返事をした。「チョウは、僕と一日中一緒だって期待してるかもしれない。何をするかは全然話し合ってないけど」

「じゃ、どうしてもというときは一緒に連れてきて」ハーマイオニーは急を要するような言い方をした。「とにかくあなたは来てくれる？」

「うーん……いいよ。でもどうして？」

「いまは説明してる時間がないわ。急いで返事を書かなきゃならないの」

ハーマイオニーは、片手に手紙を、もう一方にトーストを一枚引っつかみ、急いで大広間を出ていった。

「君も来るの？」ハリーが聞くと、ロンはむっつりと首を横に振った。

「ホグズミードにも行けないんだ。アンジェリーナが一日中練習するってさ。それでなんとかなるわけじゃないのに。僕たちのチームは、いままでで最低。スローパーとカークを見ろよ。絶望的さ。僕よりひどい」ロンは大きなため息をついた。「アンジェリーナは、どうして僕を退部させてくれないんだろう」

「そりゃあ、調子のいいときの君はうまいからだよ」ハリーはいらいらと言った。

来るハッフルパフ戦でプレーできるなら、ほかに何もいらないとさえ思っているハリーは、ロンの苦境に同情する気になれなかった。ロンはハリーの声の調子に気づいたらしく、朝食の間、クィディッチのことは二度と口にしなかった。それからまもなく、互いにさよならを言ったときは、二人ともなんとなくよそよそしかった。ロンはクィディッチ競技場に向かい、ハリーのほうは、ティースプーンの裏に映る自分の顔をにらみ、なんとか髪をなでつけようとしたあと、チョウに会いにひとりで玄関ホールに向かった。いったい何を話したらいいやらと、ハリーは不安でしかたがなかった。

チョウは樫の扉のちょっと横でハリーを待っていた。長い髪をポニーテールにして、チョウはとてもかわいく見えた。チョウのほうに歩きながら、ハリーは自分の足がバカでっかく思えた。それに、突然自分に両腕があり、それが体の両脇でぶらぶら揺れているのがどんなに滑稽に見えるかに気づいた。

「こんにちは」チョウがちょっと息をはずませた。

「やあ」ハリーが言った。

二人は一瞬見つめ合った。それからハリーが言った。

「あの――えーと――じゃ、行こうか？」

「え――ええ……」

列に並んでフィルチのチェックを待ちながら、二人はときどき目が合って照れ笑いしたが、話はしなかった。二人で外のすがすがしい空気に触れたとき、ハリーはホッとした。互いにもじもじしながら突っ立っているよりは、だまって歩くほうが気楽だった。風のあるさわやかな日だった。クィディッチ競技場を通り過ぎるとき、ロンとジニーが観客席の上端すれすれに飛んでいるのがちらりと見えた。自分は一緒に飛べないと思うと、ハリーは胸がしめつけられた。

「飛べなくて、とってもさびしいのね？」チョウが言った。

振り返ると、チョウがハリーをじっと見ていた。

「うん」ハリーがため息をついた。「そうなんだ」

「最初に私たちが対戦したときのこと、覚えてる？　三年生のとき」

「ああ」ハリーはニヤリと笑った。「君は僕のことブロックしてばかりいた」

「それで、ウッドが、紳士面するな、必要なら私を箒からたたき落とせって、あなたにそう言ったわ」チョウはなつかしそうにほほえんだ。「あの人、プライド・オブ・ポーツリーとかいうプロチームに入団したと聞いたけど、そうなの？」

「いや、パドルミア・ユナイテッドだ。去年、ワールドカップのとき、ウッドに会ったよ」

「あら、私もあそこであなたに会ったわ。覚えてる？　同じキャンプ場だったわ。あの試合、ほんとによかったわね？」

クィディッチ・ワールドカップの話題が、馬車道を通って校門を出るまで続いた。こんなに気軽にチョウと話せることが、ハリーには信じられなかった――実際、ロンやハーマイオニーに話すのと同じぐらい簡単だ――自信がついてほがらかになってきたちょうどその時、スリザリンの女子学生の大集団が二人を追い越していった。パンジー・パーキンソンもいる。

「ポッターとチャンよ！」

パンジーがキーキー声を出すと、いっせいにクスクスとあざけり笑いが起こった。

「うぇー、チャン。あなた、趣味が悪いわね……少なくともディゴリーはハンサムだったけど！」

女子生徒たちは、わざとらしくしゃべったり叫んだりしながら、足早に通り過ぎた。ハリーとチョウを大げさにちらちら見る子も多かった。みんなが行ってしまうと、二人はバツの悪い思いでだまり込んだ。ハリーはもうクィディッチの話題も考えつかず、チョウは少し赤くなって、足元を見つめていた。

「それで……どこに行きたい?」

ホグズミードに入ると、ハリーが聞いた。ハイストリート通りは生徒でいっぱいだった。ぶらぶら歩いたり、ショーウィンドウをあちこちのぞいたり、歩道にたむろしてふざけたりしている。

「あら……どこでもいいわ」チョウは肩をすくめた。「んー……じゃあ、お店でものぞいてみましょうか?」

二人はぶらぶらと、「ダービシュ・アンド・バングズ店」のほうに歩いていった。窓には大きなポスターが貼られ、ホグズミードの村人が二、三人それを見ていたが、ハリーとチョウが近づくと脇によけた。ハリーは、またしても脱獄した十人の死喰い人の写真と向き合ってしまった。「魔法省通達」と書かれたポスターには、写真の脱獄囚の誰か一人でも、再逮捕に結びつくような情報を提供した者には、一千ガリオンの懸賞金を与えるとなっていた。

「おかしいわねえ」死喰い人の写真を見つめながら、チョウが低い声で言った。「シリウス・ブラックが脱走したときのこと、覚えてるでしょう? ホグズミード中に、捜索の吸魂鬼がいたわよね? それが、今度は十人もの死喰い人が逃亡中なのに、吸魂鬼はどこにもいない……」

「うん」ハリーはベラトリックス・レストレンジの写真から無理に目をそらし、ハイストリート通りの端から端まで視線を走らせた。「うん、確かに変だ」

近くに吸魂鬼がいなくて残念だというわけではない。しかし、よく考えてみると、いないということには大きな意味がある。吸魂鬼は、死喰い人を脱獄させてしまったばかりか、探そうともしていない……。もはや魔法省は、吸魂鬼を制御できなくなっているかのようだ。

ハリーとチョウが通り過ぎる先々の店のウィンドウで、脱獄した十人の死喰い人の顔がにらんでいた。「スクリベンシャフト」の店の前を通ったとき、雨が降ってきた。冷たい大粒の雨が、ハリーの顔を、そして首筋を打った。

「あの……コーヒーでもどうかしら?」

雨足がますます強くなり、チョウがためらいがちに言った。

「ああ、いいよ」ハリーはあたりを見回した。「どこで?」

「ええ、すぐそこにとってもすてきな所があるわ。マダム・パディフットのお店に行ったことない?」

チョウは明るい声でそう言うと、脇道に入り、小さな喫茶店へとハリーを誘った。ハリーはこれまでそんな店に気がつきもしなかった。狭苦しくてなんだかむんむんする店で、何もかもフリルやリボンで飾り立てられていた。ハリーはアンブリッジの部屋を思い出していやな気分になった。

「かわいいでしょ?」チョウがうれしそうに言った。

「ん……うん」ハリーは気持ちをいつわった。

「ほら、見て。バレンタインデーの飾りつけがしてあるわ?」チョウが指差した。

それぞれの小さな丸テーブルの上に、金色のキューピッドがたくさん浮かび、テーブルに座っている人たちに、ときどきピンクの紙ふぶきを振りかけていた。

「まあぁぁ……」

二人は、白く曇った窓のそばに一つだけ残っていたテーブルに座った。レイブンクローのクィディッチ・キャプテン、ロジャー・デイビースが、ほんの数十センチしか離れていないテーブルに、かわいいブロンドの女の子と一緒に座っていた。手と手を握っている。ハリーは落ち着かない気分になった。その上、店内を見回すとカップルだらけで、みんな手を握り合っているのが目に入り、ますます落ち着かなくなった。チョウも、ハリーが**チョウの**手を握るのを期待するだろう。

「お二人さん、何になさるの？」

マダム・パディフットは、つやつやした黒髪をひっつめ髷に結った、たいそう豊かな体つきの女性で、ロジャーのテーブルとハリーたちのテーブルの間のすきまに、ようやっと入り込んでいた。

「コーヒー二つ」チョウが注文した。

コーヒーを待つ間に、ロジャー・デイビースとガールフレンドは、砂糖入れの上でキスしはじめた。キスなんかしなきゃいいのに、とハリーは思った。デイビースがお手本になって、まもなくチョウが、ハリーもそれに負けないようにと期待するだろう。ハリーは顔がほてってくるのを感じ、窓の外を見ようと思った。しかし、窓が真っ白に曇っていて、外の通りが見えなかった。チョウの顔を見つめざるをえなくなる瞬間を先延ばしにしようと、ペンキの塗り具合を調べるかのように天井を見上げたハリーは、上に浮かんでいたキューピッドに、顔めがけて紙ふぶきを浴びせられた。

それからまたつらい数分が過ぎ、チョウがアンブリッジのことを口にした。ハリーはホッとしてその話題に飛びついた。それから数分は、アンブリッジのこき下ろしで楽しかったが、もうこの話題はＤＡでさんざん語り尽くされていたので、長くは持たなかった。再び沈黙が訪れた。隣のテーブルからチューチューいう音が聞こえるのが、ことさら気になって、ハリーはなんとかしてほかの話題を探そうと躍起になった。

「あー……あのさ、お昼に僕と一緒に『三本の箒』に来ないか？　そこでハーマイオニー・グレンジャーと待ち合わせてるんだ」

チョウの眉がぴくりと上がった。

「ハーマイオニー・グレンジャーと待ち合わせ？　今日？」

「うん。彼女にそう頼まれたから、僕、そうしようかと思って。一緒に来る？　来てもかまわないって、ハーマイオニーが言ってた」

「あら……ええ……それはご親切に」

しかし、チョウの言い方は、ご親切だとはまったく思っていないようだった。むしろ、冷たい口調で、急に険しい表情になった。

だまりこくって、また数分が過ぎた。ハリーはせわしなくコーヒーを飲み、もうすぐ二杯目が必要になりそうだった。すぐ脇のロジャー・デイビースとガールフレンドは、唇の所でのりづけされているかのようだった。

チョウの手が、テーブルのコーヒーの脇に置かれていた。ハリーはその手を握らなければというプレッシャーがだんだん強くなるのを感じていた。**やるんだ。**ハリーは自分に言い聞かせた。弱気と興奮がごた混ぜになって、胸の奥から湧き上がってきた。**手を伸ばして、サッとつかめ。**驚いた──たったの三十センチ手を伸ばしてチョウの手に触れるほうが、猛スピードのスニッチを空中で捕まえるより難しいなんて……。

しかし、ハリーが手を伸ばしかけたとき、チョウがテーブルから手を引っ込めた。チョウは、ロジャー・デイビースがガールフレンドにキスしているのを、ちょっと興味深げに眺めていた。

「あの人、私を誘ったの」チョウが小さな声で言った。「ロジャーが。二週間前よ。でも、断ったわ」

ハリーは、急にテーブルの上に伸ばした手のやり場を失い、砂糖入れをつかんでごまかしたが、なぜチョウがそんな話をするのか見当がつかなかった。隣のテーブルに座ってロジャー・デイビースに熱々のキスをされていたかったのなら、そもそもどうして僕とデートするのを承知したのだろう？

ハリーはだまっていた。テーブルのキューピッドが、また紙ふぶきをひとつかみ二人に振りかけた。その何枚かが、ハリーがまさに飲もうとしていた、飲み残しの冷たいコーヒーに落ちた。

「去年、セドリックとここに来たの」チョウが言った。

チョウが何を言ったのかがわかるまでに、数秒かかった。その間に、ハリーは体の中が氷のように冷えきっていた。いまこのときに、チョウがセドリックの話をしたがるなんて、ハリーには信じられなかった。周りのカップルたちがキスし合い、キューピッドが頭上に漂っているというのに。

チョウが次に口を開いたときは、声がかなり上ずっていた。

「ずっと前から、あなたに聞きたかったことがあるの……セドリックは――あの人は、わ――私のことを、死ぬ前にちょっとでも口にしたかしら？」

金輪際話したくない話題だった。特にチョウとは。

「それは――してない――」ハリーは静かに言った。「そんな――何か言うなんて、そんな時間はなかった。ええと……それで……君は……休暇中にクィディッチの試合をたくさん見たの？　トルネードーズのファンだったよね？」

ハリーの声はうつろに快活だった。しかし、チョウの両目に、クリスマス前の最後のＤＡが終わったときと同じように涙があふれているのを見て、ハリーはうろたえた。

「ねえ」ほかの誰にも聞かれないように前かがみになり、ハリーは必死で話しかけた。「いまはセドリックの話はしないでおこう……何かほかのことを話そうよ……」

どうやらこれは逆効果だった。

「私――」チョウの涙がポタポタとテーブルに落ちた。「私、**あなたならきっと、**わ――わかってくれると思ったのに！　私、このことを話す**必要があるの！**　あなただって、きっと、ひ――必要なはずだわ！　だって、あなたはそれを見たんですもの。そ――そうでしょう？」

まるで悪夢だった。何もかも悪いほうにばかり展開した。ロジャー・デイビースのガールフレンドは、わざわざのりづけをはがして振り返り、泣いているチョウを見た。

「でも――僕はもう、そのことを話したんだ」ハリーがささやいた。「ロンとハーマイオニーにでも――」

「あら、ハーマイオニー・グレンジャーには話すのね！」

涙で顔を光らせ、チョウはかん高い声を出した。キスの最中だったカップルが何組か、見物のために分裂した。

「それなのに、私には話さないんだわ！　も――もう……し――支払いをすませましょう。そして、あなたは行けばいいのよ。ハーマイオニー・グ――グレンジャーの所へ。あなたのお望みどおり！」

ハリーは何がなんだかわからずにチョウを見つめた。チョウはフリルいっぱいのナプキンをつかみ、涙にぬれた顔に押し当てていた。

「チョウ?」ハリーは恐る恐る呼びかけた。ロジャーが、ガールフレンドをつかまえて、またキスを始めてくれればいいのに。そうすればハリーとチョウをじろじろ見るのをやめるだろうに。

「行ってよ。早く!」

チョウは、いまやナプキンに顔をうずめて泣いていた。

「私とデートした直後にほかの女の子に会う約束をするなんて、なぜ私を誘ったりしたのかわからないわ……ハーマイオニーのあとには、あと何人とデートするの?」

「そんなんじゃないよ!」何が気にさわっていたのかがやっとわかって、ホッとすると同時に、ハリーは笑ってしまった。とたんに、しまったと思ったが、もう遅かった。

チョウがパッと立ち上がった。店中がシーンとなって、いまやすべての目が二人に注がれていた。

「ハリー、じゃ、さよなら」

チョウは劇的に一言言うなり、少ししゃくり上げながら、出口へと駆けだし、ぐいとドアを開けて土砂降りの雨の中に飛び出していった。

「チョウ!」ハリーは追いかけるように呼んだが、ドアはすでに閉まり、チリンチリンという音だけが鳴っていた。

店内は静まり返っていた。目という目がハリーを見ていた。ハリーはテーブルに一ガリオンを放り出し、ピンクの紙ふぶきを頭から払い落としてチョウを追って外に出た。

　雨が激しくなっていた。そして、チョウの姿はどこにも見えなかった。何が起こったのか、ハリーにはさっぱりわからなかった。三十分前まで、二人はうまくいっていたのに。

「女ってやつは！」両手をポケットに突っ込み、雨水の流れる道をビチャビチャ歩きながら、ハリーは腹を立ててつぶやいた。「だいたい、なんでセドリックの話なんかしたがるんだ？　どうしていつも、自分が人間散水ホースみたいになる話を引っ張り出すんだ？」

　ハリーは右に曲がり、バシャバシャと駆けだした。何分もかからずに、ハリーは「三本の箒」の戸口に着いた。ハーマイオニーと会う時間には早すぎたが、ここなら誰か時間をつぶせる相手がいるだろうと思った。ぬれた髪を、ブルッと目から振り払い、ハリーは店内を見回した。ハグリッドが、一人でむっつりと隅のほうに座っていた。

「やあ、ハグリッド！」

　混み合ったテーブルの間をすり抜け、ハグリッドの脇に椅子を引き寄せて、ハリーが声をかけた。

　ハグリッドは飛び上がって、まるでハリーが誰だかわからないような目で見下ろした。ハグリッドの顔に新しい切り傷が二つと打ち身が数か所できていた。

「おう、ハリー、おまえさんか」ハグリッドが口をきいた。「元気か？」

「うん、元気だよ」ハリーはうそをついた。傷だらけで悲しそうな顔をしたハグリッドと並ぶと、自分のほうはそんなにたいしたことではないと思ったのも事実だ。「あー――ハグリッドは大丈夫なの？」

「俺？」ハグリッドが言った。「ああ、俺なら、大元気だぞ、ハリー、大元気」

大きなバケツほどもある錫の大ジョッキの底をじっと見つめて、ハグリッドはため息をついた。

ハリーはなんと言葉をかけていいかわからなかった。二人は並んで座り、しばらくだまっていた。

すると出し抜けにハグリッドが言った。

「おんなじだなぁ。おまえと俺は……え？　ハリー？」

「アー――」ハリーは答えに詰まった。

「うん……前にも言ったことがあるが……二人ともはみ出しもんだ」ハグリッドが納得したように
うなずきながら言った。「そんで、二人とも親がいねえ。うん……二人とも孤児だ」

ハグリッドはぐいっと大ジョッキをあおった。

「ちがうもんだ。ちゃんとした家族がいるっちゅうことは」ハグリッドが言葉を続けた。「俺の父
ちゃんはちゃんとしとった。そんで、おまえさんの父さんも母さんもちゃんとしとった。親が生き
とったら、人生はちがったもんになっとっただろう。なあ？」

「うん……そうだね」ハリーは慎重に答えた。ハグリッドはなんだか不思議な気分に浸っているよ
うだった。

「家族だ」ハグリッドが暗い声で言った。「なんちゅうても、血ってもんは大切だ……」

そしてハグリッドは目に滴る血をぬぐった。

「ハグリッド」ハリーはがまんできなくなって聞いた。「いったいどこで、こんなに傷だらけになるの？」

「はあ？」ハグリッドはドキッとしたような顔をした。「どの傷だ？」

「全部だよ！」ハリーはハグリッドの顔を指差した。

「ああ……いつものやつだよ、ハリー。こぶやら傷やら」ハグリッドはなんでもないという言い方をした。「俺の仕事は荒っぽいんだ」

ハグリッドは大ジョッキを飲み干し、テーブルに戻し、立ち上がった。

「そんじゃな、ハリー……気ぃつけるんだぞ」

そしてハグリッドは、打ちしおれた姿でドシンドシンとパブを出ていき、滝のような雨の中へと消えた。ハリーはみじめな気持ちでその後ろ姿を見送った。ハグリッドは不幸なんだ。それに何か隠している。だが、断固助けを拒むつもりらしい。いったい何が起こっているんだろう？　それ以上何か考える間もなく、ハリーの名前を呼ぶ声が聞こえた。

「ハリー！　ハリー、こっちよ！」

店のむこう側で、ハーマイオニーが手を振っていた。ハリーは立ち上がって、混み合ったパブの中をかき分けて進んだ。あと数テーブルというところで、ハリーは、ハーマイオニーが一人ではないのに気づいた。飲み仲間としてはどう考えてもありえない組み合わせがもう二人、同じテーブルに着いていた。ルーナ・ラブグッドと、誰あろう、リータ・スキーター、元「日刊予言者新聞」の記者で、ハーマイオニーが世界で一番気に入らない人物の一人だ。

「早かったのね！」ハリーが座れるように場所を空けながら、ハーマイオニーが言った。

「チョウと一緒だと思ったのに。あと一時間はあなたが来ないと思ってたわ！」

「チョウ？」リータが即座に反応し、座ったまま体をねじって、まじまじとハリーを見つめた「**女の子と？**」

リータはワニ革ハンドバッグを引っつかみ、中をゴソゴソ探した。

「ハリーが百人の女の子とデートしようが、**あなたの**知ったことじゃありません」ハーマイオニーが冷たく言った。「だから、それはすぐしまいなさい」

リータがハンドバッグから、黄緑色の羽根ペンをまさに取り出そうとしたところだった。「臭液」を無理やり飲み込まされたような顔で、リータはまたバッグをパチンと閉めた。

「君たち、何するつもりだい？」腰かけながら、ハリーはリータ、ルーナ、ハーマイオニーの顔を順に見つめた。

「ミス優等生がそれをちょうど話そうとしていたところに、君が到着したわけよ」リータはグビリと音を立てて飲み物を飲んだ。「こちらさんと**話す**のはお許しいただけるんざんしょ？」リータがキッとなってハーマイオニーに言った。

「ええ、いいでしょう」ハーマイオニーが冷たく言った。

リータに失業は似合わなかった。かつては念入りにカールしていた髪は、くしも入れず、顔の周りにだらりと垂れ下がっていた。六センチもあろうかという鉤爪に真っ赤に塗ったマニキュアはあちこちはげ落ち、フォックス型めがねのイミテーションの宝石が二、三個欠けていた。リータはもう一度ぐいっと飲み物をあおり、唇を動かさずに言った。

「かわいい子なの？　ハリー？」

「これ以上ハリーのプライバシーに触れたら、取引はなしよ。そうしますからね」ハーマイオニーがいら立った。

「なんの取引ざんしょ？」リータは手の甲で口をぬぐった。「小うるさいお嬢さん、まだ取引の話なんかしてないね。あたしゃ、ただ顔を出せと言われただけで。うーっ、いまに必ず……」

リータがブルッと身震いしながら息を深く吸い込んだ。

「ええ、ええ、いまに必ず、あなたは、私やハリーのことで、もっととんでもない記事を書くでしょうよ」ハーマイオニーは取り合わなかった。「そんな脅しを気にしそうな相手を探せばいいわ。どうぞご自由に」

「あたくしなんかの手を借りなくとも、新聞には今年、ハリーのとんでもない記事がたくさんのってたざんすよ」

グラスの縁越しに横目でハリーの顔を見ながら、リータは耳ざわりなささやき声で聞いた。

「それで、どんな気持ちがした？ ハリー？ 裏切られた気分？ 動揺した？ 誤解されてると思った？」

「もちろん、ハリーは怒りましたとも」ハーマイオニーが厳しい声で凛と言い放った。「ハリーは魔法大臣にほんとうのことを話したのに、大臣はどうしようもないバカで、ハリーを信用しなかったんですからね」

「それじゃ、君はあくまで言い張るわけだ。『名前を言ってはいけないあの人』が戻ってきたと？」

リータはグラスを下げ、射るような目でハリーを見すえ、指がうろうろと物欲しげにワニ革バッグの留め金のあたりに動いていった。

「ダンブルドアがみんなに触れ回っているたわ言を、『例のあの人』が戻ったとか、君が唯一の目撃者だとかを、君も言い張るわけざんすね？」

「僕だけが目撃者じゃない」ハリーが唸るように言った。「十数人の死喰い人も、その場にいたんだ。名前を言おうか？」

「いいざんすね」

今度はバッグにもぞもぞと手を入れ、こんな美しいものは見たことがないという目でハリーを見つめながら、リータが息を殺して言った。

「ぶち抜き大見出し『**ポッター、告発す**』……小見出しで『**ハリー・ポッター、身近に潜伏する死喰い人の名前をすっぱ抜く**』。それで、君の大きな顔写真の下には、こう書く。『**「例のあの人」に襲われながらも生き残った、心病める十代の少年、ハリー・ポッター（15）は、昨日、魔法界の地位も名誉もある人物たちを死喰い人であると告発し、世間を激怒させた……**』」

自動速記羽根ペンQQQを実際に手に持ち、口元まで半分ほど持っていったところで、リータの顔から恍惚とした表情が失せた。

「でも、だめだわね」リータは羽根ペンを下ろし、険悪な目つきでハーマイオニーを見た。

「ミス優等生のお嬢さんが、そんな記事はお望みじゃないざんしょ？」

「実は」ハーマイオニーがやさしく言った。「ミス優等生のお嬢さんは、まさにそれを**お望みなの**」

リータは目を丸くしてハーマイオニーを見た。ハリーもそうだった。

一方ルーナは、夢見るように「ウィーズリーこそわが王者」と小声で口ずさみながら、串刺しにしたカクテル・オニオンで飲み物をかき混ぜた。

「あたくしに、『名前を言ってはいけないあの人』についてハリーが言うことを、記事にして**ほしいんざんすか？**」リータは声を殺して聞いた。

「ええ、そうなの」ハーマイオニーが言った。「真実の記事を。すべての事実を。ハリーが話すとおりに。ハリーは全部くわしく話すわ。あそこでハリーが見た、『隠れ死喰い人』の名前も、現在ヴォルデモートがどんな姿なのかも、――あら、しっかりしなさいよ」

テーブル越しにナプキンをリータのほうに放り投げながら、ハーマイオニーが軽蔑したように言った。ヴォルデモートという名前を聞いただけで、リータがひどく飛び上がり、ファイア・ウィスキーをグラス半分も自分にひっかけてしまったのだ。

ハーマイオニーを見つめたまま、リータは汚らしいレインコートの前をふいた。それから、リータはあけすけに言った。

「『予言者新聞』はそんなもの活字にするもんか。お気づきでないざんしたら一応申し上げますけどね、ハリーのうそ話なんて誰も信じないざんすよ。みんな、ハリーの妄想癖だと思ってるざんすからね。まあ、あたくしにその角度から書かせてくれるんざんしたら――」

「ハリーが正気を失ったなんて記事はこれ以上いりません！」ハーマイオニーが怒った。「そんな話はもういやというほどあるわ。せっかくですけど！　私は、ハリーが真実を語る機会をつくってあげたいの！」

「そんな記事は誰ものせないね」リータが冷たく言った。

「ファッジが許さないから『予言者新聞』はのせないっていう意味でしょう」ハーマイオニーがいら立った。

リータはしばらくじっとハーマイオニーをにらんでいた。やがて、ハーマイオニーに向かってテーブルに身を乗り出し、まじめな口調で言った。

「確かに、ファッジは『予言者新聞』にてこ入れしている。でも、どっちみち同じことざんす。ハリーがまともに見えるような記事はのせないね。そんなもの、誰も読みたがらない。大衆の風潮に反するんだ。先日のアズカバン脱獄だけで、みんな充分不安感をつのらせてる。『例のあの人』の復活なんか、とにかく信じたくないってわけざんす」

「それじゃ、『日刊予言者新聞』は、みんなが喜ぶことを読ませるために存在する。そういうわけね？」ハーマイオニーが痛烈に皮肉った。

リータは身を引いて元の姿勢に戻り、両眉を吊り上げて、残りのファイア・ウィスキーを飲み干した。

「『予言者新聞』は売るために存在するざんすよ。世間知らずのお嬢さん」リータが冷たく言った。

「私のパパは、あれはへぼ新聞だって思ってるよ」ルーナが唐突に会話に割り込んできた。カクテル・オニオンをしゃぶりながら、ルーナは、ちょっと調子っぱずれの、飛び出したギョロ目でリータをじっと見た。「パパは、大衆が知る必要があると思う重要な記事を出版するんだ。お金もうけは気にしないよ」

リータは軽蔑したようにルーナを見た。

「察するところ、あんたの父親は、どっかちっぽけな村のつまらないミニコミ誌でも出してるんざんしょ？」リータが言った。「たぶん、『**マグルに紛れ込む二十五の方法**』とか、次の飛び寄り売買バザーの日程だとか？」

「ちがうわ」ルーナはオニオンをギリーウォーターにもう一度浸しながら言った。「パパは『ザ・クィブラー』の編集長よ」

リータがブーッと噴き出した。その音があんまり大きかったので、近くのテーブルの客が何事かと振り向いた。

「『大衆が知る必要があると思う重要な記事』だって？　え？」リータはこっちをひるませるような言い方をした。「あたしゃ、あのボロ雑誌の臭い記事を庭の肥やしにするね」

「じゃ、あなたが、『ザ・クィブラー』の格調をちょっと引き上げてやるチャンスじゃない？」ハーマイオニーが快活に言った。「ルーナが言うには、お父さんは喜んでハリーのインタビューを引き受けるって。これで、誰が出版するかは決まり」

リータはしばらく二人を見つめていたが、やがてけたたましく笑いだした。

「『**ザ・クィブラー』だって！**」リータはゲラゲラ笑いながら言った。「ハリーの話が『ザ・クィブラー』にのったら、みんながまじめに取ると思うざんすか？」

「そうじゃない人もいるでしょうね」ハーマイオニーは平然としていた。「だけど、アズカバン脱獄の『日刊予言者新聞』版にはいくつか大きな穴があるわ。何が起こったのか、もっとましな説明はないものかって考えている人は多いと思うの。だから、別な筋書きがあるとなったら、それがのっているのが、たとえ――」ハーマイオニーは横目でちらりとルーナを見た。「たとえ――その、**異色の**雑誌でも――読みたいという気持ちが相当強いと思うわ」

リータはしばらく何も言わなかった。ただ、首を少しかしげて、油断なくハーマイオニーを見ていた。

「よござんしょ。仮にあたくしが引き受けるとして」リータが出し抜けに言った。「どのくらいお支払いいただけるんざんしょ？」

「パパは雑誌の寄稿者に支払いなんかしてないと思うよ」ルーナが夢見るように言った。「みんな名誉だと思って寄稿するんだもン。それに、もちろん、自分の名前が活字になるのを見たいからだよ」

リータ・スキーターは、またしても口の中で「臭液」の強烈な味がしたような顔になり、ハーマイオニーに食ってかかった。

「**ギャラなし**でやれと？」

「ええ、まあ」ハーマイオニーは飲み物をひと口すすり、静かに言った。「さもないと、よくおわかりだと思うけど、私、あなたが未登録の『動物もどき』だって、然るべき所に通報するわよ。もっとも、『予言者新聞』は、あなたのアズカバン囚人日記にはかなりたくさん払ってくれるかもしれないわね」

リータは、ハーマイオニーの飲み物に飾ってある豆唐かさを引っつかんで、その鼻の穴に押し込んでやれたらどんなにスーッとするか、という顔をした。

「どうやらあんまり選択の余地はなさそうざんすね？」リータの声が少し震えていた。リータは再びワニ革ハンドバッグを開き、羊皮紙を一枚取り出し、自動速記羽根ペンＱＱＱをかまえた。

「パパが喜ぶわ」ルーナが明るく言った。リータのあごの筋肉がひくひくけいれんした。

「さあ、ハリー？」ハーマイオニーがハリーに話しかけた。「大衆に真実を話す準備はできた？」

「まあね」ハリーの前に置いた羊皮紙の上に、リータが自動速記羽根ペンを立たせ、バランスを取って準備するのを眺めながら、ハリーが言った。

「それじゃ、リータ、やってちょうだい」

グラスの底からチェリーをひと粒つまみ上げながら、ハーマイオニーが落ち着き払って言った。

第二十六章 過去と未来

ハリーをインタビューしたリータの記事が、いつごろ『ザ・クィブラー』にのるかわからないと、ルーナは漠然と言った。パパが「しわしわ角スノーカック」を最近目撃したというすてきに長い記事が寄稿されるのを待っているからというのだ。「──もちろん、それって、とっても大切な記事だもゝ。だから、ハリーのは次の号まで待たなきゃいけないかも」

ヴォルデモートが復活した夜のことを語るのは、ハリーにとって生やさしいことではなかった。リータは事細かに聞き出そうとハリーに迫ったし、ハリーも、真実を世に知らせるまたとないチャンスだという意識で、思い出せるかぎりのすべてをリータに話した。はたしてどんな反応が返ってくるだろうと、ハリーは考えた。多くの人が、ハリーは完全に狂っているという見方を再確認するだろう。何しろハリーの話は、愚にもつかない「しわしわ角スノーカック」の話と並んで掲載されるのだ。しかし、ベラトリックス・レストレンジと仲間の死喰い人たちが脱走したことで、ハリー

は、うまくいくいかないは別として、とにかく**何か**をしたいという、燃えるような思いにかられていた。

「君の話がおおっぴらになったら、アンブリッジがどう思うか、楽しみだ」月曜の夕食の席で、ディーンが感服したように言った。シェーマスはディーンのむかい側で、チキンとハムのパイをごっそりかき込んでいた。しかしハリーには、話を聞いていることがわかっていた。

「いいことをしたね、ハリー」テーブルの反対側に座っていたネビルが言った。かなり青ざめていたが、低い声で言葉を続けた。「きっと……つらかっただろう？……それを話すのって……？」

「うん」ハリーがボソリと言った。「でも、ヴォルデモートが何をやってのけるのか、みんなが知らないといけないんだ。そうだろう？」

「そうだよ」ネビルがこっくりした。「それと、死喰い人のことも……みんな、知るべきなんだ……」

ネビルは中途半端に言葉をとぎらせ、再び焼きジャガイモを食べはじめた。シェーマスが目を上げたが、ハリーと目が合うと、あわてて自分の皿に視線を戻した。しばらくして、ディーン、シェーマス、ネビルが談話室に向かい、ハリーとハーマイオニーだけがテーブルに残ってロンを待った。クィディッチの練習で、ロンはまだ夕食をとっていなかった。

チョウ・チャンが友達のマリエッタと大広間に入ってきた。ハリーの胃がぐらっと気持ちの悪い揺れ方をした。しかし、チョウはグリフィンドールのテーブルには目もくれず、ハリーに背を向けて席に着いた。

「あ、聞くのを忘れてたわ」ハーマイオニーがレイブンクローのテーブルをちらりと見ながら、ほがらかに聞いた。「チョウとのデートはどうだったの？　どうしてあんなに早く来たの？」

「んー……それは……」ハリーはルバーブ・クランブルのデザート皿を引き寄せ、おかわりを自分の皿に取り分けながら言った。「めっちゃくちゃさ。聞かれたから言うだけだけど」

ハリーは、マダム・パディフットの喫茶店で起こったことを、ハーマイオニーに話して聞かせた。

「……というわけで」数分後にハリーは話し終わり、ルバーブ・クランブルの最後のひと口も食べ終わった。「チョウは急に立ち上がって、そう、こう言うんだ。『ハリー、じゃ、さよなら』。それで走って出ていったのさ！」ハリーはスプーンを置き、ハーマイオニーを見た。「つまり、いったいあれはなんだったんだ？　何が起こったっていうんだ？」

ハーマイオニーはチョウの後ろ姿をちらりと見て、ため息をついた。

「ハリーったら」ハーマイオニーは悲しげに言った。「言いたくはないけど、あなた、ちょっと無神経だったわ」

「**僕が？**　無神経？」ハリーは憤慨した。「二人でうまくいってるなと思ったら、次の瞬間、チョウはロジャー・デイビースがデートに誘ったの、セドリックとあのバカバカしい喫茶店に来ていちゃいちゃしたのって、僕に言うんだぜ——いったい僕にどう思えって言うんだ？」

「あのねえ」ハーマイオニーは、まるで駄々をこねるよちよち歩きの子供に、1+1=2だということを言い聞かせるように、辛抱強く言った。「デートの途中で私に会いたいなんて、言うべきじゃなかったのよ」

「だって、だって」ハリーが急き込んで言った。「だって——十二時に来いって、それにチョウも連れてこいって君がそう言ったんだ。チョウに話さなきゃ、そうできないじゃないか？」

「言い方がまずかったのよ」ハーマイオニーは、またしゃくにさわるほどの辛抱強さで言った。「こう言うべきだったわ。——ほんとうに困るんだけど、ハーマイオニーに『三本の箒』に来るように約束**させられた**。ほんとうは行きたくない。できることなら一日中チョウと一緒にいたい。だけど、残念ながらあいつに会わないといけないと思う。どうぞ、お願いだから、僕と一緒に来てくれ。そうすれば、僕はもっと早くその場を離れることができるかもしれない。——それに、私のことを、とってもブスだ、とか言ったらよかったかもしれないわね」

最後の言葉を、ハーマイオニーはふと思いついたようにつけ加えた。

「だけど、僕、君がブスだなんて思ってないよ」ハリーが不思議そうな顔をした。

ハーマイオニーが笑った。

「ハリー、あなたったら、ロンよりひどいわね……おっと、そうでもないか」

ハーマイオニーがため息をついた。ロンが泥だらけで、不機嫌な顔をぶら下げて、大広間にドスドスと入ってきたところだった。

「あのね――あなたが私に会いにいくって言ったから、チョウは気を悪くしたのよ。だから、あなたにやきもちを焼かせようとしたの。あなたがどのくらいチョウのことを好きなのか、彼女なりのやり方で試そうとしたのよ」

「チョウは、そういうことをやってたわけ？」ハリーが言った。

ロンは二人に向き合う場所にドサッと座り、手当たりしだい食べ物の皿を引き寄せていた。

「それなら、僕が君よりチョウのほうが好きかって聞いたほうが、ずっと簡単じゃない？」

「女の子は、だいたいそんなものの聞き方はしないものよ」ハーマイオニーが言った。

「でも、そうすべきだ！」ハリーの言葉に力が入った。「そうすりゃ、僕、チョウが好きだって、ちゃんと言えたじゃないか。そうすれば、チョウだって、セドリックが死んだことをまた持ち出して、大騒ぎしたりする必要はなかったのに！」

「チョウがやったことが思慮深かったとは言ってないのよ」ハーマイオニーが言った。ちょうど、ジニーが、ロンと同じように泥んこで、同じようにぶすっとして席に着いたところだった。「ただ、その時の彼女の気持ちを、あなたに説明しようとしているだけ」

「君、本を書くべきだよ」ロンがポテトを切り刻みながら、ハーマイオニーに言った。「女の子の奇怪な行動についての解釈をさ。男の子が理解できるように」

「そうだよ」ハリーがレイブンクローのテーブルに目をやりながら、熱を込めて言った。チョウが立ち上がったところだった。そして、ハリーのほうを見向きもせずに、大広間を出ていった。なんだかがっくりして、ハリーはロンとジニーに向きなおった。

「それで、クィディッチの練習はどうだった？」

「悪夢だったさ」ロンは気が立っていた。

「やめてよ」ハーマイオニーがジニーを見ながら言った。「まさか、それほど――」

「それほどだったのよ」ジニーが言った。「ぞっとするわ。アンジェリーナなんか、しまいには泣きそうだった」

夕食のあと、ロンとジニーはシャワーを浴びにいった。ハリーとハーマイオニーは混み合ったグリフィンドールの談話室に戻り、いつものように宿題の山に取りかかった。ハリーが「天文学」の新しい星図と三十分ほど格闘したころ、フレッドとジョージが現れた。

「ロンとジニーは、いないな？」椅子を引き寄せ、周りを見回しながら、フレッドが聞いた。

ハリーは首を振った。すると、フレッドが言った。

「ならいいんだ。俺たち、あいつらの練習ぶりを見てたけど、ありゃ死刑もんだ。俺たちがいなけりゃ、あいつらまったくのクズだ」

「おいおい、ジニーはそうひどくないぜ」ジョージが、フレッドの隣に座りながら訂正した。「実際、あいつ、どうやってあんなにうまくなったのかわかんねえよ。俺たちと一緒にプレーさせてやったことなんかないぜ」

「ジニーはね、六歳のときから庭の箒置き場に忍び込んで、あなたたちの目を盗んで、二人の箒にかわりばんこに乗っていたのよ」ハーマイオニーが、山と積まれた古代ルーン文字の本の陰から声を出した。

「へえ」ジョージがちょっと感心したような顔をした。「なーるへそ――それで納得」

「ロンはまだ一度もゴールを守っていないの？」

『魔法象形文字と記号文字』の本の上からこっちをのぞきながら、ハーマイオニーが聞いた。

「まあね、誰も自分を見ていないと思うと、ロンのやつ、ブロックできるんだけど」フレッドはやれやれという目つきをした。「だから、俺たちが何をすべきかと言えば、土曜日の試合で、あいつのほうにクアッフルが行くたびに、観衆に向かって、そっぽを向いて勝手にしゃべってくれって頼むことだな」

フレッドは立ち上がって、落ち着かない様子で窓際まで行き、暗い校庭を見つめた。

「あのさ、俺たち、唯一クィディッチがあるばっかりに、学校にとどまったんだ」

ハーマイオニーが厳しい目でフレッドを見た。

「もうすぐ試験があるじゃない！」

「前にも言ったけど、N・E・W・T試験なんて、俺たちはどうでもいいんだ」フレッドが言った。「例の『スナックボックス』はいつでも売り出せる。あの吹き出物をやっつけるやり方も見つけた。マートラップのエキス数滴で片づく。リーが教えてくれた」

ジョージが大あくびをして、曇った夜空を憂鬱そうに眺めた。

「今度の試合は見たくもない気分だ。ザカリアス・スミスに敗れるようなことがあったら、俺は死にたいよ」

「むしろ、あいつを殺すね」フレッドがきっぱりと言った。

「これだからクィディッチは困るのよ」再びルーン文字の解読にかじりつきながら、ハーマイオニーが上の空で言った。「おかげで、寮の間で悪感情やら緊張が生まれるんだから」

『スペルマンのすっきり音節』を探すのにふと目を上げたハーマイオニーは、フレッド、ジョージ、ハリーが、いっせいに自分をにらんでいるのに気づいた。三人ともあっけに取られた、苦々しげな表情を浮かべている。

「ええ、そうですとも！」ハーマイオニーがいら立たしげに言った。「たかがゲームじゃない？」

「ハーマイオニー」ハリーが頭を振りながら言った。「君って人の感情とかはよくわかってるけど、クィディッチのことはさっぱり理解してないね」

「そうかもね」また翻訳に戻りながら、ハーマイオニーが悲観的な言い方をした。「だけど、少なくとも、私の幸せは、ロンのゴールキーパーとしての能力に左右されたりしないわ」

しかし、土曜日の試合観戦後のハリーは、自分もクィディッチなんかどうでもいいと思えるものなら、ガリオン金貨を何枚出しても惜しくないという気持ちになっていた。もっともハーマイオニーの前でこんなことを認めるくらいなら、天文台塔から飛び下りたほうがましだった。

この試合で最高だったのは、すぐ終わったことだった。グリフィンドールの観客は、たった二十二分の苦痛に耐えるだけですんだ。何が最低だったかは、判定が難しい。ロンが十四回もゴールを抜かれたことか、スローパーがブラッジャーを撃ちそこねて、かわりに棍棒でアンジェリーナの口を引っぱたいたことか、クアッフルを持ったザカリアス・スミスが突っ込んできたときに、カークが悲鳴を上げて箒から仰向けに落ちたことか、ハリーの見るところ、どっこいどっこいのいい勝負だ。奇跡的に、グリフィンドールは、たった一〇点差で負けただけだった。ジニーが、ハッフルパフのシーカー、サマービーの鼻先から、からくもスニッチを奪い取ったので、最終得点は二四〇対二三〇だった。

「見事なキャッチだった」談話室に戻ったとき、ハリーがジニーに声をかけた。談話室はまるでびっきり陰気な葬式のような雰囲気だった。

「ラッキーだったのよ」ジニーが肩をすくめた。「あんまり早いスニッチじゃなかったし、サマービーが風邪を引いてて、ここぞというときに、くしゃみして目をつぶったの。とにかく、あなたがチームに戻ったら――」

「ジニー、僕は**一生涯**、禁止になってるんだ」

「アンブリッジが学校にいるかぎり、禁止になってるのよ」ジニーが訂正した。「一生涯とはちがうわ。とにかく、あなたが戻ったら、私はチェイサーに挑戦するわ。アンジェリーナもアリシアも来年は卒業だし、どっちみち、私はシーカーよりゴールで得点するほうが好きなの」

ハリーはロンを見た。ロンは、隅っこにかがみ込み、バタービールの瓶をつかんで、ひざこぞうをじっと見つめている。

「アンジェリーナがまだロンの退部を許さないの」ハリーの心を読んだかのように、ジニーが言った。「ロンに力があるのはわかってるって、アンジェリーナはそう言うの」

ハリーは、アンジェリーナがロンを信頼しているのがうれしかった。しかし、同時に、ほんとうはロンを退部させてやるほうが親切ではないかとも思った。ロンが競技場を去るとき、またしてもスリザリン生が悦に入って、「ウィーズリーこそわが王者」の大合唱で見送ったのだった。スリザリンは、いまや、クィディッチ杯の最有力候補だった。

フレッドとジョージがぶらぶらやってきた。

「俺、あいつをからかう気にもなれないよ」ロンの打ちしおれた姿を見ながら、フレッドが言った。「ただし……あいつが十四回目のミスをしたとき――」フレッドは上向きで犬かきをするように、両腕をむちゃくちゃに動かした。

「——まあ、これはパーティ用に取っておくか、な？」

それからまもなく、ロンはのろのろと寝室に向かった。ロンの気持ちを察して、ハリーは少し時間をずらして寝室に上がっていった。ロンがそうしたいと思えば、寝たふりができるようにと思ったのだ。案の定、ハリーが寝室に入ったとき、ロンのいびきは、本物にしては少し大きすぎた。

ハリーは試合のことを考えながらベッドに入った。はたで見ているのは、なんとも歯がゆかった。ジニーの試合ぶりはなかなかのものだったが、自分がプレーしていたら、もっと早くスニッチを捕らえられたのに……。スニッチがカークのかかとのあたりをひらひら飛んでいた、あの一瞬にジニーがためらわなかったら、グリフィンドールの勝利をかすめ取ることができたろうに。

アンブリッジはハリーやハーマイオニーより数列下に座っていた。一度か二度、べったり腰を下ろしたまま、振り返ってハリーを見た。ガマガエルのような口が横に広がり、ハリーには、いい気味だとほくそ笑んでいるように見えた。暗闇の中に横たわり、思い出すだにハリーは怒りで熱くなった。しかし、その数分後には、寝る前にすべての感情を無にすべきだったと思い出した。スネイプが「閉心術」の特訓のあと、いつもハリーにそう指示していたのだ。

ハリーは一、二分努力してみたが、アンブリッジのことを思い出した上にスネイプのことを考えると、怨念が強まるばかりだった。気がつくと、むしろ自分がこの二人をどんなに毛嫌いしているかに気持ちが集中していた。ロンのいびきが、だんだん弱くなり、ゆっくりした深い寝息に変わっていった。ハリーのほうは、それからしばらく寝つけなかった。体はつかれていたが、脳が休むまでに長い時間がかかった。

ネビルとスプラウト先生が「必要の部屋」でワルツを踊っている夢を見た。マクゴナガル先生がバグパイプを演奏していた。ハリーは幸せな気持ちで、しばらくみんなを眺めていたが、やがて、DAのほかのメンバーを探しに出かけようと思った。

ところが、部屋を出たハリーは、「バカのバーナバス」のタペストリーではなく、石壁の腕木で燃える松明の前にいた。ハリーはゆっくりと左に顔を向けた。そこに、窓のない廊下の一番奥に、飾りも何もない黒い扉があった。

ハリーは高鳴る心で扉に向かって歩いた。ついに運が向いてきたという、とても不思議な感覚があった。今度こそ扉を開ける方法が見つかる……。あと数十センチだ。ハリーは心が躍った。扉の右端に沿ってぼんやりと青い光の筋が見える……扉がわずかに開いている……ハリーは手を伸ばし、扉を大きく押し開こうとした。そして――。

ロンがガーガーと本物の大きないびきをかいた。ハリーは突然目が覚めた。何百キロも離れた所にある扉を開けようと、右手を暗闇に突き出していた。失望と罪悪感の入りまじった気持ちで、ハリーは手を下ろした。扉の夢を見てはいけないことはわかっていた。しかし、同時に、そのむこう側に何があるのかと好奇心にさいなまれ、ロンを恨みに思った。ロンがあと一分、いびきをがまんしてくれていたら……。

月曜の朝、朝食をとりに大広間に入ると同時にふくろう便も到着した。「日刊予言者新聞」を待っていたのは、ハーマイオニーだけではない。ほとんど全員が、脱獄した死喰い人の新しいニュースを待ち望んでいた。目撃したという報せが多いにもかかわらず、誰もまだ捕まってはいなかった。ハーマイオニーは配達ふくろうに一クヌート支払い、急いで新聞を広げた。ハリーはオレンジジュースに手を伸ばした。この一年間、ハリーはたった一度メモを受け取ったきりだったので、目の前にふくろうが一羽、バサッと降り立ったとき、まちがえたのだろうと思った。

「誰を探してるんだい？」ハリーは、くちばしの下から面倒くさそうにオレンジジュースをどけ、受取人の名前と住所をのぞき込んだ。

ホグワーツ校
大広間
ハリー・ポッター

ハリーは、顔をしかめてふくろうから手紙を取ろうとした。しかし、その前に、三羽、四羽、五羽と、最初のふくろうの脇に別のふくろうが次々と降り立ち、バターを踏みつけるやら、塩をひっくり返すやら、自分が一番乗りで郵便を届けようと、押し合いへし合いの場所取り合戦をくり広げた。

「何事だ？」ロンが仰天した。

グリフィンドールのテーブルの全員が、身を乗り出して見物する中、最初のふくろう群の真っただ中に、さらに七羽ものふくろうが着地し、ギーギー、ホーホー、パタパタと騒いだ。

「ハリー！」ハーマイオニーが羽毛の群れの中に両手を突っ込み、長い円筒形の包みを持ったコノハズクを引っ張り出し、息をはずませた。「私、なんだかわかったわ――これを最初に開けて！」

ハリーは茶色の包み紙を破り取った。中から、きっちり丸めた『ザ・クィブラー』の三月号が転がり出た。広げてみると、表紙から自分の顔が、気恥ずかしげにニヤッと笑いかけた。その写真を横切って、真っ赤な大きな字でこう書いてある。

ハリー・ポッターついに語る

「名前を言ってはいけないあの人」の真相――僕がその人の復活を見た夜

「いいでしょう？」

いつの間にかグリフィンドールのテーブルにやってきて、フレッドとロンの間に割り込んで座っていたルーナが言った。

「きのう出たんだよ。パパに一部無料であんたに送るように頼んだんだもン。きっと、これ」ルーナは、ハリーの前でまだもみ合っているふくろうの群れに手を振った。「読者からの手紙だよ」

「そうだと思ったわ」ハーマイオニーが夢中で言った。「ハリー、かまわないかしら？　私たちで――」

「自由に開けてよ」ハリーは少し困惑していた。

ロンとハーマイオニーが封筒をビリビリ開けはじめた。

「これは男性からだ。この野郎、君がいかれてるってさ」手紙をちらりと見ながら、ロンが言った。「まあ、しょうがないか……」

「こっちは女性よ。聖マンゴで、ショック療法呪文のいいのを受けなさいだって」ハーマイオニーががっかりした顔で、二通目をくしゃくしゃ丸めた。

「でも、これは大丈夫みたいだ」ペイズリーの魔女からの長い手紙を流し読みしていたハリーが、ゆっくり言った。「ねえ、僕のこと信じるって！」

「こいつはどっちつかずだ」フレッドも夢中で開封作業に加わっていた。「こう言ってる。君が狂っているとは思わないが、『例のあの人』が戻ってきたとは信じたくない。だから、いまはどう考えていいかわからない。なんともはや、羊皮紙のむだ使いだな」

「こっちにもう一人、説得された人がいるわ、ハリー！」ハーマイオニーが興奮した。「**あなたの側の話を読み、私は『日刊予言者』があなたのことを不当に扱ったという結論に達しないわけにはいきません……『名前を言ってはいけないあの人』が戻ってきたとは、なるべく考えたくはありませんが、あなたが真実を語っていることを受け入れざるをえません……**。ああ、すばらしいわ！」

「また一人、君は頭が変だって」ロンは丸めた手紙を肩越しに後ろに放り投げた。「……でも、こっちのは、君に説得されたってさ。彼女、いまは君が真の英雄だと思ってるって――写真まで入ってるぜ――うわー！」

「何事なの？」少女っぽい、甘ったるい作り声がした。

ハリーは封書を両手いっぱいに抱えて見上げた。アンブリッジ先生がフレッドとルーナの後ろに立っていた。ガマガエルのように飛び出した目が、ハリーの前のテーブルにごちゃごちゃ散らばった手紙とふくろうの群れを眺め回している。そのまた背後に、大勢の生徒が、何事かと首を伸ばしているのが見えた。

「どうしてこんなにたくさん手紙が来たのですか？　ミスター・ポッター？」アンブリッジ先生がゆっくりと聞いた。

「今度は、これが罪になるのか？」フレッドが大声を上げた。「手紙をもらうことが？」

「気をつけないと、ミスター・ウィーズリー、罰則処分にしますよ」アンブリッジが言った。

「さあ、ミスター・ポッター？」

ハリーは迷ったが、自分のしたことを隠しおおせるはずがないと思った。アンブリッジが『ザ・クィブラー』誌に気づくのは、どう考えても時間の問題だ。

「僕がインタビューを受けたので、みんなが手紙をくれたんです」ハリーが答えた。「六月に僕の身に起こったことについてのインタビューです」

こう答えながら、ハリーはなぜか教職員テーブルに視線を走らせた。ダンブルドアがつい一瞬前までハリーを見つめていたような、とても不思議な感覚が走ったからだ。しかし、ハリーが校長先生のほうを見たときには、フリットウィック先生と話し込んでいるようだった。

「インタビュー？」アンブリッジの声がことさらに細く、かん高くなった。「どういう意味ですか？」

「つまり、記者が僕に質問して、僕が質問に答えました」ハリーが言った。

「これです――」ハリーは『ザ・クィブラー』をアンブリッジに放り投げた。アンブリッジが受け取って、表紙を凝視した。たるんだ青白い顔が、醜い紫のまだら色になった。

「いつこれを？」アンブリッジの声が少し震えていた。

「この前の週末、ホグズミードに行ったときです」ハリーが答えた。

アンブリッジは怒りでメラメラ燃え、ずんぐり指に持った雑誌をわなわな震わせてハリーを見上げた。

「ミスター・ポッター。あなたにはもう、ホグズミード行きはないものと思いなさい」アンブリッジが小声で言った。「よくもこんな……どうしてこんな……」アンブリッジは大きく息を吸い込んだ。「あなたには、うそをつかないよう、何度も何度も教え込もうとしました。その教訓が、どうやらまだ浸透していないようですね。グリフィンドール、五〇点減点。それと、さらに一週間の罰則」

アンブリッジは『ザ・クィブラー』を胸元に押しつけ、肩を怒らせて立ち去った。大勢の生徒の目がその後ろ姿を追った。

昼前に、学校中にデカデカと告知が出た。寮の掲示板だけでなく、廊下にも教室にも貼り出された。

ホグワーツ高等尋問官令

『ザ・クィブラー』を所持しているのが発覚した生徒は退学処分に処す。

以上は教育令第二十七号に則ったものである。

高等尋問官　ドローレス・ジェーン・アンブリッジ

なぜかハーマイオニーは、この告知を目にするたびにうれしそうにニッコリした。

「いったい、なんでそんなにうれしそうなんだい？」ハリーが聞いた。

「あら、ハリー、わからない？」ハーマイオニーが声をひそめた。「学校中が、一人残らずあなたのインタビューを確実に読むようにするために、アンブリッジができることはただ一つ。禁止することよ！」

どうやらハーマイオニーが図星だった。ハリーは学校のどこにも『ザ・クィブラー』のクの字も見かけなかったのに、その日のうちに、あらゆるところでインタビューの内容が話題になっているようだった。教室の前に並びながらささやき合ったり、昼食のときや授業中に教室の後ろのほうで話し合ったりするのがハリーの耳に入ったし、ハーマイオニーの報告によると、古代ルーン文字の授業の前にちょっと立ち寄った女子トイレでは、トイレの個室同士で全員その話をしていたと言う。

「それで、みんなが私に気づいて、私があなたを知っていることは、当然みんなが知っているものだから、質問攻めにあったわ」ハーマイオニーは目を輝かせてハリーに話した。「それでね、ハリー、みんな、あなたを信じたと思うわ。ほんとうよ。あなた、とうとう、みんなを信用させたんだわ！」

一方、アンブリッジ先生は、学校中をのし歩き、抜き打ちに生徒を呼び止めては本を広げさせたり、ポケットをひっくり返すように命じたりした。『ザ・クィブラー』を探し出そうとしていることがハリーにはわかっていたが、生徒たちのほうが数枚上手だった。ハリーのインタビューのページに魔法をかけ、自分たち以外の誰かが読もうとすると、教科書の要約に見えるようにしたり、次に自分たちが読むまでは白紙にしておいたりしていた。まもなく、学校中の生徒が一人残らず読んでしまったようだった。

先の教育令第二十六号で、もちろん先生方も、インタビューのことを口にすることは禁じられていた。にもかかわらず、ほかのなんらかの方法で、自分たちの気持ちを表した。スプラウト先生は、ハリーが水やりのじょうろを先生に渡したことで、グリフィンドールに二〇点を与えた。フリットウィック先生は、「呪文学」の授業の終わりに、ニッコリして、チューチュー鳴く砂糖ネズミ菓子をひと箱ハリーに押しつけ、「シーッ！」と言って急いで立ち去った。トレローニー先生は、「占い学」の授業中に突然ヒステリックに泣きだし、クラス全員が仰天し、アンブリッジがしぶい顔をする前で、結局ハリーは早死にしないし、充分に長生きし、魔法大臣になり、子供が十二人できると宣言した。

しかし、ハリーを一番幸せな気持ちにしたのは、次の日、急いで「変身術」の教室に向かっていたとき、チョウが追いかけてきたことだった。何がなんだかわからないうちに、チョウの手がハリーの手の中にあり、耳元でチョウがささやく声がした。

「ほんとに、ほんとにごめんなさい。あのインタビュー、とっても勇敢だったわね……私、泣いちゃった」

またもや涙を流したと聞いて、ハリーはすまない気持ちになったが、また口をきいてもらえるようになってとてもうれしかった。もっとうれしいことに、チョウが急いで立ち去る前にハリーのほおにすばやくキスした。さらに、なんと「変身術」の教室に着くや否や、信じられないことに、またまたいいことが起こった。シェーマスが列から一歩進み出てハリーの前に立った。

「君に言いたいことがあって」シェーマスが、ハリーの左のひざあたりをちらっと見ながら、ボソボソ言った。「僕、君を信じる。それで、あの雑誌を一部、ママに送ったよ」

幸福な気持ちの仕上げは、マルフォイ、クラッブ、ゴイルの反応だった。その日の午後遅く、ハリーは、図書館で三人が額を寄せ合っているところに出くわした。一緒にいるひょろりとした男の子は、セオドール・ノットという名だとハーマイオニーが耳打ちした。書棚を見回して「部分消失術」の本を探していると、四人がハリーを振り返った。ゴイルは脅すように拳をポキポキ鳴らしたし、マルフォイは、もちろん悪口にちがいないが、何やらクラッブにささやいた。ハリーは、なぜそんな行動を取るかよくわかっていた。四人の父親が死喰い人だと名指しされたからだ。

「それに、一番いいことはね」図書館を出るとき、ハーマイオニーが大喜びで言った。「あの人たち、あなたに反論できないのよ。だって、自分たちが記事を読んだなんて認めることができないもの！」

最後の総仕上げは、ルーナが夕食のときに、『ザ・クィブラー』がこんなに飛ぶように売れたことはないと告げたことだった。

「パパが増刷してるんだよ！」ハリーにそう言ったとき、ルーナの目が興奮で飛び出していた。「パパは信じられないんだ。みんなが『しわしわ角スノーカック』よりも、こっちに興味を持ってるみたいだって、パパがそう言うんだ！」

その夜、グリフィンドールの談話室で、ハリーは英雄だった。大胆不敵にも、フレッドとジョージは『ザ・クィブラー』の表紙の写真に「拡大呪文」をかけ、壁にかけた。ハリーの巨大な顔が、部屋のありさまを見下ろしながら、ときどき大音響でしゃべった。

「魔法省のまぬけ野郎」「アンブリッジ、くそくらえ」

ハーマイオニーはこれがあまりゆかいだとは思わず、集中力がそがれると言った。そして、とういらだって早めに寝室に引き上げてしまった。ハリーも、一、二時間後にはこのポスターがそれほどおもしろくないと認めざるをえなかった。特に、「おしゃべり呪文」の効き目が薄れてくると、「**くそ**」とか「**アンブリッジ**」とか切れ切れに叫ぶだけで、それもだんだんひんぱんに、だんだんかん高い声になってきた。おかげで、事実ハリーは頭痛がして、傷痕がまたもやチクチクと痛みだし、気分が悪くなった。ハリーを取り囲んで、もう何度目かわからないほどくり返しインタビューの話をせがんでいた生徒たちはがっかりしてうめいたが、ハリーは自分も早く休みたいと宣言した。

　ハリーが寝室に着いたときは、ほかに誰もいなかった。ハリーは、ベッド脇のひんやりした窓ガラスに、しばらく額を押しつけていた。傷痕に心地よかった。それから着替えて、頭痛が治ればいいがと思いながらベッドに入った。少し吐き気もした。ハリーは横向きになり、目を閉じるとほとんどすぐ眠りに落ちた……。

　ハリーは暗い、カーテンをめぐらした部屋に立っていた。小さな燭台が一本だけ部屋を照らしている。ハリーの両手は、前の椅子の背をつかんでいた。何年も太陽に当たっていないような白い、長い指が、椅子の黒いビロードの上で、大きな青白いクモのように見える。

　椅子のむこう側の、ろうそくに照らし出された床に、黒いローブを着た男がひざまずいている。

「どうやら俺様はまちがった情報を得ていたようだ」

　ハリーの声はかん高く、冷たく、怒りが脈打っていた。

「ご主人様、どうぞお許しを」ひざまずいた男がかすれ声で言った。後頭部がろうそくの灯りでかすかに光った。震えているようだ。

「おまえを責めるまい、ルックウッド」ハリーが冷たく残忍な声で言った。

　ハリーは椅子を握っていた手を離し、回り込んで、床に縮こまっている男に近づいた。そして、暗闇の中で、男の真上に覆いかぶさるように立ち、いつもの自分よりずっと高い所から男を見下ろした。

「ルックウッド、おまえの言うことは、確かな事実なのだな？」ハリーが聞いた。

「はい。ご主人様。はい……。私は、な、何しろ、かつてあの部に勤めておりましたので……」

「ボードがそれを取り出すことができるだろうと、エイブリーが俺様に言った」

「ご主人様、ボードはけっしてそれを取ることができなかったでしょう……。ボードはできないことを知っていたのでございましょう……まちがいなく。だからこそ、マルフォイの『服従の呪文』にあれほど激しく抗ったのです」

「立つがよい、ルックウッド」ハリーがささやくように言った。

ひざまずいていた男は、あわてて命令に従おうとして、転びかけた。あばた面だ。ろうそくの灯りで、瘡面が浮き彫りになった。男は少し前かがみのまま立ち上がり、半分おじぎをするような格好で、恐れおののきながらハリーの顔をちらりと見上げた。

「そのことを俺様に知らせたのは大儀」ハリーが言った。「仕方あるまい……どうやら、俺様は、無駄なくわだてに何か月も費やしてしまったらしい……しかし、それはもうよい……いまからまた始めるのだ。ルックウッド、おまえにはヴォルデモート卿が礼を言う……」

「わが君……はい、わが君」ルックウッドは、緊張が解けて声がかすれ、あえぎあえぎ言った。

「おまえの助けが必要だ。俺様には、おまえの持てる情報がすべて必要なのだ」

「御意、わが君、どうぞ……なんなりと……」

「よかろう……下がれ。エイブリーを呼べ」

ルックウッドはおじぎをしたまま、あたふたとあとずさりし、ドアの向こうに消えた。

暗い部屋に一人になると、ハリーは壁のほうを向いた。あちこち黒ずんで割れた古鏡が、暗がりの壁にかかっている。ハリーは鏡に近づいた。暗闇の中で、自分の姿がだんだん大きく、はっきりと鏡に映った……骸骨よりも白い顔……両眼は赤く、瞳孔は細く切り込まれ……。

「**いやだあぁぁぁぁぁぁぁ!**」

「なんだ?」近くで叫ぶ声がした。

ハリーはのた打ち回り、ベッドカーテンにからまってベッドから落ちた。しばらくは、自分がどこにいるのかもわからなかった。白い、骸骨のような顔が、暗がりから再び自分に近づいてくるのが見えるにちがいないと思った。すると、すぐ近くでロンの声がした。

「じたばたするのはやめてくれよ。ここから出してやるから!」

ロンがからんだカーテンをぐいと引っ張った。ハリーは仰向けに倒れ、月明かりでロンを見上げていた。傷痕が焼けるように痛んだ。ロンは着替えの最中だったらしく、ローブから片腕を出していた。

「また誰か襲われたのか?」ロンがハリーを手荒に引っ張って立たせながら言った。「パパかい?

あの蛇なのか？」

「ちがう——みんな大丈夫だ——」ハリーがあえいだ。額が火を噴いているようだった。「でも……エイブリーは……危ない……あいつに、まちがった情報を渡したんだ……ヴォルデモートがすごく怒ってる……」

　ハリーはうめき声を上げて座り込み、ベッドの上で震えながら傷痕をもんだ。

「でも、ルックウッドがまたあいつを助ける……あいつはこれでまた軌道に乗った……」

「いったいなんの話だ？」ロンはこわごわ聞いた。「つまり……たったいま『例のあの人』を見たって言うのか？」

「僕が『例のあの人』**だった**」答えながらハリーは、暗闇で両手を伸ばし、顔の前にかざして、死人のように白く長い指はもうついていないことを確かめた。「あいつはルックウッドと一緒にいた。アズカバンから脱獄した死喰い人の一人だよ。覚えてるだろう？　ルックウッドがたったいま、あいつに、ボードにはできなかったはずだと教えた」

「何が？」

「何かを取り出すことがだ……。ボードは自分にはできないことを知っていたはずだって、ルックウッドが言った……。ボードは『服従の呪文』をかけられていた……マルフォイの父親がかけたって、ルックウッドがそう言ってたと思う」

「ボードが何かを取り出すために呪文をかけられた?」ロンが聞き返した。「まてよ――ハリー、それってきっと――」

「武器だ」ハリーがあとの言葉を引き取った。「そうさ」

寝室のドアが開き、ディーンとシェーマスが入ってきた。ハリーは急いで両足をベッドに戻した。たったいま変なことが起こったように見られたくなかった。せっかくシェーマスが、ハリーが狂っていると思うのをやめたばかりなのだから。

「君が言ったことだけど」ロンがベッドの脇机にある水差しからコップに水を注ぐふりをしながら、ハリーのすぐそばに頭を近づけ、つぶやくように言った。「**君が**『例のあの人』だったって?」

「うん」ハリーが小声で言った。

ロンは思わずガブッと水を飲み、口からあふれた水があごを伝って胸元にこぼれた。

「ハリー」ディーンもシェーマスも着替えたりしゃべったりでガタガタしているうちに、ロンが言った。「話すべきだよ――」

「誰にも話す必要はない」ハリーがすっぱりと言った。「『閉心術』ができたら、こんなことを見るはずがない。こういうことを閉め出す術を学ぶはずなんだ。みんながそれを望んでいる」

「みんな」と言いながら、ハリーはダンブルドアのことを考えていた。ハリーはベッドに寝転び、横向きになってロンに背を向けた。しばらくすると、ロンのベッドがきしむ音が聞こえた。ロンも横になったらしい。ハリーの傷痕がまた焼けつくように痛みだした。ハリーは枕を強くかみ、声を押し殺した。ハリーにはわかっていた。どこかで、エイブリーが罰せられている。

次の日、ハリーとロンは午前中の休み時間を待って、ハーマイオニーに一部始終を話した。絶対に盗み聞きされないようにしたかった。中庭の、いつもの風通しのよい冷たい片隅に立って、ハリーは思い出せるかぎりくわしく、ハーマイオニーに夢のことを話した。語り終えたとき、ハーマイオニーはしばらく何も言わなかった。そのかわり、痛いほど集中してフレッドとジョージを見つめた。中庭の反対側で、首無し姿の二人が、マントの下から魔法の帽子を取り出して売っていた。

「それじゃ、それでボードを殺したのね」

やっとフレッドとジョージから目を離し、ハーマイオニーが静かに言った。

「武器を盗み出そうとしたとき、何かおかしなことがボードの身に起きたのよ。誰にも触れられないように、武器そのものかその周辺に『防衛呪文』がかけられていたのだと思うわ。だからボードは聖マンゴに入院したわけよ。頭がおかしくなって、話すこともできなくなって。でも、あの癒者がなんと言ったか覚えてる？　ボードは治りかけていた。それで、連中にしてみれば、治ったら危険なわけでしょう？　つまり、武器にさわったとき、何かが起こって、そのショックで、たぶん『服従の呪文』は解けてしまった。声を取り戻したら、ボードは自分が何をやっていたかを説明するわよね？　武器を盗み出すためにボードが送られたことを知られてしまうわ。もちろん、ルシウス・マルフォイなら、簡単に呪文をかけられたでしょうね。マルフォイはずっと魔法省に入り浸ってるんでしょう？」

「僕の尋問があったあの日は、うろうろしていたよ」ハリーが言った。「どこかに――ちょっと待って……」ハリーは考えた。「マルフォイはあの日、神秘部の廊下にいた！　君のパパが、あいつはたぶんこっそり下におりて、僕の尋問がどうなったか探るつもりだったって言った。でも、もしかしたら実は――」

「スタージスよ！」ハーマイオニーが雷に打たれたような顔で、息をのんだ。

「え？」ロンはけげんな顔をした。

「スタージス・ポドモアは――」ハーマイオニーが小声で言った。「扉を破ろうとして逮捕されたわ！　ルシウス・マルフォイがスタージスにも呪文をかけたんだわ！　ハリー、あなたがマルフォイを見たあの日にやったに決まってる。スタージスはムーディの透明マントを持っていたのよね？だから、スタージスが扉の番をしていて、姿は見えなくとも、マルフォイがその動きを察したのかもしれないし――それとも、誰かがそこにいるとマルフォイが推量したか――または、もしかしたらそこに護衛がいるかもしれないから、とにかく『服従の呪文』をかけたとしたら？　そして、スタージスに次にチャンスがめぐってきたとき――たぶん、次の見張り番のとき――スタージスが神秘部に入り込んで、武器を盗もうとした。ヴォルデモートのために。――ロン、騒がないでよ――でも捕まってアズカバン送りになった……」

ハーマイオニーはハリーをじっと見た。

「それで、今度はルックウッドがヴォルデモートに、どうやって武器を手に入れるかを教えたのね？」

「会話を全部聞いたわけじゃないけど、そんなふうに聞こえた」ハリーが言った。「ルックウッドはかつてあそこに勤めていた……ヴォルデモートはルックウッドを送り込んでそれをやらせるんじゃないかな？」

ハーマイオニーがうなずいた。どうやらまだ考え込んでいる。それから突然言った。

「だけど、ハリー、あなた、こんなことを見るべきじゃなかったのよ」

「えっ？」ハリーはぎくりとした。

「あなたはこういうことに対して、心を閉じる練習をしているはずだわ」ハーマイオニーが突然厳しい口調になった。

「それはわかってるよ」ハリーが言った。「でも――」

「あのね、私たち、あなたの見たことを忘れるように努めるべきだわ」ハーマイオニーがきっぱりと言った。「それに、あなたはこれから、『閉心術』にもう少し身を入れてかかるべきよ」

その週は、それからどうもうまくいかなかった。「魔法薬」の授業で、ハリーは二回も「D・落第」を取ったし、ハグリッドがクビになるのではないかと、緊張でずっと張りつめていた。それに、自分がヴォルデモートになった夢のことを、どうしても考えてしまうのだった。――しかし、ロンとハーマイオニーには、二度とそのことを持ち出さなかった。ハーマイオニーからまた説教されたくなかった。シリウスにこのことを話せたらいいのにと思ったが、そんなことはとても望めなかった。それで、このことは、心の奥に押しやろうとした。

残念ながら、心の奥も、もはやかつてのように安全な場所ではなかった。

「立て、ポッター」

ルックウッドの夢から二週間後、スネイプの研究室で、ハリーはまたしても床にひざをつき、なんとか頭をすっきりさせようとしていた。自分でも忘れていたような小さいときの一連の記憶を、無理やり呼び覚まされた直後だった。だいたいは、小学校のときダドリー軍団にいじめられた屈辱的な記憶だった。

「あの最後の記憶は」スネイプが言った。「あれはなんだ？」

「わかりません」ぐったりして立ち上がりながら、ハリーが答えた。スネイプが次々に呼び出す映像と音の奔流から、記憶をばらばらに解きほぐすのがますます難しくなっていた。

「いとこが僕をトイレに立たせた記憶のことですか？」

「いや」スネイプが静かに言った。「男が暗い部屋の真ん中にひざまずいている記憶のことだが……」

「それは……なんでもありません」

スネイプの暗い目がハリーの目をぐりぐりとえぐった。「開心術」には目と目を合わせることが肝要だとスネイプが言ったことを思い出し、ハリーは瞬きして目をそらした。

「あの男と、あの部屋が、どうして君の頭に入ってきたのだ？　ポッター？」スネイプが聞いた。

「それは――」ハリーはスネイプをさけてあちこちに目をやった。「それは――ただの夢だったんです」

「夢？」スネイプが聞き返した。

一瞬間が空き、ハリーは紫色の液体が入った容器の中でプカプカ浮いている死んだカエルだけを見つめていた。

「君がなぜここにいるのか、わかっているのだろうな？　ポッター？」スネイプは低い、険悪な声で言った。「我輩が、なぜこんなたいくつ極まりない仕事のために夜の時間を割いているのか、わかっているのだろうな？」

「はい」ハリーはかたくなに言った。

「なぜここにいるのか、言ってみたまえ。ポッター」

『閉心術』を学ぶためです」今度は死んだウナギをじっと見つめながら、ハリーが言った。

「そのとおりだ、ポッター。そして、君がどんなに鈍くとも――」ハリーはスネイプのほうを見た。憎かった。「――二か月以上も特訓をしたからには、少しは進歩するものと思っていたのだが。闇の帝王の夢を、あと何回見たのだ？」

「この一回だけです」ハリーはうそをついた。

「おそらく」スネイプは暗い、冷たい目をわずかに細めた。「おそらく君は、こういう幻覚や夢を見ることを、事実、楽しんでいるのだろうが、ポッター。たぶん、自分が特別だと感じられるのだろう――重要人物だと？」

「ちがいます」ハリーは歯を食いしばり、指は杖を固く握りしめていた。

「そのほうがよかろう、ポッター」スネイプが冷たく言った。「おまえは特別でも重要でもないのだから。それに、闇の帝王が死喰い人たちに何を話しているかを調べるのは、おまえの役目ではない」

「ええ――それは先生の仕事でしょう？」ハリーはすばやく切り返した。

そんなことを言うつもりはなかったのに、言葉がかんしゃく玉のように破裂した。しばらくの間、二人はにらみ合っていた。ハリーはまちがいなく言いすぎだったと思った。しかしスネイプは、奇妙な、満足げとさえ言える表情を浮かべて答えた。

「そうだ、ポッター」スネイプの目がギラリと光った。「それは我輩の仕事だ。さあ、準備はいいか。もう一度やる」

スネイプが杖を上げた。「一――二――三――レジリメンス！」

百有余の吸魂鬼が、校庭の湖を渡り、ハリーを襲ってくる……ハリーは顔がゆがむほど気持ちを集中させた……。だんだん近づいてくる……フードの下に暗い穴が見える……しかも、ハリーは目の前に立っているスネイプの姿も見えた。ハリーの顔に目をすえ、小声でブツブツ唱えている……そして、なぜか、スネイプの姿がはっきりしてくるにつれ、吸魂鬼の姿は薄れていった……。

ハリーは自分の杖を上げた。

「プロテゴ！　防げ！」

スネイプがよろめいた――スネイプの杖が上に吹っ飛び、ハリーからそれた――すると突然、ハリーの頭は、自分のものではない記憶で満たされた。鉤鼻の男が、縮こまっている女性をどなりつけ、隅のほうで小さな黒い髪の男の子が泣いている……脂っこい髪の十代の少年が、暗い寝室にぽつんと座り、杖を天井に向けてハエを撃ち落としている……やせた男の子が、乗り手を振り落とそうとする暴れ箒に乗ろうとしているのを、女の子が笑っている――。

「やめろ！」

ハリーは胸を強く押されたように感じた。よろよろと数歩後退し、スネイプの部屋の壁を覆う棚のどれかにぶつかり、何かが割れる音を聞いた。スネイプはかすかに震え、蒼白な顔をしていた。

ハリーのローブの背がぬれていた。倒れて寄りかかった拍子に容器の一つが割れ、水薬がもれ出し、ホルマリン漬けのぬるぬるしたものが容器の中で渦巻いていた。

「レパロ、直れ」スネイプは口の端で呪文を唱えた。容器の割れ目がひとりでに閉じた。

「さて、ポッター……いまのは確実に進歩だ……」

少し息を荒らげながら、スネイプは「憂いの篩」をきちんと置きなおした。授業の前に、スネイプはまたしてもその中に自分の「憂い」をいくつか蓄えていたのだが、それがまだ中にあるかどうかを確かめているかのようだった。

「君に『盾の呪文』を使えと教えた覚えはないが……確かに有効だった……」

ハリーはだまっていた。何を言っても危険だと感じていた。たったいま、スネイプの記憶に踏み込んだにちがいない。スネイプの子供時代の場面を見てしまったのだ。わめき合う両親を見て泣いていた、いたいけな少年が、実はいまハリーの前に、激しい嫌悪の目つきで立っていると思うと、落ち着かない不安な気持ちになった。

「もう一度やる。いいな?」スネイプが言った。

ハリーはぞっとした。いましがた起こったことに対して、ハリーはつけを払わされる。そうにちがいない。二人は机をはさんで対峙した。ハリーは、今度こそ心を無にするのがもっと難しくなるだろうと思った。

「三つ数える合図だ。では」スネイプがもう一度杖を上げた。「一――二――」

ハリーが集中する間もなく、心をからにする間もないうちに、スネイプが叫んだ。

「レジリメンス！」

ハリーは、神秘部に向かう廊下を飛ぶように進んでいた。殺風景な石壁を過ぎ、松明を過ぎ――飾りも何もない黒い扉がぐんぐん近づいてきた。あまりの速さで進んでいたので、ハリーは扉に衝突しそうだった。あと数十センチというところで、またしてもハリーは、かすかな青い光の筋を見た――。

扉がパッと開いた！ ついに扉を通過した。そこは、青いろうそくに照らされた、壁も床も黒い円筒形の部屋で、周囲がぐるりと扉、扉、扉だった。――進まなければならない――しかし、どの扉から入るべきなのか――？

「**ポッター！**」

ハリーは目を開けた。また仰向けに倒れていた。どうやってそうなったのかまったく覚えがない。その上、ハァハァ息を切らしていた。ほんとうに神秘部の廊下を駆け抜けたかのように、ほんとうに疾走して黒い扉を通り抜け、円筒形の部屋を発見したかのように。

「説明しろ！」スネイプが怒り狂った表情で、ハリーに覆いかぶさるように立っていた。

「僕……何が起こったかわかりません」ハリーは立ち上がりながらほんとうのことを言った。後頭部が床にぶつかってこぶができていた。しかも熱っぽかった。「あんなものは前に見たことがありません。あの、扉の夢を見たことはお話ししました……でも、これまで一度も開けたことがなかった……」

「おまえは充分な努力をしておらん！」

なぜかスネイプは、いましがたハリーに自分の記憶をのぞかれたときよりずっと怒っているように見えた。

「おまえは怠け者でだらしがない。ポッター、そんなことだから当然、闇の帝王が――」

「お聞きしてもいいですか？　**先生？**」ハリーはまた怒りが込み上げてきた。「先生はどうしてヴォルデモートのことを闇の帝王と呼ぶんですか？　僕は、死喰い人がそう呼ぶのしか聞いたことがありません」

スネイプが唸るように口を開いた。――その時、どこか部屋の外で、女性の悲鳴がした。

スネイプはぐいと上を仰いだ。天井を見つめている。

「いったい――？」スネイプがつぶやいた。

ハリーの耳には、どうやら玄関ホールとおぼしき所から、こもった音で騒ぎが聞こえてくる。スネイプは顔をしかめてハリーを見た。

「ここに来る途中、何か異常なものは見なかったか？　ポッター？」

ハリーは首を振った。どこか二人の頭上で、また女性の悲鳴が聞こえた。スネイプは杖をかまえたまま、つかつかと研究室のドアに向かい、すばやく出ていった。ハリーは一瞬とまどったが、あとに続いた。

悲鳴はやはり玄関ホールからだった。地下牢からホールに上がる石段へと走るうちに、だんだん声が大きくなってきた。石段を上りきると、玄関ホールは超満員だった。まだ夕食が終わっていなかったので、何事かと、大広間から見物の生徒があふれ出してきたのだ。ほかの生徒は大理石の階段に鈴なりになっていた。ハリーは背の高いスリザリン生が固まっている中をかき分けて前に出た。見物人は大きな円を描き、何人かはショックを受けたような顔をし、また何人かは恐怖の表情さえ浮かべていた。マクゴナガル先生がホールの反対側の、ハリーの真正面にいる。目の前の光景に気分が悪くなったような様子だ。

トレローニー先生が玄関ホールの真ん中に立っていた。片手に杖を持ち、もう一方の手にからっぽのシェリー酒の瓶を引っさげ、完全に様子がおかしい。髪は逆立ち、めがねがずれ落ちて片目だけが不ぞろいに拡大され、何枚ものショールやスカーフが肩から勝手な方向に垂れ下がり、先生はいまにも崩壊しそうだ。その脇に大きなトランクが二つ、一つは上下逆さまに置かれていた。どうやら、トランクは、トレローニー先生のあとから、階段を突き落とされたように見える。トレローニー先生は、見るからにおびえた表情で、ハリーの所からは見えなかったが、階段下に立っている何かを見つめていた。

「いやよ！」トレローニー先生がかん高く叫んだ。「**いやです！**　こんなことが起こるはずがない……こんなことが……あたくし、受け入れませんわ！」

「あなた、こういう事態になるという認識がなかったの？」

少女っぽい高い声が、平気でおもしろがっているような言い方をした。ハリーは少し右側に移動して、トレローニー先生が恐ろしげに見つめていたものが、ほかでもないアンブリッジ先生だとわかった。

「明日の天気さえ予測できない無能力なあなたでも、わたくしが査察していた間の嘆かわしい授業ぶりや進歩のなさからして、解雇がさけられないことぐらいは、確実におわかりになったのではないこと？」

「あなたに、そんなこと、で——できないわ！」トレローニー先生が泣きわめいた。涙が巨大なめがねの奥から流れ、顔を洗った。「で——できないわ。あたくしをクビになんて！　ここに、あたくし、もう——もう十六年も！　ホ——ホグワーツはあた——あたくしの、い——家です！」

「家**だった**のよ」アンブリッジ先生が言った。

身も世もなく泣きじゃくり、トランクの一つに座り込むトレローニー先生を見つめるガマガエル顔に、楽しそうな表情が広がるのを見て、ハリーは胸くそが悪くなった。

「一時間前に魔法大臣が解雇辞令に署名なさるまではね。さあ、どうぞこのホールから出ていってちょうだい。恥さらしですよ」

そう言いながらも、ガマガエルはそこに立ったままだった。トレローニー先生が嘆きの発作を起こしたようにトランクに座って体を前後に揺すり、けいれんしたりうめいたりする姿を、卑しい悦びに舌なめずりして眺めている。左のほうから押し殺したようなすすり泣きの声が聞こえ、ハリーが振り返ると、ラベンダーとパーバティが抱き合って、さめざめと泣いていた。

その時、足音が聞こえた。マクゴナガル先生が見物人の輪を抜け出し、つかつかとトレローニー先生に歩み寄り、背中を力強くポンポンとたたきながら、ローブから大きなハンカチを取り出した。

「さあ、さあ、シビル……落ち着いて……これで鼻をかみなさい……あなたが考えているほどひどいことではありません。さあ……ホグワーツを出ることにはなりませんよ……」

「あら、マクゴナガル先生、そうですの？」アンブリッジが数歩進み出て、毒々しい声で言った。

「そう宣言なさる権限がおありですの……？」

「それはわしの権限じゃ」深い声がした。

正面玄関の樫の扉が大きく開いていた。扉脇の生徒が急いで道を空けると、ダンブルドアが戸口に現れた。校庭でダンブルドアが何をしていたのか、ハリーには想像もつかなかったが、不思議に霧深い夜を背に、戸口の四角い枠に縁取られてすっくと立ったダンブルドアの姿には、威圧されるものがあった。

扉を広々と開け放したまま、ダンブルドアは見物人の輪を突っ切り、堂々とトレローニー先生に近づいた。トレローニー先生は、マクゴナガル先生に付き添われ、トランクに腰かけて、涙で顔をぐしょぐしょにして震えていた。

「あなたの？　ダンブルドア先生？」

アンブリッジはとびきり不快な声で小さく笑った。

「どうやらあなたは、立場がおわかりになっていらっしゃらないようですわね。これ、このとおり――」アンブリッジはローブから丸めた羊皮紙を取り出した。「――解雇辞令。わたくしと魔法大臣の署名がありますわ。『教育令第二十三号により、ホグワーツ高等尋問官は、彼女が――つまりわたくしのことですが――魔法省の要求する基準を満たさないと思われるすべての教師を査察し、停職に処し、解雇する権利を有する』。トレローニー先生は基準を満たさないと、わたくしが判断しました。わたくしが解雇しました」

驚いたことに、ダンブルドアは相変わらずほほえんでいた。トランクに腰かけて泣いたりしゃくり上げたりし続けているトレローニー先生を見下ろしながら、ダンブルドアが言った。

「アンブリッジ先生、もちろん、あなたのおっしゃるとおりじゃ。高等尋問官として、あなたは確かにわしの教師たちを解雇する権利をお持ちじゃ。しかし、この城から追い出す権限は持っておられない。遺憾ながら」ダンブルドアは軽く頭を下げた。「その権限は、まだ校長が持っておる。そしてそのわしが、トレローニー先生には引き続きホグワーツに住んでいただきたいのじゃ」

この言葉で、トレローニー先生が狂ったように小さな笑い声を上げたが、ヒックヒックのしゃくり上げが混じっていた。

「いいえ――いいえ、あたくし、で――出てまいります。ダンブルドア！　ホグワーツをは――離れ、ど――どこかほかで――あたくしの成功を――」

「いいや」ダンブルドアが鋭く言った。「わしの願いじゃ、シビル。あなたはここにとどまるのじゃ」

ダンブルドアはマクゴナガル先生のほうを向いた。

「マクゴナガル先生、シビルに付き添って、上まで連れていってくれるかの？」

「承知しました」マクゴナガルが言った。「お立ちなさい、シビル……」

見物客の中から、スプラウト先生が急いで進み出て、トレローニー先生のもう一方の腕をつかんだ。二人でトレローニー先生を引率し、アンブリッジの前を通り過ぎ、大理石の階段を上がった。そのあとから、フリットウィック先生がちょこまか進み出て、杖を上げ、キーキー声で唱えた。

「ロコモーター　トランク！　運べ！」

するとトレローニー先生のトランクが宙に浮き、持ち主に続いて階段を上がった。フリットウィック先生がしんがりを務めた。

アンブリッジ先生はダンブルドアを見つめ、石のように突っ立っていた。ダンブルドアは相変わらず物やわらかにほほえんでいる。

「それで」アンブリッジのささやくような声は玄関ホールの隅々まで聞こえた。「わたくしが新しい『占い学』の教師を任命し、あの方の住処を使う必要ができたら、どうなさるおつもりですの？」

「おお、それはご心配にはおよばん」ダンブルドアがほがらかに言った。「それがのう、わしはもう、新しい『占い学』教師を見つけておる。その方は、一階に棲むほうが好ましいそうじゃ」

「見つけた——？」アンブリッジがかん高い声を上げた。「**あなたが**、見つけた？　お忘れかしら、ダンブルドア、教育令第二十二号によれば——」

「魔法省は、適切な候補者を任命する権利がある、ただし——校長が候補者を見つけられなかった場合のみ」ダンブルドアが言った。「そして、今回は、喜ばしいことに、わしが見つけたのじゃ。ご紹介させていただこうかの？」

ダンブルドアは開け放った玄関扉のほうを向いた。いまや、そこから夜霧が忍び込んできていた。ハリーの耳にひづめの音が聞こえた。玄関ホールに、ざわざわと驚きの声が流れ、扉に一番近い生徒たちは、急いでもっと後ろに下がった。客人に道を空けようと、あわてて転びそうになる者もいた。

霧の中から、顔が現れた。ハリーはその顔を、前に一度、禁じられた森での暗い、危険な一夜に見たことがある。プラチナ・ブロンドの髪に、驚くほど青い目、頭と胴は人間で、その下は黄金の馬、パロミノの体だ。

「フィレンツェじゃ」

雷に打たれたようなアンブリッジに、ダンブルドアがにこやかに紹介した。

「あなたも適任だと思われることじゃろう」

第二十七章　ケンタウルスと密告者

「『占い学』をやめなきゃよかったって、いま、きっとそう思ってるでしょう？　ハーマイオニー？」パーバティがニンマリ笑いながら聞いた。

トレローニー先生解雇の二日後の朝食のときだった。パーバティはまつげを杖に巻きつけてカールし、仕上がり具合をスプーンの裏に映して確かめていた。午前中にフィレンツェの最初の授業があることになっていた。

「そうでもないわ」ハーマイオニーは「日刊予言者新聞」を読みながら、興味なさそうに答えた。「もともと馬はあんまり好きじゃないの」

ハーマイオニーは新聞をめくり、コラム欄にざっと目を通した。

「あの人は馬じゃないわ。ケンタウルスよ！」ラベンダーがショックを受けたような声を上げた。

「**目の覚めるような**ケンタウルスだわ……」パーバティがため息をついた。

「どっちにしろ、脚は四本あるわ」ハーマイオニーが冷たく言った。「ところで、あなたたち二人は、トレローニーがいなくなってがっかりしてると思ったけど？」

「してるわよ！」ラベンダーが強調した。「私たち、先生の部屋を訪ねたの。ラッパスイセンを持ってね――スプラウト先生が育てているラッパを吹き鳴らすやつじゃなくて、きれいなスイセンをよ」

「先生、どうしてる？」ハリーが聞いた。

「おかわいそうに、あまりよくないわ」ラベンダーが気の毒そうに言った。「泣きながら、アンブリッジがいるこの城にいるより、むしろ永久に去ってしまいたいっておっしゃるの。無理もないわ。アンブリッジが、先生にひどいことをしたんですもの」

「あの程度のひどさはまだ序の口だという感じがするわ」ハーマイオニーが暗い声を出した。

「ありえないよ」ロンは大皿盛りの卵とベーコンに食らいつきながら言った。「あの女、これ以上悪くなりようがないだろ」

「まあ、見てらっしゃい。ダンブルドアが相談もなしに新しい先生を任命したことで、あの人、仕返しに出るわ」ハーマイオニーは新聞を閉じた。「しかも任命したのがまたしても半人間。フィレンツェを見たときのあの人の顔、見たでしょう？」

朝食のあと、ハーマイオニーは「数占い」の教室へ、ハリーとロンはパーバティとラベンダーに続いて玄関ホールに行き、「占い学」に向かった。

「北塔に行くんじゃないのか？」

パーバティが大理石の階段を通り過ぎてしまったので、ロンがけげんそうな顔をした。パーバティは振り向いて、叱りつけるような目でロンを見た。

「フィレンツェがあのはしご階段を上れると思うの？　十一番教室になったのよ。きのう、掲示板に貼ってあったわ」

十一番教室は一階で、玄関ホールから大広間とは逆の方向に行く廊下沿いにあった。ハリーは、この教室が、定期的に使われていない部屋の一つだということを知っていた。そのため、納戸や倉庫のような、なんとなくほったらかしの感じがする部屋だ。ロンのすぐあとから教室に入ったハリーは、一瞬ポカンとした。そこは森の空き地の真っただ中だった。

「これはいったい――？」

教室の床は、ふかふかと苔むして、そこから樹木が生えていた。こんもりと茂った葉が、天井や窓に広がり、部屋中にやわらかな緑の光の筋が何本も斜めに射し込み、光のまだら模様を描いていた。先に来ていた生徒たちは、土の感触がする床に座り込み、木の幹や、大きな石にもたれかかって、両腕でひざを抱えたり、胸の上で固く腕組みしたりして、ちょっと不安そうな顔をしていた。空き地の真ん中には立ち木がなく、フィレンツェが立っていた。

「ハリー・ポッター」ハリーが入っていくと、フィレンツェが手を差し出した。

「あ――やあ」ハリーは握手した。ケンタウルスは驚くほど青い目で、瞬きもせずハリーを観察していたが、笑顔は見せなかった。

「あ――また会えてうれしいです」

「こちらこそ」ケンタウルスは銀白色の頭を軽く傾けた。「また会うことは、予言されていました」

ハリーは、フィレンツェの胸にうっすらと馬蹄形の打撲傷があるのに気づいた。地面に座っているほかの生徒たちの所に行こうとすると、みんながいっせいにハリーに尊敬のまなざしを向けていた。どうやら、みんなが怖いと思っているフィレンツェと、ハリーが言葉を交わす間柄だということに、ひどく感心したらしい。

ドアが閉まり、最後の生徒がくずかごの脇の切り株に腰を下ろすと、フィレンツェがぐるりと部屋を見渡した。

「ダンブルドア先生のご厚意で、この教室が準備されました」

生徒全員が落ち着いたところで、フィレンツェが言った。

「私の棲息地に似せてあります。できれば禁じられた森で授業をしたかったのです。そこが――この月曜日までは――私の棲まいでした……しかし、もはやそれはかないません」

「あの――えーと――先生――」パーバティが手を挙げ、息を殺して尋ねた。「――どうしてですか？　私たち、ハグリッドと一緒にあの森に入ったことがあります。怖くありません！」

「君たちの勇気が問題なのではありません」フィレンツェが言った。「私の立場の問題です。私はもはやあの森に戻ることができません。群れから追放されたのです」

「群れ？」ラベンダーが困惑した声を出した。ハリーは、牛の群れを考えているのだろうと思った。

「なんです――あっ！」

わかったという表情がパッと広がった。

「**先生の仲間がもっと**いるのですね？」ラベンダーがびっくりしたように言った。

「ハグリッドが繁殖させたのですか？　セストラルみたいに？」ディーンが興味津々で聞いた。

フィレンツェの頭がゆっくりと回り、ディーンの顔を直視した。ディーンはすぐさま、何かとても気にさわることを言ってしまったと気づいたらしい。

「そんなつもりでは――つまり――すみません」最後は消え入るような声だった。

「ケンタウルスはヒト族の召し使いでも、なぐさみ者でもない」フィレンツェが静かに言った。しばらく間が空いた。それから、パーバティがもう一度しっかり手を挙げた。

「あの、先生……どうしてほかのケンタウルスが先生を追放したのですか？」

「それは、私がダンブルドアのために働くことを承知したからです」フィレンツェが答えた。

「仲間は、これが我々の種族を裏切るものだと見ています」

ハリーは、もうかれこれ四年前のことを思い出していた。フィレンツェがハリーを背中に乗せて安全な所まで運んだことで、ケンタウルスのベインがフィレンツェをどなりつけ、「ただのロバ」呼ばわりした。ハリーは、もしかしたら、フィレンツェの胸を蹴ったのはベインではないかと思った。

「では始めよう」

そう言うと、フィレンツェは、白く輝くしっぽをひと振りし、頭上のこんもりした天蓋に向けて手を伸ばし、その手をゆっくりと下ろした。すると、部屋の明かりが徐々に弱まり、まるで夕暮れ時に森の空き地に座っているような様子になった。天井に星が現れ、あちこちで「**オーッ**」という声や、息をのむ音がした。ロンは声に出して「おっどろきー！」と言った。

「床に仰向けに寝転んで」フィレンツェがいつもの静かな声で言った。「天空を観察してください。見る目を持った者にとっては、我々の種族の運命がここに書かれているのです」

ハリーは仰向けになって伸びをし、天井を見つめた。キラキラ輝く赤い星が、上からハリーに瞬いた。

「みなさんは、『天文学』で惑星やその衛星の名前を勉強しましたね」フィレンツェの静かな声が続いた。「そして、天空をめぐる星の運行図を作りましたね。ケンタウルスは、何世紀もかけて、こうした天体の動きの神秘を解き明かしてきました。その結果、天空に未来が顔をのぞかせる可能性があることを知ったのです――」

「トレローニー先生は占星術を教えてくださったわ！」パーバティが興奮して言った。寝転んだまま手を前に出したので、その手が空中に突き出た。「火星は事故とか、火傷とか、そういうものを引き起こし、その星が、土星とちょうどいまみたいな角度を作っているとき——」パーバティは空中に直角を描いた。「——それは、熱いものを扱う場合、特に注意が必要だということを意味するの——」

「それは」フィレンツェが静かに言った。「ヒトのばかげた考えです」

パーバティの手が力なく落ちて体の脇に収まった。

「些細なけがや人間界の事故など」フィレンツェはひづめで苔むした床を強く踏み鳴らしながら、話し続けた。「そうしたものは、広大な宇宙にとって、忙しく這い回るアリほどの意味しかなく、惑星の動きに影響されるようなものではありません」

「トレローニー先生は——」パーバティが傷ついて憤慨した声で何か言おうとした。

「——ヒトです」フィレンツェがさらりと言った。「だからこそ、みなさんの種族の限界のせいで、視野が狭く、束縛されているのです」

ハリーは首をほんの少しひねって、パーバティを見た。腹を立てているようだった。パーバティの周りにいる何人かの生徒も同じだった。

「シビル・トレローニーは『予見』したことがあるかもしれません。私にはわかりませんが」

フィレンツェは話し続け、生徒の前を往ったり来たりしながら、しっぽをシュッと振る音が、ハリーの耳に入った。

「しかしあの方は、ヒトが予言と呼んでいる、自己満足のたわ言に、大方の時間を浪費している。私は、個人的なものや偏見を離れた、ケンタウルスの叡智を説明するためにここにいるのです。我々が空を眺めるのは、そこに時折記されている、邪悪なものや変化の大きな潮流を見るためです。我々がいま、見ているものが何であるかがはっきりするまでに、十年もの歳月を要することがあります」

フィレンツェはハリーの真上の赤い星を指差した。

「この十年間、魔法界が、二つの戦争の合間の、ほんのわずかな静けさを生きているにすぎないと記されていました。戦いをもたらす火星が、我々の頭上に明るく輝いているのは、まもなく再び戦いが起こるであろうことを示唆しています。どのくらい差し迫っているかを、ケンタウルスはある種の薬草や木の葉を燃やし、その炎や煙を読むことで占おうとします……」

これまでハリーが受けた中で、一番風変わりな授業だった。みんなが実際に教室の床の上でセージやゼニアオイを燃やした。フィレンツェはツンと刺激臭のある煙の中に、ある種の形や印を探すように教えたが、誰もフィレンツェの説明する印を見つけることができなくとも、まったく意に介さないようだった。ヒトはこういうことが得意だったためしがないし、ケンタウルスも能力を身につけるまでに長い年月がかかっていると言い、最後には、いずれにせよ、こんなことを信用しすぎるのは愚かなことだ、ケンタウルスでさえ時には読みちがえるのだから、としめくくった。

ハリーがいままで習ったヒトの先生とはまるでちがっていた。フィレンツェにとって大切なのは、自分の知っていることを教えることではなく、むしろ、何事も、ケンタウルスの叡智でさえ、絶対に確実なものなどないのだと生徒に印象づけることのようだった。

「フィレンツェはなんにも具体的じゃないね?」ゼニアオイの火を消しながら、ロンが低い声で言った。「だってさ、これから起ころうとしている戦いについて、もう少しくわしいことが知りたいよな?」

終業ベルが教室のすぐ外で鳴り、みんな飛び上がった。ハリーは、自分たちがまだ城の中にいることをすっかり忘れて、ほんとうに森の中にいると思い込んでいた。みんな少しぼうっとしながら、ぞろぞろと教室を出ていった。

ハリーとロンも列に並ぼうとしたとき、フィレンツェが呼び止めた。

「ハリー・ポッター、ちょっとお話があります」

ハリーが振り向き、ケンタウルスが少し近づいてきた。ロンはもじもじした。

「あなたもいていいですよ」フィレンツェが言った。「でも、ドアを閉めてください」

ロンが急いで言われたとおりにした。

「ハリー・ポッター、あなたはハグリッドの友人ですね？」ケンタウルスが聞いた。

「はい」ハリーが答えた。

「それなら、私からの忠告を伝えてください。ハグリッドがやろうとしていることは、うまくいきません。放棄するほうがいいのです」

「やろうとしていることが、うまくいかない？」ハリーはポカンとしてくり返した。

「それに、放棄するほうがいい、と」フィレンツェがうなずいた。

「私が自分でハグリッドに忠告すればいいのですが、追放の身ですから――いま、あまり森に近づくのは賢明ではありません――ハグリッドは、この上ケンタウルス同士の戦いまで抱え込む余裕はありません」

「でも――ハグリッドは何をしようとしているの？」ハリーが不安そうに聞いた。

フィレンツェは無表情にハリーを見た。

「ハグリッドは最近、私にとてもよくしてくださった。それに、すべての生き物に対するあの人の愛情を、私はずっと尊敬していました。あの人の秘密を明かすような不実はしません。しかし、誰かがハグリッドの目を覚まさなければなりません。あの試みはうまくいきません。そう伝えてください、ハリー・ポッター。ではごきげんよう」

『ザ・クィブラー』のインタビューがもたらした幸福感は、とっくに雲散霧消していた。どんよりした三月がいつの間にか風の激しい四月に変わり、ハリーの生活は、再びとぎれることのない心配と問題の連続になっていた。

アンブリッジは引き続き毎回「魔法生物飼育学」の授業に来ていたので、フィレンツェの警告をハグリッドに伝えるのはなかなか難しかった。やっとある日、『幻の動物とその生息地』の本を忘れてきたふりをして、ハリーは、授業が終わってからハグリッドの所へ引き返した。フィレンツェの言葉を伝えると、ハグリッドは一瞬、腫れ上がって黒いあざになった目で、ぎょっとしたようにハリーを見つめた。やがて、なんとか気を取り戻したらしい。

「いいやつだ、フィレンツェは」ハグリッドがぶっきらぼうに言った。「だが、このことに関しちゃあ、あいつはなんにもわかってねえ。あのことは、ちゃんとうまくいっちょる」

「ハグリッド、いったい何をやってるんだい？」ハリーは真剣に聞いた。「だって、気をつけないといけないよ。アンブリッジはもうトレローニーをクビにしたんだ。僕が見るところ、あいつは勢いづいてる。ハグリッドが何かやっちゃいけないようなことしてるんだったら、きっと――」

「世の中にゃ、職を守るよりも大切なことがある」

そう言いながらも、ハグリッドの両手がかすかに震え、ナールのフンでいっぱいの桶を床に取り落とした。

「俺のことは心配するな、ハリー。さあ、もう行け、いい子だから」

床いっぱいに散らばったフンを掃き集めているハグリッドを残して、ハリーはそこを去るしかなかった。しかし、がっくり気落ちして、城に戻る足取りは重かった。

一方、先生方もハーマイオニーも口をすっぱくしてハリーたちに言い聞かせていたが、O・W・L試験がだんだん迫っていた。五年生全員が、多かれ少なかれストレスを感じていたが、まず、ハンナ・アボットが音を上げた。「薬草学」の授業中に突然泣きだし、自分の頭では試験は無理だから、いますぐ学校を辞めたいと泣きじゃくって、マダム・ポンフリーの「鎮静水薬」を飲まされる第一号になったのだ。

DAがなかったら、自分はどんなにみじめだったろうと、ハリーは思った。「必要の部屋」で過ごす数時間のために生きているように感じることさえあった。きつい練習だったが、同時に楽しくてしかたがなかった。DAのメンバーを見回し、みんながどんなに進歩したかを見るたびに、ハリーは誇りで胸がいっぱいになった。O・W・L試験の「闇の魔術に対する防衛術」で、DAのメンバーが全員「O・優」を取ったら、アンブリッジがどんな顔をするだろうと、ときどき本気でそう考えることがあった。

DAでは、ついに「守護霊」の練習を始めた。みんなが練習したくてたまらなかった術だ。しかし、守護霊を創り出すといっても、明るい照明の教室でなんの脅威も感じないときと、吸魂鬼のようなものと対決しているときとでは、まったくちがうのだと、ハリーはくり返し説明した。

「まあ、そんな興ざめなこと言わないで」

イースター休暇前の最後の練習で、自分が創り出した銀色の白鳥の形をした守護霊が「必要の部屋」をふわふわ飛び回るのを眺めながら、チョウがほがらかに言った。

「とってもかわいいわ！」

「かわいいんじゃ困るよ。君を守護するはずなんだから」ハリーが辛抱強く言った。「ほんとうは、まね妖怪か何かが必要だ。僕はそうやって学んだんだから。まね妖怪が吸魂鬼のふりをしている間に、なんとかして守護霊を創り出さなきゃならなかったんだ――」

「だけど、そんなの、とっても怖いじゃない！」

ラベンダーの杖先から銀色の煙がポッポッと噴き出していた。

「それに、私まだ――うまく――出せないのよ！」ラベンダーは怒ったように言った。

ネビルも苦労していた。顔をゆがめて集中しても、杖先からは細い銀色の煙がヒョロヒョロと出てくるだけだった。

「何か幸福なことを思い浮かべないといけないんだよ」ハリーが指導した。

「そうしてるんだけど」ネビルがみじめな声で言った。本当に一生懸命で、丸顔が汗で光っていた。

「ハリー、僕、できたと思う！」ディーンに連れられて、DAに初めて参加したシェーマスが叫んだ。「見て――あ――消えた……だけど、ハリー、確かに何か毛むくじゃらなやつだったぜ！」

ハーマイオニーの守護霊は、銀色に光るカワウソで、ハーマイオニーの周りを跳ね回っていた。

「**ほんとに**、ちょっとすてきじゃない？」ハーマイオニーは、自分の守護霊をいとおしそうに眺めていた。

「必要の部屋」のドアが開いて、閉まった。ハリーは誰が来たのだろうと振り返ったが、誰もいないようだった。しばらくして、ハリーは、ドア近くの生徒たちがひっそりとなったのに気づいた。すると、何かがひざのあたりで、ハリーのローブを引っ張った。見下ろすと、驚いたことに、屋敷しもべ妖精のドビーが、いつもの八段重ねの毛糸帽の下から、ハリーをじっと見上げていた。

「やあ、ドビー！」ハリーが声をかけた。「何しに――どうかしたのかい？」

妖精は恐怖で目を見開き、震えていた。ハリーの近くにいたDAのメンバーがだまり込んだ。部屋中がドビーを見つめている。何人かがやっと創り出した数少ない守護霊も、銀色の霞となって消え、部屋は前よりもずっと暗くなった。

「ハリー・ポッター様……」妖精は頭からつま先までブルブル震えながら、キーキー声を出した。

「ハリー・ポッター様……ドビーめはご注進に参りました……でも、屋敷しもべ妖精というものは、しゃべってはいけないと戒められてきました……」

ドビーは壁に向かって頭を突き出して走りだした。ドビーの自分自身を処罰する習性について経験済みだったハリーは、ドビーを取り押さえようとした。しかし、ドビーは、八段重ねの帽子がクッションになって、石壁から跳ね返っただけだった。ハーマイオニーやほかの数人の女の子が、恐怖と同情心で悲鳴を上げた。

「ドビー、いったい何があったの？」妖精の小さい腕をつかみ、自傷行為に走りそうなものからいっさい遠ざけて、ハリーが聞いた。

「ハリー・ポッター……あの人が……あの女の人が……」

ドビーはつかまえられていないほうの手を拳にして、自分の鼻を思いきりなぐった。ハリーはそっちの手も押さえた。

「『あの人』って、ドビー、誰？」

しかし、ハリーはわかったと思った。ドビーをこんなに恐れさせる女性は、一人しかいないではないか。妖精は、少しくらくらした目でハリーを見上げ、口の動きだけで伝えた。

「アンブリッジ？」ハリーはぞっとした。

ドビーがうなずいた。そして、ハリーのひざに頭を打ちつけようとした。ハリーは、両腕をいっぱいに伸ばして、ドビーを腕の長さ分だけ遠ざけた。

「アンブリッジがどうかしたの？　ドビー――このことはあの人にバレてないだろ？　――僕たちのことも――DAのことも？」

ハリーはその答えを、打ちのめされたようなドビーの顔に読み取った。両手をしっかりハリーに押さえられているので、ドビーは自分を蹴飛ばそうとして、がくりとひざをついてしまった。

「あの女が来るのか？」ハリーが静かに聞いた。

ドビーはわめき声をあげた。

「そうです。ハリー・ポッター、そうです！」

ハリーは体を起こし、じたばたする妖精を見つめて身動きもせずおののいている生徒たちを見回した。

「**何をぐずぐずしてるんだ！**」ハリーが声を張り上げた。「**逃げろ！**」

全員がいっせいに出口に突進した。ドアの所でごった返し、それから破裂したように出ていった。廊下を疾走する音を聞きながら、ハリーは、みんなが分別をつけて、寮まで一直線に戻ろうなんてバカなことを考えなければいいがと願った。いま、九時十分前だ。図書館とか、ふくろう小屋とか、ここから近い所に避難してくれれば――。

「ハリー、早く！」外に出ようともみ合っている群れの真ん中から、ハーマイオニーが叫んだ。

ハリーは、自分をこっぴどく傷つけようとしてまだもがいているドビーを抱え上げ、列の後ろにつこうと走りだした。

「ドビー――これは命令だ――厨房に戻って、妖精の仲間と一緒にいるんだ。もしあの人が、僕に警告したのかと聞いたら、うそをついて、『ノー』と答えるんだぞ！」ハリーが言った。「それに、自分を傷つけることは、僕が禁ずる！」

やっと出口にたどり着き、ハリーはドビーを下ろしてドアを閉めた。

「ありがとう、ハリー・ポッター！」ドビーはキーキー言うと、超スピードで走り去った。

ハリーは左右に目を走らせた。全員が一目散に走っていたので、廊下の両端に、宙を飛ぶかかとがちらりと見えたと思ったら、すぐに消え去った。ハリーは右に走りだした。その先に男子トイレがある。ずっとそこに入っていたふりをしよう。そこまでたどり着ければの話だが——。

「**あああっっっ！**」

何かにくるぶしをつかまれ、ハリーは物の見事に転倒し、うつ伏せのまま数メートルすべってやっと止まった。誰かが後ろで笑っている。仰向けになって目を向けると、醜いドラゴンの形の花瓶の下に、壁のくぼみに隠れているマルフォイが見えた。

「『足すくい呪い』だ、ポッター！」マルフォイが言った。「おーい、先生——**せんせーい！**　一人捕まえました！」

アンブリッジが遠くの角から、息を切らし、しかしうれしそうにニッコリしながら、せかせかとやってきた。

「彼じゃない！」アンブリッジは床に転がるハリーを見て歓声を上げた。「お手柄よ、ドラコ、お手柄、ああ、よくやったわ――スリザリン、五〇点！　あとはわたくしに任せなさい……立つんです、ポッター！」

　ハリーは立ち上がって、二人をにらみつけた。アンブリッジがこんなにうれしそうなのは見たことがなかった。アンブリッジは、ハリーの腕を万力でしめるような力で押さえつけ、ニッコリ笑ってマルフォイを見た。

「ドラコ、あなたは飛び回って、ほかの連中を逮捕できるかどうか、やってみて」アンブリッジが言った。「みんなには、図書館を探すように言いなさい――誰か息を切らしていないかどうか――トイレも調べなさい。ミス・パーキンソンが女子トイレを調べられるでしょう――さあ、行って。――あなたのほうは」マルフォイが行ってしまうと、アンブリッジが、とっておきのやわらかい、危険な声で、ハリーに言った。「わたくしと一緒に校長室に行くのですよ、ポッター」

　数分もたたないうちに、二人は石の怪獣像の所にいた。ハリーは、ほかのみんなが捕まってしまったかどうか心配だった。ロンのことを考えた――ウィーズリーおばさんはロンを殺しかねないな。――それに、ハーマイオニーは、O・W・L試験を受ける前に退学になったらどう思うだろう。それと、今日はシェーマスの最初のDAだったのに……ネビルはあんなに上手くなっていたのに……。

「フィフィ・フィズビー」アンブリッジが唱えると、石の怪獣像が飛びのき、壁が左右にパックリ開いた。動く石の螺旋階段に乗り、二人は磨き上げられた扉の前に出た。グリフィンの形のドア・ノッカーがついている。アンブリッジはノックもせず、ハリーをむんずとつかんだまま、ずかずかと部屋に踏み込んだ。

校長室は人でいっぱいだった。ダンブルドアはおだやかな表情で机の前に座り、長い指の先を組み合わせていた。マクゴナガル先生が緊張した面持ちで、その脇にびしりと直立している。魔法大臣、コーネリウス・ファッジが、暖炉のそばで、いかにもうれしそうにつま先立ちで前後に体を揺すっている。扉の両脇に、護衛のように立っているのは、キングズリー・シャックルボルトと、ハリーの知らない厳めしい顔つきの、短髪剛毛の魔法使いだ。そばかす顔にめがねをかけ、羽根ペンと分厚い羊皮紙の巻紙を持って、どうやら記録を取るかまえのパーシー・ウィーズリーが、興奮した様子で壁際をうろうろしている。

歴代校長の肖像画は、今夜は狸寝入りしていない。全員目を開け、まじめな顔で眼下の出来事を見守っている。ハリーが入っていくと、何人かが隣の額に入り込み、切迫した様子で、隣人に何事か耳打ちした。

扉がバタンと閉まったとき、ハリーはアンブリッジの手を振りほどいた。コーネリウス・ファッジは、何やら毒々しい満足感を浮かべてハリーをにらみつけていた。

「さーて」ファッジが言った。「さて、さて、さて……」

ハリーはありったけの憎々しさを目に込めてファッジに応えた。心臓は激しく鼓動していたが、頭は不思議に冷静で、さえていた。

「この子はグリフィンドール塔に戻る途中でした」

アンブリッジが言った。声にいやらしい興奮が感じ取れた。トレローニー先生が玄関ホールでみじめに取り乱すのを見つめていたときのアンブリッジの声にも、ハリーは同じ残忍な喜びを聞き取っていた。

「あのマルフォイ君が、この子を追い詰めましたわ」

「あの子がかね？」ファッジが感心したように言った。「忘れずにルシウスに言わねばなるまい。さて、ポッター……。どうしてここに連れてこられたか、わかっているだろうな？」

ハリーは、挑戦的に「はい」と答えるつもりだった。口を開いた。言葉が半分出かかったとき、ふとダンブルドアの顔が目に入った。ダンブルドアはハリーを直接に見てはいなかった――その視線は、ハリーの肩越しに、ある一点を見つめていた。――しかし、ハリーがその顔をじっと見ると、ダンブルドアがほんのわずかに首を横に振った。

ハリーは半分口に出した言葉を方向転換した。

「は――いいえ」

「なんだね？」ファッジが聞いた。

「いいえ」ハリーはきっぱりと答えた。

「どうしてここにいるのか、**わからん**と？」

「わかりません」ハリーが言った。

ファッジは面食らって、ハリーを、そしてアンブリッジを見た。その一瞬のすきに、ハリーは急いでもう一度ダンブルドアを盗み見た。すると、ダンブルドアはじゅうたんに向かって、かすかにうなずき、ウィンクしたような気配を見せた。

「では、まったくわからんと」ファッジはたっぷりと皮肉を込めて言った。「アンブリッジ先生が、校長室に君を連れてきた理由がわからんと？　校則を破った覚えはないと？」

「校則？」ハリーがくり返した。「いいえ」

「魔法省令はどうだ？」ファッジが腹立たしげに言いなおした。

「いいえ、僕の知るかぎりでは」ハリーは平然と言った。

ハリーの心臓はまだ激しくドキドキしていた。ファッジの血圧が上がるのを見られるだけでも、うそをつく価値があると言えるくらいだったが、いったいどうやってうそをつきとおせるのか、ハリーには見当もつかなかった。誰かがＤＡのことをアンブリッジに告げ口したのだったら、リーダーの僕は、いますぐ荷物をまとめるしかないだろう。

「では、これは君には初耳かね？」ファッジの声は、いまや怒りでどすがきいていた。「校内で違法な学生組織が発覚したのだが」

「はい、初耳です」ハリーは寝耳に水だと純真無垢な顔をしてみせたが説得力はなかった。

「大臣閣下」すぐ脇で、アンブリッジがなめらかに言った。「通報者を連れてきたほうが、話が早いでしょう」

「うむ、うむ。そうしてくれ」

ファッジがうなずき、アンブリッジが出ていくとき、ダンブルドアをちらりと意地悪な目つきで見た。「なんと言っても、ちゃんとした目撃者が一番だからな、ダンブルドア？」

「まったくじゃよ、コーネリウス」ダンブルドアが小首をかしげながら、重々しく言った。

待つこと数分。その間、誰も互いに目を合わせなかった。そして、ハリーの背後で扉の開く音がした。アンブリッジが、チョウの友達の巻き毛のマリエッタの肩をつかんで、ハリーの脇を通り過ぎた。マリエッタは両手で顔を覆っている。

「怖がらなくてもいいのよ」

アンブリッジ先生が、マリエッタの背中を軽くたたきながら、やさしく声をかけた。

「大丈夫ですよ。あなたは正しいことをしたの。大臣がとてもお喜びですよ。あなたのお母様に、あなたがとってもいい子だったたって、言ってくださるでしょう。大臣、マリエッタの母親は」アンブリッジはファッジを見上げて言葉を続けた。「魔法運輸部、煙突飛行ネットワーク室のエッジコム夫人です。——ホグワーツの暖炉を見張るのを手伝ってくれていたことはご存じでしょう」

「けっこう、けっこう！」ファッジは心底うれしそうに言った。「この母にしてこの娘ありだな、え？　さあ、さあ、いい子だね。顔を上げて、恥ずかしがらずに。君の話を聞こうじゃ——これは、なんと！」

マリエッタが顔を上げると、ファッジはぎょっとして飛びすさり、危うく暖炉に突っ込みそうになった。マントのすそがくすぶりはじめ、ファッジは悪態をつきながら、バタバタとすそを踏みつけた。マリエッタは泣き声を上げ、ローブを目の所まで引っ張り上げた。しかし、もうみんなが、その変わりはてた顔を見てしまった。マリエッタのほおから鼻を横切って、膿んだ紫色のできものがびっしりと広がり、文字を描いていたのだ。——**密告者**。

「さあ、そんなブツブツは気にしないで」アンブリッジがもどかしげに言った。「口からローブを離して、大臣に申し上げなさい——」

しかし、マリエッタは口を覆ったままでもう一度泣き声を上げ、激しく首を振った。

「バカな子ね。もうけっこう。**わたくしが**お話しします」

アンブリッジがピシャリとそう言うと、例の気味の悪いニッコリ笑顔を貼りつけ、話しだした。

「さて、大臣、このミス・エッジコムが、今夜、夕食後まもなくわたくしの部屋にやってきて、何か話したいことがあると言うのです。そして、八階の、特に『必要の部屋』と呼ばれる秘密の部屋に行けば、わたくしにとって何か都合のよいものが見つかるだろうと言うのです。もう少し問い詰めたところ、この子は、そこでなんらかの会合が行われるはずだと白状しました。残念ながら、その時点で、この呪いが」アンブリッジはマリエッタが隠している顔を指して、いらいらと手を振った。「効いてきました。わたくしの鏡に映った自分の顔を見たとたん、この子は愕然として、それ以上何も話せなくなりました」

「よーし、よし」

ファッジは、やさしい父親のまなざしとはこんなものだろうと自分なりに考えたような目で、マリエッタを見つめながら言った。

「アンブリッジ先生の所に話しにいったのは、とっても勇敢だったね。君のやったことは、まさに正しいことだったんだよ。さあ、その会合で何があったのか、話しておくれ。目的は何かね？　誰が来ていたのかね？」

しかし、マリエッタは口をきかなかった。おびえたように目を見開き、またしても首を横に振るだけだった。

「逆呪いはないのかね？」マリエッタの顔を指しながら、ファッジがもどかしげにアンブリッジに聞いた。「この子が自由にしゃべれるように」

「まだ、どうにも見つかっておりません」

アンブリッジがしぶしぶ認めた。ハリーはハーマイオニーの呪いをかける能力に、誇らしさが込み上げてくるのを感じた。

「でも、この子がしゃべらなくとも、問題ありませんわ。その先はわたくしがお話しできます」

「ご記憶とは存じますが、大臣、去る十月にお送りした報告書で、ポッターがホグズミードのホッグズ・ヘッドで、たくさんの生徒たちと会合したと――」

「何か証拠がありますか？」マクゴナガル先生が口をはさんだ。

「ウィリー・ウィダーシンの証言がありますよ、ミネルバ。たまたまその時、そのバーに居合わせましてね。確かに、包帯でぐるぐる巻きでしたが、聞く能力は無傷でしたよ」アンブリッジが得意げに言った。「この男が、ポッターの一言一句をもらさず聞きましてね、早速わたくしに報告しに、学校に直行し――」

「まあ、**だから**、あの男は、一連の逆流トイレ事件を仕組んだ件で、起訴されなかったのですね！」マクゴナガル先生の眉が吊り上がった。「わが司法制度の、おもしろい内幕ですわ！」

「露骨な汚職だ！」ダンブルドアの机の後ろの壁にかかった、でっぷりとした赤鼻の魔法使いの肖像画が吠えた。「わしの時代には、魔法省が小悪党と取引することなどなかった。いいや、絶対に！」

「お言葉を感謝しますぞ、フォーテスキュー。もう充分じゃ」ダンブルドアがおだやかに言った。

「ポッターが生徒たちと会合した目的は」アンブリッジが話を続けた。「違法な組織に加盟するよう、みんなを説得するためでした。組織の目的は、魔法省が学童には不適切だと判断した呪文や呪いを学ぶことであり――」

「ドローレス、どうやらそのへんは思いちがいじゃとお気づきになると思うがの」

ダンブルドアが、折れ曲がった鼻の中ほどにちょんとのった半月めがねの上から、アンブリッジをじっと見て静かに言った。

ハリーはダンブルドアを見つめた。今回のことで、ハリーのためにどう言い逃れするつもりなのか、見当もつかなかった。ウィリー・ウィダーシンがホッグズ・ヘッドで、ほんとうにハリーの言ったことを全部聞いていたなら、もう逃れる術はない。

「ほっほー！」ファッジがまたつま先立ちで体をピョコピョコ上下に揺すった。「よろしい。ポッターの窮地を救うための、新しいほら話をお聞かせ願いましょうか。さあ、どうぞ、ダンブルドア、さあ――ウィリー・ウィダーシンがうそをついたとでも？　それとも、あの日ホッグズ・ヘッドにいたのは、ポッターとは瓜二つの双子だったとでも？　または、時間を逆転させたとか、死んだ男が生き返ったとか、見えもしない吸魂鬼が二人いたとかいう、例のらちもない言い逃れか？」

「ああ、お見事。大臣、お見事！」パーシー・ウィーズリーが思いっきり笑った。

ハリーは蹴っ飛ばしてやりたかった。ところが、ダンブルドアを見ると、驚いたことに、ダンブルドアもやわらかくほほえんでいた。

「コーネリウス、わしは否定しておらんよ。――それに、ハリーも否定せんじゃろう――その日にハリーがホッグズ・ヘッドにいたことも、『闇の魔術に対する防衛術』のグループに生徒を集めようとしていたこともの う。わしは単に、その時点で、そのようなグループが違法じゃったとドローレスが言うのは、まったくまちがっておると指摘するだけじゃ。ご記憶じゃろうが、学生の組織を禁じた魔法省令は、ハリーがホグズミードで会合した二日後から発効しておる。じゃから、ハリーはホッグズ・ヘッドで、なんらの規則も破っておらんのじゃ」

パーシーは、何かとても重いもので顔をぶんなぐられたような表情をした。ファッジはポカンと口を開け、ピョコピョコの途中で止まったまま動かなくなった。

アンブリッジが最初に回復した。

「それは大変けっこうなことですわ、校長」アンブリッジが甘ったるくほほえんだ。「でも、教育令第二十四号が発効してから、もう六か月近くたちますわね。最初の会合が違法でなかったとしても、それ以後の会合は全部、まちがいなく違法ですわ」

「さよう」ダンブルドアは組み合わせた指の上から、礼儀上アンブリッジに注意を払いながら言った。「もし、教育令の発効後に会合が**続いておれば**、確かに**違法になりうる**じゃろう。そのような集会が続いていたという証拠を、何かお持ちかな?」

　ダンブルドアが話している間に、ハリーは背後で、サワサワという音を聞いた。そして、キングズリーが何かをささやいたような気がした。それに、まちがいなく脇腹を、何かがサッとなでたような感じがした。一陣の風か、鳥の翼のようなやわらかいものだ。しかし、下を見ても、何も見えなかった。

「お聞きになってらっしゃいませんでしたの？　ダンブルドア？　ミス・エッジコムがなぜここにいるとお思いですの？」

「証拠？」アンブリッジは、ガマガエルのように口を広げ、ニタリと恐ろしい微笑を見せた。

「おお、六か月分の会合のすべてについて話せるのかね？」ダンブルドアは眉をくいと上げた。

「わしはまた、ミス・エッジコムが、今夜の会合のことを報告していただけじゃという印象じゃったが」

「ミス・エッジコム」アンブリッジが即座に聞いた。「いい子だから、会合がどのくらいの期間続いていたのか、話してごらん。うなずくか、首を横に振るかだけでいいのよ。そのせいで、できものがひどくなることはありませんからね。この六か月、定期的に会合が開かれたの？」

　ハリーは胃袋がズドーンと落ち込むのを感じた。おしまいだ。僕たちは動かしようのない証拠をつかまれた。ダンブルドアだってごまかせやしない。

「首を縦に振るか、横に振るかするのよ」アンブリッジがなだめすかすようにマリエッタに言った。「ほら、ほら、それでまた呪いが効いてくることはないのですから」

部屋の全員が、マリエッタの顔の上部を見つめていた。引っ張り上げたローブと、巻き毛の前髪とのすきまに、目だけが見えていた。暖炉の灯りのいたずらか、マリエッタの目は、妙にうつろだった。そして――ハリーにとっては青天の霹靂だったが――マリエッタは首を横に振った。

アンブリッジはちらりとファッジを見たが、すぐにマリエッタに視線を戻した。

「質問がよくわからなかったのね？　そうでしょう？　わたくしが聞いたのはね、あなたが、この六か月にわたり、会合に参加していたかどうかということなのよ。参加していたんでしょう？」

マリエッタはまたもや首を横に振った。

「首を振ったのはどういう意味なの？」アンブリッジの声がいら立っていた。

「私は、どういう意味か明白だと思いましたが」マクゴナガル先生が厳しい声で言った。「この六か月間、秘密の会合はなかったということです。そうですね？　ミス・エッジコム？」

マリエッタがうなずいた。

「でも、今夜会合がありました！」アンブリッジが激怒した。「会合はあったのです。ミス・エッジコム、あなたがわたくしにそう言いました。『必要の部屋』でと！　そして、ポッターが首謀者だった。そうでしょう？　ポッターが組織した。ポッターが――**どうしてあなた、首を横に振ってるの？**」

「まあ、通常ですと、首を横に振るときは」マクゴナガルが冷たく言った。「『いいえ』という意味です。ですから、ミス・エッジコムが、まだヒトの知らない使い方で合図を送っているのでなければ――」

アンブリッジ先生はマリエッタをつかみ、ぐるりと回して自分のほうに向かせ、激しく揺すぶりはじめた。間髪を容れず立ち上がったダンブルドアが、杖を上げた。キングズリーがずいと進み出た。アンブリッジは、まるで火傷をしたかのように両手をプルプル振りながら、マリエッタから飛びのいた。

「ドローレス、わしの生徒たちに手荒なことは許さぬ」ダンブルドアはこのとき初めて怒っているように見えた。

「マダム・アンブリッジ、落ち着いてください」キングズリーがゆったりした深い声で言った。「面倒を起こさないほうがいいでしょう」

「そうね」アンブリッジはそびえるようなキングズリーの姿をちらりと見上げながら、息をはずませて言った。「つまり、ええそう――あなたの言うとおりだわ、シャックルボルト――わたし――わたくし、つい我を忘れて」

マリエッタは、アンブリッジが手を離したその位置で、そのまま突っ立っていた。突然アンブリッジにつかみかかられても動揺した様子がなく、放されてホッとした様子もない。奇妙にうつろな目の所までローブを引き上げたまま、まっすぐ前を見つめていた。

突然、ハリーはもしやと思った。キングズリーのささやきと、脇腹をかすめた感覚とに結びつく疑いだった。

「ドローレス」何かに徹底的に決着をつけようという雰囲気で、ファッジが言った。「今夜の会合だが――まちがいなく行われたとわかっている集会のことだが――」

「はい」アンブリッジは気を取りなおして答えた。「はい……ええ、ミス・エッジコムがわたくしにもらし、わたくしは**信用できる**生徒たちを何人か連れて、すぐさま八階におもむきました。会合に集まった生徒たちを現行犯で捕まえようと思いましたのでね。ところが、わたくしが来るという警告が前もって伝わったらしく、八階に着いたときには、みんながクモの子を散らすように逃げていくところでした。しかし、それはどうでもよろしい。全員の名前がここにあります。ミス・パーキンソンが、わたくしの命で、何か残っていないかと『必要の部屋』に駆け込みましてね。証拠が必要でしたが、それが部屋にありました」

ハリーにとっては最悪なことに、アンブリッジはポケットから、「必要の部屋」の壁に貼ってあった名簿を取り出し、ファッジに手渡した。

「このリストにポッターの名前を見た瞬間、わたくしは問題が何かわかりました」アンブリッジが静かに言った。

「でかした」ファッジは満面の笑みだった。「でかしたぞ、ドローレス。さて……なんと……」

ファッジは、杖を軽く握ってマリエッタのそばに立ったままのダンブルドアを見た。

「生徒たちが、グループをなんと命名したかわかるか？」ファッジが低い声で言った。「**ダンブルドア軍団だ**」

ダンブルドアが手を伸ばしてファッジから羊皮紙を取った。ハーマイオニーが何か月も前に手書きした会の名前をじっと見つめ、ダンブルドアは、しばらく言葉が出ないように見えた。それから目を上げたダンブルドアは、ほほえんでいた。

「さて、万事休すじゃな」ダンブルドアはさばさばと言った。「わしの告白書をお望みかな、コーネリウス？——それとも、ここにおいでの目撃者を前に一言述べるだけで充分かの？」

マクゴナガルとキングズリーが顔を見合わせるのを、ハリーは見た。二人とも恐怖の表情を浮かべていた。何が起こっているのか、ハリーにはわからなかった。どうやらファッジもわからなかったらしい。

「一言述べる？」ファッジがのろのろと言った。「いったい——なんのことやら——？」

「ダンブルドア軍団じゃよ、コーネリウス」ダンブルドアは、ほほえんだまま、名簿をファッジの目の前でひらひらさせた。「ポッター軍団ではない。**ダンブルドア軍団**じゃ」

「し——しかし——」

突然ファッジの顔に、わかったというひらめきが走り、ぎょっとなってあとずさりしたとたん、短い悲鳴を上げて暖炉から飛び出した。

「あなたが？」ファッジはまたしてもくすぶるマントを踏みつけながら、ささやくように言った。

「そうじゃ」ダンブルドアは愛想よく言った。

「あなたがこれを組織した？」

「いかにも」ダンブルドアが答えた。

「あなたがこの生徒たちを集めて――あなたの軍団を？」

「今夜がその最初の会合のはずじゃった」ダンブルドアがうなずきながら言った。「みんなが、それに加わることに関心を持つかどうかを見るだけのものじゃったが。どうやら、ミス・エッジコムを招いたのは、明らかにまちがいだったようじゃの」

マリエッタがうなずいた。ファッジは胸をそらしながら、マリエッタからダンブルドアへと視線を移した。

「では、**やっぱり**、あなたは私をおとしいれようとしていたのだな！」ファッジがわめいた。

「そのとおりじゃ」ダンブルドアはほがらかに言った。

「**だめです！**」ハリーが叫んだ。

キングズリーがハリーにすばやく警告のまなざしを送った。マクゴナガルは脅すようにカッと目を見開いた。しかし、ダンブルドアが何をしようとしているのか、ハリーは突然気づいたのだ。そんなことをさせてはならない。

「だめです――ダンブルドア先生――！」

「静かにするのじゃ、ハリー。さもなくば、わしの部屋から出ていってもらうことになろうぞ」

ダンブルドアが落ち着いて言った。

「そうだ、だまれ、ポッター！」恐怖と喜びが入りまじったような目でダンブルドアをじろじろ見ながら、ファッジが吠え立てた。「ほう、ほう、ほう――今夜はポッターを退学にするつもりでやってきたが、かわりに――」

「かわりにわしを逮捕することになるのう」ダンブルドアがほほえみながら言った。「海老で鯛を釣ったようなものじゃな？」

「ウィーズリー！」いまやまちがいなく喜びに打ち震えながら、ファッジが叫んだ。「ウィーズリー、全部書き取ったか？　言ったことをすべてだ。ダンブルドアの告白を。書き取ったか？」

「はい、閣下。大丈夫です、閣下！」パーシーが待ってましたとばかりに答えた。猛スピードでメモを取ったので、鼻の頭にインクが飛び散っている。

「ダンブルドアが魔法省に対抗する軍団を作り上げようとしていたくだりは？　私を失脚させようと画策していたくだりは？」

「はい、閣下。書き取りましたとも！」嬉々としてメモに目を通しながら、パーシーが答えた。

「よろしい、では」ファッジはいまや、歓喜に顔を輝かせている。「ウィーズリー、メモを複写して、一部を即刻、『日刊予言者新聞』に送れ。ふくろう速達便を使えば、朝刊に間に合うはずだ！」

パーシーは脱兎のごとく部屋を飛び出し、扉をバタンと閉めた。ファッジがダンブルドアのほうに向きなおった。

「おまえをこれから魔法省に連行する。そこで正式に起訴され、アズカバンに送られ、そこで裁判を待つことになる！」

「ああ」ダンブルドアがおだやかに言った。「やはりのう。その障害に突き当たると思うておったが」

「障害？」ファッジの声はまだ喜びに震えていた。「ダンブルドア、私にはなんの障害も見えんぞ！」

「ところが」ダンブルドアが申し訳なさそうに言った。「わしには見えるのう」

「ほう、そうかね？」

「さて――あなたはどうやら、わしが――どういう表現じゃったかの？――**神妙にする**、という幻想のもとに骨を折っているようじゃ。残念ながら、コーネリウス、わしは神妙に引かれてはいかんよ。アズカバンに送られるつもりはまったくないのでな。もちろん、脱獄はできるじゃろうが――それはまったくの時間のむだというものじゃ。正直言って、わしにはほかにいろいろやりたいことがあるのでな」

アンブリッジの顔が、着実にだんだん赤くなってきた。まるで、体の中に、熱湯が注がれていくようだった。ファッジはまぬけ面でダンブルドアを見つめていた。まるで、突然パンチを食らったのに、それが信じられないという顔だ。息が詰まったような音を出し、ファッジはキングズリーを振り返った。それから、これまでただ一人、ずっとだまりこくっていた、短い白髪頭の男を振り返った。その男は、ファッジに大丈夫というようにうなずき、壁から離れてわずかに前に出た。ハリーは、その男の手が、ほとんどなにげない様子でポケットのほうに動くのを見た。

「ドーリッシュ、愚かなことはやめるがよい」ダンブルドアがやさしく言った。「君は確かに優秀な闇祓いじゃ――N・E・W・T試験で全科目『O』を取ったことを覚えておるよ――しかし、もしわしを力ずくで、その――あー――**連行する**つもりなら、君を傷つけねばならなくなる」

ドーリッシュと呼ばれた男は、毒気を抜かれたような顔で、目をしばたたいた。それから、再びファッジを見たが、今度は、どうするべきか指示を仰いでいるようだった。

「すると」我に返ったファッジがあざけるように言った。「おまえは、たった一人で、ドーリッシュ、シャックルボルト、ドローレス、それに私を相手にする心算かね？　え、ダンブルドア？」

「いや、まさか」ダンブルドアはほほえんでいる。「あなたが、愚かにも無理やりそうさせるなら別じゃが」

「ダンブルドアはひとりじゃありません！」マクゴナガル先生が、すばやくローブに手を突っ込みながら、大声で言った。

「いや、ミネルバ、わしひとりじゃ！」ダンブルドアが厳しく言った。「ホグワーツはあなたを必要としておる！」

「何をごたごたと！」ファッジが杖を抜いた。「ドーリッシュ！ シャックルボルト！ **かかれ！**」

部屋の中に、銀色の閃光が走った。ドーンと銃声のような音がして、床が震えた。二度目の閃光が走ったとき、手が伸びてきて、ハリーの襟首をつかみ、体を床に押し倒した。肖像画が何枚か、悲鳴を上げた。フォークスがギャーッと鳴き、ほこりがもうもうと舞った。ほこりにむせながら、ハリーは、黒い影が一つ、目の前にばったり倒れるのを見た。悲鳴、ドサッという音、そして誰かが叫んだ。「だめだ！」そして、ガラスの割れる音、バタバタとあわてふためく足音、うめき声……そして静寂。

ハリーはもがいて、誰が自分をしめ殺しかかっているのか見ようとした。マクゴナガル先生が、ハリーのそばにうずくまっているのが見えた。ハリーとマリエッタの二人を押さえつけて、危害がおよばないようにしていた。ほこりはまだ飛び交い、ゆっくりと三人の上に舞い降りてきた。少し息を切らしながら、ハリーは背の高い誰かが近づいてくるのを見た。

「大丈夫かね？」ダンブルドアだった。

「ええ！」マクゴナガル先生が、ハリーとマリエッタを引っ張り上げながら立ち上がった。

ほこりが収まってきた。破壊された部屋がだんだん見えてきた。ダンブルドアの机はひっくり返り、華奢なテーブルは全部床に倒れて、上にのっていた銀の計器類は粉々になっていた。ファッジ、アンブリッジ、キングズリー、ドーリッシュは、床に転がって動かない。不死鳥のフォークスは、静かに歌いながら、大きな円を描いて頭上に舞い上がった。

「気の毒じゃが、キングズリーにも呪いをかけざるをえなかった。そうせんと、きっと怪しまれるじゃろうからのう」ダンブルドアが低い声で言った。「キングズリーは非常によい勘をしておった。みながよそ見をしているすきに、すばやくミス・エッジコムの記憶を修正してくれた。――わしが感謝しておったと伝えてくれるかの？　ミネルバ？」

「さて、みな、まもなく気がつくであろう。わしらが話をする時間があったことを悟られぬほうがよかろう――あなたは、時間がまったく経過していなかったかのように、あたかもみんな床にたたきつけられたばかりだったかのように振る舞うのですぞ。記憶はないはずじゃから――」

「どちらに行かれるのですか？　ダンブルドア？」マクゴナガル先生がささやいた。「グリモールド・プレイスに？」

「いや、ちがう」ダンブルドアは厳しい表情でほほえんだ。「わしは身を隠すわけではない。ファッジは、わしをホグワーツから追い出したことを、すぐに後悔することになるじゃろう。まちがいなくそうなる」

「ダンブルドア先生……」ハリーが口を開いた。

何から言っていいのかわからなかった。そもそもＤＡを始めたことでこんな問題を引き起こしてしまい、どんなに申し訳なく思っているかと言うべきだろうか？　それとも、ハリーを退学処分から救うためにダンブルドアが去っていくことが、どんなにつらいかと言うべきだろうか？　しかし、ダンブルドアは、ハリーが何も言えないでいるうちに、ハリーの口を封じた。

「よくお聞き、ハリー」ダンブルドアは差し迫ったように言った。「『閉心術』を一心不乱に学ぶのじゃ。よいか？　スネイプ先生の教えることを、すべて実行するのじゃ。特に、毎晩寝る前に、悪夢を見ぬよう心を閉じる練習をするのじゃ――なぜそうなのかは、まもなくわかるじゃろう。しかし、約束しておくれ――」

ドーリッシュと呼ばれた男がかすかに身動きした。ダンブルドアはハリーの手首をつかんだ。

「よいな――心を閉じるのじゃ――」

しかし、ダンブルドアの指がハリーの肌に触れたとき、額の傷痕に痛みが走った。そして、ハリーはまたしても、恐ろしい、蛇のような衝動が湧いてくるのを感じた。――ダンブルドアを襲いたい、かみついて傷つけたい――。

「――わかる時がくるじゃろう」ダンブルドアがささやいた。

フォークスが輪を描いて飛び、ダンブルドアの上に低く舞い降りてきた。ダンブルドアはハリーを放し、手を上げて不死鳥の長い金色の尾をつかんだ。パッと炎が上がり、ダンブルドアの姿は不死鳥とともに消えた。

「あいつはどこだ？」ファッジが床から身を起こしながら叫んだ。「**どこなんだ？**」

「わかりません！」床から飛び起きながら、キングズリーが叫んだ。

「『姿くらまし』したはずはありません！」アンブリッジがわめいた。「学校の中からはできるはずがないし――」

「階段だ！」ドーリッシュはそう叫ぶなり、扉に向かって身をひるがえし、ぐいと開けて姿が見えなくなった。そのすぐあとに、キングズリーとアンブリッジが続いた。ファッジは躊躇していたが、ゆっくり立ち上がり、ローブの前からほこりを払った。痛いほどの長い沈黙が流れた。

「さて、ミネルバ」ファッジがずたずたになったシャツのそでをまっすぐに整えながら、意地悪く言った。「お気の毒だが、君の友人、ダンブルドアもこれまでだな」

「そうでしょうかしら？」マクゴナガル先生が軽蔑したように言った。

ファッジには聞こえなかったようだ。壊れた部屋を見回していた。肖像画の何枚かが、ファッジに向かってシューシューと非難を浴びせ、手で無礼なしぐさをしたのも一、二枚あった。

「その二人をベッドに連れていきなさい」ファッジはハリーとマリエッタに、もう用はないとばかりにうなずき、マクゴナガル先生を振り返って言った。

マクゴナガル先生は何も言わず、ハリーとマリエッタを連れてつかつかと扉のほうに歩いた。扉が バタンと閉まる間際に、ハリーはフィニアス・ナイジェラスの声を聞いた。

「いやあ、大臣。私は、ダンブルドアといろいろな点で意見が合わないのだが……しかし、あの人は、とにかく粋ですよ……」

第二十八章　スネイプの最悪の記憶

魔法省令

ドローレス・ジェーン・アンブリッジ（高等尋問官）は、アルバス・ダンブルドアにかわりホグワーツ魔法魔術学校の校長に就任した。

以上は教育令第二十八号に則ったものである。

魔法大臣　コーネリウス・オズワルド・ファッジ

一夜にして、この知らせが学校中に掲示された。しかし、城中の誰もが知っている話が、どのように広まったのかは、この掲示では説明できなかった。ダンブルドアが逃亡するとき、闇祓いを二人、高等尋問官、魔法大臣、さらにその下級補佐官をやっつけたという話だ。ハリーの行く先々で、城中がダンブルドアの逃亡の話でもちきりだった。話が広まるにつれて、確かに細かい所では尾鰭がついていたが（二年生の女子が同級生に、ファッジは頭がかぼちゃになって、現在聖マンゴに入院していると、まことしやかに話しているのが、ハリーの耳に入ってきた）、それ以外は驚くほど正確な情報が伝わっていた。たとえば、ダンブルドアの校長室で現場を目撃した生徒が、ハリーとマリエッタだけだったということはみんなが知っていた。マリエッタはいま、医務室にいるので、ハリーはみんなに取り囲まれ、直体験の話をせがまれるはめになった。

「ダンブルドアはすぐに戻ってくるさ」

「薬草学」からの帰り道、ハリーの話を熱心に聞いたあとで、アーニー・マクミランが自信たっぷりに言った。

「僕たちが二年生のときも、あいつら、ダンブルドアを長くは遠ざけておけなかったし、今度だってきっとそうさ。『太った修道士』が話してくれたんだけど――」

アーニーが密談をするように声を落としたので、ハリー、ロン、ハーマイオニーは、アーニーのほうに顔を近づけて聞いた。

「――アンブリッジがきのうの夜、城内や校庭でダンブルドアを探したあと、校長室に戻ろうとしたらしいんだ。怪獣像の所を通れなかったんだってさ。校長室は、ひとりでに封鎖して、アンブリッジを締め出したんだ」アーニーがニヤリと笑った。「どうやら、あいつ、相当かんしゃくを起こしたらしい」

「ああ、あの人、きっと校長室に座る自分の姿を見てみたくてしょうがなかったんだわ」玄関ホールに続く石段を上がりながら、ハーマイオニーがきつい言い方をした。「ほかの先生より自分が偉いんだぞって。バカな思い上がりの、権力に取っ憑かれたばばぁの――」

「おーや、君、**本気で**最後まで言うつもりかい？　グレンジャー？」

ドラコ・マルフォイが、クラッブとゴイルを従え、扉の陰からするりと現れた。青白いあごのとがった顔が、悪意で輝いている。

「気の毒だが、グリフィンドールとハッフルパフから少し減点しないといけないねえ」

マルフォイが気取って言った。

「監督生同士は減点できないぞ、マルフォイ」アーニーが即座に言った。

「**監督生なら**お互いに減点できないのは知ってるよ」マルフォイがせせら笑った。クラッブとゴイルもあざけり笑った。「しかし、『尋問官親衛隊』なら――」

「いま**なんて**言った？」ハーマイオニーが鋭く聞いた。

「尋問官親衛隊だよ、グレンジャー」マルフォイは、胸の監督生バッジのすぐ下にとめた、Ｉの字形の小さな銀バッジを指差した。「魔法省を支持する、少数の選ばれた学生のグループでね。アンブリッジ先生直々の選り抜きだよ。とにかく、尋問官親衛隊は、減点する力を**持っている**んだ……そこでグレンジャー、新しい校長に対する無礼な態度で五点減点。マクミラン、僕に逆らったから五点。ポッター、おまえが気に食わないから五点。ウィーズリー、シャツがはみ出しているから、もう五点減点。ああ、そうだ。忘れていた。おまえは『穢れた血』だ、グレンジャー。だから一〇点減点」

ロンが杖を抜いた。ハーマイオニーが押し戻し、「だめよ！」とささやいた。

「賢明だな、グレンジャー」マルフォイがささやくように言った。「新しい校長、新しい時代だ……いい子にするんだぞ、ポッティ……ウィーズル王者……」

思いっきり笑いながら、マルフォイはクラッブとゴイルを率いて意気揚々と去っていった。

「ただの脅しさ」アーニーが愕然とした顔で言った。「あいつが点を引くなんて、許されるはずがない……そんなこと、ばかげてるよ……監督生制度が完全にくつがえされちゃうじゃないか」

しかし、ハリー、ロン、ハーマイオニーは、背後の壁のくぼみに設置されている、寮の点数を記録した巨大な砂時計のほうに、自然に目が行った。今朝までは、グリフィンドールとレイブンクローが接戦で一位を争っていた。いまは見る間に石が飛び上がって上に戻り、下にたまった量が減っていった。事実、まったく変わらないのは、エメラルドが詰まったスリザリンの時計だけだった。

「気がついたか?」フレッドの声がした。

ジョージと二人で大理石の階段を下りてきたところで、ハリー、ロン、ハーマイオニー、アーニーと砂時計の前で一緒になった。

「マルフォイが、いま僕たちからほとんど五〇点も減点したんだ」グリフィンドールの砂時計から、また石が数個上に戻るのを見ながら、ハリーが憤慨した。

「うん。モンタギューのやつ、休み時間に、俺たちからも減点しようとしやがった」ジョージが言った。

「『しようとした』って、どういうこと?」ロンがすばやく聞いた。

「最後まで言い終わらなかったのさ」フレッドが言った。「俺たちが、二階の『姿をくらますキャビネット棚』に頭から突っ込んでやったんでね」

ハーマイオニーがショックを受けた顔をした。

「そんな、あなたたち、とんでもないことになるわ!」

「モンタギューが現れるまでは大丈夫さ。それまで数週間かかるかもな。やつをどこに送っちまったのかわかんねえし」フレッドがさばさばと言った。「とにかくだ……俺たちは、問題に巻き込まれることなどもう気にしない、と決めた」

「気にしたことあるの？」ハーマイオニーが聞いた。

「そりゃ、あるさ」ジョージが答えた。「一度も退学になってないだろ？」

「俺たちは、常に一線を守った」フレッドが言った。

「時には、つま先ぐらいは線を越えたかもしれないが」ジョージが言った。

「だけど、常に、ほんとうの大混乱を起こす手前で踏みとどまったのだ」フレッドが言った。

「だけど、いまは？」ロンが恐る恐る聞いた。

「そう、いまは――」ジョージが言った。

「――ダンブルドアもいなくなったし――」フレッドが言った。

「――ちょっとした大混乱こそ――」ジョージが言った。

「――まさに、親愛なる新校長にふさわしい」フレッドが言った。

「ダメよ！」ハーマイオニーがささやくように言った。「ほんとに、ダメ！　あの人、あなたたちを追い出す口実なら大喜びだわよ！」

「わかってないなあ、ハーマイオニー」フレッドがハーマイオニーに笑いかけた。「俺たちはもう、ここにいられるかどうかなんて気にしないんだ。いますぐにでも出ていきたいところだけど、ダンブルドアのためにまず俺たちの役目をはたす決意なんでね。そこで、とにかく」フレッドが腕時計を確かめた。「第一幕がまもなく始まる。悪いことは言わないから、昼食を食べに大広間に入ったほうがいいぜ。そうすりゃ、先生方も、おまえたちは無関係だとわかるからな」

「何に無関係なの？」ハーマイオニーが心配そうに聞いた。

「いまにわかる」ジョージが言った。「さ、早く行けよ」

フレッドとジョージはみんなに背を向け、昼食を食べに階段を下りてくる人混みがふくれ上がってきた中へと姿を消した。

困惑しきった顔のアーニーは、「変身術」の宿題がすんでいないとかなんとかつぶやきながらあわてていなくなった。

「ねえ、**やっぱり**ここにはいないほうがいいわ」ハーマイオニーが神経質に言った。「万が一……」

「うん、そうだ」ロンが言った。そして、三人は、大広間の扉に向かった。しかし、その日の大広間の天井を、白い雲が飛ぶように流れていくのをちらりと見たとたん、誰かがハリーの肩をたたいた。振り向くと、管理人のフィルチが、目と鼻の先にいた。ハリーは急いで二、三歩下がった。フィルチの顔は遠くから見るにかぎる。

「ポッター、校長がおまえに会いたいとおっしゃる」フィルチが意地の悪い目つきをした。

「僕がやったんじゃない」

ハリーは、ばかなことを口走った。フレッドとジョージが何やらたくらんでいることを考えていたのだ。フィルチは声を出さずに笑い、あごがわなわな震えた。

「後ろめたいんだな、え？」フィルチがゼイゼイ声で言った。「ついて来い」

ハリーはロンとハーマイオニーをちらりと振り返った。二人とも心配そうな顔だ。ハリーは肩をすくめ、フィルチについて玄関ホールに戻り、腹ぺこの生徒たちの波に逆らって歩いた。

フィルチはどうやら上機嫌で、大理石の階段を上りながら、きしむような声で、そっと鼻歌を歌っていた。最初の踊り場で、フィルチが言った。

「ポッター、状況が変わってきた」

「気がついてるよ」ハリーが冷たく言った。

「そうだ……ダンブルドア校長は、おまえたちに甘すぎると、私はもう何年もそう言い続けてきた」フィルチがクックッといやな笑い方をした。「私が鞭で皮がむけるほど打ちのめすことができるとわかっていたら、小汚い小童のおまえたちだって、『臭い玉』を落としたりはしなかっただろうが？　くるぶしを縛り上げられて私の部屋の天井から逆さ吊りにされるなら、廊下で『かみつきフリスビー』を投げようなどと思う童は一人もいなかっただろうが？　しかし、教育令第二十九号が出るとな、ポッター、私にはそういうことが許されるんだ……**その上**、あの方は大臣に、ピーブズ追放令に署名するよう頼んでくださった……ああ、**あの方が**取り仕切れば、ここも様変わりするだろう……」

フィルチを味方につけるため、アンブリッジが相当な手を打ったのは確かだ、とハリーは思った。最悪なのは、フィルチが重要な武器になりうるということだ。学校の秘密の通路や隠れ場所に関してのフィルチの知識たるや、それをしのぐのは、おそらくウィーズリーの双子だけだ。

「さあ着いたぞ」

フィルチは意地の悪い目でハリーを見ながら、アンブリッジ先生の部屋のドアを三度ノックし、ドアを開けた。

「ポッターめを連れて参りました。先生」

罰則で何度も来た、おなじみのアンブリッジの部屋は、以前と変わっていなかった。一つだけちがったのは、木製の大きな角材が机の前方に横長に置かれていることで、金文字で「**校長**」と書いてある。さらに、ハリーのファイアボルトと、フレッドとジョージの二本のクリーンスイープが――ハリーは胸が痛んだ――机の後ろの壁に打ち込まれたがっしりとした鉄の杭に、鎖でつながれて南京錠をかけられていた。

アンブリッジは机に向かい、ピンクの羊皮紙に、何やらせわしげに走り書きしていたが、二人が入っていくと、目を上げ、ニターッとほほえんだ。

「ごくろうさま、アーガス」アンブリッジがやさしく言った。

「とんでもない、先生、おやすい御用で」フィルチはリューマチの体が耐えられる限界まで深々とおじぎし、あとずさりで部屋を出ていった。

「座りなさい」アンブリッジは椅子を指差してぶっきらぼうに言った。ハリーが腰かけた。アンブリッジはそれからまたしばらく書き物を続けた。アンブリッジの頭越しに、憎たらしい子猫が皿の周りを跳ね回っている絵を眺めながら、ハリーは、いったいどんな恐ろしいことが新たに自分を待ち受けているのだろうと考えていた。

「さてと」

やっと羽根ペンを置き、アンブリッジは、ことさらにうまそうなハエを飲み込もうとするガマガエルのような顔をした。

「何か飲みますか？」

「えっ？」ハリーは聞きちがいだと思った。

「飲み物よ、ミスター・ポッター」

アンブリッジは、ますますニターッと笑った。

「紅茶？　コーヒー？　かぼちゃジュース？」

飲み物の名前を言うたびに、アンブリッジは短い杖を振り、机の上に茶碗やグラスに入った飲み物が現れた。

「何もいりません。ありがとうございます」ハリーが言った。

「一緒に飲んでほしいの」アンブリッジの声が危険な甘ったるさに変わった。「どれか選びなさい」

「それじゃ……紅茶を」ハリーは肩をすくめながら言った。

アンブリッジは立ち上がってハリーに背中を向け、大げさな身振りで紅茶にミルクを入れた。それから、不吉に甘い微笑をたたえ、カップを持ってせかせかと机を回り込んでやって来た。

「どうぞ」と紅茶をハリーに渡した。「冷めないうちに飲んでね。さーてと、ミスター・ポッター……昨夜の残念な事件のあとですから、ちょっとおしゃべりをしたらどうかと思ったのよ」

ハリーはだまっていた。アンブリッジは自分の椅子に戻り、答えを待った。沈黙の数分が長く感じられた。やがてアンブリッジが陽気に言った。

「飲んでないじゃないの！」

ハリーは急いでカップを口元に持っていったが、また急に下ろした。アンブリッジの背後にある、趣味の悪い絵に描かれた子猫の一匹が、マッド-アイ・ムーディの魔法の目と同じ丸い大きな青い目をしていたので、敵とわかっている相手に勧められた飲み物をハリーが飲んだと聞いたら、マッド-アイがなんと言うだろうと思ったのだ。

「どうかした？」アンブリッジはまだハリーを見ていた。「お砂糖が欲しいの？」

「いいえ」ハリーが答えた。

ハリーはもう一度口元までカップを持っていき、ひと口飲むふりをしたが、唇を固く結んだままだった。アンブリッジの口がますます横に広がった。

「そうそう」アンブリッジがささやくように言った。「それでいいわ。さて、それじゃ……」アンブリッジが少し身を乗り出した。「**アルバス・ダンブルドアはどこなの？**」

「知りません」ハリーが即座に答えた。

「さあ、飲んで、飲んで」アンブリッジはニターッとほほえんだままだ。「さあ、ミスター・ポッター、子供だましのゲームはやめましょうね。ダンブルドアがどこに行ったのか、あなたが知っていることはわかっているのよ。あなたとダンブルドアは、初めから一緒にこれをたくらんでいたんだから。自分の立場を考えなさい。ミスター・ポッター……」

「どこにいるか、僕、知りません」

ハリーはもう一度飲むふりをした。

「けっこう」アンブリッジは不機嫌な顔をした。「それなら、教えていただきましょうか。シリウス・ブラックの居場所を」

ハリーの胃袋がひっくり返り、カップを持つ手が震えて、受け皿がカタカタ鳴った。唇を閉じたまま、口元でカップを傾けたので、熱い液体が少しローブにこぼれた。

「知りません」答え方が少し早口すぎた。

「ミスター・ポッター」アンブリッジが迫った。「いいですか、十月に、グリフィンドールの暖炉で、犯罪者のブラックをいま一歩で逮捕するところだったのは、ほかならぬわたくしですよ。ブ

郵便はがき

料金受取人払郵便

麹町局承認

72

差出有効期間
2020年 11月
30日まで

（切手をはらずに
ご投函ください）

102-8790

206

（受取人）
東京都千代田区九段北
一—十五—十五
瑞鳥ビル五階

静山社 行

住所	〒　都道府県		
フリガナ		年齢	歳
氏名		性別	男　女
TEL	（　　　）		
E-Mail			

静山社ウェブサイト　www.sayzansha.com

愛読者カード

ご購読ありがとうございました。今後の参考とさせていただきますので、ご協力をお願いいたします。また、新刊案内等をお送りさせていただくことがあります。

【1】本のタイトルをお書きください。

【2】この本を何でお知りになりましたか。

1.新聞広告（　　　　　　　　新聞）　2.書店で実物を見て

3.図書館・図書室で　4.人にすすめられて　5.インターネット

6.その他（　　　　　　　　　　　　　　　　）

【3】お買い求めになった理由をお聞かせください。

1.タイトルにひかれて　2.テーマやジャンルに興味があるので

3.作家・画家のファン　4.カバーデザインが良かったから

5.その他（　　　　　　　　　　　　　　　　）

【4】毎号読んでいる新聞・雑誌を教えてください。

【5】最近読んで面白かった本や、これから読んでみたい作家、テーマをお書きください。

【6】本書についてのご意見、ご感想をお聞かせください。

ご記入のご感想を、広告等、本のPRに使わせていただいてもよろしいですか。
以下の□に✓をご記入ください。　□ 実名で可　□ 匿名で可　□ 不可

ご協力ありがとうございました。

ラックが会っていたのはあなただと、わたくしにははっきりわかっています。わたくしが証拠をつかんでさえいたら、はっきり言って、あなたもブラックも、いま、こうして自由の身ではいられなかったでしょう。もう一度聞きます。ミスター・ポッター……シリウス・ブラックはどこですか？」

「知りません」ハリーは大声で言った。「見当もつきません」

二人はそれから長いことにらみ合っていた。ハリーは目がうるんできたのを感じた。アンブリッジがふいに立ち上がった。

「いいでしょう、ポッター。今回は信じておきます。しかし、警告しておきますよ。わたくしには魔法省の後ろ盾があるのです。学校を出入りする通信網は全部監視されています。煙突飛行ネットワークの監視人が、ホグワーツのすべての暖炉を見張っています――わたくしの暖炉だけはもちろん例外ですが。『尋問官親衛隊』が城を出入りするふくろう便を全部開封して読んでいます。それに、フィルチさんが城に続くすべての秘密の通路を見張っています。わたくしが証拠のかけらでも見つけたら……」

ドーン！

部屋の床が揺れた。アンブリッジが横すべりし、ショックを受けた顔で、机にしがみついて踏みとどまった。

「いったいこれは――？」

アンブリッジがドアのほうを見つめていた。そのすきに、ハリーはほとんど減っていない紅茶を、一番近くのドライフラワーの花瓶に捨てた。数階下のほうから、走り回る音や悲鳴が聞こえた。

「昼食に戻りなさい、ポッター！」

アンブリッジは杖を上げ、部屋から飛び出していった。ハリーはひと呼吸置いてから、大騒ぎの元は何かを見ようと、急いで部屋を出た。

騒ぎの原因は難なく見つかった。一階下は大混乱の伏魔殿だった。誰かが（ハリーは誰なのかを敏感に見抜いていたが）、巨大な魔法の仕掛け花火のようなものを爆発させたらしい。

全身が緑と金色の火花でできたドラゴンが何頭も、階段を往ったり来たりしながら、火の粉をまき散らし、バンバン大きな音を立てている。直径一・五メートルもある、ショッキングピンクのネズミ花火が、空飛ぶ円盤群のようにビュンビュンと破壊的に飛び回っている。ロケット花火がキラキラ輝く銀色の星を長々と噴射しながら、壁に当たって跳ね返っている。線香花火は勝手に空中に文字を書いて悪態をついている。ハリーの目の届くかぎり至る所に、爆竹が地雷のように爆発している。普通なら燃え尽きたり、消えたり、動きを止めたりするはずなのに、この奇跡の仕掛け花火は、ハリーが見つめれば見つめるほどエネルギーを増すかのようだった。

フィルチとアンブリッジは、恐怖で身動きできないらしく、階段の途中に立ちすくんでいた。ハリーが見ている前で、大きめのネズミ花火が、もっと広い場所で動こうと決めたらしく、アンブリッジとフィルチに向かって、**シュルシュルシュルシュルシュルシュル**と不気味な音を立てながら回転してきた。二人とも恐怖の悲鳴を上げて身をかわした。するとネズミ花火はそのまままっすぐ二人の背後の窓から飛び出し、校庭に出ていった。その間、ドラゴンが数匹と、不気味な煙を吐いていた大きな紫のコウモリが、廊下の突き当たりのドアが開いているのをいいことに、三階に抜け出した。

「早く、フィルチ、早く！」アンブリッジが金切り声を上げた。「なんとかしないと、学校中に広がるわ――ステューピファイ！　まひせよ！」

アンブリッジの杖先から、赤い光が飛び出し、ロケット花火の一つに命中した。空中で固まるどころか、花火は大爆発し、野原の真ん中にいるセンチメンタルな顔の魔女の絵に穴を開けた。魔女は間一髪で逃げ出し、数秒後に隣の絵にぎゅうぎゅう入り込んだ。隣の絵でトランプをしていた魔法使いが二人、急いで立ち上がって魔女のために場所を空けた。

「『失神』させてはダメ、フィルチ！」アンブリッジが怒ったように叫んだ。まるで、呪文を唱えたのは、何がなんでもフィルチだったかのような言い草だ。

「承知しました。校長先生！」フィルチがゼイゼイ声で言った。フィルチはできそこないのスクイブで、花火を「失神」させることなど、花火を飲み込むと同じぐらい不可能な技だ。フィルチは近くの倉庫に飛び込み、箒を引っ張り出し、空中の花火をたたき落としはじめたが、数秒後、箒の先が燃えだした。

ハリーはその場面を満喫して、笑いながら、頭を低くして駆けだした。ちょっと先の廊下にかかったタペストリーの裏に、隠れたドアがあることを知っていたのだ。すべり込むと、そこにフレッドとジョージが隠れていた。アンブリッジとフィルチが叫ぶのを聞きながら、声を押し殺し、体を震わせて笑いこけていた。

「すごいよ」ハリーはニヤッと笑いながら低い声で言った。「ほんとにすごい……君たちのせいで、ドクター・フィリバスターも商売上がったりだよ。まちがいない……」

「ありがと」ジョージが笑いすぎて流れた涙をふきながら小声で言った。「ああ、あいつが今度は『消失呪文』を使ってくれるといいんだけどな……そのたびに花火が十倍に増えるんだ」

花火は燃え続け、その午後、学校中に広がった。相当な被害を引き起こし、特に爆竹がひどかったが、先生方はあまり気にしていないようだった。

「おや、まあ」

マクゴナガル先生は、自分の教室の周りにドラゴンが一頭舞い上がり、バンバン大きな音を出したり火を吐いたりするのを見て、ちゃかすように言った。

「ミス・ブラウン。校長先生の所に走っていって、この教室に逃亡した花火がいると報告してくれませんか？」

結局のところ、アンブリッジは校長として最初の日の午後を、学校中を飛び回って過ごした。先生方が、校長なしではなぜか自分の教室から花火を追い払えないと、校長を呼び出したからだ。最後の終業ベルが鳴り、みんなが鞄を持ってグリフィンドール塔に帰る途中、ハリーは、フリットウィック先生の教室からよれよれになって出てくるアンブリッジを見た。髪を振り乱し、すすだらけで汗ばんだ顔のアンブリッジを見て、ハリーは大いに満足した。

「先生、どうもありがとう！」フリットウィック先生の小さなキーキー声が聞こえた。「線香花火はもちろん私でも退治できたのですが、何しろ、そんな**権限**があるかどうか、はっきりわからなかったので」

フリットウィック先生は、ニッコリ笑って、かみつきそうな顔のアンブリッジの鼻先で教室のドアを閉めた。

その夜のグリフィンドール談話室で、フレッドとジョージは英雄だった。ハーマイオニーでさえ、興奮した生徒たちをかき分けて、二人におめでとうを言った。

「すばらしい花火だったわ」ハーマイオニーが称賛した。

「ありがとよ」ジョージは、驚いたようなうれしいような顔をした。「『ウィーズリーの暴れバンバン花火』さ。問題は、ありったけの在庫を使っちまったから、またゼロから作りなおしなのさ」

「それだけの価値ありだったよ」フレッドは大騒ぎのグリフィンドール生から注文を取りながら言った。「順番待ちリストに名前を書くなら、ハーマイオニー、『基本火遊びセット』が五ガリオン、『デラックス大爆発』が二十ガリオン……」

ハーマイオニーはハリーとロンがいるテーブルに戻った。二人とも鞄をにらみ、中の宿題が飛び出して、ひとりでに片づいてくれないかとでも思っているような顔だった。

「まあ、今晩は休みにしたら？」ハーマイオニーがほがらかに言った。ちょうどその時、ウィーズリー・ロケット花火が銀色の尾を引いて窓の外を通り過ぎていった。「だって、金曜からはイースター休暇だし、そしたら時間はたっぷりあるわ」

「気分は悪くないか？」ロンが信じられないという顔でハーマイオニーを見つめた。

「聞かれたから言うけど」ハーマイオニーはうれしそうに言った。「なんていうか……気分はちょっと……**反抗的**なの」

一時間後、ハリーがロンと二人で寝室に戻ってきたとき、逃げた爆竹のバンバンという音が、まだ遠くで聞こえていた。服を脱いでいると、線香花火が塔の前をふわふわ飛んでいった。しっかりと文字を描き続けている——**クソ**。

ハリーはあくびをしてベッドに入った。めがねをはずすと、窓の外をときどき通り過ぎる花火がぼやけて、暗い空に浮かぶ、美しくも神秘的なきらめく雲のように見えた。アンブリッジがダンブルドアの仕事に就いての一日目を、どんなふうに感じているだろうと思いながら、ハリーは横向きになった。そして、ほとんど一日中、学校が大混乱だったと聞いたら、ファッジがどういう反応を示すだろうと思った。一人でニヤニヤしながら、ハリーは目を閉じた……。

　校庭に逃げ出した花火の、シュルシュル、バンバンという音が、遠のいたような気がする……いや、もしかしたら、ハリーが花火から急速に遠ざかっていたのかもしれない……。

　ハリーは、まっすぐ、神秘部に続く廊下に降り立った。飾りも何もない黒い扉に向かって、ハリーは急いでいた……**開け**……**開け**……。

　扉が開いた。ハリーは同じような扉がずらりと並ぶ円い部屋の中にいた……部屋を横切り、ほかとまったく見分けのつかない扉の一つに手をかけた。扉はパッと内側に開いた……。

　いまハリーは、細長い、長方形の部屋の中にいた。部屋は機械的なコチコチという奇妙な音でいっぱいだ。壁には点々と灯りが踊っていた。しかし、ハリーは立ち止まって調べはしなかった……先に進まなければ……。

　一番奥に扉がある……その扉も、ハリーが触れると開いた……。

　今度は、薄明かりの、教会のように高く広い部屋で、何段も何段も高くそびえる棚があり、その一つ一つに、小さな、ほこりっぽいガラス繊維の球が置いてある……いまやハリーの心臓は、興奮で激しく動悸していた……どこに行くべきか、ハリーにはわかっていた……ハリーは駆けだした。しかし、人気のない巨大な部屋は、ハリーの足音をまったく響かせなかった……。

　この部屋に、自分の欲しいものが、とても欲しいものがあるのだ……。

自分の欲しいもの……それとも別の誰かが欲しいもの……。

ハリーの傷痕が痛んだ……。

バーン！

ハリーはたちまち目を覚ました。混乱していたし、腹が立った。暗い寝室は笑い声に満ちていた。

「かっこいい！」窓の前に立ったシェーマスの黒い影が言った。「ネズミ花火とロケット花火がぶつかって、ドッキングしちゃったみたいだぜ。来て見てごらんよ！」

ロンとディーンが、よく見ようと、あわててベッドから飛び出す音が聞こえた。ハリーはだまって、身動きもせずに横たわっていた。傷痕の痛みは薄らいでいたが、失望感がひたひたと押し寄せていた。すばらしいごちそうが、最後の最後に引ったくられたような気分だった……今度こそあんなに近づいていたのに。

ピンクと銀色に輝く羽の生えた子豚が、ちょうどグリフィンドール塔を飛び過ぎていった。その下で、グリフィンドール生が、ウワーッと歓声を上げるのを、ハリーは横たわったまま聞いていた。明日の夜、「閉心術」の訓練があることを思い出すと、ハリーの胃袋が揺れ、吐き気がした。

一番新しい夢で神秘部にさらに深く入り込んだことをスネイプが知ったら、なんと言うだろうと、次の日、ハリーは一日中それを恐れていた。前回の特訓以来、一度も「閉心術」を練習していなかったことに気づき、罪悪感が込み上げてきた。ダンブルドアがいなくなってから、あまりにいろいろなことが起こり、たとえ努力したところで、心をからにすることはできなかったろうと、ハリーにはわかっていた。しかし、そんな言い訳はスネイプに通じないだろうと思った。

その日の授業中に、ハリーは少しだけ泥縄式の練習をしてみたが、うまくいかなかった。すべての想念や感情をしめ出そうとしてだまりこくるたびに、ハーマイオニーがどうかしたのかと聞くのだ。それに、先生方が復習の質問を次々とぶつけてくる授業中は、頭をからにするのに最適の時間とは言えなかった。

最悪を覚悟し、ハリーは夕食後、スネイプの研究室に向かった。しかし、玄関ホールを半分ほど横切ったところで、チョウが急いで追ってきた。

「こっちへ」

スネイプと会う時間を先延ばしにする理由が見つかったのがうれしくて、ハリーはチョウに合図し、玄関ホールの巨大な砂時計の置いてある片隅に呼んだ。グリフィンドールの砂時計は、いまやほとんどからっぽだった。

「大丈夫かい？　アンブリッジが君にDAのことを聞いたりしなかった？」

「ううん」チョウが急いで答えた。「そうじゃないの。ただ……あの、私、あなたに言いたくて……ハリー、マリエッタが告げ口するなんて、私、夢にも……」

「ああ、まあ」ハリーはふさぎ込んで言った。

チョウがもう少し慎重に友達を選んだほうがいいと思ったのは確かだ。最新情報では、マリエッタはまだ医務室に入院中で、マダム・ポンフリーは吹き出物をまったくどうすることもできないと聞いていたが、ハリーの腹の虫は治まらなかった。

「マリエッタはとってもいい人よ」チョウが言った。「過ちを犯しただけなの――」

ハリーは信じられないという顔でチョウを見た。

「**過ちを犯したけどいい人？**　あの子は、君もふくめて、僕たち全員を売ったんだ！」

「でも……全員逃げたでしょう？」チョウがすがるように言った。「あのね、マリエッタのママは魔法省に勤めているの。あの人にとっては、ほんとうに難しいこと――」

「ロンのパパだって魔法省に勤めてるよ！」ハリーは憤慨した。「それに、気づいてないなら言うけど、**ロンの**顔には『**密告者**』なんて書いてない――」

「ハーマイオニー・グレンジャーって、ほんとにひどいやり方をするのね」チョウが激しい口調で言った。「あの名簿に呪いをかけたって、私たちに教えるべきだったわ――」

「僕はすばらしい考えだったと思う」ハリーは冷たく言った。チョウの顔にパッと血が上り、目が光りだした。

「ああ、そうだった。忘れていたわ――もちろん、あれは愛しい**ハーマイオニー**のお考えだったわね――」

「また泣きだすのはごめんだよ」ハリーは警戒するように言った。

「そんなつもりはなかったわ！」チョウが叫んだ。

「そう……まあ……よかった」ハリーが言った。「僕、いま、いろいろやることがいっぱいで大変なんだ」

「じゃ、さっさとやればいいでしょう！」

チョウは怒ってくるりと背を向け、つんけんと去っていった。

ハリーは憤慨しながらスネイプの地下牢への階段を下りていった。怒ったり恨んだりしながらスネイプの所に行けば、スネイプはよりやすやすとハリーの心に侵入するだろうと、経験でわかってはいたが、研究室のドアにたどり着くまでずっと、マリエッタのことでチョウにもう少し言ってやるべきだったと思うばかりで、結局どうにもならなかった。

「遅刻だぞ、ポッター」

ハリーがドアを閉めると、スネイプが冷たく言った。

スネイプは、ハリーに背を向けて立ち、いつものように、想いをいくつか取り出しては、ダンブルドアの「憂いの篩」に注意深くしまっているところだった。最後の銀色のひと筋を石の水盆にしまい終わると、スネイプはハリーのほうを振り向いた。

「で？」スネイプが言った。「練習はしていたのか？」

「はい」ハリーはスネイプの机の脚の一本をしっかり見つめながら、うそをついた。

「まあ、すぐにわかることだがな」スネイプはよどみなく言った。「杖をかまえろ、ポッター」

ハリーはいつもの場所に移動し、机をはさんでスネイプと向き合った。チョウへの怒りと、スネイプが自分の心をどのぐらい引っ張り出すのだろうかという不安で、ハリーは動悸がした。

「では、三つ数えて」スネイプが面倒くさそうに言った。「一――二――」

部屋のドアがバタンと開き、ドラコ・マルフォイが走り込んできた。

「スネイプ先生――あっ――すみません――」

マルフォイはスネイプとハリーを、少し驚いたように見た。

「かまわん、ドラコ」スネイプが杖を下ろしながら言った。「ポッターは『魔法薬』の補習授業に来ている」

マルフォイのこんなにうれしそうな顔をハリーが見たのは、アンブリッジがハグリッドの査察に来て以来だった。

「知りませんでした」マルフォイはハリーを意地悪い目つきで見た。ハリーは自分でも顔が真っ赤になっているのがわかった。マルフォイに向かって、ほんとうのことを叫ぶことができたらどんなにいいだろう。――いや、いっそ、強力な呪いをかけてやれたらもっといい。

「さて、ドラコ、なんの用だね？」スネイプが聞いた。

「アンブリッジ先生のご用で――スネイプ先生に助けていただきたいそうです」マルフォイが答えた。「モンタギューが見つかったんです、先生。五階のトイレに詰まっていました」

「どうやってそんな所に？」スネイプが詰問した。

「わかりません、先生。モンタギューは少し混乱しています」

「よし、わかった。ポッター」スネイプが言った。「この授業は明日の夕方にやりなおしだ」

スネイプは向きを変えて研究室からサッと出ていった。あとについて部屋を出る前に、マルフォイはスネイプの背後で、口の形だけでハリーに言った。

「**ま・ほ・う・や・く・の・ほ・しゅ・う？**」

怒りで煮えくり返りながら、ハリーは杖をローブにしまい、部屋を出ようとした。どっちみち二十四時間は練習できる。危ういところを逃れられたのはありがたかったが、「魔法薬」の補習が必要だと、マルフォイが学校中に触れ回るという代償つきでは、素直に喜べなかった。

研究室のドアの所まで来たとき、何かが見えた。扉の枠にちらちらと灯りが踊っていた。ハリーの足が止まった。立ち止まって灯りを見た。何か思い出しそうだ……そして、思い出した。昨夜の夢で見た灯りにどこか似ている。神秘部を通り抜けるあの旅で、二番目に通り過ぎた部屋の灯りだ。

ハリーは振り返った。その灯りは、スネイプの机に置かれた「憂いの篩」から射していた。銀白色のものが、中に吸い込まれ、渦巻いている。スネイプの「憂い」……ハリーがまぐれでスネイプの護りを破ったときに、ハリーに見られたくないもの……。

ハリーは「憂いの篩」をじっと見た。好奇心が湧き上がってくる……。スネイプがそんなにもハリーから隠したかったのは、なんだろう？

銀色の灯りが壁に揺らめいた……ハリーは考え込みながら、机に二歩近づいた。もしかして、スネイプが絶対に見せたくないのは、神秘部についての情報ではないのか？

ハリーは背後を見た。心臓がこれまで以上に強く、速く鼓動している。スネイプがモンタギューをトイレから助け出すのに、どのくらいかかるだろう？　そのあとまっすぐ研究室に戻るだろうか、それともモンタギューを連れて医務室に行くだろうか？　絶対医務室だ。……モンタギューはスリザリンのクィディッチ・チームのキャプテンだもの。スネイプは、モンタギューが大丈夫だということを、確かめたいにちがいない。

ハリーは「憂いの篩」まで、あと数歩を歩き、その上にかがみ込み、その深みをじっと見た。ハリーは躊躇し、耳を澄まし、それから再び杖を取り出した。研究室も、外の廊下もシーンとしている。ハリーは杖の先で、「憂いの篩」の中身を軽く突いた。

中の銀色の物質が、急速に渦を巻きだした。のぞき込むと、中身が透明になっているのが見えた。またしてもハリーは、天井の丸窓からのぞき込むような形で、一つの部屋をのぞいていた……

いや、もしあまり見当ちがいでなければ、そこは大広間だ。

ハリーの息が、スネイプの「憂い」の表面を文字通り曇らせていた……脳みそが停止したみたいだ……強い誘惑にかられてこんなことをするのは、正気の沙汰じゃない……ハリーは震えていた……スネイプはいまにも戻ってくるかもしれない……しかし、チョウのあの怒り、マルフォイのあざけるような顔を思い出すと、ハリーはどうにでもなれと向こう見ずな気持ちになっていた。

ハリーはガブッと大きく息を吸い込み、顔をスネイプの「憂い」に突っ込んだ。たちまち、研究室の床が傾き、ハリーは「憂いの篩」に頭からのめり込んだ……。

冷たい暗闇の中を、ハリーは独楽のように回りながら落ちていった。そして——。

ハリーは大広間の真ん中に立っていた。しかし、四つの寮のテーブルはない。かわりに、百以上の小机がみな同じ方向を向いて並んでいる。それぞれに生徒が座り、うつむいて羊皮紙の巻紙に何かを書いている。聞こえる音といえば、カリカリという羽根ペンの音と、ときどき誰かが羊皮紙をずらす音だけだった。試験の時間にちがいない。

高窓から陽の光が流れ込んで、うつむいた頭に射しかかり、明るい光の中で髪が栗色や銅色、金色に輝いている。ハリーは注意深く周りを見回した。スネイプがどこかにいるはずだ……これは**スネイプ**の記憶なのだから……。

見つけた。ハリーのすぐ後ろの小机だ。ハリーは目を見張った。十代のスネイプは、筋ばって生気のない感じだった。ちょうど、暗がりで育った植物のようだ。髪は脂っこく、だらりと垂れて机の上で揺れている。鉤鼻を羊皮紙にくっつけんばかりにして、何か書いている。ハリーはその背後に回り、試験の題を見た。

闇の魔術に対する防衛術——普通魔法レベル試験(O・W・L)

するとスネイプは十五か十六で、ハリーと同じぐらいの年だ。スネイプの手が羊皮紙の上を飛ぶように動いている。少なくとも一番近くにいる生徒たちより三十センチは長いし、しかも字が細かくてびっしりと書いている。

「あと五分!」

その声でハリーは飛び上がった。振り向くと、少し離れた所に、机の間を動いているフリットウィック先生の頭のてっぺんが見えた。フリットウィック先生はくしゃくしゃな黒髪の男の子の脇を通り過ぎた……ほんとうにくしゃくしゃくしゃな黒髪だ……。

ハリーはすばやく動いた。あまりに速くて、もし体があったら、机をいくつかなぎ倒していたかもしれない。そうはならず、ハリーは夢の中のようにするすると、机の間の通路を二つ過ぎ、三つ目に移動した。黒髪の男の子の後頭部がだんだん近づいてきた……いま、背筋を伸ばし、羽根ペンを置き、自分の書いたものを読み返すのに、羊皮紙の巻物をたぐり寄せている……。

ハリーは机の前で止まり、十五歳の父親をじっと見下ろした。胃袋の奥で、興奮がはじけた。自分自身を見つめているようだったが、わざとまちがえたようなちがいがいくつかあった。ジェームズの目はハシバミ色で、鼻はハリーより少し高い。それに額には傷痕がない。しかし、ハリーと同じ細面で、口も眉も同じだ。ジェームズの髪は、ハリーとまったく同じに、頭の後ろでぴんぴん突っ立っている。両手はハリーの手と言ってもいいぐらいだ。それに、ジェームズが立ち上がれば、背丈は数センチとちがわないだろうと見当がつく。

ジェームズは大あくびをし、髪をかきむしり、ますますくしゃくしゃにした。それからフリットウィック先生をちらりと見て、椅子に座ったまま振り返り、四列後ろの男の子を見てニヤリとした。

ハリーはまた興奮でドキッとした。シリウスが、ジェームズに親指を上げて、オーケーの合図をするのが見えたのだ。シリウスは椅子をそっくり返らせて二本脚で支え、のんびりもたれかかっていた。とてもハンサムだ。黒髪が、ジェームズもハリーも絶対まねできないやり方で、はらりと優雅に目のあたりにかかっている。そのすぐ後ろに座っている女の子が、気を引きたそうな目でシリウスを見ていたが、シリウスは気づかない様子だ。その女の子の横二つ目の席に——ハリーの胃袋が、またまたうれしさにくねった——リーマス・ルーピンがいる。かなり青白く、病気のようだ(満月が近いのだろうか?)。試験に没頭している。答えを読み返しながら、羽根ペンの羽根の先であごをかき、少し顔をしかめている。

ということは、ワームテールもどこかそのあたりにいるはずだ……やっぱりいた。すぐ見つかった。鼻のとがった、くすんだ茶色の髪の小さな子だ。不安そうだ。爪をかみ、答案をじっと見ながら、足の指で床を引っかいている。ときどき、あわよくばと、周りの生徒の答案を盗み見ている。

ハリーはしばらくワームテールを見つめていたが、やがてジェームズに視線を戻した。今度は、羊皮紙の切れ端に落書きをしている。スニッチを描き、「L・E」という文字をなぞっている。なんの略字だろう？

「はい、羽根ペンを置いて！」フリットウィック先生がキーキー声で言った。「こら、君もだよ、ステビンス！　答案羊皮紙を集める間、席を立たないように！　アクシオ、来い！」

百本以上の羊皮紙が宙を飛び、フリットウィック先生の伸ばした両腕にブーンと飛び込み、先生を反動で吹っ飛ばした。何人かの生徒が笑った。前列の数人が立ち上がって、フリットウィック先生のひじを抱え込んで助け起こした。

「ありがとう……ありがとう」フリットウィック先生はあえぎながら言った。「さあ、みなさん、出てよろしい！」

ハリーは父親を見下ろした。すると、落書きでいろいろ飾り模様をつけていた「L・E」をぐしゃぐしゃっと消して勢いよく立ち上がり、鞄に羽根ペンと試験用紙を入れてポンと肩にかけ、シリウスが来るのを待った。

ハリーが振り返って、少し離れたスネイプをちらりと見ると、玄関ホールへの扉に向かって机の間を歩いているところだった。まだ試験問題用紙をじっと見ている。猫背なのに角ばった体つきで、ぎくしゃくした歩き方はクモを思わせた。脂っぽい髪が、顔の周りでばさばさ揺れている。

ペチャクチャしゃべる女子学生の群れが、スネイプと、ジェームズ、シリウス、ルーピンたちとを分けていた。その群れの真ん中に身を置くことで、ハリーはスネイプの姿をとらえたままで、ジェームズとその仲間の声がなんとか聞こえる所にいた。

「ムーニー、第十問は気に入ったかい？」玄関ホールに出たとき、シリウスが聞いた。

「ばっちりさ」ルーピンがきびきびと答えた。「**狼人間を見分ける五つの兆候を挙げよ**。いい質問だ」

「全部の兆候を挙げられたと思うか？」ジェームズが心配そうな声を出してみせた。

「そう思うよ」太陽の降り注ぐ校庭に出ようと正面扉の前に集まってきた生徒の群れに加わりながら、ルーピンがまじめに答えた。「一、狼人間は僕の椅子に座っている。二、狼人間は僕の服を着ている。三、狼人間の名はリーマス・ルーピン」

笑わなかったのはワームテールだけだった。

「僕の答えは、口元の形、瞳孔、ふさふさのしっぽ」ワームテールが心配そうに言った。「でも、そのほかは考えつかなかった――」

「ワームテール、おまえ、バカじゃないか？」ジェームズがじれったそうに言った。「一か月に一度は狼人間に出会ってるじゃないか――」

「小さい声で頼むよ」ルーピンが哀願した。

ハリーは心配になってまた振り返った。スネイプは試験問題用紙に没頭したまま、まだ近くにいた――しかし、これはスネイプの記憶だ。いったん校庭に出て、スネイプが別な方向に歩きだせば、ハリーはもうジェームズを追うことができないのは明らかだ。しかし、ジェームズと三人の友達が湖に向かって芝生を闊歩しだすと――ああよかった――スネイプがついてくる。まだ試験問題を熟読していて、どうやらどこに行くというはっきりした考えもないらしい。スネイプより少し前を歩くことで、ハリーはなんとかジェームズたちを観察し続けることができた。

「まあ、僕はあんな試験、楽勝だと思ったね」シリウスの声が聞こえた。「少なくとも僕は、最高点の『O』が取れなきゃおかしい」

「僕もさ」そう言うと、ジェームズはポケットに手を突っ込み、バタバタもがく金色のスニッチを取り出した。

「どこで手に入れた？」

「ちょいと失敬したのさ」ジェームズが事もなげに言った。ジェームズはスニッチをもてあそびはじめた。三十センチほど逃がしてはパッと捕まえる。すばらしい反射神経だ。ワームテールが感服しきったように眺めていた。

四人は湖のはたにあるブナの木陰で立ち止まった。ハリー、ロン、ハーマイオニーが、宿題をすませるのに、そのブナの木の下で日曜日を過ごしたことがある。四人は芝生に体を投げ出した。ハリーはまた後ろを振り返ったが、なんとうれしいことに、スネイプは灌木の茂みの暗がりで、芝生に腰を下ろしていた。相変わらずO・W・L試験問題用紙に没頭している。おかげでハリーは、ブナの木と灌木の間に腰を下ろし、木陰の四人組を眺め続けることができた。陽の光が、なめらかな湖面にまぶしく、岸辺には大広間からさっき出てきた女子学生のグループが座り、笑いさざめきながら、靴もソックスも脱ぎ、足を水につけてすずんでいた。

ルーピンは本を取り出して読みはじめた。シリウスは芝生ではしゃいでいる生徒たちをじっと見回していた。少し高慢ちきにかまえ、たいくつそうだったが、それが実にハンサムだった。ジェームズは相変わらずスニッチとたわむれていた。だんだん遠くに逃がし、ほとんど逃げられそうになりながら、最後の瞬間に必ず捕まえた。ワームテールは口をポカンと開けてジェームズを見ていた。特に難しい技で捕まえるたびに、ワームテールは息をのみ、手をたたいた。五分ほど見ているうちに、ハリーは、どうしてジェームズがワームテールに、騒ぐなと言わないのか気になった。しかし、ジェームズは注目されるのを楽しんでいるようだった。父親を見ていると、髪をくしゃくしゃにするくせがある。あまりきちんとならないようにしているかのようだった。それに、しょっちゅう水辺の女の子たちのほうを見ていた。

「それ、しまえよ」ジェームズがすばらしいキャッチを見せ、ワームテールが歓声を上げるかたわらで、シリウスがとうとうそう言った。「ワームテールが興奮してもらしっちまう前に」

ワームテールが少し赤くなったが、ジェームズはニヤッとした。

「君が気になるならね」ジェームズはスニッチをポケットにしまった。シリウスだけがジェームズの見せびらかしをやめさせることができるのだと、ハリーははっきりそう感じた。

「たいくつだ」シリウスが言った。「満月だったらいいのに」

「君はそう思うかもな」ルーピンが本の向こうで暗い声を出した。「まだ『変身術』の試験がある。たいくつなら、僕をテストしてくれよ。さあ……」ルーピンが本を差し出した。

しかし、シリウスはフンと鼻を鳴らした。

「そんなくだらない本はいらないよ。全部知ってる」

「これで楽しくなるかもしれないぜ、パッドフット」ジェームズがこっそり言った。「あそこにいるやつを見ろよ……」

シリウスが振り向いた。そして、ウサギのにおいをかぎつけた猟犬のように、じっと動かなくなった。

「いいぞ」シリウスが低い声で言った。「**スニベルスだ**」

ハリーは振り返ってシリウスの視線を追った。

スネイプが立ち上がり、鞄にO・W・L試験用紙をしまっていた。スネイプが灌木の陰を出て、芝生を歩きはじめたとき、シリウスとジェームズが立ち上がった。

ルーピンとワームテールは座ったままだった。ルーピンは本を見つめたままだったが、目が動いていなかったし、かすかに眉根にしわを寄せていた。ワームテールはわくわくした表情を浮かべ、シリウスとジェームズからスネイプへと視線を移していた。

「スニベルス、元気か？」ジェームズが大声で言った。

スネイプはまるで攻撃されるのを予測していたかのように、すばやく反応した。鞄を捨て、ローブに手を突っ込み、杖を半分ほど振り上げた。その時、ジェームズが叫んだ。

「エクスペリアームス！　武器よ去れ！」

スネイプの杖が、三、四メートル宙を飛び、トンと小さな音を立てて背後の芝生に落ちた。シリウスが吠えるような笑い声を上げた。

「インペディメンタ！　妨害せよ！」

シリウスがスネイプに杖を向けて唱えた。スネイプは落ちた杖に飛びつく途中で、はね飛ばされた。

周り中の生徒が振り向いて見た。何人かは立ち上がってそろそろと近づいてきた。心配そうな顔をしている者もあれば、おもしろがっている者もいた。

スネイプは荒い息をしながら地面に横たわっていた。ジェームズとシリウスが杖を上げてスネイプに近づいてきた。途中でジェームズは、水辺にいる女の子たちを、肩越しにちらりと振り返った。ワームテールもいまや立ち上がり、よく見ようとルーピンの周りをじわじわ回り込み、意地汚い顔で眺めていた。

「試験はどうだった？ スニベリー？」ジェームズが聞いた。

「僕が見ていたら、こいつ、鼻を羊皮紙にくっつけてたぜ」シリウスが意地悪く言った。「大きな油じみだらけの答案じゃ、先生方は一語も読めないだろうな」

見物人の何人かが笑った。スネイプは明らかに嫌われ者だ。ワームテールがかん高い冷やかし笑いをした。スネイプは起き上がろうとしたが、呪いがまだ効いている。見えない縄で縛られているかのように、スネイプはもがいた。

「いまに――見てろ」スネイプはあえぎながら、憎しみそのものという表情でジェームズをにらみつけた。「覚えてろ！」

「何を？」シリウスが冷たく言った。「何をするつもりなんだ？ スニベリー？ 僕たちに洟でもひっかけるつもりか？」

スネイプは悪態と呪いを一緒くたに、次々と吐きかけたが、杖が三メートルも離れていてはなんの効き目もなかった。

「口が汚いぞ」ジェームズが冷たく言った。「スコージファイ！　清めよ！」

たちまち、スネイプの口から、ピンクのシャボン玉が噴き出した。泡で口が覆われ、スネイプは吐き、むせた――。

「やめなさい！」

ジェームズとシリウスがあたりを見回した。ジェームズの空いているほうの手が、すぐさま髪の毛に飛んだ。

湖のほとりにいた女の子の一人だった。たっぷりとした濃い赤毛が肩まで流れ、驚くほど緑色の、アーモンド形の目――ハリーの目だ。

ハリーの母親だ。

「元気かい、エバンズ？」ジェームズの声が突然、快活で、深く、大人びた調子になった。

「彼にかまわないで」リリーが言った。ジェームズを見る目が、徹底的に大嫌いだと言っていた。

「彼があなたに何をしたというの？」

「そうだな」ジェームズはそのことを考えるような様子をした。「むしろ、こいつが存在するって事実そのものがね。わかるかな……」

取り巻いている学生の多くが笑った。シリウスもワームテールも笑った。しかし、本に没頭しているふりを続けているルーピンも、リリーも笑わなかった。

「冗談のつもりでしょうけど」リリーが冷たく言った。「でも、ポッター、あなたはただの傲慢で弱い者いじめの、いやなやつだわ。彼に**かまわないで**」

「エバンズ、僕とデートしてくれたらやめるよ」ジェームズがすかさず言った。「どうだい……僕とデートしてくれれば、親愛なるスニベリーには二度と杖を上げないけどな」

ジェームズの背後で、「妨害の呪い」の効き目が切れてきたスネイプが、せっけんの泡を吐き出しながら、落とした杖のほうにじりじりと這っていった。

「あなたか巨大イカのどちらかを選ぶことになっても、あなたとはデートしないわ」リリーが言った。

「残念だったな、プロングズ」シリウスはほがらかにそう言うと、スネイプのほうを振り返った。

「**おっと!**」

しかし、遅すぎた。スネイプは杖をまっすぐにジェームズに向けていた。閃光が走り、ジェームズのほおがパックリ割れ、ローブに血が滴った。ジェームズがくるりと振り向いた。二度目の閃光が走り、スネイプは空中に逆さまに浮かんでいた。ローブが顔に覆いかぶさり、やせこけた青白い両足と、灰色に汚れたパンツがむき出しになった。

小さな群れをなしていた生徒たちの多くがはやしたてた。シリウス、ジェームズ、ワームテールは大声で笑った。

リリーの怒った顔が、一瞬笑いだしそうにピクピクしたが、「下ろしなさい!」と言った。

「承知しました」

そう言うなり、ジェームズは杖をくいっと上に振った。スネイプは地面に落ちてくしゃくしゃっと丸まった。からまったローブから抜け出すと、スネイプはすばやく立ち上がって杖をかまえた。しかし、シリウスが「ペトリフィカス トタルス! 石になれ!」と唱えると、スネイプはまた転倒して、一枚板のように固くなった。

「**彼にかまわないでって言ってるでしょう!**」リリーが叫んだ。

いまやリリーも杖を取り出していた。ジェームズとシリウスが、油断なく杖を見た。

「ああ、エバンズ、君に呪いをかけたくないんだ」ジェームズがまじめに言った。

「それなら、呪いを解きなさい!」

ジェームズは深いため息をつき、スネイプに向かって反対呪文を唱えた。

「ほーら」スネイプがやっと立ち上がると、ジェームズが言った。「スニベルス、エバンズが居合わせて、ラッキーだったな――」

「あんな汚らしい『穢れた血』の助けなんか、必要ない!」

リリーは目をしばたたいた。

「けっこうよ」リリーは冷静に言った。「これからは邪魔しないわ。それに、**スニベルス**、パンツは洗濯したほうがいいわね」

「エバンズに謝れ！」ジェームズがスネイプに向かって脅すように杖を突きつけ、吠えた。

「**あなた**からスネイプに謝れなんて言ってほしくないわ」リリーがジェームズのほうに向きなおって叫んだ。「あなたもスネイプと同罪よ」

「えっ？」ジェームズが素っ頓狂な声を上げた。「僕は**一度も**君のことを――なんとかかんとかなんて！」

「かっこよく見せようと思って、箒から降りたばかりみたいに髪をくしゃくしゃにしたり、つまらないスニッチなんかで見せびらかしたり、呪いをうまくかけられるからといって、気に入らないと廊下で誰かれなく呪いをかけたり――そんな思い上がりのでっかち頭を乗せて、よく箒が離陸できるわね。あなたを見てると**吐き気がするわ**」

リリーはくるりと背を向けて、足早に行ってしまった。

「エバンズ！」ジェームズが追いかけるように呼んだ。「おーい、**エバンズ！**」

しかし、リリーは振り向かなかった。

「あいつ、どういうつもりだ？」

ジェームズは、どうでもいい質問だがというさりげない顔を装おうとして、装いきれていなかった。

「つらつら行間を読むに、友よ、彼女は君がちょっとうぬぼれていると思っておるな」

シリウスが言った。

「よーし」ジェームズが、今度は頭に来たという顔をした。「よし——」

また閃光が走り、スネイプはまたしても逆さ宙吊りになった。

「誰か、僕がスニベリーのパンツを脱がせるのを見たいやつはいるか?」

ジェームズがほんとうにスネイプのパンツを脱がせたかどうか、ハリーにはわからずじまいだった。誰かの手が、ハリーの二の腕をぎゅっとつかみ、ペンチで締めつけるように握った。痛さにひるみながら、ハリーは誰の手だろうと見回した。恐怖の戦慄が走った。成長しきった大人サイズのスネイプが、ハリーのすぐ脇に、怒りで蒼白になって立っているのが目に入ったのだ。

「楽しいか?」

ハリーは体が宙に浮くのを感じた。周囲の夏の日がパッと消え、ハリーは氷のような暗闇を浮き上がっていった。スネイプの手がハリーの二の腕をしっかり握ったままだ。そして、空中で宙返りしたようなふわっとした感じとともに、ハリーの両足がスネイプの地下牢教室の石の床を打った。ハリーは再び、薄暗い、現在の魔法薬学教授研究室の、スネイプの机に置かれた「憂いの篩」のそばに立っていた。

「すると」スネイプに二の腕をきつく握られているせいで、ハリーの手がしびれてきた。「**すると**……お楽しみだったわけだな? ポッター?」

「い、いいえ」ハリーは腕を振り離そうとした。

恐ろしかった。スネイプは唇をわなわな震わせ、蒼白な顔で、歯をむき出していた。

「おまえの父親は、ゆかいな男だったな？」

スネイプが激しくハリーを揺すぶったので、めがねが鼻からずり落ちた。

「僕は――そうは――」

スネイプはありったけの力でハリーを投げ出した。ハリーは地下牢の床にたたきつけられた。

「見たことは、誰にもしゃべるな！」スネイプがわめいた。

「はい」ハリーはできるだけスネイプから離れて立ち上がった。「はい、もちろん、僕――」

「出ていけ、出るんだ。この研究室で、二度とその面見たくない！」

ドアに向かって疾走するハリーの頭上で、死んだゴキブリの入った瓶が爆発した。ハリーはドアをぐいと開け、飛ぶように廊下を走った。スネイプとの距離が三階隔たるまで止まらなかった。そこでやっとハリーは壁にもたれ、ハァハァ言いながら痛む腕をもんだ。

早々とグリフィンドール塔に戻る気にも、ロンやハーマイオニーにいま見たことを話す気にもなれなかった。

ハリーは恐ろしく、悲しかった。どなられたからでも、瓶を投げつけられたからでもない。見物人のど真ん中ではずかしめられる気持ちが、ハリーにはわかったからだ。ハリーの父親にあざけられたときのスネイプの気持ちが痛(いた)いほどわかったからだ。そして、いま見たことから判断(はんだん)すると、ハリーの父親が、スネイプからいつも聞かされていたとおり、どこまでも傲慢(ごうまん)だったからだ。

第二十九章　進路指導

「だけど、どうしてもう『閉心術』の訓練をやらないの？」ハーマイオニーが眉をひそめた。

「**言ったじゃないか**」ハリーがもごもご言った。「スネイプが、もう基本はできてるから、僕ひとりで続けられるって考えたんだよ」

「じゃあ、もう変な夢は見なくなったのね？」ハーマイオニーは疑わしげに聞いた。

「まあね」ハリーはハーマイオニーの顔を見なかった。

「ねえ、夢を抑えられるってあなたが絶対に確信を持つまでは、スネイプはやめるべきじゃないと思うわ」ハーマイオニーが憤慨した。「ハリー、もう一度スネイプの所へ行って、お願いするべきだと――」

「いやだ」ハリーは突っ張った。「もう言わないでくれ、ハーマイオニー、いいね？」

その日は、イースター休暇の最初の日で、いつもの習慣どおり、ハーマイオニーは一日の大部分を費やして、三人のための学習予定表を作った。ハリーとロンは勝手にやらせておいた。ハーマイオニーと言い争うよりそのほうが楽だったし、いずれにせよ計画表は役に立つかもしれない。

ロンは、試験まであと六週間しかないと気づいて仰天した。

「どうしていまごろそれがショックなの？」

ロンの予定表のひとこまひとこまを杖で軽くたたき、学科によってちがう色で光るようにしながら、ハーマイオニーが詰問した。

「どうしてって言われても」ロンが言った。「いろんなことがあったから」

「はい、できたわ」ハーマイオニーがロンに予定表を渡した。

「このとおりにやれば、大丈夫よ」

ロンは憂鬱そうに表を見たが、とたんに顔が輝いた。

「毎週一回、夜を空けてくれたんだね！」

「それは、クィディッチの練習用よ」ハーマイオニーが言った。

ロンの顔から笑いが消えた。

「意味ないよ」ロンが言った。「僕らが今年クィディッチ優勝杯を取る可能性は、パパが魔法大臣になるのと同じぐらいいさ」

ハーマイオニーは何も言わなかった。ハリーを見つめていたのだ。クルックシャンクスがハリーの手に前脚をのせて耳をかいてくれとせがんでいるのに、ハリーはぼんやりと談話室のむかい側の壁を見つめていた。

「ハリー、どうかしたの？」

「えっ？」ハリーはハッとして答えた。「なんでもない」

ハリーは『防衛術の理論』の教科書を引き寄せ、索引で何か探すふりをした。クルックシャンクスはハリーに見切りをつけて、ハーマイオニーの椅子の下にしなやかにもぐり込んだ。

「さっきチョウを見たわ」

ハーマイオニーはためらいがちに言った。

「あの人もとってもみじめな顔だった……あなたたち、またけんかしたの？」

「えっ――あ、うん、したよ」ハリーはありがたくその口実に乗った。

「何が原因？」

「あの裏切り者の友達のこと、マリエッタさ」ハリーが言った。

「うん、そりゃ、無理もないぜ！」ロンは学習予定表を下に置き、怒ったように言った。

「あの子のせいで……」

ロンがマリエッタ・エッジコムのことで延々と毒づきはじめたのは、ハリーには好都合だった。ただ、ロンが息をつく合間に、怒ったような顔をしてうなずいたり、「うん」とか「そのとおりだ」

とかあいづちを打ったりすればよかったからだ。頭の中では、ますますみじめな気持ちになりながら、「憂いの篩」で見たことを反芻していた。

ハリーは、その記憶が、自分を内側からむしばんでいくような気がした。両親がすばらしい人だったと信じて疑わなかったからこそ、スネイプが父親の性格についてどんなに悪口を言おうと、苦もなくうそだと言いきることができた。ハグリッドもシリウスも、父親がどんなにすばらしい人だったかと、ハリーに**言った**ではないか？（**ああ、そうさ。でも、見ろよ、シリウス自身がどんな人間だったか**。ハリーの頭の中で、しつこい声が言った……**同じワルだったじゃないか？**）そうだ、マクゴナガル先生が、父さんとシリウスには手を焼かされたと言っていたのを、一度盗み聞きしたことがある。しかし、先生は、二人が双子のウィーズリーの先輩格だという言い方をした。フレッドやジョージが、おもしろ半分に誰かを逆さ吊りにすることなど、ハリーには考えられなかった……心から嫌っているやつでなければ……たとえばマルフォイとか、そうされて当然のやつでなければ……。

ハリーはなんとかして、スネイプがジェームズの手で苦しめられるのが当然だという理屈をつけようとした。

しかし、リリーが「彼があなたに何をしたというの？」と言ったではないか。それに対してジェームズは、「むしろ、こいつが**存在する**って事実そのものがね。わかるかな……」と答えた。

そもそもジェームズは、シリウスがたいくつだと言ったという単純な理由で、あんなことを始めたのではなかったか？　ルーピンがグリモールド・プレイスで言ったことをハリーは思い出した。ダンブルドアが、ルーピンを監督生にしたのは、ルーピンならジェームズとシリウスをなんとか抑えられると期待したからだと……しかし、「憂いの篩」では、ルーピンは座ったまま、成り行きを見守っていただけだ……。

　ハリーは、リリーが割って入ったことを何度も思い出していた。母さんはきちんとした人だった。しかし、リリーがジェームズをどなりつけたときの表情を思い出すと、ほかの何よりも心がかき乱された。リリーははっきりとジェームズを嫌っていた。どうして結局結婚することになったのか、ハリーはとにかく理解できなかった。一、二度、ハリーはジェームズが無理やり結婚に持ち込んだのではないかとさえ思った……。

　ほぼ五年間、父親を思う気持ちが、ハリーにとってはなぐさめと励ましの源になっていた。誰かにジェームズに似ていると言われるたびに、ハリーは内心、誇りに輝いた。ところがいまは……父親を思うと寒々とみじめな気持ちになった。

　イースター休暇中に、風はさわやかになり、だんだん明るく、暖かくなってきた。しかし、ハリーは、ほかの五年生や七年生と同じに屋内に閉じ込められ、勉強ばかりで、図書館との間を重い足取りで往復していた。ハリーは、自分の不機嫌さは試験が近づいているせいにすぎないと見せかけていた。ほかのグリフィンドール生も勉強でくさくさしていたせいで、誰もハリーの言い訳を疑わなかった。

「ハリー、あなたに話しかけてるのよ。聞こえる?」

「はあ?」

ハリーは周りを見回した。ハリーがひとりで座っていた図書館のテーブルに、さんざん風に吹かれた格好のジニー・ウィーズリーが来ていた。日曜日の夜遅い時間だった。ハーマイオニーは、「古代ルーン文字」の復習をするのにグリフィンドール塔に戻り、ロンはクィディッチの練習に行っている。

「あ、やあ」ハリーは教科書を自分のほうへ引き寄せた。

「君、練習はどうしたんだい?」

「終わったわ」ジニーが答えた。「ロンがジャック・スローパーに付き添って、医務室に行かなきゃならなくて」

「どうして?」

「それが、よくわからないの。でも、たぶん、自分のクラブで**自分を**ノックアウトしたんじゃないかしら」

ジニーが大きなため息をついた。

「それは別として……たったいま、小包が届いたの。アンブリッジの新しい検閲を通ってきたばかりよ」

ジニーは、茶色の紙で包まれた箱をテーブルに上げた。確かにいったん開けられ、それからいいかげんに包みなおされていた。赤インクで横に走り書きがある。

ホグワーツ高等尋問官検閲済み

「ママからのイースターエッグよ」ジニーが言った。

「あなたの分も一つ……はい」

ジニーが渡してくれたこぎれいなチョコレート製の卵には、小さなスニッチの砂糖飾りがいくつもついていた。包み紙には「チョコの中にフィフィ・フィズビーひと袋入り」と表示してある。ハリーはしばらく卵チョコを眺めていた。すると、のどの奥から熱いものが込み上げてくるのを感じて狼狽した。

「大丈夫？　ハリー？」ジニーがそっと聞いた。

「ああ、大丈夫」ハリーはガサガサ声で言った。のどに込み上げてきたものが痛かった。イースターエッグがなぜこんな気持ちにさせるのか、ハリーにはわからなかった。

「このごろとってもめいってるみたいね」ジニーが踏み込んで聞いた。「ねえ、とにかくチョウと

話せば、きっと……」

「僕が話したいのはチョウじゃない」ハリーがぶっきらぼうに言った。

「じゃ、誰なの？」ジニーが聞いた。

「僕……」

ハリーはサッとあたりを見回し、誰も聞いていないことを確かめた。マダム・ピンスは、数列離れた本棚のそばで、大わらわのハンナ・アボットが積み上げた本の山に貸し出し印を押していた。

「シリウスと話せたらいいんだけど」ハリーがつぶやいた。「でも、できないことはわかってる」

食べたいわけではなかったが、むしろ何かやることが欲しくて、ハリーはイースターエッグの包みを開き、ひとかけ大きく割って口に入れた。

「そうね」ジニーも卵形のチョコレートを少しほおばりながら、ゆっくり言った。「本気でシリウスと話したいなら、きっと何かやり方を考えられると思うわよ」

「まさか」ハリーはお手上げだという言い方をした。「アンブリッジが暖炉を見張ってるし、手紙を全部読んでるのに？」

「ジョージやフレッドと一緒に育ってよかったと思うのは」ジニーが考え深げに言った。「度胸さえあればなんでもできるって、そんなふうに考えるようになるの」

ハリーはジニーを見つめた。チョコレートの効果かもしれないが——ルーピンが、吸魂鬼との遭週のあとはチョコレートを食べるように、いつもすすめてくれたっけ――でなければ、この一週間、胸の中でもんもんとしていた願いをやっと口にしたせいかもしれないが、ハリーは少し希望が持てるような気になってきた。

「あなたたち、なんてことをしてるんです！」

「やばいっ」ジニーがつぶやきざまぴょんと立ち上がった。「忘れてた――」

マダム・ピンスがしなびた顔を怒りにゆがめて、二人に襲いかかってきた。

「図書館でチョコレートなんて！」マダム・ピンスが叫んだ。「出てけ――**出てけ――出てけっ！」**

マダム・ピンスの杖が鳴り、ハリーの教科書、鞄、インク瓶が二人を追い立て、ハリーとジニーは頭をボンボンたたかれながら走った。

差し迫った試験の重要性を強調するかのように、イースター休暇が終わる少し前に、魔法界の職業を紹介する小冊子やチラシ、ビラなどが、グリフィンドール塔のテーブルに積み上げられるようになり、掲示板にはまたまた新しいお知らせが貼り出された。

進路指導

夏学期の最初の週に、五年生は全員、寮監と短時間面接し、将来の職業について相談すること。

個人面接の時間は左記リストのとおり。


リストをたどると、ハリーは月曜の二時半にマクゴナガル先生の部屋に行くことになっていた。そうすると、「占い学」の授業はほとんど出られないことになる。ハリーもほかの五年生たちも、休暇最後の週末の大部分を、生徒たちが目を通すようにと寮に置かれていた職業紹介資料を読んで過ごした。

「まあね、癒術はやりたくないな」

休暇最後の夜、ロンが言った。骨と杖が交差した紋章がついた表紙の、聖マンゴのパンフレットに没頭しているところだった。

「こんなことが書いてあるよ。N・E・W・T試験で、『魔法薬学』、『薬草学』、『変身術』、『呪文学』、『闇の魔術に対する防衛術』で、少なくとも『E・期待以上』を取る必要があるってさ。これって……おっどろき……期待度が低くていらっしゃるよな?」

「でも、それって、とっても責任のある仕事じゃない?」ハーマイオニーが上の空で答えた。

ハーマイオニーがなめるように読んでいるのは、鮮やかなピンクとオレンジの小冊子で、表題は**『あなたはマグル関係の仕事を考えていますね?』**だった。

「マグルと連携していくには、あんまりいろんな資格は必要ないみたい。要求されているのは、マグル学のO・W・Lだけよ。『**より大切なのは、あなたの熱意、忍耐、そして遊び心です！**』だって」

「僕のおじさんとかかわるには、遊び心だけでは足りないよ」ハリーが暗い声を出した。「むしろ、いつ身をかわすかの心だな」

ハリーは、魔法銀行の小冊子を半分ほど読んだところだった。「これ聞いて。『**やりがいのある職業を求めますか？　旅行、冒険、危険がともなう宝探しと、相当額の宝のボーナスはいかが？　それなら、グリンゴッツ魔法銀行への就職を考えましょう。現在、「呪い破り」を募集中。海外でのぞくぞくするようなチャンスがあります……**』。でも、『数占い』が必要だ。ハーマイオニー、君ならできるよ！」

「私、銀行にはあんまり興味ないわ」

ハーマイオニーが漠然と言った。今度は別の小冊子に熱中している。『**君はトロールをガードマンとして訓練する能力を持っているか？**』

「オッス」ハリーの耳に声が飛び込んできた。振り返ると、フレッドとジョージが来ていた。

「ジニーが、君のことで相談に来た」

フレッドが、三人の前のテーブルに足を投げ出したので、魔法省の進路に関する小冊子が数冊、床にすべり落ちた。

「ジニーが言ってたけど、シリウスと話したいんだって？」

「えーっ？」ハーマイオニーが鋭い声を上げ、**『魔法事故・惨事部でバーンと行こう』**に伸ばしかけた手が途中で止まった。

「うん……」ハリーはなにげない言い方をしようとした。「まあ、そうできたらと――」

「バカなこと言わないで」ハーマイオニーが背筋を伸ばし、信じられないという目つきでハリーを見た。「アンブリッジが暖炉を探りまわってるし、ふくろうは全部ボディチェックされてるのに？」

「まあ、俺たちなら、それも回避できると思うね」ジョージが伸びをしてニヤッと笑った。「ちょっと騒ぎを起こせばいいのさ。さて、お気づきとは思いますがね、俺たちはこのイースター休暇中、混乱戦線ではかなりおとなしくしていたろ？」

「せっかくの休暇だ。それを混乱させる意味があるか？」フレッドがあとを続けた。「俺たちはそう自問したよ。そしてまったく意味はないと自答したね。それに、もちろん、みんなの学習を乱すことにもなりかねないし、そんなことは俺たちとしては絶対にしたくないからな」

フレッドはハーマイオニーに向かって、神妙にちょっとうなずいてみせた。そんな思いやりに、ハーマイオニーはちょっと驚いた顔をした。

「しかし、明日からは平常営業だ」フレッドはきびきびと話を続けた。「そして、せっかくちょいと騒ぎをやらかすなら、ハリーがシリウスと軽く話ができるようにやってはどうだろう?」

「そうね、でも**やっぱり**」ハーマイオニーは、相当鈍い人にとっても単純なことを説明するような雰囲気で言った。「騒ぎで気をそらすことが**できたとしても**、ハリーはどうやってシリウスと話をするの?」

「アンブリッジの部屋だ」ハリーが静かに言った。

この二週間、ハリーはずっと考えていたが、それ以外の選択肢は思いつかなかった。見張られていないのは自分の暖炉だけだと、アンブリッジ自身がハリーに言った。

「あなた──気は──確か?」ハーマイオニーが声をひそめた。

ロンはキノコ栽培業の案内ビラを持ったまま、成り行きを用心深く眺めていた。

「確かだと思うけど」ハリーが肩をすくめた。

「それじゃ、第一、どうやってあの部屋に入り込むの?」

ハリーはもう答えを準備していた。

「シリウスのナイフ」

「それ、何?」

「おととしのクリスマスに、シリウスが、どんな錠でも開けるナイフをくれたんだ」ハリーが言った。「だから、あいつがドアに呪文をかけて『アロホモラ』が効かないようにしていても──絶対にそうしてるはずだけど――」

「あなたはどう思うの？」ハーマイオニーがロンに水を向けた。ハリーはふとウィーズリーおばさんのことを思い出してしまった。グリモールド・プレイスで、ハリーにとっての最初の夕食のとき、おばさんはおじさんに向かって助けを求めたっけ。

「さあ」意見を求められたことで、ロンはびっくりした顔をした。「ハリーがそうしたければ、ハリーの問題だろ？」

「さすが真の友、そしてウィーズリー一族らしい答えだ」フレッドがロンの背中をバンとたたいた。「よーし、それじゃ俺たちは、あした、最後の授業の直後にやらかそうと思う。何せ、みんなが廊下に出ているときこそ最高に効果が上がるからな。――ハリー、俺たちは東棟のどっかで仕掛けて、アンブリッジを部屋から引き離す。――たぶん、君に保証できる時間は、そうだな、二十分はどうだ？」フレッドがジョージの顔を見た。

「軽い、軽い」ジョージが言った。

「どんな騒ぎを起こすんだい？」ロンが聞いた。

「弟よ、見てのお楽しみだ」ジョージとそろって腰を上げながら、フレッドが言った。「明日の午後五時ごろ、『おべんちゃらのグレゴリー像』のある廊下のほうに歩いてくれば、どっちにしろ見えるさ」

次の日、ハリーは早々と目が覚めた。魔法省での懲戒尋問があった日の朝とほとんど同じぐらい不安だった。アンブリッジの部屋に忍び込んで、シリウスと話をするためにその部屋の暖炉を使う、ということだけが不安だったのではない。もちろんそれだけでも充分に大変なことだったが、その上今日は、スネイプの研究室から放り出されて以来初めて、スネイプの近くに行くことになるのだ。

ハリーはその日一日のことを考えながらしばらくベッドに横たわっていたが、やがてそっと起き出し、ネビルのベッド脇の窓際まで行って外を眺めた。すばらしい夜明けだった。空はオパールのようにおぼろにかすみ、青く澄んだ光を放っている。まっすぐむこうに、高くそびえるブナの木が見えた。かつてハリーの父親が、あの木の下でスネイプを苦しめた。「憂いの篩」でハリーが見たことを帳消しにしてくれるような何かを、シリウスが言ってくれるかどうか、ハリーにはわからなかった。しかし、どうしても、シリウス自身の口から、あの事件の説明が聞きたかった。なんでもいいから、情状酌量の余地があれば知りたい。父親の振る舞いの口実が欲しい……。

ふとハリーの目が何かをとらえた。禁じられた森のはずれで動くものがある。朝日に目を細めて見ると、ハグリッドが木の間から現れるのが見えた。足を引きずっているようだ。ずっと見ていると、ハグリッドはよろめきながら小屋の戸にたどり着き、その中に消えた。ハリーはしばらく小屋を見つめていた。ハグリッドはもう出てこなかったが、煙突から煙がくるくると立ち昇った。どうやら、火がおこせないほどひどいけがではなかったらしい。

ハリーは窓際から離れ、トランクのほうに戻って着替えはじめた。

アンブリッジの部屋に侵入するくわだてがある以上、今日という日が安らかであるとは期待していなかった。しかし、ハーマイオニーがほとんどひっきりなしに、五時にやろうとしている計画をやめさせようと、ハリーを説得するのは計算外だった。ビンズ先生の「魔法史」の授業中、ハーマイオニーは少なくともハリーやロンと同じぐらい注意力散漫だった。そんなことはいままでなかった。小声でハリーを忠告攻めにし、聞き流すのがひと苦労だった。

「……それに、アンブリッジがあそこであなたを捕まえてごらんなさい。退学処分だけじゃすまないわよ。スナッフルズと話をしていたと推量して、今度こそきっと、**無理やり**あなたに『真実薬』を飲ませて質問に答えさせるわ……」

「ハーマイオニー」ロンが憤慨した声でささやいた。「ハリーに説教するのをやめて、ビンズの講義を聞くつもりあるのか？　それとも僕が自分でノートを取らなきゃならないのか？」

「たまには自分で取ったって罰は当たらないでしょ！」

地下牢教室に行くころには、ハリーもロンもハーマイオニーと口をきかなくなっていた。めげるどころか、ハーマイオニーは二人がだまっているのをいいことに、恐ろしい警告をひっきりなしに流し続けた。声をひそめて言うので、激しいシューッという音になり、シェーマスは自分の大鍋がもれているのではないかと調べて、まるまる五分をむだにした。

一方スネイプは、ハリーが透明であるかのように振る舞うことにしたらしい。もちろん、ハリーはこの戦術には慣れっこだった。バーノンおじさんの得意技の一つだ。結局、もっとひどい仕打ちにならなかったのが、ハリーにはありがたかった。事実、あざけりや、ねちねちと傷つけるような言葉にたえなければならなかったこれまでに比べれば、この新しいやり方はましだと思った。そして、まったく無視されれば、たやすく調合できるとわかってうれしかった。授業の最後に、薬の一部をフラスコにすくい取り、コルク栓をして、採点してもらうためにスネイプの机の所まで持っていった。ついに、どうにか「期待以上」の「E」がもらえるかもしれないと思った。

提出して後ろを向いたとたん、ハリーはガチャンと何かが砕ける音を聞いた。マルフォイが大喜びで笑い声を上げた。ハリーはくるりと振り返った。ハリーの提出した薬が粉々になって床に落ちていた。スネイプが、いい気味だという目で、ハリーを見てほくそ笑んでいた。

「おーっと」スネイプが小声で言った。「これじゃ、また零点だな、ポッター」

ハリーは怒りで言葉も出なかった。もう一度フラスコに詰めて、是が非でもスネイプに採点させてやろうと、ハリーは大股で自分の大鍋に戻った。ところがなんと、鍋に残った薬が消えていた。

「ごめんなさい！」ハーマイオニーが両手で口を覆った。「ほんとうにごめんなさい、ハリー。あなたがもう終わったと思って、きれいにしてしまったの！」

ハリーは答える気にもなれなかった。終業ベルが鳴ったとき、ハリーはちらとも振り返らず地下牢教室を飛び出した。昼食の間はわざわざネビルとシェーマスの間に座り、アンブリッジの部屋を使う件で、ハーマイオニーがまたガミガミ言いはじめたりできないようにした。

「占い学」の教室に着くころには、ハリーの機嫌は最悪で、マクゴナガル先生との進路指導の約束をすっかり忘れていた。ロンに、どうして先生の部屋に行かないのかと聞かれてやっと思い出し、飛ぶように階段を駆け戻り、息せき切って到着したときは、数分遅れただけだった。

「先生、すみません」ハリーは息を切らしてドアを閉めながら謝った。「僕、忘れていました」

「かまいません、ポッター」マクゴナガル先生がきびきびと言った。ところが、その時、誰かが隅のほうでフンフン鼻を鳴らした。ハリーは振り返った。

アンブリッジ先生が座っていた。ひざにはクリップボードをのせ、首の周りをごちゃごちゃうるさいフリルで囲み、悦に入った気持ちの悪い薄ら笑いを浮かべている。

「おかけなさい、ポッター」マクゴナガル先生がそっけなく言った。机に散らばっているたくさんの案内書を整理する先生の手が、わずかに震えていた。

ハリーはアンブリッジに背を向けて腰かけ、クリップボードに羽根ペンで書く音が聞こえないふりをするよう努力した。

「さて、ポッター、この面接は、あなたの進路に関して話し合い、六年目、七年目でどの学科を継続するかを決める指導をするためのものです」マクゴナガル先生が言った。「ホグワーツ卒業後、何をしたいか、考えがありますか？」

「えーっと――」ハリーが言った。

後ろでカリカリ音がするのでとても気が散った。

「なんですか？」マクゴナガル先生がうながした。

「あの、考えたのは、『闇祓い』はどうかなぁと」ハリーはもごもご言った。

「それには、最優秀の成績が必要です」マクゴナガル先生はそう言うと、机の上の書類の山から、小さな黒い小冊子を抜き出して開いた。「N・E・W・Tは少なくとも五科目パスすることが要求され、しかも『E・期待以上』より下の成績は受け入れられません。なるほど。それから、闇祓い本部で、一連の厳しい性格・適性テストがあります。狭き門ですよ、ポッター、最高の者しか採りません。事実、この三年間は一人も採用されていないと思います」

この時、アンブリッジ先生が小さく咳をした。まるでどれだけ静かに咳ができるのかを試したかのようだった。マクゴナガル先生は無視した。

「どの科目を取るべきか知りたいでしょうね？」マクゴナガル先生は前より少し声を張り上げて話し続けた。

「はい」ハリーが答えた。「『闇の魔術に対する防衛術』、なんかですね？」

「当然です」マクゴナガル先生がきっぱり言った。「そのほか私がすすめるのは――」

アンブリッジ先生が、また咳をした。今度はさっきより少し聞こえた。マクゴナガル先生は一瞬目を閉じ、また開けて、何事もなかったかのように続けた。

「そのほか『変身術』をすすめます。なぜなら、闇祓いは往々にして、仕事上変身したり元に戻ったりする必要があります。それで、いまはっきり言っておきますが、ポッター、私のN・E・W・Tのクラスには、O・W・Lレベルで『E・期待以上』つまり『良』以上を取った者でなければ入れません。あなたはいま、平均で『A・まあまあ』つまり『可』です。今後も継続するチャンスが欲しいなら、今度の試験までに相当がんばる必要があります。さらに『呪文学』です。これは常に役に立ちます。それと、『魔法薬学』。そうです、ポッター、『魔法薬学』ですよ」

マクゴナガル先生は、ニコリともせずにつけ加えた。

「闇祓いにとって、毒薬と解毒剤を学ぶことは不可欠です。それに、言っておかなければなりませんが、スネイプ先生はO・W・Lで『O・優』を取った者以外は絶対に教えません。ですから――」

アンブリッジ先生はこれまでで一番はっきり聞こえる咳をした。

「のどあめを差し上げましょうか、ドローレス？」マクゴナガル先生は、アンブリッジのほうを見もせずに、そっけなく言った。

「あら、けっこうですわ、ご親切にどうも」アンブリッジはハリーの大嫌いな例のニタニタ笑いをした。「ただね、ミネルバ、ほんの一言、口をはさんでもよろしいかしら？」

「どのみちそうなるでしょう」マクゴナガル先生は、歯を食いしばったまま言った。

「ミスター・ポッターは、性格的に**はたして**闇祓いに向いているのかしらと思いましたの」アンブリッジ先生は甘ったるく言った。

「そうですか？」マクゴナガル先生は高飛車に言った。

「さて、ポッター」何も聞かなかったかのように、先生が言葉を続けた。「真剣にその志を持つなら、『変身術』と『魔法薬学』を最低線まで持っていけるよう集中して努力することをすすめます。フリットウィック先生のあなたの評価は、この二年間、『A』と『E』の中間のようです。ですから、『呪文学』は満足できるようです。『闇の魔術に対する防衛術』ですが、あなたの点数はこれまでずっと、全般的に高いです。特にルーピン先生は、あなたのことを――**のどあめはほんとうにいらないのですか、ドローレス？**」

「あら、いりませんわ。どうも、ミネルバ」アンブリッジ先生は、これまでで最大の咳をしたところだった。「一番最近の『闇の魔術に対する防衛術』のハリーの成績を、もしやお手元にお持ちではないのではと、わたくし、ちょっと気になりましたの。まちがいなくメモをはさんでおいたと思いますわ」

「これのことですか?」

マクゴナガル先生は、ハリーのファイルの中から、ピンクの羊皮紙を引っ張り出しながら、嫌悪感を声にあらわにした。眉を少し吊り上げてメモに目を通し、それからマクゴナガル先生は、何も言わずにそのままファイルに戻した。

「さて、ポッター、いま言いましたように、ルーピン先生は、あなたがこの学科に卓越した適性を示したとお考えでした。当然、闇祓いにとっては――」

「わたくしのメモがおわかりになりませんでしたの? ミネルバ?」アンブリッジ先生が、咳をするのも忘れて甘ったるく言った。

「もちろん理解しました」マクゴナガル先生は、言葉がくぐもって聞こえるほどギリギリ歯を食いしばった。

「あら、それでしたら、どうしたことかしら……わたくしにはどうもわかりませんわ。どうしてまた、ミスター・ポッターにむだな望みを――」

「むだな望み?」マクゴナガル先生は、かたくなにアンブリッジのほうを見ずに、くり返した。「『闇の魔術に対する防衛術』のすべてのテストで、この子は高い成績を収めています――」

「お言葉を返すようで、大変申し訳ございませんが、ミネルバ、わたくしのメモにありますように、ハリーはわたくしのクラスでは大変ひどい成績ですの――」

「もっとはっきり申し上げるべきでしたわ」マクゴナガル先生がついにアンブリッジを真正面から見た。「この子は、有能な教師によって行われた『闇の魔術に対する防衛術』のすべてのテストで、高い成績を収めています」

電球が突然切れるように、アンブリッジ先生の笑みが消えた。椅子に座りなおし、クリップボードの紙を一枚めくって猛スピードで書き出し、ギョロ目が、右へ左へとゴロゴロ動いた。マクゴナガル先生は、骨ばった鼻の穴をふくらませ、目をギラギラさせてハリーに向きなおった。

「何か質問は？　ポッター？」

「はい」ハリーが聞いた。「もしちゃんとN・E・W・Tの点が取れたら、魔法省はどんな性格・適性試験をするのですか？」

「そうですね、圧力に抵抗する能力を発揮するとか」マクゴナガル先生が答えた。「忍耐や献身も必要です。なぜなら、闇祓いの訓練は、さらに三年を要するのです。言うまでもなく、実践的な防衛術の高度な技術も必要です。卒業後もさらなる勉強があるということです。ですから、その決意がなければ――」

「それに、どうせわかることですが」いまやひやりと冷たくなった声で、アンブリッジが言った。「魔法省は闇祓いを志願する者の経歴を調べます。犯罪歴を」

「――ホグワーツを出てから、さらに多くの試験を受ける決意がなければ、むしろほかの――」

「つまり、この子が闇祓いになる確率は、ダンブルドアがこの学校に戻ってくる可能性と同じということです」

「それなら、大いに可能性ありです」マクゴナガル先生が言った。

「ポッターは犯罪歴があります」アンブリッジが声を張り上げた。

「ポッターはすべての廉で無罪になりました」マクゴナガルがもっと声を張り上げた。

アンブリッジ先生が立ち上がった。とにかく背が低く、立ってもたいして変わりはなかった。しかし、小うるさい、愛想笑いの物腰が消え、猛烈な怒りのせいで、だだっ広いたるんだ顔が妙に邪悪に見えた。

「ポッターが闇祓いになる可能性はまったくありません！」

マクゴナガル先生も立ち上がった。こちらの立ち上がりぶりのほうがずっと迫力があった。マクゴナガル先生はアンブリッジを高みから見下ろした。

「ポッター」マクゴナガル先生の声が凛と響いた。「どんなことがあろうと、私はあなたが闇祓いになるよう援助します！　毎晩手ずから教えることになろうとも、あなたが必要とされる成績を絶対に取れるようにしてみせます！」

「魔法大臣は絶対にポッターを採用しません！」アンブリッジの声は怒りで上ずっていた。

「ポッターに準備ができるころには、新しい魔法大臣になっているかもしれません！」マクゴナガル先生が叫んだ。

「はっはーん！」アンブリッジ先生がずんぐりした指でマクゴナガルを指し、金切り声で言った。

「ほーら！　ほら、ほら、ほら！　それがお望みなのね？　ミネルバ・マクゴナガル？　あなたはアルバス・ダンブルドアがコーネリウス・ファッジに取ってかわればいいと思っている！　わたくしのいまの地位に就くことを考えているんだわ。なんと、魔法大臣上級次官並びに校長の地位に！」

「何をたわ言を」マクゴナガル先生は見事にさげすんだ。「ポッター、これで進路相談は終わりです」

ハリーは鞄を肩に背負い、あえてアンブリッジ先生を見ずに、急いで部屋を出た。二人の舌戦が、廊下を戻る間ずっと聞こえ続けていた。

その日の午後の授業で、「闇の魔術に対する防衛術」の教室に荒々しく入ってきたアンブリッジ先生は、短距離レースを走った直後のように、まだ息をはずませていた。

「ハリー、計画を考えなおしてくれないかしら」教科書の第三十四章「報復ではなく交渉を」のページを開いたとたん、ハーマイオニーがささやいた。「アンブリッジったら、もう相当険悪ムードよ……」

時折、アンブリッジが怖い目でハリーをにらみつけた。ハリーはうつむいたまま、うつろな目で『防衛術の理論』の教科書を見つめ、じっと考えていた……。

マクゴナガル先生がハリーの後ろ盾になってくれてから数時間もたたないうちに、ハリーがアンブリッジの部屋に侵入して捕まったりしたら、先生がどんな反応を見せるか、ハリーには想像できる……このままおとなしくグリフィンドール塔に戻り、次の夏休みの間に、「憂いの篩」で目撃した光景についてシリウスに尋ねる機会を待つ。これでいいではないか……これでいいはずだ。しかし、そんな良識的な行動を取ると思うと、まるで胃袋に鉛のおもりが落とされたような気分になる……それに、フレッドとジョージのことがある。陽動作戦はもう動きだしている。その上、シリウスからもらったナイフは、父親からの「透明マント」と一緒に、いま、鞄に収まっている。

しかし、もし捕まったらという懸念は残る……。

「ダンブルドアは、あなたが学校に残れるように、犠牲になったのよ、ハリー!」アンブリッジに見えないよう、教科書を顔の所まで持ち上げて、ハーマイオニーがささやいた。「もし今日放り出されたら、それも水の泡じゃない!」

計画を放棄して、二十年以上前のある夏の日に父親がしたことの記憶を抱えたまま生きることもできるだろう……。

しかしその時、ハリーは上の階のグリフィンドールの談話室の暖炉で、シリウスが言ったことを思い出した。

君は私が考えていたほど父親似ではないな……ジェームズなら危険なことをおもしろがっただろう……。

だが、僕はいまでも父さんに似ていたいと思っているだろうか？

「ハリー、やらないで。お願いだから！」

終業のベルが鳴ったときのハーマイオニーの声は、苦悶に満ちていた。

ハリーは答えなかった。どうしていいかわからなかった。

ロンは何も意見を言わず、助言もしないと決めているかのようだった。ハリーのほうを見ようとしなかった。しかし、ハーマイオニーがもう一度ハリーを止めようと口を開くと、低い声で言った。

「いいから、もうやめろよ。ハリーが自分で決めることだ」

教室から出るとき、ハリーの心臓は早鐘のようだった。廊下に出て半分ほど進んだとき、遠くのほうで紛れもなく陽動作戦の音が炸裂するのが聞こえた。どこか上の階から、叫び声や悲鳴が響いてきた。ハリーの周りの教室という教室から出てきた生徒たちが、いっせいに足を止め、こわごわ天井を見上げた――。

アンブリッジが、短い足なりに全速力で教室から飛び出してきた。杖を引っ張り出し、アンブリッジは急いで反対方向へと離れていった。やるならいまだ。いましかない。

「ハリー――お願い！」ハーマイオニーが弱々しく哀願した。

しかし、ハリーの心は決まっていた。鞄をしっかり肩にかけなおし、東棟での騒ぎがいったい何かを見ようと急ぎだした生徒たちの間を縫って、ハリーは逆方向に駆けだした。

ハリーはアンブリッジの部屋がある廊下に着き、誰もいないのを確かめた。大きな甲冑の裏に駆け込み——兜がギーッとハリーを振り返った——鞄を開けてシリウスのナイフをつかみ、ハリーは透明マントをかぶった。それからゆっくり、慎重に甲冑の裏から出て廊下を進み、アンブリッジの部屋のドアに着いた。

ドアの周囲のすきまに魔法のナイフの刃を差し込み、そっと上下させて引き出すと、小さくカチリと音がして、ドアがパッと開いた。ハリーは身をかがめて中に入り、急いでドアを閉めて周りを見回した。

没収された箒の上にかかった飾り皿の中で、小憎らしい子猫がふざけているほかは、何一つ動くものはなかった。

ハリーはマントを脱ぎ、急いで暖炉に近づいた。探し物はすぐ見つかった。小さな箱に入ったキラキラ光る粉、「煙突飛行粉」だ。

ハリーは火のない火格子の前にかがんだ。両手が震えた。やり方はわかっているつもりだが、実際にやったことはない。ハリーは暖炉に首を突っ込んだ。飛行粉を大きくひとつまみして、伸ばした首の下にきちんと積んである薪の上に落とした。薪はたちまちボッと燃え、エメラルド色の炎が上がった。

「グリモールド・プレイス十二番地！」ハリーは大声で、はっきり言った。

これまで経験したことのない、奇妙な感覚だった。もちろん飛行粉で移動したことはあるが、そのときは全身が炎の中でぐるぐる回転し、国中に広がる魔法使いの暖炉網を通った。今度は、ひざがアンブリッジの部屋の冷たい床にきっちり残ったままで、頭だけがエメラルドの炎の中を飛んでいく……。

そして、回りはじめたときと同じように唐突に、回転が止まった。少し気分が悪かった。首の周りに特別熱いマフラーを巻いているような気持ちになりながら、ハリーが目を開けると、そこは厨房の暖炉の中で、木製の長いテーブルに腰かけた男が、一枚の羊皮紙をじっくり読んでいるのが見えた。

「シリウス？」

男が飛び上がり、振り返った。シリウスではなくルーピンだった。

「ハリー！」ルーピンがびっくり仰天して言った。「いったい何を――どうした？　何かあったのか？」

「ううん」ハリーが答えた。「ただ、僕できたら――あの、つまり、ちょっと――シリウスと話したくて」

「呼んでくる」ルーピンはまだ困惑した顔で立ち上がった。「クリーチャーを探しに上へ行ってるんだ。また屋根裏に隠れているらしい……」

ルーピンが急いで厨房を出ていくのが見えた。残されたハリーが見るものといえば、椅子とテーブルの脚しかない。炎の中から話をするのがどんなに骨が折れることか、シリウスはどうして一度も言ってくれなかったんだろう。ハリーのひざはもう、アンブリッジの硬い石の床に長い間触れていることに抗議していた。

まもなくルーピンが、すぐあとにシリウスを連れて戻ってきた。

「どうした？」シリウスは目にかかる長い黒髪を払いのけ、ハリーと同じ目の高さになるよう暖炉前にひざをつき、急き込んで聞いた。ルーピンも心配そうな顔でひざまずいた。

「大丈夫か？　助けが必要なのか？」

「ううん」ハリーが言った。「そんなことじゃないんだ……僕、ちょっと話したくて……父さんのことで」

二人が驚愕したように顔を見合わせた。しかしハリーは、恥ずかしいとか、きまりが悪いとか感じているひまはなかった。刻一刻とひざの痛みがひどくなる。それに、陽動作戦が始まってからもう五分は経過しただろう。ジョージが保証したのは二十分だ。ハリーはすぐさま「憂いの篩」で見たことの話に入った。

話し終わったとき、シリウスもルーピンも一瞬だまっていた。それからルーピンが静かに言った。

「ハリー、そこで見たことだけで君の父さんを判断しないでほしい。まだ十五歳だったんだ——」

「僕だって十五だ！」ハリーの言葉が熱くなった。

「いいか、ハリー」シリウスがなだめるように言った。「ジェームズとスネイプは、最初に目を合わせた瞬間からお互いに憎み合っていた。そういうこともあるというのは、君にもわかるね？　ジェームズは、スネイプがなりたいと思っているものをすべて備えていた――人気者で、クィディッチがうまかった――ほとんどなんでもよくできた。ところがスネイプは、闇の魔術に首までどっぷり浸かった偏屈なやつだった。それにジェームズは――君の目にどう映ったか別として、ハリー――どんなときも闇の魔術を憎んでいた」

「うん」ハリーが言った。「でも、父さんは、特に理由もないのにスネイプを攻撃した。ただ単に――えーと、シリウスおじさんが『たいくつだ』と言ったからなんだ」ハリーは少し申し訳なさそうな調子で言葉を結んだ。

「自慢にはならないな」シリウスが急いで言った。

ルーピンが横にいるシリウスを見ながら言った。

「いいかい、ハリー。君の父さんとシリウスは、何をやらせても学校中で一番よくできたということを、理解しておかないといけないよ。――みんなが二人は最高にかっこいいと思っていた――二人がときどき少しいい気になったとしても――」

「私たちがときどき傲慢でいやなガキだったとしてもと言いたいんだろう？」シリウスが言った。

ルーピンがニヤッとした。

「父さんはしょっちゅう髪の毛をくしゃくしゃにしてた」ハリーが困惑したように言った。

シリウスもルーピンも笑い声を上げた。

「そういうくせがあったのを忘れていたよ」シリウスがなつかしそうに言った。

「ジェームズはスニッチをもてあそんでいたのか？」ルーピンが興味深げに聞いた。

「うん」シリウスとルーピンが顔を見合わせ、思い出にふけるようにニッコリと笑うのを、理解しがたい思いで見つめながら、ハリーが答えた。「それで……僕、父さんがちょっとバカをやっていると思った」

「ああ、当然あいつはちょっとバカをやったさ！」シリウスが威勢よく言った。「私たちはみんなバカだった！　まあ――ムーニーはそれほどじゃなかったな」シリウスがルーピンを見ながら言いすぎを訂正した。

しかしルーピンは首を振った。「私が一度でも、スネイプにかまうのはよせって言ったか？　私に、君たちのやり方はよくないと忠告する勇気があったか？」

「まあ、いわば」シリウスが言った。「君は、ときどき僕たちのやっていることを恥ずかしいと思わせてくれた……それが大事だった……」

「それに」ここに来てしまった以上、気になっていることは全部言ってしまおうと、ハリーは食い下がった。「父さんは、湖のそばにいた女の子たちに自分のほうを見てほしいみたいに、しょっちゅうちらちら見ていた！」

「ああ、まあ、リリーがそばにいると、ジェームズはいつもバカをやったな」シリウスが肩をすくめた。「リリーのそばに行くと、ジェームズはどうしても見せびらかさずにはいられなかった」

「母さんはどうして父さんと結婚したの？」ハリーは情けなさそうに言った。「父さんのことを大嫌いだったくせに！」

「いいや、それはちがう」シリウスが言った。

「七年生のときにジェームズとデートしはじめたよ」ルーピンが言った。

「ジェームズの高慢ちきが少し治ってからだ」シリウスが言った。

「そして、おもしろ半分に呪いをかけたりしなくなってからだよ」ルーピンが言った。

「スネイプにも？」ハリーが聞いた。

「そりゃあ」ルーピンが考えながら言った。「スネイプは特別だった。つまり、スネイプはすきあらばジェームズに呪いをかけようとしたんだ。ジェームズだって、おとなしくやられっ放しというわけにはいかないだろう？」

「でも、母さんはそれでよかったの？」

「正直言って、リリーはそのことはあまり知らなかった」シリウスが言った。「そりゃあ、ジェームズがデートにスネイプを連れていって、リリーの目の前で呪いをかけたりはしないだろう?」

まだ納得できないような顔のハリーに向かって、シリウスは顔をしかめた。

「いいか」シリウスが言った。「君の父さんは、私の無二の親友だったし、いいやつだった。十五歳のときには、たいていみんなバカをやるものだ。ジェームズはそこを抜け出した」

「うん、わかったよ」ハリーは気が重そうに言った。「ただ、僕、スネイプをかわいそうに思うなんて、考えてもみなかったから」

「そういえば」ルーピンがかすかに眉間にしわを寄せた。「全部見られたと知ったときのスネイプの反応はどうだったのかね?」

「もう二度と『閉心術』を教えないって言った」ハリーが無関心に言った。「まるでそれで僕ががっかりするとでも――」

「あいつが、**なんだと?**」シリウスの叫びで、ハリーは飛び上がり、口いっぱいに灰を吸い込んでしまった。

「ハリー、ほんとうか?」ルーピンがすぐさま聞いた。「あいつが君の訓練をやめたのか?」

「うん」過剰と思える反応に驚きながら、ハリーが言った。「だけど、問題ないよ。どうでもいいもの。僕、ちょっとホッとしてるんだ。ほんとのこと言う――」

「むこうへ行って、スネイプと話す!」シリウスが力んで、ほんとうに立ち上がろうとした。しかしルーピンが無理やりまた座らせた。

「誰かがスネイプに言うとしたら、私しかいない！」ルーピンがきっぱりと言った。「しかし、ハリー、まず君がスネイプの所に行って、どんなことがあっても訓練をやめてはいけないと言うんだ——ダンブルドアがこれを聞いたら——」

「そんなことスネイプに言えないよ。殺される！」ハリーが憤慨した。「二人とも、『憂いの篩』から出てきたときのスネイプの顔を見てないんだ」

「ハリー、君が『閉心術』を習うことは、何よりも大切なことなんだ！」ルーピンが厳しく言った。「わかるか？ 何よりもだ！」

「わかった、わかったよ」ハリーはすっかり落ち着かない気持ちになり、いらだった。「それじゃ……それじゃ、スネイプに何か言ってみるよ……だけど、そんなことしても——」

ハリーがだまり込んだ。遠くに足音を聞いたのだ。

「クリーチャーが下りてくる音？」

「いや」シリウスがちらりと振り返りながら言った。「君の側の誰かだな」

ハリーの心臓が拍動を数拍吹っ飛ばした。

「帰らなくちゃ！」ハリーはあわててそう言うと、グリモールド・プレイスの暖炉から首を引っ込めた。一瞬、首が肩の上で回転しているようだったが、やがてハリーは、アンブリッジの暖炉の前にひざまずいていた。首はしっかり元に戻り、エメラルド色の炎がちらついて消えていくのを見ていた。

「急げ、急げ！」ドアの外で誰かがゼイゼイと低い声で言うのが聞こえた。「ああ、先生は鍵もかけずに——」

ハリーが透明マントに飛びつき頭からかぶったとたんに、フィルチが部屋に飛び込んできた。有頂天になって、うわ言のようにひとりで何かを言いながら、フィルチは部屋を横切り、アンブリッジの机の引き出しを開け、中の書類をしらみつぶしに探しはじめた。

「鞭打ち許可証……鞭打ち許可証……とうとうその日が来た……もう何年も前から、あいつらはそうされるべきだった……」

フィルチは羊皮紙を一枚引っ張り出し、それにキスし、胸元にしっかり握りしめて、不格好な走り方であたふたとドアから出ていった。

ハリーははじけるように立ち上がった。鞄を持ったかどうか、透明マントで完全に覆われているかどうかを確かめ、ドアをぐいと開け、フィルチのあとから部屋を飛び出した。フィルチは足を引きずりながら、これまで見たことがないほど速く走っていた。

アンブリッジの部屋から一つ下がった踊り場まで来て、ハリーはもう姿を現しても安全だと思った。マントを脱ぎ、鞄に押し込み、先を急いだ。玄関ホールから叫び声や大勢が動く気配が聞こえてきた。大理石の階段を駆け下りて見ると、そこにはほとんど学校中が集まっているようだった。

ちょうど、トレローニー先生が解雇された夜と同じだった。壁の周りに生徒が大きな輪になって立ち（何人かはどう見ても「臭液」と思われる物質をかぶっているのにハリーは気づいた）、先生とゴーストもまじっていた。見物人の中でも目立つのが、ことさらに満足げな顔をしている「尋問官親衛隊」だ。ピーブズが頭上にヒョコヒョコ浮かびながらフレッドとジョージをじっと見下ろしていた。二人はホールの中央に立ち、紛れもなく、たったいま追い詰められたという顔をしていた。

「さあ！」アンブリッジが勝ち誇ったように言った。気がつくと、ハリーのほんの数段下の階段にアンブリッジが立ち、改めて自分の獲物を見下ろしているところだった。「それじゃ――あなたたちは、学校の廊下を沼地に変えたらおもしろいと思っているわけね？」

「相当おもしろいね、ああ」フレッドがまったく恐れる様子もなく、アンブリッジを見上げて言った。

フィルチが人混みをひじで押し分けて、幸せのあまり泣かんばかりの様子でアンブリッジに近づいてきた。

「校長先生、書類を持ってきました」フィルチは、いましがたハリーの目の前でアンブリッジの机から引っ張り出した羊皮紙をひらひらさせながら、しわがれ声で言った。「書類を持ってきました。それに、鞭も準備してあります……ああ、いますぐ執行させてください……」

「いいでしょう、アーガス」アンブリッジが言った。「そこの二人」フレッドとジョージを見下ろしてにらみながら、アンブリッジが言葉を続けた。「わたくしの学校で悪事を働けばどういう目にあうかを、これから思い知らせてあげましょう」

「ところがどっこい」フレッドが言った。「思い知らないね」

フレッドが双子の片われを振り向いた。

「ジョージ、どうやら俺たちは、学生稼業を卒業しちまったな？」

「ああ、俺もずっとそんな気がしてたよ」ジョージが気軽に言った。

「俺たちの才能を世の中で試すときが来たな？」フレッドが聞いた。

「まったくだ」ジョージが言った。

そして、アンブリッジが何も言えないうちに、二人は杖を上げて同時に唱えた。

「アクシオ！　箒よ、来い！」

どこか遠くで、ガチャンと大きな音がした。左のほうを見たハリーは、間一髪で身をかわした。フレッドとジョージの箒が、持ち主めがけて廊下を矢のように飛んできたのだ。一本は、アンブリッジが箒を壁に縛りつけるのに使った、重い鎖と鉄の杭を引きずったままだ。箒は廊下から左に折れ、階段を猛スピードで下り、双子の前でぴたりと止まった。鎖が石畳の床でガチャガチャと大きな音を立てた。

「またお会いすることもないでしょう」フレッドがパッと足を上げて箒にまたがりながら、アンブリッジに言った。

「ああ、連絡もくださいますな」ジョージも自分の箒にまたがった。

フレッドは集まった生徒たちを見回した。群れは声もなく見つめていた。

「上の階で実演した『携帯沼地』をお買い求めになりたい方は、ダイアゴン横丁九十三番地までお越しください。『ウィーズリー・ウィザード・ウィーズ店』でございます」フレッドが大声で言った。「我々の新店舗です！」

「我々の商品を、この老いぼればばぁを追い出すために使うと誓っていただいたホグワーツ生には、特別割引をいたします」ジョージがアンブリッジを指差した。

「二人を止めなさい！」

アンブリッジが金切り声を上げたときには、もう遅かった。尋問官親衛隊が包囲網を縮めたときには、フレッドとジョージは床を蹴り、五メートルの高さに飛び上がっていた。ぶら下がった鉄製の杭が危険をはらんでぶらぶら揺れていた。フレッドは、ホールの反対側で、群集の頭上に自分と同じ高さでピョコピョコ浮いているポルターガイストを見つけた。

「ピーブズ、俺たちにかわってあの女をてこずらせてやれよ」

ピーブズが生徒の命令を聞く場面など、ハリーは見たことがなかった。そのピーブズが、鈴飾りのついた帽子をサッと脱ぎ、敬礼の姿勢を取った。眼下の生徒たちのやんやの喝采を受けながら、フレッドとジョージはくるりと向きを変え、開け放たれた正面の扉をすばやく通り抜け、輝かしい夕焼けの空へと吸い込まれていった。

第三十章　グロウプ

フレッドとジョージの自由への逃走は、それから数日間、何度もくり返し語られた。ハリーは、まもなくこの話がホグワーツの伝説になることはまちがいないと思った。その場面を目撃した者でさえ、それから一週間のうちに、箒に乗った双子が急降下爆撃して、アンブリッジめがけてクソ爆弾を浴びせかけ、正面扉から飛び去ったという話を半分真に受けていた。二人が去った余波で、その直後は双子に続けという大きなうねりが起こった。生徒たちがその話をするのが、しょっちゅうハリーの耳に入ってきた。「正直言って、僕も箒に飛び乗ってここから出ていきたいって思うことがあるよ」とか、「あんな授業がもう一回あったら、僕は即、ウィーズリーしちゃうな」とかだ。

その上、フレッドとジョージは、誰もがそう簡単に二人を忘れられないようにして出ていった。たとえば、東棟の六階の廊下に広がる沼地を消す方法を残していかなかった。アンブリッジとフィルチが、いろいろな方法で取り除こうとしている姿が見られたが、成功していなかった。ついにそ

の区域に縄が張りめぐらされ、フィルチは怒りにギリギリ歯ぎしりしながら、渡し舟で生徒を教室まで運ぶ仕事をさせられた。マクゴナガル先生やフリットウィック先生なら、簡単に沼地を消せるだろうと、ハリーには確信があったが、フレッドとジョージの「暴れバンバン花火」事件のときと同じで、先生方にとっては、アンブリッジに格闘させて眺めるほうがよかったらしい。

さらに、アンブリッジの部屋のドアには箒の形の大穴が二つ開いていた。フレッドとジョージのクリーンスイープが、ご主人様の所に戻るときにぶち開けた穴だ。フィルチが新しいドアを取りつけ、ハリーのファイアボルトはそこから地下牢に移された。うわさでは、アンブリッジがそこに武装したトロールの警備員を置いて、見張らせているらしい。しかし、アンブリッジの苦労はまだまだこんなものではなかった。

フレッドとジョージの例に触発され、大勢の生徒が、いまや空席になった「悪ガキ大将」の座を目指して競いはじめたのだ。新しいドアを取りつけたのに、誰かがこっそりアンブリッジの部屋に「毛むくじゃら鼻ニフラー」を忍び込ませ、それがキラキラ光るものを探して、たちまち部屋をめちゃめちゃにしたばかりか、アンブリッジが部屋に入ってきたとき、ずんぐり指をかみ切って指輪を取ろうと飛びかかった。「クソ爆弾」や「臭い玉」がしょっちゅう廊下に落とされ、いまや教室を出るときには「泡頭の呪文」をかけるのが流行になった。誰もかれもが金魚鉢を逆さにかぶったような奇妙な格好にはなったが、確かにそれで新鮮な空気は確保できた。

フィルチは、乗馬用の鞭を手に、悪ガキを捕まえようと血眼で廊下のパトロールをしたが、何しろ数が多いので、どこから手をつけてよいやらさっぱりわからなくなっていた。「尋問官親衛隊」もフィルチを助けようとしていたが、隊員に変なことが次々に起こった。スリザリンのクィディッチ・チームのワリントンは、ひどい皮膚病らしいと医務室にやってきたが、コーンフレークをまぶしたような肌になっていた。パンジー・パーキンソンは鹿の角が生えてきて、次の日の授業を全部休むはめになった。ハーマイオニーは大喜びした。

一方、フレッドとジョージが学校を去る前に、「ずる休みスナックボックス」をどんなにたくさん売っていたかがはっきりした。アンブリッジが教室に入ってくるだけで、気絶するやら、吐くやら、危険な高熱を出すやら、さもなければ鼻血がどっと出てくる生徒が続出した。怒りといらいらで金切り声を上げ、アンブリッジはなんとかしてわけのわからない症状の原因を突き止めようとしたが、生徒たちはかたくなに、「アンブリッジ炎です」と言い張った。四回続けてクラス全員を居残らせたあと、どうしても謎が解けないまま、アンブリッジはしかたなくあきらめ、生徒たちが鼻血を流したり、卒倒したり、汗をかいたり、吐いたりしながら、列を成して教室を出ていくのを許可した。

しかし、そのスナック愛用者でさえ、フレッドの別れの言葉を深く胸に刻んだドタバタの達人、ピーブズにはかなわなかった。狂ったように高笑いしながら、ピーブズは学校中を飛び回り、テーブルをひっくり返し、黒板から急に姿を現し、銅像や花瓶を倒した。ミセス・ノリスは二度も甲冑に閉じ込められ、悲しそうな鳴き声を上げて、カンカンになったフィルチに助け出された。ピーブズはランプを打ち壊し、ろうそくを吹き消し、生徒たちの頭上で火のついた松明をお手玉にして悲鳴を上げさせたし、きちんと積み上げられた羊皮紙の山を、暖炉めがけて崩したり、窓から飛ばせたり、トイレの水道の蛇口を全部引き抜いて三階を水浸しにしたり、朝食のときに毒グモのタランチュラをひと袋、大広間に落としたりした。ちょっとひと休みしたいときは、何時間もアンブリッジにくっついてプカプカ浮かび、アンブリッジが一言言うたびに「ベーッ」と舌を出した。

アンブリッジにわざわざ手を貸す教職員は、フィルチ以外に誰もいなかった。それどころか、フレッド・ジョージ脱出後一週間目に、クリスタルのシャンデリアをはずそうと躍起になっているピーブズのそばを、マクゴナガル先生が知らん顔で通り過ぎるのをハリーは目撃したし、しかも、先生が口を動かさずに「反対に回せばはずれます」とポルターガイストに教えるのを確かに聞いた。

極めつきは、モンタギューがトイレへの旅からまだ回復していないことだった。いまだに混乱と錯乱が続いて、ある火曜日の朝、両親がひどく怒った顔で校庭の馬車道をずんずん歩いてくるのが見えた。

「何か言ってあげたほうがいいかしら？」

モンタギュー夫妻が足音も高く城に入ってくるのを見ようと、「呪文学」の教室の窓ガラスにほおを押しつけながら、ハーマイオニーが心配そうな声で言った。

「何があったのかを。そうすればマダム・ポンフリーの治療に役立つかもしれないでしょ？」

「もちろん、言うな。あいつは治るさ」ロンが無関心に言った。

「とにかく、アンブリッジにとっては問題が増えただろ？」ハリーが満足げな声で言った。

ハリーもロンも、呪文をかけるはずのティーカップを杖でたたいていた。ハリーのカップに足が四本生えたが、短すぎて机に届かず、空中で足をむなしくバタバタさせていた。ロンのほうは、細い足が四本、ひょろひょろと生え、机からカップを持ち上げきれずに、二、三秒ふらふらしたかと思うと、ぐにゃりと曲がり、カップは真っ二つになった。

「レパロ」ハーマイオニーが即座に唱え、杖を振ってロンのカップを直した。「それはそうでしょうけど、でも、モンタギューが永久にあのままだったらどうする？」

「どうでもいいだろ？」

ロンがいらいらと言った。カップは、また酔っ払ったように立ち上がり、ひざが激しく震えていた。

「グリフィンドールから減点しようなんて、モンタギューのやつが悪いんだ。そうだろ？　誰かのことを心配したいなら、ハーマイオニー、僕のことを心配してよ！」

「あなたのこと？」

ハーマイオニーは、自分のカップが、柳模様のしっかりした四本の足で、うれしそうに机の上を逃げていくのを捕まえ、目の前にすえなおしながら言った。

「どうして私があなたのことを心配しなきゃいけないの？」

「ママからの次の手紙が、ついにアンブリッジの検閲を通過して届いたら」

弱々しい足でなんとか重さを支えようとするカップに手を添えながら、ロンが苦々しげに言った。

「僕にとって問題は深刻さ。ママがまた『吠えメール』を送ってきても不思議はないからな」

「でも――」

「見てろよ、フレッドとジョージが出ていったのは僕のせいってことになるから」ロンが憂鬱そうに言った。「ママは僕があの二人を止めるべきだったって言うさ。箒の端をつかまえて、ぶら下がるとか、なんとかして……そうだよ、何もかも僕のせいになるさ」

「だけど、もし**ほんとに**おばさんがそんなことをおっしゃるなら、それは理不尽よ。あなたにはどうすることもできなかったもの！　でも、そんなことはおっしゃらないと思うわ。だって、もしほんとうにダイアゴン横丁に二人の店があるなら、前々から計画していたにちがいないもの」

「うん、でも、それも気になるんだ。どうやって店を手に入れたのかなあ？」

そう言いながら、ロンはカップを強くたたきすぎた。コップの足がまたくじけ、目の前でひくひくしながら横たわった。

「ちょっとうさんくさいよな？　ダイアゴン横丁なんかに場所を借りるのには、ガリオン金貨がごっそりいるはずだ。そんなにたくさんの金貨を手にするなんて、あの二人はいったい何をやってたのか、ママは知りたがるだろうな」

「ええ、そうね。私もそれは気になっていたの」

ハーマイオニーは、足が机につかないハリーの短足カップの周りで、自分のカップにきっちり小さな円を描いてジョギングさせながら言った。

「マンダンガスが、あの二人を説得して盗品を売らせていたとか、何かとんでもないことをさせたんじゃないかと考えていたの」

「マンダンガスじゃないよ」ハリーが短く言った。

「どうしてわかるの?」ロンとハーマイオニーが同時に言った。

「それは――」ハリーは迷ったが、ついに告白する時が来たと思った。だまっているせいで、フレッドとジョージに犯罪の疑いがかかるなら、沈黙を守る意味がない。

「それは、あの二人が僕から金貨をもらったからさ。六月に、三校対抗試合の優勝賞金をあげたんだ」

ショックで沈黙が流れた。やがて、ハーマイオニーのカップがジョギングしたまま机の端から墜落し、床に当たって砕けた。

「まあ、ハリー、**まさか!**」ハーマイオニーが言った。

「ああ、まさかだよ」ハリーが反抗的に言った。「それに、後悔もしていない。僕には金貨は必要なかったし、あの二人なら、すばらしい『いたずら専門店』をやっていくよ」

「だけど、それ、最高だ！」ロンはわくわく顔だ。「みんな君のせいだよ、ハリー――ママは僕を責められない！　ママに教えてもいいかい？」

「うん、そうしたほうがいいだろうな」ハリーはしぶしぶ言った。「特に、二人が盗品の大鍋とか何かを受け取っていると、おばさんがそう思ってるんだったら」

ハーマイオニーはその授業の間、口をきかなかった。しかし、ハリーは、ハーマイオニーの自制心が破れるのは時間の問題だと、鋭く感じ取っていた。そして、そのとおり、休み時間に城を出て、五月の弱い陽射しの下でぶらぶらしていると、ハーマイオニーが何か聞きたそうな目でハリーを見つめ、決心したような雰囲気で口を開いた。

ハリーは、ハーマイオニーが何も言わないうちにさえぎった。

「ガミガミ言ってもどうにもならないよ。もうすんだことだ」ハリーはきっぱりと言った。「フレッドとジョージは金貨を手に入れた――どうやら、もう相当使ってしまった――それに、もう返してもらうこともできないし、そのつもりもない。だから、ハーマイオニー、言うだけむださ」

「フレッドとジョージのことなんか言うつもりじゃなかったわ！」

ハーマイオニーが感情を害したように言った。

ロンがうそつけとばかりフンと鼻を鳴らし、ハーマイオニーはじろりとロンをにらんだ。

「いいえ、ちがいます！」ハーマイオニーが怒ったように言った。「実は、いつになったらスネイプの所に戻って、『閉心術』の訓練を続けるように頼むのかって、それをハリーに聞こうと思ったのよ！」

ハリーは気分が落ち込んだ。フレッド、ジョージの劇的な脱出の話題が尽きてしまうと――もちろんそれまでには何時間もかかったことは確かだが――ロンとハーマイオニーはシリウスがどうしているかを知りたがった。そもそもなぜシリウスと話したかったのか、二人には理由を打ち明けていなかったので、二人に何を話すべきか、ハリーはなかなか考えつかなかった。最終的には正直に、シリウスはハリーが「閉心術」の訓練を再開することを望んでいたと二人に話した。それ以来、話してしまったことをずっと後悔していた。ハーマイオニーはけっしてこの話題を忘れず、ハリーの不意をついて何度も蒸し返したのだ。

「変な夢を見なくなったなんて、もう私には通じないわよ」今度はこう来た。「だって、きのうの夜、あなたがまたブツブツ寝言を言ってたって、ロンが教えてくれたもの」

ハリーはロンをにらみつけた。ロンは恥じ入った顔をするだけのたしなみがあった。

「ほんのちょっとブツブツ言っただけだよ」ロンが弁解がましくもごもご言った。「『もう少し先まで』とか」

「君のクィディッチ・プレーを観ている夢だった」ハリーは残酷なうそをついた。「僕、君がもう少し手を伸ばして、クアッフルをつかめるようにしようとしてたんだ」

ロンの耳が赤くなった。ハリーは復讐の喜びのようなものを感じた。もちろん、ハリーはそんな夢を見たわけではなかった。

昨夜、ハリーはまたしても「神秘部」の廊下を旅した。円形の部屋を抜け、コチコチという音とゆらめく灯りで満ちている部屋を通り、ハリーはまたあのがらんとした、びっしりと棚のある部屋に入り込んだ。棚にはほこりっぽいガラスの球体が並んでいた。

ハリーはまっすぐに九十七列目へと急いだ。左に曲がり、まっすぐ走り……たぶんそのときに寝言を言ったのだろう……**もう少し先まで**……自分の意識が、目を覚まそうともがいているのを感じたからだ……そして、その列の端にたどり着かないうちに、ハリーはベッドに横たわり、四本柱の天蓋を見つめている自分に気づいたのだ。

「心を閉じる**努力はしている**のでしょう？」ハーマイオニーが探るようにハリーを見た。「『閉心術』は続けているのよね？」

「当然だよ」ハリーはそんな質問は屈辱的だという調子で答えたが、ハーマイオニーの目をまっすぐ見てはいなかった。ほこりっぽい球がいっぱいのあの部屋に何が隠されているのか、ハリーは興味津々で、夢が続いてほしいと願っていたのだ。

試験まで一か月を切ってしまい、空き時間はすべて復習に追われ、ベッドに入るころには頭が勉強した内容でいっぱいになり、眠ることさえ難しくなってきたことが問題だった。やっと眠ったと思えば、過度に興奮した脳みそは、毎晩試験に関するばかばかしい夢ばかり見せてくれた。それに、どうやらいまや心の一部が——その部分はハーマイオニーの声で話すことが多かったのだが——廊下をさまよい黒い扉にたどり着くたびに、後ろめたい気持ちを感じるようになったのではないかとハリーは思った。心のその部分が、旅の終わりにたどり着く前にハリーを目覚めさせた。

「あのさ」ロンがまだ耳を真っ赤にしたままで言った。「モンタギューがスリザリン対ハッフルパフ戦までに回復しなかったら、僕たちにも優勝杯のチャンスがあるかもしれないよ」

「そうだね」ハリーは話題が変わってうれしかった。

「だって、一勝一敗だから——今度の土曜にスリザリンがハッフルパフに敗れれば——」

「うん、そのとおり」ハリーは何がそのとおりなのかわからないで答えていた。ちょうどチョウ・チャンが、絶対にハリーのほうを見ないようにして、中庭を横切っていったところだった。

クィディッチ・シーズンの最後の試合、グリフィンドール対レイブンクローは、五月最後の週末に行われることになっていた。スリザリンはこの前の試合でハッフルパフに僅差で敗れていたが、グリフィンドールはとても優勝する望みを持てる状態ではなかった。その主な理由は（当然誰も本人にはそう言わなかったが）、ゴールキーパーとしてのロンの惨憺たる成績だった。しかし、ロン自身は、新しい楽観主義に目覚めたかのようだった。

「だって、僕はこれ以上下手になりようがないじゃないか?」試合の日の朝食の席で、ロンが暗い顔でハリーとハーマイオニーに言った。「いまや失うものは何もないだろ?」

「あのね」それからまもなく、興奮気味の群集にまじってハリーと一緒に競技場に向かう途中、ハーマイオニーが言った。「フレッドとジョージがいないほうが、ロンはうまくやれるかもしれないわ。あの二人はロンにあんまり自信を持たせなかったから」

ルーナ・ラブグッドが、生きた鷲のようなものを頭のてっぺんに止まらせて二人を追い越していった。

「あっ、まあ、忘れてた!」鷲を見て、ハーマイオニーが叫んだ。ルーナはスリザリン生のグループがゲタゲタ笑いながら指差す中を、鷲の翼をはばたかせながら、平然と通り過ぎていった。「チョウがプレーするんだったわね?」

ハリーは忘れていなかったが、ただ唸るようにあいづちを打った。

二人はスタンドの一番上から二列目に席を見つけた。澄みきった晴天だ。ロンにとってはこれ以上望めないほどの日和だ。ハリーは、どうせだめかもしれないが、「ウィーズリーこそわが王者」の合唱でスリザリンが盛り上がる場面を、ロンがこれ以上作らないでほしいと願った。

リー・ジョーダンはフレッドとジョージがいなくなってからずいぶん元気をなくしていたが、いつものように解説していた。両チームが次々とピッチに出てくると、リーは選手の名前を呼び上げたが、いつもの覇気がなかった。

「……ブラッドリー……デイビース……チャン」

チョウがそよ風につややかな黒髪を波打たせてピッチに現れると、ハリーの胃袋が、後ろ宙返りとまではいかなかったが、かすかによろめいた。どうなってほしいのか、ハリーにはもうわからなくなっていた。ただ、これ以上けんかはしたくなかった。箒にまたがる用意をしながら、ロジャー・デイビースと生き生きとしゃべるチョウの姿を見ても、ほんのちょっとズキンと嫉妬を感じただけだった。

「さて、選手が飛び立ちました！」リーが言った。「デイビースがたちまちクアッフルを取ります。レイブンクローのキャプテン、デイビースのクアッフルです。ジョンソンをかわしました。ベルをかわした。スピネットも……まっすぐゴールをねらいます！　シュートします――そして――そして――」リーが大声で悪態をついた。「デイビースの得点です」

ハリーもハーマイオニーもほかのグリフィンドール生と一緒にうめいた。予想どおり、反対側のスタンドで、スリザリンがいやらしくも歌いはじめた。

ウィーズリーは守れない

万に一つも守れない……

「ハリー」しわがれ声がハリーの耳に入ってきた。「ハーマイオニー……」

横を見ると、ハグリッドの巨大なひげ面が席と席の間から突き出していた。後列の席の前を通ってそこまで来たらしい。通り道に座っていた一年生と二年生が、くしゃくしゃになってつぶれているように見えた。なぜかハグリッドは、姿を見られたくないかのように体を折り曲げていたが、それでもほかの人より少なくとも一メートルは高い。

「なあ」ハグリッドがささやいた。「一緒に来てくれねえか？　いますぐ？　みんなが試合を見ているうちに？」

「あ……待てないの、ハグリッド？」ハリーが聞いた。「試合が終わるまで？」

「だめだ」ハグリッドが言った。「ハリー、いまでねえとだめだ……みんながほかに気を取られているうちに……なっ？」

ハグリッドの鼻からゆっくり血が滴っていた。両目ともあざになっている。こんなに近くで見るのは、ハグリッドが帰ってきて以来だった。ひどく悲しげな顔をしている。

「いいよ」ハリーは即座に答えた。「もちろん、行くよ」

ハリーとハーマイオニーは、そろそろと列を横に移動した。席を立って二人を通さなければならない生徒たちがブツブツ言った。ハグリッドが移動している列の生徒は文句を言わず、ただできるだけ身を縮めようとしていた。

「すまねえな、お二人さん、ありがとよ」階段の所まで来たとき、ハグリッドが言った。下の芝生に下りるまで、ハグリッドはきょろきょろと神経質にあたりを見回し続けた。「あの女が俺たちの出ていくのに気づかねばええが」

「アンブリッジのこと？」ハリーが聞いた。「大丈夫だよ。『親衛隊』が全員一緒に座ってる。見なかったのかい？　試合中に何か騒ぎが起こると思ってるんだ」

「ああ、まあ、ちいと騒ぎがあったほうがええかもしれん」ハグリッドは立ち止まって、競技場の周囲に目をこらし、そこから自分の小屋まで誰もいないことを確かめた。「時間がかせげるからな」

「ハグリッド、なんなの？」禁じられた森に向かって芝生を急ぎながら、ハーマイオニーが心配そうな顔でハグリッドを見上げた。

「ああ――すぐわかるこった」競技場から大歓声が沸き起こったので、後ろを振り返りながら、ハグリッドが言った。「おい――誰か得点したかな？」

「レイブンクローだろ」ハリーが重苦しく言った。

「そうか……そうか……」ハグリッドは上の空だ。「そりゃええ……」

ハグリッドは大股でずんずん芝生を横切り、二歩歩くごとにあたりを見回した。二人は走らないた。ところがハグリッドは、小屋を通り過ぎ、森の一番端の木立の陰に入り、木に立てかけてあった石弓を取り上げた。二人がついてきていないことに気づくと、ハグリッドは二人のほうに向きなおった。

「こっちに行くんだ」ハグリッドは、もじゃもじゃ頭でぐいと背後を指した。

「森に？」ハーマイオニーは当惑顔だ。

「おう」ハグリッドが言った。「さあ、早く。見つからねえうちに！」

ハリーとハーマイオニーは顔を見合わせた。それからハグリッドに続いて木陰に飛び込んだ。ハグリッドは腕に石弓をかけ、うっそうとした緑の暗がりに入り込み、どんどん二人から遠ざかっていた。ハリーとハーマイオニーは、走って追いかけた。

「ハグリッド、どうして武器を持ってるの？」ハリーが聞いた。

「用心のためだ」ハグリッドは小山のような肩をすくめた。

「セストラルを見せてくれた日には、石弓を持っていなかったけど」ハーマイオニーがおずおずと聞いた。

「うんにゃ。まあ、あんときゃ、そんなに深いとこまで入らんかった」ハグリッドが言った。

「ほんで、とにかく、ありゃ、フィレンツェが森を離れる前だったろうが？」

「フィレンツェがいなくなるとどうしてちがうの？」ハーマイオニーが興味深げに聞いた。

「ほかのケンタウルスが俺に腹を立てちょる。だからだ」

ハグリッドが周りに目を配りながら低い声で言った。

「連中はそれまで――まあ、つき合いがええとは言えんかっただろうが――いちおう俺たちはうまくいっとった。連中は連中で群れとった。そんでも、俺が話してえと言えばいっつも出てきた。もうそうはいかねえ」

ハグリッドは深いため息をついた。

「フィレンツェは、ダンブルドアのために働くことにしたから、みんなが怒ったって言ってた」

ハリーはハグリッドの横顔を眺めるのに気を取られて、突き出している木の根につまずいた。

「ああ」ハグリッドが重苦しく言った。「怒ったなんてもんじゃねえ。烈火のごとくだ。俺が割って入らんかったら、連中はフィレンツェを蹴り殺してたな――」

「フィレンツェを攻撃したの？」ハーマイオニーがショックを受けたように言った。

「した」低く垂れ下がった枝を押しのけながら、ハグリッドがぶっきらぼうに答えた。「群れの半数にやられとった」

「それで、ハグリッドが止めたの？」ハリーは驚き、感心した。「たった一人で？」

「もちろん止めた。だまってフィレンツェが殺されるのを見物しとるわけにはいくまい」ハグリッドが答えた。「俺が通りかかったのは運がよかった、まったく……そんで、バカげた警告なんぞよこす前に、フィレンツェはそのことを思い出すべきだろうが！」ハグリッドが出し抜けに語気を強めた。

ハリーとハーマイオニーは驚いて顔を見合わせたが、ハグリッドはしかめっ面をして、それ以上何も説明しなかった。

「とにかくだ」ハグリッドはいつもより少し荒い息をしていた。「それ以来、ほかの生き物たちも俺に対してカンカンでな。連中がこの森では大っきな影響力を持っとるからやっかいだ……ここではイッチ（一）ばん賢い生き物だからな」

「ハグリッド、それが私たちを連れてきた理由なの？」ハーマイオニーが聞いた。「ケンタウルスのことが？」

「いや、そうじゃねえ」ハグリッドはそんなことはどうでもいいというふうに頭を振った。「うんにゃ、連中のことじゃねえ。まあ、そりゃ、連中のこたぁ、問題を複雑にはするがな、うん……いや、俺が何を言っとるか、もうじきわかる」

わけのわからないこの一言のあと、ハグリッドはだまり込み、また少し速度を上げて進んだ。ハグリッドが一歩進むと、二人は三歩で、追いつくのが大変だった。

小道はますます深い茂みに覆われ、森の奥へと入れば入るほど、木立はびっしりと立ち並んで、夕暮れ時のような暗さだった。ハグリッドがセストラルを見せた空き地は、やがてはるか後方になってしまった。ハグリッドが突然歩道をそれ、木々の間を縫うように、暗い森の中心部へと進みはじめると、それまでは何も不安を感じていなかったハリーも、さすがに心配になった。

「ハグリッド！」ハグリッドがやすやすとまたいだばかりの、イバラのからまり合った茂みを通り抜けようと格闘しながら、ハリーが呼びかけた。かつてこの小道をそれたとき、自分の身に何が起こったかを、ハリーは生々しく思い出していた。「僕たちいったいどこへ行くんだい？」

「もうちっと先だ」ハグリッドが振り返りながら答えた。「さあ、ハリー……これからは固まって行動しねえと」

木の枝やらとげとげしい茂みやらで、ハグリッドについていくのに二人は大奮闘だった。ハグリッドはまるでクモの巣を払うかのようにやすやすと進んだが、ハリーとハーマイオニーのローブは引っかかったりからまったりで、それも半端なもつれ方ではなく、ほどくのにしばらく立ち止まらなければならないこともしばしばだった。ハリーの腕も脚も、たちまち切り傷やすり傷だらけになった。すでに森の奥深く入り込み、薄明かりの中でハグリッドの姿を見ても、前を行く巨大な黒い影のようにしか見えないこともあった。押し殺したような静寂の中では、どんな音も恐ろしく聞こえる。小枝の折れる音が大きく響き、ごく小さなカサカサという音でさえ、それがなんの害もないスズメの立てる音だったとしても、怪しげな姿が見えるのではと、ハリーは暗がりに目を凝らした。そう言えば、こんなに奥深く入り込んだのに、なんの生き物にも出会わなかったのは初めてだ。なんの姿も見えないことが、ハリーにはむしろ不吉な前兆に思えた。

「ハグリッド、杖に灯りをともしてもいいかしら？」ハーマイオニーが小声で聞いた。

「あー……ええぞ」ハグリッドがささやき返した。「むしろ――」

ハグリッドが突然立ち止まり、後ろを向いた。ハーマイオニーがまともにぶつかり、仰向けに吹っ飛んだ。森の地面にたたきつけられる前に、ハリーが危うく抱きとめた。

「ここらでちいと止まったほうがええ。俺が、つまり……おまえさんたちに話して聞かせるのに」ハグリッドが言った。「着く前にな」

「よかった！」ハリーに助け起こされながら、ハーマイオニーが言った。

「ルーモス！　光よ！」二人が同時に唱えた。

杖の先に灯がともった。二本の光線が揺れ、その灯りに照らされて、ハグリッドの顔が暗がりの中から浮かび上がった。ハリーは、その顔がさっきと同じく、気づかわしげで悲しそうなのを見た。

「さて」ハグリッドが言った。「その……なんだ……事は……」

ハグリッドが大きく息を吸った。

「つまり、俺は近々クビになる可能性が高い」

ハリーとハーマイオニーは顔を見合わせ、それからまたハグリッドを見た。

「だけど、これまでもちこたえたじゃない――」ハーマイオニーが遠慮がちに言った。「どうしてそんなふうに思う――」

「アンブリッジが、ニフラーを部屋に入れたのは俺だと思っとる」

「そうなの？」ハリーはつい聞いてしまった。

「まさか、絶対俺じゃねえ！」ハグリッドが憤慨した。「ただ、魔法生物のことになると、アンブリッジは俺と関係があると思うっちゅうわけだ。俺がここに戻ってからずっと、アンブリッジは俺を追い出す機会をねらっとったろうが。もちろん、俺は出ていきたくはねえ。しかし、ほんとうは……特別な事情がなけりゃ、そいつをこれからおまえさんたちに話すが、俺はすぐにでもここを出ていくところだ。トレローニーのときみてえに、学校のみんなの前であいつがそんなことをする前にな」

ハリーとハーマイオニーが抗議の声を上げたが、ハグリッドは巨大な片手を振って押しとどめた。

「なんも、それで何もかもおしめえだっちゅうわけじゃねえ。ここを出たら、ダンブルドアの手助けができる。騎士団の役に立つことができる。そんで、おまえさんたちにゃグラブリー－プランクがいる――おまえさんたちは――ちゃんと試験を乗り切れる……」

ハグリッドの声が震え、かすれた。ハーマイオニーがハグリッドの腕をやさしくたたこうとすると、ハグリッドがあわてて言った。

「俺のことは心配ねえ」

ベストのポケットから水玉模様の巨大なハンカチを引っ張り出し、ハグリッドは目をぬぐった。

「ええか、どうしてもっちゅう事情がなけりゃ、こんなこたあ、おまえさんたちに話しはしねえ。なあ、俺がいなくなったら……その、これだけはどうしても……誰かに言っとかねえと……何しろ俺は——俺はおまえさんたち二人の助けがいるんだ。それと、もしロンにその気があったら」

「僕たち、もちろん助けるよ」ハリーが即座に答えた。「何をすればいいの？」

ハグリッドはグスッと大きく鼻をすすり、無言でハリーの肩をポンポンたたいた。その力で、ハリーは横っ飛びに倒れ、木にぶつかった。

「おまえさんなら、うんと言ってくれると思っとったわい」

ハグリッドがハンカチで鼻をぬぐいながら言った。

「そんでも、俺は……けっして……忘れねえぞ。……そんじゃ……さあ……ここを通ってもうちっと先だ……ほい、気をつけろ、毒イラクサだ……」

それからまた十五分、三人はだまって歩いた。あとどのくらい行くのかと、ハリーが口を開きかけたとき、ハグリッドが右手を伸ばして止まれと合図した。

「ゆーっくりだ」ハグリッドが声を低くした。「ええか、そーっとだぞ……」

三人は忍び足で進んだ。ハリーが目にしたのは、ハグリッドの背丈とほとんど同じ高さの、大きくてなめらかな土塁だった。何かとてつもなく大きな動物のねぐらにちがいないと思うと、ハリーの胃袋が恐怖で揺れた。その周囲はぐるりと一帯に木が根こそぎ引き抜かれ、土塁はむき出しの地面に立ち、その周りに、垣根かバリケードのように、木の幹や太い枝が積んである。ハリー、ハーマイオニー、ハグリッドは、いま、その垣根の外にいた。

「眠っちょる」ハグリッドがヒソヒソ声で言った。

確かに、遠くのほうから、巨大な一対の肺が動いているような規則正しいゴロゴロという音が聞こえてきた。ハリーが横目でハーマイオニーを見ると、わずかに口を開け、恐怖の表情で土塁を見つめている。

「ハグリッド」生き物の寝息に消され、やっと聞き取れるような声で、ハーマイオニーがささやいた。「誰なの?」

ハリーは変な質問だと思った……ハリーは「なんなの?」と聞くつもりだった。

「ハグリッド、話がちがうわ――」いつのまにかハーマイオニーが手にしていた杖が震えている。

「誰も来たがらなかったって言ったじゃない!」

ハリーはハーマイオニーからハグリッドに目を移した。ハッと気がついた。もう一度土塁を見たハリーは、恐怖で小さく息をのんだ。

ハリー、ハーマイオニー、ハグリッドの三人が楽々その上に立てるほどの巨大な土塁は、ゴロゴロという深い寝息に合わせて、ゆっくりと上下していた。土塁なんかじゃない。まちがいなく背中の曲線だ。しかも――。

「その、なんだ――いや――来たかったわけじゃねえんだ」ハグリッドの声は必死だった。

「だけんど、連れてこなきゃなんねえかった。ハーマイオニー、俺はどうしても！」

「でも、どうして？」ハーマイオニーは泣きそうな声だった。「どうしてなの？――いったい――ああ、**ハグリッド！**」

「俺にはわかっていた。こいつを連れて戻って」ハグリッドの声も泣きそうだった。「そんで――そんで少し礼儀作法を教えたら――外に連れ出して、こいつは無害だってみんなに見せてやれるって！」

「無害！」ハーマイオニーが金切り声を上げた。

目の前の巨大な生き物が、眠りながら大きく唸って身動きし、ハグリッドがめちゃめちゃに両手を振って「静かに」の合図をした。

「この人がいままでずっとハグリッドを傷つけていたんでしょう？　だからこんなに傷だらけだったんだわ！」

「こいつは自分の力がわかんねえんだ！」ハグリッドが熱心に言った。「それに、よくなってきたんだ。もうあんまり暴れねえ――」

「それで、帰ってくるのに二か月もかかったんだわ！」

ハーマイオニーは聞いていなかったかのように言った。

「ああ、ハグリッド、この人が来たくなかったのなら、どうして連れてきたの？　仲間と一緒のほうが幸せじゃないのかしら？」

「みんなにいじめられてたんだ、ハーマイオニー、こいつがチビだから！」ハグリッドが言った。

「チビ？」ハーマイオニーが言った。「**チビ？**」

「ハーマイオニー、俺はこいつを残してこれんかった」ハグリッドの傷だらけの顔を涙が伝い、ひげに滴り落ちた。「なあ──こいつは俺の弟分だ！」

ハーマイオニーは口を開け、ただハグリッドを見つめるばかりだった。

「ハグリッド、『弟分』って」ハリーはだんだんにわかった。「もしかして──？」

「まあ──半分だが」ハグリッドが訂正した。「母ちゃんが父ちゃんを捨てたあと、巨人と一緒になったわけだ。そんで、このグロウプができて──」

「グロウプ？」ハリーが言った。

「ああ……まあ、こいつが自分の名前を言うとき、そんなふうに聞こえる」ハグリッドが心配そうに言った。「こいつはあんまり英語をしゃべらねえ……教えようとしたんだが……とにかく、母ちゃんは俺のこともかわいがらんかったが、こいつもおんなじだったみてえだ。そりゃ、巨人の女にとっちゃ、でっけえ子供を作ることが大事なんだ。こいつは初めっから巨人としちゃあ小柄なほうで──せいぜい五、六メートルだ──」

「ほんとに、ちっちゃいわ！」ハーマイオニーはほとんどヒステリー気味に皮肉った。「顕微鏡で見なきゃ！」

「こいつはみんなにこづき回されてた──俺は、どうしてもこいつを置いては──」

「マダム・マクシームもこの人を連れて戻りたいと思ったの？」ハリーが聞いた。

「う──まあ、俺にとってはそれが大切だっちゅうことをわかってくれた」ハグリッドが巨大な両手をねじり合わせながら言った。「だ──だけんど、しばらくすっと、正直言って、ちいとこいつにあきてな……そんで、俺たちは帰る途中で別れた……誰にも言わねえって約束してくれたがな……」

「いったいどうやって誰にも気づかれずに連れてこれたの？」ハリーが聞いた。

「まあ、だからあんなに長くかかったちゅうわけだ」ハグリッドが言った。「夜だけしか移動できんし、人里離れた荒れ地を通るとか。もちろん、そうしようと思えば、こいつは相当の距離を一気に移動できる。だが、何度も戻りたがってな」

「ああ、ハグリッド、いったいどうしてそうさせてあげなかったの！」

引き抜かれた木にぺたんと座り込み、両手で顔を覆って、ハーマイオニーが言った。

「ここにいたくない暴力的な巨人を、いったいどうするつもりなの！」

「そんな、おい――『暴力的』ちゅうのは――ちいときついぞ」

ハグリッドはそう言いながら、相変わらず両手を激しくもみしだいていた。

「そりゃあ、機嫌の悪いときに、俺に二、三発食らわせようとしたこたぁあったかもしれんが、だんだんよくなってきちょる。ずっとよくなって、ここになじんできちょる」

「それなら、この縄はなんのため？」ハリーが聞いた。

ハリーは、若木ほどの太い縄が、近くの一番大きな数本の木にくくりつけられていることに、たったいま気づいた。縄は、地面に丸まり、背を向けて横たわっているグロウプの所まで伸びていた。

「縛りつけておかないといけないの？」ハーマイオニーが弱々しく言った。

「そのなんだ……ん……」ハグリッドが心配そうな顔をした。「あのなあ――さっきも言ったが――こいつは自分の力がちゃんとわかってねえんだ」

ハリーは、このあたりの森に不思議なほど生き物がいない理由が、いまやっとわかった。

「それで、ハリーとロンと私に、何をしてほしいわけ？」

ハーマイオニーが不安そうに聞いた。

「世話してやってくれ」ハグリッドの声がかすれた。「俺がいなくなったら」

ハリーとハーマイオニーはみじめな顔を見合わせた。ハリーは頼まれたことはなんでもするとハグリッドに約束してしまったことに気づき、やりきれない気持ちになった。

「それ――それって、具体的に何をするの？」ハーマイオニーが尋ねた。

「食いもんなんかじゃねえ！」ハグリッドの声に熱がこもった。「こいつは自分で食いもんは取る。問題ねえ。鳥とか、鹿とか……うんにゃ、友達だ、必要なんは。こいつをちょいと助ける仕事を誰かが続けてくれてると思えば、俺は……こいつに教えたりとか、なあ」

ハリーは何も言わず、目の前の地面に横たわる巨大な姿を振り返った。単に大きすぎる人間のように見えるハグリッドとちがい、グロウプは奇妙な形をしている。大きな土塁の左にあるコケむした大岩だと思ったものは、グロウプの頭部だとわかった。人間に比べると、体の割に頭がずっと大きい。ほとんど完全にまん丸で、くるくるとカールした蕨色の毛がびっしり生えている。頭部の一番上に、大きく肉づきのよい耳の縁が片方だけ見え、頭部は、いわばバーノンおじさんのように肩に直接のっかっていて、申し訳程度の首があるだけだ。背中は、獣の皮をざくざく縫い合わせた、汚れた褐色の野良着を着て、とにかく幅広い。グロウプが寝息を立てると、あらい縫い目が少し引っ張られるようだった。両足を胴体の下で丸めている。ハリーは泥んこの巨大なはだしの足裏を見た。ソリのように大きく、地面に二つ重ねて置いてあった。

「僕たちに教育してほしいの……」ハリーはうつろな声で言った。いまになって、フィレンツェの警告の意味がわかった。**ハグリッドがやろうとしていることは、うまくいきません。放棄するほう**

がいいのです。当然、森に棲むほかの生き物たちは、グロウプに英語を教えようと、実りのない試みをしているハグリッドの声を聞いていたにちがいない。

「うん――ちょいと話しかけるだけでもええ」ハグリッドが望みをたくすかのように言った。「どうしてかっちゅうと、こいつに話ができたら、俺たちがこいつを好きなんだっちゅうことが、もっとよくわかるんじゃねえかと思うんだ。そんで、ここにいてほしいんだっちゅうこともな」

ハリーはハーマイオニーを見た。ハーマイオニーは顔を覆った指の間から、ハリーをのぞいた。

「なんだか、ノーバートが戻ってきてくれたらいいのにっていう気になるね？」ハリーがそう言うと、ハーマイオニーは頼りなげに笑った。

「そんじゃ、やってくれるんだな？」ハグリッドは、ハリーのいま言ったことがわかったようには見えなかった。

「うーん……」ハリーはすでに約束に縛られていた。「やってみるよ、ハグリッド」

「おまえさんに頼めば大丈夫だと思っとった」

ハグリッドは涙っぽい顔でニッコリし、またハンカチを顔に押し当てた。

「だが、あんまり無理はせんでくれ……おまえさんたちには試験もある……透明マントを着て、一週間に一度ぐれえかな、ちょいとここに来て、こいつとしゃべってやってくれ。そんじゃ、起こすぞ。そんで――おまえさんたちを引き合わせる――」

「えっ――ダメよ！」ハーマイオニーがはじかれたように立ち上がった。「ハグリッド、やめて。起こさないで、ねえ、私たち別に――」

しかしハグリッドは、もう目の前の大木の幹をまたぎ、グロウプのほうへと進んでいた。あと三メートルほどのところで、ハグリッドは折れた長い枝を拾い上げ、振り返ってハリーとハーマイオニーに大丈夫だという笑顔を見せ、枝の先でグロウプの背中の真ん中をぐいと突いた。

巨人はしんとした森に響き渡るような声で吠えた。頭上の梢から小鳥たちが鳴きながら舞い上がり、飛び去っていった。そして、ハリーとハーマイオニーの目の前で、グロウプの巨大な体が地面から起き上がった。ひざ立ちするのに、巨大な片手をつくと、地面が振動した。誰が眠りをさまたげたのだろうと、グロウプは首を後ろに回した。

「元気か？　グロウピー？」もう一度突けるようにかまえ、長い大枝を持ったままあとずさりしながら、ハグリッドは明るい声を装った。「よく寝たか？　ん？」

ハリーとハーマイオニーはグロウプの姿が見える範囲で、できるだけ後退した。グロウプは、まだ引っこ抜いていない二本の木の間にひざをついていた。そのでっかい顔を、二人は驚いて眺めた。空き地の暗がりに、灰色の満月がすべり込んできたかのような顔だ。巨大な石の玉に目鼻を彫り込んだかのようだ。ずんぐりした不格好な鼻、ひん曲がった口、れんが半分ほどの大きさの黄色い乱杭歯、目は巨人の尺度で言えば小さく、にごった緑褐色で、起き抜けのいまは半分目やにでふさがれている。グロウプはクリケットのボールほどもある汚い指関節でゴシゴシ両目をこすり、なんの前触れもなく、驚くほどすばやく、機敏に立ち上がった。

「アーッ！」ハリーのそばで、ハーマイオニーが恐怖の声を上げるのが聞こえた。

グロウプの両手と両足を縛った縄のくくりつけられている木々が、ギシギシと不吉にきしんだ。ハグリッドの言ったとおり、グロウプは少なくとも五メートルはある。寝ぼけまなこであたりを見回すと、グロウプはビーチパラソルほどもある手を伸ばし、そびえ立つ松の木の高い枝にあった鳥の巣をつかみ、鳥がいないのに気を悪くしたらしく、吠えながら巣をひっくり返した。鳥の卵が手榴弾のように地面めがけて落ち、ハグリッドは両腕でサッと頭をかばった。

「ところでグロウピー」また卵が落ちてきはしないかと心配そうな顔で上を見ながら、ハグリッドが叫んだ。「友達を連れてきたぞ。覚えとるか？　連れてくるかもしれんと言ったろうが？　俺がちっと旅に出るかもしれんから、おまえの世話をしてくれるように、友達に任せていくちゅうたが、覚えとるか？　どうだ？　グロウピー？」

しかしグロウプはまた低く吠えただけだった。ハグリッドの言うことを聞いているのかどうか、だいたい、その音を言語として認識しているのかどうかもわからなかった。グロウプは、今度は松の木の梢をつかみ、手前に引っ張っていた。手を離したらどこまで跳ね返るかを見て単純に楽しむためらしい。

「さあさあ、グロウピー、そんなことやめろ！」ハグリッドが叫んだ。「そんなことしたから、みんな根こそぎになっちまったんだよ——」

　そのとおりだった。ハリーは、木の根元の地面が割れはじめたのを見た。

「おまえに友達を連れてきたんだ！」ハグリッドが叫んだ。「ほれ、友達だ！　下を見ろや、このいたずらっ子め！　友達を連れてきたんだってば！」

「ああ、ハグリッド、やめて」ハーマイオニーがうめくように言った。しかしハグリッドはすでに大枝をもう一度持ち上げ、グロウプのひざに鋭く突きを入れた。

　巨人は木の梢から手を離し、木は脅すように揺れたかと思うと、ハグリッドにチクチクした松の葉の雨を降らせた。巨人は下を見た。

「**こっちは**」ハリーとハーマイオニーのいる所に急いで移動して、ハグリッドが言った。「ハリーだよ、グロウプ！　ハリー・ポッター！　俺が出かけなくちゃなんねえとき、おまえに会いにくるかもしれんよ。いいな？」

　巨人はいまやっと、そこにハリーとハーマイオニーがいることに気づいた。巨人が大岩のような頭を低くして、どんよりと二人を見つめるのを、二人とも戦々恐々として見ていた。

「そんで、こっちはハーマイオニーだ。なっ？　ハー——」ハグリッドが言いよどみ、ハーマイオニーのほうを見た。「ハーマイオニー、ハーミーって呼んでもかまわんか？　何せ、こいつには難しい名前なんでな」

「かまわないわ」ハーマイオニーが上ずった声で答えた。

「ハーミーだよ、グロウプ！　そんで、この人も訪ねてくるからな！　よかったなあ？　え？　友達が二人もおまえを――**グロウピー、ダメ！**」

グロウプの手が突然シュッとハーマイオニーのほうに伸びてきた。ハリーがハーマイオニーをつかまえ、後ろの木の陰へと引っ張った。グロウプの手が空を握り、握り拳がその木の幹をこすった。

「**悪い子だ、グロウピー！**」ハグリッドのどなる声が聞こえた。ハーマイオニーは木の陰でハリーにしがみつき、ヒイヒイ悲鳴を上げながら震えていた。「**とっても悪い子だ！　そんなふうにつかむんじゃ――イテッ！**」

ハリーが木の陰から首を突き出すと、ハグリッドが手で鼻を押さえて仰向けに倒れているのが見えた。グロウプはどうやら興味がなくなったようで、また頭を上げ、松の木をもう一度引っ張れるだけ引っ張っていた。

「よーふ」ハグリッドは片手で鼻血の出ている鼻をつまみ、もう一方で石弓を握りながら立ち上がり、フガフガと言った。「さてと……これでよし……おまえさんたちはこいつに会ったし――今度ここに来るときは、こいつはおまえさんたちのことがわかる。うん……さて……」

ハグリッドはグロウプを見上げた。グロウプは大岩のような顔に、無心な喜びの表情を浮かべ、松の木を引っ張っていた。松の根が地面から引き裂かれてきしむ音がした。

「まあ、今日のところは、こんなとこだな」ハグリッドが言った。「そんじゃ――もう帰るとするか？」

ハリーとハーマイオニーがうなずいた。ハグリッドは石弓を肩にかけなおし、鼻をつまんだまま、先頭に立って森の中に戻っていった。

しばらく誰も話をしなかった。遠くから、グロウプがついに松の木を引き抜いてしまったらしいドスンという音が聞こえたときも、だまっていた。ハーマイオニーは青ざめて厳しい顔をしていた。ハリーは言うべき言葉を何も思いつかなかった。ハグリッドがグロウプを禁じられた森に隠していると誰かに知れたら、いったいどうなるんだろう？　しかも、ハリーは、ロン、ハーマイオニーと三人で巨人を教育するという、まったく無意味なハグリッドの試みを継続すると約束してしまった。牙のある怪物はかわいくて無害だと思い込む能力がとんでもなく豊かなハグリッドだが、グロウプがヒトと交わることができるようになるなんて、よくもそんな思い込みができるものだ。

「ちょっと待て」突然ハグリッドが言った。その後ろで、ハリーとハーマイオニーが、うっそうとしたニワヤナギの群生地を通り抜けるのに格闘しているときだった。ハグリッドは肩の矢立てから矢を一本引き抜き、石弓につがえた。ハリーとハーマイオニーは杖をかまえた。歩くのをやめたので、二人にも近くで何か動く物音が聞こえた。

「おっと、こりゃあ」ハグリッドが低い声で言った。

「ハグリッド、言ったはずだが？」深い男の声だ。「もう君は、ここでは歓迎されざる者だと」

男の裸の胴体が、まだらな緑の薄明かりの中で、一瞬宙に浮いているように見えた。やがて、男の腰の部分が、栗毛の馬の胴体になめらかに続いているのが見えた。気位の高い、ほお骨の張った顔、長い黒髪のケンタウルスだった。ハグリッドと同じように、武装している。矢の詰まった矢立てと長弓とを両肩に引っかけていた。

「元気かね、マゴリアン？」ハグリッドが油断なく挨拶した。

そのケンタウルスの背後の森がガサゴソ音を立て、あと四、五頭のケンタウルスが現れた。黒い胴体、あごひげを生やした一頭は、見覚えのあるベインだ。ほぼ四年前、フィレンツェに出会ったと同じあの夜に会っている。ベインはハリーを見たことがあるというそぶりをまったく見せなかった。

「さて」ベインは危険をはらんだ声でそう言うと、すぐにマゴリアンのほうを見た。「この森に再びこのヒトが顔を出したら、我々はどうするかを決めてあったと思うが」

「いま俺は、『このヒト』なのか？」ハグリッドが不機嫌に言った。「おまえたち全員が仲間を殺すのを止めただけなのに？」

「ハグリッド、君は介入するべきではなかった」マゴリアンが言った。「我々のやり方は、君たちとはちがうし、我々の法律もちがう。フィレンツェは仲間を裏切り、我々の名誉をおとしめた」

「どうしてそういう話になるのか、俺にはわからん」ハグリッドがもどかしそうに言った。「あいつはアルバス・ダンブルドアを助けただけだろうが――」

「フィレンツェはヒトの奴隷になり下がった」深いしわが刻まれた険しい顔の、灰色のケンタウルスが言った。

「**奴隷！**」ハグリッドが痛烈な言い方をした。「ダンブルドアの役に立っとるだけだろうが――」

「我々の知識と秘密を、ヒトに売りつけている」マゴリアンが静かに言った。「それほどまでの恥辱を回復する道はありえない」

「そんならそれでええ」ハグリッドが肩をすくめた。「しかし、俺に言わせりゃ、おまえさんたちはどえらいまちがいを犯しちょる――」

「おまえもそうだ、ヒトよ」ベインが言った。「我々の警告にもかかわらず、我らの森に戻ってくるとは――」

「おい、よく聞け」ハグリッドが怒った。「言わせてもらうが、『我らの』森が聞いてあきれる。森に誰が出入りしようと、おまえさんたちの決めるこっちゃねえだろうが――」

「君が決めることでもないぞ、ハグリッド」マゴリアンがよどみなく言った。「今日のところは見逃してやろう。君には連れがいるからな。君の若駒が――」

「こいつのじゃない！」ベインが軽蔑したようにさえぎった。「マゴリアン、学校の生徒だぞ！

たぶん、すでに、裏切り者のフィレンツェの授業の恩恵を受けている」

「そうだとしても」マゴリアンが落ち着いて言った。「仔馬を殺すのは恐ろしい罪だ――我々は無垢なものに手出しはしない。今日は、ハグリッド、行くがよい。これ以後は、ここに近づくではない。裏切り者フィレンツェが我々から逃れるのに手を貸したときから、君はケンタウルスの友情を喪失したのだ」

「おまえさんたちみてえな老いぼれラバの群れに、森からしめ出されてたまるか！」ハグリッドが大声を出した。

「ハグリッド」ハーマイオニーがかん高い恐怖の声を上げた。ベインと灰色のケンタウルスの二頭がひづめで地面をかいていた。「行きましょう。ねえ、行きましょうよ！」

ハグリッドは立ち去りかけたが、石弓をかまえたまま、目は脅すようにマゴリアンをにらみ続けていた。

「君が森に何を隠しているか、我々は知っているぞ、ハグリッド！」ケンタウルスたちの姿が見えなくなったとき、マゴリアンの声が背後から追いかけてきた。「それに、我々の忍耐も限界に近づいているのだ！」

ハグリッドは向きを変えた。マゴリアンの所にまっすぐ取って返したいという様子がむき出しだった。

「あいつがこの森にいるかぎり、おまえたちは忍耐しろ！　森はおまえたちのものでもあるし、あいつのものでもあるんだ！」ハグリッドが叫んだ。ハリーとハーマイオニーは、ハグリッドをそのまま歩かせようと、モールスキンの半コートを力のかぎり押していた。しかめっ面のまま、ハグリッドは下を見た。二人が自分を押しているのを見ると、ハグリッドの顔はちょっと驚いた表情に変わった。押されているのを感じていなかったらしい。

「落ち着け、二人とも」ハグリッドは歩きはじめた。二人はハァハァ言いながら、その後ろについていった。「しかし、いまいましい老いぼれラバだな、え？」

「ハグリッド」ハーマイオニーが来るときも通ってきた毒イラクサの群生をさけて通りながら、声をひそめて言った。「ケンタウルスが森にヒトを入れたくないとすれば、ハリーも私も、どうにもできないんじゃないかって気が――」

「ああ、連中が言ったことを聞いたろうが」ハグリッドは相手にしなかった。「仔馬――つまり、子供は傷つけねえ。とにかく、あんな連中に振り回されてたまるか」

「いい線いってたけどね」ハリーががっくりしているハーマイオニーに向かってつぶやいた。

やっと歩道の小道に戻り、十分ほど歩くと、木立が徐々にまばらになり、青空が切れ切れに見えるようになってきた。そして遠くから、はっきりした歓声と叫び声が聞こえてきた。

「またゴールを決めたんか？」クィディッチ競技場が見えてきたとき、木々に覆われた場所で立ち止まって、ハグリッドが聞いた。「それとも、試合が終わったと思うか？」

「わからないわ」ハーマイオニーがみじめな声を出した。ハリーが見ると、森でよれよれになったハーマイオニーの姿は悲惨だった。髪は小枝や木の葉だらけで、ローブは数か所破れ、顔や腕に数え切れないほどの引っかき傷がある。自分も同じようなものだとハリーは思った。

「どうやら終わったみてえだぞ！」ハグリッドはまだ競技場のほうに目を凝らしていた。「ほれ――もうみんな出てきた――二人とも、急げば集団に紛れ込める。そんで、二人がいなかったことなんぞ、誰にもわかりゃせん！」

「そうだね」ハリーが言った。「さあ……ハグリッド、それじゃ、またね」

「信じられない」ハグリッドに聞こえない所まで来たとたん、ハーマイオニーが動揺しきった声で言った。「信じられない。**ほんとに**信じられない」

「落ち着けよ」ハリーが言った。

「落ち着けなんて！」ハーマイオニーは興奮していた。「巨人よ！　森に巨人なのよ！　それに、その巨人に私たちが英語を教えるんですって！　しかも、もちろん、殺気立ったケンタウルスの群れに、途中気づかれずに森に出入りできればの話じゃない！　ハグリッドったら、信じられない。ほんとに**信じられない**わ」

「僕たち、まだなんにもしなくていいんだ！」ペチャクチャしゃべりながら城へと帰るハッフルパフの流れにもぐり込みながら、ハリーは低い声でハーマイオニーをなだめようとした。

「追い出されなければ、ハグリッドは僕たちになんにも頼みやしない。それに、ハグリッドは追い出されないかもしれない」

「まあ、ハリー、いいかげんにしてよ！」ハーマイオニーが憤慨し、その場で石のように動かなくなったので、後ろを歩いていた生徒たちは、ハーマイオニーを迂回して歩かなければならなかった。

「ハグリッドは必ず追い出されるわよ。それに、はっきり言って、いましがた目撃したことから考えて、アンブリッジが追い出しても無理もないじゃない？」

一瞬言葉がとぎれ、ハリーがハーマイオニーをじっとにらんだ。ハーマイオニーの目にじんわりと涙がにじんできた。

「本気で言ったんじゃないよね」ハリーが低い声で言った。

「ええ……でも……そうね……本気じゃないわ」ハーマイオニーは怒ったように目をこすった。

「でもどうしてハグリッドは苦労をしょい込むのかしら？ ……それに**私たちにまで**どうして？」

「さあ――」

ウィーズリーはわが王者

ウィーズリーはわが王者
クアッフルをば止めたんだ
ウィーズリーはわが王者……

「それに、あのバカな歌を歌うのをやめてほしい」ハーマイオニーは打ちひしがれたように言った。「あの連中、まだからかい足りないって言うの？」

大勢の生徒が、競技場から芝生をひたひたと上ってきた。

「さあ、スリザリン生と顔を合わせないうちに中に入りましょうよ」ハーマイオニーが言った。

ウィーズリーは守れるぞ
万に一つも逃さぬぞ
だから歌うぞ、グリフィンドール
ウィーズリーはわが王者

「ハーマイオニー……」ハリーが何かに気づいたように言った。

歌声はだんだん大きくなってきた。しかし、緑と銀色の服を着たスリザリン生の群れからではなく、ゆっくりと城に向かってくる、赤と金色の集団から湧き上がっていた。誰かが大勢の生徒に肩車されている。

ウィーズリーはわが王者
ウィーズリーはわが王者
クアッフルをば止めたんだ
ウィーズリーはわが王者……

「うそ？」ハーマイオニーが声を殺した。

「**やった！**」ハリーが大声を上げた。

「**ハリー！　ハーマイオニー！**」

銀色のクィディッチ優勝杯を振りかざし、我を忘れて、ロンが叫んでいる。

「**やったよ！　僕たち勝ったんだ！**」

ロンが通り過ぎるとき、二人はニッコリとロンを見上げた。正面扉のあたりが混雑してもみ合い、ロンは楣石にかなりひどく頭をぶつけた。それでも誰もロンを下ろそうとしなかった。歌い続けながら、群れは無理やり玄関ホールを入り、姿が見えなくなった。ハリーとハーマイオニーはニッコリ笑いながら、「ウィーズリーはわが王者」の最後の響きが聞こえなくなるまで集団を見送った。それから二人で顔を見合わせた。笑いが消えていった。

「あしたまでだまっていようか？」ハリーが言った。

「ええ、いいわ」ハーマイオニーがうんざりしたように言った。「私は急がないわよ」

二人は一緒に石段を上った。正面扉のところで二人とも無意識に禁じられた森を振り返った。錯覚かどうかハリーには自信がなかったが、遠くの木の梢から、小鳥の群れがいっせいに飛び立ったような気がした。いままで巣をかけていた木が、根元から引っこ抜かれたかのように。

第三十一章　ふ・く・ろ・う

グリフィンドールにからくも優勝杯をもたらした立役者のロンは、有頂天で、次の日はなんにも手につかないありさまだった。試合の一部始終を話したがるばかりで、ハリーとハーマイオニーは、グロウプのことを切り出すきっかけがなかなかつかめなかった。もっとも二人とも積極的に努力したわけではない。こんな残酷なやり方でロンを現実に引き戻すのは、どちらも気が進まなかったのだ。その日も暖かな晴れた日だったので、二人は湖のほとりのブナの木陰で勉強しようとロンを誘った。談話室よりそこのほうが盗み聞きされる危険性が少ないはずだ。

ロンは、はじめあまり乗り気ではなかった。――ときどき爆発する「ウィーズリーはわが王者」の歌声はもちろんのこと、グリフィンドール生がロンの座っている椅子を通り過ぎるとき、背中をたたいていくのがすっかり気に入っていたからだ――しかし、しばらくすると、新鮮な空気を吸ったほうがいいという意見に従った。

ブナの木陰で本を広げ、それぞれに座ったが、ロンは試合最初のゴールセーブの話を、もう十数回目になるのに、またしても一部始終二人に聞かせた。

「でもさ、ほら、もうデイビースのゴールを一回許しちゃったあとだから、僕、そんなに自信はなかったんだ。だけど、どうしたのかなぁ、ブラッドリーがどこからともなく突っ込んできたとき、僕は思ったんだ——**やるぞ！**　どっちの方向に飛ぶかを決めるのはほんの一瞬さ。だって、やつは右側のゴールをねらっているみたいに見えたんだ——もちろん僕の右、やつの左ね——だけど、変なんだよね。僕、やつがフェイントをかましてくるような気がしたんだ。一か八か、僕は左に跳んだね——やつの右だけどね——そして——まあ——結果は観てただろう」

ロンは最後を控えめに語り終え、必要もないのに髪を後ろにかき上げ、見せびらかすように風に吹かれた効果を出しながら近くにいた生徒たちにちらっと目をやり——ハッフルパフの三年生が固まってうわさ話をしていた——自分の話が聞こえたかどうかチェックした。

「それで、チェンバーズがそれから五分後に攻めてきたとき——どうしたんだ？」ハリーの表情を見て、ロンは話を中断した。「何をニヤニヤしてるんだ？」

「してないよ」

ハリーはあわててそう言うと、下を向いて「変身術」のノートを見ながら、まじめな顔に戻そうとした。ほんとうのことを言えば、ロンの姿がもう一人別のグリフィンドールのクィディッチ選手と重なってしかたがなかったのだ。かつてこの同じ木の下に座って髪をくしゃくしゃにしていた人だ。

「ただ、僕たちが勝ったのがうれしいだけさ」

「ああ」ロンは「**僕たちが勝った**」の言葉をかみしめるかのようにゆっくりと言った。

「ジニーに鼻先からスニッチを奪われたときの、チャンの顔を見たか?」

「たぶん、泣いたんじゃないか?」ハリーは苦い思いで言った。

「ああ、うん――どっちかっていうとかんしゃくを起こして泣いたっていうほうが……」ロンはけげんな顔をした。「だけど、チャンが地上に降りたとき、箒を投げ捨てたのは見たんだろ?」

「ん――――」ハリーが言いよどんだ。

「あの、実は……ロン、見てないの」ハーマイオニーが大きなため息をつき、本を置いて申し訳なさそうにロンを見た。「実はね、ハリーと私が観たのは、デイビースが最初にゴールしたところだけなの」

念入りにくしゃくしゃにしたロンの髪が、がっくりとしおれたように見えた。

「観てなかったの?」二人の顔を交互に見ながら、ロンがか細く言った。「僕がゴールを守ったとこ、一つも見てないの?」

「あの――そうなの」ハーマイオニーが、なだめるようにロンのほうに手を差し伸べながら言った。「でも、ロン、そうしたかったわけじゃないのよ――どうしても行かなきゃならなかったの!」

「へえ？」ロンの顔がだんだん赤くなってきた。「どうして？」

「ハグリッドのせいだ」ハリーが言った。「巨人の所から帰って以来、いつも傷だらけだったわけを、僕たちに教えてくれる気になったんだ。一緒に森に来てほしいって言われて、断れなかった。ハグリッドのやり方はわかるだろ？　それで……」

話は五分で終わった。最後のほうになると、ロンの怒りは、まったく信じられないという表情に変わっていた。

「一人連れて帰って、森に隠してた？」

「そう」ハリーが深刻な顔で言った。

「まさか」否定することで事実を事実でなくすることができるかのように、ロンが言った。「まさか、そんなことしないだろう」

「それが、したのよ」ハーマイオニーがきっぱり言った。

「グロウプは約五メートルの背丈、六メートルもの松の木を引っこ抜くのが好きで、私のことは」ハーマイオニーはフンと鼻を鳴らした。「**ハーミー**って名前で知ってるわ」

ロンは不安をごまかすかのように笑った。

「それで、ハグリッドが僕たちにしてほしいことって……？」

「英語を教えること。うん」ハリーが言った。

「正気を失ってるな」ロンが恐れ入りましたという声を出した。

「ほんと」ハーマイオニーが『中級変身術』の教科書をめくり、ふくろうがオペラグラスに変身する一連の図解をにらみながら、いらいらと言った。「そう。私もハグリッドがおかしくなったと思いはじめてるのよ。でも、残念ながら、私もハリーも約束させられたの」

「じゃ、約束を破らないといけない。それで決まりさ」ロンがきっぱりと言った。「だってさ、いいか……試験が迫ってるんだぜ。しかも、あとこのくらいで――」ロンは手を上げて、親指と人差し指をほとんどくっつくぐらいに近づけてみせた。「――僕たち追い出されそうなんだぜ。なんにもしなくとも。それに、とにかく……ノーバートを覚えてるか？　アラゴグは？　ハグリッドの仲よし怪物とつき合って、よかった例があるか？」

「わかってるわ。でも――私たち、約束したの」ハーマイオニーが小さな声で言った。

ロンは不安そうな顔で、髪を元どおりになでつけた。

「まあね」ロンがため息をついた。「ハグリッドはまだクビになってないだろ？　これまでもちこたえたんだ。今学期いっぱいもつかもしれないし、そしたらグロウプの所に行かなくてすむかもしれない」

城の庭はペンキを塗ったばかりのように、陽の光に輝いていた。雲一つない空が、キラキラ光るなめらかな湖に映る自分の姿にほほえみかけ、つややかな緑の芝生が、やさしいそよ風に時折さざ波を立てている。もう六月だった。しかし、五年生にとっては、その意味はただ一つだ。ついにO・W・L試験がやってきた。

先生方はもう宿題を出さず、試験に最も出題されそうな予想問題の練習に時間を費やした。目的に向かう熱っぽい雰囲気が、ハリーの頭からO・W・L以外のものをほとんど全部追い出していた。ただときどき、「魔法薬」の授業中に、ルーピンはスネイプに「閉心術」の特訓を続けなければならないと言ったのだろうか、と考えることがあった。もし言ったのなら、スネイプはいま、ハリーを無視していると同じように、ルーピンをも完全に無視していることになる。ハリーにとっては好都合だった。スネイプとの追加の訓練がなくともハリーは充分に忙しかったし、緊張していた。ハーマイオニーもこのごろは試験に気を取られるあまり、「閉心術」についてしつこく言わなくなっていたので、ハリーはホッとしていた。ハーマイオニーは長い時間ひとりでブツブツ言っていたし、このところ何日もしもべ妖精の服を置いていない。

O・W・L試験が確実に近づいてくると、おかしな行動を取るのはハーマイオニーだけではなかった。アーニー・マクミランは誰かれなく捕まえては勉強のことを質問するというくせがつき、みんなをいらいらさせた。

「一日に何時間勉強してる？」

ハリーとロンが「薬草学」の教室の外に並んでいると、マクミランがギラギラと落ち着かない目つきで質問した。

「さあ」ロンが言った。「数時間だろ」

「八時間より多いか、少ないか？」

「少ないと思うけど」ロンは少し驚いた顔をした。

「僕は八時間だ」アーニーが胸をそらした。「八時間か九時間さ。毎日朝食の前に一時間やってる。平均で八時間だ。週末に調子がいいときは十時間できるし、月曜は九時間半やった。火曜はあんまりよくなかった――七時間十五分しかやらなかった。それから水曜日は――」

この時点で、スプラウト先生がみんなを三号温室に招じ入れ、アーニーは独演会をやめざるをえなくなったので、ハリーはとてもありがたかった。

一方、ドラコ・マルフォイはちがったやり方で周りにパニックを引き起こしていた。

「もちろん、知識じゃないんだよ」

試験開始の数日前、マルフォイが「魔法薬」の教室の前で、クラッブとゴイルに大声で話しているのをハリーは耳にした。

「誰を知っているかなんだ。ところで、父上は魔法試験局の局長とは長年の友人でね――グリゼルダ・マーチバンクス女史さ――僕たちが夕食にお招きしたり、いろいろと……」

「ほんとうかしら？」ハーマイオニーは驚いてハリーとロンにささやいた。

「もしほんとうでも、僕たちにはなんにもできないよ」ロンが憂鬱そうに言った。

「ほんとうじゃないと思うよ」三人の背後でネビルが静かに言った。「だって、グリゼルダ・マーチバンクスは僕のばあちゃんの友達だけど、マルフォイの話なんか一度もしてないもの」

「ネビル、その人、どんな人？」ハーマイオニーが即座に質問した。「厳しい？」

「ちょっとばあちゃんに似てる」ネビルの声が小さくなった。

「でも、その人と知り合いだからって、君が不利になるようなことはないだろ？」ロンが力づけるように言った。

「ああ、全然関係ないと思う」ネビルはますますみじめそうに言った。「ばあちゃんが、マーチバンクス先生にいっつも言うんだ。僕が父さんのようにはできがよくないって……ほら……ばあちゃんがどんな人か、聖マンゴで見ただろ……」

ネビルはじっと床を見つめた。ハリー、ロン、ハーマイオニーは互いに顔を見合わせたが、なんと言っていいかわからなかった。魔法病院で三人に出会ったことをネビルが認めたのは、これが初めてだった。

そうこうするうちに、五年生と七年生の間では、精神集中、頭の回転、眠気覚ましに役立つものの闇取引が大繁盛しだした。ハリーとロンは、レイブンクローの六年生、エディ・カーマイケルが売り込んだ「バルッフィオの脳活性秘薬」に相当ひかれた。一年前の夏、自分がO・W・Lで九科目も「O・優」を取れたのは、まったくこの秘薬のおかげだと請け合い、半リットル瓶一本をたったの十二ガリオンで売るというのだ。ロンは、卒業して仕事についたらすぐに代金の半分をハリーに返すと約束した。ところが売買交渉がまとまりかけたとき、ハーマイオニーがカーマイケルから瓶を没収し、中身をトイレに捨ててしまった。

「ハーマイオニー、僕たちあれが買いたかったのに！」ロンが叫んだ。

「バカなことはやめなさい」ハーマイオニーがいがんだ。「いっそのことハロルド・ディングルのドラゴンの爪の粉末でも飲んで、けりをつければ？」

「ディングルがドラゴンの爪の粉末を持ってるの？」ロンが勢い込んだ。

「もう持っていないわ」ハーマイオニーが言った。「私がそれも没収しました。あんなもの、どれも効かないわよ」

「ドラゴンの爪は効くよ！」ロンが言った。「信じられない効果なんだって。脳がほんとに活性化して、数時間ものすごく悪知恵が働くようになるんだって――ハーマイオニー、ひとつまみ僕にくれよ。ねえ、別に毒になるわけじゃなし――」

「なるわ」ハーマイオニーが怖い顔をした。「よく見たら、あれ、実はドクシーのフンを乾かしたものだったもの」

この情報で、ハリーとロンの脳刺激剤熱が冷めた。

次の「変身術」の授業のとき、O・W・L試験の時間割とやり方についての詳細が知らされた。

「ここに書いてあるように」

マクゴナガル先生は、生徒が黒板から試験の日付と時間を写し取る間に説明した。

「みなさんのO・W・Lは二週間にわたって行われます。午前中は理論に関する筆記試験、午後は実技です。『天文学』の実技試験は、もちろん夜に行います」

「警告しておきますが、筆記試験のペーパーには最も厳しいカンニング防止呪文がかけられています。『自動解答羽根ペン』は持ち込み禁止です。『思い出し玉』、『取り外し型カンニング用カフス』、『自動修正インク』も同様です。残念なことですが、毎年少なくとも一人は、魔法試験局の決めたルールをごまかせると考える生徒がいるようです。それがグリフィンドールの生徒でないことを願うばかりです。わが校の新しい――女校長が――」

この言葉を口にしたとき、マクゴナガル先生は、ペチュニアおばさんが特にしつこい汚れをじっと見るときと同じ表情をした。

「――カンニングは厳罰に処すと寮生に伝えるよう、各寮の寮監に要請しました――理由はもちろん、みなさんの試験成績しだいで、本校における新校長体制の評価が決まってくるからです――」

マクゴナガル先生は小さくため息をもらした。骨高の鼻の穴がふくれるのを、ハリーは見た。

「――だからといって、みなさんがベストを尽くさなくてもよいことにはなりません。みなさんは自分の将来を考えるべきなのですから」

「先生」ハーマイオニーが手を挙げた。「結果はいつわかるのでしょうか?」

「七月中にふくろう便がみなさんに送られます」

「よかった」ディーン・トーマスがわざと聞こえるようなささやき声で言った。「なら、夏休みまでは心配しなくてもいいんだ」

ハリーは、これから六週間後にプリベット通りの自分の部屋で、O・W・Lの結果を待つ姿を想像した。まあいいや――ハリーは思った――夏休み中に必ず一回は便りが来るんだから。

最初の試験、「呪文学」の理論は月曜の午前中に予定されている。日曜の昼食後、ハリーはハーマイオニーのテストの準備を手伝うことを承知したが、すぐに後悔した。ハーマイオニーは神経過敏になっていて、自分の答えが完璧かどうかをチェックするのに、ハリーが手にした教科書を何度も引ったくり、はてはハリーの鼻を『呪文学問題集』の本の角でいやというほどたたいてしまった。

「自分ひとりでやったらどうだい?」ハリーは涙をにじませながら本を突っ返した。

一方ロンは、両耳に指を突っ込んで、口をパクパクさせながら、二年分の「呪文学」のノートを読み返していた。シェーマス・フィネガンは、床に仰向けに寝転び、「実体的呪文」の定義を復唱し、ディーンがそれを『基本呪文集(五学年用)』と照らし合わせてチェックしていた。パーバティとラベンダーは、基本的な「移動呪文」の練習中で、それぞれのペンケースをテーブルの縁に沿って動かし、競争させていた。

その夜の夕食は意気が上がらなかった。ハリーとロンはあまり話さなかったが、一日中勉強したあとなので、もりもり食べた。ところがハーマイオニーは、しょっちゅうナイフとフォークを置き、テーブルの下にもぐり込んでは鞄から本をつかみ出し、事実や数字を確かめていた。ちゃんと食べないと夜眠れなくなるよとロンが忠告したその時、ハーマイオニーの指の力が抜け、皿にすべり落ちたフォークがガチャッと大きな音を立てた。

「ああ、どうしよう」玄関ホールのほうをじっと見ながら、ハーマイオニーがかすかな声で言った。「あの人たちかしら？　試験官かしら？」

ハリーとロンは腰かけたままくるりと振り向いた。大広間につながる扉を通して、アンブリッジと、そのそばに立っている古色蒼然たる魔法使いたちの小集団が見えた。ハリーにとってはうれしいことに、アンブリッジがかなり神経質になっているようだった。

「近くに行ってもっとよく見ようか？」ロンが言った。

ハリーとハーマイオニーがうなずき、三人は玄関ホールに続く両開きの扉のほうへと急いだ。敷居を越えたあとはゆっくり歩き、落ち着き払って試験官のそばを通り過ぎた。ハリーは、腰の曲がった小柄な魔女がマーチバンクス教授ではないかと思った。顔はしわくちゃで、クモの巣をかぶっているように見える。アンブリッジがうやうやしく話しかけていた。マーチバンクス教授は少し耳が遠いらしく、アンブリッジ先生とは数十センチしか離れていないのに、大声で答えていた。

「旅は順調でした。順調でしたよ。もう何度も来ているのですからね！」マーチバンクス教授はいらだったように言った。

「ところでこのごろダンブルドアからの便りがない！」箒置き場からでもダンブルドアがひょっこり現れるのを期待しているかのように、教授は目をこらしてあたりを見回した。「どこにおるのか、皆目わからないのでしょうね？」

「わかりません」アンブリッジはハリー、ロン、ハーマイオニーをじろりとにらみながら言った。

今度はロンが靴のひもを結びなおすふりをしながら、三人は階段下でぐずぐずしていた。

「でも、魔法省がまもなく突き止めると思いますわ」

「さて、どうかね」小柄なマーチバンクス教授が大声で言った。「ダンブルドアが見つかりたくないのなら、まず無理だね！　私にはわかりますよ……この私が、N・E・W・Tの『変身術』と『呪文学』の試験官だったのだから……あれほどまでの杖使いは、それまで見たことがなかった」

「ええ……まあ……」アンブリッジが言った。三人は一歩一歩足を持ち上げ、できるだけのろのろと大理石の階段を上っていくところだった。

「教職員室にご案内いたしましょう。長旅でしたから、お茶などいかがかと」

なんだか落ち着かない夜だった。誰もが最後の追い込みで勉強していたが、たいしてはかどっているようには見えなかった。ハリーは早めにベッドに入ったが、何時間もたったのではと思えるほど長い間目がさえて、眠れなかった。進路相談で、どんなことがあってもハリーを「闇祓い」にするために力を貸すと、マクゴナガルが激しく宣言したことを思い出した。いざ試験のときが来てみると、もう少し実現可能な希望を言えばよかったと思った。眠れないのは自分だけではないと、ハリーは気配を感じていた。しかし、寝室の誰も口をきかず、やがて一人、二人とみな眠りに落ちていった。

翌日の朝食のときも、五年生は口数が少なかった。パーバティは小声で呪文の練習をし、目の前の塩入れをピクピクさせていた。ハーマイオニーは『呪文学問題集』を読みなおしていたが、目の動きの早いこと。目玉がぼやけて見えるほどだった。ネビルはナイフとフォークを落としてばかりで、マーマレードを何度もひっくり返した。

朝食が終わると、生徒はみんな教室に行ったが、五年生と七年生は玄関ホールにたむろしてうろうろしていた。九時半になると、クラスごとに呼ばれ、再び大広間に入った。そこは、ハリーが「憂いの篩」で見たとおりに模様替えされていた。父親、シリウス、スネイプがO・W・Lを受けていた場面だ。四つの寮のテーブルは片づけられ、かわりに個人用の小さな机がたくさん、奥の教職員テーブルのほうを向いて並んでいた。一番奥に、生徒と向かい合う形でマクゴナガル先生が立っている。全員が着席し、静かになると、「始めてよろしい」の声とともに、先生は自分の机に置かれた巨大な砂時計をひっくり返した。先生の机にはそのほか、予備の羽根ペン、インク瓶、羊皮紙の巻紙が置いてあった。

ハリーはドキドキしながら試験用紙をひっくり返した。――ハリーの右に三列、前に四列離れた席で、ハーマイオニーはもう羽根ペンを走らせている――ハリーは最初の問題を読んだ。

(a) 物体を飛ばすために必要な呪文を述べよ。
(b) さらにそのための杖の動きを記述せよ。

棍棒が空中高く上がり、トロールの分厚い頭がい骨の上にボクッと大きな音を立てて落ちたときの思い出が、ちらりと頭をよぎった……ハリーはフッと笑顔になり、答案用紙に覆いかぶさるようにして書きはじめた。

「まあ、それほど大変じゃなかったわよね？」

二時間後、玄関ホールで、試験問題用紙をしっかり握ったまま、ハーマイオニーが不安そうに言った。

「『元気の出る呪文』を充分に答えたかどうか自信がないわ。時間が足りなくなっちゃって。しゃっくりを止める反対呪文を書いた？　私、判断がつかなくて。書きすぎたような気がしたし——それと二十三番の問題は——」

「ハーマイオニー」ロンが厳しい声で言った。「もうこのことは了解済みのはずだ……終わった試験をいちいち復習するなよ。本番だけでたくさんだ」

五年生はほかの生徒たちと一緒に昼食をとった（昼食時には四つの寮のテーブルがまた戻っていた）。それから、ぞろぞろと大広間の脇にある小部屋に移動し、実技試験に呼ばれるのを待った。名簿順に何人かずつ名前が呼ばれ、残った生徒はブツブツ呪文を唱えたり、杖の動きを練習したり、ときどきまちがえて互いに背中や目を突いたりしていた。

ハーマイオニーの名前が呼ばれた。一緒に呼ばれたアンソニー・ゴールドスタイン、グレゴリー・ゴイル、ダフネ・グリーングラスとともに、ハーマイオニーは震えながら小部屋を出ていった。テストのすんだ生徒はもう部屋に戻らなかったので、ハリーもロンも、ハーマイオニーの試験がどうだったかわからない。

「大丈夫だよ。『呪文学』のテストで一度一一二点も取ったこと、覚えてるか？」ロンが言った。

十分後、フリットウィック先生が呼んだ。「パーキンソン、パンジー——パチル、パドマ——パチル、パーバティ——ポッター、ハリー」

「がんばれよ」ロンが小声で声援した。

ハリーは手が震えるほど固く杖を握りしめて、大広間に入った。

「トフティ教授の所が空いているよ、ポッター」

扉のすぐ内側に立っていたフリットウィック先生が、キーキー声で言った。先生の指差した奥の隅に小さいテーブルがあり、見たところ一番年老いて一番はげた試験官が座っていた。少し離れた所にマーチバンクス教授がいて、ドラコ・マルフォイのテストを半分ほど終えたところらしい。

「ポッター、だね？」

ハリーが近づくと、トフティ教授はメモを見ながら、鼻めがね越しにハリーの様子をうかがった。

「有名なポッターかね？」

ハリーは、マルフォイがあざけるような目つきで見るのを、目の端からはっきり見た。マルフォイの浮上させていたワイングラスが、床に落ちて砕けた。ハリーはつい、ニヤリとした。トフティ教授が、励ますようにニッコリ笑い返した。

「よーし、よし」教授が年寄りっぽいわなわな声で言った。「硬くなる必要はないでな。さあ、このゆで卵立てを取って、コロコロ回転させてもらえるかの」

全体としてなかなかうまくできたと、ハリーは思った。「浮遊呪文」は、まちがいなくマルフォイのよりずっとよかった。ただ、まずかったと思ったのは、「変色呪文」と「成長呪文」を混同したことで、オレンジ色に変わるはずのネズミが、びっくりするほどふくれ上がり、ハリーがまちがいに気づいて訂正するまでに、穴熊ほどの大きさになっていた。ハリーはその場にハーマイオニーがいなくてよかったと思い、あとになってもそのことはだまっていたが、ロンには話すことができた。ロンが、ディナー用大皿を大キノコに変えてしまい、しかもどうしてそうなったかさっぱりわからなかった、と打ち明けたからだ。

その夜ものんびりしているひまはなかった。夕食後は談話室に直行し、次の日の「変身術」の復習に没頭した。ベッドに入ったとき、ハリーの頭は複雑な呪文モデルや理論でガンガン鳴っていた。

次の日の午前中、筆記試験では「取り替え呪文」の定義を忘れたが、実技のほうは思ったほど悪くはなかった。少なくともイグアナ一匹をまるまる「消失」させることに成功した。一方悲劇は隣のテーブルのハンナ・アボットで、完全に上がってしまい、どうやったのか、課題のケナガイタチをどんどん増やしてフラミンゴの群れにしてしまい、鳥を捕まえたり大広間から連れ出したりで、試験は十分間中断された。

水曜日は「薬草学」の試験だった(「牙つきゼラニウム」にちょっとかまれたほかは、ハリーはまあまあのできだったと思った)。そして、木曜日、「闇の魔術に対する防衛術」だ。ここで初めて、ハリーは確実に合格したと思った。筆記試験はどの質問にも苦もなく解答したし、特に楽しかったのは、実技だった。玄関ホールへの扉のそばで冷ややかに見ているアンブリッジの目の前で、ハリーは「逆呪い」や「防衛呪文」をすべてこなした。

「おーっ、ブラボー！」

「まね妖怪追放呪文」を完全にやってのけたのを見て、再びハリーの試験官をしていたトフティ教授が歓声を上げた。

「いやあ、実によかった！　ポッター、これでおしまいじゃが……ただし……」

教授が少し身を乗り出した。

「わしの親友のティベリウス・オグデンから、君は守護霊を創り出せると聞いたのじゃが？　特別点はどうじゃな……？」

ハリーは杖をかまえ、まっすぐアンブリッジを見つめて、アンブリッジがクビになることを想像した。

「エクスペクト　パトローナム！　守護霊よ来たれ！」

杖先から銀色の牡鹿が飛び出し、大広間を端から端までゆっくりと駆けた。試験官全員が振り向いてその動きを見つめた。牡鹿が銀色の霞となって消えていくと、トフティ教授が静脈の浮き出たゴツゴツした手で、夢中になって拍手した。

「すばらしい！」教授が言った。「よろしい。ポッター、もう行ってよし！」

扉脇のアンブリッジのそばを通り過ぎるとき、二人の目が合った。アンブリッジのだだっ広い、しまりのない口元に意地の悪い笑いが浮かんでいた。しかし、ハリーは気にならなかった。自分の大きな思いちがいでなければ（思いちがいということもあるので、誰にも言うつもりはなかったが）、たったいま、ハリーはO・W・L試験で「O・優」を取ったはずだ。

金曜日、ハーマイオニーは「古代ルーン文字学」の試験だったが、ハリーとロンは一日休みだった。週末に時間がたっぷりあるので勉強はひと休みと、二人は決めた。開け放した窓のそばで伸びをしたりあくびしたりしながら、二人はチェスに興じた。窓から暖かな初夏の風が流れ込んできた。森の端で授業をしているハグリッドの姿が遠くに見えた。ハリーは、どんな生き物を観察しているのだろうと想像した――ユニコーンにちがいない。男の子が少し後ろに下がっているようだから。――その時、肖像画の入口が開いて、ハーマイオニーがよじ登ってきた。ひどく機嫌が悪そうだ。

「ルーン文字学はどうだった？」ロンがウーンと伸びをしながら、あくびまじりで聞いた。

「一つ訳しまちがえたわ」ハーマイオニーが腹立たしげに言った。「『**エーフワズ**』は『**協同**』っていう意味で『**防衛**』じゃないのに。私、『**アイフワズ**』と勘ちがいしたの」

「ああ、そう」ロンは面倒くさそうに言った。「たった一か所のまちがいだろ？　それなら、まだ君は――」

「そんなこと言わないで！」ハーマイオニーが怒ったように言った。「たった一つのまちがいが合格、不合格の分かれ目になるかもしれないのよ。それに、誰かがアンブリッジの部屋にまたニフラーを入れたわ。あの新しいドアからどうやって入れたのかしらね。とにかく、私、いまそこを通ってきたら、アンブリッジがものすごい剣幕で叫んでた――どうやら、ニフラーがアンブリッジの足をパックリ食いちぎろうとしたみたい――」

「いいじゃん」ハリーとロンが同時に言った。

「**よくないの**！」ハーマイオニーが熱くなった。「アンブリッジはハグリッドがやったと思うわ。覚えてる？　ハグリッドがクビになってほしく**ない**でしょ！」

「ハグリッドはいま授業中。ハグリッドのせいにはできないよ」ハリーが窓の外をあごでしゃくった。

「まあ、ハリーったら、ときどきとっても**おひとよし**ね。アンブリッジが証拠の挙がるのを待つとでも思うの？」そう言うなり、ハーマイオニーはカンカンに怒ったままでいることに決めたらしく、さっさと女子寮のほうに歩いていき、ドアをバタンと閉めた。

「愛らしくてやさしい性格の女の子だよな」

クイーンを前進させてハリーのナイトをたたきのめしながら、ロンが小声で言った。

ハーマイオニーの険悪ムードはほとんど週末中続いたが、土、日の大部分を月曜の「魔法薬学」の試験準備に追われていたハリーとロンにとって、無視するのはたやすかった。ハリーが一番受けたくない試験――それに、この試験が「闇祓い」の野望から転落するきっかけになることはまちがいないとハリーは思った。案の定、筆記試験は難しかった。ただ、「ポリジュース薬」の問題は満点が取れたのではないかと思った。二年生のとき、禁を破って飲んだので、その効果は正確に記述できた。

午後の実技は、ハリーの予想していたほど恐ろしいものではなかった。スネイプがかかわっていないと、ハリーはいつもよりずっと落ち着いて魔法薬の調合ができた。ハリーのすぐそばに座っていたネビルも、「魔法薬」のクラスでハリーが見たことがないほどうれしそうだった。

マーチバンクス教授が、「試験終了です。大鍋から離れてください」と言ったとき、サンプル入りのフラスコにコルク栓をしながら、ハリーは、高い点は取れないかもしれないが、運がよければ落第点はまぬかれるだろうという気がした。

「残りはたった四つ」グリフィンドールの談話室に戻りながら、パーバティ・パチルがうんざりしたように言った。

「たった！」ハーマイオニーがかみつくように言った。「**私なんか**、まだ『数占い』があるのよ。たぶん一番手強い学科だわ！」

誰もかみつき返すほど愚かではなかったので、ハーマイオニーはどなる相手が見つからず、結局、談話室でのクスクス笑いの声が大きすぎると、一年生を何人か叱りつけるだけで終わった。

ハリーは、ハグリッドの体面を保つために、火曜日の「魔法生物飼育学」は絶対によい成績を取ろうと決心していた。実技試験は禁じられた森の端の芝生で、午後に行われた。まず、十二匹のハリネズミの中に隠れているナールを正確に見分ける試験だった（コツは、順番にミルクを与えることだ。ナールの針にはいろいろな魔力があり、非常に疑り深く、ミルクを見ると自分を毒殺するつもりだと思って狂暴になることが多い）。次にボウトラックルの正しい扱い方、大火傷を負わずに火蟹に餌をやり、小屋を清掃すること、たくさんある餌の中から病気のユニコーンに与える治療食を選ぶことだった。

ハグリッドが小屋の窓から心配そうにのぞいているのが見えた。今日の試験官はぽっちゃりした小柄な魔女だったが、ハリーにほほえみかけて、もう行ってよろしいと言った。ハリーは城に戻る前に、ハグリッドに向かって「大丈夫」と親指をサッと上げて見せた。

水曜の午前中、「天文学」の筆記試験は充分な出来だった。木星の衛星の名前を全部正しく書いたかどうかは自信がなかったが、少なくともどの衛星にも小ネズミは棲んでいないという確信があった。実技試験は夜まで待たなければならなかったので、午後はそのかわりに「占い学」だった。

「占い学」に対するハリーの期待はもともと低かったが、それにしても結果は惨憺たるものだった。水晶玉は頑として何も見せてくれず、机の上で絵が動くのを見る努力をしたほうがまだましだと思った。「茶の葉占い」では完全に頭に血が上り、「マーチバンクス教授はまもなく丸くて黒いびしょぬれの見知らぬ者と出会うことになる」と予言した。大失敗の極めつきは、「手相学」で生命線と知能線を取りちがえ、「マーチバンクス教授は先週の火曜日に死んでいたはずだ」と告げたことだった。

「まあな、こいつは落第することになってたんだよ」

大理石の階段を上りながら、ロンががっくりして言った。ロンの打ち明け話で、ハリーは少し気分が軽くなっていた。ロンは水晶玉に鼻にイボがある醜い男が見えると、試験官にくわしく描写してみせたらしい。目を上げてみれば、玉に映った試験官本人の顔を説明していたことに気づいたと言うのだ。

「こんなバカげた学科はそもそも最初から取るべきじゃなかったんだ」ハリーが言った。

「でも、これでもうやめられるぞ」ロンが言った。

「ああ、木星と天王星が親しくなりすぎたらどうなるかと心配するふりはもうやめだ」ハリーが言った。

「それに、これからは、茶の葉が『**死ね、ロン、死ね**』なんて書いたって気にするもんか――しかるべき場所、つまりごみ箱に捨ててやる」

ハリーが笑った。その時、後ろからハーマイオニーが走ってきて二人に追いついた。かんにさわるのはまずいと、ハリーはすぐに笑いを止めた。

「ねえ、『数占い』はうまくいったと思うわ」ハリーとロンはホッとため息をついた。「じゃ、夕食の前に、急いで星座図を見なおす時間があるわね……」

「天文学」の塔のてっぺんに着いたのは十一時だった。星を見るのには打ってつけの、雲のない静かな夜だ。校庭が銀色の月光を浴び、夜気が少し肌寒かった。生徒はそれぞれに望遠鏡を設置し、マーチバンクス教授の合図で、配布されていた星座図に書き入れはじめた。

マーチバンクス、トフティ両教授が生徒の間をゆっくり歩き、生徒たちが恒星や惑星を観測して正しい位置を図に書き入れていくのを見てまわった。羊皮紙がこすれる音、時折望遠鏡と三脚の位置を調整する音、そして何本もの羽根ペンが走る音以外は、あたりは静まり返っていた。三十分が経過し、やがて一時間が過ぎた。城の窓灯りが一つ一つ消えていくと、眼下の校庭に映っていた金色に揺らめく小さな四角い光が、次々にフッと暗くなった。

ハリーがオリオン座を図に書き入れ終わったその時、ハリーが立っている手すり壁の真下にある正面玄関の扉が開き、石段とその少し前の芝生まで明かりがこぼれた。ハリーは望遠鏡の位置を少し調整しながら、ちらりと下を見た。明るく照らし出された芝生に、五、六人の細長い影が動くのが見えた。それから扉がピシャリと閉じ、芝生は再び元の暗い海に戻った。

ハリーはまた望遠鏡に目を当て、焦点を合わせなおして、今度は金星を観測した。星座図を見下ろし、金星をそこに書き入れようとしたが、どうも何かが気になる。羊皮紙の上に羽根ペンをかざしたまま、ハリーは目をこらして暗い校庭を見た。五つの人影が芝生を歩いているのが見えた。影が動いていなければ、そして月明かりがその頭を照らしていなければ、その姿は足元の芝生にのまれて見分けがつかなかっただろう。こんな距離からでも、ハリーにはなぜか、集団を率いているらしい一番ずんぐりした姿の歩き方に見覚えがあった。

真夜中過ぎにアンブリッジが散歩をする理由は思いつかない。ましてや四人を従えてだ。その時、誰かが背後で咳をし、ハリーは試験の真っ最中だということを思い出した。金星がどこにあったのかをすっかり忘れてしまった。ハリーは望遠鏡に目を押しつけて金星を再び見つけ出し、もう一度星座図に書き入れようとした。

その時、怪しい物音に敏感になっていたハリーの耳に、遠くでノックをする音が、人気のない校庭を伝わって響いてきた。その直後に、大型犬の押し殺したような吠え声が聞こえた。

ハリーは顔を上げた。心臓が早鐘を打っていた。ハグリッドの小屋の窓に灯りがともり、さっき芝生を横切っていくのを見た人影が、今度はその灯りを受けてシルエットを見せている。戸が開き、輪郭がくっきりとわかる五人の姿が敷居をまたぐのがはっきり見えた。戸が再び閉まり、しんとなった。

ハリーは気が気ではなかった。ロンとハーマイオニーも自分と同じように気づいているかどうか、あたりをちらちら見回した。しかしその時、マーチバンクス教授が背後に巡回してきたので、誰かの答案を盗み見ていると思われてはまずいと、ハリーは急いで自分の星座図をのぞき込み、何か書き加えているふりをした。その実、ハリーは、手すり壁の上から、ハグリッドの小屋をのぞき見ていた。影のような姿はいま、小屋の窓を横切り、一時的に灯りをさえぎった。

マーチバンクス教授の目を首筋に感じて、ハリーはもう一度望遠鏡に目を押し当て、月を見上げたが、月の位置はもう一時間も前に書き入れていたのだ。マーチバンクス教授が離れていったとき、ハリーは遠くの小屋からの吠え声を聞いた。声は闇をつんざいて響き渡り、天文学塔のてっぺんまで聞こえてきた。ハリーの周りの数人が、望遠鏡の後ろからヒョイと顔を出し、ハグリッドの小屋のほうを見た。

トフティ教授がコホンとまた軽く咳をした。

「みなさん、気持ちを集中するんじゃよ」教授がやさしく言った。

大多数の生徒はまた望遠鏡に戻った。ハリーが左側を見ると、ハーマイオニーが放心したようにハグリッドの小屋を見つめていた。

「ウオホン――あと二十分」トフティ教授が言った。

ハーマイオニーは飛び上がって、すぐに星座図に戻った。ハリーも自分の星座図を見た。金星をまちがえて火星と書き入れていたことに気づき、かがんで訂正した。

校庭に**バーン**と大音響がした。あわてて下を見ようとした何人かが、望遠鏡の端で顔を突いてしまい、「アイタッ！」と叫んだ。

ハグリッドの小屋の戸が勢いよく開き、中からあふれ出る光でハグリッドの姿がはっきりと見えた。五人に取り囲まれ、巨大な姿が吠え、両の拳を振り回している。五人がいっせいにハグリッドめがけて細い赤い光線を発射している。「失神」させようとしているらしい。

「やめて！」ハーマイオニーが叫んだ。

「つつしみなさい！」トフティ教授がとがめるように言った。「試験中じゃよ！」

しかし、もう誰も星座図など見てはいなかった。ハグリッドの小屋の周りで赤い光線が飛び交い続けていた。しかし、光線はなぜかハグリッドの体で跳ね返されているようだ。ハグリッドは依然としてがっしりと立ち、ハリーの見るかぎりまだ戦っていた。怒号と叫び声が校庭に響き渡った。

「おとなしくするんだ、ハグリッド！」男が叫んだ。

「おとなしくがくそくらえだ。ドーリッシュ、こんなことで俺は捕まらんぞ！」ハグリッドが吠えた。

ファングの姿が小さく見えた。ハグリッドを護ろうと、周りの魔法使いに何度も飛びかかっている。しかし、ついに「失神光線」に撃たれ、ばったり倒れた。ハグリッドは怒りに吠え、ファングを倒した犯人を体ごと持ち上げて投げ飛ばした。男は数メートルも吹っ飛んだろうか、そのまま起き上がらなかった。ハーマイオニーは両手で口を押さえ、息をのんだ。ハリーがロンを振り返ると、ロンも恐怖の表情を浮かべていた。三人とも、いままでハグリッドが本気で怒ったのを見たことがなかった。

「見て！」手すり壁から身を乗り出していたパーバティが金切り声を上げ、城の真下を指差した。

でいった。

正面扉が再び開いていた。暗い芝生にまた光がこぼれ、一つの細長い影が、芝生を波立たせて進んでいった。

「ほれ、ほれ！」トフティ教授が気をもんだ。「あと十六分しかないのですぞ！」

しかし、いまや誰一人として教授の言うことに耳を傾けてはいなかった。ハグリッドの小屋を目指し、戦いの場へと疾走する人影を見つめていた。

「なんということを！」人影が走りながら叫んだ。「**なんということを！**」

「マクゴナガル先生だわ！」ハーマイオニーがささやいた。

「おやめなさい！　**やめるんです！**」マクゴナガル先生の声が闇を走った。「なんの理由があって攻撃するのです？　何もしていないのに。こんな仕打ちを――」

ハーマイオニー、パーバティ、ラベンダーが悲鳴を上げた。小屋の周りの人影から、四本もの「失神光線」がマクゴナガル先生めがけて発射された。小屋と城のちょうど半ばで、赤い光線がマクゴナガル先生を突き刺した。一瞬、先生の体が輝き、不気味な赤い光を発した。そして体が跳ね上がり、仰向けにドサッと落下し、そのまま動かなくなった。

「南無三！」試験のことをすっかり忘れてしまったかのように、トフティ教授が叫んだ。

「不意打ちだ！　けしからん仕業だ！」

「**卑怯者！**」ハグリッドが大音声で叫んだ。

その声は塔のてっぺんまでにもはっきり聞こえた。城の中でもあちこちで灯りがつきはじめた。

「とんでもねえ卑怯者め！　これでも食らえ——これでもか——」

「あーっ——」ハーマイオニーが息をのんだ。

ハグリッドが一番近くで攻撃していた二つの人影に思いっきりパンチをかました。あっという間に二人が倒れた。気絶したらしい。ハリーはハグリッドが背中を丸めて前かがみになるのを見た。ついに呪文に倒れたかのように見えた。しかし、倒れるどころか、ハグリッドは次の瞬間、背中に袋のようなものを背負ってぬっと立ち上がった。——ぐったりしたファングを肩に担いでいるのだと、ハリーはすぐ気づいた。

「捕まえなさい、捕まえろ！」アンブリッジが叫んだ。しかし一人残った助っ人はハグリッドの拳の届く範囲に近づくのをためらっていた。むしろ、急いであとずさりしはじめ、気絶した仲間の一人につまずいて転んだ。ハグリッドは向きを変え、首にファングを巻きつけるように担いだまま走りだした。アンブリッジが「失神光線」で最後の追い討ちをかけたが、はずれた。ハグリッドは全速力で遠くの校門へと走り、闇に消えた。

静寂に震えが走り、長い一瞬が続いた。全員が口を開けたまま校庭を見つめていた。やがてトフティ教授が弱々しい声で言った。「うむ……みなさん、あと五分ですぞ」

ハリーはまだ三分の二しか図を埋めていなかったが、早く試験が終わってほしかった。ようやく終わると、ハリー、ロン、ハーマイオニーは望遠鏡をいいかげんにケースに押し込み、螺旋階段を飛ぶように下りた。生徒は誰も寮には戻らず、階段の下で、いま見たことを興奮して大声で話し合っていた。

「あの悪魔！」ハーマイオニーがあえぎながら言った。怒りでまともに話もできないほどだった。

「真夜中にこっそりハグリッドを襲うなんて！」

「トレローニーの二の舞をさけたかったのはまちがいない」アーニー・マクミランが、人垣を押し分けて三人の会話に加わり、思慮深げに言った。

「ハグリッドはよくやったよな？」ロンは感心したというより怖いという顔で言った。「どうして呪文が跳ね返ったんだろう？」

「巨人の血のせいよ」ハーマイオニーが震えながら言った。「巨人を『失神』させるのはとても難しいわ。トロールと同じで、とってもタフなの……でもおかわいそうなマクゴナガル先生……『失神光線』を四本も胸に。もうお若くはないでしょう？」

「ひどい、実にひどい」アーニーはもったいぶって頭を振った。「さあ、僕はもう寝るよ。みんな、おやすみ」

いま目撃したことを興奮冷めやらずに話しながら、三人の周りからだんだん人が去っていった。

「少なくとも、連中はハグリッドをアズカバン送りにできなかったな」ロンが言った。「ハグリッドはダンブルドアの所へ行ったんだろうな？」

「そうだと思うわ」ハーマイオニーは涙ぐんでいた。「ああ、ひどいわ。ダンブルドアがすぐに戻っていらっしゃると、ほんとにそう思ってたのに、今度はハグリッドまでいなくなってしまうなんて」

三人が足取りも重くグリフィンドールの談話室に戻ると、そこは満員だった。校庭での騒ぎで何人かの生徒が目を覚まし、その何人かが急いで友達を起こしたのだ。三人より先に帰っていたシェーマスとディーンが、天文学塔のてっぺんで見聞きしたことを、みんなに話して聞かせていた。

「だけど、どうしていまハグリッドをクビにするの？」アンジェリーナ・ジョンソンが腑に落ちないと首を振った。「トレローニーの場合とはちがう。今年はいつもよりずっとよい授業をしていたのに！」

「アンブリッジは半ヒトを憎んでるわ」ひじかけ椅子に崩れるように腰を下ろしながら、ハーマイオニーが苦々しげに言った。「前からずっとハグリッドを追い出そうとねらっていたのよ」

「それに、ハグリッドが自分の部屋にニフラーを入れたって思ったのよ」ケイティ・ベルが言った。

「ゲッ、やばい」リー・ジョーダンが口を覆った。「ニフラーをあいつの部屋に入れたのは僕だよ。フレッドとジョージが二、三匹僕に残していったんだ。浮遊術で窓から入れたのさ」

「アンブリッジはどっちみちハグリッドをクビにしたさ」ディーンが言った。「ハグリッドはダンブルドアに近すぎたもの」

「そのとおりだ」ハリーもハーマイオニーの隣のひじかけ椅子に埋もれた。

「マクゴナガル先生が大丈夫だといいんだけど」ラベンダーが涙声で言った。

「みんなが城に運び込んだよ。僕たち、寮の窓から見てたんだ」コリン・クリービーが言った。

「あんまりよくないみたいだった」

「マダム・ポンフリーが治すわ」アリシア・スピネットがきっぱりと言った。「いままで治せなかったことがないもの」


談話室がからになったのはもう明け方の四時近くだった。ハリーは目がさえていた。ハグリッドが暗闇に疾走していく姿が、脳裏を離れなかった。アンブリッジに腹が立って、どんな罰を与えても充分ではないような気がした。ただし、腹ぺこの尻尾爆発スクリュートの檻に餌として放り込めというロンの意見は、一考する価値があると思った。

ハリーは、身の毛のよだつような復讐はないかと考えながら眠りについたが、三時間後に起きたときは、まったく寝たような気がしなかった。

最後の試験は「魔法史」で、午後に行われる予定だった。朝食後、ハリーはまたベッドに戻りたくてしかたがなかった。しかし、午前中を最後の追い込みに当てていたので、談話室の窓際に座り、両手で頭を抱え、必死で眠り込まないようにしながら、ハーマイオニーが貸してくれた一メートルの高さに積み上げられたノートを拾い読みした。

五年生は二時に大広間に入り、裏返しにされた試験問題の前に座った。ハリーはつかれはてていた。とにかくこれを終えて眠りたい。そして明日、ロンと二人でクィディッチ競技場に行こう——ロンの箒を借りて飛ぶんだ——そして、勉強から解放された自由を味わうんだ。

「試験問題を開けて」大広間の奥からマーチバンクス教授が合図し、巨大な砂時計をひっくり返した。「始めてよろしい」

ハリーは最初の問題をじっと見た。数秒後に、一言も頭に入っていない自分に気づいた。高窓の一つにスズメバチがぶつかり、ブンブンと気が散る音を立てていた。ゆっくりと、まだるっこく、ハリーはやっと答えを書きはじめた。

名前がなかなか思い出せなかったし、年号もあやふやだった。四番の問題は吹っ飛ばした。

四、杖規制法は、十八世紀の小鬼の反乱の原因になったか。それとも反乱をよりよく掌握するのに役立ったか。意見を述べよ。

時間があったらあとでこの問題に戻ろうと思い、第五問に挑戦した。

五、一七四九年の秘密保護法の違反はどのようなものであったか。また、再発防止のためにどのような手段が導入されたか。

自分の答えは重要な点をいくつか見落としているような気がして、どうにも気がかりだ。どこかで吸血鬼が登場したような感じがする。

ハリーは後ろのほうの問題を見て、絶対に答えられるものを探した。十番の問題に目がとまった。

十、国際魔法使い連盟の結成にいたる状況を記述せよ。また、リヒテンシュタインの魔法戦士が加盟を拒否した理由を説明せよ。

頭はどんよりとして動かなかったが、**これならわかる**、とハリーは思った。ハーマイオニーの手書きの見出しが目に浮かぶ。「**国際魔法使い連盟の結成**」……このノートは今朝読んだばかりだ。

ハリーは書きはじめた。ときどき目を上げてマーチバンクス教授の脇の机に置いてある大型砂時計を見た。ハリーの真ん前はパーバティ・パチルで、長い黒髪が椅子の背よりも下に流れている。一、二度、パーバティが頭を少し動かすたびに、髪に小さな金色の光がきらめくのをじっと見つめている自分に気づき、ハリーは自分の頭をブルブルッと振ってはっきりさせなければならなかった。

「……国際魔法使い連盟の初代最高大魔法使いはピエール・ボナコーであるが、リヒテンシュタインの魔法社会は、その任命に異議を唱えた。何故ならば――」

ハリーの周り中で、誰もかれもが、あわてて巣穴を掘るネズミのような音を立てて、羊皮紙に羽根ペンで書きつけていた。頭の後ろに太陽が当たって暑かった。ボナコーは何をしてリヒテンシュタインの魔法使いを怒らせたんだっけ？　トロールと関係があったような気がするけど……ハリーはまたぼうっとパーバティの髪を見つめた。「開心術」が使えたら、パーバティの後頭部の窓を開いて、ピエール・ボナコーとリヒテンシュタインの不和の原因になったのはトロールのなんだったのかが見られるのに……。

ハリーは目を閉じ、両手に顔をうずめた。まぶたの裏の赤いほてりが、暗くひんやりとしてきた。ボナコーはトロール狩をやめさせ、トロールに権利を与えようとした……しかし、リヒテンシュタインは特に狂暴な山トロールの一族にてこずっていた……それだ。

ハリーは目を開けた。羊皮紙の輝くような白さが目にしみて涙が出た。ゆっくりと、ハリーはトロールについて二行書き、そこまでの答えを読み返した。この答えでは情報も少ないしくわしくもない。しかしハーマイオニーの連盟に関するノートは何ページも何ページも続いていたはずだ。

ハリーはまた目を閉じた。ノートが見えるように、思い出せるように……連盟の第一回の会合はフランスで行われた。そうだ。でも、それはもう書いてしまった……。

小鬼は出席しようとしたが、しめ出された……それも、もう書いた……。

そして、リヒテンシュタインからは誰も出席しようとしなかった……。

考えるんだ。両手で顔を覆い、ハリーは自分自身に言い聞かせた。周囲で羽根ペンがカリカリと、はてしのない答えを書き続けている。正面の砂時計の砂がサラサラと落ちていく……。

ハリーはまたしても、神秘部の冷たく暗い廊下を歩いていた。目的に向かうしっかりとした足取りで、時折走った。今度こそ目的地に到達するのだ……いつものように、黒い扉がパッと開いてハリーを入れた。ここは、たくさんの扉がある円形の部屋だ……。

石の床をまっすぐ横切り、二番目の扉を通り……壁にも床にも点々と灯りが踊り、そしてあの奇妙なコチコチという機械音。しかし、探求している時間はない。急がなければ……。

第三の扉までの最後の数歩は駆け足だった。この扉も、ほかの扉と同じくひとりでにパッと開いた……。

再びハリーは、大聖堂のような広い部屋にいた。棚が立ち並び、たくさんのガラスの球が置いてある……心臓がいまや激しく鼓動している……今度こそ、そこに着く……九十七番に着いたとき、ハリーは左に曲がり、二列の棚の間の通路を急いだ……。

しかし、突き当たりの床に人影がある。黒い影が、手負いの獣のようにうごめいている……。ハリーの胃が恐怖で縮んだ……いや興奮で……。

　ハリーの口から声が出た。かん高い、冷たい、人間らしい思いやりのかけらもない声……。

「それを取れ。俺様のために……さあ、持ち上げるのだ……俺様は触れることができぬ……しかし、おまえにはできる……」

　床の黒い影がわずかに動いた。指の長い白い手が、ハリー自身の腕の先についている。その手が杖をつかんで上がるのが見えた……かん高い冷たい声が「クルーシオ！　苦しめ！」と唱えるのを、ハリーは聞いた。

　床の男が苦痛に叫び声をもらし、立とうとしたが、また倒れてのた打ち回った。ハリーは笑っていた。ハリーは杖を下ろした。呪いが消え、人影はうめき声を上げ、動かなくなった。

「ヴォルデモート卿が待っているぞ……」

　床の男は、両腕をわなわなと震わせ、ゆっくりと肩をわずかに持ち上げ、顔を上げた。血まみれの、やつれた顔が、苦痛にゆがみながらも、頑として服従を拒んでいた……。

「殺すなら殺せ」シリウスがかすかな声で言った。

「言われずとも最後はそうしてやろう」冷たい声が言った。「しかし、ブラック、まず俺様のためにそれを取るのだ……これまでの痛みがほんとうの痛みだと思っているのか？　考えなおせ……時間はたっぷりある。誰にも貴様の叫び声は聞こえぬ……」

ところが、ヴォルデモートが再び杖を下ろしたとき、誰かが叫んだ。誰かが大声を上げ、机から冷たい石の床へと横ざまに落ちた。床にぶつかり、ハリーは目を覚ました。まだ大声で叫んでいた。傷痕が火のように熱く、ハリーの周りで、大広間は騒然となっていた。

第三十二章　炎の中から

「行きません……医務室に行く必要はありません……行きたくない……」

　トフティ教授を振りほどこうとしながら、ハリーは切れ切れに言葉を吐いた。生徒がいっせいに見つめる中を、ハリーを支えて玄関ホールまで連れ出したトフティ教授は、気づかわしげにハリーを見ていた。

「僕——僕、なんでもありません、先生」ハリーは顔の汗をぬぐい、つっかえながら言った。「大丈夫です……眠ってしまって……怖い夢を見て……」

「試験のプレッシャーじゃな！」老魔法使いは、ハリーの肩をわなわなする手で軽くたたきながら、同情するように言った。「さもありなん、お若いの、さもありなん！　さあ、冷たい水を飲んで。大広間に戻っても大丈夫かの？　試験はもうほとんど終わっておるが、最後の答えの仕上げをしてはどうかな？」

「はい」ハリーは自分が何を答えたのかもわかっていなかった。「あの……いいえ……もう、いいです……できることはやったと思いますから……」

「そうか、そうか」老魔法使いはやさしく言った。「私が君の答案用紙を集めようの。君はゆっくり横になるがよい」

「そうします」ハリーはこっくりとうなずいた。「ありがとうございます」

老教授のかかとが大広間の敷居のむこうに消えたとたん、ハリーは大理石の階段を駆け上がり、廊下を突っ走った。あまりの速さに、通り道の肖像画がブツブツ非難した。さらに何階かの階段を矢のように走り、最後は医務室の両開き扉を開けて嵐のように突っ込んだ。マダム・ポンフリーが――ちょうどモンタギューに口を開けさせ、鮮やかなブルーの液体をスプーンで飲ませているところだった――驚いて悲鳴を上げた。

「ポッター、どういうつもりです?」

「マクゴナガル先生にお会いしたいんです」ハリーが息も絶え絶えに言った。「いますぐ……緊急なんです!」

「ここにはいませんよ、ポッター」マダム・ポンフリーが悲しそうに言った。

「今朝、聖マンゴに移されました。あのお年で、『失神光線』が四本も胸を直撃でしょう? 命があったのが不思議なくらいです」

「先生が……いない？」ハリーはショックを受けた。

すぐ外でベルが鳴り、いつものように生徒たちが、医務室の上や下の廊下にあふれ出すドヤドヤという騒音が遠くに聞こえた。ハリーはマダム・ポンフリーを見つめたまま、じっと動かなかった。恐怖が湧き上がってきた。

話せる人はもう誰も残っていない。ダンブルドアは行ってしまった。ハグリッドも行ってしまった。それでも、マクゴナガル先生にはいつでも頼れると思っていた。短気で融通がきかないところはあるかもしれないが、いつでも信頼できる確実な存在だった……。

「驚くのも無理はありません、ポッター」マダム・ポンフリーが怒りを込めて、まったくそのとおりという顔をした。「昼日中に一対一で対決したら、あんな連中なんぞにミネルバ・マクゴナガルが『失神』させられるものですか！　卑怯者、そうです……見下げはてた卑劣な行為です……私がいなければ生徒はどうなるかと心配でなかったら、私だって抗議の辞任をするところです」

「ええ」ハリーは何も理解せずにあいづちを打った。

頭が真っ白のまま、医務室から混み合った廊下に出たハリーは、人混みにもまれながら立ち尽くした。言いようのない恐怖が、毒ガスのように湧き上がり、頭がぐらぐらして、どうしていいやらとほうにくれた……。

ロンとハーマイオニー――頭の中で声がした。

ハリーはまた走りだした。生徒たちを押しのけ、みんなが怒る声にも気づかなかった。全速力で二つの階を下り、大理石の階段の上に着いたとき、二人が急いでハリーのほうにやってくるのが見えた。

「ハリー！」ハーマイオニーが、引きつった表情ですぐさま呼びかけた。「何があったの？　大丈夫？　気分が悪いの？」

「どこに行ってたんだよ？」ロンが問い詰めるように聞いた。

「一緒に来て」ハリーは急き込んで言った。「早く。話したいことがあるんだ」

ハリーは二人を連れて二階の廊下を歩き、あちこち部屋をのぞき込んで、やっと空いている教室を見つけ、そこに飛び込んだ。ロンとハーマイオニーを入れるとすぐにドアを閉め、ハリーはドアに寄りかかって二人と向き合った。

「シリウスがヴォルデモートに捕まった」

「**えっ？**」

「どうしてそれが――？」

「見たんだ。ついさっき。試験中に居眠りしたとき」

「でも――でもどこで？　どんなふうに？」真っ青な顔で、ハーマイオニーが聞いた。

「どうやってかはわからない」ハリーが言った。「でも、どこなのかははっきりわかる。神秘部に、小さなガラスの球で埋まった棚がたくさんある部屋があるんだ。二人は九十七列目の棚の奥にいる……あいつがシリウスを使って、なんだか知らないけどそこにある自分の手に入れたいものを取らせようとしてるんだ……あいつがシリウスを拷問してる……最後には殺すって言ってるんだ！」

ハリーは、ひざが震え、声も震えている自分に気づいた。机に近づき、その上に腰かけ、なんとか自分を落ち着かせようとした。

「僕たち、どうやったらそこへ行けるかな？」ハリーが聞いた。

一瞬、沈黙が流れた。やがてロンが言った。「そこへ、い――行くって？」

「神秘部に行くんだ。シリウスを助けに！」ハリーは大声を出した。

「でも――ハリー……」ロンの声が細くなった。

「なんだ？　**なんだよ？**」ハリーが言った。

まるで自分が理不尽なことを聞いているかのように、二人があっけに取られたような顔で自分を見ているのが、ハリーには理解できなかった。

「ハリー」ハーマイオニーの声は、なんだか怖がっているようだった。「あの……どうやって……ヴォルデモートはどうやって、誰にも気づかれずに神秘部に入れたのかしら？」

「僕が知るわけないだろ？」ハリーが声を荒らげた。「**僕たちが**どうやってそこに入るかが問題なんだ！」

「でも……ハリー、ちょっと考えてみて」ハーマイオニーが一歩ハリーに詰め寄った。「いま、夕方の五時よ……魔法省には大勢の人が働いているわ……ヴォルデモートもシリウスも、どうやって誰にも見られずに入れる？　ハリー……二人とも世界一のお尋ね者なのよ……闇祓いだらけの建物に、気づかれずに入ることができると思う？」

「さあね。ヴォルデモートは透明マントとかなんとか使ったのさ！」ハリーが叫んだ。「とにかく、神秘部は、僕がいつ行ってもからっぽだ――」

「あなたは一度も神秘部に行ってはいないわ」ハーマイオニーが静かに言った。「そこの夢を見た。それだけよ」

「普通の夢とはちがうんだ！」

今度はハリーが立ち上がってハーマイオニーに一歩詰め寄り、真正面からどなった。ガタガタ揺すぶってやりたかった。

「ロンのお父さんのことはいったいどうなんだ？　あれはなんだったんだ？　おじさんの身に起こったことを、どうして僕がわかったんだ？」

「それは言えてるな」ロンがハーマイオニーを見ながら静かに言った。

「でも、今度は――あんまりにも**ありえない**ことよ！」ハーマイオニーがほとんど捨て鉢で言った。「ハリー、シリウスはずっとグリモールド・プレイスにいるのに、いったいどうやってヴォルデモートがシリウスを捕まえたっていうの？」

「シリウスが、神経が参っちゃって、ちょっと気分転換したくなったかも」ロンが心配そうに言った。「ずいぶん前から、あそこを出たくてしょうがなかったからな――」

「でも、なぜなの？」ハーマイオニーが言い張った。「ヴォルデモートが武器だかなんだかを取らせるのに、いったいいなぜ**シリウスを**使いたいわけ？」

「知るもんか。理由は山ほどあるだろ！」ハリーがハーマイオニーに向かってどなった。「たぶん、シリウスの一人や二人、痛めつけたって、ヴォルデモートはなんとも感じないんだろ――」

「あのさあ、いま思いついたんだけど」ロンが声をひそめた。「シリウスの弟が死喰い人だったよね？　たぶん弟がシリウスに、どうやって武器を手に入れるかの秘密を教えたんだ！」

「そうだ――だからダンブルドアは、あんなにシリウスを閉じ込めておきたがったんだ！」ハリーが言った。

「ねえ、悪いけど」ハーマイオニーの声が高くなった。「二人ともつじつまが合ってないわ。それに、言ってることになんの証拠もないわ。ヴォルデモートとシリウスがそこにいるかどうかさえ証拠がないし――」

「ハーマイオニー、ハリーが二人を見たんだ！」ロンが急にハーマイオニーに詰め寄った。

「いいわ」ハーマイオニーは気圧されながらもきっぱりと言った。「これだけは言わせて――」

「なんだい？」

「ハリー……あなたを批判するつもりじゃないのよ！　でも、あなたって……なんて言うか……つまり……ちょっとそんなところがあるんじゃないかって――その――**人助けぐせ**っていうかな？」

ハリーはハーマイオニーをにらみつけた。

「それ、どういう意味なんだ？　『人助けぐせ』って？」

「あの……あなたって……」ハーマイオニーはますます不安そうな顔をした。「つまり……たとえば去年も……湖で……三校対抗試合のとき……すべきじゃなかったのに……つまり、あのデラクールの妹を助ける必要がなかったのに……あなた少し……やりすぎて……」

チクチクするような熱い怒りがハリーの体を駆けめぐった。こんな時に、あの失敗を思い出させるなんて、どういうつもりだ？

「もちろん、あなたがそうしたのは、ほんとうに偉かったわ」ハリーの表情を見て、すくみ上がり、ハーマイオニーがあわてて言った。「みんなが、すばらしいことだって思ったわ――」

「それは変だな」ハリーは声が震えた。「だって、ロンがなんて言ったかはっきり覚えてるけど、僕が**英雄気取り**で時間をむだにしたって……。今度もそうだって言いたいのか？　僕がまた英雄気取りになってると思うのか？」

「ちがうわ。ちがう、ちがう！」ハーマイオニーはひどく驚いた顔をした。「そんなことを言ってるんじゃないわ！」

「じゃ、言いたいことを全部言えよ。僕たち、ただ時間をむだにしてるじゃないか！」

ハリーがどなった。

「私が言いたいのは――ハリー、ヴォルデモートはあなたのことを知っているわ！　ジニーを秘密の部屋に連れていったのは、あなたを誘い出すためだった。『あの人』はそういう手を使うわ。『あの人』は知ってるのよ、あなたが――シリウスを救いにいくような人間だって！　『あの人』がただ、**あなたを**神秘部におびきよせようとしてるんだったら――？」

「ハーマイオニー、あいつが僕をあそこに行かせるためにやったかどうかなんて、どうでもいいんだ――マクゴナガルは聖マンゴに連れていかれたし、僕たちが話のできる騎士団は、もうホグワーツに一人もいない。そして、もし僕らが行かなければ、シリウスは死ぬんだ！」

「でもハリー――あなたの夢が、もし――単なる夢だったら？」

ハリーはじれったさにわめき声を上げた。ハーマイオニーはビクッとして、ハリーから離れるようにあとずさりした。

「君にはわかってない！」ハリーがどなりつけた。「悪夢を見たんじゃない。ただの夢じゃないんだ！　なんのための『閉心術』だったと思う？　ダンブルドアがなぜ僕にこういうことを見ないようにさせたかったと思う？　なぜなら全部**ほんとうのこと**だからなんだ、ハーマイオニー――シリウスが窮地におちいってる。僕はシリウスを見たんだ。ヴォルデモートに捕まったんだ。ほかには誰も知らない。つまり、助けられるのは僕らしかいないんだ。君がやりたくないなら、いいさ。だけど、僕は行く。わかったね？　それに、僕の記憶が正しければ、君を吸魂鬼から救い出したとき、君は『**人助けぐせ**』が問題だなんて言わなかった。それに――」ハリーはロンを見た。「――君の妹を僕がバジリスクから助けたとき――」

「僕は問題だなんて一度も言ってないぜ！」ロンが熱くなった。

「だけど、ハリー、あなた、たったいま自分で言ったわ」ハーマイオニーが激しい口調で言った。「ダンブルドアは、あなたにこういうことを頭からしめ出す訓練をしてほしかったのよ。ちゃんと『閉心術』を実行していたら、見なかったはずよ、こんな――」

「**なんにも見なかったかのように振る舞えって言うんだったら――**」

「シリウスが言ったでしょう。あなたが心を閉じることができるようになるのが、何よりも大切だって！」

「**いいや、シリウスも言うことが変わるさ。僕がさっき見たことを知ったら――**」

教室のドアが開いた。ハリー、ロン、ハーマイオニーがサッと振り向いた。ジニーが何事だろうという顔で入ってきた。そのあとから、いつものように、たまたま迷い込んできたような顔で、ルーナが入ってきた。

「こんにちは」ジニーがとまどいながら挨拶した。「ハリーの声が聞こえたのよ。なんでどなってるの?」

「なんでもない」ハリーが乱暴に言った。

ジニーが眉を吊り上げた。

「私にまで八つ当たりする必要はないわ」ジニーが冷静に言った。「何か私にできることはないかと思っただけよ」

「じゃ、ないよ」ハリーはぶっきらぼうだった。

「あんた、ちょっと失礼よ」ルーナがのんびりと言った。

ハリーは悪態をついて顔をそむけた。いまこんな時に、ルーナ・ラブグッドとバカ話なんか、絶対にしたくない。

「待って」突然ハーマイオニーが言った。「待って……ハリー、この二人に**手伝ってもらえるわ**」

ハリーとロンがハーマイオニーを見た。

「ねえ」ハーマイオニーが急き込んだ。「ハリー、私たち、シリウスがほんとに本部を離れたのかどうか、はっきりさせなきゃ」

「言っただろう。僕が見たん――」

「ハリー、お願いだから!」ハーマイオニーが必死で言った。「お願いよ。ロンドンに出撃する前に、シリウスが家にいるかどうかだけ確かめましょう。もしあそこにいなかったら、そのときは、約束する。もうあなたを引き止めない。私も行く。私、やるわ――シリウスを救うために、ど――どんなことでもやるわ」

「シリウスが拷問されてるのは、**いまなんだ！**」ハリーがどなった。「ぐずぐずしてる時間はないんだ」

「でも、もしヴォルデモートの罠だったら。ハリー、確かめないといけないわ。どうしてもよ」

「どうやって？」ハリーが問い詰めた。「どうやって確かめるんだ？」

「アンブリッジの暖炉を使って、それでシリウスと接触できるかどうかやってみなくちゃ」

ハーマイオニーは考えただけでも恐ろしいという顔をした。「もう一度アンブリッジを遠ざけるわ。でも、見張りが必要なの。そこで、ジニーとルーナが使えるわ」

「うん、やるわよ」いったい何が起こっているのか、理解に苦しんでいる様子だったが、ジニーは即座に答えた。

「『シリウス』って、あんたたちが話してるのはスタビィ・ボードマンのこと？」ルーナも言った。

誰も答えなかった。

「オーケー」ハリーは食ってかかるようにハーマイオニーに言った。「オーケー。手早くそうする方法が考えられるんだったら、賛成するよ。そうじゃなきゃ、僕はいますぐ神秘部に行く」

「神秘部？」ルーナが少し驚いたような顔をした。「でも、どうやってそこへ行くの？」

またしてもハリーは無視した。

「いいわ」ハーマイオニーは両手をからみ合わせて机の間を往ったり来たりしながら言った。「いいわ……それじゃ……誰か一人がアンブリッジを探して――別な方向に追い払う。部屋から遠ざけるのよ。口実は――そうね――ピーブズがいつものように、何かとんでもないことをやらかそうとしているとか……」

「僕がやる」ロンが即座に答えた。「ピーブズが『変身術』の部屋をぶち壊してるとかなんとか、あいつに言うよ。アンブリッジの部屋からずーっと遠い所だから。どうせだから、途中でピーブズに出会ったら、ほんとにそうしろって説得できるかもしれないな」

「変身術」の部屋をぶち壊すことにハーマイオニーが反対しなかったことが、事態の深刻さを示していた。

「オーケー」ハーマイオニーは眉間にしわを寄せて、往ったり来たりし続けていた。「さて、私たちが部屋に侵入している間、生徒をあの部屋から遠ざけておく必要があるわ。じゃないと、スリザリン生の誰かが、きっとアンブリッジに告げ口する」

「ルーナと私が廊下の両端に立つわ」ジニーがすばやく答えた。「そして、誰かが『首絞めガス』をどっさり流したから、あそこに近づくなって警告するわ」

ハーマイオニーは、ジニーが手回しよくこんなうそを考えついたことに驚いた顔をした。ジニーは肩をすくめた。

「フレッドとジョージが、いなくなる前に、それをやろうって計画していたのよ」

「オーケー」ハーマイオニーが言った。「それじゃ、ハリー、あなたと私は透明マントをかぶって、部屋に忍び込む。そしてあなたはシリウスと話ができる――」

「ハーマイオニー、シリウスはあそこにいないんだ！」

「あのね、あなたは――シリウスが家にいるかどうか確かめられるっていう意味よ。その間、私が見張ってるわ。アンブリッジの部屋にあなた一人だけでいるべきじゃないと思うの。リーがニフラーを窓から送り込んで、窓が弱点だということは証明済みなんだから」

怒っていらいらしてはいたものの、一緒にアンブリッジの部屋に行くとハーマイオニーが申し出たのは、団結と忠誠の証だとハリーにはよくわかった。

「僕……オーケー、ありがとう」ハリーがボソボソ言った。

「これでよしと。さあ、こういうことを全部やっても、五分以上は無理だと思うわ」ハリーが計画を受け入れた様子なので、ホッとしながらハーマイオニーが言った。「フィルチもいるし、『尋問官親衛隊』なんていう卑劣なのがうろうろしてるしね」

「五分で充分だよ」ハリーが言った。「さあ、行こう――」

「**いまから？**」ハーマイオニーが度肝を抜かれた顔をした。

「もちろんいまからだ！」ハリーが怒って言った。「なんだと思ったんだい？　夕食のあとまで待つとでも？　ハーマイオニー、シリウスは**たったいま**、拷問されてるんだぞ！」

「私――ええ、いいわ」ハーマイオニーが捨て鉢に言った。「じゃ、透明マントを取りに行ってきて。私たちは、アンブリッジの廊下の端であなたを待ってるから。いい？」

　ハリーは答えもせず、部屋から飛び出し、外でうろうろたむろしている生徒たちをかき分けはじめた。二つ上の階で、シェーマスとディーンに出くわした。二人は陽気にハリーに挨拶し、今晩、寮の談話室で、試験終了のお祝いを明け方まで夜明かしでやる計画だと話した。ハリーはほとんど聞いていなかった。二人がバタービールを闇で何本調達する必要があるかを議論しているうちに、ハリーは肖像画の穴を這い上った。透明マントとシリウスのナイフをしっかり鞄に入れて肖像画の穴から戻ってきたとき、二人はハリーが途中でいなくなったことにさえ気づいていなかった。

「ハリー、ガリオン金貨を二、三枚寄付しないか？　ハロルド・ディングルがファイア・ウィスキーを少し売れるかもしれないって言うんだけど――」

　しかし、ハリーはもう、猛烈な勢いで廊下を駆け戻っていた。数分後に、最後の二、三段は階段を飛び下りて、ロン、ハーマイオニー、ジニー、ルーナの所へ戻った。四人はアンブリッジの部屋がある廊下の端に固まっていた。

「取ってきた」ハリーがハァハァ言った。「それじゃ、準備はいいね？」

「いいわよ」ハーマイオニーがヒソヒソ声で言った。ちょうどやかましい六年生の一団が通り過ぎたところだった。「じゃ、ロン――アンブリッジを牽制しにいって……ジニー、ルーナ、みんなを廊下から追い出しはじめてちょうだい……ハリーと私はマントを着て、周りが安全になるまで待つわ……」

　ロンが大股で立ち去った。真っ赤な髪が廊下のむこう端に行くまで見えていた。ジニーは、押し合いへし合いしている生徒の間を縫って、赤毛頭を見え隠れさせながら廊下の反対側に向かった。そのあとを、ルーナのブロンド頭がついていった。

「こっちに来て」ハーマイオニーがハリーの手首をつかみ、石の胸像が立っているくぼんだ場所に引っ張り込んだ。中世の醜い魔法使いの胸像は、台の上でブツブツひとり言を言っていた。

「ねえ――ハリー、ほんとうに大丈夫なの？　まだとっても顔色が悪いわ」

「大丈夫」ハリーは鞄から透明マントを引っ張り出しながら、短く答えた。確かに傷痕はうずいていたが、それほどひどくはなかったので、ハリーはヴォルデモートがまだシリウスに致命傷は与えていないという気がした。ヴォルデモートがエイブリーを罰したときはこんな痛みよりもっとひどかった……。

「ほら」ハリーは透明マントをハーマイオニーと二人でかぶった。目の前の胸像がラテン語でブツブツひとり言を言うのを聞き流し、二人は耳をそばだてた。

「ここは通れないわよ！」ジニーがみんなに呼びかけていた。「だめ。悪いけど、回転階段を通って回り道してちょうだい。誰かがすぐそこで『首絞めガス』を流したの――」

みんながブーブー言う声が聞こえてきた。誰かが不機嫌な声で言った。

「ガスなんて見えないぜ」

「無色だからよ」ジニーがいかにも説得力のあるいらいら声で言った。「でも、突っ切って歩きたいならどうぞ。私たちの言うことを信じないバカがほかにいたら、あなたの死体を証拠にするから」

だんだん人がいなくなった。「首絞めガス」のニュースがどうやら広まったらしく、もう誰もこっちのほうに来なくなった。ついに周辺に誰もいなくなったとき、ハーマイオニーが小声で言った。「これくらいでいいんじゃないかしら、ハリー――さあ、やりましょう」

二人はマントに隠れたまま前進した。ルーナがこっちに背中を見せて、廊下のむこう端に立っている。ジニーのそばを通るとき、ハーマイオニーがささやいた。

「うまくやったわね……合図を忘れないで」

「合図って？」アンブリッジの部屋のドアに近づきながら、ハリーがそっと聞いた。

「アンブリッジが来るのを見たら、『ウィーズリーはわが王者』を大声で合唱するの」ハーマイオニーが答えた。ハリーはシリウスのナイフの刃をドアと壁のすきまに差し込んでいた。ドアがカチリと開き、二人は中に入った。

絵皿のけばけばしい子猫が、午後の陽射しを浴びてぬくぬくとひなたぼっこをしていた。それ以外は、前のときと同じように、部屋は静かで人気がない。ハーマイオニーはホッとため息をもらした。

「二匹目のニフラーのあとで、何か安全対策が増えたかと思ってたけど」

二人はマントを脱ぎ、ハーマイオニーは急いで窓際に行って見張りに立ち、杖をかまえて校庭を見下ろした。ハリーは暖炉に急行し、「煙突飛行粉」のつぼをつかみ、火格子にひとつまみ投げ入れた。たちまちエメラルドの炎が燃え上がった。ハリーは急いでひざをつき、メラメラ踊る炎に頭を突っ込んで叫んだ。

「グリモールド・プレイス十二番地！」

ひざは冷たい床にしっかりついたままだったが、ハリーの頭は、遊園地の回転乗り物から降りたばかりのときのようにぐるぐるめまいを感じた。灰が渦巻く中で目をギュッと閉じていたが、回転が止まったとき目を開くと、グリモールド・プレイスの冷たい長い厨房が目に入った。

誰もいなかった。それは予想していた。しかし、誰もいない厨房を見たとき、突然胃の中で飛び散ったどろどろした熱い恐怖には、ハリーは無防備だった。

「シリウスおじさん？」ハリーが叫んだ。「シリウス、いないの？」

ハリーの声が厨房中に響いた。しかし、返事はない。暖炉の右のほうで、何かがチョロチョロうごめく小さな音がした。

「そこに誰かいるの？」ただのネズミかもしれないと思いながら、ハリーが呼びかけた。

屋敷しもべ妖精のクリーチャーが見えた。なんだかひどくうれしそうだ。ただ、両手を最近ひどく傷つけたらしく、包帯をぐるぐる巻きにしていた。

「ポッター坊主の頭が暖炉にあります」妙に勝ち誇った目つきで、コソコソとハリーを盗み見ながら、からっぽの厨房に向かって、クリーチャーが告げた。「この子はなんでやって来たのだろう？　クリーチャーは考えます」

「クリーチャー、シリウスはどこだ？」ハリーが問いただした。

しもべ妖精はゼイゼイ声でふくみ笑いした。

「ご主人様はお出かけです、ハリー・ポッター」

「どこへ出かけたんだ？　**クリーチャー、どこへ行ったんだ？**」

クリーチャーはケッケッと笑うばかりだった。

「いいかげんにしないと」そう言ったものの、こんな格好では、クリーチャーを罰する方法などほとんどないことぐらい、ハリーにはよくわかっていた。

「ルーピンは？　マッド-アイは？　誰か、誰もいないの？」

「ここにはクリーチャーのほか誰もいません！」しもべ妖精はうれしそうにそう言うと、ハリーに背を向けて、のろのろと厨房の奥の扉のほうに歩きはじめた。「クリーチャーは、いまこそ奥様とちょっとお話をしようと思います。長いことその機会がなかったのです。クリーチャーのご主人様が、奥様からクリーチャーを遠ざけられた――」

「シリウスはどこに行ったんだ？」ハリーは妖精の後ろから叫んだ。

「クリーチャー、神秘部に行ったのか？」

クリーチャーは足を止めた。ハリーの目の前には椅子の脚が林立し、そこを通してクリーチャーのはげた後頭部がやっと見えた。

「ご主人様は、哀れなクリーチャーにどこに出かけるかを教えてくれません」妖精が小さい声で言った。

「でも、知ってるんだろう！」ハリーが叫んだ。「そうだな？　どこに行ったか知ってるんだ！」

一瞬沈黙が流れた。やがて妖精は、これまでにない高笑いをした。

「ご主人様は神秘部から戻ってこない！」クリーチャーは上機嫌で言った。「クリーチャーはまた奥様と二人きりです！」

そしてクリーチャーはチョコチョコ走り、扉を抜けて玄関ホールへと消えていった。

「こいつ――！」

しかし、悪態も呪いも一言も言わないうちに、頭のてっぺんに鋭い痛みを感じた。ハリーは灰を吸い込んでむせた。炎の中をぐいぐい引き戻されていくのを感じた。そしてぎょっとするほど唐突に、ハリーは、だだっ広い青ざめたアンブリッジの顔を見上げていた。アンブリッジはハリーの髪をつかんで暖炉から引き戻し、ハリーののどをかっ切らんばかりに、首をぎりぎりまで仰向かせた。

「よくもまあ」アンブリッジはハリーの首をさらに引っ張って天井を見上げさせた。「二匹もニフラーを入れられたあとで、このわたくしが、汚らわしいごみあさりの獣を一匹たりとも忍び込ませるものですか。この愚か者。二匹目のあとで、出入口には全部『隠密探知呪文』をかけてあったのよ。こいつの杖を取り上げなさい」

アンブリッジが見えない誰かに向かって叫ぶと、誰かの手がハリーのローブのポケットを探り、杖を取り出す気配がした。

「あの子のも」

ドアのそばでもみ合う音が聞こえ、ハリーはハーマイオニーの杖も、たったいまもぎ取られたことがわかった。

「なぜわたくしの部屋に入ったのか、言いなさい」

アンブリッジはハリーの髪の毛をつかんだ手をガタガタ振った。ハリーはよろめいた。

「僕――ファイアボルトを取り返そうとしたんだ！」ハリーがかすれ声で答えた。

「うそつきめ」アンブリッジがまたハリーの頭をガタガタいわせた。「ファイアボルトは地下牢で厳しい見張りをつけてある。よく知ってるはずよ、ポッター。わたくしの暖炉に頭を突っ込んでいたわね。誰と連絡していたの？」

「誰とも――」ハリーはアンブリッジから身を振りほどこうとしながら言った。髪の毛が数本、頭皮と別れ別れになるのを感じた。

「**うそつきめ！**」アンブリッジが叫んだ。アンブリッジがハリーを突き放し、ハリーは机にガーンとぶつかった。すると、ハーマイオニーがミリセント・ブルストロードに捕まり、壁に押しつけられているのが見えた。マルフォイが窓に寄りかかり、薄笑いを浮かべながら、ハリーの杖を片手で放り上げてはまた片手で受けていた。

外が騒がしくなり、でかいスリザリン生が数人入ってきた。ロン、ジニー、ルーナをそれぞれがっちり捕まえている。そして――ハリーはうろたえた――ネビルがクラッブに首をしめられ、いまにも窒息しそうな顔で入ってきたのだ。四人ともさるぐつわをかまされていた。

「全部捕らえました」ワリントンがロンを乱暴に前に突き出した。「**あいつ**ですが」ワリントンが太い指でネビルを指した。「**こいつ**を捕まえるのを邪魔しようとしたんで」今度はジニーを指差した。ジニーは自分を捕まえている大柄なスリザリンの女子生徒のむこうずねを蹴飛ばそうとしていた。「それで一緒に連れてきました」

「けっこう、けっこう」ジニーが暴れるのを眺めながらアンブリッジが言った。「さて、まもなくホグワーツは『非ウィーズリー地帯』になりそうだわね？」

マルフォイがへつらうように大声で笑った。アンブリッジは満足げにニーッと笑い、チンツ張りのひじかけ椅子に腰を下ろし、花園のガマガエルよろしく、目をパチクリパチクリしながら捕虜を見上げた。

「さて、ポッター」アンブリッジが口を開いた。「おまえはわたくしの部屋の周りに見張りを立て、この道化を差し向けて」アンブリッジはロンのほうをあごでしゃくった――マルフォイがますます大声で笑った――「ポルターガイストが『変身術』の部屋を壊しまくっていると言わせたわね。わたくしはね、そいつが学校の望遠鏡のレンズにインクを塗りたくるのに忙しいということを百も承知だったのよ――フィルチさんがそう教えてくれたばかりだったのでね」

「おまえが誰かと話すことが大事だったのは明白だわ。アルバス・ダンブルドアだったの？　それとも半ヒトのハグリッド？　ミネルバ・マクゴナガルじゃないわね。まだ弱っていて誰とも話せないと聞いてますしね」

マルフォイと尋問官親衛隊のメンバーが二、三人、それを聞いてまた笑った。ハリーは怒りと憎しみとで体が震えるのがわかった。

「誰と話そうが関係ないだろう」ハリーが唸るように言った。

アンブリッジのたるんだ顔が引きしまった。

「いいでしょう」例の危険極まりない、偽の甘ったるい声でアンブリッジが言った。「けっこうですよ、ミスター・ポッター……自発的に話すチャンスを与えたのに。おまえは断った。強制するしか手はないようね。ドラコ——スネイプ先生を呼んできなさい」

マルフォイはハリーの杖をローブにしまい、ニヤニヤしながら部屋を出ていった。しかしハリーはそれをほとんど意識していなかった。たったいま、あることに気づいたのだ。忘れていたなんて、なんてバカだったのだろう。ハリーのシリウス救出に手を貸せる騎士団の団員はみんないなくなってしまったと思っていた——まちがいだった。不死鳥の騎士団が、まだ一人ホグワーツに残っていた——スネイプだ。

部屋がしんとなった。ただ、スリザリン生がロンやほかの捕虜を押さえつけようともみ合い、すったもんだする音だけが聞こえた。ロンはワリントンのハーフ・ネルソン首しめ技に抵抗して、唇から血を流し、アンブリッジの部屋のじゅうたんに滴らせていた。ジニーは両腕をがっちりつかまれながらも、六年生の女子生徒の足を踏みつけようと、まだがんばっていた。ネビルはクラッブの両腕を引っ張りながらも、顔がだんだん紫色になってきていた。ハーマイオニーはミリセント・ブルストロードをはねのけようと、むなしく抵抗していた。しかし、ルーナは自分を捕らえた生徒のそばにだらんと立ち、成り行きにたいくつしているかのように、ぼんやり窓の外を眺めていた。

ハリーは自分をじっと見つめているアンブリッジを見返した。廊下で足音がしても、ハリーは意識的に無表情で平気な顔をしていた。ドラコ・マルフォイが戻ってきて、ドアを押さえてスネイプを部屋に入れた。

「校長、お呼びですか？」スネイプはもみ合っている二人組たちを、まったく無関心の表情で見回しながら言った。

「ああ、スネイプ先生」アンブリッジがニコーッと笑って立ち上がった。「ええ、『真実薬』をまたひと瓶欲しいのですが、なるべく早くお願いしたいの」

「最後のひと瓶を、ポッターを尋問するのに持っていかれましたが」スネイプは、すだれのようなねっとりした黒髪を通して、アンブリッジを冷静に観察しながら答えた。「まさか、あれを全部使ってしまったということはないでしょうな？　三滴で充分だと申し上げたはずですが」

　アンブリッジが赤くなった。

「もう少し調合していただけるわよね？」憤慨するといつもそうなるのだが、アンブリッジの声がますます甘ったるく女の子っぽくなった。

「もちろん」スネイプはフフンと唇をゆがめた。「成熟するまでに満月から満月までを要するので、大体一か月で準備できますな」

「一か月？」アンブリッジがガマガエルのようにふくれてがなり立てた。「**一か月？**　わたくしは今夜必要なのですよ、スネイプ！　たったいま、ポッターがわたくしの暖炉を使って誰だか知りませんが、一人、または複数の人間と連絡していたのを見つけたんです！」

「ほう？」スネイプはハリーを振り向き、初めてかすかな興味を示した。「まあ、驚くにはあたりませんな。ポッターはこれまでも、あまり校則に従う様子を見せたことがありませんので」

冷たい暗い目がハリーをえぐるように見すえた。ハリーはひるまずに見返し、一心に夢で見たことに意識を集中した。スネイプが自分の心を読んで理解してくれますように……。

「こいつを尋問したいのよ！」アンブリッジが怒ったように叫び、スネイプはハリーから目をそらして怒りに震えるアンブリッジの顔を見た。「こいつに無理にでも真実を吐かせる薬が欲しいのっ！」

「すでに申し上げたとおり」スネイプがすらりと答えた。「『真実薬』の在庫はもうありません。ポッターに毒薬を飲ませたいなら別ですが――また、校長がそうなさるなら、我輩としては、お気持ちはよくわかると申し上げておきましょう――だが、お役には立てませんな。問題は、大方の毒薬というものは効き目が早すぎ、飲まされた者は真実を語る間もないということでして」

スネイプはハリーに視線を戻した。ハリーはなんとかして無言で意思を伝えようと、スネイプを見つめた。

ヴォルデモートが神秘部でシリウスを捕らえた。ハリーは必死で意識を集中した。**ヴォルデモートがシリウスを捕らえた――。**

「あなたは停職です！」アンブリッジが金切り声を上げ、スネイプは眉をわずかに吊り上げてアンブリッジを見返した。「あなたはわざと手伝おうとしないのです！　もっとましかと思ったのに。ルシウス・マルフォイが、いつもあなたのことをとても高く評価していたのに！　さあ、わたくしの部屋から出ていって！」

　スネイプは皮肉っぽくおじぎをし、立ち去りかけた。騎士団に対していま、何が起こっているかを伝える最後の望みが、いま、ドアから出ていこうとしている……。

「あの人がパッドフットを捕まえた！」ハリーが叫んだ。「あれが隠されている場所で、あの人がパッドフットを捕まえた！」

　スネイプがアンブリッジのドアの取っ手に手をかけて止まった。

「パッドフット？」アンブリッジがまじまじとハリーを見て、スネイプを見た。「パッドフットとはなんなの？　何が隠されているの？　スネイプ、こいつは何を言っているの？」

　スネイプはハリーを振り返った。不可解な表情だった。スネイプがわかったのかどうか、ハリーにはわからなかった。しかし、アンブリッジの前で、これ以上はっきり話すことはとうていできない。

「さっぱりわかりませんな」スネイプが冷たく言った。「ポッター、我輩に向かってわけのわからんことをわめきちらしてほしいときは、君に『戯言薬』を飲用してもらおう。それから、クラッブ、少し手をゆるめろ。ロングボトムが窒息死したら、さんざん面倒な書類を作らねばならんからな。しかもおまえが求職するときの紹介状に、そのことを書かねばならなくなるぞ」

スネイプはピシャリとドアを閉め、残されたハリーは前よりもひどい混乱状態におちいった。スネイプが最後の頼みの綱だった。アンブリッジを見ると、怒りといらいらで胸を波打たせ、ハリーと同じように混乱しているように見えた。

「いいでしょう」アンブリッジは杖を取り出した。「しかたがない……ほかに手はない……この件は学校の規律の枠を超えます……魔法省の安全の問題です……そう……そうだわ……」

アンブリッジは自分で自分を説得しているようだった。ハリーをにらみ、片手に持った杖で、空いているほうの手のひらをパシパシたたきながら、息を荒らげ、神経質に右に左に体を揺らしていた。アンブリッジを見つめながら、ハリーは杖のない自分がひどく無力に感じられた。

「あなたがこうさせるんです、ポッター……やりたくはない」アンブリッジはその場で落ち着かない様子で体を揺すり続けていた。「しかし、場合によっては使用が正当化される……ほかに選択の余地がないということが、大臣にはわかるにちがいない……」

マルフォイは待ちきれない表情を浮かべてアンブリッジを見つめていた。

「『磔の呪い』なら舌もゆるむでしょう」アンブリッジが低い声で言った。

「やめて！」ハーマイオニーが悲鳴を上げた。「アンブリッジ先生――それは違法です」

しかし、アンブリッジはまったく意に介さなかった。ハリーがこれまで見たことがない、いやらしい、意地汚い、興奮した表情を浮かべていた。アンブリッジが杖をかまえた。

「アンブリッジ先生、大臣は先生に法律を破ってほしくないはずです！」ハーマイオニーが叫んだ。

「知らなければ、コーネリウスは痛くもかゆくもないでしょう」アンブリッジが言った。いまや、少し息をはずませ、杖をハリーの体のあちこちに向けて、どこが一番痛むか、ねらいを定めているらしい。

「この夏、吸魂鬼にポッターを追えと命令したのはこのわたくしだと、コーネリウスは知らなかったわ。それでも、ポッターを退学にするきっかけができて大喜びしたことに変わりはない」

「**あなたが？**」ハリーは絶句した。「**あなたが**僕に吸魂鬼を差し向けた？」

「**誰かが**行動を起こさなければね」アンブリッジは杖をハリーの額にぴたりと合わせながら、ささやくように言った。「誰もかれも、おまえをなんとかだまらせたいと愚痴ってばかり――おまえの信用を失墜させたいとね――ところが、実際に何か手を打ったのはわたくしだけだった……ただ、おまえはうまく逃れたね、え？　ポッター？　今日はそうはいかないよ。今度こそ――」アンブリッジは息を深く吸い込んで唱えた。「クル――」

「**やめてーっ！**」ミリセント・ブルストロードの陰から、ハーマイオニーが悲痛な声で叫んだ。「やめて――ハリー――白状しないといけないわ！」

「絶対ダメだ！」陰に隠れて少ししか姿の見えないハーマイオニーを見つめて、ハリーが叫んだ。

「白状しないと、ハリー、どうせこの人はあなたから無理やり聞き出すじゃない。なんで……なんでがんばるの？」

ハーマイオニーはミリセント・ブルストロードのローブの背中に顔をうずめてめそめそ泣きだした。ミリセントはすぐにハーマイオニーを壁に押しつけるのをやめ、むかむかしたようにハーマイオニーから身を引いた。

「ほう、ほう、ほう！」アンブリッジが勝ち誇ったような顔をした。「ミスなんでも質問のお嬢ちゃんが、答えをくださるのね！　さあ、どうぞ、嬢ちゃん、どうぞ！」

「アー――ミー――ニー――ダミー！」さるぐつわをかまされたままで、ロンが叫んだ。

ジニーはハーマイオニーを初めて見るかのような目で見つめ、ネビルもまだ息を詰まらせながら見つめていた。しかしハリーはふと気づいた。ハーマイオニーは両手に顔をうずめ、絶望的にすり泣いていたが、一滴の涙も見えない。

「みんな――みんな、ごめんなさい」ハーマイオニーが言った。「でも――私、がまんできない――」

「いいのよ、いいのよ、嬢ちゃん！」アンブリッジがハーマイオニーの両肩を押さえ、自分がさっきまで座っていたチンツ張りの椅子に押しつけるように座らせ、その上にのしかかった。

「さあ、それじゃ……ポッターはさっき、誰と連絡を取っていたの？」

「あの」ハーマイオニーが両手の中でしゃくり上げた。「あの、**なんとかして**ダンブルドア先生と話をしようとしていたんです」

ロンは目を見開いて体を固くした。ジニーは自分を捕まえているスリザリン生のつま先を踏んづけようとがんばるのをやめた。ルーナでさえ少し驚いた顔をした。幸いなことに、アンブリッジも取り巻き連中も、ハーマイオニーのほうばかりに気を取られ、こうした不審な挙動には気づかなかった。

「ダンブルドア？」アンブリッジの言葉に熱がこもった。「それじゃ、ダンブルドアがどこにいるかを知ってるのね？」

「それは……いいえ！」ハーマイオニーがすすり上げた。「ダイアゴン横丁の『漏れ鍋』を探したり、『三本の箒』も『ホッグズ・ヘッド』までも――」

「バカな子だ――ダンブルドアがパブなんかにいるものか。魔法省が省を挙げて捜索しているのに！」アンブリッジは、たるんだ顔のしわというしわにありありと失望の色を浮かべて叫んだ。

「でも――でも、とっても大切なことを知らせたかったんです！」ハーマイオニーはますますきつく両手で顔を覆いながら泣き叫んだ。ハリーはそれが苦しみのしぐさではなく、相変わらず涙が出ていないことをごまかすためだとわかっていた。

「なるほど？」アンブリッジは急に興奮がよみがえった様子だった。「何を知らせたかったの？」

「私たち……私たち知らせたかったんです。あれが、で――できたって！」ハーマイオニーが息を詰まらせた。

「何ができたって？」アンブリッジが問い詰め、またしてもハーマイオニーの両肩をつかみ、軽く揺すぶった。「何ができたの？　嬢ちゃん？」

「あの……武器です」ハーマイオニーが言った。

「武器？　武器？」アンブリッジの両眼が興奮で飛び出して見えた。

「レジスタンスの手段を何か開発していたのね？　魔法省に対して使う武器ね？　もちろん、ダンブルドアの命令でしょう？」

「は──は──はい」ハーマイオニーがあえぎあえぎ言った。「でも、ダンブルドアは完成する前にいなくなって、それで、やっ──やっ──やっと私たちで完成したんです。それなのに、ダンブルドアが見──見──見つからなくて、知ら──知ら──知らせられないんです！」

「どんな武器なの？」アンブリッジは、ずんぐりした両手でハーマイオニーの肩をきつく押さえ続けながら、厳しく問いただした。

「私たちには、よ──よ──よくわかりません」ハーマイオニーは激しく鼻をすすり上げた。「私たちは、た──た──ただ言われたとおり、ダン──ダン──ダンブルドア先生に言われたとおり、やっ──やっ──やったの」

アンブリッジは狂喜して身を起こした。

「武器の所へ案内しなさい」アンブリッジが言った。

「見せたくないです……**あの人たちには**」ハーマイオニーが指の間からスリザリン生を見回して、かん高い声を出した。

「おまえが条件をつけるわけじゃない」アンブリッジ先生が厳しく言った。

「いいわ」ハーマイオニーがまた両手に顔をうずめてすすり泣いた。「いいわ……みんなに見せるといいわ。みんながあなたに向かって武器を使うといいんだわ！　ほんとは、たくさん、たくさん人を呼んで見せてほしいわ！　それ――それがあなたにふさわしいわ――ああ、そうなってほしい――学校中が武器のありかを知って、その使い――使い方も。そしたら、あなたが誰かにいやがらせをしたとき、みんながあなたを、こ――攻撃できるわ！」

　これはアンブリッジに相当効き目があった。アンブリッジはちらりと疑り深い目で尋問官親衛隊を見た。飛び出した目が一瞬マルフォイを捕らえた。意地汚い貪欲な表情を浮かべていたマルフォイは、とっさにそれを隠すことができなかった。

　アンブリッジは考え込みながら、しばらくハーマイオニーを見つめていたが、やがて、自分ではまちがいなく母親らしいと思い込んでいる声で話しかけた。

「いいでしょう、嬢ちゃん、あなたとわたくしだけにしましょう……それと、ポッターも連れていきましょうね？　さあ、立って」

「先生」マルフォイが熱っぽく言った。「アンブリッジ先生、誰か親衛隊の者が一緒に行って、お役に――」

「わたくしは、れっきとした魔法省の役人ですよ、マルフォイ。杖もない十代の子供を二人ぐらい、わたくし一人では扱いきれないとでも思うのですか?」アンブリッジが鋭く言った。

「いずれにしても、この武器は、学生が見るべきものではないようです。あなたたちはここにいて、わたくしが戻るまで、この連中が誰も――」アンブリッジはロン、ジニー、ネビル、ルーナをぐるりと指した。「逃げないようにしていなさい」

「わかりました」マルフォイはがっかりしてすねた様子だった。

「さあ、二人ともわたくしの前を歩いて、案内しなさい」アンブリッジはハーマイオニーとハリーに杖を突きつけた。「先に行きなさい」

第三十三章

闘争と逃走

ハーマイオニーがいったい何をくわだてているのか、いや、くわだてがあるのかどうかさえ、ハリーには見当もつかなかった。アンブリッジの部屋を出て、廊下を歩くとき、ハリーはハーマイオニーより半歩遅れて歩いた。どこに向かっているのかをハリーが知らない様子を見せたら、疑われるのがわかっていたからだ。アンブリッジが、荒い息づかいが聞こえるほどハリーのすぐ後ろを歩いているので、ハリーはハーマイオニーに話しかけることなどとうていできなかった。

ハーマイオニーは階段を下り、玄関ホールへと先導した。大広間の両開きの扉から、大きな話し声や皿の上でカチャカチャ鳴るナイフやフォークの騒音が響いてきた。――ハリーには信じられなかった。ほんの数メートル先に、なんの心配事もなく夕食を楽しみ、試験が終わったことを祝っている人がいるなんて……。

ハーマイオニーは正面玄関の樫の扉をまっすぐに抜け、石段を下りて、とろりと心地よい夕暮れ

の外気の中に出た。太陽が、禁じられた森の木々の梢にまさに沈もうとしていた。ハーマイオニーは目的地を目指し、芝生をすたすた歩いた——アンブリッジが小走りについてきた——三人の背後に、長い影がマントのように芝生に黒々と波打った。

「ハグリッドの小屋に隠されているのね?」アンブリッジが待ちきれないようにハリーの耳元で言った。

「もちろん、ちがいます」ハーマイオニーが痛烈に言った。「ハグリッドがまちがえて起動してしまうかもしれないもの」

「そうね」アンブリッジはますます興奮が高まってきたようだった。「そう、もちろん、あいつならやりかねない。あのデカブツのウスノロの半ヒトめ」

アンブリッジが笑った。ハリーは振り向いて、アンブリッジの首根っこをしめてやりたいという強い衝動にかられたが、踏みとどまった。やわらかな夕闇の中で、額の傷痕がうずいていたが、まだ灼熱の痛みではなかった。ヴォルデモートがしとめにかかっていたなら激痛が走るだろうと、ハリーにはわかっていた。

「それじゃ……どこなの?」ハーマイオニーが禁じられた森へとずんずん歩き続けるので、アンブリッジの声が少し疑わしげだった。

「あの中です、もちろん」ハーマイオニーは黒い木々を指差した。

「生徒が偶然に見つけたりしない所じゃないといけないでしょう？」

「そうですとも」

そうは言ったものの、アンブリッジの声が今度は少し不安げだった。

「そうですとも……けっこう、それでは……二人ともわたくしの前を歩き続けなさい」

「それじゃ、先生の杖を貸してくれませんか？　僕たちが先を歩くなら」ハリーが頼んだ。

「いいえ、そうはいきませんね、ミスター・ポッター」

アンブリッジが杖でハリーの背中を突きながら甘ったるく言った。

「お気の毒だけど、魔法省は、あなたたちの命よりわたくしの命のほうにかなり高い価値をつけていますからね」

森の取っつきの木立の、ひんやりした木陰に入ったとき、ハリーはなんとかしてハーマイオニーの目をとらえようとした。さっきからいろいろむちゃなことをやらかしはしたが、杖なしで森を歩くのはそれ以上に無鉄砲だと思えた。しかし、ハーマイオニーは、アンブリッジを軽蔑したようにちらりと見て、まっすぐ森へと突っ込んでいった。その速さときたら、短足のアンブリッジが追いつくのに苦労するほどだった。

「ずっと奥なの？」イバラでローブを破られながら、アンブリッジが聞いた。

「ええ、そうです」ハーマイオニーが言った。「ええ、しっかり隠されてるんです」

ハリーはますます不安になった。ハーマイオニーはグロウプを訪ねたときの道ではなく、三年前、怪物蜘蛛のアラゴグの巣に行ったときの道をたどっていた。あの時ハーマイオニーは一緒ではなかった。行く手にどんな危険があるのか、ハーマイオニーは知らないのかもしれない。

「えーと――この道でまちがいないかい？」ハリーははっきり指摘するような聞き方をした。

「ええ、大丈夫」ハーマイオニーは不自然なほど大きな音を立てて下草を踏みつけながら、冷たく硬い声で答えた。背後で、アンブリッジが倒れた若木につまずいて転んだ。二人とも立ち止まって助け起こしたりしなかった。ハーマイオニーは、振り返って大声で「もう少し先です！」と言ったきり、どんどん進んだ。

「ハーマイオニー、声を低くしろよ」急いで追いつきながら、ハリーがささやいた。「ここじゃ、何が聞き耳を立ててるかわからないし――」

「聞かせたいのよ」ハーマイオニーが小声で言った。アンブリッジがやかましい音を立てながら後ろから走ってくるところだった。「いまにわかるわ……」

ずいぶん長い時間歩いたような気がした。やがて、またしても、密生する林冠がいっさいの光をさえぎる森の奥深くへと入り込んだ。前にもこの森で感じたことがあったが、ハリーは、見えない何ものかの目がじっと注がれているような気がした。

「あとどのくらいなんですか？」ハリーの背後で、アンブリッジが怒ったように問いただした。

「もうそんなに遠くないです！」薄暗い湿った平地に出たとき、ハーマイオニーが叫んだ。「もうほんのちょっと――」

空を切って一本の矢が飛んできた。そしてドスッと恐ろしげな音を立て、ハーマイオニーの頭上の木に突き刺さった。あたりの空気がひづめの音で満ち満ちた。森の底が揺れているのを、ハリーは感じた。アンブリッジは小さく悲鳴を上げ、ハリーを盾にするように自分の前に押し出した。

ハリーはそれを振りほどき、周りを見た。四方八方から五十頭あまりのケンタウルスが現れた。矢をつがえ、弓をかまえ、ハリー、ハーマイオニー、アンブリッジをねらっている。三人はじりじりと平地の中央にあとずさりした。アンブリッジは恐怖でヒイヒイと小さく奇妙な声を上げている。ハリーは横目でハーマイオニーを見た。ニッコリと勝ち誇った笑顔を浮かべている。

「誰だ？」声がした。

ハリーは左を見た。包囲網の中から、マゴリアンと呼ばれていた栗毛のケンタウルスが、同じく弓矢をかまえて歩み出てきた。ハリーの右側で、アンブリッジがまだヒイヒイ言いながら、進み出てくるケンタウルスに向かって、わなわな震える杖を向けていた。

「誰だと聞いているのだぞ、ヒトよ」マゴリアンが荒々しく言った。

「わたくしはドローレス・アンブリッジ！」アンブリッジが恐怖で上ずった声で答えた。「魔法大臣上級次官、ホグワーツ校長、並びにホグワーツ高等尋問官です！」

「魔法省の者だと？」マゴリアンが聞いた。周囲を囲む多くのケンタウルスが、落ち着かない様子でザワザワと動いた。

「そうです！」アンブリッジがますます高い声で言った。「だから、気をつけなさい！ 魔法生物規制管理部の法令により、おまえたちのような半獣がヒトを攻撃すれば――」

「我々のことを**なんと**呼んだ？」荒々しい風貌の黒毛のケンタウルスが叫んだ。ハリーにはそれがベインだとわかった。三人の周りで憤りの声が広がり、弓の弦がキリキリとしぼられた。

「この人たちをそんなふうに呼ばないで！」ハーマイオニーが憤慨したが、アンブリッジには聞こえていないようだった。マゴリアンに震える杖を向けたまま、アンブリッジはしゃべり続けた。

「法令第十五号『B』にはっきり規定されているように、『ヒトに近い知能を持つと推定され、それ故その行為に責任がともなうと思料される魔法生物による攻撃は――』」

「『ヒトに近い知能？』」マゴリアンがくり返した。ベインやほかの数頭が、激怒して唸り、ひづめで地をかいていた。「ヒトよ！ 我々はそれが非常な屈辱だと考える！ 我々の知能は、ありがたいことに、おまえたちのそれをはるかに凌駕している」

「我々の森で、何をしている？」険しい顔つきの灰色のケンタウルスがとどろくような声で聞いた。ハリーとハーマイオニーがこの前に森に来たとき見た顔だ。「どうしてここにいるのだ？」

「**おまえたちの**森？」

アンブリッジは恐怖のせいばかりではなく、今度はどうやら憤慨して震えていた。

「いいですか。魔法省がおまえたちに、ある一定の区画に棲むことを許しているからこそ、ここに棲めるのです――」

一本の矢がアンブリッジの頭すれすれに飛んできて、くすんだ茶色の髪の毛に当たって抜けた。アンブリッジは耳をつんざく悲鳴を上げ、両手でパッと頭を覆った。数頭のケンタウルスが吠えるように声援し、ほかの何頭かはごうごうと笑った。薄明かりの平地にこだまする、いななくような荒々しい笑い声と、地をかくひづめの動きが、いやがうえにも不安感をかき立てた。

「ヒトよ、さあ、誰の森だ？」ベインが声をとどろかせた。

「汚らわしい半獣！」アンブリッジは両手でがっちり頭を覆いながら叫んだ。「けだもの！　手に負えない動物め！」

「だまって！」

ハーマイオニーが叫んだが、遅すぎた。アンブリッジはマゴリアンに杖を向け、金切り声で唱えた。

「インカーセラス！　縛れ！」

縄が太い蛇のように空中に飛び出してケンタウルスの胴体にきつく巻きつき、両腕を捕らえた。マゴリアンは激怒して叫び、後脚で立ち上がって縄を振りほどこうとした。ほかのケンタウルスが襲いかかってきた。

ハリーはハーマイオニーをつかみ、引っ張って地面に押しつけた。周りに雷のようなひづめの音が鳴り響き、ハリーは恐怖を覚えながら地面に顔を伏せていた。しかしケンタウルスは、怒りに叫び、吠えたけりながら、二人を飛び越えたり迂回したりしていった。

「やめてぇぇぇぇぇ！」アンブリッジの悲鳴が聞こえた。「やめてぇぇぇぇぇ……わたくしは上級次官よ……おまえたちなんかに——放せ、けだもの……あぁぁぁぁぁぁ！」

ハリーは赤い閃光が一本走るのを見た。アンブリッジがどれか一頭を失神させようとしたにちがいない。次の瞬間、アンブリッジが大きな悲鳴を上げた。ハリーが頭をわずかに持ち上げて見ると、アンブリッジが背後からベインに捕らえられ、空中高く持ち上げられて恐怖に叫びながらもがいていた。杖が手を離れて地上に落ちた。ハリーは心が躍った。手が届きさえすれば——。しかし、杖に手を伸ばしたとき、一頭のケンタウルスのひづめがその上に下りてきて、杖は真っ二つに折れた。

「さあ！」ハリーの耳に吠え声が聞こえ、太い毛深い腕がどこからともなく下りてきて、ハリーを引っ張り起こした。ハーマイオニーも同じく引っ張られ、立たせられた。さまざまな色のケンタウルスの背中や首が激しく上下するそのむこうに、ハリーはベインに連れ去られていくアンブリッジの姿を木の間隠れに見た。ひっきりなしに悲鳴を上げていたが、その声はだんだんかすかになり、ひづめで地面を蹴る周りの音にかき消されてついに聞こえなくなった。

「それで、こいつらは?」ハーマイオニーをつかんでいた、険しい顔の灰色のケンタウルスが言った。「この子たちは幼い」ハリーの背後でゆったりとした悲しげな声が言った。「我々は仔馬を襲わない」

「こいつらはあの女をここに連れてきたんだぞ、ロナン」ハリーをがっちりとつかんでいたケンタウルスが答えた。「しかもそれほど幼くはない……こっちの子は、もう青年になりかかっている」

ケンタウルスがハリーのローブの首根っこをつかんで揺すった。

「お願いです」ハーマイオニーが息を詰まらせながら言った。「お願いですから、私たちを襲わないでください。私たちはあの女の人のような考え方はしません。魔法省の役人じゃありません!ここに来たのは、ただ、あの人をみなさんに追い払ってほしいと思ったからです」

ハーマイオニーをつかんでいた灰色のケンタウルスの表情から、ハリーはハーマイオニーがとんでもないまちがいを言ったとすぐ気づいた。灰色のケンタウルスは首をブルッと後ろに振り、後脚で激しく地面を蹴り、吠えるように言った。

「ロナン、わかっただろう? こいつらはもう、ヒト類の持つ傲慢さを持っているのだ。つまり、人間の女の子よ、おまえたちのかわりに、我々が手を汚すというわけだな? おまえたちの奴隷として行動し、忠実な猟犬のようにおまえたちの敵を追い払うというわけか?」

「ちがいます!」ハーマイオニーは恐怖のあまり金切り声を上げた。「お願いです――そんなつもりじゃありません! 私はただ、みなさんが――助けてくださるんじゃないかと――」

これが事態をますます悪くしたようだった。

「我々はヒトを助けたりしない！」ハリーをつかんでいたケンタウルスが唸るように言った。つかんだ手に一段と力が入り、同時に後脚で少し立ち上がったので、ハリーの足が一瞬地面から浮き上がった。「我々は孤高の種族だ。そのことを誇りにしている。おまえたちがここを立ち去ったあと、おまえたちのくわだてを我々が実行したなどと吹聴することを許しはしない！」

「僕たち、そんなことを言うつもりはありません！」ハリーが叫んだ。「僕たちの望むことを実行したのじゃないことはわかっています――」

しかし、誰もハリーに耳を貸さないようだった。

群れの後方のあごひげのケンタウルスが叫んだ。

「こいつらは頼みもしないのにここに来た。つけを払わなければならない！」

そのとおりだという唸り声が沸き起こった。そして月毛のケンタウルスが叫んだ。

「あの女の所へ連れていけ！」

「あなたたちは罪のないものは傷つけないって言ってたのに！」

ハーマイオニーは今度こそ本物の涙をほおに伝わらせながら叫んだ。

「あなたたちを傷つけることは何もしていないわ。杖も使わないし、脅しもしなかった。私たちは学校に帰りたいだけなんです。お願いです。帰して――」

「我々全員が裏切り者のフィレンツェと同じわけではないのだ、人間の女の子！」

灰色のケンタウルスが叫ぶと、仲間から同調するいななきがさらに沸き起こった。

「我々のことを、きれいなしゃべる馬とでも思っていたんじゃないかね？　我々は昔から存在する種族だ。魔法族の侵略も侮辱も許しはしない。おまえたちの法律は認めないし、おまえたちが我々より優秀だとも認めない。我々は――」

我々がどうなのか、二人には聞こえなかった。その時、開けた平地の端でバキバキという大音響が聞こえてきたのだ。あまりの物音に、ハリーも、ハーマイオニーも、平地を埋めた五十余頭のケンタウルスも、全員が振り返った。ハリーを捕まえていたケンタウルスの両手がサッと弓と矢立てに伸び、ハリーはまた地上に落とされた。ハーマイオニーも落ちた。ハリーが急いでハーマイオニーのそばに行ったとき、二本の太い木の幹が不気味に左右に押し開かれ、その間から巨人グロウプの奇怪な姿が現れた。

グロウプに一番近かったケンタウルスがあとずさりし、背後にいた仲間にぶつかった。平地はいまや弓と矢が林立し、いまにも放たれんとしていた。うっそうとした林冠のすぐ下にぬうっと現れた灰色味を帯びた巨大な顔を的に、矢はいっせいに上に向けられている。グロウプのねじ曲がった口がポカンと開いている。れんが大の黄色い歯が、おぼろげな明かりの中でかすかに光るのが見えた。泥色の鈍い目が、足元の生き物を見定めるのに細くなった。両方のかかとから、ちぎれたロープが垂れ下がっている。

グロウプはさらに大きく口を開いた。

「ハガー」

ハリーには「ハガー」がなんのことかも、なんの言語なのかもわからなかったが、それもどうでもよかった。ハリーは、ほとんどハリーの背丈ほどもあるグロウプの両足を見つめていた。ハーマイオニーはハリーの腕にしっかりしがみついていた。ケンタウルスは静まり返って巨人を見つめていた。グロウプは、何か落とし物でも探すように、ケンタウルスの間をのぞき込み続け、巨大な丸い頭を右に左に振っている。

「**ハガー!**」グロウプはさっきよりしつこく言った。

「ここを立ち去れ、巨人よ!」マゴリアンが呼びかけた。「我らにとって、おまえは歓迎されざる者だ!」

グロウプにとって、この言葉はなんの印象も与えなかったようだ。少し前かがみになり(ケンタウルスが弓を引きしぼった)、また声をとどろかせた。「**ハガー!**」

数頭のケンタウルスが、今度は心配そうなとまどい顔をした。しかし、ハーマイオニーはハッと息をのんだ。

「ハリー!」ハーマイオニーがささやいた。「『ハグリッド』って言いたいんだと思うわ!」

まさにこの時、グロウプは二人に目をとめた。一面のケンタウルスの群れの中に、たった二人の人間だ。グロウプはさらに二、三十センチ頭を下げ、じっと二人を見つめた。ハリーはハーマイオニーが震えているのを感じた。グロウプは再び大きく口を開け、深くとどろく声で言った。

「ハーミー」

「まあ」ハーマイオニーはいまにも気を失いそうな様子で言った。ハーマイオニーがあまりきつく握りしめるので、ハリーは腕がしびれかけていた。「お――覚えてたんだわ！」

「**ハーミー！**」グロウプが吠えた。「**ハガー、どこ？**」

「知らないの！」ハーマイオニーが悲鳴に近い声を出した。「ごめんなさい、グロウプ、私、知らないの！」

「**グロウプ、ハガー、ほしい！**」

巨人の巨大な片手が下に伸びてきた。ハーマイオニーは今度こそ本物の悲鳴を上げ、二、三歩走るようにあとずさりして、ひっくり返った。巨人の手がハリーのほうに襲いかかり、白毛のケンタウルスの脚をなぎ倒したとき、ハリーは覚悟を決めた。杖なしで、パンチでもキックでもかみつきでも、なんでもやってやる。

この時をケンタウルスは待っていた。――グロウプの広げた指が、ハリーからあと二、三十センチというところで、巨人めがけて五十本の矢が空を切った。矢は巨大な顔に浴びせかかり、巨人は痛みと怒りで吠えたけりながら身を起こした。巨大な両手で顔をこすると、矢柄は折れたが、矢尻はかえって深々と突き刺さった。

グロウプは叫び、巨大な足を踏み鳴らし、ケンタウルスはその足をよけて散り散りになった。小石ほどもあるグロウプの血の雨を浴びながら、ハリーはハーマイオニーを助け起こした。木の陰に隠れようと全速力で走り、木陰に入るなり、二人は振り返った。グロウプは顔から血を流しながら、闇雲にケンタウルスにつかみかかっていた。ケンタウルスはてんでんばらばらになって退却し、平地のむこう側の木立へと疾駆していた。ハリーとハーマイオニーは、グロウプがまたしても怒りに吠え、両脇の木々をたたき折りながら、ケンタウルスを追って森に飛び込んでいくのを見ていた。

「ああ、もう」ハーマイオニーは激しい震えでひざが抜けてしまっていた。「ああ、怖かった。それにグロウプはみな殺しにしてしまうかも」

「そんなこと気にしないな。正直言って」ハリーが苦々しく言った。

ケンタウルスの駆ける音、巨人が闇雲に追う音が、だんだんかすかになってきた。その音を聞いているうちに、傷痕がまたしても激しくうずいた。恐怖の波がハリーを襲った。

あまりにも時間をむだにしてしまった――あの光景を見たときより、シリウスを救い出すことがいっそう難しくなっていた。ハリーは不幸にも杖を失ってしまったばかりか、禁じられた森のど真ん中で、いっさいの移動の手段もないまま立ち往生してしまったのだ。

「名案だったね」ハーマイオニーに向かって、ハリーは吐き捨てるように言った。せめて怒りのはけ口が必要だった。「まったく名案だったよ。これからどうするんだ？」

「お城に帰らなくちゃ」ハーマイオニーが消え入るように言った。

「そのころには、シリウスはきっと死んでるよ！」

ハリーはかんしゃくを起こして、近くの木を蹴飛ばした。頭上でキャッキャッとかん高い声が上がった。見上げると、怒ったボウトラックルが一匹、ハリーに向かって小枝のような長い指を曲げ伸ばしして威嚇していた。

「でも、杖がなくては、私たち何もできないわ」

ハーマイオニーはしょんぼりそう言いながら、力なく立ち上がった。

「いずれにしてもハリー、ロンドンまでずうっと、いったいどうやって行くつもりだったの？」

「うん、僕たちもそのことを考えてたんだ」

ハーマイオニーの背後で聞きなれた声がした。

ハリーもハーマイオニーも思わず寄り添い、木立を透かしてむこうをうかがった。

ロンが目に入った。ジニー、ネビル、そしてルーナがそのあとから急いでついてくる。全員がかなりぼろぼろだった。――ジニーのほおにはいく筋も長い引っかき傷があり、ネビルの右目の上にはたんこぶが紫色にふくれ上がっていた。ロンの唇は前よりもひどく出血している——しかし、全員がかなり得意げだ。

「それで?」ロンが低く垂れた木の枝を押しのけ、杖をハリーに差し出しながら言った。「何かいい考えはあるの?」

「どうやって逃げたんだ?」ハリーは杖を受け取りながら、驚いて聞いた。

「『失神光線』を二、三発と、『武装解除術』。ネビルは『妨害の呪い』のすごいやつを一発かましてくれたぜ」ロンはなんでもなさそうに答えながら、ハーマイオニーにも杖を渡した。「だけど、なんてったって一番はジニーだな。マルフォイをやっつけた——『コウモリ鼻糞の呪い』——最高だったね。やつの顔がものすごいビラビラでべったり覆われちゃってさ。とにかく、君たちが森に向かうのが窓から見えたからあとを追ったのさ。アンブリッジはどうしちゃったんだ?」

「連れていかれた」ハリーが答えた。「ケンタウルスの群れに」

「それで、ケンタウルスは、あなたたちを放って行っちゃったの?」ジニーは度肝を抜かれたように言った。

「ううん。ケンタウルスはグロウプに追われていったのさ」ハリーが言った。

「グロウプって誰?」ルーナが興味を示した。

「ハグリッドの弟」ロンが即座に言った。「とにかく、いま、それは置いといて。ハリー、暖炉で何かわかったかい？ 『例のあの人』はシリウスを捕まえたのか？ それとも──」

「そうなんだ」ハリーが答えたその時、傷痕がまたチクチク痛んだ。「だけど、シリウスがまだ生きてるのは確かだ。ただ、助けにいこうにも、どうやってあそこに行けるかがわからない」

みんながだまり込んだ。問題がどうにもならないほど大きすぎて、恐ろしかった。

「まあ、全員飛んでいくほかないでしょう？」ルーナが言った。ハリーがいままで聞いたルーナの声の中で、一番沈着冷静な声だった。

「オーケー」ハリーはいらいらしてルーナに食ってかかった。「まず言っとくけど、自分のこともふくめて言ってるつもりなら、**全員が**何かするわけじゃないんだ。第二に、トロールの警備がついていない箒は、ロンのだけだ。だから──」

「私も箒を持ってるわ！」ジニーが言った。

「ああ、でも、おまえは来ないんだ」ロンが怒ったように言った。

「お言葉ですけど、シリウスのことは、私もあなたたちと同じぐらい心配してるのよ！」

ジニーが歯を食いしばると、急にフレッドとジョージに驚くほどそっくりな顔になった。

「君はまだ──」ハリーが言いかけたが、ジニーは激しく言い返した。

「私、あなたが賢者の石のことで『例のあの人』と戦った年より三歳も上よ。それに、マルフォイがアンブリッジの部屋で特大の空飛ぶ鼻クソに襲われて足止めになっているのは、私がやったからだわ――」

「それはそうだけど――」

「僕たちDAはみんな一緒だったよ」ネビルが静かに言った。「何もかも、『例のあの人』と戦うためじゃなかったの？　今度は、現実に何かできる初めてのチャンスなんだ――それとも、全部ただのゲームだったの？」

「ちがうよ――もちろん、ちがうさ――」ハリーはいらだった。

「それなら、僕たちも行かなきゃ」ネビルが当然のように言った。「僕たちも手伝いたい」

「そうよ」ルーナがうれしそうにニッコリした。

ハリーはロンと目が合った。ロンもまったく同じことを考えていることがわかった。ハリー自身とロンとハーマイオニーのほかに、シリウス救出のために誰かDAのメンバーを選べるとしたら、ジニー、ネビル、ルーナは選ばなかったろう。

「まあ、どっちにしろ、それはどうでもいいんだ」ハリーはじれったそうに言った。「だって、どうやってそこに行くのかまだわからないんだし――」

「それは解決済みだと思ったけど」ルーナはしゃくにさわる言い方をした。「全員飛ぶのよ！」

「あのさあ」ロンが怒りを抑えきれずに言った。「君は箒なしでも飛べるかもしれないよ。でもほかの僕らは、いつでも羽を生やせるってわけには――」

「箒のほかにも飛ぶ方法はあるわ」ルーナが落ち着き払って言った。

「カッキー・スノーグルか何かの背中に乗っていくのか？」ロンが問い詰めた。

「『しわしわ角スノーカック』は飛べません」ルーナは威厳のある声で言った。「だけど、**あれ**は飛べるわ。それに、ハグリッドが、あれは乗り手の探している場所を見つけるのがとってもうまいって、そう言ってるもン」

ハリーはくるりと振り返った。二本の木の間で白い目が気味悪く光った。セストラルが二頭、まるで会話の言葉が全部わかっているかのように、ヒソヒソ話のほうを見つめていた。

「そうだ！」ハリーはそうつぶやくと、二頭に近づいた。セストラルは爬虫類のような頭を振り、長い黒いたてがみを後ろに揺すり上げた。ハリーははやる気持ちで手を伸ばし、一番近くの一頭のつやつやした首をなでた。こいつらが醜いと思ったことがあるなんて！

「それって、へんてこりんな馬のこと？」ロンが自信なさそうに言いながら、ハリーがなでているセストラルの少し左の一点を見つめた。「誰かが死んだのを見たことがないと見えないってやつ？」

「うん」ハリーが答えた。

「何頭？」

「二頭だけ」

「でも、三頭必要ね」ハーマイオニーはまだ少しショック状態だったが、覚悟を決めたように言った。

「四頭よ、ハーマイオニー」ジニーがしかめっ面をした。

「ほんとは全部で六人いると思うよ」ルーナが数えながら平然と言った。

「バカなこと言うなよ。全員は行けない！」ハリーが怒った。

「いいかい、君たち――」ハリーはネビル、ジニー、ルーナを指差した。「君たちには関係ないんだ。君たちは――」

三人がまたいっせいに、激しく抗議した。ハリーの傷痕がもう一度、前より強くうずいた。一刻も猶予はない。議論している時間はない。

「オーケー、いいよ。勝手にしてくれ」ハリーがぶっきらぼうに言った。「だけど、セストラルがもっと見つからなきゃ、君たちは行くことができ――」

「あら、もっと来るわよ」ジニーが自信たっぷりに言った。ロンと同じように、馬を見ているような気になっているらしいが、とんでもない方向に目をこらしている。

「なぜそう思うんだい？」

「だって、気がついてないかもしれないけど、あなたもハーマイオニーも血だらけよ」ジニーが平然と言った。「そして、ハグリッドが生肉でセストラルをおびきよせるってことはわかってるわ。そもそもこの二頭だって、たぶん、それで現れたのよ」

その時、ハリーはローブが軽く引っ張られるのを感じて下を見た。一番近いセストラルが、グロウプの血でぬれたそでをなめていた。

「オーケー、それじゃ」すばらしい考えがひらめいた。「ロンと僕がこの二頭に乗って先に行く。ハーマイオニーはあとの三人とここに残って、もっとセストラルをおびきよせればいい」

「私、残らないわよ！」ハーマイオニーが憤然として言った。

「そんな必要ないもン」ルーナがニッコリした。「ほら、もっと来たよ……あんたたち二人、きっとものすごく臭いんだ……」

ハリーが振り向いた。少なくとも六、七頭が、なめし革のような両翼をぴったり胴体につけ、暗闇に目を光らせて、木立を慎重にかき分けながらやってくる。もう言い逃れはできない。

「しかたがない」ハリーが怒ったように言った。「じゃ、どれでも選んで、乗ってくれ」

第三十四章　神秘部

ハリーは一番近くのセストラルのたてがみにしっかりと手を巻きつけ、手近の切り株に足を乗せて、すべすべした背中を不器用によじ登った。セストラルはいやがらなかったが、首を回し、牙をむき出して、ハリーのローブをもっとなめようとした。

翼のつけ根にひざを入れると安定感があることがわかり、ハリーはみんなを振り返った。ネビルはフウフウ言いながら二番目のセストラルの背に這い上がったところで、今度は短い足の片方を背中のむこう側に回してまたがろうとしていた。ルーナはもう横座りに乗って、毎日やっているかのようなれた手つきでローブをととのえていた。しかし、ロン、ハーマイオニー、ジニーは口をポカンと開けて空を見つめ、その場にじっと突っ立ったままだった。

「どうしたんだ？」ハリーが聞いた。

「どうやって乗ればいいいんだ？」ロンが消え入るように言った。「乗るものが見えないっていうの

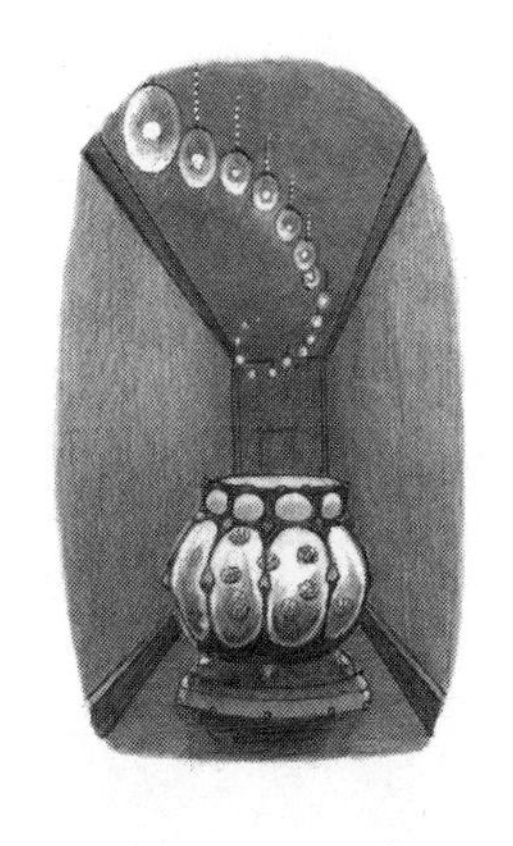

に？」

「あら、簡単だよ」ルーナが乗っていたセストラルからいそいそと降りてきて、ロン、ハーマイオニー、ジニーにすたすたと近づいた。「こっちだよ……」

ルーナは三人を、そのあたりに立っているセストラルの所へ引っ張っていき、一人一人手伝って背中に乗せた。ルーナが乗り手の手を馬のたてがみにからませてやり、しっかりつかむように言うと、三人ともひどく緊張しているようだった。それからルーナは自分の馬の背に戻った。

「こんなの、むちゃだよ」空いている手で恐る恐る自分の馬の首にさわり、上下に動かしながら、ロンがつぶやいた。「むちゃだ……見えたらいいんだけどな――」

「見えないままのほうがいいんだよ」ハリーが沈んだ声で言った。

「それじゃ、みんな、準備はいいいね？」

全員がうなずき、ハリーには、五組のひざにローブの下で力が入るのが見えた。

「オーケー……」

ハリーは自分のセストラルの黒いつやつやした後頭部を見下ろし、ゴクリと生つばを飲んだ。

「それじゃ、ロンドン、魔法省、来訪者入口」ハリーは半信半疑で言った。「えーと……どこに行くか……わかったらだけど……」

ハリーのセストラルは何も反応しなかった。そして次の瞬間、ハリーが危うく落馬しそうになるほどすばやい動きで、両翼がサッと伸びた。馬はゆっくりとかがみ込み、それからロケット弾のように急上昇した。あまりの速さで急角度に昇ったので、骨ばった馬の尻からすべり落ちないよう、ハリーは両腕両脚でがっちり胴体にしがみつかなければならなかった。ハリーは目を閉じ、絹のような馬のたてがみに顔を押しつけた。セストラルは、高い木々の梢を突き抜け、血のように赤い夕焼けに向かって飛翔した。

ハリーは、これまでこんなに高速で移動したことはないと思った。セストラルは広い翼をほとんどはばたかせず、城の上を一気に飛んだ。涼しい空気が顔を打ち、吹きつける風にハリーは目を細めた。振り返ると、五人の仲間があとから昇ってくるのが見えた。ハリーのセストラルが巻き起こす後流から身を護るのに、五人ともそれぞれの馬の首にしがみついて、できるだけ低く伏せている。

ホグワーツの校庭を飛び越え、ホグズミードを過ぎた。眼下に広がる山々や峡谷が見えた。陽がかげりはじめると、通り過ぎる村々の小さな光の集落が見えてきた。そして、丘陵地の曲がりくねった一本道を、せかせかと家路に急ぐ一台の車も……。

「気味が悪いよー！」

ハリーの背後でロンが叫ぶのがかすかに聞こえた。こんな高い所を、これといって目に見える支えがないまま猛スピードで飛ぶのは、変な気持ちだろうと、ハリーは思いやった。

陽が落ちた。空はやわらかな深紫色に変わり、小さな銀色の星がまき散らされた。やがて、地上からどんなに離れ、どんなに速く飛んでいるかは、マグルの街灯りでしかわからなくなった。ハリーは自分の馬の首に両腕をしっかり巻きつけ、もっと速く飛んでほしいと願っていた。シリウスが神秘部の床に倒れているのを目撃してから、どれくらいの時がたったのだろう？　シリウスは、あとどれほどヴォルデモートに抵抗し続けられるだろう？　確実なのは、ハリーの名付け親が、まだヴォルデモートの望むことをやっていないし、死んでもいないということだけだった。もしそのどちらかが起こっていれば、ヴォルデモートの歓喜か激怒の感情がハリー自身の体を駆けめぐり、ウィーズリー氏が襲われた夜と同じように、傷痕に焼きごてを当てられたような痛みが走るはずだ。

一行は、深まる闇の中を飛びに飛んだ。ハリーの顔は冷えてこわばり、脚はセストラルの胴をきつくはさんでしびれていた。しかし、体位を変えることなどとうていできない。すべり落ちてしまう……。耳元で唸る轟々たる風の音で、何も聞こえない。冷たい夜風で口は渇き、凍りついている。どれほど遠くまで来たのか、ハリーにはまったく感覚がなかった。ただ、足元の生き物を信じるだけだった。セストラルは、目的地を定めたかのように猛スピードで夜を貫き、ほとんどはばたきもせずに先へ先へと進んだ。

もしも、遅すぎたら……。

シリウスはまだ生きている。戦っている。僕はそれを感じている……。

もしも、ヴォルデモートがシリウスは屈服しないと見切りをつけたら……。

僕にもわかるはずだ……。

ハリーの胃袋がぐらっとした。セストラルの頭が、急に地上を向き、ハリーは馬の首に沿って少し前にすべった。ついに降りはじめたのだ……背後で悲鳴が聞こえたような気がした。ハリーは危なっかしげに身をよじって振り返ったが、誰かが落ちていく様子はなかった……たぶん、ハリーがいま感じたのと同じように、方向転換で全員が衝撃を受けたのだろう。

前後左右の明るいオレンジ色の灯りがだんだん大きく丸くなってきた。全員の目に建物の屋根が見え、光る昆虫の目のようなヘッドライトの流れや、四角い淡黄色の窓明かりが見えた。出し抜けに、という感じで、全員が矢のように歩道に突っ込んでいった。ハリーは最後の力を振りしぼってセストラルにしがみつき、急な衝撃に備えた。しかし、馬はまるで影法師のように、ふわりと暗い地面に着地した。ハリーはその背中からすべり降り、通りを見回した。打ち壊された電話ボックスも、少し離れた所にあるごみのあふれた大型ごみ運搬容器も、以前のままだった。どちらも、街灯のギラギラしたオレンジ一色を浴び、色彩を失っている。

ロンが少し離れた所に着地し、たちまちセストラルから歩道に転げ落ちた。

「懲りごりだ」

ロンがもそもそ立ち上がりながら言った。セストラルから大股で離れるつもりだったらしいが、何しろ見えないので、その尻に衝突してまた転びかけた。

「二度と、絶対いやだ……最悪だった――」

ハーマイオニーとジニーがそれぞれロンの両脇に着地して、二人ともロンよりは少し優雅にすべり降りたが、ロンと同じように、しっかりした地上に戻れてホッとした顔だった。ネビルは震えながら飛び降り、ルーナはすっと下馬した。

「それで、ここからどこ行くの？」

ルーナはまるで楽しい遠足でもしているように、いちおう行き先に興味を持っているような聞き方をした。

「こっち」

ハリーは感謝を込めてちょっとセストラルをなで、先頭を切って壊れた電話ボックスへと急ぎ、ドアを開けた。

「入れよ。**早く！**」

ためらっているみんなを、ハリーはうながした。

ロンとジニーが従順に入っていった。ハーマイオニー、ネビル、ルーナはそのあとからぎゅうぎゅう押して入った。ハリーが入る前に、もう一度セストラルをちらりと振り返ると、ごみ容器の中からくさった食べ物のくずをあさっていた。ハリーはルーナのあとからボックスに体を押し込んだ。

「受話器に一番近い人、ダイヤルして！　六二四四二！」ハリーが言った。

ロンがダイヤルに触れようと腕を奇妙にねじ曲げながら、数字を回した。ダイヤルが元の位置に戻ると、電話ボックスに落ち着き払った女性の声が響いた。

「魔法省へようこそ。お名前とご用件をおっしゃってください」

「ハリー・ポッター、ロン・ウィーズリー、ハーマイオニー・グレンジャー」ハリーは早口で言った。「ジニー・ウィーズリー、ネビル・ロングボトム、ルーナ・ラブグッド……ある人を助けにきました。魔法省が先に助けてくれるなら別ですが！」

「ありがとうございます」落ち着いた女性の声が言った。「外来の方はバッジをお取りになり、ローブの胸におつけください」

六個のバッジが、通常なら釣り銭が出てくるコイン返却口の受け皿にすべり出てきた。ハーマイオニーが全部すくい取って、ジニーの頭越しに無言でハリーに渡した。ハリーが一番上のバッジを見た。――**ハリー・ポッター　救出任務**。

「魔法省への外来の方は、杖を登録いたしますので、守衛室にてセキュリティ・チェックを受けてください。守衛室はアトリウムの一番奥にございます」

「わかった！」ハリーが大声を出した。傷痕がまたうずいたのだ。「さあ、**早く出発**できませんか？」

電話ボックスの床がガタガタ揺れたと思うと、ボックスのガラス窓越しに歩道がせり上がりはじめた。ごみあさりをしているセストラルもせり上がって、姿が見えなくなった。頭上は闇にのまれ、一行はガリガリという鈍いきしみ音とともに魔法省のある深みへと沈んでいった。

ひと筋のやわらかい金色の光が射し込み、一行の足元を照らした。光はだんだん広がり、体の下から上へと登っていった。ハリーはひざを曲げ、すし詰め状態の中で可能なかぎり杖をかまえ、アトリウムで誰か待ち伏せしていないかと、ガラス窓越しにうかがった。しかし、そこは完全にからっぽのようだった。照明は日中に来た前回のときより薄暗く、壁沿いに作りつけられたいくつものマントルピースの下には火の気がなかった。しかし、エレベーターがなめらかに停止すると、ハリーは例の金色の記号が、暗いブルーの天井にしなやかにくねり続けているのを見た。

「魔法省です。本夕はご来省ありがとうございます」女性の声が言った。

電話ボックスのドアがパッと開いた。ハリーがボックスから転がり出た。ネビルとルーナがそれに続いた。アトリウムには、黄金の噴水が絶え間なく噴き上げる水音しかない。魔法使いと魔女の杖、ケンタウルスの矢尻、小鬼の帽子の先、しもべ妖精の両耳から、間断なく水が噴き上げ、周りの水盆に落ちていた。

「こっちだ」ハリーが小声で言った。六人はホールを駆け抜けた。ハリーは先頭に立って噴水を通り過ぎ、守衛室に向かった。ハリーの杖を計量したガード魔ンが座っていたデスクだが、いまは誰もいない。

ハリーは必ず守衛(しゅえい)がいるはずだと思っていた。いないということは不吉(ふきつ)なしるしにちがいないと思った。エレベーターに向かう金色の門をくぐりながら、ハリーはますますいやな予感をつのらせた。ハリーは一番近くの「▼」のボタンを押(お)した。エレベーターがほとんどすぐにガタゴトと現(あらわ)れ、金の格子扉(こうしとびら)がガチャガチャ大きな音を響(ひび)かせて横に開いた。みんなが飛び乗った。ハリーが「9」を押(お)すと、扉(とびら)がガチャンと閉(し)まり、エレベーターがジャラジャラ、ガラガラ下りだした。ウィーズリーおじさんと来た日には、エレベーターがこんなにうるさいことにハリーは気づかなかった。こんな騒音(そうおん)なら、建物の中にいるガード魔(マ)ンが一人残らず気づくだろうと思った。しかし、エレベーターが止まると、落(お)ち着(つ)き払(はら)った女性(じょせい)の声が告(つ)げた。

「神秘部(しんぴぶ)です」

格子扉(こうしとびら)が横に開いた。廊下(ろうか)に出ると、なんの気配もなかった。動くものは、エレベーターからの一陣(いちじん)の風でゆらめく手近の松明(たいまつ)しかない。

ハリーは取っ手のない黒い扉(とびら)に向かった。何か月も夢(ゆめ)に見たその場所に、ハリーはついにやってきた。

「行こう」そうささやくと、ハリーは先頭に立って廊下(ろうか)を歩いた。ルーナがすぐ後ろで、口を少し開け、周りを見回しながらついてきた。

「オーケー、いいか」ハリーは扉(とびら)の二メートルほど手前で立ち止まった。「どうだろう……何人かはここに残って――見張りとして、それで、それで――」

「それで、何かが来たら、どうやって知らせるの？」ジニーが眉を吊り上げた。「あなたはずーっと遠くかもしれないのに」

「みんな君と一緒に行くよ、ハリー」ネビルが言った。

「よし、そうしよう」ロンがきっぱりと言った。

ハリーは、やはりみんなを連れていきたくはなかった。しかし、それしか方法はなさそうだった。ハリーは扉のほうを向き、歩きだした……夢と同じように、扉がパッと開き、ハリーは前進した。みんながあとに続いて扉を抜けた。

そこは大きな円形の部屋だった。床も天井も、何もかもが黒かった。なんの印もない、まったく同一の取っ手のない黒い扉が、黒い壁一面に間隔を置いて並んでいる。壁のところどころにろうそく立てがあり、青い炎が燃えていた。光る大理石の床に、冷たい炎がチラチラと映るさまは、まるで足元に暗い水があるようだった。

「誰か扉を閉めてくれ」ハリーが低い声で言った。

ネビルが命令に従ったとたん、ハリーは後悔した。背後の廊下から細長く射し込んでいた松明の灯りがなくなると、この部屋はほんとうに暗く、しばらくの間、壁にゆらめく青い炎と、それが床に映る幽霊のような姿しか見えなかった。

夢の中では、ハリーはいつも、入口の扉と正反対にある扉を目指して部屋を横切り、そのまま前進した。しかし、ここには一ダースほどの扉がある。自分の正面にあるいくつかの扉を見つめ、どの扉がそれなのかを見定めようとしていたその時、ゴロゴロと大きな音がして、ろうそくが横に動きはじめた。円形の部屋が回りだしたのだ。

ハーマイオニーは、床も動くのではと恐れたかのように、ハリーの腕をしっかりつかんだ。しかし、そうはならなかった。数秒間、壁が急速に回転する間、青い炎がネオン灯のように筋状にぼやけた。それから、回転を始めたときと同じように突然音が止まり、すべてが再び動かなくなった。

ハリーの目には青い筋が焼きつき、ほかには何も見えなかった。

「あれはなんだったんだ？」ロンがこわごわささやいた。

「どの扉から入ってきたのかわからなくするためだと思うわ」ジニーが声をひそめて言った。

そのとおりだと、ハリーにもすぐにわかった。出口の扉を見分けるのは、真っ黒な床の上でアリを見つけるようなものだ。**その上**、周囲の十二の扉のどれもが、これから前進する扉である可能性がある。

「どうやって戻るの？」ネビルが不安そうに聞いた。

「いや、いまはそんなこと問題じゃない」青い筋の残像を消そうと目をしばたたき、杖をいっそう強く握りしめながら、ハリーが力んだ。

「シリウスを見つけるまでは出ていく必要がないんだから――」

「でも、シリウスの名前を呼んだりしないで！」ハーマイオニーが緊迫した声で言った。

しかし、そんな忠告は、いまのハリーにはまったく必要がなかった。できるだけ静かにすべきだと本能的にわかっていた。

「それじゃ、ハリー、どっちに行くんだ？」ロンが聞いた。

「わからな――」ハリーは言いかけた言葉をのみ込んだ。「夢では、エレベーターを降りた所の廊下の奥にある扉を通って、暗い部屋に入った――この部屋だ――それからもう一つの扉を通って入った部屋は、なんだか……キラキラ光って……。どれか試してみよう」ハリーは急いで言った。「正しい方向かどうか、見ればわかる。さあ」

ハリーはいま自分の正面にある扉へとまっすぐ進んだ。みんながそのすぐあとに続いた。ハリーは左手で冷たく光る扉の表面に触れ、開いたらすぐに攻撃できるように杖をかまえて扉を押した。簡単にパッと開いた。

最初の部屋が暗かったせいで、天井から金の鎖でぶら下がっているいくつかのランプが、この細長い長方形の部屋をずっと明るい印象にしている。しかし、ハリーが夢で見た、キラキラとゆらめく灯りはなかった。この場所はがらんとしている。机が数卓と、部屋の中央に巨大なガラスの水槽があるだけだ。全員が泳げそうな大きな水槽は、濃い緑色の液体で満たされ、その中に、半透明の白いものがいくつも物憂げに漂っていた。

「これ、なんだい？」ロンがささやいた。

「さあ」ハリーが言った。

「魚？」ジニーが声をひそめた。

「アクアビリウス・マゴット、水蛆虫だ！」ルーナが興奮した。「パパが言ってた。魔法省で繁殖してるって――」

「ちがうわ」ハーマイオニーが気味悪そうに言いながら、水槽に近づいて横からのぞき込んだ。

「脳みそよ」

「**脳みそ？**」

「そう……いったい魔法省はなんのために？」

ハリーも水槽に近づいた。ほんとうだ。近くで見るとまちがいない。不気味に光りながら、脳みそは緑の液体の深みで、まるでぬめぬめしたカリフラワーのように、ゆらゆらと見え隠れしていた。

「出よう」ハリーが言った。「ここじゃない。別のを試さなきゃ」

「この部屋にも扉があるよ」ロンが周りの壁を指した。ハリーはがっくりした。いったいこの場所はどこまで広いんだ？

「夢では、暗い部屋を通って次の部屋に行った」ハリーが言った。「あそこに戻って試すべきだと思う」

そこで全員が急いで暗い円形の部屋に戻った。ハリーの目に、今度は青いろうそくの炎ではなく、脳みそが幽霊のように泳いでいた。

「待って！」ルーナが脳みその部屋を出て扉を閉めようとしたとき、ハーマイオニーが鋭く言った。

「フラグレート！　焼き印！」

ハーマイオニーが空中に×印を描くと、扉に燃えるように赤い「×」が印された。扉がカチリと閉まるや否や、ゴロゴロと大きな音がして、またしても壁が急回転しはじめた。しかし今度は、薄青い中に大きく赤と金色がぼやけて見えた。再び動かなくなったとき、燃えるような「×」は焼き印されたままで、もう試し済みの扉であることを示していた。

「いい考えだよ」ハリーが言った。「オーケー、今度はこれだ――」

ハリーは今度も真正面の扉に向かい、杖をかまえたままで扉を押し開けた。みんながすぐあとに続いた。

今度の部屋は前のより広く、薄暗い照明の長方形の部屋だった。中央がくぼんで、六、七メートルの深さの大きな石坑になっている。穴の中心に向かって急な石段が刻まれ、ハリーたちが立っているのはその一番上の段だった。部屋をぐるりと囲む階段が、石のベンチのように見える。円形劇場か、ハリーが裁判を受けた最高裁のウィゼンガモット法廷のようなつくりだ。ただし、中央には、鎖のついた椅子ではなく石の台座が置かれ、その上に石のアーチが立っていた。アーチは相当古く、ひびが入りぼろぼろで、まだ立っていることだけでもハリーにとっては驚きだった。周りに支える壁もなく、アーチには、すり切れたカーテンかベールのような黒いものがかかっていた。周囲の冷たい空気は完全に静止しているのに、その黒いものは、たったいま誰かが触れたようにかすかに波打っている。

「誰かいるのか?」

ハリーは一段下のベンチに飛び下りながら声をかけた。答える声はなかったが、ベールは相変わらずはためき、揺れていた。

「用心して!」ハーマイオニーがささやいた。

ハリーは一段また一段と急いで石のベンチを下り、くぼんだ石坑の底に着いた。台座にゆっくりと近づいていくハリーの足音が大きく響いた。とがったアーチは、いま立っている所から見るほうが、上から見下ろしていたときよりずっと高く見えた。ベールは、いましがた誰かがそこを通ったかのように、まだゆっくりと揺れていた。

「シリウス?」ハリーはまた声をかけたが、さっきより近くからなので、低い声で呼んだ。

アーチの裏側のベールの陰に誰かが立っているような、奇妙な感じがする。杖をしっかりつかみ、ハリーは台座をじりじりと回り込んだ。しかし、裏側には誰もいない。すり切れた黒いベール

「行きましょう」石段の中腹からハーマイオニーが呼んだ。「なんだか変だわ。ハリー、さあ、行きましょう」

ハーマイオニーの声は、脳みそが泳いでいた部屋のときよりずっとおびえていた。しかし、ハリーは、どんなに古ぼけていても、アーチがどこか美しいと思った。ゆっくり波打つベールがハリーをひきつけた。台座に上がってアーチをくぐりたいという強い衝動にかられた。

「ハリー、行きましょうよ。ね?」ハーマイオニーがより強くうながした。

「うん」

しかしハリーは動かなかった。たったいま、何か聞こえた。ベールの裏側から、かすかにささやく声、ブツブツ言う声が聞こえる。

「何を話してるんだ?」ハリーは大声で言った。声が石のベンチの隅々に響いた。

「誰も話なんかしてないわ、ハリー!」ハーマイオニーが今度はハリーに近づきながら言った。

「この陰で誰かがヒソヒソ話してる」ハリーはハーマイオニーの手が届かない所に移動し、ベールをにらみ続けた。「ロン、君か?」

「僕はここだぜ、おい」ロンがアーチの脇から現れた。

「誰かほかに、これが聞こえないの?」ハリーが問い詰めた。ヒソヒソ、ブツブツが、だんだん大きくなってきたからだ。ハリーは思わず台座に足をかけていた。

「あたしにも聞こえるよ」

アーチの脇から現れ、揺れるベールを見つめながら、ルーナが息をひそめた。

「『**あそこ**』に人がいるんだ！」

「『**あそこ**』ってどういう意味？」ハーマイオニーが、一番下の石段から飛び下り、こんな場面に不釣り合いなほど怒った声で詰問した。「『**あそこ**』なんて場所はないわ。ただのアーチよ。誰かがいるような場所なんてないわ。ハリー、やめて。戻ってきて――」

ハーマイオニーはハリーの腕をつかんで引っ張った。ハリーは抵抗した。

「ハリー、私たち、なんのためにここに来たの？　シリウスよ！」ハーマイオニーがかん高い、緊張した声で言った。

「シリウス」ハリーは揺れ続けるベールを、催眠術にかかったように、まだじっと見つめながらくり返した。「うん……」

頭の中で、やっと何かが元に戻った。**シリウス**、捕らわれ、縛られて拷問されている。それなのにハリーはアーチを見つめている。

ハリーは台座から数歩下がり、ベールから無理やり目をそむけた。

「行こう」ハリーが言った。

「私、さっきからそうしようって――さあ、それじゃ行きましょう！」

ハーマイオニーが台座を回り込んで、戻り道の先頭に立った。台座の裏側で、ジニーとネビルが、どうやら恍惚状態でベールを見つめていた。ハーマイオニーは無言でジニーの腕をつかみ、ロンはネビルの腕をつかんで、二人をしっかりと一番下の石段まで歩かせた。全員が石段を這い上り、扉まで戻った。

「あのアーチはなんだったと思う？」暗い円形の部屋まで戻ったとき、ハリーがハーマイオニーに聞いた。

「わからないけど、いずれにせよ、危険だったわ」ハーマイオニーがまた燃える「×」をしっかり扉に印しながら言った。

またしても壁が回転し、そしてまた静かになった。ハリーは適当な扉に近づき、押した。動かなかった。

「どうしたの？」ハーマイオニーが聞いた。

「これ……鍵がかかってる……」ハリーが体ごとぶつかりながら言った。扉はびくともしない。

「それじゃ、これがそうなんじゃないか？」ロンが興奮し、ハリーと一緒に扉を押し開けようとした。「きっとそうだ！」

「どいて！」

ハーマイオニーが鋭くそう言うと、通常の扉の鍵の位置に杖を向けて唱えた。

「アロホモラ！」

何事も起こらない。

「シリウスのナイフだ！」

ハリーはローブの内側からナイフを引っ張り出し、扉と壁の間に差し込んだ。ハリーがナイフをてっぺんから一番下まで走らせ、取り出し、もう一度肩で扉にぶつかるのを、みんなが息を殺して見守った。扉は相変わらず固く閉まったままだった。その上、ハリーがナイフを見ると、刃が溶けていた。

「いいわ。この部屋は放っておきましょう」ハーマイオニーが決然と言った。

「でも、もしここだったら？」ロンが不安と望みが入りまじった目で扉を見つめながら言った。

「そんなはずないわ。ハリーは夢で全部の扉を通り抜けられたんですもの」

ハーマイオニーはまた燃える「×」をつけ、ハリーは役に立たなくなったシリウスのナイフの柄をポケットに戻した。

「あの部屋に入ってたかもしれないもの、なんだかわかる？」壁がまた回転しはじめたとき、ルーナが熱っぽく言った。

「どうせまた、ブリバリングなんとかでしょうよ」ハーマイオニーがこっそり言った。ネビルが怖さを隠すように小さく笑った。

壁がスーッと止まり、ハリーはだんだん絶望的になりながら、次の扉を押した。

「**ここだ！**」

美しい、ダイヤのきらめくような照明が踊っていることで、ハリーにはすぐここだとわかった。まぶしい光に目がなれてくると、ハリーはありとあらゆる所で時計がきらめいているのを見た。大小さまざまな時計、床置き時計、かけ時計などが、部屋全体に並んだ本棚の間にかけてあったり、机に置いてあったり、絶え間なくせわしくチクタクと、まるで何千人の小さな足が行進しているような音を立てていた。踊るようなダイヤのきらめきは、部屋の奥にそびえ立つ釣り鐘形のクリスタルから出る光だった。

「こっちだ！」

正しい方向が見つかったという思いで、ハリーの心臓は激しく脈打っていた。ハリーは先頭に立ち、何列も並んだ机の間の狭い空間を、夢で見たと同じように光の源に向かって進んだ。ハリーの背丈ほどもあるクリスタルの釣り鐘は、机の上に置かれ、中にはキラキラした風が渦巻いているようだった。

「まあ、**見て！**」全員がそのそばまで来たとき、ジニーが釣り鐘の中心を指差した。

宝石のようにまばゆい卵が、キラキラする渦に漂っていた。釣り鐘の中で卵が上昇すると、割れて一羽のハチドリが現れ、釣り鐘の一番上まで運ばれていった。しかし、風にあおられて落ちていくと、ハチドリの羽はぬれてくしゃくしゃになり、釣り鐘の底まで運ばれて再び卵に閉じ込められた。

「立ち止まらないで!」ハリーが鋭く言った。ジニーが立ち止まって、卵がまた鳥になる様子を見たいというそぶりを見せたからだ。

「あなただって、あの古ぼけたアーチでずいぶん時間をむだにしたわ!」ジニーは不機嫌な声を出したが、ハリーについて釣り鐘を通り過ぎ、その裏にある唯一の扉へと進んだ。

「これだ」心臓の鼓動があまりにも激しく早くなり、ハリーは言葉がさえぎられてしまうのではないかと思った。「ここを通るんだ——」

ハリーは振り向いて全員を見回した。みんな杖をかまえ、急に真剣で不安な表情になった。ハリーは扉に向きなおり、押した。扉がパッと開いた。

「そこ」に着いた。その場所を見つけた。教会のように高く、ぎっしりとそびえ立つ棚以外には何もない。棚には小さなほこりっぽいガラスの球がびっしりと置かれている。棚に沿って間隔を置いて取りつけられた燭台の灯りで、ガラス球は鈍い光を放っていた。さっき通ってきた円形の部屋と同じように、ろうそくは青く燃えている。部屋はとても寒かった。

ハリーはじわじわと前に進み、棚の間の薄暗い通路の一つをのぞいた。何も聞こえず、何一つ動く気配もない。

「九十七列目の棚だって言ってたわ」ハーマイオニーがささやいた。

「ああ」ハリーが一番近くの棚の端を見上げながら、息を殺して言った。青く燃えるろうそくをのせた腕木がそこから突き出し、その下に、ぼんやりと銀色の数字が見えた。「53」

「右に行くんだと思うわ」ハーマイオニーが目を細めて次の列を見ながらささやいた。「そう……こっちが五十四よ……」

「杖をかまえたままにして」ハリーが低い声で言った。

延々と延びる棚の通路を、ときどき振り返りながら、全員が忍び足で前進した。通路の先の先は、ほとんど真っ暗だ。ガラス球の下の棚に一つ一つ、黄色く退色した小さなラベルが貼りつけられている。気味の悪い液体が光っている球もあれば、切れた電球のように暗く鈍い色をしている球もある。

八十四番目の列を過ぎた……八十五……わずかの物音でも聞き逃すまいと、ハリーは耳をそばだてた。シリウスはいま、さるぐつわをかまされているのか、気を失っているのか……**それとも――頭の中で勝手に声がした――もう死んでしまったのかも……**。

それなら感じたはずだ、とハリーは自分に言い聞かせた。心臓がのどぼとけを打っている。その場合は、僕にはわかるはずだ……。

「九十七よ！」ハーマイオニーがささやいた。

全員がその列の端に固まって立ち、棚の脇の通路を見つめた。そこには誰もいなかった。

「シリウスは一番奥にいるんだ」ハリーは口の中が少し乾いていた。「ここからじゃ、ちゃんと見えない」

そしてハリーは、両側にそそり立つようなガラス球の列の間を、みんなを連れて進んだ。通り過ぎるとき、ガラス球のいくつかがやわらかい光を放った……。

「このすぐ近くにちがいない」一歩進むごとに、ずたずたになったシリウスの姿が、いまにも暗い床の上に見えてくるにちがいないと信じきって、ハリーがささやいた。「もうこのへんだ……とっても近い……」

「ハリー?」ハーマイオニーがおずおずと声をかけたが、ハリーは答えたくなかった。口がカラカラだった。

「どこか……このあたり……」ハリーが言った。

全員がその列の反対側の端に着き、そこを出るとまたしても薄暗いろうそくの灯りだった。誰もいない。ほこりっぽい静寂がこだまするばかりだった。

「シリウスはもしかしたら……」ハリーはかすれ声でそう言うと、隣の列の通路をのぞいた。「いや、もしかしたら……」ハリーは急いで、そのまた一つ先の列を見た。

「ハリー?」ハーマイオニーがまた声をかけた。

「なんだ?」ハリーが唸るように言った。

「ここには……シリウスはいないと思うけど」

誰も何も言わなかった。ハリーは誰の顔も見たくなかった。吐き気がした。なぜここにシリウスがいないのか、ハリーには理解できなかった。ここにいるはずだ。ここで、僕はシリウスを見たんだ……。

ハリーは棚の端をのぞきながら列から列へと走った。からっぽの通路が次々と目に入った。今度は逆方向に、じっと見つめる仲間の前を通り過ぎて走った。どこにもシリウスの姿はない。争った跡さえない。

「ハリー?」ロンが呼びかけた。

「なんだ?」

ハリーはロンの言おうとしていることを聞きたくなかった。自分がバカだったと、ロンに聞かされたくなかったし、ホグワーツに帰るべきだとも言われたくなかった。しかし、顔がほてってきた。しばらくの間、ここの暗がりにじっと身をひそめていたいと思った。上の階のアトリウムの明るみに出る前に、そして仲間のとがめるような視線にさらされる前に……。

「これを見た?」ロンが言った。

「なんだ?」ハリーは今度は飛びつくように答えた——シリウスがここにいたという印、手がかりにちがいない。ハリーはみんなが立っている所へ大股で戻った。九十七列目を少し入った場所だった。しかし、ロンは棚のほこりっぽいガラス球を見つめているだけだった。

「なんだ？」ハリーはぶすっとしてくり返した。

「これ――これ、君の名前が書いてある」ロンが言った。

ハリーはもう少し近づいた。ロンが指差す先に、長年誰も触れなかったらしく、ずいぶんほこりをかぶっていたが、内側からの鈍い灯りで光る小さなガラス球があった。

「僕の名前？」ハリーはキョトンとして言った。

ハリーは前に進み出た。ロンほど背が高くないので、ほこりっぽいガラス球のすぐ下の棚に貼りつけられている黄色味を帯びたラベルを読むのに、首を伸ばさなければならなかった。およそ十六年前の日付が、細長いクモの足のような字で書いてあり、その下にはこう書いてある。

S・P・TからA・P・W・B・Dへ
闇の帝王
そして（？）ハリー・ポッター

ハリーは目を見張った。

「これ、なんだろう？」ロンは不安げだった。「こんな所に、いったいなんで君の名前が？」

ロンは同じ棚のほかのラベルをざっと横に見た。

「僕のはここにないよ」ロンは当惑したように言った。「僕たちの誰もここにはない」

「ハリー、さわらないほうがいいと思うわ」ハリーが手を伸ばすと、ハーマイオニーが鋭く言った。

「どうして？」ハリーが聞いた。「これ、僕に関係のあるものだろう？」

「さわらないで、ハリー」突然ネビルが言った。ハリーはネビルを見た。丸い顔が汗で少し光っている。もうこれ以上のハラハラにはたえられないという表情だ。

「僕の名前が書いてあるんだ」ハリーが言った。

少し無謀な気持ちになり、ハリーはほこりっぽい球の表面を指で包み込んだ。冷たいだろうと思っていたのに、そうではなかった。反対に、何時間も太陽の下に置かれていたような感じだった。まるで中の光が球を温めていたかのようだった。劇的なことが起こってほしい。この長く危険な旅がやはり価値あるものだったと思えるような、わくわくする何かが起こってほしい。そう期待し、願いながら、ハリーはガラス球を棚から下ろし、じっと見つめた。

まったく何事も起こらなかった。みんながハリーの周りに集まり、ハリーが球にこびりついたほこりを払い落とすのをじっと見つめた。

その時、すぐ背後で、気取った声がした。

「よくやった、ポッター。さあ、こっちを向きたまえ。そうら、ゆっくりとね。そしてそれを私に渡すのだ」

第三十五章　ベールの彼方に

どこからともなく周り中に黒い人影が現れ、右手も左手もハリーたちの進路を断った。フードの裂け目から目をギラつかせ、十数本の光る杖先が、まっすぐにハリーたちの心臓をねらっている。ジニーが恐怖に息をのんだ。

「私に渡すのだ、ポッター」

片手を突き出し、手のひらを見せて、ルシウス・マルフォイの気取った声がくり返して言った。腸がガクンと落ち込み、ハリーは吐き気を感じた。二倍もの敵に囲まれている。

「私に」マルフォイがもう一度言った。

「シリウスはどこにいるんだ？」ハリーが聞いた。

死喰い人が数人、声を上げて笑った。ハリーの左側の黒い人影の中から、残酷な女の声が勝ち誇ったように言った。

「闇の帝王は常にご存じだ！」

「常に」マルフォイが低い声で唱和した。「さあ、予言を私に渡すのだ。ポッター」

「シリウスがどこにいるか知りたいんだ！」

「**シリウスがどこにいるか知りたいんだ！**」左側の女が声色をまねた。

その女と仲間の死喰い人とが包囲網を狭め、ハリーたちからほんの数十センチの所に迫った。その杖先の光でハリーは目がくらんだ。

「おまえたちが捕まえているんだろう」胸に突き上げてくる恐怖を無視して、ハリーが言った。九十七列目に入ったときから、ハリーはこの恐怖と闘ってきた。

「シリウスはここにいる。僕にはわかっている」

「**ちっちゃな赤ん坊が怖いよーって起っきして、夢が本物だって思いまちた**」

女がぞっとするような赤ちゃん声で言った。脇でロンがかすかに身動きするのを、ハリーは感じた。

「なんにもするな」ハリーが低い声で言った。「まだだ――」

ハリーの声をまねた女が、しわがれた悲鳴のような笑い声を上げた。

「聞いたか？　**聞いたかい？**　私らと戦うつもりなのかね。ほかの子に指令を出してるよ！」

「ああ、ベラトリックス、君は私ほどにはポッターを知らないのだ」マルフォイが静かに言った。

「英雄気取りが大きな弱みでね。闇の帝王はそのことをよくご存じだ。**さあ、ポッター、予言を私**

に渡すのだ」

「シリウスがここにいることはわかっている」ハリーは恐怖で胸をしめつけられ、まともに息もつけないような気がした。「おまえたちが捕らえたことを知っているんだ！」

さらに何人かの死喰い人が笑った。一番大声で笑ったのはあの女だった。

「現実と夢とのちがいがわかってもよいころだな、ポッター」マルフォイが言った。「さあ、予言を渡せ。さもないと我々は杖を使うことになるぞ」

「使うなら使え」

ハリーは自分の杖を胸の高さにかまえた。同時に、ロン、ハーマイオニー、ネビル、ジニー、ルーナの五本の杖が、ハリーの両脇で上がった。ハリーは胃がぐっとしめつけられる思いだった。もしほんとうに、シリウスがここにいないなら、僕は友達を犬死にさせることになる……。

しかし、死喰い人は攻撃してこなかった。

「予言を渡せ。そうすれば誰も傷つかぬ」マルフォイが落ち着き払って言った。

今度はハリーが笑う番だった。

「ああ、そうだとも！」ハリーが言った。「これを渡せば――予言、とか言ったな？　そうすればおまえは、僕たちをだまって無事に家に帰してくれるって？」

ハリーが言い終わるか終わらないうちに、女の死喰い人がかん高く唱えた。

「アクシオ　予――」

　ハリーはかろうじて応戦できた。女の呪文が終わらないうちに「プロテゴ！　護れ！」と叫んだ。ガラス球は指の先まですべったが、ハリーはなんとか球をつなぎ止めた。

「おー、やるじゃないの、ちっちゃなベビー・ポッターちゃん」フードの裂け目から、女の血走った目がにらんだ。「いいでしょう。それなら――」

「**言ったはずだ。やめろ！**」ルシウス・マルフォイが女に向かって吠えた。「もしもあれを壊したら――！」

　ハリーは目まぐるしく考えをめぐらせていた。死喰い人はこのほこりっぽいスパンガラスの球を欲しがっている。ハリーにはまったく関心のないものだ。ただ、みんなを生きてここから帰したい。自分の愚かさのせいで、友達にとんでもない代償を払わせてはならない……。

　女が仲間から離れ、前に進み出てフードを脱いだ。アズカバンがベラトリックス・レストレンジの顔をうつろにし、落ちくぼんだ骸骨のような顔にしてはいたが、それが狂信的な熱っぽさに輝いていた。

「もう少し説得が必要なんだね？」ベラトリックスの胸が激しく上下していた。

「いいでしょう――一番小さいのを捕まえろ」ベラトリックスが脇にいた死喰い人に命令した。

「小娘を拷問するのを、こやつに見物させるのだ。私がやる」

ハリーはみんながジニーの周りを固めるのを感じた。ハリーは横に踏み出し、予言を胸に掲げて、ジニーの真ん前に立ちはだかった。

「僕たちの誰かを襲えば、これを壊すことになるぞ」ハリーがベラトリックスに言った。「手ぶらで帰れば、おまえたちのご主人様はあまり喜ばないだろう？」

ベラトリックスは動かなかった。舌の先で薄い唇をなめながら、ただハリーをにらみつけている。

「それで？」ハリーが言った。「いったいこれは、なんの予言なんだ？」

ハリーは話し続ける以外、ほかに方法を思いつかなかった。ネビルの腕がハリーの腕に押しつけられ、それが震えているのを感じた。ほかの誰かが、ハリーの背後で荒い息をしていた。どうやってこの場を逃れるか、みんなが必死で考えてくれていることを、ハリーは願った。ハリー自身の頭は真っ白だった。

「なんの予言、だって？」ベラトリックスの薄笑いが消え、オウム返しに聞いた。「冗談だろう、ハリー・ポッター」

「いいや、冗談じゃない」

ハリーは、死喰い人から死喰い人へとすばやく目を走らせた。どこか手薄な所はないか？　みんなが逃れられるすきまはないか？

「なんでヴォルデモートが欲しがるんだ？」

何人かの死喰い人が、シューッと低く息をもらした。

「不敵にもあの方のお名前を口にするか？」ベラトリックスがささやくように言った。

「ああ」ハリーは、また呪文で奪おうとするにちがいないと、ガラス球をしっかり握りしめていた。

「ああ、僕は平気で言える。ヴォル――」

「だまれ！」ベラトリックスがかん高く叫んだ。「おまえの汚らわしい唇で、あの方のお名前を口にするでない。混血の舌で、その名を穢すでない。おまえはよくも――」

「あいつも混血だ。知っているのか？」ハリーは無謀にも言った。ハーマイオニーが小さくうめくのが耳に入った。「そうだとも、ヴォルデモートがだ。あいつの母親は魔女だったけど、父親はマグルだった――それとも、おまえたちには、自分が純血だと言い続けていたのか？」

「ステューピ――」

「**やめろ！**」

赤い閃光が、ベラトリックス・レストレンジの杖先から飛び出したが、マルフォイがそれを屈折させた。マルフォイの呪文で、閃光はハリーの左に三十センチほどそれ、棚に当たって、ガラス球が数個、粉々になった。

床に落ちたガラスの破片から、真珠色のゴーストのような半透明な姿が二つ、煙のようにゆらゆらと立ち昇り、それぞれに語りだした。しかし互いの声にかき消され、マルフォイとベラトリックスのどなり合う声の合間に、言葉は切れ切れにしか聞き取れなかった。

「……太陽の至の時、一つの新たな……」ひげの老人の姿が言った。

「攻撃するな！　予言が必要なのだ！」

「こいつは不敵にも――よくも――」ベラトリックスは支離滅裂に叫んだ。「平気でそこに――穢れた混血め――」

「予言を手に入れるまで待て！」マルフォイがどなった。

「……そしてそのあとには何者も来ない……」若い女性の姿が言った。

砕けた球から飛び出した二つの姿は、溶けるように空に消えた。その姿も、かつての住処も跡形もなく、ただガラスの破片が床に散らばっているだけだった。しかし、その姿が、ハリーにあることを思いつかせた。どうやって仲間にそれを伝えるかが問題だ。

「まだ話してもらっていないな。僕に渡せというこの予言の、どこがそんなに特別なのか」ハリーは時間をかせいでいた。足をゆっくり横に動かし、誰かの足を探った。

「私たちに小細工は通じないぞ、ポッター」マルフォイが言った。

「小細工なんかしてないさ」

ハリーは半分しゃべるほうに気を使い、あとの半分は足で探ることに集中していた。すると誰かの足指に触れた。ハリーはそれを踏んだ。背後で鋭く息をのむ気配がし、ハーマイオニーだな、とハリーは思った。

「なんなの?」ハーマイオニーが小声で聞いた。

「ダンブルドアは、おまえが額にその傷痕を持つ理由が、神秘部の内奥に隠されていると、おまえに話していなかったのか?」マルフォイがせせら笑った。

「僕が――えっ?」一瞬、ハリーは何をしようとしていたのかを忘れてしまった。「僕の傷痕がどうしたって?」

「**なんなの?**」ハリーの背後で、ハーマイオニーがさっきよりせっぱ詰まったようにささやいた。

「あろうことか?」マルフォイが意地の悪い喜びを声に出した。死喰い人の何人かがまた笑った。その笑いに紛れて、ハリーはできるだけ唇を動かさずに、ハーマイオニーにひっそりと言った。

「棚を壊せ――」

「ダンブルドアはおまえに一度も話さなかったと?」マルフォイがくり返した。「なるほど、ポッター、おまえがもっと早く来なかった理由が、それでわかった。闇の帝王はなぜなのかいぶかっておられた――」

「――僕が『**いまだ**』って言ったらだよ――」

「――その隠し場所を、闇の帝王が夢でおまえに教えたとき、なぜおまえが駆けつけてこなかったのかと。闇の帝王は、当然おまえが好奇心で、予言の言葉を正確に聞きたがるだろうとお考えだったが……」

「そう考えたのかい？」ハリーが言った。

背後でハーマイオニーが、ハリーの言葉をほかの仲間に伝えているのが、耳でというより気配で感じ取れた。死喰い人の注意をそらすのに、ハリーは話し続けようとした。

「それじゃ、あいつは、僕がそれを取りにやってくるよう望んでいたんだな？　どうして？」

「どうしてだと？」

マルフォイは信じがたいとばかり、喜びの声を上げた。

「なぜなら、神秘部から予言を取り出すことを許されるのは、ポッター、その予言にかかわる者だけだからだ。闇の帝王は、ほかの者を使って盗ませようとしたときに、それに気づかれた」

「それなら、どうして僕に関する予言を盗もうとしたんだ？」

「二人に関するものだ、ポッター。二人に関する……おまえが赤ん坊のとき、闇の帝王が何故おまえを殺そうとしたのか、不思議に思ったことはないのか？」

ハリーは、マルフォイのフードの細い切れ目をじっとのぞき込んだ。奥で灰色の目がギラギラ光っている。この予言のせいで僕の両親は死んだのか？　僕が額に稲妻形の傷を持つことになったのか？　すべての答えが、いま、自分のこの手に握られているというのか？

「誰かがヴォルデモートと僕に関する予言をしたというのか？」

ハリーはルシウス・マルフォイを見つめ、温かいガラス球を握る指にいっそう力を込めながら、静かに言った。球はスニッチとほとんど変わらない大きさで、ほこりでまだザラザラしていた。

「そしてあいつが僕に来させて、これを取らせたのか？　どうして自分自身で来て取らなかった？」

「自分で取る？」ベラトリックスが狂ったように高笑いしながら、かん高い声で言った。「闇の帝王が魔法省に入り込む？　省がおめでたくもあの方のご帰還を無視しているというのに？　私の親愛なるいとこのために時間をむだにしているこの時に、闇祓いたちの前に闇の帝王が姿を見せる？」

「それじゃ、あいつはおまえたちに汚い仕事をやらせてるわけか？」ハリーが言った。「スタージスに盗ませようとしたように――それにボードも？」

「なかなかだな、ポッター、なかなかだ……」マルフォイがゆっくりと言った。「しかし闇の帝王はご存じだ。おまえが愚か者ではな――」

「**いまだ！**」ハリーが叫んだ。

五つの声がハリーの背後で叫んだ。

「レダクト！　粉々！」

五つの呪文が五つの方向に放たれ、ねらわれた棚が爆発した。そびえ立つような棚がぐらりと揺れ、何百というガラス球が割れ、真珠色の姿が空中に立ち昇り、宙に浮かんだ。砕けたガラスと木っ端が雨あられと降ってくる中、久遠の昔からの予言の声が鳴り響いた――。

「逃げろ！」ハリーが叫んだ。

棚が危なっかしく揺れ、ガラス球がさらに頭上に落ちかけていた。ハリーはハーマイオニーのローブを片手で握れるだけ握り、ぐいと手前に引っ張りながら、片方の腕で頭を覆った。壊れた棚の塊やガラスの破片が、大音響とともに頭上に崩れ落ちてきた。死喰い人が一人、もうもうたるほこりの中を突っ込んできた。ハリーはその覆面した顔に強烈なひじ打ちを食らわせた。つぶれた棚が轟音を上げ、折り重なって崩れ落ちた。わめき声、うめき声、阿鼻叫喚の中を、球から放たれた「予見者」の切れ切れの声が不気味に響く――。

ハリーは行く手に誰もいないことに気づいた。ロン、ジニー、ルーナが両腕で頭をかばいながら、ハリーの脇を疾走していくのが見える。何か重たいものがハリーの横面にぶつかったが、ハリーは頭を少しかわしただけで全速力で走りだした。誰かの手がハリーの肩をつかんだ。

「ステューピファイ！　まひせよ！」

ハーマイオニーの声が聞こえた。手はすぐに離れた――。

みんなが九十七列目の端に出た。ハリーは右に曲がり、全力疾走した。すぐ後ろで足音が聞こえ、ハーマイオニーがネビルを励ます声がした。まっすぐだ。来るとき通った扉は半開きになっている。ガラスの釣り鐘がキラキラ輝くのが見える。ハリーは弾丸のように扉を通った。予言はまだしっかりと安全に握りしめている。ほかのみんなが飛ぶように扉を抜けるのを待って、ハリーは扉を閉めた――。

「コロポータス！　扉よくっつけ！」ハーマイオニーが息も絶え絶えに唱えると、扉は奇妙なグチャッという音とともに密閉された。

「みんな――みんなはどこだ？」ハリーがあえぎながら言った。

ロン、ルーナ、ジニーが先にいると思っていた。この部屋で待っていると思っていた。しかし、ここには誰もいない。

「きっと道をまちがえたんだわ！」ハーマイオニーが恐怖を浮かべて小声で言った。

「聞いて！」ネビルがささやいた。

いま封印したばかりの扉のむこうから、足音やどなり声が響いてきた。ハリーは扉に耳を近づけた。ルシウス・マルフォイの吠える声が聞こえた。

「ノットは放っておけ。**放っておけと言っているのだ**――闇の帝王にとっては、そんなけがなど、予言を失うことに比べればどうでもいいことだ。ジャグソン、こっちに戻れ、組織を立てなおす！　二人ずつ組になって探すのだ。いいか、忘れるな。予言を手に入れるまではポッターに手荒なまねはするな。ほかのやつらは、必要なら殺せ――ベラトリックス、ロドルファス、左へ行け。

クラッブ、ラバスタン、右だ――ジャグソン、ドロホフ、正面の扉だ――マクネアとエイブリーはこっちから――ルックウッド、あっちだ――マルシベール、私と一緒に来い！」

「どうしましょう？」ハーマイオニーが頭のてっぺんからつま先まで震えながらハリーに聞いた。

「そうだな、とにかく、このまま突っ立って、連中に見つかるのを待つという手はない」ハリーが答えた。「扉から離れよう」

三人はできるだけ音を立てないように走った。小さな卵が孵化をくり返している輝くガラスの釣り鐘を通り過ぎ、部屋の一番むこうにある、円形のホールに出る扉を目指して走った。あと少しというときに、ハーマイオニーが呪文で封じた扉に、何か大きな重いものが衝突する音をハリーは聞いた。

「どいてろ！」荒々しい声がした。「アロホモラ！」

扉がパッと開いた。ハリー、ハーマイオニー、ネビルは机の下に飛び込んだ。二人の死喰い人のローブのすそが、せわしく足を動かして近づいてくるのが見えた。

「やつらはまっすぐホールに走り抜けたかもしれん」荒々しい声が言った。

「机の下を調べろ」もう一つの声が言った。

死喰い人たちがひざを折るのが見えた。机の下から杖を突き出し、ハリーが叫んだ。

「ステューピファイ！　まひせよ！」

赤い閃光が近くにいた死喰い人に命中した。男はのけぞって倒れ、床置き時計にぶつかり、時計が倒れた。しかし二人目の死喰い人は飛びのいてハリーの呪文をかわし、よくねらいを定めようと机の下から這い出そうとしていたハーマイオニーに、杖を突きつけた。

「アバダ――」

ハリーは床を飛んで男のひざのあたりに食らいついた。男は転倒し、的がはずれた。ネビルは助けようとして夢中で机をひっくり返し、もつれ合っている二人に、闇雲に杖を向けて叫んだ。

「エクスペリアームス！」

ハリーの杖も死喰い人のも、持ち主の手を離れて飛び、「予言の間」の入口に戻る方角に吹っ飛んだ。二人とも急いで立ち上がり、杖を追った。死喰い人が先頭で、ハリーがすぐあとに続き、ネビルは自分のやってしまったことにあぜんとしながらしんがりを走った。

「ハリー、どいて！」ネビルが叫んだ。絶対にへまを取り返そうとしているらしい。

ハリーは飛びのいた。ネビルが再びねらい定めて叫んだ。

「ステューピファイ！　まひせよ！」

赤い閃光が飛び、死喰い人の右肩を通り過ぎて、さまざまな形の砂時計がぎっしり詰まった壁際のガラス戸棚に当たった。戸棚が床に倒れ、バラバラに砕けてガラスが四方八方に飛び散った。しかし、またヒョイと壁際に戻った。完全に元どおりになっている。そしてまた倒れ、またバラバラになった――。

死喰い人が、輝く釣り鐘の脇に落ちていた自分の杖をサッと拾った。男が振り向き、ハリーは机の陰に身をかがめた。死喰い人のフードがずれて、目をふさいでいる。男は空いている手でフードをかなぐり捨て、叫んだ。

「ステューピ――」

「ステューピファイ！　まひせよ！」

ちょうど追いついたハーマイオニーが叫んだ。赤い閃光が死喰い人の胸の真ん中に当たった。男は杖をかまえたまま硬直した。杖がカラカラと床に落ち、男は仰向けに釣り鐘のほうに倒れた。釣り鐘の硬いガラスにぶつかる**ゴツン**という音がして、男がずるずると床まですべり落ちるだろうとハリーは思った。ところが男の頭は、まるでシャボン玉でできた釣り鐘を突き抜けるように中にもぐり込んだ。男は釣り鐘ののったテーブルに大の字に倒れ、頭だけをキラキラした風が詰まった釣り鐘の中に横たえて、動かなくなった。

「アクシオ！　杖よ来い！」ハーマイオニーが叫んだ。

ハリーの杖が片隅の暗がりからハーマイオニーの手の中に飛び込み、ハーマイオニーがそれをハリーに投げた。

「ありがとう」ハリーが言った。「よし、ここを出――」

「見て！」ネビルがぞっとしたような声を上げた。その目は釣り鐘の中の死喰い人の頭を見つめていた。

三人ともまた杖をかまえた。しかし、誰も攻撃しなかった。男の頭の様子を、三人とも口を開け、あっけに取られて見つめた。

頭は見る見る縮んでいった。だんだんつるつるになり、黒い髪も無精ひげも頭がい骨の中に引っ込み、ほおはなめらかに、頭がい骨は丸くなり、桃のような産毛で覆われた……。

赤ん坊の頭だ。再び立ち上がろうともがく死喰い人の太い筋肉質の首に、赤子の頭がのっているさまは奇怪だった。しかし、三人が口をあんぐり開けて見ている間にも、頭はふくれはじめ、元の大きさに戻り、太い黒い毛が頭皮から、あごからと生えてきた……。

「『**時**』だわ」ハーマイオニーが恐れおののいた声で言った。「『**時**』**なんだわ……**」

死喰い人が頭をすっきりさせようと、元のむさくるしい頭を振った。しかし意識がしっかりしないうちに頭がまた縮みだし、赤ん坊に戻りはじめた。

近くの部屋で叫ぶ声がし、衝撃音と悲鳴が聞こえた。

「**ロン？**」目の前で展開しているぞっとするような変身から急いで目をそむけ、ハリーは大声で呼びかけた。「**ジニー？　ルーナ？**」

「ハリー！」ハーマイオニーが悲鳴を上げた。

死喰い人が釣り鐘から頭を引き抜いてしまっていた。奇々怪々なありさまだった。小さな赤ん坊の頭が大声でわめき、一方、太い腕を所かまわず振り回すのは危険だった。ハリーに当たりそうになったが、ハリーは危うくそれをかわした。ハリーが杖をかまえると、驚いたことにハーマイオニーがその腕を押さえた。

「赤ちゃんを傷つけちゃダメ!」

そんなことを議論する間はなかった。「予言の間」からの足音がますます増え、大きくなってきたのが聞こえた。大声で呼びかけて、自分たちの居所を知らせてしまったと、ハリーが気づいたときにはすでに遅かった。

「来るんだ!」

醜悪な赤ん坊頭の死喰い人がよたよたと動くのをそのままに、三人は部屋の反対側にある扉に向かって駆けだした。黒いホールに戻るその扉は開いたままになっていた。

扉までの半分ほどの距離を走ったとき、ハリーは、二人の死喰い人が黒いホールのむこうからこちらに向かって走ってくるのを、開いた扉から見た。進路を左に変え、三人は暗いごたごたした小部屋に飛び込んで扉をバタンと閉めた。

「コロ――」ハーマイオニーが唱えはじめたが、呪文が終わる前に扉がバッと開き、二人の死喰い人が突入してきた。

勝ち誇ったように、二人が叫んだ。

「インペディメンタ！　妨害せよ！」

ハリー、ハーマイオニー、ネビルが三人とも仰向けに吹っ飛んだ。ネビルは机を飛び越し、姿が見えなくなった。ハーマイオニーは本棚に激突し、その上から分厚い本が滝のようにどっと降り注いだ。ハリーは背後の石壁に後頭部を打ちつけ、目の前に星が飛び、しばらくはめまいと混乱で反撃どころではなかった。

「**捕まえたぞ！**」ハリーの近くにいた死喰い人が叫んだ。「**この場所は――**」

「シレンシオ！　だまれ！」

ハーマイオニーの呪文で男の声が消えた。フードの穴から口だけは動かし続けていたが、なんの音も出てこなかった。もう一人の死喰い人が男を押しのけた。

「ペトリフィカス　トタルス！　石になれ！」

二人目の死喰い人が杖をかまえると同時に、ハリーが叫んだ。両手も両足もぴたりと張りついた死喰い人は、ハリーの足元の敷物の上に前のめりに倒れ、棒のように動かなくなった。

「うまいわ、ハ――」

しかし、ハーマイオニーがだまらせた死喰い人が、急に杖をひと振りした。紫の炎のようなものがひらめき、ハーマイオニーの胸の表面をまっすぐに横切った。ハーマイオニーは驚いたように

「アッ」と小さく声を上げ、床にくずおれて動かなくなった。

「ハーマイオニー！」

ハリーはハーマイオニーのそばにひざをつき、ネビルは杖を前にかまえながら急いで机の下から這い出してきた。出てくるネビルの頭を死喰い人が強く蹴った――足がネビルの杖を真っ二つにし、ネビルの顔に当たった。ネビルは口と鼻を押さえ、痛みにうめき、体を丸めた。ハリーは杖を高く掲げ、振り返った。死喰い人は覆面をかなぐり捨て、杖をまっすぐにハリーに向けていた。細長く青白い、ゆがんだ顔。「日刊予言者新聞」で見覚えがある。アントニン・ドロホフ――プルウェット一家を殺害した魔法使いだ。

ドロホフがニヤリと笑った。空いているほうの手で、ハリーがまだしっかり握っている予言を指し、自分を指し、それからハーマイオニーを指した。もうしゃべることはできないが、言いたいことははっきり伝わった。予言をよこせ、さもないと、こいつと同じ目にあうぞ……。

「僕が渡したとたん、どうせみな殺しのつもりだろう！」ハリーが言った。

パニックで頭がキンキン鳴り、まともに考えられなかった。片手をハーマイオニーの肩に置くと、まだ温かい。しかしハリーはハーマイオニーの顔をちゃんと見る勇気がなかった。死なないで、**どうか死なせないで。もし死んだら、僕のせいだ……**。

「ハリー、何ごあっても」ネビルが机の下から激しい声で言った。押さえていた両手を放すと、はっきりと鼻が折れ、鼻血が口にあごにと流れているのがあらわになった。「ぞれをわだじじゃダメ！」

その時、扉の外で大きな音がして、ドロホフが振り返った――赤ん坊頭の死喰い人が戸口に現れた。赤ん坊頭が泣きわめき、相変わらず大きな握り拳をむちゃくちゃに振り回している。ハリーはチャンスを逃さなかった。

「ペトリフィカス　トタルス！　石になれ！」

防ぐ間も与えず、呪文がドロホフに当たった。ドロホフは先に倒れていた仲間に折り重なって前のめりに倒れた。二人とも棒のように硬直し、ぴくりとも動かない。

「ハーマイオニー」赤ん坊頭の死喰い人が再びまごまごといなくなったので、ハリーはすぐさま、ハーマイオニーを揺り動かしながら呼びかけた。「ハーマイオニー、目を覚まして……」

「あいづ、ハーミーニーに何じだんだろう？」机の下から這い出し、そばにひざをついて、ネビルが言った。鼻がどんどんふくれ上がり、鼻血がだらだら流れている。

「わからない……」

ネビルはハーマイオニーの手首を探った。

「みゃぐだ、ハリー。みゃぐがあるど」

安堵感が力強く体を駆けめぐり、一瞬ハリーは頭がぼうっとした。

「生きてるんだね？」

「ん、ぞう思う」

一瞬、間が空き、ハリーはその間に足音が聞こえはしないかと耳を澄ました。しかし、聞こえるのは、隣の部屋で赤ん坊頭の死喰い人がヒンヒン泣きながらまごついている音だけだった。

「ネビル、僕たち、出口からそう遠くはない」ハリーがささやいた。「あの円形の部屋のすぐ隣にいるんだ……僕たちがあの部屋を通り、ほかの死喰い人が来る前に出口の扉を見つけたら、君はハーマイオニーを連れて廊下を戻り、エレベーターに乗って……それで、誰か見つけてくれ……危険を知らせて……」

「ぞれで、ぎみはどうずるの？」ネビルは鼻血をそでぬぐい、顔をしかめてハリーを見た。

「ほかのみんなを探さなきゃ」ハリーが言った。

「じゃ、ぼぐもいっじょにざがず」ネビルがきっぱりと言った。

「でも、ハーマイオニーが――」

「いっじょにづれでいげばいい」ネビルがしっかりと言った。「ぼぐが担ぐ。ぎみのほうがぼぐより戦いがじょーずだがら――」

ネビルは立ち上がってハーマイオニーの片腕をつかみ、ハリーをにらんだ。ハリーはためらったが、もう一方の腕をつかみ、ぐったりしたハーマイオニーの体をネビルの肩に担がせるのを手伝った。

「ちょっと待って」ハリーは床からハーマイオニーの杖を拾い上げ、ネビルの手に押しつけた。「これを持っていたほうがいい」

ネビルはゆっくりと扉のほうに進みながら、折れてしまった自分の杖の切れ端を蹴って脇に押しやった。

「ばあちゃんにごろざれぢゃう」ネビルはフガフガ言った。しゃべっている間にも鼻血がボタボタ落ちた。「あれ、ぼぐのババの杖なんだ」

ハリーは扉から首を突き出して用心深くあたりを見回した。赤ん坊頭の死喰い人が泣き叫び、あちこちぶつかり、床置き時計を倒し、机をひっくり返し、わめき、混乱している。ガラス張りの戸棚は、たぶん「逆転時計」が入っていたのではないかと、いまハリーはそう思ったが、倒れては壊れ、壊れては元どおりになって壁に立っていた。

「あいつは絶対僕たちに気づかないよ」ハリーがささやいた。「さあ……僕から離れないで……」

ハリーたちはそっと小部屋を抜け出し、黒いホールに続く扉へと戻っていった。ホールはいま、まったく人影がない。二人はまた二、三歩前進した。ネビルはハーマイオニーの重みで少しよろめきながら歩いた。

「時の間」の扉はハリーたちがホールに入るとバタンと閉まり、ホールの壁がまた回転しはじめた。さっき後頭部を打ったことで、ハリーは安定感を失っているようだった。目を細め、少しふらふらしながら、ハリーは壁の動きが止まるのを待った。ハーマイオニーの燃えるような×印が消えてしまっているのを見て、ハリーはがっくりした。

「さあ、どっちの方向だと――?」

しかし、どっちに行くかを決めないうちに、右側の扉がパッと開き、人が三人倒れ込んできた。

「ロン!」ハリーは声をからし、三人に駆け寄った。「ジニー――みんな大丈――?」

「ハリー」ロンは力なくエヘへと笑い、よろめきながら近づいて、ハリーのローブの前をつかみ、焦点の定まらない目でじっと見た。「ここにいたのか……ハハハ……ハリー、変な格好だな……めちゃくちゃじゃないか……」

ロンの顔は蒼白で、口の端から何かどす黒いものがたらたら流れていた。次の瞬間、ロンはがっくりとひざをついた。しかし、ハリーのローブをしっかりつかんだままだ。ハリーは引っ張られておじぎをする形になった。

「ジニー?」ハリーが恐る恐る聞いた。「何があったんだ?」

しかし、ジニーは頭を振り、壁にもたれたままずるずると座り込み、ハァハァあえぎながらかかとをつかんだ。

「かかとが折れたんだと思うよ。ポキッと言う音が聞こえたもン」ジニーの上にかがみ込みながら、ルーナが小声で言った。ルーナだけが無傷らしい。「やつらが四人で追いかけてきて、あたしたち、惑星がいっぱいの暗い部屋に追い込まれたんだ。とっても変なとこだったよ。あたしたち、しばらく暗闇にぽっかり浮かんでたんだ――」

「ハリー、『臭い星』を見たぜ！」

ロンはまだ弱々しくエヘへと笑いながら言った。

「ハリー、わかるか？　僕たち、『モー・クセー』を見たんだ――ハハハ――」

ロンの口の端に血の泡がふくれ、はじけた。

「――とにかく、やつらの一人がジニーの足をつかまえたから、あたし、『粉々呪文』を使って、そいつの目の前で冥王星をぶっとばしたんだ。だけど……」ルーナはしかたがなかったという顔をジニーに向けた。ジニーは目を閉じたまま、浅い息をしていた。

「それで、ロンのほうは？」ハリーがこわごわ聞いた。ロンはエヘへと笑い続け、まだハリーのローブの前にぶら下がったままだった。

「ロンがどんな呪文でやられたのかわかんない」ルーナが悲しそうに言った。「だけど、ロンがちょっとおかしくなったんだ。連れてくるのが大変だったよ」

「ハリー」ロンがハリーの耳を引っ張って自分の口元に近づけ、相変わらずエヘへと力なく笑いながら言った。「この子、誰だか知ってるか？　ハリー？　ルーニーだぜ……いかれたルーニー・ラブグッドさ……ハハハ……」

「ここを出なくちゃならない」ハリーがきっぱりと言った。「ルーナ、ジニーを支えられるかい？」

「うん」ルーナは安全のために杖を耳の後ろにはさみ、片腕をジニーの腰に回して助け起こした。

「たかがかかとじゃない。自分で立てるわ！」

ジニーがいらいらしたが、次の瞬間ぐらりと横に倒れそうになり、ルーナにつかまった。ハリーは、何か月か前にダドリーにそうしたように、ロンの腕を自分の肩に回した。ハリーは周りを見回した。一回で正しい出口に出る確率は十二分の一だ――。

ロンを担ぎ、ハリーは扉の一つに向かった。あと一、二メートルというところで、ホールの反対側の別な扉が勢いよく開き、三人の死喰い人が飛び込んできた。先頭はベラトリックス・レストレンジだ。

「**いたぞ！**」ベラトリックスがかん高く叫んだ。

失神光線が室内を飛んだ。ハリーは目の前の扉から突入し、ロンをそこに無造作に放り投げ、ネビルとハーマイオニーを助けにすばやく引き返した。全員が扉を通り、あわやというところで扉をピシャリと閉め、ベラトリックスを防いだ。

「コロポータス！　扉よくっつけ！」ハリーが叫んだ。扉のむこうで三人が体当たりする音が聞こえた。

「かまわん！」男の声がした。「ほかにも通路はある――**捕まえたぞ。やつらはここだ！**」

ハリーはハッとして後ろを向いた。「脳の間」に戻っていた。確かに壁一面に扉がある。背後のホールから足音が聞こえた。最初の三人に加勢するために、ほかの死喰い人たちが駆けつけてきたのだ。

「ルーナ――ネビル――手伝ってくれ！」

三人は猛烈な勢いで動き、扉という扉を封じて回った。ハリーは次の扉に移動しようと急ぐあまり、テーブルに衝突してその上を転がった。

「コロポータス！」

それぞれの扉のむこうに走ってくる足音が聞こえ、ときどき重い体が体当たりして扉がきしみ、震えた。ルーナとネビルが反対側の壁の扉を呪文で封じていた――そして、ハリーが部屋の一番奥に来たとき、ルーナの叫び声が聞こえた。

「コロ――**ああああああああああう……**」

振り返ったとたん、ルーナが宙を飛ぶのが見えた。呪文が間に合わなかった扉を破り、五人の死喰い人がなだれ込んできた。ルーナは机にぶつかり、その上をすべってむこう側の床に落下し、そのまま伸びて、ハーマイオニーと同じように動かなくなった。

「ポッターを捕まえろ！」ベラトリックスが叫び、飛びかかってきた。ハリーはそれをかわし、部屋の反対側に疾走した。予言に当たるかもしれないと、連中が躊躇しているうちは、僕は安全だ――。

「おい！」ロンがよろよろと立ち上がり、ヘラヘラ笑いながら、ハリーのほうに酔ったような千鳥足でやってくるところだった。「おい、ハリー、ここには**脳みそ**があるぜ。ハハハ。気味が悪いな、ハリー？」

「ロン、どくんだ。伏せろ――」

しかし、ロンはもう、水槽に杖を向けていた。

「ほんとだぜ、ハリー、こいつら脳みそだ――ほら――アクシオ！　脳みそよ、来い！」

一瞬、すべての動きが止まったかのようだった。ハリー、ジニー、ネビル、そして死喰い人も一人残らず、我を忘れて水槽の上を見つめた。緑色の液体の中から、まるで魚が飛び上がるように、脳みそが一つ飛び出した。一瞬、それは宙に浮き、くるくる回転しながら、ロンに向かって高々と飛んできた。動く画像を連ねたリボンのようなものが何本も、まるで映画のフィルムが解けるように脳から尾を引いている――。

「ハハハ、ハリー、見ろよ――」ロンは、脳みそがけばけばしい中身を吐き出すのを見つめていた。「ハリー、来てさわってみろよ。きっと気味が――」

「**ロン、やめろ！**」

脳みそのしっぽのように飛んでくる何本もの「思考の触手」にロンが触れたらどうなるか、ハリーにはわからなかったが、よいことであるはずがない。電光石火、ハリーはロンのほうに走ったが、ロンはもう両手を伸ばして脳みそを捕まえていた。

ロンの肌に触れたとたん、何本もの触手が縄のようにロンの腕にからみつきはじめた。

「ハリー、どうなるか見て――あっ――あっ――いやだよ――ダメ、やめろ――**やめろったら**――」

しかし細いリボンは、いまやロンの胸にまで巻きついていた。ロンは引っ張り、引きちぎろうとしたが、脳みそはタコが吸いつくように、しっかりとロンの体をからめとっていた。

「ディフィンド！　裂けよ！」

ハリーは目の前でロンに固く巻きついてゆく触手を断ち切ろうとしたが、切れない。ロンが縄目に抵抗してもがきながら倒れた。

「ハリー、ロンが窒息しちゃうわ！」

かかとを折って動けないジニーが、床に座ったまま叫んだ――とたんに、死喰い人の一人が放った赤い閃光が、その顔を直撃した。ジニーは横様に倒れ、その場で気を失った。

「**ステューピファイ！**」ネビルが後ろを向き、襲ってくる死喰い人に向かってハーマイオニーの杖を振った。「**ステューピファイ、ステューピファイ！**」

何事も起こらない。

死喰い人の一人が、逆にネビルに向かって「失神呪文」を放った。わずかにネビルをそれた。いまや五人の死喰い人と戦っているのは、ハリーとネビルだけだった。二人の死喰い人が銀色の光線を矢のように放ち、はずれはしたが、二人の背後の壁がえぐれて穴が開いた。

ベラトリックス・レストレンジがハリーめがけて突進してきた。ハリーは一目散に走った。予言の球を頭の上に高く掲げ、部屋の反対側へと全速力で駆け戻った。ハリーは、死喰い人たちをみんなから引き離すことしか考えなかった。

うまくいったようだ。死喰い人はハリーを追って疾走してくる。椅子をなぎ倒し、テーブルをはね飛ばしながら、それでも予言を傷つけることを恐れて、ハリーに向かって呪文をかけようとはしなかった。ハリーはただ一つだけ開いたままになっていた扉から飛び出した。死喰い人たちが入ってきた扉だ。ハリーは祈った。ネビルがロンのそばにいて、何とか解き放つ方法を見つけてくれますよう。扉のむこう側の部屋に二、三歩走り込んだとたん、ハリーは床が消えるのを感じた――。

急な石段を、ハリーは一段、また一段とぶつかりながら転げ落ち、ついに一番底のくぼみに仰向けに打ちつけられた。息が止まるほどの衝撃だった。くぼみには台座が置かれ、石のアーチが建っていた。部屋中に死喰い人の笑い声が響き渡った。見上げると、「脳の間」にいた五人が階段を下りてくるところだった。さらにほかの死喰い人たちが、別の扉から現れ、石段から石段へと飛び移りながらハリーに迫っていた。ハリーは立ち上がった。しかし足がわなわな震え、ほとんど立っていられないくらいだった。予言は奇跡的に壊れず、ハリーの左手にあった。右手はしっかりと杖を握っている。ハリーは周囲に目を配り、死喰い人を全員視野に入れるようにしながら、あとずさりした。脚の裏側に固いものが当たった。アーチが建っている台座だ。ハリーは後ろ向きのまま台座に上がった。

死喰い人全員が、ハリーを見すえて立ち止まった。何人かはハリーと同じように息を切らしている。一人はひどく出血していた。「全身金縛り術」が解けたドロホフが、杖をまっすぐハリーの顔に向け、ニヤニヤ笑っている。

「ポッター、もはやこれまでだな」

ルシウス・マルフォイが気取った声でそう言うと、覆面を脱いだ。

「さあ、いい子だ。予言を渡せ」

「ほ――ほかのみんなは逃がしてくれ。そうすればこれを渡す！」ハリーは必死だった。

死喰い人の何人かが笑った。

「おまえは取引できる立場にはないぞ、ポッター」

ルシウス・マルフォイの青白い顔が喜びで輝いていた。

「見てのとおり、我らは十人、おまえは一人だ……。それとも、ダンブルドアは数の数え方を教えなかったのか？」

「一人じゃのいぞ！」上のほうで叫ぶ声がした。「まだ、ぼくがいる！」

ハリーはがっくりした。ネビルが不器用に石段を下りてくる。震える手に、ハーマイオニーの杖をしっかり握っていた。

「ネビル――ダメだ――ロンの所へ戻れ」

「**ステューピフィ！　ステューピフィ！　ステューピ――**」杖を死喰い人の一人一人に向けながら、ネビルがまた叫んだ。「**ステューピフィ！　ステューピ――**」

中でも大柄な死喰い人が、ネビルを後ろからはがいじめにした。ネビルは足をバタバタさせてもがいた。数人の死喰い人が笑った。

「そいつはロングボトムだな？」ルシウス・マルフォイがせせら笑った。「まあ、おまえのばあさんは、我々の目的のために家族を失うことには慣れている……おまえが死んだところでたいしたショックにはなるまい」

「ロングボトム？」ベラトリックスが聞き返した。邪悪そのものの笑みが、落ちくぼんだ顔を輝かせた。「おや、おや、坊ちゃん、私はおまえの両親とお目にかかる喜ばしい機会があってね」

「**知ってるぞ！**」ネビルが吠え、はがいじめにしている死喰い人に激しく抵抗した。男が叫んだ。「誰か、こいつを失神させろ！」

「いや、いや、いや」ベラトリックスが言った。有頂天になっている。興奮で生き生きした顔でハリーを一瞥し、またネビルに視線を戻した。「いーや。両親と同じように気が触れるまで、どのくらいもちこたえられるか、やってみようじゃないか……それともポッターが予言をこっちへ渡すというなら別だが」

「わだじじゃだみだ！」

ネビルは我を忘れてわめいた。ベラトリックスが杖をかまえ、自分と自分を捕まえている死喰い人に近づく間も、足をバタつかせ、全身をよじって抵抗した。

「あいづらに、ぞれをわだじじゃだみだ、ハリー！」

ベラトリックスが杖を上げた。

「クルーシオ！　苦しめ！」

ネビルは悲鳴を上げ、両足を縮めて胸に引きつけたので、一瞬、死喰い人に持ち上げられる格好になった。死喰い人が手を放し、床に落ちたネビルは苦痛にひくひく体を引きつらせ、悲鳴を上げた。

「いまのはまだご愛嬌だよ！」ベラトリックスは杖を下ろし、ネビルの悲鳴がやみ、足元に倒れて泣きじゃくるまま放置した。そしてハリーをにらんだ。「さあ、ポッター、予言を渡すか、それともかわいい友が苦しんで死ぬのを見殺しにするか！」

考える必要もなかった。道は一つだ。握りしめた手の温もりで熱くなった予言の球を、ハリーは差し出した。マルフォイがそれを取ろうと飛び出した。

その時、ずっと上のほうで、また二つ、扉がバタンと開き、五人の姿が駆け込んできた。シリウス、ルーピン、ムーディ、トンクス、キングズリーだ。

マルフォイが向きを変え、杖を上げたが、トンクスがもう、マルフォイめがけて「失神呪文」を放っていた。命中したかどうかを見る間もなく、ハリーは台座を飛び下りて光線をよけた。死喰い人たちは、出現した騎士団のメンバーのほうに完全に気を取られていた。五人はくぼみに向かって石段を飛び下りながら、死喰い人に呪文を雨あられと浴びせた。矢のように動く人影と閃光が飛び交う中で、ハリーはネビルが這いずって動いているのを見た。赤い閃光をもう一本かわし、ハリーは床をスライディングしてネビルのそばに行った。

「大丈夫か？」ハリーが大声で聞いたとたん、二人の頭のすぐ上を、また一つ、呪文が飛び過ぎていった。

「うん」ネビルが自分で起き上がろうとした。

「それで、ロンは？」

「大丈夫だどおぼうよ――ぼぐが部屋を出だどぎ、まだ脳びぞど戦ってでだ」

二人の間に呪文が当たり、石の床が爆発した。いまのいままでネビルの手があった所がえぐれて、穴が開いていた。二人とも急いでその場を離れた。その時、太い腕がどこからともなく伸びてきて、ハリーの首根っこをつかみ、つま先が床にすれすれに着くぐらいの高さまで引っ張り上げた。

「それをこっちによこせ」ハリーの耳元で声が唸った。「予言をこっちに渡せ――」

男にのどをきつくしめつけられ、ハリーは息ができなかった。涙でかすんだ目で、ハリーは二、三メートル先でシリウスが死喰い人と決闘しているのを見た。キングズリーは二人を相手に戦っている。トンクスはまだ階段の半分ほどの所だったが、下のベラトリックスに向かって呪文を発射していた――誰もハリーが死にかけていることに気づかないようだ。ハリーは杖を後ろ向きにし、男の脇腹をねらったが、呪文を唱えようにも声が出ない。男の空いているほうの手が、予言を握っているハリーの手を探って伸びてきた――。

「グアァァッ！」

ネビルがどこからともなく飛び出し、呪文が正確に唱えられないので、ハーマイオニーの杖を、死喰い人の覆面の目出し穴に思いっきり突っ込んでいた。男は痛さに吠え、たちまちハリーを放した。ハリーはすばやく後ろを向き、あえぎながら唱えた。

「ステューピファイ！　まひせよ！」

死喰い人はのけぞって倒れ、覆面がすべり落ちた。マクネアだ。バックビークの死刑執行人になるはずだった男は、いまや片目が腫れ上がり血だらけだ。

「ありがとう！」礼を言いながら、ハリーはネビルをそばに引っ張り寄せた。シリウスと相手の死喰い人が突然二人のそばを通り抜けていったからだ。激しい決闘で、二人の杖がかすんで見えた。その時ハリーの足が、何か丸くて固いものに触れ、ハリーはすべった。一瞬、ハリーは予言を落としたかと思ったが、それは床をコロコロ転がっていくムーディの魔法の目だとわかった。目の持ち主は、頭から血を流して倒れていた。ムーディを倒した死喰い人が、今度はハリーとネビルに襲いかかってきた。ドロホフだ。青白い長い顔が歓喜にゆがんでいる。

「タラントアレグラ！　踊れ！」ドロホフは杖をネビルに向けて叫んだ。ネビルの足がたちまち熱狂的なタップダンスを始め、ネビルは体の平衡を崩してまた床に倒れた。

「さあ、ポッター――」

ドロホフはハーマイオニーに使ったと同じ、鞭打つような杖の振り方をしたが、ハリーは同時に「プロテゴ！　護れ！」と叫んだ。

顔の脇を、何か鈍いナイフのようなものが猛スピードで通り過ぎたような感じがした。その勢いでハリーは横に吹っ飛ばされ、ネビルのピクピク踊る足につまずいた。しかし「盾の呪文」のおかげで、最悪には至らなかった。

ドロホフはもう一度杖を上げた。「アクシオ！　予言よ――」

シリウスがどこからともなく飛んできて、肩からドロホフに体当たりし、はね飛ばした。予言がまたしても指先まで飛び出したが、ハリーはかろうじてつかみなおした。今度はシリウスとドロホフの決闘だ。二人の杖が剣のように光り、杖先から火花が散った――。

ドロホフが杖を引き、ハリーやハーマイオニーに使ったと同じ鞭の動きを始めた。ハリーははじかれたように立ち上がり、叫んだ。

「ペトリフィカス　トタルス！　石になれ！」

またしても、ドロホフの両腕両脚がパチンとくっつき、ドサッという音とともに、ドロホフは仰向けに倒れた。

「いいぞ！」シリウスは叫びながらハリーの頭を引っ込めさせた。二人に向かって二本の失神光線が飛んできたのだ。「さあ、君はここから出て――」

もう一度、二人は身をかわした。緑の閃光が危うくシリウスに当たるところだった。部屋のむこう側で、トンクスが石段の途中から落ちていくのが見えた。ぐったりした体が、一段、一段と転げ落ちていく。ベラトリックスが勝ち誇ったように、乱闘の中に駆け戻っていった。

「ハリー、予言を持って、ネビルをつかんで走れ！」シリウスが叫び、ベラトリックスを迎え撃つのに突進した。ハリーはそのあとのことは見ていなかった。ハリーの視界を横切って、キングズリーが揺れ動いた。覆面を脱ぎ捨てたあばた面のルックウッドと戦っている。ハリーが飛びつくようにネビルに近づいたとき、緑の光線がまた一本、ハリーの頭上をかすめた――。

「立てるかい？」抑制の効かない足をピクピクさせているネビルの耳元で、ハリーが大声で言った。「腕を僕の首に回して――」

ネビルは言われたとおりにした――ハリーが持ち上げた――ネビルの足は相変わらずあっちこっ

ちと勝手に跳ね上がり、体を支えようとはしなかった。その時、どこからともなく男が襲いかかってきた。二人とも仰向けにひっくり返り、ネビルの足は裏返しのカブトムシのようにバタバタ動いた。ハリーは小さなガラス球が壊れるのを防ごうと、左手を高く差し上げていた。

「予言だ。こっちに渡せ、ポッター！」ルシウス・マルフォイがハリーの耳元で唸った。マルフォイの杖の先が、肋骨にぐいと突きつけられているのを感じた。

「いやだ――杖を――放せ……ネビル――受け取れ！」

ハリーは予言を放り投げた。ネビルは仰向けのまま回転して、球を胸に受け止めた。マルフォイが、今度は杖をネビルに向けた。しかし、ハリーは自分の杖を肩越しにマルフォイに突きつけて叫んだ。

「インペディメンタ！　妨害せよ！」

マルフォイが後ろに吹っ飛んだ。ハリーがやっと立ち上がって振り返ると、マルフォイが台座に激突するのが見えた。台座の上で、シリウスとベラトリックスがいま決闘している。マルフォイの杖が再びハリーとネビルをねらった。しかし、攻撃の呪文を唱えようと息を吸い込む前に、ルーピンがその間に飛び込んできた。

「ハリー、みんなを連れて、**行くんだ！**」

ハリーはネビルのローブの肩をつかみ、体ごと最初の石段に引っ張り上げた。ネビルの足はピクピクけいれんして、とても体を支えるどころではない。ハリーは渾身の力で引っ張り、また一段上がった——。

呪文がハリーの足元の石段に当たった。石段が砕けてハリーは一段下に落ちた。ネビルはその場に座り込み、相変わらず足をバタつかせていた。ネビルが予言を自分のポケットに押し込んだ。

「がんばるんだ！」ハリーは必死で叫び、ネビルのローブを引っ張った。「足を踏ん張ってみるんだ——」

ハリーはもう一度満身の力を込めて引っ張った。ネビルのローブが左側の縫い目に沿って裂けた——小さなスパンガラスの球がポケットから落ちた。二人の手がそれをつかまえる間もなく、ネビルのバタつく足がそれを蹴った。球は二、三メートル右に飛び、落ちて砕けた。事態に愕然として、二人は球の割れた場所を見つめた。目だけが極端に拡大された、真珠のように半透明な姿が立ち昇った。気づいているのは二人だけだった。ハリーにはそれが口を動かしているのが見えた。しかし、周りの悲鳴や叫び、もののぶつかり合う音で、予言は一言も聞き取れなかった。語り終えると、その姿は跡形もなく消えてしまった。

「ハリー、ごべんね！」ネビルが叫んだ。両足を相変わらずバタつかせながら、顔はすまなそうに苦悶していた。「ごべんね、ハリー、ぞんなづもりじゃ——」

「そんなこと、どうでもいい！」ハリーが叫んだ。「なんとかして立ってみて。ここから出——」

「ダブルドー！」ネビルが言った。汗ばんだ顔がハリーの肩越しに空を見つめ、突然恍惚の表情になった。

「えっ？」

「ダブルドー！」

ハリーは振り返って、ネビルの視線を追った。二人のまっすぐ上に、「脳の間」の入口を背に、額縁の中に立つように、アルバス・ダンブルドアが立っていた。杖を高く掲げ、その顔は怒りに白熱していた。ハリーは、体の隅々までビリビリと電気が流れるような気がした――**助かった。**

ダンブルドアがたちまち石段を駆け下り、ネビルとハリーのそばを通り過ぎていった。二人とも、もうここを出ることなど考えていなかった。ダンブルドアはもう石段の下にいた。一番近くにいた死喰い人がその姿に気づき、叫んで仲間に知らせた。一人の死喰い人が、あわてて逃げだした。反対側の石段を、猿がもがくような格好で登っていく。ダンブルドアの呪文が、いともやすやすと、まるで見えない糸で引っかけたかのように男を引き戻した――。

ただひと組だけは、この新しい登場者に気づかないらしく、戦い続けていた。ハリーはシリウスがベラトリックスの赤い閃光をかわすのを見た。ベラトリックスに向かって笑っている。

「さあ、来い。今度はもう少しうまくやってくれ！」シリウスが叫んだ。その声が、広々とした空間に響き渡った。

二番目の閃光がまっすぐシリウスの胸に当たった。

シリウスの顔からは、まだ笑いが消えてはいなかったが、衝撃でその目は大きく見開かれた。

ハリーは無意識にネビルを放した。杖を引き抜き、階段を飛び下りた。ダンブルドアも台座に向かっていた。

シリウスが倒れるまでに、永遠の時が流れたかのようだった。シリウスの体は優雅な弧を描き、アーチにかかっている古ぼけたベールを突き抜け、仰向けに沈んでいった。

かつてあんなにハンサムだった名付け親のやつれはてた顔が、恐れと驚きの入りまじった表情を浮かべて、古びたアーチをくぐり、ベールの彼方へと消えていくのを、ハリーは見た。ベールは一瞬、強い風に吹かれたかのようにはためき、そしてまた元どおりになった。

ハリーはベラトリックス・レストレンジの勝ち誇った叫びを聞いた。しかし、それはなんの意味もない。僕にはわかっている――シリウスはただ、このアーチのむこうに倒れただけだ。いますぐむこう側から出てくる……。

しかし、シリウスは出てこなかった。

「**シリウス！**」ハリーが叫んだ。「**シリウス！**」

激しくあえぎながら、ハリーは階段下に立っていた。シリウスはあのベールのすぐ裏にいるにちがいない。僕が引き戻す……。

しかし、ハリーが台座に向かって駆けだすと、ルーピンがハリーの胸に腕を回して引き戻した。

「ハリー、もう君にはどうすることもできない――」

「連れ戻して。助けて。むこう側に行っただけじゃないか！」

「――もう遅いんだ、ハリー」

「いまならまだ届くよ――」ハリーは激しくもがいた。

しかし、ルーピンは腕を離さなかった……。

「もう、どうすることもできないんだ。ハリー……どうすることも……あいつは行ってしまった」

第三十六章

「あの人」が恐れた唯一の人物

「シリウスはどこにも行ってない！」ハリーが叫んだ。

信じられなかった。信じてなるものか。ありったけの力で、ハリーはルーピンに抵抗し続けた。ルーピンはわかっていない。あのベールの陰に人が隠れているんだ。最初にこの部屋に入ったとき、人のささやき声を聞いたもの。シリウスは隠れているだけだ。ただ見えない所にひそんでいるだけだ。

「**シリウス！**」ハリーは絶叫した。「**シリウス！**」

「あいつは戻ってこられないんだ、ハリー」なんとかしてハリーを抑えようとしながら、ルーピンが涙声になった。「あいつは戻れない。だって、あいつは——死」

「**シリウスは——死んでなんか——いない！**」ハリーがわめいた。「**シリウス！**」

二人の周囲で動きが続いていた。無意味な騒ぎ。呪文の閃光。ハリーにとってはなんの意味もない騒音。それた呪文が二人のそばを飛んでいったが、どうでもよかった。すべてがどうでもよかった。ただ、ルーピンはうそをつくのをやめてほしい。シリウスはすぐそこに、あの古ぼけたベールの裏に立っているのに――いまにもそこから現れるのに――黒髪を後ろに振り払い、意気揚々と戦いに戻ろうとするのに――そうじゃないふりをするのはやめてほしい。

ルーピンはハリーを台座から引き離した。ハリーはアーチを見つめたまま、今度はシリウスに腹を立てていた。こんなに待たせるなんて――。

しかし、ルーピンを振りほどこうともがきながらも、心のどこかでハリーにはわかっていた。シリウスはいままで僕を待たせたことなんてなかった……どんな危険をおかしてでも、必ず僕に会いにきた。助けにきた……ハリーが命を懸けて、こんなにシリウスを呼んでいるのに、あのアーチから姿を現さないなら、理由は一つしかない。シリウスは帰ってくることができないのだ……シリウスはほんとうに――。

ダンブルドアはほとんどの死喰い人を部屋の中央にひと束にして、見えない縄で拘束したようだった。マッド-アイ・ムーディが、部屋のむこうからトンクスの倒れている場所まで這っていき、トンクスを蘇生させようとしていた。台座の裏側ではまだ閃光が飛び、うめき声、叫び声が聞こえてくる――キングズリーが、シリウスのあとを受け、ベラトリックスと対決するため躍り出ていた。

「ハリー？」

ネビルが一段ずつ石段をすべり下り、ハリーのそばに来ていた。ハリーはもう抵抗していなかったが、ルーピンはそれでも念のためハリーの腕をしっかり押さえていた。

「ハリー……ほんどにごべんね……」ネビルが言った。両足がまだどうしようもなく踊っている。

「あのひど——ジリウズ・ブラッグ——ぎみのどもだぢだっだの？」

ハリーはうなずいた。

「さあ」ルーピンが静かにそう言うと、杖をネビルの足に向けて唱えた。「フィニート、終われ」

呪文が解け、ネビルの両足は床に下りて静かになった。ルーピンは青ざめた顔をしていた。

「さあ——みんなを探そう。ネビル、みんなはどこだ？」

ルーピンはそう言いながら、アーチに背を向けた。一言一言に痛みを感じているような言い方だった。

「みんなあぞごにいるよ」ネビルが言った。「ロンが脳びぞにおぞわれだけど、だいじょうびだど思う——ハービーニーは気をうじなってるげど、脈があっだ——」

台座の裏側からバーンと大きな音と叫び声が聞こえた。ハリーはキングズリーが苦痛に叫びながら床に倒れるのを見た。ダンブルドアがくるりと振り向くと、ベラトリックス・レストレンジはしっぽを巻いて逃げだした。ダンブルドアが呪文を向けたが、ベラトリックスはそれをそらした。もう、石段の中ほどまで登っている――。

「ハリー――やめろ！」ルーピンが叫んだ。しかしすでにハリーは、ゆるんでいたルーピンの腕を振りほどいていた。

「あいつがシリウスを殺した！」ハリーがどなった。**「あいつが殺した――僕があいつを殺してやる！」**

そして、ハリーは飛び出し、石段をすばやくよじ登った。背後でハリーを呼ぶ声がしたが、気にしなかった。ベラトリックスのローブのすそがひらりと視界から消え、二人は脳みそが泳いでいる部屋に戻っていた……。

ベラトリックスは肩越しに呪いのねらいを定めた。水槽が宙に浮き、傾いた。ハリーは中を満たしていたいやなにおいのする薬液でずぶぬれになった。脳みそがすべり出し、ハリーに取りつき、色鮮やかな長い触手を何本も吐き出しはじめた。

「ウィンガーディアム　レヴィオーサ！　浮遊せよ！」

ハリーが呪文を唱えると、脳みそはハリーを離れ、空中へと飛んでいった。ぬるぬるすべりながら、ハリーは扉へと走った。床でうめいているルーナを飛び越し、ジニーを通り越し――ジニーが「ハリー――いったい――？」と問いかけた――へらへら力なく笑っているロンを、そして、まだ気を失っているハーマイオニーを通り越した。扉をぐいと開けると、黒い円形のホールだ。ベラトリックスがホールの反対側の扉から出ていくのが見えた。そのむこうにエレベーターに通じる廊下がある。

ハリーは走った。しかしベラトリックスは、その扉を出るとピシャリと閉めた。壁がすでに回りはじめていた。またしてもハリーは、ぐるぐる回る壁の燭台から出る、青い光の筋に取り囲まれていた。

「出口はどこだ？」壁が再びゴトゴトと止まったとき、ハリーは捨て鉢になって叫んだ。「出口はどこなんだ？」

部屋はハリーが尋ねるのを待っていたかのようだった。真後ろの扉がパッと開き、エレベーターへの通路が見えた。松明の灯りに照らされ、人影はない。ハリーは走った……。

前方でエレベーターのガタゴトいう音が聞こえた。ハリーは廊下を疾走し、勢いよく角を曲がり、別のエレベーターを呼ぶボタンを拳でたたいた。ジャラジャラと音を立てながら、エレベーターが下りてきた。格子戸が開くなりハリーは飛び乗って、「**アトリウム**」のボタンをたたいた。ドアがするすると閉まり、ハリーは昇っていった……。

格子戸が完全に開かないうちにすきまから無理やり体を押し出し、ハリーはあたりを見回した。ベラトリックスは、もうほとんどホールのむこうの電話ボックス・エレベーターにたどり着いていた。しかし、ハリーが全速力で追うと、振り返ってハリーをねらい、呪文を放った。ハリーは「魔法界の同胞の泉」の陰に隠れてそれをかわした。呪文はハリーを飛び越し、アトリウムの奥にある金のゲートに当たった。ゲートは鐘が鳴るような音を出した。もう足音がしない。ベラトリックスは走るのをやめていた。ハリーは泉の立像の陰にうずくまって、耳を澄ました。

「**出てこい、出てこい、ハリーちゃん！**」ベラトリックスが赤ちゃん声を作って呼びかけた。磨き上げられた木の床に、その声が響いた。「どうして私を追ってきたんだい？　私のかわいいいとこの敵を討ちにきたんじゃないのかい？」

「そうだ！」ハリーの声が、何十人ものハリーの幽霊と合唱するように、部屋中にこだました。

そうだ！　そうだ！　そうだ！

「あぁぁぁぁ……あいつを**愛してた**のかい？　ポッター赤ちゃん？」

これまでにない激しい憎しみが、ハリーの胸に湧き上がった。噴水の陰から飛び出し、ハリーが大声で叫んだ。

「クルーシオ！　苦しめ！」

ベラトリックスが悲鳴を上げた。呪文はベラトリックスをひっくり返らせた。しかし、ネビルのように苦痛に泣き叫んだり、もだえたりはしなかった――息を切らしながら、すでに立ち上がっていた。もう笑ってはいない。ハリーは黄金の噴水の陰にまた隠れた。ベラトリックスの逆呪いが、ハンサムな魔法使いの頭に当たり、頭部が吹っ飛んで数メートル先に転がり、木の床に長々とすり傷をつけた。

「『許されざる呪文』を使ったことがないようだね、小僧？」ベラトリックスが叫んだ。もう赤ちゃん声を捨てていた。「**本気に**なる必要があるんだ、ポッター！　苦しめようと本気でそう思わなきゃ――それを楽しまなくちゃ――まっとうな怒りじゃ、そう長くは私を苦しめられないよ――どうやるのか、教えてやろうじゃないか、え？　もんでやるよ――」

ハリーはじりじりと噴水の反対側まで回り込んでいた。その時ベラトリックスが叫んだ。

「クルーシオ！」

弓を持ったケンタウルスの腕がくるくる回りながら飛び、ハリーはまた身をかがめざるをえなかった。腕は金色の魔法使いの頭部の近くの床にドスンと落ちた。

「ポッター、おまえが私に勝てるわけがない！」ベラトリックスが叫んだ。

ハリーをぴたりとねらおうと、ベラトリックスが右に移動する音が聞こえた。ハリーはベラトリックスから遠ざかるように、立像を反対側に回り込み、頭をしもべ妖精像の高さと同じぐらいにして、ケンタウルスの脚の陰にかがみ込んだ。

「私は、昔もいまも、闇の帝王のもっとも忠実な従者だ。あの方から直接に闇の魔術を教わった。私の呪文の威力は、おまえのような青二才がどうあがいても太刀打ちできるものではない――」

ハリーは、首無しになってしまった魔法使いにニッコリ笑いかけている小鬼像のそばまで回り込み、噴水の周りをうかがっているベラトリックスの背中にねらいを定めた。

「ステューピファイ！　まひせよ！」ハリーが叫んだ。

ベラトリックスの応戦はすばやかった。あまりの速さに、ハリーは身をかわす間もないほどだった。

「プロテゴ！」

ハリーの「失神呪文」の赤い光線が、跳ね返ってきた。ハリーは急いで噴水の陰に戻ったが、小鬼の片耳が部屋のむこうまで吹っ飛んだ。

「ポッター、一度だけチャンスをやろう！」ベラトリックスが叫んだ。「予言を私に渡せ――いま、こっちに転がしてよこすんだ――そうすれば命だけは助けてやろう！」

「それじゃ、僕を殺すしかない。予言はなくなったんだから！」ハリーは吠えるように言った。そのとたん、額に激痛が走った。傷痕がまたしても焼けるように痛んだ。そして、自分自身の怒りとはまったく関連のない激しい怒りが込み上げてくるのを感じた。

「それに、あいつは知っているぞ！」ハリーはベラトリックスの狂ったような笑いに匹敵するほどの笑い声を上げた。「おまえの大切なヴォルデモート様は、予言がなくなってしまったことをご存じだ。おまえのこともご満足はなさらないだろうな？」

「なんだって？　どういうことだ？」ベラトリックスの声が初めておびえた。

「ネビルを助けて石段を上ろうとしたとき、予言の球が砕けたんだ！　ヴォルデモートははたしてなんと言うだろうな？」

ハリーの傷痕がまたしても焼けるように痛んだ……痛みにハリーは目がうるんだ……。

「うそつきめ！」ベラトリックスがかん高く叫んだ。しかし、いまやその怒りの裏に、ハリーは恐怖を聞き取っていた。**「おまえは予言を持っているんだ、ポッター、それを私によこすのだ！**　アクシオ！　予言よ、来い！　アクシオ！　予言よ、来い！」

ハリーはまた高笑いした。そうすればベラトリックスが激昂することがわかっていたからだ。頭痛がだんだんひどくなり、頭がい骨が破裂するかとさえ思った。ハリーは片耳になった小鬼像の後ろから、からっぽの手を振って見せ、ベラトリックスがまたもや緑の閃光を飛ばしてよこしたときすばやく手を引っ込めた。

「なんにもないぞ！」ハリーが叫んだ。「呼び寄せるものなんかなんにもない！　予言は砕けた。誰も予言を聞かなかった。おまえのご主人様にそう言え！」

「ちがう！」ベラトリックスが悲鳴を上げた。

「うそだ。おまえはうそをついている！　**ご主人様！　私は努力しました。努力いたしました――どうぞ私を罰しないでください――**」

「言うだけむださ！」ハリーが叫んだ。これまでにないほど激しくなった傷痕の痛みに、ハリーは目を閉じ、顔中をしかめた。「ここからじゃ、あいつには聞こえないぞ！」

「そうかな？　ポッター」

かん高い冷たい声が言った。

ハリーは目を開けた。

背の高い、やせた姿が黒いフードをかぶっていた。恐ろしい蛇のような顔は蒼白で落ちくぼみ、縦に裂けたような瞳孔の真っ赤な両眼がにらんでいる……ヴォルデモート卿が、ホールの真ん中に姿を現していた。杖をハリーに向けている。ハリーは凍りついたように動けなかった。

「そうか、おまえが俺様の予言を壊したのだな？」

ヴォルデモートは非情な赤い目でハリーをにらみつけながら、静かに言った。

「いや、ベラ、こいつはうそをついてはいない……こいつの愚にもつかぬ心の中から、真実が俺様を見つめているのが見えるのだ……何か月もの準備、何か月もの苦労……その挙句、わが死喰い人たちは、またしても、ハリー・ポッターが俺様をくじくのを許した……」

「ご主人様、申し訳ありません。私は知りませんでした。『動物もどき』のブラックと戦っていたのです！」

ゆっくりと近づくヴォルデモートの足元に身を投げ出し、ベラトリックスがすすり泣いた。

「ご主人様、おわかりくださいませ――」

「だまれ、ベラ」ヴォルデモートの声が危険をはらんだ。「おまえの始末はすぐつけてやる。俺様が魔法省に来たのは、おまえの女々しい弁解を聞くためだとでも思うのか?」

「でも、ご主人様――あの人がここに――あの人が下に――」

ヴォルデモートは一顧だにしなかった。

「ポッター、俺様はこれ以上何もおまえに言うことはない」ヴォルデモートが静かに言った。

「おまえはあまりにもしばしば、あまりにも長きにわたって、俺様をいらだたせてきた。アバダ ケダブラ!」

ハリーは抵抗のために口を開くことさえしていなかった。頭が真っ白で、杖はだらりと下を向いたままだった。

ところが、首無しになった黄金の魔法使い像が突如立ち上がり、台座から飛び上がると、ドスンと音を立ててハリーとヴォルデモートの間に着地した。立像が両腕を広げてハリーを護り、呪文は立像の胸に当たって跳ね返っただけだった。

「なんと――?」ヴォルデモートが周囲に目を凝らした。そして、息を殺して言った。「**ダンブルドアか!**」

ハリーは胸を高鳴らせて振り返った。ダンブルドアが金色のゲートの前に立っていた。

ヴォルデモートが杖を上げ、緑色の閃光がまた一本、ダンブルドアめがけて飛んだ。ダンブルドアはくるりと一回転し、マントの渦の中に消えた。次の瞬間、ヴォルデモートの背後に現れたダンブルドアは、噴水に残った立像に向けて杖を振った。立像はいっせいに動きだした。魔女の像がベラトリックスに向かって走り、ベラトリックスは悲鳴を上げて何度も呪文を飛ばしたが、魔女の胸に当たってむなしく跳ね返っただけだった。魔女はベラトリックスに飛びかかり、床に押さえつけた。一方、小鬼としもべ妖精は、小走りで壁に並んだ暖炉に向かい、腕一本のケンタウルスはヴォルデモートに向かって疾駆した。ヴォルデモートの姿は一瞬消え去り、噴水の脇に再び姿を現した。首無しの像は、ハリーを戦闘の場から遠ざけるように後ろに押しやり、ダンブルドアがヴォルデモートの前に進み出た。

黄金のケンタウルス像がゆっくりと二人の周りをかけた。

「今夜ここに現れたのは愚かじゃったな、トム」ダンブルドアが静かに言った。「闇祓いたちがまもなくやってこよう――」

「その前に、俺様はもういなくなる。そして貴様は死んでおるわ！」

ヴォルデモートが吐き捨てるように言った。またしても死の呪文がダンブルドアめがけて飛んだが、はずれて守衛のデスクに当たり、たちまち机が炎上した。

ダンブルドアが杖をすばやく動かした。その杖から発せられる呪文の強さたるや、黄金のガードに護られているハリーでさえ、呪文が通り過ぎるとき髪の毛が逆立つのを感じた。ヴォルデモートも、その呪文をそらすためには、空中から輝く銀色の盾を取り出さざるをえないほどだった。その呪文がなんであれ、盾には目に見える損傷は与えなかった。しかし、ゴングのような低い音が反響した——不思議に背筋が寒くなる音だった。

「俺様を殺そうとしないのか？　ダンブルドア？」ヴォルデモートが盾の上から真っ赤な目を細めてのぞいた。「そんな野蛮な行為は似合わぬとでも？」

「おまえも知ってのとおり、トム、人を滅亡させる方法はほかにもある」

ダンブルドアは落ち着き払ってそう言いながら、まっすぐにヴォルデモートに向かって歩き続けた。この世に何も恐れるものはないかのように、ホールのそぞろ歩きを邪魔する出来事など何も起こらなかったかのように。

「確かに、おまえの命を奪うことだけでは、わしは満足はせんじゃろう——」

「死よりも酷なことは何もないぞ、ダンブルドア！」ヴォルデモートが唸るように言った。

「おまえは大いにまちがっておる」

ダンブルドアはさらにヴォルデモートに迫りながら、まるで酒を飲み交わしながら会話をしているような気軽な口調だった。ダンブルドアが無防備に、盾もなしで歩いていくのを見て、ハリーはそら恐ろしかった。警戒するようにと叫びたかった。しかし、首無しのボディガードがハリーを壁際へと押し戻し、ハリーが前に出ようとするたびにことごとく阻止した。

「死よりもむごいことがあるというのを理解できんのが、まさに、昔からのおまえの最大の弱点よのう――」

銀色の盾の陰から、またしても緑の閃光が走った。今度は、ダンブルドアの前に疾駆してきた片腕のケンタウルスがそれを受け、粉々に砕けた。そのかけらがまだ床に落ちないうちに、ダンブルドアが杖をぐっと引き、鞭のように振り動かした。細長い炎が杖先から飛び出し、ヴォルデモートを盾ごとからめ取った。一瞬、ダンブルドアの勝ちだと思われた。しかし、その時、炎のロープが蛇に変わり、たちまちヴォルデモートの縄目を解き、激しくシューッシューッと鎌首をもたげてダンブルドアに立ち向かった。

ヴォルデモートの姿が消えた。蛇が床から伸び上がり、攻撃の姿勢を取った――。

ダンブルドアの頭上で炎が燃え上がった。同時にヴォルデモートがまた姿を現し、さっきまで五体の像が立っていた噴水の真ん中の台座に立っていた。

「**あぶない！**」ハリーが叫んだ。

しかし、すでにヴォルデモートの杖から、またしても緑の閃光がダンブルドアめがけて飛び、蛇が襲いかかっていた。

フォークスがダンブルドアの前に急降下し、くちばしを大きく開けて緑の閃光を丸飲みした。そして炎となって燃え上がり、床に落ち、小さくしなびて飛ばなくなった。その時ダンブルドアが杖をひと振りした。長い、流れるような動きだった。――まさに、ダンブルドアにガブリと牙を突き立てようとしていた蛇が、空中高く吹き飛び、ひと筋の黒い煙となって消えた。そして、泉の水が立ち上がり、溶けたガラスの繭のようにヴォルデモートを包み込んだ。

わずかの間、ヴォルデモートは、さざ波のように揺れるぼんやりした顔のない影となり、台座の上でチラチラ揺らめいていた。息を詰まらせる水を払いのけようと、明らかにもがいている――。やがて、その姿が消えた。水がすさまじい音を立てて再び泉に落ち、水盆の縁から激しくこぼれて磨かれた床をびしょぬれにした。

「**ご主人様！**」ベラトリックスが絶叫した。

まちがいなく、終わった。ヴォルデモートは逃げを決めたのにちがいない。ハリーはガードしている立像の陰から走り出ようとした。しかし、ダンブルドアの声が響いた。

「ハリー、動くでない！」

ダンブルドアの声が、初めて恐怖を帯びていた。ハリーにはなぜかわからなかった。ホールはがらんとしていた。ハリーとダンブルドア、魔女の像に押さえつけられたままですすり泣くベラトリックス、そして床の上でかすかに鳴き声を上げる生まれたばかりの不死鳥、フォークスしかいない――。

すると突然、傷痕がパックリ割れた。ハリーは自分が死んだと思った。想像を絶する痛み、たえがたい激痛――。

ハリーはホールにいなかった。真っ赤な目をした生き物のとぐろに巻き込まれていた。あまりにきつくしめつけられ、どこまでが自分の体で、どこからが生き物の体かわからない。二つの体はくっつき、痛みによって縛りつけられていた。逃れようがない――。

そして、その生き物が口をきいた。ハリーの口を通してしゃべった。苦痛の中で、ハリーは自分のあごが動くのを感じた……。

「**俺様を殺せ、いますぐ、ダンブルドア……**」

目も見えず、瀕死の状態で、体のあらゆる部分が解放を求めて叫びながら、ハリーは、またしてもその生き物がハリーを使っているのを感じた……。

「**死が何ものでもないなら、ダンブルドア、この子を殺せ……**」

痛みを止めてくれ、ハリーは思った……僕たちを殺してくれ……終わらせてくれ、ダンブルドア……この苦痛に比べれば、死などなんでもない……。

そうすれば、僕はまたシリウスに会える……。

ハリーの心に熱い感情があふれた。するとその時、生き物のとぐろがゆるみ、痛みが去った。

ハリーはうつ伏せに床に倒れていた。めがねがどこかにいってしまい、ハリーは木の床ではなく氷の上に横たわっているかのように震えていた……。

ホール中に人声が響いている。そんなにたくさんいるはずはないのに……。ハリーは目を開けた。自分をガードしていた首無しの立像のかかとのそばに、めがねが落ちているのが見えた。立像は、しかしいま仰向けに倒れ、割れて動かなかった。ハリーはめがねをかけ、少し頭を上げた。ダンブルドアの折れ曲がった鼻がすぐそばにあるのが見えた。

「ハリー、大丈夫か？」

「はい」震えが激しく、ハリーはまともに頭を上げていられなかった。「ええ、大丈――どこに、ヴォルデモートは、どこに――誰？　こんなに人が――いったい――」

アトリウムは人であふれていた。片側の壁に並んだ暖炉のすべてに火が燃え、そのエメラルド色の炎が床を照らしている。暖炉から、次々と魔法使い、魔女たちが現れ出ていた。ダンブルドアに助け起こされたハリーは、しもべ妖精と小鬼の小さい黄金の立像が、あぜんとした顔のコーネリウス・ファッジを連れてやってくるのを見た。

「『あの人』はあそこにいた！」紅のローブにポニーテールの男が、ホールの反対側の金色の瓦礫の山を指差して叫んだ。そこは、さっきまでベラトリックスが押さえつけられていた場所だ。

「ファッジ大臣、私は『あの人』を見ました。まちがいなく、『例のあの人』でした。女を引っつかんで、『姿くらまし』しました！」

「わかっておる、ウィリアムソン、わかっておる。私も『あの人』を見た！」ファッジはしどろもどろだった。細縞のマントの下はパジャマで、何キロも駆けてきたかのように息を切らしている。

「なんとまあ――ここで――**ここで！**――魔法省で！――あろうことか――ありえない――まったく――どうしてこんな――？」

「コーネリウス、下の神秘部に行けば――」ダンブルドアが言った。ハリーが無事なのに安堵したらしく、ダンブルドアは前に進み出た。新しく到着した魔法使いたちは、ダンブルドアがいることに初めて気づいた（何人かは杖をかまえた。あとはただぼうぜんと見つめるばかりだった。しもべ妖精と小鬼の像は拍手した。ファッジは飛び上がり、スリッパばきの両足が床から離れた）。「――脱獄した死喰い人が何人か、『死の間』に拘束されているのがわかるじゃろう。『姿くらまし防止呪文』で縛ってある。大臣がどうなさるのか、処分を待っておる」

「ダンブルドア！」ファッジが興奮で我を忘れ、息をのんだ。「おまえ――ここに――私は――私は――」

ファッジは一緒に連れてきた闇祓いたちをきょろきょろと見回した。誰が見ても、ファッジが「捕まえろ！」と叫ぶかどうか迷っていることは明らかだった。

「コーネリウス、わしはおまえの部下と戦う準備はできておる。――そして、また勝つ！」ダンブルドアの声がとどろいた。「しかし、ついいましがた、君はその目で、わしが一年間君に言い続けてきたことが真実じゃったという証拠を見たであろう。ヴォルデモート卿は戻ってきた。この十二か月、君は見当ちがいの男を追っていた。そろそろ目覚める時じゃ！」

「私は――別に――まあ――」ファッジは虚勢を張り、どうするべきか誰か教えてくれというように周りを見回した。誰も何も言わないので、ファッジが言った。「よろしい――ドーリッシュ！ウィリアムソン！　神秘部に行って、見てこい……ダンブルドア、おまえ――君は、正確に私に話して聞かせる必要が――『魔法界の同胞の泉』――いったいどうしたんだ？」

最後は半べそになり、ファッジは魔法使い、魔女、ケンタウルスの像の残骸が散らばっている床を見つめた。

「その話は、わしがハリーをホグワーツに戻してからにすればよい」ダンブルドアが言った。

「ハリー――**ハリー・ポッターか？**」

ファッジがくるりと振り返り、ハリーを見つめた。ハリーは壁際に立ったままで、ダンブルドアとヴォルデモートの決闘の間自分を護ってくれ、いまは倒れている立像のそばにいた。

「ハリーが――ここに？」ファッジが言った。「どうして――いったいどういうことだ？」

「わしがすべてを説明しようぞ」ダンブルドアがくり返した。「ハリーが学校に戻ってからじゃ」

ダンブルドアは噴水のそばを離れ、黄金の魔法使いの像の頭部が転がっている所に行った。杖を頭部に向け「ポータス」と唱えると、頭部は青く光り、一瞬、床の上でやかましい音を立てて震えたが、また動かなくなった。

「ちょっと待ってくれ、ダンブルドア！」ダンブルドアが頭部を拾い上げ、それを抱えてハリーの所に戻ると、ファッジが言った。「君にはその『移動キー』を作る権限はない！　魔法大臣の真ん前で、まさかそんなことはできないのに、君は――君は――」

ダンブルドアが半月めがねの上から毅然とした目でファッジをじっと見ると、ファッジの声がだんだん尻すぼまりになった。

「君は、ドローレス・アンブリッジをホグワーツから除籍する命令を出すがよい」ダンブルドアが言った。「部下の闇祓いたちに、わしの『魔法生物飼育学』の教師を追跡するのをやめさせ、職に復帰できるようにするのじゃ。君には……」ダンブルドアはポケットから十二本の針がある時計を引っ張り出して、ちらりと眺めた。「……今夜、わしの時間を三十分やろう。それだけあれば、ここで何が起こったのか、重要な点を話すのに充分じゃろう。そのあと、わしは学校に戻らねばならぬ。もし、さらにわしの助けが必要なら、もちろん、ホグワーツにおるわしに連絡をくだされば、喜んで応じよう。校長宛の手紙を出せばわしに届く」

ファッジはますます目を白黒させた。口をポカンと開け、くしゃくしゃの白髪頭の下で、丸顔がだんだんピンクになった。

「私は――君は――」

ダンブルドアはファッジに背を向けた。

「この移動キー(ポートキー)に乗るがよい、ハリー」

ダンブルドアが黄金の頭部を差し出した。ハリーはその上に手をのせた。次に何をしようが、どこに行こうが、どうでもよかった。

「三十分後に会おうぞ」ダンブルドアが静かに言った。「一……二……三……」

ハリーは、へその裏側(うらがわ)がぐいと引(ひ)っ張(ぱ)られる、あのいつもの感覚を感じた。足元の磨(みが)かれた木の床(ゆか)が消えた。アトリウムもファッジも、ダンブルドアもみんな消えた。そしてハリーは、色と音の渦(うず)の中を、前へ、前へと飛んでいった……。

第三十七章 失われた予言

ハリーの足が固い地面を感じた。ひざががくりと砕け、黄金の魔法使いの頭部が**ゴーン**と音を響かせて床に落ちた。見回すと、そこはダンブルドアの校長室だった。

校長が留守の間に、すべてがひとりでに元どおり修復されたようだった。繊細な銀の道具類は、華奢な脚のテーブルの上で、のどかに回りながらポッポッと煙を吐いている。歴代校長の肖像画は、ひじかけ椅子の背や額縁に頭をもたせかけて、こっくりこっくりしながら寝息を立てている。ハリーは窓から外を見た。地平線がさわやかな薄緑色に縁取られている。夜明けが近い。

動くものとてない静寂。肖像画が時折立てる鼻息や寝言しか破るもののない静寂は、ハリーにとって耐えがたかった。ハリーの心の中が周りのものに投影されるのなら、肖像画は苦痛に泣き叫んでいることだろう。ハリーは、静かな美しい部屋を、荒い息をしながら歩き回った。考えまいとした。しかし、考えてしまう……逃れようがない……。

シリウスが死んだのは僕のせいだ。全部僕のせいだ。僕がヴォルデモートの策略にはまるようなバカなまねをしなかったなら、もし夢で見たことをあれほど強く現実だと思い込まなかったなら、もし、僕の**英雄気取り**をヴォルデモートが利用している可能性があるとハーマイオニーが言ったことを、素直に受け入れていたなら……。

耐えられない。考えたくない。がまんできない……心の中に、ぽっかり恐ろしい穴が開いている。感じたくない、確かめたくない、暗い穴だ。そこにシリウスがいた。そこからシリウスが消えた。この静まり返ったがらんとした穴に、たった一人で向き合っていたくない。がまんできない――。

背後の肖像画が一段と大きいいびきをかき、冷たい声が聞こえた。

「ああ……ハリー・ポッター……」

フィニアス・ナイジェラスが長いあくびをし、両腕を伸ばしながら、抜け目のない細い目でハリーを見た。

「こんなに朝早く、なぜここに来たのかね？」やがてフィニアスが言った。「この部屋は正当なる校長以外は入れないことになっているのだが。それとも、ダンブルドアが君をここによこしたのかね？　ああ、もしかして、また……」フィニアスがまた体中震わせて大あくびをした。「私のろくでなしの曾々孫に伝言じゃないだろうね？」

ハリーは言葉が出なかった。フィニアス・ナイジェラスはシリウスの死を知らない。しかしハリーには言えなかった。口に出せば、それが決定的なものになり、絶対に取り返しがつかないものになる。

ほかの肖像画もいくつか身動きしはじめた。質問攻めにあうことが恐ろしく、ハリーは急いで部屋を横切って扉の取っ手をつかんだ。

回らない。ハリーは閉じ込められていた。

「もしかして、これは」校長の机の背後の壁にかかった、でっぷりした赤鼻の魔法使いが、期待を込めて言った。「ダンブルドアがまもなくここに戻るということかな?」

ハリーが後ろを向いた。その魔法使いが、興味深げにじっとハリーを見ている。ハリーはうなずいた。もう一度後ろ向きのまま取っ手を引いたが、びくともしない。

「それはありがたい」その魔法使いが言った。「あれがおらんと、まったくたいくつじゃったよ。いやまったく」

肖像画に描かれた王座のような椅子に座りなおし、その魔法使いはハリーにニッコリと人のよさそうな笑顔を向けた。

「ダンブルドアは君のことをとても高く評価しておるぞ。わかっておるじゃろうが」魔法使いが心地よげに話した。「ああ、そうじゃとも。君を誇りに思っておる」

ハリーの胸に重苦しくのしかかっていた、恐ろしい寄生虫のような罪悪感が、身をくねらせてのた打ち回った。耐えられなかった。自分が自分であることに、もはや耐えられなかった……自分の心と体に、これほど縛りつけられていると感じたことはなかった。誰でもいいから誰か別人になりたいと、こんなに激しく願ったことはなかった……。

火の気のない暖炉にエメラルド色の炎が上がった。ハリーは思わず扉から飛びのき、火格子の中でくるくる回転している姿を見つめた。ダンブルドアの長身が暖炉からするりと姿を現すと、周りの壁の魔法使いや魔女が急に目を覚まし、口々にお帰りなさいと歓声を上げた。

「ありがとう」ダンブルドアがおだやかに言った。

最初はハリーのほうを見ず、ダンブルドアは扉の脇にある止まり木の所に歩いていき、ローブの内ポケットから小さな、醜い、羽毛のないフォークスを取り出し、成鳥のフォークスがいつも止まっている金色の止まり木の下の、やわらかな灰の入った盆にそっとのせた。

「さて、ハリー」やがてひな鳥から目を離し、ダンブルドアが声をかけた。「君の学友じゃが、昨夜の事件でいつまでも残るような傷害を受けた者は誰もおらん。安心したじゃろう」

ハリーは「よかった」と言おうとしたが、声が出なかった。ハリーのもたらした被害がどれほど大きかったかを、ダンブルドアが改めて思い出させようとしているような気がした。ダンブルドアが初めてハリーをまっすぐ見ているのに、そして、非難しているというよりねぎらっているような表情だったのに、ハリーはダンブルドアと目を合わせることができなかった。

「マダム・ポンフリーが、みんなの応急手当をしておる」ダンブルドアが言った。「ニンファドーラ・トンクスは少しばかり聖マンゴで過ごさねばならぬかもしれんが、完全に回復する見込みじゃ」

ハリーは、空が白みはじめ、明るさを増してきたじゅうたんに向かってうなずくしかなかった。ダンブルドアとハリーがいったいどこにいたのか、どうしてけが人が出たのかと、部屋中の肖像画が、ダンブルドアの一言一言に聞き入っているにちがいない。

「ハリー、気持ちはよくわかる」ダンブルドアがひっそりと言った。

「わかってなんかいない」ハリーの声が突然大きく、強くなった。焼けるような怒りが突き上げてきた。ダンブルドアは僕の気持ちなんか**ちっとも**わかっちゃいない。

「どうだい？　ダンブルドア？」フィニアス・ナイジェラスが陰険に言った。「生徒を理解しようとするなかれ。生徒がいやがる。連中は誤解される悲劇のほうがお好みでね。自己憐憫におぼれ、悶々と自らの――」

「もうよい、フィニアス」ダンブルドアが言った。

ハリーはダンブルドアに背を向け、かたくなに窓の外を眺めた。遠くにクィディッチ競技場が見えた。シリウスがあそこに現れたことがあったっけ。ハリーのプレーぶりを見ようと、毛むくじゃらの真っ黒な犬になりすまし……きっと、父さんと同じぐらいうまいかどうか見にきたんだろうな……一度も確かめられなかった……。

「ハリー、君のいまの気持ちを恥じることはない」ダンブルドアの声がした。「それどころか……そのように痛みを感じることができるのが、君の最大の強みじゃ」

ハリーは白熱した怒りが体の内側をメラメラとなめるのを感じた。恐ろしい空虚さの中に炎が燃え、落ち着き払ってむなしい言葉を吐くダンブルドアを傷つけてやりたいという思いがふくれ上がってきた。

「僕の最大の強み。そうですか？」クィディッチ競技場を見つめながら、もう見てはいなかった。声が震えていた。「なんにもわからないくせに……知らないくせに……」

「わしが何を知らないと言うのじゃ？」ダンブルドアが静かに聞いた。

もうたくさんだ。ハリーは怒りに震えながら振り向いた。

「僕の気持ちなんて話したくない！　ほっといて！」

「ハリー、そのように苦しむのは、君がまだ人間だという証じゃ！　この苦痛こそ、人間であることの一部なのじゃ――」

「**なら――僕は――人間で――いるのは――いやだ！**」

ハリーは吠えたけり、脇の華奢な脚のテーブルから繊細な銀の道具を引っつかみ、部屋のむこうに投げつけた。道具は壁に当たり、粉々に砕けた。肖像画の何人かが、怒りや恐怖に叫び、アーマンド・ディペットの肖像画が声を上げた。

「やれまあ！」

「かまうもんか！」

ハリーは肖像画たちに向かってどなり、望月鏡を引ったくって暖炉に投げ入れた。

「たくさんだ！　もう見たくもない！　やめたい！　終わりにしてくれ！　何もかももうどうでもいい――」

ハリーは銀の道具類がのったテーブルをつかみ、それも投げつけた。テーブルは床に当たってバラバラになり、脚があちこちに転がった。

「どうでもよいはずはない」

ダンブルドアが言った。ハリーが自分の部屋を破壊しても、たじろぎもせず、まったく止めようともしない。静かな、ほとんど超然とした表情だ。

「気にするからこそ、その痛みで、君の心は死ぬほど血を流しているのじゃ」

「僕は――気にしてない！」

ハリーが絶叫した。のどが張り裂けたかと思うほどの大声だった。一瞬、ハリーは、ダンブルドアにつっかかり、たたき壊してやりたいと思った。あの落ち着き払った年寄り面を打ち砕き、動揺させ、傷つけ、自分の中の恐怖のほんの一部でもいいから味わわせてやりたい。

「いいや、気にしておる」ダンブルドアはいっそう静かに言った。「君はいまや、母親を、父親を、そして君にとっては初めての、両親に一番近い者として慕っていた人までも失ったのじゃ。気にせぬはずがあろうか」

「**僕の気持ちがわかってたまるか！**」ハリーが吠え叫んだ。「**先生は――ただ平気でそこに――先生なんかに――**」

しかし、言葉ではもう足りなかった。物を投げつけてもなんの役にも立たなかった。走りたい。走って、走って、二度と振り向かないで、自分を見つめるあの澄んだ青い目が、あの憎らしい落ち着き払った年寄りの顔が見えないどこかに行きたかった。ハリーは扉に駆け寄り、再び取っ手をつかんでぐいとひねった。

しかし扉は開かなかった。

ハリーはダンブルドアを振り返った。

「出してください」ハリーは頭のてっぺんからつま先まで震えていた。

「だめじゃ」ダンブルドアはそれだけしか言わなかった。

数秒間、二人は見つめ合っていた。

「出してください」もう一度ハリーが言った。

「だめじゃ」ダンブルドアがくり返した。

「そうしないと——僕をここに引き止めておくなら——もし、僕を出して——」

「かまわぬ。わしの持ち物を破壊し続けるがよい」ダンブルドアがおだやかに言った。「持ち物がむしろ多すぎるのでな」

ダンブルドアは自分の机に歩いていき、そのむこう側に腰かけてハリーを眺めた。

「出してください」ハリーはもう一度、冷たく、ダンブルドアとほとんど同じくらい落ち着いた声で言った。

「わしの話がすむまではだめじゃ」ダンブルドアが言った。

「先生は——僕が聞きたいとでも——僕がそんなことに——僕は**先生が言うことなんかどうでもいい！**」ハリーが吠えたけった。「先生の言うことなんか、**なんにも**聞きたくない！」

「聞きたくなるはずじゃ」ダンブルドアは変わらぬ静かさで言った。

「なぜなら、君はわしに対してもっと怒って当然なのじゃ。もしわしを攻撃するつもりなら、君が攻撃寸前の状態であることはわかっておるが、わしは攻撃されるに値する者として充分にそれを受けたい」

「いったい何が言いたいんです——？」

「シリウスが死んだのは、**わしの**せいじゃ」ダンブルドアはきっぱりと言い切った。「それとも、ほとんど全部わしのせいじゃというべきかもしれぬ——いや、全責任があるなどというのは傲慢というものじゃ。シリウスは勇敢で、賢く、エネルギーあふれる男じゃった。そういう人間は、ほかの者が危険に身をさらしていると思うと、自分がじっと家に隠れていることなど、通常は満足できぬものじゃ。しかしながら、今夜君が神秘部に行く必要があるなどと、君は露ほども考える必要はなかったのじゃ。もしわしが君に対してすでに打ち明けていたなら、そして打ち明けるべきじゃったのだが、ハリーよ、君はヴォルデモートがいつかは君を神秘部におびき出すかもしれぬということを知っていたはずなのじゃ。さすれば、君はけっして、罠にはまって今夜あそこへ行ったりはしなかったじゃろう。そしてシリウスが君を追っていくこともなかったのじゃ。責めはわしのものであり、わしだけのものなのじゃ」

ハリーは、無意識に扉の取っ手に手をかけたまま、突っ立っていた。ダンブルドアの顔を凝視し、ほとんど息もせず、耳を傾けていたが、聞こえていてもほとんど理解できなかった。

「腰かけてくれんかの」ダンブルドアが言った。命令しているのではなく、頼んでいた。

ハリーは躊躇したが、ゆっくりと、いまや銀の歯車や木っ端が散らばる部屋を横切り、ダンブルドアの机の前の椅子に腰かけた。

「こういうことかね？」フィニアス・ナイジェラスがハリーの左側でゆっくりと言った。「私の曾々孫が――ブラック家の最後の一人が――死んだと？」

「そうじゃ、フィニアス」ダンブルドアが言った。

「信じられん」フィニアスがぶっきらぼうに言った。

ハリーが振り向くと、ちょうどフィニアスが肖像画を抜け出ていくのが見えた。グリモールド・プレイスにある自分の肖像画を訪ねていったのだ。たぶん、シリウスの名を呼びながら、肖像画から肖像画へと移り、屋敷中を歩くのだろう……。

「ハリー、説明させておくれ」ダンブルドアが言った。「老いぼれの犯したまちがいの説明を。いまにして思えば、わしが君に関してやってきたこと、そしてやらなかったことが、老齢の成せるわざじゃということは歴然としておる。若い者には、老いた者がどのように考え、感じるかはわからぬものじゃ。しかし、年老いた者が、若いということがなんであるかを忘れてしまうのは罪じゃ……そしてわしは、最近、忘れてしまったようじゃ……」

太陽はもう確実に昇っていた。山々はまばゆいオレンジに縁取られ、空は明るく無色に澄み渡っていた。光がダンブルドアに降り注いだ。その銀色の眉に、あごひげに、深く刻まれた顔のしわに降り注いだ。

「十五年前」ダンブルドアが言った。「君の額の傷痕を見たとき、わしはそれが何を意味するのかを推測した。それが、君とヴォルデモートとの間に結ばれた絆の印ではないかと推量したのじゃ」

「それは前にも聞きました。先生」ハリーはぶっきらぼうに言った。無礼だってかまわない。何もかもいまさらどうでもよかった。

「そうじゃな」ダンブルドアはすまなそうに言った。「そうじゃった。しかし、よいか――君の傷痕のことから始める必要があるのじゃ。というのは、君が魔法界に戻ってからまもなく、わしの考えが正しかったことがはっきりしたからじゃ。ヴォルデモートが君の近くにいるとき、または強い感情にかられているときに、傷痕が君に警告を発することが明らかになった」

「知っています」ハリーはうんざりしたように言った。

「そして、その君の能力が――ヴォルデモートの存在を、たとえどんな姿に身をやつしていても検知でき、そしてその感情が高まると、それがどんな感情なのかを知る能力が――ヴォルデモートが肉体と全能力を取り戻したときから、ますます顕著になってきたのじゃ」

　ハリーはうなずくことさえ面倒だった。全部知っていることだった。

「ごく最近」ダンブルドアが言った。「ヴォルデモートが君との間に存在する絆に気づいたのではないかと、わしは心配になった。懸念したとおり、君があやつの心と頭にあまりにも深く入り込んでしまい、あやつが君の存在に気づく時が来た。わしが言っているのは、もちろん、ウィーズリー氏が襲われたのを君が目撃した晩のことじゃ」

「ああ、スネイプが話してくれた」ハリーがつぶやいた。

「スネイプ**先生**じゃよ、ハリー」ダンブルドアが静かに訂正した。「しかし君は、なぜこのわしが君にそのことを説明しないのかと、いぶかしく思わなかったのかね？　なぜわしが君に『閉心術』

を教えないのかと？　なぜわしが何か月も君を見ようとさえしなかったかと？」

ハリーは目を上げた。ダンブルドアが悲しげな、つかれた顔をしているのがいまわかった。

「ええ」ハリーが口ごもった。「ええ、なぜだろうと思いました」

「それはじゃ」ダンブルドアが話を続けた。「わしは、時ならずして、ヴォルデモートが君の心に入り込み、考えを操作したり、ねじ曲げたりするであろうと思った。それをさらにあおり立てるようなことはしたくなかったのじゃ。あやつが、わしと君との関係が校長と生徒という以上に親しいと——またはかつて一度でも親しかったことがあると——そう気づけば、それに乗じて、わしをスパイする手段として君を使ったじゃろう。わしは、あやつが君をそんなふうに利用することを恐れ、あやつが君に取り憑く可能性を恐れたのじゃ。ハリー、ヴォルデモートが君をそんなふうに利用するだろうと、わしがそう考えたのは、まちがってはいなかったと思う。稀にではあったが、君がわしのごく近くにおったとき、君の目の奥であやつの影がうごめくのを、わしは見たように思った……」

ダンブルドアと目を合わせたとき、眠っていた蛇が自分の中で立ち上がり、攻撃せんばかりになったように感じたことを、ハリーは思い出した。

「ヴォルデモートが君に取り憑こうとしたねらいは、今夜あやつが示したように、わしを破滅させることではなく、君を滅ぼすことじゃったろう。先ほどあやつが君に一時的に取り憑いたとき、わしがあやつを殺そうとして、君を犠牲にしてしまうことを、あやつは望んだのじゃ。そういうことじゃから、ハリー、わしは君からわし自身を遠ざけ、君を護ろうとしてきたのじゃ。老人の過ちじゃ……」

ダンブルドアは深いため息をついた。ハリーは聞き流していた。数か月前なら、こういうことがすべて知りたくてたまらなかったろう。しかしいまは、シリウスを失ったことでぽっかり空いた心のすきまに比べれば、何もかもが無意味だった。何一つ重要なことではなかった……。

「アーサー・ウィーズリーが襲われた光景を君が見たその夜、ヴォルデモートが君の中で目覚めるのを君自身が感じたと、シリウスがわしに教えてくれた。最も恐れていたことがまちがいではなかったと、わしにはすぐわかった。ヴォルデモートは君を利用できることを知ってしまった。君の心をヴォルデモートの襲撃に対して武装させようと、わしはスネイプ先生との『閉心術』の訓練を手配したのじゃ」

ダンブルドアが言葉を切った。陽の光が、磨き上げられたダンブルドアの机の上をゆっくりと移動し、銀のインクつぼやしゃれた真紅の羽根ペンを照らすのを、ハリーは見つめていた。周りの肖像画が目を開け、ダンブルドアの説明に夢中で聞き入っているのがわかった。ときどきローブの衣ずれの音や、軽い咳払いが聞こえた。フィニアス・ナイジェラスはまだ戻っていない……。

「スネイプ先生は」ダンブルドアがまた話しはじめた。「君がすでに何か月も神秘部の扉の夢を見ていることを知った。もちろん、ヴォルデモートは、肉体を取り戻したときからずっと、どうしたら予言を聞けるかという思いに取り憑かれておった。あやつが扉のことを考えると、君も考えた。ただし君は、それが持つ意味を知らなかったのじゃが」

「それから君は、ルックウッドの姿を見た。逮捕される前は神秘部に勤めていたあの男が、我々にとっては前からわかっていたあることを、ヴォルデモートに教えた——神秘部にある予言は、厳重に護られており、予言にかかわる者だけが、棚から予言を取り上げても正気を失うことはない——とな。この場合は、ヴォルデモート自身が魔法省に侵入し、ついに姿を現すという危険をおかすか、または、君があやつのかわりに予言を取らなければならないじゃろう。君が『閉心術』を習得することがますます焦眉の急となったのじゃ」

「でも、僕、習得しませんでした」

ハリーがつぶやいた。罪悪感の重荷を軽くしようと、口に出して言ってみた。告白することで、心をしめつけるこのつらい圧迫感がきっと軽くなるはずだ。

「僕、練習しませんでした。どうでもよかったんです。あんな夢を見ることをやめられたかもしれないのに。ハーマイオニーが練習しろって僕に言い続けたのに。練習していれば、あいつは僕にどこへ行けなんて指図できなかったのに。そしたら——シリウスは——シリウスは——」

ハリーの頭の中で何かがはじけた。自分を正当化し、説明したいという何かが——。

「僕、あいつがほんとうにシリウスを捕まえたのかどうか調べようとしたんだ。アンブリッジの部屋に行って、暖炉からクリーチャーに話した。そしたら、クリーチャーが、シリウスはいない、出かけたって言った！」

「クリーチャーがうそをついたのじゃ」ダンブルドアが落ち着いて言った。「君は主人ではないから、クリーチャーはうそをついても自分を罰する必要さえない。クリーチャーは君を魔法省に行かせるつもりだった」

「あいつが――わざわざ僕を行かせた？」

「そうじゃとも。クリーチャーは、残念ながら、もう何か月も二君に仕えておったのじゃ」

「そんなことが？」ハリーはぼうぜんとした。「グリモールド・プレイスから何年も出ていなかったのに」

「クリスマスの少し前に、クリーチャーはチャンスをつかんだのじゃ」ダンブルドアが言った。「シリウスが、クリーチャーに『出ていけ』と叫んだらしいが、その時じゃ。クリーチャーはそれを言葉どおり受け取り、屋敷を出ていけという命令だと解釈した。クリーチャーは、ブラック家の中で、まだ自分が少しでも尊敬できる人物の所に行った……ブラックのいとこのナルシッサ、ベラトリックスの妹でルシウス・マルフォイの妻じゃ」

「どうしてそんなことを知っているんですか？」ハリーが聞いた。心臓の鼓動が速くなった。吐き気がした。クリスマスにクリーチャーがいなくなって不審に思ったこと、屋根裏にひょっこり現れたことも思い出した……。

「クリーチャーが昨夜わしに話したのじゃ」ダンブルドアが言った。「よいか、君がスネイプ先生にあの暗号めいた警告を発したとき、スネイプ先生は、君が、シリウスが神秘部の内奥にとらわれている光景を見たのだと理解した。君と同様、スネイプ先生もすぐにシリウスと連絡を取ろうとした。説明しておくが、不死鳥の騎士団のメンバーは、ドローレス・アンブリッジの暖炉よりもっと信頼できる連絡方法を持っておるのでな。スネイプ先生は、シリウスが生きていて、無事にグリモールド・プレイスにいることを知ったのじゃ」

「ところが、君がドローレス・アンブリッジと森に出かけたまま帰ってこなかったので、スネイプ先生は、君がまだシリウスはヴォルデモート卿にとらわれていると信じているのではないかと心配になり、すぐさま、何人かの騎士団のメンバーに警報を発したのじゃ」

ダンブルドアは大きなため息をついて言葉を続けた。

「その時、本部には、アラスター・ムーディ、ニンファドーラ・トンクス、キングズリー・シャックルボルト、リーマス・ルーピンがいた。全員が、すぐに君を助けにいこうと決めた。スネイプ先生はシリウスに本部に残るようにと頼んだ。わしがまもなく本部に行くはずじゃったから、わしにそのことを知らせるために、誰かが本部に残る必要があった。その間、スネイプ先生自身は、君たちを探しに森に行くつもりだったのじゃ」

「しかし、シリウスは、ほかの者が君を探しにいくというのに、自分があとに残りたくはなかった。わしに知らせる役目をクリーチャーに任せたのじゃ。そういうしだいで、全員が魔法省へと出ていってまもなく、グリモールド・プレイスに到着したわしに話をしたのは、あの妖精じゃった――引きつけを起こさんばかりに笑って――シリウスがどこに行ったかを話してくれた」

「クリーチャーが笑っていた？」ハリーはうつろな声で聞いた。

「そうじゃとも」ダンブルドアが言った。「よいか、クリーチャーは我々を完全に裏切ることはできなかった。騎士団の『秘密の守人』ではないのじゃが、マルフォイたちに、我々の所在を教えることもできなければ、明かすことを禁じられていた騎士団の機密情報も何一つ教えることはできなかった。クリーチャーは、しもべ妖精として呪縛されておる。つまり、自分の主人であるシリウスの直接の命令に逆らうことはできぬ。しかし、シリウスにとってはクリーチャーに他言を禁ずるほどのことはないと思われた些事だったが、ヴォルデモートにとっては非常に価値のある情報を、クリーチャーはナルシッサに与えたのじゃ」

「どんな？」

「たとえば、シリウスがこの世で最も大切に思っているのは君だという事実じゃ」ダンブルドアが静かに言った。「たとえば、君が、シリウスを父親とも兄とも慕っているという事実じゃ。ヴォルデモートはもちろん、シリウスが騎士団に属していることも、君がシリウスの居場所を知っていることも承知していた――しかし、クリーチャーの情報で、ヴォルデモートはあることに気づいた。君がどんなことがあっても助けにいく人物は、シリウス・ブラックだということにじゃ」

ハリーは唇が冷たくなり、感覚を失っていた。

「それじゃ……僕がきのうの夜、クリーチャーにシリウスがいるかって聞いたとき……」

「マルフォイ夫妻が――まちがいなくヴォルデモートの差し金じゃが――クリーチャーに言いつけたのじゃ。シリウスが拷問されている光景を君が見たあとは、シリウスを遠ざけておく方法を考えるようにと。そうすれば、シリウスが屋敷にいるかどうかを君が確かめようとしたら、クリーチャーはいないふりができる。そこで、クリーチャーはきのう、ヒッポグリフのバックビークにけがをさせた。君が火の中に現れたとき、シリウスは上の階でバックビークの手当てをしていたのじゃ」

ハリーは、肺にほとんど空気が入っていないかのように、呼吸が浅く、速くなっていた。

「それで、クリーチャーは先生にそれを全部話して……そして笑った？」ハリーの声がかすれた。

「あれは、わしに話したがらなかった」ダンブルドアが言った。「しかし、わしにも、あれのうそを見抜くぐらいの『開心術士』としての心得はある。そこでわしはあれを――説得して――全貌を聞き出してから、神秘部に向かったのじゃ」

「それなのに」ハリーがつぶやいた。ひざの上で握った拳が冷たかった。「それなのに、ハーマイオニーはいつも僕たちに、クリーチャーにやさしくしろなんて言ってた――」

「それは、そのとおりじゃよ、ハリー」ダンブルドアが言った。「グリモールド・プレイス十二番地を本部に定めたとき、わしはシリウスに警告した。クリーチャーに親切にし、尊重してやらねばならぬと。さらに、クリーチャーが我々にとって危険なものになるやも知れぬとも言うた。シリウスはわしの言うことを真に受けなかったようじゃ。あるいは、クリーチャーが人間と同じように鋭い感情を持つ生き物だとみなしたことがなかったのじゃろう――」

「シリウスを責めるなんて――そんな――言い方をするなんて――シリウスがまるで――」

ハリーは息が詰まった。言葉がまともに出てこなかった。いったん収まっていた怒りが、またしても燃え上がった。ダンブルドアにシリウスの批判なんかさせるものか。

「クリーチャーはうそをついた。――あの汚らわしい――あんなやつは当然――」

「我々魔法使いが、クリーチャーをあのようにしたと言ってもよいのじゃよ、ハリー」ダンブルドアが言った。「げに哀れむべきやつじゃ。君の友人のドビーと同じようにみじめな生涯を送ってきた。あれはいやでもシリウスの命令に従わざるをえなかった。シリウスは、自分が奴隷として仕える家族の最後の生き残りじゃったからのう。しかし、心から忠誠を誓うことができなかった。クリーチャーの咎は咎として、シリウスがクリーチャーの運命を楽にするために何もしなかったことは、認めねばなるまい——」

「**シリウスのことをそんなふうに言わないで!**」ハリーが叫んだ。

ハリーはまた立ち上がっていた。激しい怒りで、ダンブルドアに飛びかかりかねなかった。ダンブルドアはシリウスをまったく理解していないんだ。どんなに勇敢だったか、どんなに苦しんでいたか……。

「スネイプはどうなったんです?」ハリーが吐き捨てるように言った。「あの人のことはなんにも話さないんですね? ヴォルデモートがシリウスを捕らえたと僕が言ったとき、あの人はいつものように僕をせせら笑っただけだった——」

「ハリー、スネイプ先生は、ドローレス・アンブリッジの前で、君の言うことを真に受けていないふりをするしかなかったのじゃ」ダンブルドアの話しぶりは変わらなかった。「しかし、もう話したとおり、スネイプ先生は、君が言ったことをできるだけ早く騎士団に通報した。森から君が戻らなかったとき、君がどこに行ったかを推測したのはスネイプ先生じゃ。アンブリッジ先生が君に無理やりシリウスの居場所を吐かせようとしたとき、偽の『真実薬』を渡したのもスネイプ先生じゃ」

ハリーは耳を貸さなかった。スネイプを責めるのは残忍な喜びだった。自分自身の恐ろしい罪悪感をやわらげてくれるような気がした。ダンブルドアにハリーの言うとおりだと言わせたかった。

「シリウスが屋敷の中にいることを、スネイプは——スネイプはチクチクついて——苦しめた。――シリウスが臆病者だって決めつけた――」

「シリウスは充分大人で、賢い。そんな軽いからかいで傷つきはしない」ダンブルドアが言った。

「スネイプは『閉心術』の訓練をやめた！」ハリーが唸った。「スネイプが僕を研究室から放り出した！」

「知っておる」ダンブルドアが重苦しく言った。「わし自身が教えなかったのは過ちじゃったと、すでに言うた。ただ、あの時点では、わしの面前で君の心をヴォルデモートに対してさらに開くのは、この上なく危険だと確信しておった――」

「スネイプはかえって状況を悪くしたんだ。僕は訓練のあといつも傷痕の痛みがひどくなった――」ハリーはロンがどう考えたかを思い出し、それに飛びついた。「――スネイプが僕を弱めて、ヴォルデモートが入りやすくしたかもしれないのに、先生にはどうしてそうじゃないってわかるんですか？――」

「わしはセブルス・スネイプを信じておる」ダンブルドアはごく自然に言った。「しかし、失念しておった――これも老人の過ちじゃが――傷が深すぎて治らないこともある。スネイプ先生は、君の父上に対する感情を克服できるじゃろうと思うたのじゃが――わしがまちがっておった」

「だけど、そっちは問題じゃないってわけ？」

壁の肖像画が憤慨して顔をしかめたり、非難がましくつぶやくのを無視して、ハリーが叫んだ。

「スネイプが僕の父さんを憎むのはよくて、シリウスがクリーチャーを憎むのはよくないって言うわけ？」

「シリウスはクリーチャーを憎んだわけではない」ダンブルドアが言った。「関心を寄せたり気にかけたりする価値のない召使いとみなしていた。あからさまな憎しみより、無関心や無頓着のほうが、往々にしてより大きな打撃を与えるものじゃ……今夜わしらが壊してしもうた『同胞の泉』は、虚偽の泉であった。我々魔法使いは、あまりにも長きに渡って、同胞の待遇を誤り、虐待してきた。いま、その報いを受けておるのじゃ」

「**それじゃ、シリウスは、自業自得だったって？**」ハリーが絶叫した。

「そうは言うておらん。これからもけっしてそんなことは言わぬ」ダンブルドアが静かに答えた。「シリウスは残酷な男ではなかった。屋敷しもべ全般に対してはやさしかった。しかしクリーチャーには愛情を持っていなかった。クリーチャーは、シリウスが憎んでいた家を生々しく思い出させたからじゃ」

「ああ、シリウスはあの家をほんとに憎んでた！」涙声になり、ハリーはダンブルドアに背を向けて歩きだした。いまや太陽はさんさんと部屋に降り注ぎ、肖像画の目がいっせいにハリーのあとを追った。自分が何をしているかの意識もなく、部屋の中の何も目に入らず、ハリーは歩いていた。

「先生は、あの屋敷にシリウスを閉じ込めた。シリウスはそれがいやだったんだ。だから昨晩、出ていきたかったんだ――」

「わしはシリウスを生き延びさせたかったのじゃ」ダンブルドアが静かに言った。

「誰だって閉じ込められるのはいやだ！」ハリーは激怒してダンブルドアに食ってかかった。

「先生は夏中僕をそういう目にあわせた――」

ダンブルドアは目を閉じ、両手の長い指の中に顔をうずめた。ハリーはダンブルドアを眺めた。しかし、つかれなのか悲しみなのか、それともなんなのか、ダンブルドアらしくないこのしぐさを見ても、ハリーの心はやわらがなかった。それどころか、ダンブルドアが弱みを見せたことでますます怒りを感じた。ハリーが激怒し、ダンブルドアにどなり散らしたいときに、弱みを見せる権利なんてない。

ダンブルドアは手を下ろし、半月めがねの奥からハリーをじっと見た。

「その時が来たようじゃ」ダンブルドアが言った。「五年前に話すべきだったことを君に話す時が。ハリー、おかけ。すべてを話して聞かせよう。少しだけ忍耐しておくれ。わしが話し終わったときに――わしに対して怒りをぶつけようが――どうにでも君の好きなようにするがよい。わしは止めはせぬ」

ハリーはしばらくダンブルドアをにらみつけ、それから、ダンブルドアと向かい合う椅子に身を投げ出すように座り、待った。

ダンブルドアは陽に照らされた校庭を、窓越しにしばらくじっと見ていたが、やがてハリーに視線を戻し、語りはじめた。

「五年前、わしが計画し意図したように、ハリー、君は無事で健やかに、ホグワーツにやってきた。まあ——完全に健やかとは言えまい。君は苦しみに耐えてきた。おじさん、おばさんの家の戸口に君を置き去りにしたとき、そうなるであろうことは、わかっておった。君に、暗くつらい十年の歳月を負わせていることを、わしは知っておった」

ダンブルドアが言葉を切った。ハリーは何も言わなかった。

「君は疑問に思うじゃろう——当然じゃ——なぜそうしなければならなかったのかと。誰か魔法使いの家族が君を引き取ることはできなかったのかと。喜んでそうする家族はたくさんあったろう。君を息子として育てることを名誉に思い、大喜びしたであろう」

「わしの答えは、君を生き延びさせることが、わしにとって最大の優先課題だったということじゃ。君がどんなに危険な状態にあるかを認識しておったのは、わしだけだったじゃろう。ヴォルデモートはそれより数時間前に敗北していたが、その支持者たちは——その多くが、ヴォルデモートに引けを取らぬほど残忍な連中なのじゃが——まだ捕まっておらず、怒り、自暴自棄で暴力的じゃった。さらにわしは、何年か先のことも見越して決断を下さねばならなかった。ヴォルデモートが永久に去ったと考えるべきか？　否。十年先、二十年先、いや五十年先かどうかはわからぬが、わしは、必ずやあやつが戻ってくるという確信があった。それに、あやつを知るわしとしては、あやつが君を殺すまで手をゆるめないじゃろうと確信していた」

「わしは、ヴォルデモートが、存命中の魔法使いの誰をもしのぐ広範な魔法の知識を持っていると知っておった。わしがどのように複雑で強力な呪文で護ったとしても、あやつが戻り、完全にその力を取り戻したときには、破られてしまうじゃろうとわかっておった」

「しかし、わしは、ヴォルデモートの弱みも知っておった。そこで、わしは決断したのじゃ。君を護るのは古くからの魔法であろうと。それは、あやつも知っており、軽蔑していた魔法じゃ。それ故あやつは、その魔法を過小評価してきた。――身をもってその代償を払うことになったが。わしが言っておるのは、もちろん、君の母上が君を救うために死んだという事実のことじゃ。あやつが予想もしなかった持続的な護りを、母上は君に残していかれた。今日まで、君の血の中に流れる護りじゃ。それ故わしは、君の母上の血を信頼した。母上のただ一人の血縁である姉御の所へ、君を届けたのじゃ」

「おばさんは僕を愛していない」ハリーが切り返した。「僕のことなんか、あの人はどうでも――」

「しかし、おばさんは君を引き取った」ダンブルドアがハリーをさえぎった。「やむなくそうしたかもしれんし、腹を立て、苦々しい思いでいやいや引き取ったかもしれん。しかし引き取ったのじゃ。そうすることで、おばさんは、わしが君にかけた呪文を確固たるものにした。君の母上の犠牲のおかげで、わしは血の絆を、最も強い盾として君に与えることができたのじゃ」

「僕まだよく――」

「君が、母上の血縁の住む所を自分の家と呼べるかぎり、ヴォルデモートはそこで君に手を出すことも、傷つけることもできぬ。ヴォルデモートは母上の血を流した。しかしその血は君の中に、そして母上の姉御の中に生き続けている。母上の血が、君の避難所となった。そこに一年に一度だけ帰る必要があるが、そこを家と呼べるかぎり、そこにいる間、あやつは君を傷つけることができぬ。君のおばさんはそれをご存じじゃ。家の戸口に君と一緒に残した手紙で、わしが説明しておいた。おばさんは、君を住まわせたことで、君がこれまで十五年間生き延びてきたのであろうと知っておられる」

「待って」ハリーが言った。「ちょっと待ってください」

ハリーはきちんと椅子に座りなおし、ダンブルドアを見つめた。

「『吠えメール』を送ったのは先生だった。先生がおばさんに『思い出せ』って――あれは先生の声だった――」

「わしは」ダンブルドアが軽くうなずきながら言った。「君を引き取ることで契った約束を、おばさんに思い出させる必要があると思ったのじゃ。吸魂鬼の襲撃で、おばさんが、親がわりとして君を置いておくことの危険性に目覚めたかもしれぬと思ったのじゃ」

「ええ、そうです」ハリーが低い声で言った。「でも――おばさんより、おじさんのほうがそうでした。おじさんは僕を追い出したがった。でもおばさんに『吠えメール』が届いて――おばさんは僕に、家にいろって」

ハリーはしばらく床を見つめていたが、やがて言った。

「でも、それと……どういう関係が――」

ハリーはシリウスの名を口にすることができなかった。

「そして五年前」ダンブルドアは話が中断されなかったかのように語り続けた。「君がホグワーツにやってきた。幸福で、まるまるとした子であってほしいというわしの願いどおりの姿ではなかったかもしれぬが、それでも健康で、生きていた。ちやほやされた王子様ではなく、あのような状況の中でわしが望みうるかぎりの、まともな男の子だった。そこまでは、わしの計画はうまくいっていたのじゃ」

「ところが……まあ、ホグワーツでの最初の年の事件のことは、君もわしと同様、よく覚えておろう。君は向かってきた挑戦を、見事に受けて立った。しかも、あんなに早く――わしが予想していたよりずっと早い時期に、君はヴォルデモートと真正面から対決した。君は再び生き残った。それればかりではない。君は、あやつが復活して全能力を持つのを遅らせたのじゃ。君は立派な男として戦った。わしは……誇らしかった。口では言えないほど、君が誇らしかった」

「しかし、わしのこの見事な計画には欠陥があった」ダンブルドアが続けた。「明らかな弱点じゃ。それが計画全体をだいなしにしてしまうかもしれないと、その時すでにわしにはわかっていた。それでも、この計画を成功させることがいかに重要かを思うにつけ、わしは、この欠陥が計画をだいなしにすることなど許しはせぬと、自らに言い聞かせたのじゃ。わしだけが問題を防ぐことができるのじゃから、わしだけが強くあらねばならぬと。そして、わしにとって最初の試練がやって来た。君がヴォルデモートとの戦いに弱りはて、医務室で横になっていたときのことじゃ」

「先生のおっしゃっていることがわかりません」ハリーが言った。

「覚えておらぬか？　医務室で横たわり、君はこう聞いた。赤子だった君を『そもそもヴォルデモートはなんで殺したかったのでしょう？』とな」

ハリーがうなずいた。

「わしはその時に話して聞かせるべきじゃったか？」

ハリーはブルーの瞳をじっとのぞき込んだが、何も言わなかった。心臓が早鐘を打ちはじめた。

「計画の欠陥とは何か、まだわからぬか？　いや……わからんじゃろう。さて、君も知っておるように、わしは答えぬことに決めた。十一歳では――とわしは自分に言い聞かせた――まだ知るには早すぎる。十一歳で話して聞かせようとは、わしはまったく意図しておらなんだ。そんな幼いときに知ってしまうのは荷が重すぎる、とな」

「その時に、わしは危険な兆候に気づくべきじゃった。いずれは恐ろしい答えを君に与えねばならぬとわかってはいたものの、その時すでに君がその質問をしたということに、わしはなぜもっと狼狽しなかったのか。わしは自らにそう問うてみるべきじゃった。わしは、気づくべきであった。あの日に君に答えずにすんだことで、有頂天になりすぎていたと……君はまだ若すぎる、幼すぎるからと」

「そして、君はホグワーツでの二年目を迎えた。再び君は、大人の魔法使いでさえ立ち向かえぬような挑戦を受けた。そして、またしても君は、わしの想像をはるかに超えるほどに本分をはたした。しかし、君は、ヴォルデモートがなぜその印を君に残したのかという問いを再びわしに聞きはせなんだ。君の傷痕の話はした。おう、そうじゃ……話の核心にかぎりなく近い所まで行ったのじゃ。なぜわしは、君にすべてを話さなかったのじゃろう？」

「いや、そのような知らせを受け取るには、十二歳の年齢は、結局十一歳とあまり変わらぬとわしはそう思うた。返り血を浴びた君が、つかれはて、しかし意気揚々とわしの面前から去るのを、わしはそのままにした。その時話すべきではないかと、チクリと心が痛んだが、それもたちまち沈黙させられた。君はまだ若すぎた。わしにはのう、その勝利の夜をだいなしにすることなど、とてもできなかった……」

「わかったか？　ハリー？　わしのすばらしい計画の弱点が、もうわかったかな？　予測していた罠に、よけられる、よけねばならぬと自分に言い聞かせていた罠に、わしははまってしもうた」

「僕、わかり――」

「君をあまりにも愛おしく思いすぎたのじゃ」ダンブルドアはさらりと言った。「わしにとっては、君が幸せであることのほうが、君が真実を知ることより大事だったのじゃ。わしの計画より君の心の平安のほうが、計画が失敗したときに失われるかもしれない多くの命より、君の命のほうが大事だったのじゃ。つまり、わしはまさに、ヴォルデモートの思うつぼ、人を愛する者が取る愚かな行動を取っていたのじゃ」

「釈明はできるじゃろうか？　君を見守ってきた者であれば誰しも――わしは君が思っている以上に注意深く君を見守ってきたのじゃが――これ以上の苦しみを君に味わわせとうはないと思わぬ者がおろうか？　名も顔も知らぬ人々や生き物が、未来というあいまいな時にどんなに大勢抹殺されようと、君がいま、ここに生きておれば、そして健やかで幸せでさえあれば、わしはそんなことを気にしようか？　わしは、自分がそんなふうに思える人間を背負い込むことになろうとは、夢にも思わなんだ」

「三年目に入った。わしは遠くから見ておった。君が吸魂鬼と戦って追い払うのを。シリウスを見出し、彼が何者であるかを知り、そして救い出すのを。君が魔法省の手から、あわやの時に名付け親を意気揚々奪還したその時に、わしは君に話すべきじゃったろうか？　十三歳のあの時、わしはもうだんだん口実が尽きてきておった。まだ若いにもかかわらず、君は特別であることを証明していた。わしの良心はおだやかではなかった。ハリーよ、まもなくこの時が来るじゃろうと、わしにはわかっておった……」

「しかし、昨年、君が迷路から出てきたとき、セドリック・ディゴリーの死を目撃し、君自身がからくも死を逃れてきた……そして、わしは、ヴォルデモートが戻ってきた以上、すぐにも話さなければならないと知りながら、君に話さなかった。そして、今夜、わしは、これほど長く君に隠していたあることを、君はとうに知る準備ができていたのだと思い知った。わしがもっと前にこの重荷を君に負わせるべきであったことを、君が証明してくれたからじゃ。わしの唯一の自己弁明を言おう。君が、この学校に学んだどの学生よりも、多くの重荷を負ってもがいてきたのを、わしはずっと見守ってきたのじゃ。わしは、その上にもう一つの重荷を負わせることができなかった——最も大きな重荷を」

ハリーは待った。しかし、ダンブルドアはだまっていた。

「まだわかりません」

「ヴォルデモートは、君が生まれる少し前に告げられた予言のせいで、幼い君を殺そうとしたのじゃ。あやつは予言の全貌を知らなかったが、予言がなされたことは知っていた。ヴォルデモートは、君がまだ赤子のうちに殺そうと謀った。そうすることで予言がまっとうされると信じたのじゃ。それが誤算であったことを、あやつは身をもって知ることとなった。君を殺そうとした呪いが跳ね返ったからじゃ。そこで、自らの肉体に復活したとき、そして、特に昨年、君があやつから驚くべき生還をはたして以来、あやつはその予言の全部を聞こうと決意したのじゃ。復活以来、あやつが執拗に求めてきた武器というのがこれじゃ。どのように君を滅ぼすかという知識なのじゃ」

いまや太陽はすっかり昇りきっていた。ダンブルドアの部屋は、たっぷりと陽を浴びている。ゴドリック・グリフィンドールの剣が収められているガラス棚が、不透明な白さに輝いた。ハリーが床に投げ捨てた道具の破片が、雨のしずくのようにきらめいた。ハリーの背後で、ひな鳥のフォークスが、灰の巣の中で、チュッチュッと小さな鳴き声を上げていた。

「予言は砕けました」ハリーがうつろに答えた。「石段にネビルを引っ張り上げていて。あの――あのアーチのある部屋で。僕がネビルのローブを破ってしまい、予言が落ちて……」

「砕けた予言は、神秘部に保管してある予言の記録にすぎない。しかし、予言はある人物に向かってなされたのじゃ。そして、その人物は、予言を完全に思い出す術を持っておる」

「誰が聞いたのですか？」答えはすでにわかっていると思いながら、ハリーは聞いた。

「わしじゃ」ダンブルドアが答えた。「十六年前の冷たい雨の夜、ホッグズ・ヘッドのバーの上にある旅籠のひと部屋じゃ。わしは『占い学』を教えたいという志願者の面接に、そこへ出向いた。『占い学』の科目を続けること自体、わしの意に反しておったのじゃが。しかし、その人物が、卓越した能力のある非常に有名な『予見者』の曾々孫じゃったから、わしは、会うのが一般的な礼儀じゃろうと思うたのじゃ。わしは失望した。その女性本人には才能のかけらもないように思われた。わしは、礼を欠かぬように言ったつもりじゃが、あなたはこの職には向いていないと思うと告げた。そして帰りかけた」

ダンブルドアは立ち上がり、ハリーのそばを通り過ぎて、フォークスの止まり木の脇にある黒い戸棚へと歩いていった。かがんで留め金をずらし、中から浅い石の水盆を取り出した。縁にぐるりとルーン文字が刻んである。ハリーの父親がスネイプをいじめている姿を見た水盆だ。ダンブルドアは机に戻り、「憂いの篩」をその上に置き、杖をこめかみに当てた。ふわふわした銀色の細い糸が数筋、杖先にくっついて取り出された。ダンブルドアはそれを水盆に落とした。机のむこうで椅子に寄りかかり、ダンブルドアは、自分の想いが「憂いの篩」の中で渦巻き漂うのを、しばらく見つめていた。それからため息をついて杖を上げ、杖先で銀色の物質をつついた。

中から一つの姿が立ち上がった。ショールを何枚も巻きつけ、めがねの奥で拡大された巨大な目のその女性は、盆の中に両足を入れたまま、ゆっくりと回転した。しかし、シビル・トレローニーが話しはじめると、いつもの謎めいた心霊界の声ではなく、しわがれた荒々しい声だった。ハリーはその声を一度聞いたことがあった。

闇の帝王を打ち破る力を持った者が近づいている……七つ目の月が死ぬとき、帝王に三度抗った者たちに生まれる……そして闇の帝王は、その者を自分に比肩する者として印すであろう。しかし彼は、闇の帝王の知らぬ力を持つであろう……一方が他方の手にかかって死なねばならぬ。なんとなれば、一方が生きるかぎり、他方は生きられぬ……闇の帝王を打ち破る力を持った者が、七つ目の月が死ぬときに生まれるであろう……。

ゆっくりと回転するトレローニー先生は、再び足元の銀色の物質に沈み、消えた。

絶対的な静寂が流れた。ダンブルドアもハリーも、肖像画の誰も、物音一つ立てなかった。フォークスさえ沈黙した。

「ダンブルドア先生？」ハリーがそっと呼びかけた。ダンブルドアが「憂いの篩」を見つめたまま、思いにふけっているように見えたからだ。「これは、……その意味は、……どういう意味ですか？」

「この意味は」ダンブルドアが言った。「ヴォルデモート卿を永遠に克服する唯一の可能性を持った人物が、ほぼ十六年前の七月の末に生まれたということじゃ。この男の子は、ヴォルデモートにすでに三度抗った両親の許に生まれるはずじゃ」

ハリーは何かが迫ってくるような気がした。また息が苦しくなった。

「それは――僕ですか？」

ダンブルドアが深く息を吸った。

「奇妙なことじゃが、ハリー」ダンブルドアが静かに言った。「君のことではなかったかもしれんのじゃ。シビルの予言は、魔法界の二人の男の子に当てはまりうるものじゃった。二人ともその年の七月末に生まれた。二人とも、両親が『不死鳥の騎士団』に属していた。どちらの両親も、からくも三度、ヴォルデモートから逃れた。一人はもちろん君じゃ。もう一人は、ネビル・ロングボトム」

「でも、それじゃ……予言に書かれていたのはどうして僕の名前だったんですか？　ネビルのじゃなくて？」

「公式の記録は、ヴォルデモートが赤子の君を襲ったあとに書きなおされたのじゃ」ダンブルドアが言った。「『予言の間』の管理者にとっては、シビルの言及した者が君だとヴォルデモートが知っていたからこそ君を殺そうとした、というのが単純明快だったのじゃろう」

「それじゃ――僕じゃないかもしれない？」

「残念ながら」一言一言をくり出すのがつらいかのように、ダンブルドアがゆっくりと言った。

「それが**君である**ことは疑いがないのじゃ」

「でも、先生は――ネビルも七月末に生まれたと――それにネビルのパパとママは――」

「君は予言の次の部分を忘れておる。ヴォルデモートを打ち破るであろうその男の子を見分ける最後の特徴を……。ヴォルデモート自身が、**その者を自分に比肩する者として印すであろう**。そして、ハリー、ヴォルデモートはそのとおりにした。あやつは君を選んだ。ネビルではない。あやつは君に傷を与えた。その傷は祝福でもあり呪いでもあった」

「でも、まちがって選んだかもしれない！」ハリーが言った。「まちがった人に印をつけたかもしれない！」

「ヴォルデモートは、自分にとって最も危険な存在になりうると思った男の子を選んだのじゃ」ダンブルドアが言った。「それに、ハリー、気づいておるか？　あやつが選んだのは、純血ではなかった。あやつの信条からすれば、純血のみが、魔法使いとして存在価値があり、認知する価値があるのじゃが。そうではなく、自分と同じ混血を選んだ。あやつは、君を見る前から、君の中に自分自身を見ておったのじゃ。そして君にその印の傷をつけることで、君を殺そうとしたあやつの意図にたがい、君に力と、そして未来を与えたのじゃ。そのおかげで君は、一度ならず、これまで四度もあやつの手を逃れた――君の両親もネビルの両親も、そこまで成しとげはしなかった」

「でも、あいつはなぜそんなことをしたのでしょう？」ハリーは体が冷たくなり、感覚がなくなっていた。「どうして赤ん坊の僕を殺そうとしたんでしょう？　大きくなるまで待って、ネビルと僕のどちらがより危険なのかを見極めてから、どちらかを殺すべきだった――」

「確かに、それがより現実的なやり方だったかもしれぬ」ダンブルドアが言った。「しかし、ヴォルデモートの予言に関する情報は、不完全なものじゃった。『ホッグズ・ヘッド』という所は、シビルは安さで選んだのじゃが、昔から、『三本の箒』よりも、なんと言うか、よりおもしろい客を引き寄せてきた所じゃ。君も、君の友人たちも、身をもってそれを学んだはずじゃし、わしも、あの夜そうだったのじゃが、あそこは、誰も盗聴していないと安心できる場所ではない。もちろん、わしがシビル・トレローニーに会いに出かけたときは、誰かに盗み聞きされるほど価値のあることを聞こうとは、夢にも思わなんだのじゃが。わしにとって――そして我々にとっても――一つ幸運だったのは、盗み聞きしていた者が、まだ予言が始まったばかりのときに見つかり、あの居酒屋から放り出されたことじゃ」

「それじゃ、あいつが聞いたのは――?」

「最初の部分のみじゃ。ヴォルデモートに三度抗った両親の許に、七月に男の子が生まれるというくだりの予言だけじゃ。盗聴した男は、君を襲うことが君に力を移し、ヴォルデモートに比肩する者としての印をつけてしまうのだという危険を、ご主人様に警告することができなかった。それじゃから、ヴォルデモートは、君を襲うことの危険性を知る由もなく、もっとはっきりわかるまで待つほうが賢いということを知らなかったのじゃ。あやつは、君が、**闇の帝王の知らぬ力を持つであろうことも知らなかった**――」

「だけど、僕、持っていない!」ハリーは押し殺したような声を出した。「僕はあいつの持っていない力なんか、何一つ持ってない。あいつが今夜戦ったようには、僕は戦えない。人に取り憑くこともできない――殺すことも――」

「神秘部に一つの部屋がある」ダンブルドアがさえぎった。「常に鍵がかかっている。その中には、死よりも不可思議で同時に死よりも恐ろしい力が、人の叡智よりも、自然の力よりもすばらしく、恐ろしい力が入っている。その力は、恐らく、神秘部に内蔵されている数多くの研究課題の中で、最も神秘的なものであろう。その部屋の中に収められている力こそ、君が大量に所持しており、ヴォルデモートにはまったくないものなのじゃ。その力が、今夜君を、シリウス救出に向かわせた。その力が、ヴォルデモートが取り憑くことから君自身を護った。なぜなら、あやつが嫌っておる力が満ちている体には、あやつはとてもとどまることができぬからじゃ。結局、君が心を閉じることができなかったのは、問題ではなかった。君を救ったのは、君の心だったのじゃから」

ハリーは目を閉じた。シリウスを助けにいかなかったら、シリウスは死ななかったろう……答えを求めるというより、むしろ、シリウスのことをまた考えてしまう瞬間をさけたいという思いから、ハリーは質問した。

「予言の最後は……確か……**一方が生きるかぎり……**」

「**……他方は生きられぬ**」ダンブルドアが言った。

「それじゃ」心の中の深い絶望の井戸の底から言葉をさらうように、ハリーは言った。「それじゃ、その意味は……最後には……二人のうちどちらかが、もう一人を殺さなければならない……？」

「そうじゃ」ダンブルドアが言った。

二人とも、長い間無言だった。校長室の壁のむこう、どこかはるかかなたから、大広間に早めに朝食に向かうのだろうか、生徒たちの声がハリーの耳に聞こえてきた。この世の中に、食事がしたいと思う人間がまだいるなんて。笑う人間がいるなんて。シリウス・ブラックが永遠にいなくなったことを知らず、気にもかけない人間がいるなんて、ありえないことのように思われた。

シリウスはもう、何百万キロもかなたに行ってしまったような気がする。いまでも、心のどこかで、ハリーは信じていた。あのベールを僕が開けてさえいたら、シリウスがそこにいて、僕を見返して挨拶したかもしれない……たぶん、あの吠えるような笑い声で……。

「もう一つ、ハリー、わしは君に釈明せねばならぬ」ダンブルドアが迷いながら言った。

「君は、たぶん、なぜわしが君を監督生に選ばなかったかといぶかったのではないかな？　白状せねばなるまい……わしは、こう思ったのじゃ……君はもう、充分すぎるほどの責任を背負っていると」

ハリーはダンブルドアを見上げた。その顔にひと筋の涙が流れ、長い銀色のひげに滴るのが見えた。

第三十八章　二度目の戦いへ

「名前を言ってはいけないあの人」復活す

コーネリウス・ファッジ魔法大臣は、金曜夜、短い声明を発表し、「名前を言ってはいけないあの人」がこの国に戻り、再び活動を始めたことを確認した。

「まことに遺憾ながら、自らを『なんとか卿』と称する者が――あー、誰のことかはおわかりと思うが――生きて戻ってきたのであります」と、ファッジ大臣はつかれて狼狽した表情で記者団に語った。「同様に遺憾ながら、アズカバンの吸魂鬼が、魔法省に引き続き雇用されることを忌避し、いっせい蜂起しました。我々は、吸魂鬼が現在直接命令を受けているのは、例の『なんとか卿』であると見ているのであります」

「魔法族の諸君は、警戒をおさおさ怠りないように。魔法省は現在、各家庭および個人の防衛に関する初歩的心得を作成中でありまして、一か月のうちには、全魔法世帯に無

料配布する予定であります」

「『例のあの人』が再び身近で画策しているというしつこいうわさは、事実無根」と、ついこの水曜日まで魔法省が請け合っていただけに、この発表は、魔法界を仰天させ、困惑させている。

魔法省がこのように言をひるがえすにいたった経緯はいまだに霧の中だが、「例のあの人」とその主だった一味の者（「死喰い人」として知られている）が、木曜の夜、魔法省そのものに侵入したのではないかと見られている。

アルバス・ダンブルドア（ホグワーツ魔法魔術学校校長として復職、国際魔法使い連盟会員資格復活、ウィゼンガモット最高裁主席魔法戦士として復帰）からのコメントは、これまでのところまだ得られていない。この一年間、同氏は「例のあの人」が死んだという大方の希望的観測を否定し、実は再び権力を握るべく仲間を集めている、と主張し続けていた。一方、「生き残った男の子」は――。

「ほうら来た、ハリー。どこかであなたを引っ張り込むと思っていたわ」新聞越しにハリーを見ながら、ハーマイオニーが言った。

医務室の中だった。ハリーはロンのベッドの端のほうに腰かけ、二人とも、ハーマイオニーが

「**予言者新聞日曜版**」の一面記事を読むのを聞いていた。マダム・ポンフリーにあっという間にかかとを治してもらったジニーは、ハーマイオニーのベッドの足元にひざ小僧を抱えて座り、同じように鼻の大きさも形も元どおりに治してもらったネビルは、二つのベッドの間の椅子に腰かけていた。『ザ・クィブラー』の最新号を小脇に抱えてふらりと立ち寄ったルーナは、雑誌を逆さまにして読んでいた。どうやらハーマイオニーの言葉はまったく耳に入らない様子だ。

「それじゃ、ハリーはまた『生き残った男の子』になったわけだ」ロンが顔をしかめた。「もう頭の変な目立ちたがり屋じゃないってわけ？　ん？」

　ロンはベッド脇の棚に山と積まれた蛙チョコレートからひとつかみ取って、ハリー、ジニー、ネビルに少し放り投げ、自分の分は包み紙を歯で食いちぎった。脳みその触手に巻きつかれたロンの両方の前腕に、まだはっきりとミミズ腫れが残っていた。マダム・ポンフリーによれば、想念というものは、ほかの何よりも深い傷を残す場合があるとのことだ。しかし、「ドクター・ウッカリーの物忘れ軟膏」をたっぷり塗るようになってから、少しよくなってきたようだった。

「そうよ、ハリー、今度は新聞があなたのことをずいぶんほめて書いてるわ」ハーマイオニーが記事にざっと目を走らせながら言った。

「『**孤独な真実の声……精神異常者扱いされながらも自分の説を曲げず……あざけりと中傷の耐え難きを耐え……**』、ふぅーん」ハーマイオニーが顔をしかめた。「『予言者新聞』であざけったり中傷したりしたのは自分たちだっていう事実を、書いていないじゃない……」

ハーマイオニーはちょっと痛そうに、手を肋骨に当てた。ドロホフがハーマイオニーにかけた呪いは、声を出して呪文を唱えられなかったので効果が弱められはしたが、それでも、マダム・ポンフリーによれば、「当分おつき合いいただくには充分の損傷」だった。ハーマイオニーは毎日十種類もの薬を飲んでいたが、めきめき回復し、もう医務室にあきていた。

「**『例のあの人』支配への前回の挑戦――二面から四面、魔法省が口をつぐんできたこと――五面、なぜ誰もアルバス・ダンブルドアに耳を貸さなかったのか――六から八面、ハリー・ポッターとの独占インタビュー――九面**……おやおや」ハーマイオニーは新聞を折りたたみ、脇に放り出しながら言った。「確かにいい新聞種になったみたいね。それにハリーのインタビューは独占じゃないわ。『ザ・クィブラー』が何か月も前にのせた記事だもの……」

「パパがそれを売ったんだもン」ルーナが『ザ・クィブラー』のページをめくりながら、漠然と言った。「それに、とってもいい値段で。だから、あたしたち、今年の夏休みに、『しわしわ角スノーカック』を捕まえるのに、スウェーデンに探検に行くんだ」

ハーマイオニーは、一瞬、どうしようかと葛藤しているようだったが、結局、「すてきね」と言った。

ジニーはハリーと目が合ったが、ニヤッとしてすぐに目をそらした。

「それはそうと」ハーマイオニーがちょっと座りなおし、また痛そうに顔をしかめた。「学校では何が起こっているの？」

「そうね、フリットウィックがフレッドとジョージの沼を片づけたわ」ジニーが言った。「ものの三秒でやっつけちゃった。でも、窓の下に小さな水たまりを残して、周りをロープで囲ったの――」

「どうして？」ハーマイオニーが驚いた顔をした。

「さあ、これはとってもいい魔法だったって言っただけよ」ジニーが肩をすくめた。

「フレッドとジョージの記念に残したんだと思うよ」チョコレートを口いっぱいにほおばったまま、ロンが言った。「これ全部、あの二人が送ってきたんだぜ」ロンはベッド脇のこんもりした蛙チョコの山を指差しながらハリーに言った。「きっと、いたずら専門店がうまくいってるんだな？」

ハーマイオニーはちょっと気に入らないという顔をした。

「それじゃ、ダンブルドアが帰ってきたから、もう問題はすべて解決したの？」

「うん」ネビルが言った。「ぜんぶ元どおり、普通になったよ」

「じゃ、フィルチは喜んでるだろう？」ロンがダンブルドアの蛙チョコカードを水差しに立てかけながら聞いた。

「ぜーんぜん」ジニーが答えた。「むしろ、すっごく落ち込んでる……」

ジニーは声を落とし、ささやくように言った。

「アンブリッジこそホグワーツ最高のお方だったって、そう言い続けてる……」

六人全員が、医務室の反対側のベッドを振り返った。アンブリッジ先生が、天井を見つめたまま横になっている。ダンブルドアが単身森に乗り込み、アンブリッジをケンタウルスから救い出したのだ。どうやって救出したのか――いったいどうやって、かすり傷一つ負わずに、アンブリッジ先生を支えて木立の中から姿を現したのか――誰にもわからなかった。アンブリッジは、当然何も語らない。城に戻ったアンブリッジは、みんなが知るかぎり、一言もしゃべっていない。どこが悪いのか、誰にもはっきりとはわからなかった。いつもきちんとしていた薄茶色の髪はくしゃくしゃで、まだ小枝や木の葉がくっついていたが、それ以外は負傷している様子もない。

「マダム・ポンフリーは、単にショックを受けただけだって言うの」ハーマイオニーが声をひそめて言った。

「むしろ、すねてるのよ」ジニーが言った。

「うん、こうやると、生きてる証拠を見せるぜ」そう言うと、ロンは軽くパカッパカッと舌を鳴らした。

アンブリッジがガバッと起き上がり、きょろきょろあたりを見回した。

「先生、どうかなさいましたか？」マダム・ポンフリーが、事務室から首を突き出して声をかけた。

「いえ……いえ……」アンブリッジはまた枕に倒れ込んだ。「いえ、きっと夢を見ていたのだわ……」

ハーマイオニーとジニーが、ベッドカバーで笑い声を押し殺した。

「ケンタウルスって言えば」笑いが少し収まったハーマイオニーが言った。「『占い学』の先生は、いま、誰なの？　フィレンツェは残るの？」

「残らざるをえないよ」ハリーが言った。「戻っても、ほかのケンタウルスが受け入れないだろう？」

「トレローニーも、二人とも教えるみたいよ」ジニーが言った。

「ダンブルドアは、トレローニーを永久にお払い箱にしたかったと思うけどな」ロンが十四個目の「蛙」をムシャムシャやりながら言った。「いいかい、僕に言わせりゃ、あの科目自体がむだだよ。フィレンツェだって、似たり寄ったりさ……」

「どうしてそんなことが言える？」ハーマイオニーが詰問した。「本物の予言が**存在する**って、わかったばかりじゃない？」

ハリーは心臓がドキドキしはじめた。ロンにも、ハーマイオニーにも、誰にも予言の内容を話していない。ネビルが、「死の間」の階段でハリーが自分を引っ張り上げたときに、予言が砕けたとみんなに話していたし、ハリーも訂正せずに、そう思わせておいた。自分が殺すか殺されるか、それ以外に道はないということをみんなに話したら、どんな顔をするか……。ハリーはまだその顔を見るだけの気持ちの余裕がなかった。

「壊れて残念だったわ」ハーマイオニーが頭を振りながら静かに言った。

「うん、ほんと」ロンが言った。「だけど、少なくとも、『例のあの人』もどんな予言だったのか知らないままだ。――どこに行くの？」

ハリーが立ち上がったので、ロンがびっくりしたような、がっかりしたような顔をした。

「ん――ハグリッドの所」ハリーが言った。「あのね、ハグリッドが戻ってきたばかりなんだけど、僕、会いにいって、君たち二人がどうしているか教えるって約束したんだ」

「そうか。ならいいよ」ロンは不機嫌にそう言うと、窓から四角に切り取ったような明るい青空を眺めた。「僕たちも行きたいなあ」

「ハグリッドによろしくね！」ハリーが歩きだすと、ハーマイオニーが声をかけた。「それに、どうしてるかって聞いて……あの小さなお友達のこと！」

医務室を出ながら、了解という合図に、ハリーは手を振った。

日曜日にしても、城の中は静かすぎるようだった。みんな太陽がいっぱいの校庭に出て、試験が終わり、学期も残すところあと数日で、復習も宿題もないという時を楽しんでいるにちがいない。ハリーは、誰もいない廊下をゆっくり歩きながら窓の外をのぞいた。クィディッチ競技場の上空を飛び回って楽しんでいる生徒もいれば、大イカと並んで湖を泳ぐ生徒もちらほら見える。

誰かと一緒にいたいのかどうか、ハリーにはよくわからなかった。誰かと一緒だと、どこかへ行ってしまいたいと思い、一人だと人恋しくなった。しかし、ほんとうにハグリッドを訪ねてみようかと思った。ハグリッドが帰ってきてから、まだ一度もちゃんと話をしていないし……。

玄関ホールへの大理石の階段の最後の一段を下りたちょうどその時、右側のドアからマルフォイ、クラッブ、ゴイルが現れた。そこはスリザリンの談話室に続くドアだ。ハリーの足がはたと止まった。マルフォイたちも同じだった。聞こえる音といえば、開け放した正面扉を通して流れ込む、校庭の叫び声、笑い声、水のはねる音だけだった。

マルフォイがあたりに目を走らせた――誰か先生の姿がないかどうか確かめているのだと、ハリーにはわかった――ハリーに視線を戻し、マルフォイが低い声で言った。

「ポッター、おまえは死んだ」

ハリーは眉をちょっと吊り上げた。

「変だな」ハリーが言った。「それなら歩き回っちゃいないはずだけど……」

マルフォイがこんなに怒るのを、ハリーは見たことがなかった。あごのとがった青白い顔が怒りにゆがむのを見て、ハリーは冷めた満足感を感じた。

「つけを払うことになるぞ」マルフォイはほとんどささやくような低い声で言った。「**僕が**そうさせてやる。おまえのせいで父上は……」

「そうか。今度こそ怖くなったよ」ハリーが皮肉たっぷりに言った。「おまえたち三人に比べれば、ヴォルデモート卿なんて、ほんの前座だったな。――どうした？」ハリーが聞いた。マルフォイ、クラッブ、ゴイルが、名前を聞いていっせいに衝撃を受けた顔をしたからだ。「あいつは、おまえの父親の友達だろう？　怖くなんかないだろう？」

「何様だと思ってるんだ、ポッター」マルフォイは、クラッブとゴイルに両脇を護られて、今度はハリーに迫ってきた。「見てろ。おまえをやってやる。父上を牢獄なんかに入れさせるものか――」

「もう入れたと思ったけどな」ハリーが言った。

「吸魂鬼がアズカバンを捨てた」マルフォイが落ち着いて言った。「父上も、ほかのみんなも、すぐ出てくる……」

「ああ、きっとそうだろうな」ハリーが言った。「それでも、少なくともいまは、連中がどんなワルかってことが知れ渡った――」

マルフォイの手が杖に飛んだ。しかし、ハリーのほうが早かった。マルフォイの指がローブのポケットに入る前に、ハリーはもう杖を抜いていた。

「ポッター！」

玄関ホールに声が響き渡った。スネイプが自分の研究室に通じる階段から現れた。その姿を見ると、ハリーはマルフォイに対する気持ちなどをはるかに超えた強い憎しみが押し寄せるのを感じた……ダンブルドアがなんと言おうと、スネイプを許すものか……絶対に……。

「何をしているのだ、ポッター？」

四人のほうに大股で近づいてくるスネイプの声は、相変わらず冷たかった。

「マルフォイにどんな呪いをかけようかと考えているところです、先生」

ハリーは激しい口調で言った。スネイプがまじまじとハリーを見た。

「杖をすぐしまいたまえ」スネイプが短く言った。「一〇点減点。グリフィ――」

スネイプは壁の大きな砂時計を見てニヤリと笑った。

「ああ、点を引こうにも、グリフィンドールの砂時計には、もはや点が残っていない。それなれば、ポッター、やむをえず――」

「点を増やしましょうか？」

マクゴナガル先生がちょうど正面玄関の石段をコツコツと城へ上がってくるところだった。タータンチェックのボストンバッグを片手に、もう一本の手でステッキにすがってはいたが、それ以外は至極元気そうだった。

「マクゴナガル先生！」スネイプが勢いよく進み出た。「これはこれは、聖マンゴをご退院で！」

「ええ、スネイプ先生」マクゴナガル先生は、旅行用マントを肩からはずしながら言った。「すっかり元どおりです。そこの二人──クラッブ──ゴイル──」

マクゴナガル先生が威厳たっぷりに手招きすると、二人はデカ足をせかせかと動かし、ぎこちなく進み出た。

「これを」マクゴナガル先生はボストンバッグをクラッブの胸に、マントをゴイルの胸に押しつけた。「私の部屋まで持っていってください」

二人は回れ右し、大理石の階段をドスドス上がっていった。

「さて、それでは」マクゴナガル先生は壁の砂時計を見上げた。「そうですね。ポッターと友達とが、世間に対し、『例のあの人』の復活を警告したことで、それぞれ五〇点！　スネイプ先生、いかがでしょう？」

「何が？」スネイプがかみつくように聞き返したが、完全に聞こえていたと、ハリーにはわかっていた。「ああ──うむ──そうでしょうな……」

「では、五〇点ずつ。ポッター、ウィーズリー兄妹、ロングボトム、ミス・グレンジャー」

マクゴナガル先生がそう言い終わらないうちに、グリフィンドールの砂時計の下半分の球に、ルビーが降り注いだ。

「ああ──それにミス・ラブグッドにも五〇点でしょうね」

そうつけ加えると、レイブンクローの砂時計にサファイアが降った。

「さて、ポッターから一〇点減点なさりたいのでしたね、スネイプ先生――では、このように……」

ルビーが数個、上の球に戻ったが、それでもかなりの量が下に残った。

「さあ、ポッター、マルフォイ。こんなすばらしいお天気の日には外に出るべきだと思いますよ」

マクゴナガル先生が元気よく言葉を続けた。

言われるまでもなく、ハリーは杖をローブの内ポケットにしまい、スネイプとマルフォイのほうには目もくれず、まっすぐに正面扉に向かった。

ハグリッドの小屋に向かって芝生を歩いていくハリーに、陽射しが痛いほど照りつけた。生徒たちは、芝生に寝そべってひなたぼっこをしたり、しゃべったり、「予言者新聞日曜版」を読んだり、甘い物を食べたりしながら、通り過ぎるハリーを見上げた。呼びかけたり、手を振ったりする生徒もいた。「予言者新聞」と同じように、みんながハリーを英雄のように思っていることを、熱心に示そうとしているのだ。ハリーは誰にも何も言わなかった。三日前何が起こったのか、みんながどれだけ知っているかはわからなかったが、ハリーはこれまで質問されるのをさけてきたし、そうしておくほうがよかったのだ。

ハグリッドの小屋の戸をたたいたとき、最初は留守かと思った。しかし、ファングが物陰から突進してきて大歓迎し、ハリーは突き飛ばされそうになった。ハグリッドは裏庭でインゲン豆をつんでいたらしい。

「よう、ハリー！」ハリーが柵に近づいていくと、ハグリッドがニッコリした。「さあ、入った、入った。タンポポジュースでも飲もうや……」

「調子はどうだ？」木のテーブルに冷たいジュースを一杯ずつ置いて腰かけたとき、ハグリッドが聞いた。「おまえさん――あ――元気か？　ん？」

　ハグリッドの心配そうな顔から、体が元気かどうかと聞いているのではないことはわかった。

「元気だよ」ハリーは急いで答えた。ハグリッドが何を考えているかはわかっていたが、その話をするのには耐えられなかった。

「それで、ハグリッドはどこへ行ってたの？」

「山ん中に隠れとった」ハグリッドが答えた。「洞穴だ。ほれ、シリウスがあの時――」

　ハグリッドは急に口を閉じ、荒っぽい咳払いをしてハリーをちらりと見ながら、ぐーっとジュースを飲んだ。

「とにかく、もう戻ってきた」ハグリッドが弱々しい声で言った。

「ハグリッドの顔――前よりよくなったね」ハリーは何がなんでも話題をシリウスからそらそうとした。

「なん……？」ハグリッドは巨大な片手を上げ、顔をなでた。「ああ――うん、そりゃ。グロウピーはずいぶんと行儀がようなった。ずいぶんとな。俺が帰ってきたのを見て、そりゃあうれしかったみてえで……あいつはいい若モンだ、うん……誰か女友達を見つけてやらにゃあと考えとるんだが、うん……」

　いつものハリーなら、そんなことはやめるようにと、すぐにハグリッドを説得しようとしただろう。禁じられた森に二人目の巨人が棲むかもしれず、しかもグロウプよりもっと乱暴で残酷かもしれないというのは、どう考えても危険だ。しかし、それを議論するだけの力を、なぜか奮い起こすことができない。ハリーはまたひとりになりたくなってきた。早くここから出ていけるようにと、ハリーはタンポポジュースをガブガブ飲み、グラスの半分ほどをからにした。

「ハリー、おまえさんがほんとうのことを言っとったと、いまではみんなが知っちょる」ハグリッドが出し抜けに、静かな声で言った。「少しはようなったろうが？」

　ハリーは肩をすくめた。

「ええか……」ハグリッドがテーブルのむこうから、ハリーのほうに身を乗り出した。「シリウスのこたぁ、俺はおまえさんより昔っから知っちょる……あいつは戦って死んだ。あいつはそういう死に方を望むやつだった――」

「シリウスは、死にたくなんかなかった！」ハリーが怒ったように言った。

　ハグリッドのぼさぼさの大きな頭がうなだれた。

「ああ、死にたくはなかったろう」ハグリッドが低い声で言った。「それでもな、ハリー……あいつは、自分が家ん中でじーっとしとって、ほかの人間に戦わせるなんちゅうことはできねえやつだった。自分が助けにいかねえでは、自分自身にがまんできんかったろう——」

ハリーははじかれたように立ち上がった。

「僕、ロンとハーマイオニーのお見舞いに、医務室に行かなくちゃ」ハリーは機械的に言った。

「ああ」ハグリッドはちょっと狼狽した。「ああ……そうか、そんなら、ハリー……元気でな。また寄ってくれや、ひまなときにな……」

「うん……じゃ……」

ハリーはできるだけ急いで出口に行き、戸を開けた。ハグリッドが別れの挨拶を言い終える前に、ハリーは再び陽光の中に出て芝生を歩いていた。またしても、生徒たちが通り過ぎるハリーに声をかけた。ハリーはしばらく目をつぶり、みんな消えていなくなればいいのにと思った。目を開けたとき、校庭にいるのが自分ひとりだったらいいのに……。

数日前なら——試験が終わる前で、ヴォルデモートがハリーの心に植えつけた光景を見る前だったら——ハリーの言葉が真実だと魔法界が知ってくれるなら、ヴォルデモートの復活をみんなが信じてくれるなら、ハリーがうそつきでもなければ狂ってもいないとわかってくれるなら、何を引き換えにしても惜しくなかっただろう。しかしいまは……。

ハリーは湖の周囲を少しまわり、岸辺に腰を下ろした。通りがかりの人にじろじろ見られないように灌木の茂みに隠れ、キラキラ光る水面を眺めて物思いにふけった……。

ひとりになりたかった。たぶん、ダンブルドアと話して以来、自分がほかの人間から隔絶されたように感じはじめたからだろう。目に見えない壁が、自分と世界とを隔ててしまった。ハリーは「印されし者」だ。ずっとそうだったのだ。ただ、それが何を意味するのか、これまではっきりわかっていなかっただけだ……。

それなのに、こうして湖のほとりに座っていると、悲しみのたえがたい重みに心は沈み、シリウスを失った生々しい痛みが心の中で血を噴いていたが、恐怖の感覚は湧いてこなかった。太陽は輝き、周りの校庭には笑い声が満ち満ちている。自分がちがう人種であるかのように、周囲のみんなが遠くに感じられはしたが、それでもここに座っていると、やはり信じられなかった――自分の人生が、人を殺すか、さもなくば殺されて終わることになるのだとは……。

ハリーは水面を見つめたまま、そこに長い間座っていた。名付け親のことは考えまい……ちょうどこの湖のむこう岸で、シリウスが百を超える吸魂鬼の攻撃から身を護ろうとして、倒れてしまったことなど、思い出すまい……。

ふと寒さを感じたとき、太陽はもう沈んでいた。ハリーは立ち上がり、そでで顔をぬぐいながら城に向かった。

ロンとハーマイオニーが完治して退院したのは、学期が終わる三日前だった。ハーマイオニーは、しょっちゅうシリウスのことを話したそうなそぶりを見せたが、シリウスの名前をハーマイオニーが口にするたびに、ロンは「シーッ」という音を出した。名付け親の話をしたいのかどうか、ハリーにはまだよくわからなかった。その時、その時で気持ちが揺れた。しかし、一つだけはっきりしているのは、確かにいまは不幸でも、数日後にプリベット通り四番地に帰ったときには、ホグワーツがとても恋しくなるだろうということだ。夏休みのたびにそこに帰らなければならない理由がはっきりわかったいまになっても、だからといって帰るのが楽しくなったわけではない。むしろ、帰るのがこんなに怖かったことはない。

アンブリッジ先生は、学期が終わる前の日にホグワーツを去った。夕食時にこっそり医務室を抜け出したらしい。誰にも気づかれずに出発したかったからにちがいないが、アンブリッジにとっては不幸なことに、途中でピーブズに出会ってしまった。ピーブズは、フレッドに言われたことを実行する最後のチャンスとばかり、歩行用のステッキとチョークを詰め込んだソックスとで、交互にアンブリッジをなぐりつけながら追いかけ、嬉々として城から追い出した。大勢の生徒が玄関ホールに走り出て、アンブリッジが小道を走り去るのを見物した。各寮の寮監が生徒たちを制止したが、気が入っていなかった。マクゴナガル先生など、二、三回弱々しくいさめはしたものの、そのあとは教職員テーブルの椅子に深々と座り込み、ピーブズに自分の歩行杖を貸してやったので、自分自身でアンブリッジを追いかけてはやしたててやれないのは残念無念、と言っているのがはっきり聞こえた。

今学期最後の夜が来た。大多数の生徒はもう荷造りを終え、学期末の宴会に向かっていたが、ハリーはまだ荷造りに取りかかってもいなかった。

「いいからあしたにしろよ！」ロンは寝室のドアのそばで待っていた。「行こう。腹ぺこだ」

「すぐあとから行く……ねえ、先に行っててくれ……」

しかし、ロンが寝室のドアを閉めて出ていったあと、ハリーは荷造りを急ぎもしなかった。ハリーにとっていま一番いやなのは、「学年度末さよならパーティ」に出ることだった。ダンブルドアが挨拶するとき、ハリーのことに触れるのが心配だった。ヴォルデモートが戻ってきたことにも触れるにちがいない。去年すでに、生徒たちにその話をしているのだから……。

ハリーはトランクの一番底から、くしゃくしゃになったローブを数枚引っ張り出し、たたんだローブと入れ替えようとした。すると、トランクの隅に乱雑に包まれた何かが転がっているのに気づいた。こんな所に何があるのか見当もつかない。ハリーはかがんで、スニーカーの下になっている包みを引っ張り出し、よく見た。

たちまちそれがなんなのかを思い出した。シリウスが、グリモールド・プレイス十二番地での別れ際に、ハリーに渡したものだ。――**私を必要とするときには、使いなさい。いいね？**

ハリーはベッドに座り込み、包みを開いた。小さな四角い鏡がすべり落ちた。古そうな鏡だ。かなり汚れている。鏡を顔の高さに持つと、自分の顔が見つめ返していた。

鏡を裏返してみた。そこに、シリウスからの走り書きがあった。

> これは両面鏡だ。私が対の鏡の片方を持っている。私と話す必要があれば、鏡に向かって私の名前を呼べばいい。私の鏡には君が映り、私は君の鏡の中から話すことができる。ジェームズと私が別々に罰則を受けていたとき、よくこの鏡を使ったものだ。

ハリーは心臓がドキドキしてきた。四年前、死んだ両親を「みぞの鏡」で見たことを思い出した。シリウスとまた話せる。いますぐ。きっとそうだ――。

ハリーはあたりを見回して、誰もいないことを確かめた。寝室はまったく人気がない。ハリーは鏡に目を戻し、震える両手で鏡を顔の前にかざし、大きく、はっきりと呼んだ。

「シリウス」

息で鏡が曇った。ハリーは鏡をより近づけた。興奮が体中を駆けめぐった。しかし、曇った鏡からハリーに向かって目をしばたたいているのは、紛れもなくハリー自身だった。

ハリーはもう一度鏡をきれいにぬぐい、一語一語、部屋中にはっきりと響き渡るように呼んだ。

「シリウス・ブラック！」

何事も起こらなかった。鏡の中からじりじりして見つめ返している顔は、まちがいなく、今度もまた、ハリー自身だった……。

あのアーチを通っていったとき、シリウスは鏡を持っていなかったんだ。ハリーの頭の中で、小さな声が言った。**それだから**、うまくいかないんだ……。

ハリーはしばらくじっとしていた。それから、いきなり鏡をトランクに投げ返した。鏡はそこで割れた。ほんの一瞬、キラキラと輝く一瞬、信じたのに。シリウスにまた会える、また話ができると……。

失望がのど元を焦がした。ハリーは立ち上がり、トランクめがけて、何もかもめちゃくちゃに、割れた鏡の上にぶち込んだ――。

その時、ある考えがひらめいた……鏡よりいい考え……もっと大きくて、もっと重要な考えだ……どうしてこれまで思いつかなかったんだろう――どうしていままで尋ねなかったんだろう？

ハリーは寝室から飛び出し、螺旋階段を駆け下り、走りながら壁にぶつかってもほとんど気づかなかった。からっぽの談話室を横切り、肖像画の穴を抜け、後ろから声をかける「太った婦人」には目もくれずに廊下を疾走した。

「宴会がもう始まるわよ。ぎりぎりですよ！」

しかし、ハリーは、まったく宴会に行くつもりがなかった……。

用もないときには、ここはゴーストがあふれているというのに、いったいいまは……。

ハリーは階段を走り下り、廊下を走った。しかし、生きた者にも死んだ者にも出会わない。全員が大広間にいるにちがいない。「呪文学」の教室の前で、ハリーは立ち止まり、息を切らし、落胆しながら考えた。あとまで待たなくちゃ。宴会が終わるまで……。

すっかりあきらめたその時、ハリーは見た――廊下のむこうで、透明な何かがふわふわ漂っている。

「おーい――おい、ニック！　**ニック！**」

ゴーストが壁から首を抜き出した。派手な羽飾りの帽子と、ぐらぐら危険に揺れる頭が現れた。ニコラス・ド・ミムジー－ポーピントン卿だ。

「こんばんは」ゴーストは硬い壁から残りの体を引っ張り出し、ハリーに笑いかけた。「すると、行きそこねたのは私だけではなかったのですな？　しかし……」ニックがため息をついた。「もちろん、私はいつまでも逝きそこねですが……」

「ニック、聞きたいことがあるんだけど？」

「ほとんど首無しニック」の顔に、えも言われぬ奇妙な表情が浮かんだ。ニックはひだ襟に指を差し入れ、引っ張って少しまっすぐにした。考える時間をかせいでいるらしい。一部だけつながっている首が完全に切れそうになったとき、ニックはやっと襟をいじるのをやめた。

「え――いまですか、ハリー？」ニックが当惑した顔をした。「宴会のあとまで待てないですか？」

「待てない――ニック――お願いだ」ハリーが言った。「どうしても君と話したいんだ。ここに入れる？」

ハリーは一番近くの教室のドアを開けた。ほとんど首無しニックがため息をついた。

「ええ、いいでしょう」ニックはあきらめたような顔をした。「予想していなかったふりはできません」

ハリーはニックのためにドアを押さえて待ったが、ニックはドアからでなく、壁を通り抜けて入った。

「予想って、何を？」ドアを閉めながら、ハリーが聞いた。

「君が、私を探しにやってくることです」ニックはするすると窓際に進み、だんだん闇の濃くなる校庭を眺めた。「ときどきあることです……誰かが……哀悼しているとき」

「そうなんだ」ハリーは話をそらせまいとした。「そのとおりなんだ。僕――僕、君を探していた」

ニックは無言だった。

「つまり――」ハリーは、思ったよりずっと言い出しにくいことに気づいた。「つまり――君は死んでる。でも、君はまだここにいる。そうだろう？」

ニックはため息をつき、校庭を見つめ続けた。

「そうなんだろう？」ハリーが答えを急き立てた。「君は死んだ。でも僕は君と話している……君はホグワーツを歩きまわれるし、いろいろ、そうだろう？」

「ええ」ほとんど首無しニックが静かに言った。「私は歩きもするし、話もする。そうです」

「それじゃ、君は帰ってきたんでしょう？」ハリーは急き込んだ。「人は、帰ってこられるんでしょう？　ゴーストになって。完全に消えてしまわなくてもいいんでしょう？　**どうなの？**」

ニックがだまりこくっているので、ハリーは待ちきれないように答えをうながした。

ほとんど首無しニックは躊躇していたが、やがて口を開いた。

「誰もがゴーストとして帰ってこられるわけではありません」

「どういうこと？」ハリーはすぐ聞き返した。

「ただ……ただ、魔法使いだけです」

「ああ」ハリーはホッとして笑いだしそうだった。「じゃ、それなら大丈夫。僕が聞きたかった人は、魔法使いだから。だったら、その人は帰ってこられるんだね？」

ニックは窓から目をそらし、痛ましげにハリーを見た。

「あの人は帰ってこないでしょう」

「誰が？」

「シリウス・ブラックです」ニックが言った。

「でも、君は！」ハリーが怒ったように言った。「君は帰ってきた――死んだのに、姿を消さなかった――」

「魔法使いは、地上に自らの痕跡を残していくことができます。生きていた自分がかつてたどった所を、影の薄い姿で歩くことができます」ニックはみじめそうに言った。「しかし、その道を選ぶ魔法使いはめったにいません」

「どうして？」ハリーが聞いた。「でも――そんなことはどうでもいいんだ――シリウスは、普通とちがうことなんて気にしないもの。帰ってくるんだ。僕にはわかる！」

まちがいないという強い思いに、ハリーはほんとうに振り向いてドアを確かめた。絶対だ、シリウスが現れる。ハリーは一瞬そう思った。真珠のような半透明な白さで、ニッコリ笑いながら、ドアを突き抜けて、ハリーのほうに歩いてくるにちがいない。

「あの人は帰ってこないでしょう」ニックがくり返した。「あの人は……逝ってしまうでしょう」

「『逝ってしまう』って、どういうこと？」ハリーはすぐに聞き返した。「どこに？　ねえ――人が死ぬと、いったい何が起こるの？　どこに行くの？　どうしてみんながみんな帰ってこないの？　なぜここはゴーストだらけにならないの？　どうして――？」

「私には答えられません」ニックが言った。

「君は死んでる。そうだろう？」ハリーはいらいらとたかぶった。「君が答えられなきゃ、誰が答えられる？」

「私は死ぬことが恐ろしかった」ニックが低い声で言った。「私は残ることを選びました。ときどき、そうするべきではなかったのではないかと悩みます……。いや、いまさらどっちでもいいことです……事実、**私が**いるのは、ここでもむこうでもないのですから……」

ニックは小さく悲しげな笑い声を上げた。

「ハリー、私は死の秘密を何一つ知りません。なぜなら、死のかわりに、はかない生の擬態を選んだからです。こういうことは、『神秘部』の学識ある魔法使いたちが研究なさっていると思います――」

「僕にあの場所の話はしないで！」ハリーが激しい口調で言った。

「もっとお役に立てなくて残念です」ニックがやさしく言った。

「さて……さて。それではもう失礼します……何しろ、宴会のほうが……」

そしてニックは部屋を出ていった。一人残されたハリーは、ニックの消えたあたりの壁をうつろに見つめていた。

もう一度シリウスに会い、話ができるかもしれないという望みを失ったいま、ハリーは名付け親を再び失ったような気持ちになっていた。みじめな気持ちで、人気のない城を足取りも重く引き返しながら、ハリーは、二度と楽しい気分になることなどないのではないかと思った。

「太った婦人」の廊下に出る角を曲がったとき、行く手に誰かがいるのが見えた。壁の掲示板にメモを貼りつけている。よく見ると、ルーナだった。近くに隠れる場所もないし、ルーナはもうハリーの足音を聞いたにちがいない。どっちにしろ、いまのハリーには、誰かをさける気力も残っていなかった。

「こんばんは」掲示板から離れ、ハリーをちらっと振り向きながら、ルーナがぼうっと挨拶した。

「どうして宴会に行かないの？」ハリーが聞いた。

「あのさ、あたし、持ち物をほとんどなくしちゃったんだ」ルーナがのんびりと言った。「みんなが持っていって隠しちゃうんだもン。でも、今夜で最後だから、あたし、返してほしいんだ。だから掲示をあちこちに出したんだ」

ルーナが指差した掲示板には、確かに、なくなった本やら洋服やらのリストと、返してくださいというお願いが貼ってあった。

ハリーの心に不思議な感情が湧いてきた。シリウスの死以来、心を占めていた怒りや悲しみとはまったくちがう感情だった。しばらくしてハリーは、ルーナをかわいそうだと思っていることに気づいた。

「どうしてみんな、君のものを隠すの？」ハリーは顔をしかめて聞いた。

「ああ……うーん……」ルーナは肩をすくめた。「みんな、あたしがちょっと変だって思ってるみたい。実際、あたしのこと『いかれたルーニー』ラブグッドって呼ぶ人もいるもンね」

ハリーはルーナを見つめた。そして、また新たに、哀れに思う気持ちが痛いほど強くなった。

「そんなことは、君のものを取る理由にはならないよ」ハリーはきっぱりと言った。「探すのを手伝おうか？」

「あら、いいよ」ルーナはハリーに向かってニコッとした。「戻ってくるもン、いつも最後には。ただ、今夜荷造りしたかっただけ。だけど……**あんたは**どうして宴会に行かないの？」

ハリーは肩をすくめた。「行きたくなかっただけさ」

「そうだね」不思議にぼんやりとした、飛び出した目で、ルーナはハリーをじっと観察した。「そりゃあそうだよね。死喰い人に殺された人、あんたの名付け親だったんだってね？ジニーが教えてくれた」

ハリーは短くうなずいた。なぜか、ルーナがシリウスのことを話しても気にならなかった。ルーナにもセストラルが見えるということを、その時ハリーは思い出した。

「君は……」ハリーは言いよどんだ。「あの、誰か……君の知っている人が誰か死んだの？」

「うん」ルーナは淡々と言った。

「あたしの母さん。とってもすごい魔女だったんだよ。だけど、実験が好きで、ある時、自分の呪文でかなりひどく失敗したんだ。あたし、九歳だった」

「かわいそうに」ハリーが口ごもった。

「うん。かなり厳しかったなぁ」ルーナはなにげない口調で言った。「いまでもときどき、とっても悲しくなるよ。でも、あたしにはパパがいる。それに、二度とママに会えないっていうわけじゃないもン。ね？」

「あー――そうかな？」ハリーはあいまいな返事をした。

ルーナは信じられないというふうに頭を振った。

「ほら、しっかりして。聞いたでしょ？　ベールのすぐ裏側で？」

「君が言うのは……」

「アーチのある、あの部屋だよ。みんな、見えない所に隠れているだけなんだ。それだけだよ。あんたには聞こえたんだ」

二人は顔を見合わせた。ルーナはちょっとほほえんでいた。ハリーはなんと言ってよいのか、どう考えてよいのかわからなかった。ルーナはとんでもないことをいろいろ信じている……しかし、あのベールの陰で人声がするのを、ハリーも確かに聞いた。

「君の持ち物を探すのを、ほんとに手伝わなくていいのかい？」ハリーが言った。

「うん、いいんだ」ルーナが言った。「いいよ。あたし、ちょっと下りていって、デザートだけ食べようかな。それで全部戻ってくるのを待とうっと……。最後にはいつも戻るんだ……。じゃ、ハリー、楽しい夏休みをね」

「ああ……うん、君もね」

ルーナは歩いていった。その姿を見送りながら、ハリーは胃袋に重くのしかかっていたものが、少し軽くなったような気がした。

翌日、ホグワーツ特急に乗り、家へと向かう旅には、いくつかの事件があった。まず、マルフォイ、クラッブ、ゴイルだが、この一週間というもの、先生の目が届かない所で襲撃する機会を待っていたにちがいない。ハリーがトイレから戻る途中、三人が車両の中ほどで待ち伏せていた。襲撃の舞台に、うっかり、DAメンバーでいっぱいのコンパートメントのすぐ外を選んでいなかったら、待ち伏せは成功したかもしれない。ガラス戸越しに事件を知ったメンバーが、一丸となってハリーを助けに立ち上がった。アーニー・マクミラン、ハンナ・アボット、スーザン・ボーンズ、ジャスティン・フィンチ-フレッチリー、アンソニー・ゴールドスタイン、テリー・ブートが、ハリーの教えた呪いの数々を使いきったとき、マルフォイ、クラッブ、ゴイルの姿は、ホグワーツの制服に押し込まれた三匹の巨大なナメクジと化していた。それを、ハリー、アーニー、ジャスティンが荷物棚に上げてしまい、三人はそこでグジグジしているほかなかった。

「こう言っちゃなんだけど、マルフォイが列車を降りたときの、母親の顔を見るのが楽しみだなぁ」

上の棚でくねくねするマルフォイを見ながら、アーニーがちょっと満足げに言った。アーニーは、マルフォイが短期間「尋問官親衛隊」だったとき、ハッフルパフから減点したのに憤慨し、けっしてそれを許してはいなかった。

「だけど、ゴイルの母親はきっと喜ぶだろうな」騒ぎを聞きつけて様子を見にきたロンが言った。「こいつ、いまのほうがずっといい格好だもんなあ……。ところでハリー、何か買うんなら、ちょうど車内販売のカートが来てるけど……」

ハリーはみんなに礼を言い、ロンと一緒に自分のコンパートメントに戻った。そこで大鍋ケーキとかぼちゃパイを山ほど買った。ハーマイオニーはまた「**日刊予言者新聞**」を読んでいた。ジニーは『**ザ・クィブラー**』のクイズに興じ、ネビルは**ミンビュラス・ミンブルトニア**をなでさすっていた。この一年で相当大きく育ったこの植物は、触れると小声で歌うような奇妙な音を出すようになっていた。

ハリーとロンは、旅のほとんどをハーマイオニーが読んでくれる「**予言者**」の抜粋を聞きながら、魔法チェスをしてのんびり過ごした。新聞はいまや、吸魂鬼撃退法とか、死喰い人を魔法省が躍起になって追跡する記事、家の前を通り過ぎるヴォルデモート卿を今朝見たと主張するヒステリックな読者の投書などであふれ返っていた。

「まだ本格的じゃないわ」ハーマイオニーが暗い顔でため息をつき、新聞を折りたたんだ。「でも、遠からずね……」

「おい、ハリー」ロンがガラス越しに通路を見てうなずきながら、そっと呼んだ。

ハリーが振り返ると、チョウが目出し頭巾をかぶったマリエッタ・エッジコムと一緒に通り過ぎるところだった。一瞬、ハリーとチョウの目が合った。チョウはほおを赤らめたが、そのまま歩き去った。ハリーがチェス盤に目を戻すと、ちょうど自分のポーンがひと駒、ロンのナイトに升目から追い出されるところだった。

「いったい――えー――君と彼女はどうなってるんだ？」ロンがひっそりと聞いた。

「どうもなってないよ」ハリーがほんとうのことを言った。

「私――えーと――彼女がいま、別な人とつき合ってるって聞いたけど」ハーマイオニーが遠慮がちに言った。

そう聞いてもまったく自分が傷つかないことに、ハリーは驚いた。チョウの気をひきたいと思っていたのは、もう自分とは必ずしも結びつかない昔のことのように思えた。シリウスが死ぬ前にハリーが望んでいた多くのことが、このごろではすべてそんなふうに感じられる……。シリウスを最後に見てからの時間が、一週間よりもずっと長く感じられた。その時間は、シリウスのいる世界といない世界との二つの宇宙の間に長々と伸びていた。

「抜け出してよかったな、おい」ロンが力強く言った。「つまりだ、チョウはなかなかかわいいし、まあいろいろ。だけど君にはもう少しほがらかなのがいい」

「チョウだって、ほかの誰かだったらきっと明るいんだろ」ハリーが肩をすくめた。

「ところでチョウは、いま、誰とつき合ってるんだい？」ロンがハーマイオニーに聞いた。しかし、答えたのはジニーだった。

「マイケル・コーナーよ」

「マイケル――だって――」ロンが座席から首を伸ばして振り返り、ジニーを見つめた。

「だって、おまえがあいつとつき合ってたじゃないか！」

「もうやめたわ」ジニーが断固とした口調で言った。「クィディッチでグリフィンドールがレイブンクローを破ったのが気に入らないって、マイケルったら、ものすごくへそを曲げたの。だから私、捨ててやった。そしたら、かわりにチョウをなぐさめにいったわ」

ジニーは羽根ペンの端で無造作に鼻の頭をかき、『ザ・クィブラー』を逆さにして、自分が書いた答えの点数をつけはじめた。ロンは大いに満足げな顔をした。

「まあね、僕は、あいつがちょっとまぬけだってずっとそう思ってたんだ」そう言うと、ロンは、ハリーの震えているルークに向かってクイーンを進めた。「よかったな。この次は、誰かもっと――いいのを――選べよ」

そう言いながら、ロンはハリーのほうを、妙にこっそりと見た。

「そうね、ディーン・トーマスを選んだけど、ましかしら？」ジニーは上の空で聞いた。

「**なんだって？**」

ロンが大声を出し、チェス盤をひっくり返した。クルックシャンクスは駒を追って飛び込み、ヘドウィグとピッグウィジョンは、頭上で怒ったようにホーッ、ピーッと鳴いた。


キングズ・クロスが近づき、列車が速度を落とすと、ハリーは、こんなにも強く、降りたくないという気持ちになったことはないと思った。降りないと言い張って、列車が自分をホグワーツに連れ戻る九月一日まで、ここをてこでも動かないと言ったらどうなるだろうと、そんな思いがちらりとよぎるほどだった。しかし、ついに列車がシューッと停車すると、ハリーはヘドウィグのかごを下ろし、いつもどおり、トランクを列車から引きずり降ろす準備に取りかかった。

車掌が、ハリー、ロン、ハーマイオニーに、九番線と十番線の間にある魔法の障壁を通り抜けても安全だと合図した。その時、障壁のむこう側でびっくりするようなことがハリーを待っていた。まったく期待していなかった集団がハリーを出迎えていたのだ。

まずは、マッド-アイ・ムーディが魔法の目を隠すのに山高帽を目深にかぶり、帽子があってもないときと変わりなく不気味な雰囲気で、節くれだった両手に長いステッキを握り、たっぷりした旅行用マントを巻きつけて立っていた。そのすぐ後ろでトンクスが、明るい風船ガムピンク色の髪を、駅の天井の汚れたガラスを通して射し込む陽の光に輝かせていた。継ぎはぎだらけのジーンズに、**「妖女シスターズ」**のロゴ入りの派手な紫のTシャツという服装だ。その隣がルーピンだった。青白い顔に白髪が増え、みすぼらしいセーターとズボンを覆うように、すり切れた長いコートをはおっている。集団の先頭には、手持ちのマグルの服から一張羅を着込んだウィーズリー夫妻と、けばけばしい緑色のうろこ状の生地でできた、新品のジャケットを着たフレッドとジョージがいた。

「ロン、ジニー！」ウィーズリーおばさんが駆け寄り、子供たちをしっかりと抱きしめた。

「まあ、それにハリー――お元気？」

「元気です」おばさんにしっかり抱きしめられながら、ハリーはうそをついた。おばさんの肩越しに、ロンが双子の新品の洋服をじろじろ見ているのが見えた。

「**それ**、いったいなんのつもり？」ロンがジャケットを指差して聞いた。

「弟よ、最高級のドラゴン革だ」フレッドがジッパーをちょっと上下させながら言った。「事業は大繁盛だ。そこで、自分たちにちょっとごほうびをやろうと思ってね」

「やあ、ハリー」

ウィーズリーおばさんがハリーを放し、ハーマイオニーに挨拶しようと向きを変えたところで、ルーピンが声をかけた。

「やあ」ハリーも挨拶した。「予想してなかった……みんな何しにきたの？」

「そうだな」ルーピンがちょっとほほえんだ。「おじさん、おばさんが君を家に連れて帰る前に、少し二人と話をしてみようかと思ってね」

「あんまりいい考えじゃないと思うけど」ハリーが即座に言った。

「いや、わしはいい考えだと思う」ムーディが足を引きずりながらハリーに近づき、唸るように言った。「ポッター、あの連中だな？」

ムーディは自分の肩越しに、親指で後ろを指した。魔法の目が、自分の頭と山高帽とを透視して背後を見ているにちがいない。ムーディの指した先を見るのに、ハリーは数センチ左に体を傾けた。すると、確かにそこには、ハリー歓迎団を見て度肝を抜かれているダーズリー親子三人の姿があった。

「ああ、ハリー！」ウィーズリーおじさんが、ハーマイオニーの両親に熱烈な挨拶をし終わって、ハリーに声をかけた。ハーマイオニーの両親は、いまやっと、娘を交互に抱きしめていた。

「さて――それじゃ、始めようか？」

「ああ、そうだな、アーサー」ムーディが言った。

ムーディとウィーズリー氏が先頭に立って、駅の構内を、ダーズリー親子のほうに歩いていった。親子はどうやら地面に釘づけになっている。ハーマイオニーがそっと母親の腕を振りほどき、集団に加わった。

「こんにちは」ウィーズリー氏は、バーノンおじさんの前で立ち止まり、機嫌よく挨拶した。「覚えていらっしゃると思いますが、私はアーサー・ウィーズリーです」

ウィーズリー氏は、二年前、たった一人でダーズリー家の居間をあらかた壊してしまったことがあった。バーノンおじさんが覚えていなかったら驚異だとハリーは思った。はたせるかな、バーノンおじさんの顔がどす黒い紫色に変わり、ウィーズリー氏をにらみつけた。しかし、何も言わないことにしたらしい。一つには、ダーズリー親子は二対一の多勢に無勢だったからだろう。ペチュニアおばさんは恐怖と狼狽の入りまじった顔で、周りをちらちら見てばかりいた。こんな連中と一緒にいるところを、誰か知人に見られたらどうしようと、恐れているようだった。一方ダドリーは、自分を小さく、目立たない存在に見せようと努力しているようだったが、そんな芸当は土台無理だった。

「ハリーのことで、ちょっとお話をしておきたいと思いましてね」ウィーズリー氏は相変わらずにこやかに言った。

「そうだ」ムーディが唸った。「あなたの家で、ハリーをどのように扱うかについてだが」

バーノンおじさんの口ひげが、憤怒に逆立ったかのようだった。山高帽のせいで、ムーディが自分と同類の人間であるかのような、まったく見当ちがいの印象（いんしょう）をバーノンおじさんに与（あた）えたのだろう。バーノンおじさんはムーディに話しかけた。

「わしの家の中で何が起ころうと、あなたの出る幕（まく）だとは認識（にんしき）してはおらんが――」

「あなたの認識（にんしき）しておらんことだけで、ダーズリー、本が数冊（すうさつ）書けることだろうな」ムーディが唸（うな）った。

「とにかく、それが言いたいんじゃないわ」トンクスが口をはさんだ。ピンクの髪（かみ）がほかのことすべてを束にしたよりももっと、ペチュニアおばさんの反感を買ったらしい。おばさんはトンクスを見るより、両目を閉（と）じてしまうほうを選んだ。「要するに、もしあなたたちがハリーを虐待（ぎゃくたい）していると、私（わたし）たちが耳にしたら――」

「――はっきりさせておきますが、そういうことは我々（われわれ）の耳に入りますよ」ルーピンが愛想（あいそ）よく言った。

「そうですとも」ウィーズリー氏が言った。「たとえあなたたちが、ハリーに『話電（フェリトン）』を使わせなくとも――」

「**電話**（テレフォン）よ」ハーマイオニーがささやいた。

「――まっこと。ポッターがなんらかのひどい仕打ちを受けていると、少しでもそんな気配を感じたら、我々（われわれ）がだまってはおらん」ムーディが言った。

バーノンおじさんが不気味にふくれ上がった。この妙ちきりん集団に対する恐怖より、激怒の気持ちが勝ったらしい。

「あんたは、わしを脅迫しているのか？」

バーノンおじさんの大声に、そばを通り過ぎる人々が振り返ってじろじろ見たほどだ。

「そのとおりだ」

マッドーアイが、バーノンおじさんののみ込みの速さにかなり喜んだように見えた。

「それで、わしがそんな脅しに乗る人間に見えるか？」バーノンおじさんが吠えた。

「どうかな……」

ムーディが山高帽を後ろにずらし、不気味に回転する魔法の目をむき出しにした。バーノンおじさんがぎょっとして後ろに飛びのき、荷物用のカートにいやというほどぶつかった。

「ふむ、ダーズリー、そんな人間に見えると言わざるをえんな」

ムーディはバーノンおじさんからハリーのほうに向きなおった。

「だから、ポッター……我々が必要なときは、ひと声叫べ。おまえから三日続けて便りがないときは、こちらから誰かを派遣するぞ……」

ペチュニアおばさんがヒイヒイと悲痛な声を出した。こんな連中が、庭の小道を堂々とやってくる姿を、ご近所さんが見つけたらなんと言うだろうと考えているのは明白だ。

「では、さらば、ポッター」ムーディは、節くれだった手で一瞬ハリーの肩をつかんだ。

「気をつけるんだよ、ハリー」ルーピンが静かに言った。「連絡してくれ」

「ハリー、できるだけ早く、あそこから連れ出しますからね」ウィーズリーおばさんが、またハリーを抱きしめながら、ささやいた。

「またすぐ会おうぜ、おい」ハリーと握手しながら、ロンが気づかわしげに言った。

「ほんとにすぐよ、ハリー」ハーマイオニーが熱を込めて言った。「約束するわ」

ハリーはうなずいた。ハリーのそばにみんながずらりと勢ぞろいする姿を見て、それがハリーにとってどんなに深い意味を持つかを伝えたくとも、なぜかハリーには言葉が見つからなかった。

そのかわり、ハリーはニッコリして、別れに手を振り、背を向けて、太陽の輝く道へと先に立って駅から出ていった。バーノンおじさん、ペチュニアおばさん、ダドリーが、あわててそのあとを追いかけた。

作者紹介

J.K.ローリング

「ハリー・ポッター」シリーズで数々の文学賞を受賞し、多くの記録を打ち立てた作家。世界中の読者を夢中にさせ、80以上の言語に翻訳されて5億部を売り上げるベストセラーとなったこの物語は、8 本の映画も大ヒット作となった。また、副読本として『クィディッチ今昔』『幻の動物とその生息地』（ともにコミックリリーフに寄付）、『吟遊詩人ビードルの物語』（ルーモスに寄付）の3作品をチャリティのための本として執筆しており、『幻の動物とその生息地』から派生した映画の脚本も手掛けている。この映画はその後5部作シリーズとなる。さらに、舞台『ハリー・ポッターと呪の子 第一部・第二部』の共同制作に携わり、2016 年の夏にロンドンのウエストエンドを皮切りに公演がスタート。2018年にはブロードウェイでの公演も始まった。2012 年に発足したウェブサイト会社「ポッターモア」では、ファンはニュースや特別記事、ローリングの新作などを楽しむことができる。また、大人向けの小説『カジュアル・ベイカンシー　突然の空席』、さらにロバート・ガルブレイスのペンネームで書かれた犯罪小説「私立探偵コーモラン・ストライク」シリーズの著者でもある。児童文学への貢献によりOBE（大英帝国勲章）を受けたほか、コンパニオン・オブ・オーダーズ勲章、フランスのレジオンドヌール勲章など、多くの名誉章を授与され、国際アンデルセン賞をはじめ数多くの賞を受賞している。

訳者紹介

松岡 佑子（まつおか・ゆうこ）

翻訳家。国際基督教大学卒、モントレー国際大学院大学国際政治学修士。日本ペンクラブ会員。スイス在住。訳書に「ハリー・ポッター」シリーズ全7巻のほか、「少年冒険家トム」シリーズ全3巻、『ブーツをはいたキティのおはなし』、『ファンタスティック・ビーストと魔法使いの旅』、『とても良い人生のために』（以上静山社）がある。

ハリー・ポッターと不死鳥の騎士団 下

2020年4月14日　第1刷発行

著者　J.K.ローリング
訳者　松岡佑子
発行者　松岡佑子
発行所　株式会社静山社
〒102-0073　東京都千代田区九段北1-15-15
電話・営業　03-5210-7221
https://www.sayzansha.com

日本語版デザイン　坂川栄治+鳴田小夜子（坂川事務所）
日本語版装画・挿画　佐竹美保
組版　アジュール
印刷・製本　中央精版印刷株式会社

Published by Say-zan-sha Publications, Ltd.
ISBN978-4-86389-526-3 Printed in Japan